愛莉絲諜報網

THE ALICE NETWORK

KATE QUINN

A NOVEL

凱特・昆恩 著

尤傳莉 譯

獻給我的母親
第一個讀者、第一個書評人、第一個粉絲
這本書是給你的

第一部

1

夏麗

一九四七年五月，南安普頓

我在英國遇到的第一個人是個幻象。我帶著她登船，讓那艘寧靜的遠洋郵輪載著痲痺、滿心哀傷的我，從美國紐約來到英國的南安普頓。

此時我坐在海豚飯店裡，周圍有幾盆棕櫚盆栽，我母親坐在柳條餐桌對面，我設法不理會眼睛所告訴我的。大廳櫃檯旁的那個金髮女孩不是我以為的那個人。我明知道不是。她只是個守在家人行李旁的英國女孩，我從沒見過她——但是我的腦子仍持續跟我說她是另一個人。我別開眼睛，改看著隔壁桌的三個英國小夥子，他們正忙著避免給女侍小費。「小費是百分之五還是十？」一個打著大學領帶的小夥子揮著手上的帳單問道，他的朋友都大笑。「我只有碰到漂亮的女侍才給小費。她的腿那麼細……」

我目光灼灼瞪著他們，但是我母親渾然不覺。「這樣的五月，太冷也太溼了，老天！」她打開餐巾，坐在散置的行李之間，身上那些女性化的衣裙帶著薰衣草香，跟我的滿身皺痕和怒氣成了明顯的對比。「抬頭挺胸，親愛的。」她嫁給我父親之後就定居紐約，但是講話間還是會夾雜著法語。「別再低頭垂肩了。」

「我穿著這身衣服，根本沒辦法低頭垂肩。」我腹部的束腹帶像是鐵箍似的，其實根本不需要，因為我身材本來就瘦得像根樹枝，但是沒了束腹帶，那些蓬蓬的裙襬就無法適當地垂墜，於是我非得套上鐵箍。但願設計師迪奧先生和他的「新面貌」女裝在地獄裡爛掉。我母親老是穿著最流行的時裝，她的身材也符合最流行的風格：高個子，細腰，體態豐滿且富有曲線，穿著那身長裙旅行套裝顯得精緻極了。我也穿了一套鑲著褶邊的旅行套裝，卻淹沒在那些布料裡。一九四七年是我這種小骨架、不適合穿「新面貌」少女的地獄。不過話說回來，對於任何寧可研究微積分難題而不願意閱讀《時尚》（*Vogue*）雜誌、寧可聽艾迪特・皮雅芙的法國香頌而不是亞提・蕭那些美國爵士樂、沒戴婚戒卻懷了孕的少女而言，一九四七年都是個地獄。

我，夏麗・聖克萊爾，以上三者皆是。這也是我媽要我穿上束腹帶的原因之一。我懷孕才三個月，但是她才不要冒險讓我的體型繼續膨脹，免得讓大家知道她養出了這麼個妓女。

我朝飯店大廳看了一眼。那個金髮女孩還在那裡，我的腦子仍在繼續告訴我她是另外一個人。我又用力眨了一下眼睛，別開目光，此時我們的女侍微笑走來。「您要用全席茶嗎，夫人？」她的腿的確很細，而且我們點單後她匆忙離開時，隔壁桌的那三個小夥子還在抱怨要留下小費。「每個人的餐點是五先令。留給她兩便士就好……」

我們的茶點很快就來了，花卉紋瓷器撞擊出一陣嘩啦聲響。我母親向女侍微笑道謝。「多一點牛奶，麻煩了。很好！」雖然其實沒那麼好。硬硬的小餅乾和乾乾的小三明治，沒有糖；即使二次大戰的歐戰已經結束兩年了，英國還是實施配給制度，於是奢華飯店的菜單上還是只有配給餐點的價錢，每個人不會超過五先令。戰爭的餘緒在這裡依然明顯可見，那是你在紐約看不到的。飯店大廳還是會看到穿制服的軍人經過，跟女僕打情罵俏；而且一個小時前我走下遠洋郵輪時，注意到碼頭邊那些遭受過砲擊的房屋，像是露出缺牙的笑容。我初見的英國，從碼頭邊到飯店大廳，看起來全都是戰爭影響下的灰暗和疲憊，還是處於震撼之中。就跟我一樣。

我伸手到淡綠灰外套的口袋裡，摸著那張紙，過去一個月來，無論我穿著旅行套裝還是睡衣褲，這張紙始終不離身，但是我不知道要怎麼處理。我能拿它做什麼？不知道，但這張紙似乎比我肚裡的寶寶還要沉重。我完全感覺不到那寶寶，也對它沒有明確的感情。我沒有晨吐、不會想吃豌豆湯加花生醬，也沒有任何懷孕者該有的感覺。我只是麻木，無法相信自己懷了這個寶寶，因為它並沒有改變任何事情，只改變了我的整個生活。

隔壁桌那三個小夥子站起來，丟下少少幾便士。我看到女侍拿著牛奶回來，像腳痛似地慢吞吞走著，然後我抬頭望向那三個正轉身要離開的英國小夥子。「對不起，」我說，等著他們轉身過來。「每個人的餐費五先令——總共是十五先令。百分之五的小費應該是九便士，百分之十就是一先令六便士❶。」

他們一臉驚呆，我很習慣這種表情。沒有人認為女生能對付數字，更別說要用腦子想了，即使是這麼簡單的算術。但是我在本寧頓女子學院是主修數學——數字是我的專長；數字有秩序、很合理，而且很容易理解，不像人——任何帳單我都可以算得比加法機要快。「九便士，或者一先令六便士，」我對著那三個目瞪口呆的小夥子不耐煩地又講了一遍。「有點紳士風度，留下一先令六便士吧。」

「夏洛特，」我母親用氣音喊我，同時那三個小夥子一臉不高興地離開了。「這樣非常不禮貌。」

「為什麼？我已經先說『對不起』了啊。」

「不是每個人都會給小費的。而且你不該管別人的閒事。沒有人喜歡咄咄逼人的女孩。」

或是主修數學的女孩，或是被搞大肚子的女孩，或是——但是我沒說出口，累得沒力氣吵架了。在這趟跨越大西洋的六天航程裡，我們母女同住在一個艙房，海面的風浪讓這段時間感覺上更久，一開始是連串緊張的爭吵，然後逐漸陷入令人更不安的表面禮貌。而在表面之下，是我充滿羞愧的沉默，以及她無聲的狂怒。這就是為什麼我們把握機會、下船過一夜——要是不趕緊離開那個狹窄的艙房，我們就要攻擊對方了。

「你母親總是準備要攻擊某個人。」我的法國表姊羅絲幾年前這麼說過。當時因為我們聽艾迪特．皮雅芙的歌，媽媽臭罵了我們十分鐘。那些歌太下流了，小女生不該聽的！

好吧，現在我做出了一件比聽法國爵士樂更下流許多的事情。而眼前我唯一能做的，就是關

❶ 英國舊幣制。一鎊是二十先令，一先令是十二便士。

掉自己的情感，直到自己毫無感覺，面對他人昂起我尖尖的下巴成某個角度，表明：我不在乎。這招對付不肯付小費給女侍的小夥子有用，但是我母親可不會輕易退縮。

現在她正在嘮叨，抱怨我們的這趟旅程。「——我就知道我們該搭晚一點的船。可以直接到加萊，不必像現在，還要額外在英國暫停。」

我保持沉默。在南安普頓待一夜，明天到法國加萊，然後我們會搭火車去瑞士沃韋的一家診所，我母親已經幫我預約好醫師。要懂得感恩，夏麗，我第一千次告訴自己。她根本不必陪你來的。我母親大可以派我爸的秘書或花錢雇個毫不關心的人帶我去瑞士，不必犧牲她慣常的佛羅里達棕櫚灘度假行程，親自帶我來赴這個約診。她一直在你身邊支持你，她很努力了。即使在糊塗、氣憤的羞愧中，我也還是很感激這一點。她這麼氣我、認為我是個製造麻煩的蕩婦並沒有錯。如果一個年輕姑娘讓自己陷入這種窘境，那就是蕩婦。我最好習慣這個標籤。

媽媽還在講話，堅持要開開心心。「我想你的約診之後，我們要去巴黎。」每回她講約診這個詞，我心裡都知道別有含意。「幫你買點像樣的衣服，女兒。好好整理一下你的頭髮。」她真正的意思是，秋天開學時，你會一身時髦的模樣回到學校，沒有人會曉得你的這個小問題。「我真的看不出這個等式能成立。媽媽。」

「你這話到底是什麼意思？」

我嘆了口氣。「一個大二學生減去一個小累贅，除以六個月的時間，乘以十件法國衣服和一個新髮型，也不會變魔術似地等於一個恢復的名譽。」

「人生不是數學題，夏洛特。」

如果是的話，我就可以更擅長得多。我常常希望我對付人能像對付數學那麼簡單：只要把它們拆成有共同的公分母，就可以解答。數字不會撒謊；總是有個答案，而且這個答案不是對就是錯。簡單。但是人生裡沒有一樣是簡單的，眼前也沒有解決的答案。只有一團糟的夏麗．聖克萊爾，跟她母親對桌而坐，兩個人沒有公分母。

媽媽喝了一口她的茶，露出燦爛的笑容，恨著我。「我應該去問問我們的房間是不是準備好了。別低頭垂肩！另外好好守著你的行李箱；你外婆的珍珠在裡頭。」

她優雅地朝大理石長櫃檯和那些忙碌的飯店職員走去，我伸手去拿我的旅行箱，方形的、舊舊的，因為這趟走得匆忙，來不及訂製新的。我有半包高盧牌香菸跟珍珠項鍊一起塞在箱子底部（只有我媽才會堅持我去瑞士看診還要帶著珍珠）。只要能讓我走到外頭抽根菸，就算行李和珍珠被偷我也無所謂。我表姊羅絲和我頭一次偷抽菸時，各是十三歲和十一歲，當時我們從我哥哥那邊偷了一包香菸，爬上一棵樹，去嘗試一點成人的惡習。「我看起來像女明星蓓蒂．戴維斯嗎？」羅絲當時問我，想從鼻孔呼出煙來。我差點摔下樹，才抽一口就又笑又咳。她朝我伸出舌頭，「傻夏麗！」。羅絲是唯一用暱稱喊我夏麗（Charlie）而非夏洛特（Charlotte）的人，而且帶著法國腔：夏－麗，兩個音節都發重音。

那是羅絲，當然了，這會兒正在飯店大廳另一頭凝視著我。但其實不是羅絲，那只是一個垂頭喪氣、站在一堆行李旁的英國女孩，但是我的腦子頑固地堅持說我看到了我表姊：十三歲，金髮，漂亮極了。那是我最後一次看到她的那年暑假，她坐在樹上，抽她人生的第一根香菸。

現在她應該大很多了，我十九歲，她就是二十一歲了……

如果她還活著的話。

「羅絲，」我低聲說，知道自己應該別開眼睛，但是卻沒有。「啊，羅絲。」

在我的想像中，她露出頑皮的微笑，下巴朝外頭的街道點了一下。*走吧*。

「走去哪裡？」我低聲問，但其實已經知道了。我手插進口袋裡，摸著那張帶在身上一個月的紙。本來僵硬而發皺，但是時間把它磨得柔軟而易彎。那張紙上頭寫著一個住址，我可以——

別傻了。我的良心發出一個尖銳、譴責的聲音，尖利得像是能割傷人。*你明知道你哪裡都不會去，只能上樓而已*。樓上有個飯店房間等著我，裡頭有剛漿洗過的床單，我自己的房間，不必跟我易怒的母親同處一室。房間會有個陽台，我可以安心在那裡抽菸。明天再搭一趟船，然後去赴那個我父母委婉所說的「約診」。這個約診會處理掉我的「小問題」，然後一切就沒事了。

或者我可以承認，一切都不是沒事，以後也不會沒事。我可以現在就走，從英國這裡開始，走向我想走的那條路。

你為這事計畫過了，羅絲低聲說，*你心裡明白*。沒錯。過去幾個星期，即使在我消極的、遲鈍的悲慘中，我還是極力促成我媽訂這班繞道英國的船，而不是稍晚那班直達法國的。我當時沒敢多想為什麼自己要促成：因為我口袋裡有個英國的地址。而現在，那個地址跟我不再隔著一片大西洋了，我唯一缺的，就是去到那裡的膽量。

這會兒，那個並非羅絲的、不知名的英國女孩離開了，跟在一個提著行李的飯店行李員後頭走向樓梯。我看著原先羅絲站著的那個空蕩位置，摸摸口袋裡的那張紙。一些破碎的小小感覺戳著痲痹的我。害怕？希望？決心？

一個匆忙寫下來的地址，加上一點點決心，乘以十倍力量。破解這個等式，夏麗。

破解它。

解出X。

現在不做，就永遠不可能了。

我深吸一口氣，掏出那張紙，連同一張皺皺的一鎊紙鈔。我匆忙把紙鈔放在隔壁桌那群小夥子所留下的微薄小費旁，抓著我的旅行箱和法國香菸走出飯店大廳，然後在寬大的雙扇門旁稍停下來，問了門廳侍者：「對不起，請問火車站怎麼走？」

❖

這不是我這輩子最聰明的主意：陌生的城市，孤單獨行的少女。過去幾個星期，我在一連串厄運——那個「小問題」，我媽朝我尖叫著法語，我父親冰冷的沉默——所帶來的昏眩中度過，一直乖乖被人牽著走。我一路茫然而順從地走到掉下懸崖，不好奇也不關心自己為什麼會往下掉，直到落下的中途才猛然醒覺。我的人生已經變成一個深洞，我正在往下墜落，在空中不停旋轉。但現在，我抓住了一個扶手處，停止往下掉了。

沒錯，這個扶手的形式是一個幻象，幾個月來我一直斷續看到，心裡堅持把每個經過的金髮女孩畫上羅絲的臉。第一次我嚇到了，不是因為我以為羅絲成了鬼魂，而是因為我以為自己快發瘋了。或許我真的瘋了，但是我看到的不是鬼魂。因為無論我父母怎麼說，我並不完全相信羅絲死了。

眼前我緊握住這個希望，匆忙沿著街道朝火車站走，腳上穿著那雙不實用的軟木底高跟鞋（「像你這麼矮的女孩，親愛的，永遠要穿高跟鞋，不然你看起來就只會像個小女孩。」）。我擠過人群：粗野而大搖大擺朝碼頭走去的工人、衣著光鮮的女店員、逗留在街角的軍人。我急忙往前走，走到喘不過氣來，心中的那個希望成長、升起，帶著一絲疼痛，讓我的雙眼發熱。

回頭，我心裡那個理智的尖銳聲音責備道。*你還可以回頭*。回到飯店，回去讓我母親做所有的決定，回到那片有如棉花羊毛的絕緣迷霧中。但是我繼續往前趕路。我聽到火車的汽笛聲，聞到了燒煤氣味和濃濃的蒸汽，前方就是南安普頓火車站。一群群乘客正在下車，男人戴著費多拉氈帽，小孩紅著臉且焦躁，女人舉起皺巴巴的報紙遮著波浪形的捲髮，以免被微微的小雨淋溼。什麼時候開始下起小雨的？我可以感覺到，在母親幫我挑的那頂綠色帽子（讓我看起來像個愛爾蘭傳說中的魔法精靈）的帽簷下，我深色的頭髮變得平直。我繼續往前趕，奔入火車站。

一名列車長正在喊著什麼。一列火車將於十分鐘後出發，開往倫敦。

我又看了一眼手上緊握的那張紙。*倫敦皮姆利科漢普森街十號，伊芙琳・嘉德納*。

管她是誰。

我母親現在應該已經在海豚飯店裡找我了，朝飯店職員們跋扈地臭罵著。但是我其實不在乎。我離倫敦皮姆利科漢普森街十號只差一百二十公里了，而且我面前就有一列火車。

「五分鐘！」那列車長大喊道。乘客們匆忙提著行李上車。

要是你現在不走，以後就永遠不可能了，我心想。

於是我買了一張車票，爬上火車。就這樣，我走進了滾滾煙霧中。

❖

隨著暮色漸深，車廂裡也愈來愈冷。我穿上黑色的舊風衣取暖，同一個隔間裡還有一名灰髮老婦和三個吸鼻涕的孫子女。這位老祖母對著我沒戴婚戒、沒戴手套的左手不以為然地看了一眼，好像想質問一個姑娘家怎麼會獨自跑去倫敦。因為戰時的需要，獨自搭火車的姑娘一定很多——但她顯然對我特別不以為然。

「我懷孕了，」她第三次朝我發出嘖聲時，我跟她說。「你想跟我換位子嗎？」她整個人僵住不動，然後下一站就下車了，即使她的孫子女們都抱怨著，「奶奶，我們還不該下車，要到——」我下巴抬成我不在乎的角度，迎向她不以為然的最後一瞥，然後隔間門砰然關上。我獨自往後垮坐在座位裡，雙手按著發熱的臉頰，暈眩又困惑又期盼又內疚。這麼多感覺幾乎把我淹沒，原先痲痺的外殼脫落了。我到底有什麼毛病？

憑著一個地址和一個名字就闖入英國，我內心裡那個嚴厲的聲音說。你以為自己在做什麼？你無助又一團糟，怎麼有辦法幫別人？

我皺起臉，我並不無助。

是，你就是。上回你試著想幫別人，結果看看發生了什麼事？

「現在我會再試一次。」我對著空蕩的隔間裡說出聲。不管無助與否，我來到這裡了。

等到我在倫敦又累又餓地踉蹌走下火車時，天已經全黑了。我步履沉重地走在街上，眼前的城市是一大片籠罩在煙霧中的黑暗，我看得到遠方西敏宮上方那個巨大鐘樓的輪廓。車子從溼漉漉的馬路飛濺而過，我站在那裡一會兒，心中想著才幾年前的倫敦，應該有英國的噴火戰鬥機和德國的梅塞施密特戰鬥機劃過這片迷霧，不曉得當時看起來會是什麼樣，然後我從白日夢中醒過來。我不曉得漢普森街十號在哪裡，而且我的皮包裡只剩幾枚硬幣。我揮手招計程車時，心中祈禱這些錢就夠了。我真不希望還得從外婆給我的項鍊裡拽下一顆珍珠，只為了付車錢。或許我不該留給那個女侍整整一鎊……但是我並不後悔。

那司機載我到他聲稱的皮姆利科，讓我在一排高高的房子前下車。雨已經變大了。我四下張望著，想尋找我的幻象，但是沒有金髮的身影，只看到一條黑暗的街道、落下的雨，以及一道破舊的台階，通往十號那扇又黑又髒、油漆剝落的門。我提起行李箱爬上台階，趁自己失去勇氣前敲了門。

沒人應門，我再敲。雨勢更大了，我心中的絕望像一股大浪湧起。我敲了又敲，直到拳頭發痛，而且我看見門旁的窗簾微微抽動。

「我知道裡面有人！」我扭著門把說，被雨淋得看不見。「讓我進去！」門把出乎意料地轉動，我猛撲進去，最後被我那雙不實用的鞋子搞得摔倒。我趴跪在一條黑暗的走廊上，長襪扯破，接著門砰地一聲甩上，我聽到轉輪手槍的擊錘扳起成待發狀態的喀啦聲。

她的聲音低沉、沙啞、含糊、兇猛。「你是誰，還有你他媽的跑來我家做什麼？」街燈的光從窗簾透入，微微照亮黑暗的走廊。我看得到一個高而枯瘦的人影、一頭蓬亂的頭髮、一根香菸燃燒的尾端。還有一把轉輪手槍指著我，槍管映出微光。

我應該要嚇死，應該要因為震驚和手槍和她講的話而瑟縮。但是狂怒掃去我最後一絲痲痹的迷霧，我收攏雙腿想站起來，破掉的長襪鉤住了。「我要找伊芙琳・嘉德納。」

「我不在乎你要找誰。如果你不告訴我為什麼有個該死的美國佬闖進我家，我就要朝你開槍了。我老了，現在又喝醉了，但是這把九毫米的魯格P〇八手槍狀況非常好。不管喝醉還是清醒，在這個距離之內，我都可以轟破你的腦袋瓜。」

「我是夏麗・聖克萊爾。」我把溼掉的頭髮從眼前撥開。「我表姊羅絲・傅尼葉大戰期間在法國失蹤了，你可能知道該怎麼找到她。」

牆上的電燈忽然打開。我在突來的刺眼光線中眨著眼。眼前那名枯瘦的高個子女人穿著褪色的印花連身裙，一頭蓬亂的花白頭髮圍繞著那張被時光摧殘的臉。她有可能是五十歲，也有可能是七十歲。她一手拿著魯格手槍，另一手拿著點燃的香菸；那把槍穩穩地瞄準我的額頭，同時香菸舉到唇邊吸了一大口。我看到她的雙手，喉頭發苦。老天，她的雙手出過什麼事？

「我是伊芙．嘉德納❷，」她終於開口。「我完全不曉得你講的這個表姊。」

「你有可能知道，」我渴望地說。「你有可能——只要你肯跟我談。」

「這就是你的計畫，小美國佬？」她半垂著眼皮的鉛灰色眼珠審視我，像一隻眼神輕蔑的猛禽。「晚上闖進我家裡，沒有計畫，而且我敢說也沒錢，只是希望我會知道你那個失－失蹤朋友的下落？」

「對。」面對著她的槍和她的鄙視，我無法解釋為什麼在我一塌糊塗的人生裡，找到羅絲這件事忽然變得那麼重要。我無法解釋這種奇異而猛烈的渴望，也無法解釋為什麼我會讓這種渴望驅動我來到這裡。我只能說出實話：「我非來不可。」

「好吧。」伊芙．嘉德納手上的槍垂下。「你應該想喝杯茶吧。」

「是的，茶很好——」

「我沒茶。」她轉身沿著黑暗的走廊往回走，滿不在乎地邁著大步。她兩隻赤腳看起來像鷹爪，走路有點東倒西歪，那把魯格手槍垂在身側任意擺動，我看到她一根手指還放在扳機護弓裡。瘋了，我心想。這個老母牛瘋了。

「跟上來。」她說，沒有回頭，於是我匆忙跟在她後面。她打開一扇門，按亮一盞燈，我看到裡面是客廳——亂七八糟的，壁爐沒點火，窗簾緊閉，所以外頭街道上的亮光完全透不進來，到處都是舊報紙和髒茶杯。

「嘉德納太太——」

「小姐。」她跌坐在一張可以俯瞰整個髒亂房間的舊扶手椅，把手槍扔在旁邊的茶几上。我皺了一下臉，但是槍沒有走火。「另外你可以叫我伊芙。你硬–硬是闖進我屋裡，這種親近的程度已經足以讓我不喜歡你了。你叫什麼名字？」

「我不是故意要硬闖——」

「是，你就是故意的。你想要某些資訊，而且想要得不得了，不是嗎？」

我吃力地脫下溼風衣，坐在一個坐墊上，忽然間不確定該從何說起。我之前只顧著要來到這裡，根本沒想過該怎麼開口。兩個女孩乘以十一個夏天，除以一片大洋和一場戰爭……

「繼–繼續說啊。」伊芙講話似乎有一點點結巴，但是我無法判斷是因為喝酒還是其他的障礙。她伸手拿起手槍旁的一個水晶玻璃酒瓶，變形的手指有點笨拙地拔起塞子，我聞到威士忌。

「我清醒的時間有限，所以我建議你不要浪費。」

我嘆氣。現在我面對的不光是個瘋婆子，還是個喝醉的瘋婆子。之前憑著伊芙琳．嘉德納這個名字，我想像的是梳著包頭、住家外頭圍著女貞樹籬的女人，而不會聯想到威士忌酒瓶和上膛

❷伊芙（Eve）為伊芙琳（Evelyn）的暱稱。

的手槍。「你介意我抽菸嗎？」我問。

她聳了一下骨瘦的肩膀，我掏出我的高盧牌香菸時，她則忙著找玻璃杯。在她手臂可及的範圍內沒有，於是她把琥珀色的威士忌倒進一個有花卉紋的瓷茶杯裡。老天，我點著菸，同時半入迷、半驚駭地心想，你到底是誰？

「盯著人看很不禮貌，」她說，也同樣坦然地盯著我。「基督啊，你身上那些縐褶的玩意兒——最近女人都流行穿這樣嗎？」

「你都不出門的嗎？」我還來不及阻止自己，就衝口而出。

「不常。」

「這是『新面貌』。去年秋天才在巴黎展示過的。」

「看起來真－真是不舒服。」

「的確。」我嚴肅地吸了一口菸。「好吧。我是夏麗．聖克萊爾，唔，其實是夏洛特，我剛從紐約來到這裡——」我母親現在會怎麼想？她應該是又氣又慌，準備要剝我的皮了。但是我把這個思緒拋開。「我父親是美國人，但是我母親是法國人。大戰之前，我們都到法國的姨媽家過暑假。他們住在巴黎，在盧昂市外有一棟夏日別墅。」

「你的童年聽起來像是竇加筆下描繪的野餐。」伊芙又喝了一口威士忌。「你得講得有－有趣點，不然我就會喝得更快了。」

我的童年的確就像印象派畫家竇加的畫作。我閉上眼睛，那些夏天就融入了一個迷濛而漫長的季節：彎曲的窄街，《費加洛報》舊報紙四處散佈在那棟格局凌亂的夏日大宅內，閣樓裡塞滿了東西，沙發破舊，陽光透入朦朧的玻璃溫室裡，照亮了所有的塵埃微粒。

「我的表姊羅絲．傅尼葉——」我覺得淚水刺痛雙眼。「就像我的親姊姊一樣。她比我大兩歲，但是她從來不會不理我。我們會分享一切，告訴對方一切。」

兩個小女孩穿著沾了草漬的夏裝，玩鬼抓人和爬樹，跟我們各自兄弟的那幫男生大吵。然後兩個女孩大了些，羅絲開始有胸部，我還是瘦巴巴且老是擦傷膝蓋，我們一起跟著爵士樂唱片學唱顫音，而且都暗戀影星埃洛．弗林。膽子比較大的羅絲老是想出一個又一個怪計謀，我則是她忠實的跟屁蟲，但是每當她的計謀害我們惹上麻煩時，她就會像母獅子般護衛我。她的聲音突然浮現在我腦海，突然得就好像她這會兒站在房間裡：「夏麗，去我房間躲著，我會幫你把這件洋裝的撕裂給補好，免得被你母親看見。我不該帶你爬上那些岩石的——」

「拜託不要哭，」伊芙．嘉德納說。「我受不了女人哭。」

「我也受不了。」我已經好幾個星期沒掉過一滴淚，因為我太痲痹了，但現在我的雙眼發熱。「我最後一次看到羅絲，是一九三九年的夏天。每個人都在擔心德國——唔，除了我們吧。當時羅絲十三歲，我十一歲；我們每天下午只想溜出去看電影，這件事似乎比德國發生的事情更重要得多。後來我們一回到美國，波蘭就被入侵。我父母希望羅絲一家來美國，但是他們一直猶豫不決——」羅絲的母親相信自己太虛弱、無法長途旅行。「他們還沒安排好，法國就淪陷了。」

伊芙又喝了一口威士忌，半垂的眼睛沒眨。我又平穩地吸了一口菸。

「我收到過她寄來的幾封信，」我說。「羅絲的父親是重要的實業家，他有一些關係，所以他們一家偶爾可以寄信出來。羅絲的信一概是興高采烈，老是在談我們什麼時候會重逢。但是我們看了新聞，人人都知道法國發生的事情：納粹佔領巴黎，人們被卡車成群載走，從此沒有人見過。我寫信求她跟我說她是不是真的沒事，她總說是的，但是……」一九四三年春天，我們彼此寄了照片，因為我們已經好久沒見過面——當時羅絲十七歲了，好漂亮，擺出美女海報的姿勢，對著鏡頭咧嘴而笑。那張照片現在就放在我的皮包裡，邊緣都已經磨損而柔軟了。

「羅絲最後一封信裡，談到她偷偷交往的一個男孩，說交往的過程好刺激。」我顫抖著吸了口氣。「那是一九四三年初。之後無論是羅絲或是他們一家人，就再也沒有任何音訊了。」

伊芙望著我，飽受歲月摧殘的臉像一張面具。我看不出她是可憐我、瞧不起我，或是根本不在乎。

我的香菸快燒完了。我抽了最後一口，擰熄在一個已經菸蒂爆滿的小茶碟裡。「當時我知道羅絲沒來信也不代表什麼。戰爭時期的郵遞狀況非常糟糕，我以為只要等到戰爭結束，就會開始收到信了。但是戰爭結束了，結果——還是沒有消息。」

伊芙依然保持沉默。要把這一切說出來，比我原先以為的更困難。「我們開始找人去查，等了好久，最後得到一些答案。我的法國姨丈在一九四四年過世了，因為要幫我姨媽取得黑市藥物而被槍殺。羅絲的兩個兄弟死於一九四三年晚期，是被炸死的。我姨媽還活著——我母親希望她搬去美國跟我們住，但是她不肯，只是把自己關在盧昂市外的那棟房子裡。而羅絲——」

我吞嚥了一口。羅絲在樹林的綠色霧氣間走在我前面。羅絲用法語詛咒，梳著她那頭亂糟糟的捲髮。羅絲在那家普羅旺斯小餐館，那是我這輩子最快樂的一天……

「羅絲失蹤了。她在一九四三年離家。我甚至不曉得原因。我父親又找人調查，但是完全查不到她一九四四年春天以後的下落，什麼都沒有。」

「在那場戰爭中，很多查不到下落的。」伊芙說，我獨自講了這麼久，忽然聽到她低沉沙啞的聲音，有點驚訝。「很多人失蹤了。你不會以為她還活著吧？那場該死的戰－戰爭都結束兩年了。」

我咬著牙。我父母早就判定羅絲一定是死了，在戰爭的混亂裡沒人知道而已，這個判斷正確的機率很大，但是——「我們無法確定。」

伊芙翻了個白眼。「別告訴我如果她死了，你會感－感覺到的。」

「你不必相信我，只要幫我就行了。」

「為什麼？這一切跟我有－有什麼關係？」

「因為我父親最後一次調查，就是找了倫敦的人，他猜想羅絲有可能會從法國移民過來，而倫敦有個機構是協助尋找難民的。」我深吸一口氣。「你當時就在那裡工作。」

「那是在一九四五年和四六年。」伊芙又從那個花卉紋茶杯裡喝了些威士忌。「我在去年聖誕節被開除了。」

「為什麼？」

「或許因為我喝醉了去上班。或許因為我告訴我的上司她是個可憐的賤屄。」

聽到這種禁忌的髒字眼，我忍不住瑟縮了一下。我這輩子從來沒碰到過講話像伊芙．嘉德納這麼粗鄙的人，更別說是女人了。

「所以——」她轉著杯子。「我想我剛好經手過你表姊的檔案？我不—不記得了。就像我剛剛說的，我常常喝醉了去上班。」

我也沒看過像她這樣喝酒的女人。我母親喝的是雪利酒，頂多兩小杯。伊芙喝起純威士忌像喝水似的，而且她開始口齒不清。或許她輕微的口吃的確只是因為喝酒。

「我看到了那份針對羅絲的調查報告，」我急忙說，深怕她失去興趣或醉倒，我就再也沒有機會說了。「上頭有你的簽名。所以我才知道你的名字。我從美國打過電話去那個機構，假裝是你姪女，他們就把你的地址給了我。我本來是要寫信給你的，但是——」唔，就在那時候，我肚子裡的「小問題」就冒出來了。「你確定你不記得有其他任何關於羅絲的發現？說不定有——」

「聽我說，姑娘。我幫不了你。」

「——任何發現！她一九四三年已經離開巴黎了，次年春天去了利摩日。我們從她母親那邊只打聽到這些——」

「我說過了，我幫不了你。」

「你一定要幫！」這時我才發現自己不知不覺中已經站起來了。我肚子裡的絕望像一顆具體有形的球，遠比寶寶的幻影要密實。「你一定要幫！你不幫的話，我是不會離開的！」我這輩子從來沒吼過成人，但現在我在吼了。「羅絲‧傅尼葉，她十七歲的時候在利摩日——」

這會兒伊芙也站起來了，她比我高得多，一根恐怖難言的手指頭戳著我的胸骨，聲音冷靜得不得了。「不准在我的房子裡對我尖叫！」

「——現在她二十一歲了，她是金髮，很漂亮又很搞笑——」

「就算她是聖女貞德我也不在乎，她不是我的責任，你也不是！」

「——她曾在一家叫『忘川』的餐廳工作，老闆是荷內先生，之後就沒人知道——」

然後伊芙的臉起了變化。雖然五官都沒動，但還是有了變化。就像是一口深湖的湖底有個什麼在動，把最細微的起伏傳到湖面。連一絲漣漪都算不上，但你還是知道底下有個東西在動。她看著我，雙眼閃亮。

「怎麼？」我胸部起伏，好像剛跑了一哩路，臉頰激動得發紅，肋骨抵著緊繃的束腹。

「忘川，」她輕聲說。「我知道這個名字。你剛剛說這家餐廳的老－老闆是誰？」

我趕緊打開我的行李箱，把衣物推到一邊，翻著襯墊上的口袋，找出兩張折起來的紙，遞給她。

伊芙看著第一張的簡短報告，最下方是她的簽名。「這裡完全沒提到那家餐廳的名字。」

「我是後來才查到的——你看第二張紙，那是我的筆記。我打去那個尋人機構，希望能跟你談，但是你當時已經離職了。我說服那個職員幫我去查他們檔案裡原始的線報；於是查到了忘川，老闆是一位荷內先生，沒有姓。原始的線報亂七八糟，所以或許因此沒有打在報告裡。但是我假設，如果你在這份報告上簽名，你就應該知道原始的線報。」

「我不知道。要是我知道，我就不會簽－簽名過關的。」伊芙看了第二頁，看了很久。「忘川……這個店名我知道。」

希望真是令人痛苦，遠比憤怒更痛苦。「怎麼知道的？」

伊芙轉身，再度亂抓著威士忌酒瓶。她倒了些酒在瓷茶杯裡，一口氣喝光。接著她又倒酒，然後站在那裡，目光茫然望著我後方。

「滾出我的房子。」

「可是──」

「如果你沒地方可以去，就睡在這裡一夜。但是明天早上你最好離開，美國佬。」

「可是──可是你知道一些事情啊。」我說，看著她拿起手槍走過我旁邊。我抓住她骨瘦的手臂。「拜託──」

伊芙傷殘的手動作好快，快得我跟不上，於是這一夜我第二度被一把槍指著。我瑟縮了，但是她又逼近半步，槍口緊抵著我雙眼之間。那冷冷的一圈金屬讓我的皮膚刺麻。

「你這個發瘋的老母牛。」我低聲說。

「沒錯，」她啞著嗓子。「明天我起床時，如果你還沒離開，我就會朝你開槍。」

她腳步不穩地走出客廳，沿著沒鋪地毯的走廊離開了。

2

伊芙

一九一五年五月，倫敦

機會穿著粗毛呢西裝，走進伊芙・嘉德納的人生。

那天早晨她上班遲到了，但是當她九點十分溜進律師事務所的大門時，她的雇主法蘭西斯・蓋柏羅爵士並沒有注意到。除了報紙賽馬版之外，法蘭西斯爵士很少注意到其他事情，這點伊芙很清楚。「這是給你的檔案，親愛的。」他對著剛走進辦公室房門的她說。

她纖細而乾淨無瑕的雙手接過那疊檔案。她個子很高，一頭栗褐色的頭髮，柔軟的皮膚，還有一對有如母鹿的大眼睛。「好的，先－先－先生。」要發先這個音有點困難，還好只結巴兩次。

「另外，這位卡麥隆上尉有一封信，要麻煩你打成法文。你真該看看她打青蛙文有多快。」法蘭西斯爵士對著坐在他辦公桌對面那位瘦削的軍人說。「這位嘉德納小姐真是可貴。半個法國人！我自己是一個青蛙字都不會說。」

「我也不會。」上尉微笑，擺弄著他的菸斗。「對我來說太複雜了。謝謝你出借你的職員，法蘭西斯。」

「不麻煩，不麻煩！」

沒人問伊芙她麻不麻煩。他們為什麼該問？畢竟，檔案小姐有點像是辦公室的家具，比蕨類盆栽更容易移動，但是同樣又聾又啞。

*你有這份工作已經很幸運了，*伊芙提醒自己。要不是戰爭的關係，像這種出庭律師事務所裡的工作，就會落在某個有更好的推薦、擦著髮油的男人身上。*你很幸運。*事實上是非常幸運。伊芙的工作很簡單，在信封上寫地址、將檔案歸檔，偶爾打一封法文信；她自食其力，過得還算舒適；如果戰時糖和鮮奶油和新鮮水果短缺開始令人厭倦，唔，至少她換來了安全。她本來很可能困在德軍佔領下的法國北部挨餓。倫敦很可怕，現在隨時都在提防天空是否有轟炸或偵察的齊柏林飛船；但是在伊芙長大的法國洛林地區，根據她閱讀到的報紙，則是遍地爛泥和屍骨。她很幸運能在這裡、遠離那種狀況。

非常幸運。

伊芙默默接過卡麥隆上尉那封信，這位客人最近常常來訪。他穿的不是卡其制服，而是皺巴巴的粗毛呢西裝，但是挺直的背脊和軍人氣質的步伐，比任何綬帶都更彰顯他的軍官身分。卡麥隆上尉或許三十五歲，講話帶著點蘇格蘭腔，除此之外完全像個英格蘭人，他很瘦，頭髮花白，一身皺巴巴，簡直就像柯南·道爾連載小說裡典型的英國紳士。伊芙很想問，「你非得要抽菸斗嗎？非得要穿粗毛呢西裝嗎？你就一定要那麼老套嗎？」

上尉在椅子上往後靠坐，看她移向門口時點了個頭。「我會在這裡等你把信打好，嘉德納小姐。」

「是的，先－先生。」伊芙又喃喃道，退出門口。

「你遲到了。」葛瑞森小姐在檔案室裡一看到伊芙就說，抽著鼻子。她是檔案小姐裡最年長的，老是喜歡指揮其他人，伊芙趕緊睜大眼睛扮出一副不解狀。她討厭自己的長相——她從鏡子裡所看到那張柔和、光滑的臉，有種木然、不成熟的美，沒有令人難忘之處，只除了會讓人覺得她很年輕，以為她只有十六、七歲——但是當她惹上麻煩時，她的外貌的確很有用處。從小到大，伊芙總是可以睜大那對距離很寬的雙眼，眨著睫毛，輕而易舉地露出一副純真又困惑的模樣，於是就躲過闖禍的後果。葛瑞森小姐誇張地輕嘆一聲，匆忙離開，稍後伊芙聽到她跟另一個檔案小姐咬耳朵，「我有時懷疑那個半法國女孩有點智力不足。」

「唔——」對方也壓低聲音、聳了聳肩膀回答，「——你聽過她講話，不是嗎？」

伊芙雙手交握，狠狠捏了兩下，免得自己氣得握拳，然後把注意力放在卡麥隆上尉那封信上，譯成完美無瑕的法文。這就是她受雇的原因，她純正的法文和純正的英文。兩個祖國，兩個故鄉。

那天無聊得不得了，至少伊芙後來記憶中是這樣。打字、歸檔，中午吃她自己帶的三明治。日落時下班走路回家，裙子被飛馳而過的計程車濺上水。她住的膳宿旅舍在皮姆利科，有抗菌香皂和不新鮮的炒肝氣味。她本分地朝另一個房客微笑，那是一名年輕護士，才剛跟一名少尉訂婚，正坐在晚餐桌上亮出她鑲著一小顆鑽石的訂婚戒指。「你應該來醫院工作，伊芙。在那裡才能找到丈夫，而不是在檔案室！」

「我不太－太關心找丈夫的事情。」這話引得那護士、房東太太、兩個其他房客不解地看她一眼。幹嘛這麼驚訝？伊芙心想。我不想找丈夫，我不想生小孩，我不想要客廳地毯和結婚戒指。我想要——

「你該不會是支持婦女參政運動吧？」伊芙的房東太太說，湯匙懸空暫停。

「不是。」伊芙不想爭取投票權。現在有一場戰爭正在進行；她想要戰鬥。她想證明口吃的伊芙．嘉德納有能力報效國家，就跟她這輩子所碰到眾多沒口吃、把她當成白痴的人一樣。但是婦女參政運動者丟再多磚塊砸破玻璃窗，也無法讓伊芙上前線，連當志願救護隊或是救護車駕駛員這種支援角色都不可能，這兩種職位她都去申請過，但是都因為她口吃而被拒絕了。她推開盤子告退，上樓回到她所住的單人房，裡頭很整齊，只有一個搖晃不穩的櫃子和一張窄床。

她正把挽起的頭髮放下來，此時門外發出一個喵聲，伊芙微笑，開門讓房東太太的貓進來。「我留了點炒－炒肝給你。」她說，掏出她從自己盤中取出、包在餐巾裡的一點剩菜，那貓弓起背，發出呼嚕聲。這隻公貓養來是為了捕鼠的，房東太太只給他稀少的廚房剩菜，剩下的就得靠他自己捕食。但是他看準了伊芙心軟，靠她的晚餐剩菜而胖了起來。「我但願自己是貓，」伊芙說，把那虎斑貓抱到膝上，「貓就不－不－不必講話了，童話故事裡除外。或者只要我是男人就好了。」因為如果她是男人，碰到有任何人提到她的口吃，她至少可以揍人，而不是禮貌又寬容地微笑。

那隻虎斑貓發出呼嚕聲。伊芙撫摸著他。「真是癡人說－說夢啊。」

一個小時後，有人來敲門了，是房東太太，她嘴唇抿得幾乎成了一條線。「你有一位訪客，」她責備地說。「一位紳士訪客。」

伊芙把那隻抗議的貓放在旁邊。「這麼晚了？」

「別那麼無辜地看著我，小姐。晚上不准有男性愛慕者來訪，這是我的規矩。尤其是軍人。所以我這樣告訴那位紳士，但是他堅持有急事。我只好讓他進來會客室，你們可以喝茶，但是我希望門半開著。」

「軍人？」伊芙更困惑了。

「一位卡麥隆上尉。陸軍上尉會看上你，真是太不尋常了，找來你家裡，而且還是晚上！」

伊芙也有同感，她把放下來的深褐色頭髮重新挽起來，在高領襯衫外頭加了外套，一副上班的打扮。某種紳士把所有店員或檔案小姐——任何職業婦女——都視為可以追求的對象。如果他是來這裡追求我，我就會給他一耳光。才不管他是否會去跟法蘭西斯爵士告狀，害我被開除。

「晚安。」伊芙打開通往會客室的門，決定遵守一般禮節。「真沒想到會看到你，上－上－上——」她的右手緊握成拳頭，設法說下去。「上尉。有什麼需要我效－效勞的嗎？」她頭抬得高高地，拒絕讓自己尷尬得臉紅。

讓她驚訝的是，卡麥隆上尉的回答是法語。「我們可以換一種語言嗎？我聽過你跟其他小姐講法語，你就不太會口吃了。」

伊芙注視著這位完美的英格蘭男子，他懶洋洋坐在直背的會客椅上，穿著長褲的雙腿輕鬆地交叉，剪短的小鬍子底下露出隱隱的微笑。他不會講法語的，她今天早上才聽他親口說過。

「沒問題，」她用法語回答，「我們就繼續說法語吧。」

他接著又用法語說：「你那位躲在走廊偷聽的房東太太會氣死。」

伊芙坐下，整理著她的嗶嘰裙子，然後身體前傾拿起花卉紋茶壺。「你的茶要怎麼喝？」

「加牛奶，兩塊糖。告訴我，嘉德納小姐，你的德語有多好？」

伊芙目光銳利地往上看一眼。她找工作時，在履歷上頭都沒提到她會德語——一九一五年不是承認自己會講敵人語言的好時機。「我不會講德語。」她說，把他那杯茶遞過去。

「嗯。」他端起茶杯，打量著她。伊芙雙手交疊在膝上，一臉甜美又茫然的表情也打量他。

「你這張臉真是了不起，」上尉說。「好像腦子裡什麼都不想，完全看不出來。我對人的臉很在行，嘉德納小姐。主要是眼睛周圍的一些小肌肉，會讓人露出馬腳。但是你的那些肌肉大部分都控制得很好。」

伊芙又睜大眼睛，睫毛無辜又困惑地眨著。「恐怕我不明白你的意思。」

「可以容我問幾個問題嗎，嘉德納小姐？我跟你保證，絕對不會踰越分寸的。」

至少他還沒湊上來想摸她的膝蓋。「當然了，上—上—上尉。」

他往後靠坐。「我知道你是孤兒——法蘭西斯爵士跟我提到過——但是你可以談談你的父母嗎？」

「我父親是英國人。他到洛林的一家法國銀行工作，在那裡認識了我母親。」

「你是法國人？難怪你的口音這麼純正。」

「是的。」你怎麼曉得我的口音純不純正？

「我想，一個洛林姑娘應該也會講德語。那裡離德國邊境不遠。」

伊芙又垂下睫毛。「我沒學過。」

「你真的是個撒謊高手，嘉德納小姐。我可不會想跟你玩牌。」

「淑女是不會玩－玩牌的。」她說，儘管全身的每一條神經都發出警告，但伊芙卻相當放鬆。她感覺到危險時，總是很放鬆。就像在蘆葦叢中獵鴨、即將開槍的那一刻：手指搭在扳機上，鴨子不動，子彈即將飛出——她的心跳總是會減緩，變得極其平靜。現在她歪頭看著上尉時，心跳就減緩了。「你剛剛不是要問我的父母嗎？我父親生前住在南錫，也在那裡工作；我母親則是家庭主婦。」

「那你呢？」

「我在上學，每天下午放學回家吃飯。我母親教我法語和刺繡，我父親則教我英語和獵鴨。」

「好愉快的生活。」

伊芙露出甜美的微笑，想起蕾絲窗簾後頭的咆哮，粗俗的含混醉話和恨毒的爭吵。她或許學會假裝高貴，但她的出身遠遠沒有那麼優雅：老是在尖叫和扔瓷器，她父親吼她母親亂花錢，她母親指責她父親又被人看到跟另一個酒吧女侍在一起。在這種家裡長大的小孩，早早就學會在家庭地平線上冒出第一聲隆隆雷鳴時，便悄悄溜到房間邊緣，讓自己像黑夜裡的一抹影子般消失。早早就學會傾聽一切、權衡一切，同時保持不受注意的低姿態。「是的，那是很有啟發性的童年。」

「請原諒我這麼問……你的口吃，是從小就有的嗎？」

「小時候比較明－明－明——比較明顯。」她的舌頭老是打結又絆住，成了她身上唯一不順暢、會惹人注意的地方。

「你一定有一些很好的老師，幫助你克服。」

老師？他們看到她講話卡得面紅耳赤、快哭出來，就只是另外找一個可以更快回答問題的學生。大部分老師認為她頭腦簡單、講話結巴；每當一堆學生圍繞著她譏嘲，「說你的名字，說出來！嘉－嘉－嘉－嘉－嘉－嘉德納——」那些老師才懶得阻止，有時候還會跟著一起大笑。

不。伊芙是靠純粹野蠻的意志力去克服口吃的，她在自己的臥室裡結巴著、一行接一行把詩唸出來，不斷重複著那些卡住的子音，直到可以順暢唸出。她還記得花了十分鐘，才終於艱難地唸完波特萊爾經典詩作《惡之華》的導讀——而且法文還是她比較拿手的語言。波特萊爾曾說自己是以狂怒和耐心寫下《惡之華》的；伊芙完全理解。

「你的父母，」卡麥隆上尉繼續說。「他們現在呢？」

「我父親死於一九一二年，因為心血管阻塞。」也算是某種阻塞吧，被一個戴綠帽的丈夫揮著一把切肉刀，插入心臟。「我母親不喜歡來自德國那邊的紛擾，決定帶我來倫敦。」其實是為了逃避醜聞，而不是逃避德國佬。「她去年死於流行性感冒，安息主懷。」她母親直到死前都還是尖酸、粗鄙、叫罵不停，還會詛咒著朝伊芙扔茶杯。

「安息主懷。」上尉口氣虔誠地說，但伊芙一點也不相信他是真心的。「現在就剩下你了。伊芙琳．嘉德納，孤兒，會說純正的法語和純正的英語——你確定不會講德語？——在我的朋友法蘭西斯．蓋柏羅爵士的事務所裡工作，想必你會一直工作到結婚吧。長得漂亮，但總是傾向於避開別人的注意。或許是害羞？」

那隻虎斑貓走過打開的門，一邊探詢地發出喵聲。伊芙喊他跳到自己膝上。「卡麥隆上尉，」她說，搔著那虎斑貓的喉部皮毛，臉上的笑容讓她看起來像是十六歲，「你是想來引誘我嗎？」

她果然把他嚇到了。他往後坐，尷尬得臉紅了。「嘉德納小姐——我做夢也不會——」

「那你來這裡做什麼？」她直率地問。

「我來這裡是要評估你的。」他腳踝交叉，恢復鎮定。「自從我頭一次走進我朋友的辦公室、假裝不會講法語以來，我已經注意你好幾個星期了。我可以跟你坦白說嗎？」

「我們之前不都說得很坦白嗎？」

「我不相信你有坦白過，嘉德納小姐。我聽過你跟其他檔案小姐講一些理由，好躲掉你覺得無聊的工作。今天早上她們問你為什麼遲到，我聽到你非常厚臉皮地撒謊。說有個你沒興趣的計程車司機糾纏你，耽誤了你的時間——你從來不慌張，冷靜極了，但是你很會假裝慌張。你遲到不是因為一個多情的計程車司機；而是因為你盯著辦公室門外的一張徵兵海報，看了足足十分鐘。我算了時間，從樓上的窗子往下看到的。」

現在輪到伊芙往後靠坐且臉紅了。她早上的確是盯著那張海報看：上頭是一排健壯的英國陸軍士兵，穿著軍服且一模一樣，中間有一塊空白。還有一個空位要給**你**！海報上方的醒目標題如此宣告。**你要加入嗎？**伊芙站在那裡恨恨地想著。不。因為那排軍人中間的空位裡用小字寫著，這個空位只保留給健康的男人！所以，不，伊芙永遠無法加入，即使她二十二歲，而且非常健康。

她膝上的虎斑貓抗議起來，感覺到她撫摸著皮毛的手指緊握。

「所以，嘉德納小姐，」卡麥隆上尉說。「如果我問一個問題，可以得到你坦誠的答案嗎？」

可別太指望，伊芙心想。對她來說，撒謊和逃避都輕易得就像呼吸一般；她這輩子都得這樣。撒謊、撒謊、撒謊，但是一張臉純真得就像雛菊一般。伊芙記不得她上次跟任何人完全坦誠了。謊言比難堪而混亂的事實更容易。

「我三十二歲了，」上尉說，他看起來更老，那張臉憔悴而有皺紋。「老得無法打這場戰爭。我有不同的任務要做。德國齊柏林飛船每天攻擊我們的天空，嘉德納小姐，德國潛艇則每天出現在我們的領海中。我們每天都遭受到攻擊。」

伊芙猛點頭。兩星期前皇家郵輪盧西塔尼亞號被擊沉了——有好幾天，其他房客都不斷拭淚。伊芙沒有流淚，只是拚命讀著報上的報導，非常氣憤。

「為了避免遭受更多這類攻擊，我們需要人，」卡麥隆上尉繼續說，「我的任務是要找到具有某些特定技能的人——比方說，講法語和德語的能力。撒謊的能力。外表純真，內在勇敢。我要找到這樣的人，安排他們工作，查出德國佬對付我們的計畫。我想你很有潛力，嘉德納小姐。所以，我就問吧：你願意支持英國嗎？」

這個問題像一把大槌擊中伊芙。她顫抖著吐出一口氣，把貓放到旁邊，想都沒想就說：「我願意。」無論他說支持英國是什麼意思，答案都是願意。

「為什麼？」

她開始想著要說出一些簡單、可想而知的答案，說德國佬有多麼可惡，說她要為戰壕裡的那些小夥子們盡自己的一份力量。但她想了一會兒，放棄了那些謊言。「我想證明自己的能力，向每個曾因為我口吃就認定我腦袋簡單或軟弱的人證明。我想要戰－戰－戰——我想要戰－戰－戰－戰——」

她卡在那個字上，卡得好厲害，害她臉頰隱隱發熱起來，但卡麥隆上尉不像大部分人那樣光會催她講完句子，惹得她滿心憤怒。他只是靜靜坐在那裡，直到她一手握拳用力捶著穿裙子的膝蓋，然後那個詞終於說出來。她咬著牙說出，那種強烈的怒氣把貓都嚇得逃出房間。

「我想要戰鬥。」

「是嗎？」

「是的。」連續三個誠實的答案，對伊芙來說是創了紀錄。她坐在他深思的目光下，顫抖著，快哭出來了。

「那麼，我再問第四次，也是最後一次。你會講德語嗎？」

「流利得像母語。」她用德語回答。

「好極了，」賽索·艾爾默·卡麥隆上尉站起來。「伊芙琳·嘉德納，你有興趣加入英國軍隊，擔任間諜嗎？」

3

夏麗

一九四七年五月

我做了一些朦朧的惡夢，夢到槍聲從威士忌酒杯裡發出，金髮女郎在一列火車後方消失，一個聲音耳語道：「忘川。」然後有個男人的聲音說：「你是誰，小妞？」

我呻吟著睜開沉重的眼皮。前一夜因為那個瘋女人有一把魯格手槍，害我不敢在屋子裡面亂逛找床，於是就在客廳裡那張破舊的沙發上睡著了。我已經脫掉身上那套蓬裙的旅行套裝，只穿了一件連身襯裙，蜷縮在一張破爛的針織沙發罩毯下頭——而現在顯然是早上了。一道陽光透進沉重窗簾間的縫隙，有個人站在門口注視著我：一名深色頭髮的男子，穿著破舊的外套，一邊手肘靠在門框上。

「你是誰？」我問，剛睡醒還迷迷糊糊。

「我先問的。」他的聲音低沉，母音帶著微微的蘇格蘭顫音。「我從來沒聽說嘉德納有訪客。」

「她還沒起床吧？」我慌亂地朝他背後看一眼。「她威脅過我，說如果她起床後發現我還在這裡，就要朝我開槍——」

「聽起來很像她。」那個蘇格蘭男子評論道。

我想找衣服穿，但是不能在一個陌生男子面前只穿襯裙站起來。「我得離開這裡——」然後去哪裡？羅絲耳語道，這個想法讓我腦袋抽痛。我不曉得要去哪裡；我唯一有的，就是一張寫著伊芙名字的紙。剩下還有什麼？我的雙眼發熱。

「別急著折騰了，」那蘇格蘭男子說。「如果嘉德納昨天夜裡喝得爛醉，就可能什麼都不記得。」他轉身脫掉外套。「我去做早餐。」

「你是誰？」我又開口，但是門已經關上了。我猶豫了一會兒，把罩毯掀開，裸露的雙臂立刻凍得刺麻。我看著自己那套亂糟糟又發皺的旅行套裝，皺起鼻子。我行李包裡還有一件連身洋裝，但同樣是蓬裙束腰，同樣不舒服。於是我穿上一件舊毛衣和我媽痛恨的舊工裝褲，打赤腳走到廚房。我二十四小時沒吃東西了，餓得咕嚕叫的肚子很快就壓倒其他一切，甚至壓倒我對伊芙那把手槍的恐懼。

廚房出奇地乾淨又明亮。茶壺已經放在爐上燒水了，餐桌也已經擺好。那個蘇格蘭男子把他的舊外套搭在一張椅子上，穿著同樣破舊的襯衫站在那裡。「你是誰？」我忍不住好奇地又問。

「芬恩·奇爾戈。」他拿了一個平底鍋。「嘉德納的萬用工。你自己倒茶吧。」

我很好奇他喊她「嘉德納」，像是對男人那樣。「萬用工？」我納悶著，從水槽旁拿了一個有缺口的馬克杯。除了廚房之外，這屋子裡好像沒怎麼收拾。

他打開冰櫥翻找，拿出蛋、培根、蘑菇、半條麵包。「你仔細看過她的手嗎？」

「……看過。」那深色的紅茶很濃，正是我喜歡的喝法。

「她的手那樣，你認為她能做多少事？」

我輕笑一聲。「就我昨天夜裡看到的，她要扳起手槍的擊錘，或是打開威士忌瓶口的軟木塞，倒是沒問題。」

「這兩件事她的確可以設法做到。但是其他的，她就雇用我來做了。我幫她跑腿辦雜事，幫她收寄郵件，她出門時我幫忙開車。我也會做點飯，不過除了廚房以外，她不准我整理任何地方。」他說著把薄片培根一條接一條放進平底鍋裡。他個子很高，四肢瘦長，動作中有一種輕鬆靈活的優雅。他可能二十九或三十歲，黑色的鬍碴該剃了，深色的亂糟糟頭髮碰到衣領，非常需要理個髮了。「你在這裡做什麼，小姐？」

我猶豫了。我母親會說，一個萬用工向客人提出問題是非常不得體的。但是我不太算是客人，而且他比我更有資格待在這個廚房。「我叫夏麗．聖克萊爾，」我說，然後一邊喝茶，一邊簡單跟他說我為什麼會來到伊芙家。省略掉吼叫和手槍抵著我雙眼間這類細節。同時再度想著，才短短二十四小時，我的人生變得有多麼混亂。

因為你跟隨著一個鬼魂，一路從南安普頓來到這裡，羅絲低語道。因為你有點瘋了。

不是瘋了，我回嘴。我想救你，這並不表示我瘋了。

夏麗親愛的，你想救每個人。我、詹姆斯、我們小時候你在街上看到的每一隻流浪狗——詹姆斯。我瑟縮了一下，我良知裡那個可惡的聲音說，結果你沒能救他，不是嗎？

在無可避免的愧疚感湧上之前，我趕緊切斷這個思緒，等著伊芙的萬用工提出問題，因為老實說，我的故事太怪異了。但是他沉默站在那裡，朝平底鍋加入蘑菇和一罐豆子。我以前從沒看過男人做飯；我父親連在吐司麵包上塗奶油都不願動手，那是我和我媽負責的。但是眼前這個蘇格蘭男子站在爐子前，俐落地攪拌豆子、煎脆培根，似乎不在意油脂嘶嘶濺到他的前臂上。

「你幫伊芙工作多久了，奇爾戈先生？」

「四個月。」他開始切那半條麵包。

「那之前呢？」

他的刀子稍停下來。「皇家砲兵團，第六十三反坦克軍團。」

「然後來幫伊芙工作；轉變真大啊。」我納悶他剛剛為什麼暫停。或許他覺得難為情，結束了對抗納粹的軍旅生活，跑來幫一個揮著手槍的瘋女人做家務工作。「她是怎麼……」

我沒講完，不確定該怎麼問下去。她以前是做什麼工作的？她是怎麼會變成現在這樣的？

「她的手是怎麼受傷的？」我最後終於問。

「她沒跟我說過。」他把蛋磕開，一個接一個打進平底鍋裡。我的肚子又咕嚕叫了。「但是我可以猜。」

「你的猜測是什麼？」

「我猜她每根手指頭的關節，是很有條理地一個個被敲爛的。」

我打了個寒噤。「什麼樣的意外會造成這樣？」

芬恩·奇爾戈這才第一次看著我的雙眼。他兩道黑色直眉下方的深色眼珠戒備又冷漠。「誰說那是意外？」

我完整、沒斷掉的手指握著馬克杯，忽然間覺得茶變冷了。

「英式早餐。」他把那個熱平底鍋從爐子上拿起，放在切片的麵包旁。「我有根漏水的水管要處理，你要吃就自己來。不過多留一點給嘉德納。她起床會頭很痛，一鍋早餐是全英國最好的解宿醉方法。如果你全都吃掉，她真的就會朝你開槍了。」

他沒再看我一眼，就悄悄離開廚房。我拿了一個盤子，走向那個發燙的平底鍋，口水直冒。但是當我看著鍋裡那堆蛋和培根、豆子和蘑菇時，忽然覺得噁心起來。我一手摀著嘴，趕緊轉身，免得我吐在「全英國最好的解宿醉方法」上頭。

我知道這是什麼，即使之前沒有體驗過。我還是很餓，但是胃裡翻騰得好厲害，就算伊芙的魯格手槍又指著我的腦袋，我也沒辦法吃半口。這是孕婦晨吐。我的「小問題」頭一次決定要宣示自己的存在了。

我覺得好難受，不光是胃裡翻騰而已。我的呼吸急促，雙掌開始冒汗。「小問題」現在三個月了，但之前感覺上只是個模糊的概念——我感覺不到它，也無法想像它，看不到任何徵兆。它只不過像是一列輾過我人生中央的火車。在我父母介入後，它就像一個爛等式裡面必須去掉的

X。一個「小問題」加上跑瑞士一趟等於零，零，零。非常簡單。

但是現在，感覺上它遠遠不只是一個「小問題」，而且一點也不簡單。

「接下來我要怎麼辦呢？」我低聲說。我好久以來第一次想到這個問題。不是該怎麼處理羅絲，或是我父母，或是回學校，而是該拿我自己怎麼辦？

我不曉得在那裡站了多久，然後一個嚴厲的聲音打斷了我雕像般的姿勢。「原來入侵的美國人還在這裡。」

我轉身。伊芙站在廚房門口，穿著跟昨晚同一件印花家居服，披散的花白頭髮亂糟糟，雙眼充滿血絲。我做好準備，但或許奇爾戈先生說她會忘記前一夜威脅的話是對的，因為她似乎對我失去了興趣，只忙著按摩她的太陽穴。

「啟示錄的四騎士在我的腦殼裡頭又打又殺，」她說，「而且我嘴巴裡有一股陳年小便斗的味道。告訴我那個該死的蘇格蘭小子做了早餐。」

我揮了一下手，還是翻胃想吐。「都在那個煎鍋裡了。」

「上帝保佑他。」伊芙從抽屜裡拿了一把叉子，開始直接從煎鍋裡吃著早餐。「所以，你見過芬恩了。他真是性感猛男啊，是吧？要不是我這麼老又這麼醜，我就會像爬阿爾卑斯山一樣，把他給征服了。」

我離開爐邊。「我不該來這裡的，很抱歉昨晚硬是闖進來。我會去——」去哪裡？爬回去找我母親，面對她的怒氣，搭船去赴我的「約診」？我還有別的路可走嗎？我感覺那種棉花般厚厚的痲痹又悄悄回到身上。我想把腦袋靠在羅絲的肩膀，閉上眼睛；我想爬到廁所把肚裡的東西吐得乾乾淨淨。我覺得好想吐，好無助。

伊芙用一塊麵包抹起一滴蛋黃。「坐－坐吧，美國佬。」

無論是否結巴，那沙啞的聲音都充滿權威。我坐了。

她手指在一條擦碗布上抹了抹，伸手到家居服的口袋，拿出一根香菸。她點菸時吸了長而緩慢的一口。「今天的第一根香菸，」她說，吐出煙霧。「滋味總是最棒。幾乎彌補了該死的宿醉。再跟我講一次，你表姊叫什麼名－名－字來著？」

「羅絲。」我的心臟開始怦怦跳。「羅絲．傅尼葉。她——」

「我問你，」伊芙打斷我。「像你這樣家裡有錢的女孩。為什麼你爸媽不想盡辦法去找他們失蹤的外甥女呢？」

「他們試過了，找人去調查。」即使很氣我爸媽，但我知道他們已經盡力了。「查了兩年都毫無結果，我爸說羅絲一定是死了。」

「聽起來是個聰明人，你父親。」

他的確很聰明。身為專攻國際法的律師，他知道各種海外調查的管道。他已經做了他能做的，但是所有人連一封羅絲拍來的電報都沒收到——包括我，也就是我們全家最受她喜愛的人——於是我父親推出了合理的結論：她死了。我一直想適應這個想法，想說服自己。至少直到六個月前。

「我哥哥從太平洋塔拉瓦的戰區回來之後，只剩一條腿，六個月前他開槍自殺了。」我聽到自己的嗓子啞了。詹姆斯和我小時候從來不親；我只是個他可以欺負的妹妹而已。但是等到比較懂事以後，這類捉弄就變得溫和了；他會開玩笑說要把每個來追我的男生嚇跑，而我則在他加入海軍陸戰隊後取笑他可怕的髮型。他是我哥哥；我愛他，我父母覺得他完美無比。然後他死了，大概就在那陣子，羅絲開始從我的記憶裡走出來，進入我的視野。每個奔跑經過的小女孩，都變成了六歲或八歲或十一歲的羅絲；校園裡每個走在我前方的金髮女生，都變成比較大的羅絲，高個子且剛開始有曲線……每天我的記憶都要玩十幾次這種殘忍的把戲，讓我一開始心臟猛跳，然後又心碎。

「我知道大概沒有希望，」我看著伊芙的雙眼，想要讓她了解。「我知道我表姊很可能已經……我知道機率有多高。相信我，我可以算到小數點後的最後一位。但是我一定得試試看，我得把每一條線索追到最後，無論是多小的線索。只要有一丁點她還活著的可能——」

我還沒能講完，就又哽咽起來。在這場戰爭中，我已經失去哥哥。要是能找到羅絲，哪怕希望有多麼微小，我也會追查到底。

「幫幫我吧，」我對伊芙說。「拜託。如果我不去找她，就不會有任何人去找了。」

伊芙緩緩吐氣。「她曾在一家叫忘川的餐廳工作——是在哪裡？」

「利摩日。」

「嗯。老闆是誰？」

「一位荷內先生。我打過幾通電話，但是沒能查出他姓什麼。」

她的嘴唇抿緊。有好一會兒，她只是茫然瞪著一片空無，那些可怕的手指在她身體兩側彎起又舒展、彎起又舒展。最後她看著我，雙眼像玻璃板似地難以穿透。「或許我有辦法幫你。」

❖

伊芙打的那通電話似乎不太順利。她朝著聽筒裡大吼，在沒鋪地毯的走廊上來回踱步，同時手上的香菸前後揮動，像是一隻怒貓的尾巴。我只聽到一半的對話，但已經足以讓我了解大致的情形。「我不在乎打去法國要花多少錢，你這個坐辦公桌的母牛秘書，幫我接過去就是了。」

「你想連絡誰？」我問了第三次，但她跟前兩次一樣不理我，只是繼續呵斥那個接線生。

「啊，別再喊我夫人了，免得你嗆到，趕快把電話接給少校……」

我溜到屋外時，隔著前門還能聽到她的聲音。昨晚的灰溼一掃而空；今天的倫敦有晴藍的天空、疾馳的白雲，以及燦爛的陽光。我手遮在眼睛上方，尋找我昨天晚上隔著計程車的車窗在街角看到的那個形狀——找到了。一個鮮紅色的公用電話亭，完全是英國的典型象徵，因而看起來有點可笑。我朝那裡走去，胃裡又開始翻騰起來。之前伊芙開始打電話給那位神祕的少校時，我就逼自己吃了點吐司麵包，把我「小問題」造成的強烈嘔吐稍微安撫下來，但眼前的噁心是另外一種。我有自己的電話要打，而且我想這通電話不會比伊芙的更容易。

跟接線生爭論一番之後，接著又跟南安普頓海豚飯店的櫃檯職員爭論一番，我報上名字。然後：「夏洛特？喂，喂？」

我把聽筒拿離耳邊瞪著看，忽然被激怒了。我母親從來不會這樣講電話，除非旁邊有別人會聽到。她有個大肚子的女兒跑到倫敦一夜未歸，結果她還顧著擔心要讓海豚飯店的櫃檯職員留下好印象。

聽筒裡還在聒噪個不停，我湊回耳邊。「喂，媽媽，」我很快地說。「我沒被綁架，而且顯然也沒死掉。我在倫敦，非常平安。」

「親愛的，你瘋了嗎？就這樣消失掉，可把我嚇壞了！」她輕輕吸了下鼻子，然後喃喃用法語說謝謝；顯然櫃檯職員給了她手帕讓她擦眼睛。我不太相信她的眼妝會哭花了。這麼想或許很刻薄，但是我忍不住。「你在倫敦的哪裡？夏洛特，馬上告訴我。」

「不，」我說，胃裡除了噁心，還有另一個感覺在蔓延。「很抱歉，但是不。」

「別鬧了。你得回家。」

「我會的，」我說。「等到我徹底查清楚羅絲的下落。」

「羅絲？到底——」

「我很快會再打電話給你，我保證。」然後我掛回聽筒。

我走進伊芙家的前門，進入廚房，此時芬恩．奇爾戈回頭看我。「麻煩把擦碗巾遞給我，小姐？」他正在洗早餐的煎鍋，抬著下巴示意。我又是大吃一驚。我父親認為髒咖啡杯都會神奇地自己變乾淨的。

「她正在講另一通電話，」芬恩說，朝走廊點了個頭，然後接過擦碗巾。「想要連絡一位在法國的英國軍官，但是他去度假了。現在她正在電話裡吼一個女人，不曉得是誰。」

我猶豫了。「奇爾戈先生，你剛剛說你是伊芙的司機。你可以──你可以載我去一個地方嗎？我對倫敦沒熟到可以自己走，而且我沒錢搭計程車。」

我以為他會拒絕，因為我們素不相識，但是他聳聳肩，把手擦乾。「我去把車子開過來。」

我低頭看著自己的舊工裝褲和毛衣。「我得換個衣服。」

等到我準備好，芬恩正站在打開的前門口，一腳打著拍子，閒望著外頭的街道。他聽到我鞋跟發出的清脆響聲，就回頭看，然後兩道直直的黑眉毛豎起。我沒有誤以為那是欣賞。這一身旅行套裝是我行李包裡唯一乾淨的換洗衣服，而且讓我看起來像個牧羊女瓷偶，白色蓬裙底下是一層又一層的裙撐；粉紅色的帽子有半截面紗；潔淨無瑕的手套，還有一件緊身粉紅外套可以凸顯出每一條曲線──如果我有曲線可以凸顯的話。我抬起下巴，把那片愚蠢的面紗拉下來罩住眼睛。「我要去一家國際銀行，」我說，把地址遞給他。「謝謝了。」

「穿那麼多襯裙的小妞，通常是懶得謝司機的。」芬恩建議，幫我扶著門，讓我從他手臂底下穿過去。即使穿著高跟鞋，我還是不必彎腰就順利通過。

我伸手要關門時，聽到伊芙的聲音從走廊盡頭傳來。「你這個瞎了眼睛的該死法國母牛，不准你掛我電話……」

我猶豫著，想問伊芙為什麼幫我，因為她昨天晚上明明抵死不肯的。雖然我很想抓著她骨瘦的肩膀猛搖，搖到她說出自己知道的一切，但是我一直沒有逼問細節。我不敢激怒她或害她分心，因為她顯然知道些什麼。這點我很確定。

於是我離開她家，跟著芬恩出門。那輛車出乎我的意料：一輛深藍色的敞篷車，頂篷打開了，很舊，但是擦得像一枚新硬幣似的亮晶晶。「好漂亮的車，伊芙的嗎？」

「我的。」這車子跟他的滿臉鬍碴和衣袖手肘的補釘很不搭。

「是什麼車廠製造的，賓利？」我父親有一輛福特汽車，但是他喜歡英國車，每回我們來到歐洲，他總是會指著英國車給我們看。

「拉貢達（Lagonda）LG六。」芬恩幫我打開車門。「上車吧，小姐。」

我微笑著上車，同時他上了駕駛座，抓住半埋在我裙襬裡的排檔桿。跟這些陌生人在一起，他們不曉得我近日的不光彩事蹟，感覺相當不錯。我喜歡看著某個人的眼睛，看到對方把我視為一個值得尊重的小姐。但是過去幾個星期，我看著我父母的雙眼時，我看到的是妓女、失望、失敗。

你是個失敗的人，我內心那個討厭的聲音耳語著，但是我狠狠把它推開。

車外掠過的倫敦景色是一片模糊；灰色、鋪著鵝卵石的路面，沒有收拾的瓦礫、破裂的屋頂，以及看似完整的牆上有零碎破痕。全都是源自二次大戰，但現在是一九四七年了。我還記得在兩年前五月八日的歐戰勝利日之後，我父親看著報紙嘆了口氣說：「好極了，現在全都可以回到過往的日子了。」好像就在宣佈和平的那一天之後，屋頂和建築物和破碎的窗子全都可以一下子恢復完整。

芬恩開著那輛拉貢達ＬＧ六，穿過一條破爛得像是瑞士乳酪的街道，我忽然想到一件事，好奇地看著他。「為什麼伊芙會需要汽車？現在汽油短缺得這麼嚴重，搭有軌電車不是容易得多？」

「她不太適應搭有軌電車。」

「為什麼？」

「不曉得。有軌電車、封閉空間、擁擠人群——這些會讓她恐慌。上回她搭有軌電車的時候，差點像手榴彈似地爆發。在車上大喊，還手肘亂撞那些採購回家的家庭主婦。」

我搖頭，很好奇，隨著一陣隆隆聲響，拉貢達汽車來到目的地，停在那棟大理石正面的壯觀建築物前方。我臉上一定是透露了緊張的表情，因為芬恩輕聲問：「想要我陪你進去嗎，小姐？」

我想要，但是旁邊跟著一個滿臉鬍碴的蘇格蘭男子，可不會讓我看起來更值得尊重，於是我搖搖頭下車。「謝謝。」

我進入銀行，努力學著我母親那種輕鬆自信的步態，走過光滑的大理石地板。然後我報上自己的名字和要辦什麼事，很快地，我就被帶進一個辦公室，裡頭是一個祖父型、身穿千鳥格紋西裝的男子。他從一張正在寫著數字的表格上抬起頭來。「我可以效勞什麼嗎，小姐？」

「希望如此，先生。」我微笑，開始跟他小聊一下。「你在忙什麼？」指著他的表格和上面的一欄欄數字。

「百分率、數字。很無聊。」他起身，指著一張椅子。「請坐。」

「謝謝。」我坐下，在半截面紗下吸了口氣。「我想提領一些錢，麻煩你。」

我的美國祖母過世時留給我一筆信託基金。不是什麼鉅款，但是也不少。外加從我十四歲開始，每年暑假都到我父親的事務所打工，認真地把錢存進這個帳戶裡。我從來沒動用過裡面的錢；我讀大學有生活費，這樣就夠了。平常我都把存摺塞在我五斗櫃抽屜裡的內衣底下，但是在打包登上遠洋船班的最後一刻，我把存摺扔進了旅行箱裡——就像我也帶著伊芙的地址，以及羅絲最後下落的那份報告一樣。我沒有什麼確切的計畫，只是傾聽那個耳語的小聲音，如果你鼓起勇氣去做你真正想做的事情，就可能會需要這些……

我很高興我聽從了那個聲音，把存摺帶著，因為我完全沒有錢了。我不曉得伊芙為什麼決定幫我，但是我不認為是出於好心。如果代價是要給她錢，我會給的，或是給其他任何可能引導我找到羅絲的人，但是首先我就得有錢。所以我拿出存摺和身分證件，朝那位銀行主管微笑。

過了不到十分鐘，我就只能純粹靠意志的力量，才能保持那個微笑了。「我不懂，」我說了至少四次。「你有我姓名和年紀的證據，而且戶頭裡的錢顯然也足夠。所以為什麼——」

「要提領這麼大一筆金額，小姐，可不是小事。這個帳戶裡的信託基金，是為了你的未來。」

「但是裡頭的錢不光是信託基金，還有我自己的存款。」

「或許我們可以跟你父親談一下？」

「他人在紐約。而且這筆金額也沒有那麼多——」

那位銀行主管又打斷我。「把你父親辦公室的電話號碼給我就行了。如果我們可以跟他談，得到他的同意——」

這回換我打斷他了。「你不需要得到我父親的同意。這個帳戶用的是我的名字。當初是安排等到我十八歲的時候，就可以動用，現在我十九歲了。」我又把我的證件往前推。「除了我之外，你不需要其他人的同意。」

那位銀行主管在他的皮椅上挪動了一下，但是臉上祖父般的表情不曾動搖。「我向你保證，只要讓我們跟你父親談過，就可以安排的。」

我咬緊牙齒，好像上下牙都黏在一起似的。「我想要提領——」

「我很遺憾，小姐。」

我瞪著他的懷錶鍊、他胖嘟嘟的雙手，還有光線照著他頭髮稀疏處的頭皮。他甚至都不正眼看我了，只是把他的紙張拉回眼前，在上頭寫了更多數字，又劃掉。

我太小心眼了沒錯，但是我伸手越過桌面，從他手底下抽出那張表格，察看了一下各欄的數字。他還沒來得及發怒，我就從桌子邊緣拿起一根短鉛筆，把他寫的那些數字劃掉，寫上正確的。「你少算了零點二五個百分點，」我說，把那張表推過去。「所以你兩邊的帳始終沒辦法相等。不過你要確定的話，可以用加法機算一下。因為你顯然覺得不能把錢託付給我。」

他的笑容消失了。我站起來，下巴抬到我不在乎的最高檔，然後氣呼呼走出銀行，來到室外的陽光裡。帳戶裡不光有我繼承的遺產，還有我掙來的錢，可是我連五分錢都拿不到，除非有我爸陪同。這實在是太不合理了，我氣得依然咬牙切齒，但是我其實不完全意外。

這就是為什麼我有另一個備用計畫。

我坐上車，狠狠甩上門，大約有半件裙子都夾在車門外。此時芬恩抬起頭來。「你看起來有點名聲不好，請原諒我這麼說，」我說，又把門打開，把我的一半裙子扯進來。「奇爾戈先生，你是本來就名聲不好呢，或者只是討厭刮鬍子？」

他把剛剛在看的那份破爛報紙折起來。「算是兩者皆有吧。」

「很好。我要找一家當鋪。如果一個姑娘家要賣東西，對方不會問太多問題的那種。」

他瞪著我片刻，然後發動車子，駛入嘈雜的倫敦車陣中。

我的美國祖母在信託基金裡留了些錢給我。我的法國外婆則是生前有一串華貴絕倫的雙圈珍珠項鍊，在她過世之前，她拆成了兩串單圈項鍊：「每個人一串，一串給小夏洛特，一串給美人兒羅絲！我應該要給兩個女兒的，但是老天，你們的母親都變得好小氣，」她以慣常的法國坦率作風說，惹得我們兩個人慚愧地咯咯直笑。「所以就改讓你們兩個戴吧，我的小花們，讓你們惦記著我。」

我想到她，伸手到我的皮包裡摸著那串華麗的珍珠。我的小個子法國外婆，幸好在納粹佔領她鍾愛的巴黎之前，她就過世了。對不起，外婆，我心想。我沒別的辦法了。我拿不到我的存款，但是我拿得到我的珍珠。因為我母親很堅持要在我的「約診」之後帶我去巴黎，去買衣服、打電話約她的老友碰面，已表明我們去歐洲是出於社交原因，而不是因為有什麼醜事。所以，她要我帶著珍珠。我再看了項鍊最後一眼，大顆乳白珍珠串的扣環上鑲了一顆方形切割的祖母綠，然後芬恩在當鋪門口停下車，我大步走進門，把那些珍珠嘩啦一聲放在櫃檯上說：「你可以出多少？」

當鋪老闆的雙眼發亮，但是很平靜地說：「你得等一下，小姐。我正要完成一些很重要的交易。」

「老把戲，」芬恩低聲說，我沒想到他這回跟著我進來。「他想磨得你不耐煩，這樣你就會急著接受他出的價錢。你等著要在這裡停留一陣子吧。」

我抬起下巴。「我願意在這裡坐上一整天。」

「嘉德納的家離這裡不遠，我想回去看看她的狀況。你不會溜掉吧，小姐？」

「你不必喊我小姐的，你知道。」即使我還滿喜歡他這樣喊的，不過這麼正式好像很傻。「你又不是要護送我去白金漢宮。」

他聳了一下肩膀，大步往門外走去。「是的，小姐。」他在門關上之前說。我搖搖頭，坐在一張不舒服的椅子上，手指繞著我外婆的珍珠，足足等了三十分鐘，當鋪老闆才拿著他的珠寶放大鏡，把注意力轉向我。「恐怕你是受騙了，小姐，」他嘆了口氣。「玻璃珍珠。很好的玻璃，不過也只是玻璃而已。我想我可以給你幾鎊——」

「你再仔細看一下。」我知道我這條項鍊保了多少錢的險。我心裡把美元換算成英鎊，加上百分之十，然後說出總額。

「你有什麼來源紀錄嗎？或許購買的帳單？」他的放大鏡照著我，我看得出他的手指朝那個祖母綠扣環拉動，我把項鍊扯回來，我們繼續討價還價。就這樣磨了半個小時，他不肯讓步，我忍不住拉高嗓門。

「那我去找別的地方。」最後我吼道，但他只是淡淡一笑。

「如果沒有來源證明，你拿不到更好的價錢的，小姐。如果你父親陪著你來，或者你丈夫——有個人可以擔保你是合法持有這條項鍊……」

又來了。大老遠來到大西洋的這一岸，我還是擺脫不了我父親的控制。我轉頭看著窗子，好隱藏自己的憤怒，然後看到羅絲的金髮腦袋在門外經過的人群中閃過。但片刻之後，我看到那只是個疾走的女學生。啊，羅絲，我悲慘地想著，依然望著那個女孩的背影。你離開了家人跑去利摩日生活；老天在上，你是怎麼辦到的？沒有人准許女生獨立做任何事情的。不能花我們自己的錢，不能賣我們自己的東西，也不能規劃我們自己的人生。

我正在準備要繼續跟當鋪老闆徒勞地爭辯時，店門被砰一聲推開，一個女人的聲音開心地喊道：「夏洛特，你到底——老天，我跟你說過要等我的。你大概知道要跟我心愛的珠寶分開，會讓我心碎，所以你就自己跑來了？」

我瞪著眼睛。伊芙．嘉德納大模大樣地走進店裡，看著我滿面笑容，彷彿我是她的寶貝女兒似的。她穿著早上同樣那件印花家居服，又皺又舊，但是她還穿了絲襪和一雙體面的高跟鞋；一雙織補過的兒童手套掩飾了她扭曲的雙手，一頭散亂的頭髮攏上去，藏在一頂過時的、頂部釘著半隻魚鷹的巨大帽子裡。我完全嚇呆了，她看起來就像個貴族淑女。或許是個古怪的淑女，但依然是淑女。

芬恩謹慎地斜倚在門框上，雙手在胸前交抱，露出一個幾乎看不見的微笑。

「啊，我當然很遺憾跟這些寶貝分開，」伊芙嘆氣，拍著我的珍珠，像是拍狗似的，然後朝當鋪老闆露出冷漠的微笑。「南海珍珠，你知道，是我過世的親愛丈夫送我的。」她用手帕按了按眼角，我唯一能做的就是不要讓下巴掉下去。「還有那顆祖母綠，是產自印度的！來自坎普爾，在我們家族傳了好幾代，是我效命於維多利亞女王的親愛祖父買下的。當年他在那邊大勝印度兵，把那些褐色小惡魔給送上西天。」她滿口倫敦梅菲爾區的高貴口音。「我說，你再用放大鏡好好看清那種光澤，然後讓我聽聽你真正的估價，好先生。」

當鋪老闆的雙眼掃過她補得一絲不苟的手套，還有帽子上那個搖晃的魚鷹。伊芙一身破舊但高貴，顯然是個生活艱難的英格蘭淑女，只好來典當她的珠寶。「有來源紀錄嗎，夫人？一些證明——」

「有的，有的，就在這裡頭。」伊芙砰地把一個巨大的皮包放在櫃檯上，震得那珠寶商的放大鏡都滑開。「這裡——不，不是這個。我的眼鏡，夏洛特——」

「在你的包包裡，祖母。」我說，終於按捺住我的震驚，設法說出話來。

「我還以為在你那邊。檢查一下你的包包。不，你幫我拿著這個。是這個嗎？不，這是買那條中國披肩的帳單，讓我看看……來源紀錄，一定是在這裡……」

一張張紙傾瀉在當鋪的櫃檯上。伊芙像隻喜鵲似地逐一拿起來看，像是才跟女王喝完下午茶出來似地，用那慢吞吞的完美口音喋喋不休，翻找著那副不存在的眼鏡，把每一張紙片拿起來仔細對著光看。「夏洛特，再檢查一次你的包包，我很確定我的眼鏡在你那裡──」

「夫人，」當鋪老闆趕緊說，因為另一組顧客進來了。但是伊芙完全沒注意他們，像珍．奧斯汀小說裡的孀居貴婦似的高聲聊著。「老天，別催我。找到了，沒錯──哎呀不是，一定就在這裡頭──」她帽子上的魚鷹搖搖欲墜，掉下一陣蠹丸氣味的細碎羽毛。那當鋪老闆想去招呼下一組顧客，但是伊芙用他的放大鏡敲他的指節。「不准你離開我面前，好先生，我們這筆生意還沒談完呢！夏洛特，親愛的，幫我看看這張，我這老花眼……」那組顧客站在那裡一會兒，最後又離開了。

我站在那裡像電影裡面的小角色，看著那當鋪老闆終於不耐地皺了一下臉。「算了，夫人。不需要來源紀錄了──我沒那麼小心眼，我信得過你這樣的淑女所說的話。」

「很好，」伊芙說。「那你出價吧。」

他們討價還價了一陣子，但是我知道誰會贏。過了一會兒，那個挫敗的當鋪老闆數了一大疊挺刮的鈔票交給我，把珍珠收到櫃檯裡頭；我們轉身，我看到芬恩幫我們扶著門，眼神含笑。

「夫人？」他板著臉說，伊芙像個公爵夫人似地迅速走出門，帽子上的魚鷹顫動著。

「啊，」門在我們身後關上時，她說道，然後那種慢吞吞的梅菲爾口音不見了。「真是太好玩了。」

她看起來完全不像昨夜那個用茶杯喝威士忌、拿著魯格手槍的瘋婆子，也完全不像今天早上那個宿醉的醜老太婆。她看起來清醒、俐落、被逗得很樂，那雙灰色眼珠閃閃發亮，骨瘦的雙肩擺脫了老邁和破舊貴婦人的氣質，彷彿那是一件不方便的披肩。

「你是怎麼做到的？」我問，手裡還握著那疊鈔票。

伊芙．嘉德納脫掉一隻手套，又露出她可怕的手，然後從她的包包裡拿出香菸。「人類很愚蠢。只要說出一個稍－稍微像樣的故事，再隨便拿張紙湊到他們鼻子底下，加上夠鎮定，你就總是能過關的。」

這話聽起來像是引用某個人的說法。「總是？」問道。

「不。」她雙眼的亮光消失了。「不見得每次都這樣。不過這一回沒什麼風險。那個自以為了不起的混蛋知道他撿到了便宜。我只是讓他想更快把我送出店門而已。」

我不懂她為什麼有時結巴、有時不會。她在當鋪裡表演得流暢又冷靜，可是她為什麼要演這麼一段來幫我？我審視著她，看著她讓芬恩劃火柴幫忙點了菸。「你不喜歡我啊。」最後我終於說。

「沒錯。」她又半垂著眼睛看了我一眼，好像一隻鷹從鷹巢裡往下看。那眼神很樂，但是絲毫沒有喜歡，沒有溫柔。

我不在乎。她可能不喜歡我，但是她跟我講話時態度平等，不像是對著一個小孩或蕩婦。

「那你為什麼在裡頭要幫我？」我問，帶著跟她同樣的坦率。「你為什麼要幫我任何忙？」

「如果是為了錢呢？」她看著我手上的那疊鈔票，講了一個讓我猛吸口氣的數字。「我可以帶你去找某個可能知道你表姊下落的人，但可不是免費的。」

我夾在高高的蘇格蘭男子和高高的英國女人間，瞇起眼睛，真希望自己不會感覺那麼矮、那麼渺小。「除非你告訴我你今天早上是打電話給誰，否則我一毛錢都不會給你。」

「一個派駐在波爾多的英國軍官，」她毫不猶豫地說。「我們是三十年前認識的。不過現在他剛好去度假了。所以我又試了另一個認識很久的女人，可能知道一些事情。我跟她問起一家叫忘川的餐廳，還有餐廳的老闆，結果她掛了我電話。」她哼了一聲。「那個賤貨知道一些事。要是我們去當面跟她談，我會逼—逼她說出來的。就算我們跟她問不出來，一等到那位英國軍官去義大利馬爾凱獵鴨回來，我就可以問他。所以，這些值得你付個幾鎊嗎？」

她剛剛開口的數字可遠遠不止幾鎊而已，但是我沒說出來。「之前我提到荷內先生的時候，為什麼你就突然有興趣了？」我問道。「我連他的姓都不知道，你怎麼會認識他？或者是那個餐廳的名字，勾起你的興趣？」

伊芙隔著一陣煙霧微笑。「操他媽滾吧，美國佬。」她笑咪咪地說。

這句話可沒結巴。在伊芙．嘉德納之前，我沒聽過女人說過這句粗話。芬恩只是抬頭看著天空，謹慎地保持面無表情。

「好吧。」我說，把鈔票一張張邊數邊交到她手裡。

「這只有我要求的一半。」

「等到我們跟你的朋友談過之後，就會給你另一半了。」我同樣笑咪咪地說。「否則你拿了錢可能會跑去喝酒狂歡，丟下我不管了。」

「大概吧。」伊芙贊同道。但是我很好奇，儘管我剛剛那麼說，但是我很確定，她想要的不光是我的錢而已。

「那麼，我們要去哪裡找你的這個老朋友，那個女人？」我問，同時我們三個人擠進那輛拉貢達敞篷轎車，芬恩坐在駕駛座，伊芙坐在中間，一隻手臂滿不在乎地搭著他的肩膀，我則是靠門擠著，把剩下的鈔票塞進我的皮包。「我們要去哪裡？」

「福克斯通。」伊芙說，伸手要把她的香菸擰熄在儀表板上，但是芬恩從她手上搶過來，瞪著眼睛丟到窗外。「然後——到法國。」

4

伊芙

一九一五年五月

法國。伊芙將會去那裡擔任間諜。間諜。她實驗性地想著，試探著這個想法，像一個小孩試探著一個牙齒掉落後留下來的洞。她胃裡翻騰著，一部分是因為緊張，一部分是因為興奮。我就要去法國當間諜了。

但是去法國之前，先到福克斯通。

「你以為我可以把你從檔案室弄出來，然後直接丟到敵人的領土上？」卡麥隆上尉在火車上說，幫伊芙提著她塞滿的毛氈旅行包。此時離他在膳宿旅舍會客室對著一壺茶招募她只過了一天——她本來當天晚上就想穿著那身衣服跟他走，不管得體與否，但是上尉堅持次日下午很得體地來接她，主動讓她挽著手臂走到火車站，彷彿他們是要出門度週末。唯一看著伊芙離開的是那隻虎斑貓，她吻了貓鼻子，跟他咬耳朵說，留意隔壁的費茲太太；她答應在我離開的這段期間，要多餵你一點剩飯。

「要是任何人問起，」卡麥隆上尉說，兩人坐在空蕩的車廂隔間裡，「我是個慈愛的舅舅，要帶我最疼愛的外甥女到福克斯通曬太陽。」他把隔間門關牢，確定裡面只有他們兩個，然後又檢查一下看有沒有人在偷聽。

伊芙歪著頭，打量著他瘦瘦的臉和皺皺的粗花呢西裝。「你也太年輕了，不太像我舅舅吧？」

「你二十二歲，看起來只有十六歲；我三十二歲，看起來像四十五歲。我是你的愛德華舅舅。這就是我們現在和以後的偽裝身分。」

她已經知道，他真正的名字是賽索・艾爾默・卡麥隆。預科學校畢業後進入皇家軍事學院，在愛丁堡服役過一段時間，他微微的蘇格蘭口音一定就是當時造成的——現在伊芙知道他的公開資歷了，她接受他的招募時，他就詳細交代過。但是在這個非常祕密的行業裡，私人資歷只有在必要時才會透露……而現在她知道了第一個：一個化名。「那就愛德華舅舅吧。」伊芙的胃裡又是一頓翻騰。「那我的化名是什麼？」她看過吉卜齡和厄斯金・奇爾德斯和柯南・道爾的小說——就連在《紅花俠》這類愚蠢的小說裡，間諜也都有化名，有偽裝身分。

「到時候你就知道了。」

「我會去—去——我會去法國的哪裡？」在他面前，她再也不介意自己的口吃了。

「等著看吧。先搭火車再說。」他微笑，眼睛周圍現出皺紋。「小心了，嘉德納小姐。你的興奮表現出來了。」

伊芙立刻收斂表情，只剩一臉純真。

「好多了。」

福克斯通。戰前是個寧靜的濱海小城，現在是個繁忙的港口，每天都有擠滿難民的渡輪抵達，碼頭上法國人和比利時人的聲音比英國人還多。卡麥隆上尉一直沒說話，直到他們出了熙來攘往的車站，沿著木板道往前走，稍微比較有隱私之時。「從荷蘭的弗利辛恩搭船過來，福克斯通是第一站，」他說，留意著兩人的步伐，好跟木板道上其他人保持聽不到的距離。「我一部分的工作，就是要先跟那些難民面談，才能讓他們去英國其他地方。」

「要找像我這樣的人嗎？」

「還有像你這樣、幫另一方工作的。」

「你兩方找到了多少人？」

「我們這方六個，另一方是半打。」

「在你——招募來的人裡頭，」伊芙想知道，「女人多嗎？」這類人要怎麼稱呼？學徒間諜？訓練中的間諜？聽起來都好荒謬。一部分的伊芙還是無法相信這一切發生了。「我從來沒想到女性會被考慮擔任這樣的角色。」她誠實地說。卡麥隆上尉（愛德華舅舅）似乎有辦法以各種奇怪的方式問出她的實話。他一定是個偵訊高手，她心想。他這麼溫柔地哄你說出資訊，你幾乎沒意識到自己說出來。

「剛好相反，」上尉說。「我喜歡招募女人。男人會被疑心而攔下的地方，女人常常有辦法不動聲色地過關。幾個月前，我招募過一個法國女人——」他忽然露出深情的笑容，像是想起一段格外美好的回憶，「——她現在領導一個情報網，掌握了一百多個消息來源，而且讓整件事看起來好像很簡單。她對大砲位置的報告來得又快又準確，我們幾天之內就可以炸掉了。非常了不起。不管男性或女性，她都是我們最厲害的間諜。」

伊芙的好勝心被激起了。我會成為最厲害的。

卡麥隆上尉招了一輛計程車——「商店街八號。」那是個破舊的小地方，跟伊芙之前住的膳宿旅舍差別並不大，而且這個地方完全可以聲稱是膳宿旅舍，以免鄰居太過好奇。不過當上尉帶著伊芙進屋時，她站在會客室內褪色的地毯上，迎接她的不是皺著嘴的古板老女僕，而是一名穿著全套制服的少校。

他唇上蓄著威嚴的八字鬍，懷疑地看著伊芙，手指一邊摸著鬍子上了蠟的尖端。「很年輕。」他不贊同地說，上下打量著她。

「給她一個機會吧，」卡麥隆上尉溫和地說。「伊芙琳・嘉德納小姐，這位是喬治・艾倫登少校。我就把你交給他了。」

看著卡麥隆粗花呢的背影消失，伊芙一時覺得很害怕，但是她趕緊拋開那種感覺。我絕對不能害怕任何事，她提醒自己。不然我就會失敗。

少校看起來並不熱心。伊芙猜想他不像卡麥隆上尉那麼偏愛招募女性。「二樓第一個房間是你的。十五分鐘後來這裡報到。」就這麼輕易地，祕密世界朝她開放了。

福克斯通的訓練課程為時兩星期。待在通風不良、天花板很低的房間裡上課，窗子都封了起來，以抵擋五月的熱氣。房間裡充滿了看起來不像間諜的學生，跟著那些看起來不像軍人的講師，學習一些奇怪而險惡的事情。

儘管卡麥隆上尉偏好招募女人，伊芙發現自己是新生中唯一的女性。講師們都對她視而不見，老是看著教室裡的男人，不讓伊芙搶先回答問題，但是她並不覺得困擾，因為她因此有時間評估其他同學。總共有四個，而且每一個都跟其他人截然不同。這點是讓伊芙印象最深刻的。所有招募作戰軍人的海報上頭，都會有一排一模一樣的英國士兵，健壯而結實，相似得缺乏特色。那就是最理想的軍人：一列、一個軍團、一個營的強壯男人，全都差不多。然後她逐漸明白，如果有招募間諜的海報，上頭就只會有一列人，全都不一樣，而且看起來沒有一個像間諜。

四個人之中，有一個蓄著花白大鬍子的魁梧比利時人；兩個法國人，一個有里昂口音，另一個是跛腳；還有一個瘦巴巴的英國小夥子，對德軍的恨意熾熱得整個人幾乎要發亮。他不會是好間諜，伊芙判斷，沒有自制力。她對那位跛腳法國男子也不太看好；他每一稍微碰到挫折，就雙手握緊拳頭。但是整個訓練課程就是一種面對挫敗的練習，要以無盡的耐心學習種種繁瑣的技巧；挑開鎖、寫密碼，以及學習解碼。各種形態的隱形墨水，該如何製作、又要如何使之現形。如何看懂、繪製地圖，如何隱藏訊息——要學習的清單長得沒完沒了。他們學習如何在極小張的蓪草紙上編寫報告時，那個比利時男子輕聲詛咒著，因為他的兩個大拳頭就像槌子似的。但是伊芙很快就掌握了書寫那些小字母的訣竅，每個字母都不會比正常打字機所打出來的逗點要大。他們的講師是一個有倫敦東區口音的瘦削男子，從一開頭就難得瞧她一眼，直到看到她寫的小字後終於露出微笑，從此開始更注意她。

才兩個星期，伊芙不曉得這十四天能有什麼改變。或者不是改變，而是回到她本來的樣子？她覺得自己好像正在被火燒烤，逐漸蛻掉身體外的每一層外衣，把每一點可能壓制她心靈或身體的碎片都擺脫掉。每天早上她都興沖沖地醒來，掀開被子跳下床，腦子裡像是發出飢渴的長嘯，期待著新一天的挑戰。她手指靈巧地擺佈那些小紙片，俐落地挑開一個又一個守著祕密的鎖。她頭一次感覺到鎖裡的鎖桿簧發出喀啦聲時，那種強烈的、十足的喜悅，比男人要吻她更令她激動。

我生來就是要做這個的，她心想。*我是伊芙琳．嘉德納，這就是我的歸屬。*

第一個星期末尾，卡麥隆上尉來探望她。「我的門生還好嗎？」他問，沒有事先通知，就來到那個不通風、臨時湊合的教室裡。

「非常好，愛德華舅舅。」伊芙莊重地說。

他的雙眼在笑。「你在練習什麼？」

「把字條隱藏起來。」如何在她的袖口割開一條縫，塞進一小捲字條，以及如何趕緊把那捲字條很快拿出來。要做到這些，手指必須迅速且靈活，而伊芙兩者皆具。

上尉倚著桌緣彎腰。他今天穿了制服，她第一次看到他穿著卡其軍裝，覺得很適合他。「以你現在穿的衣服，有多少地方可以隱藏這樣的字條？」

「袖口、衣服褶邊、手套的指尖，」伊芙逐一列舉。「另外當然可以插進頭髮裡。還有繞在戒指的內緣，或者鞋子的鞋－鞋跟裡——」

「嗯，最後一個最好忘掉。我聽說德軍已經曉得這個鞋跟花招了。」

伊芙點頭，腦袋裡記住這件事。她展開那個小小的空白紙條，開始迅速縫進手帕的褶邊。

「你的同學都去練習射擊了，」上尉注意到。「為什麼你沒去？」

「艾倫登少校不認為有必要。」我不認為一個女人有機會拿著手槍開火，他是這麼說的，於是伊芙的同學帶著借來的韋伯利轉輪手槍去打靶時，伊芙就留在教室裡。現在她的同班同學只剩三個了——那個瘦巴巴的英國年輕小夥子已經被認為不適合，於是邊哭邊咒罵著離開。如果你想跟德國人作戰，就去從軍吧，伊芙頗為同情地想著。

「我覺得你應該學習手槍射擊，嘉德納小姐。」

「這樣不是會違－違反少校的命令嗎？」卡麥隆和艾倫登不喜歡對方；伊芙打從第一天就看出來了。

卡麥隆只是說：「跟我來吧。」

他沒帶伊芙去靶場，而是來到一片空曠無人的海灘，遠離碼頭區的熙攘。他朝海水走去，肩膀上的小背包隨著每一步都發出叮噹聲，伊芙跟在後頭，靴子的鞋跟沉入沙子，大風猛吹著她整齊盤好的頭髮。這個上午很熱，伊芙真希望自己可以脫掉外套，但是離開教室來到偏遠的海灘，跟一個絕對不是她舅舅的男人獨處，已經夠不得體了。葛瑞森小姐和其他檔案室小姐都會覺得我太不像話了。然後伊芙把那個想法拋開，脫掉外套，說服自己說如果她老在想得體與否，當間諜就不可能太成功的。

上尉找到一根漂流木，從他叮噹響的背包裡拿出幾個空玻璃瓶，排列在那根漂流木上。「這樣可以了。往後走十步。」

「我不是應該從更遠的地方開槍嗎？」伊芙問，把她的外套扔在一片乾掉的海草上。

「如果你要瞄準一個男人，他可能會離你很近。」卡麥隆上尉走到一段距離外，然後從槍套裡拔出手槍。「這把是魯格九毫米P〇八——」

伊芙皺起鼻子。「德國手－手槍？」

「不要小看它，嘉德納小姐，這把槍比我們的英國手槍要更準確、也更可靠太多。我們的軍人配發的是韋伯利Mk IV手槍；你同班同學練習打靶也是用那種，他們其實是白練了，因為韋伯利的後座力很強，要想掌握得好，必須花上好幾個星期。但是換了魯格手槍，你只要練習幾個小時，就能擊中目標了。」

卡麥隆上尉俐落地拆卸手槍，說出每個零件的名稱，然後要伊芙一次又一次組合起來，直到她不再笨拙。等到她掌握了訣竅，雙手靈巧且迅速，她又感覺到一陣流動的興奮湧上來，自從她來到這裡後，每當她看懂一幅地圖或破解一個訊息，她就會感覺到這種興奮。更多，她心想。給我更多吧。

卡麥隆又教她裝卸子彈，伊芙看得出他在等著看她會不會開口要求射擊，而不光是在擺弄這些零件而已。他想看我是否有耐心。她把一綹被風吹散的頭髮攏到耳後，默默照著他的吩咐做。

我可以等上一整天，上尉。

「那裡。」最後他終於指著排列在漂流木上那些瓶子的第一個。「你有七發子彈。用槍口的準星瞄準，這樣。這把槍的後座力不像韋伯利那麼強，不過還是有一些的。」他一根手指輕敲她的肩膀、她的下巴、她的指節，糾正她的姿勢，沒有試圖吃她豆腐——伊芙記得住在南錫時，每回她去參加獵鴨，那些法國小夥子總是會說，我來教你怎麼瞄準！然後雙臂就想抱住她。

上尉點點頭，後退。帶著鹹味的疾風扯著他的短髮，吹皺了他後方英吉利海峽裡的灰藍色海水。

她射光了七發子彈，槍聲在空曠的海灘上迴盪，一個瓶子都沒有擊中。她失望極了，但是知道最好不要顯露出來。她只是默默地重新裝彈。

「你為什麼想做這個，嘉德納小姐？」上尉問，然後點頭要她再度開槍。

「我想盡自己的一份力量。」她完全沒結巴。「這樣很奇怪嗎？去年夏天戰爭剛開始的時候，英國每個年輕男人都急著想從軍，貢獻自己的力量。有人問過他們為什麼嗎？」她舉起魯格槍，謹慎拿捏著間隔時間，陸續開了七槍。這回擊破了一個瓶子的邊角，一塊玻璃飛起，但是瓶子沒有擊碎。又是一陣強烈的失望。但是有一天，我會成為最厲害的，她暗自發誓。比你在里爾的那個王牌人員還要厲害，不管她是誰。

上尉繼續說：「你恨德國人嗎？」

「我是在南錫長大的，德國離那裡不遠。」伊芙又開始裝彈。「當時我不恨他們。但是後來他們入侵法國，破壞殆盡，把一切好東西都據為己有。」她射出最後一發子彈。「他們憑什麼有這種權利？」

「不憑什麼，」他審視著她。「但是我認為，對你來說，愛國的成分沒那麼強，你主要是想證明自己的能力。」

「沒錯。」她承認，而且感覺很好。她最想要的就是證明自己，想得都心裡發痛了。

「握槍的手稍微鬆開一點。你這樣是在拉動扳機，而不是扣下，所以你開槍時會往右偏移。」

她的第二發擊碎了一個瓶子。伊芙咧嘴笑了。

「別把這個當成玩遊戲，」上尉低頭看著她。「我看到很多年輕人熱血地想擊敗德國豬。對普通士兵來講沒問題；他們進入戰場的第一個星期就會失去這種幻想了，也不會傷害到什麼，除了他們的純真。但是間諜不能為了任何事而熱血。把這個視為玩遊戲的間諜會害自己送命，而且很可能也會害自己的同伴送命。不管你聽說過德國佬有多蠢，他們其實很聰明，也很無情，而且從你踏上法國的那一刻起，他們就決心要抓到你。你是女人，可能不會被押去槍決，就像上個月我送去魯貝的那個十九歲小夥子那樣。但是你有可能被丟進某個德國監獄爛掉，在成群老鼠裡面慢慢餓死，沒有人可以幫你——連我都沒辦法。你明白嗎，伊芙琳．嘉德納？」

又是一個測試，伊芙心想，心臟跳得好厲害。測試沒通過，她就去不成法國。測試沒通過，她就得回到倫敦的那個租屋，回去做信件歸檔的工作。不行。

但是正確的答案是什麼？

卡麥隆上尉等著，雙眼定定望著她。

「我從不認為這是玩遊戲，」伊芙最後終於開口。「我不玩－玩遊戲。遊戲是給小孩玩的，而我或許看起來只有十六歲，但是我絕對不是小孩。」她又開始裝彈。「我不能保證自己不會失敗，但就算失敗，也不會是因為我把這個當成兒戲。」

她也目光凌厲看著他，心臟還在怦怦跳。正確的答案是什麼？她不知道。但是剛剛說的，是她唯一知道的答案。「我們會派你到德軍佔領的里爾，」最後卡麥隆上尉說，伊芙鬆了一口氣，雙腿發軟得差點站不住。「但是你會先去勒阿弗爾，去見你的連絡人。你的名字會是瑪格麗特．勒法蘭索瓦。你要學著對這個名字有反應，就像是聽到自己真正的名字一樣。」

瑪格麗特．勒法蘭索瓦（Marguerite Le François）。翻譯成英文，就是類似「法國雛菊」，伊芙露出微笑。對一個純真的女孩，一個被忽視、沒主見的女孩而言，這是個完美的名字。只不過是一朵無害的小雛菊，一臉清新地潛伏在草地裡。

卡麥隆上尉也朝她微笑。「我覺得這個名字會很適合你。」他指著那排玻璃瓶，只剩六個了——他有細瘦、曬黑的雙手，伊芙看到他左手上的黃金婚戒發亮。「再試一次。」

「沒問題，愛德華舅舅。」伊芙用法語說。

到了那天下午的尾聲，所有的玻璃瓶都擊碎了。在他指導下練了幾天，她就可以用七發子彈擊碎七個玻璃瓶。

有天下午伊芙射擊練習完畢，回到教室。「卡麥隆在你身上花了很多時間啊，」艾倫登少校說，打從伊芙來到這裡，他從來懶得跟她講話，但現在他卻疑問地看了她一眼。「要小心啊，親愛的。」

「我不明白你的意思。」伊芙回到自己的桌後坐下，準備要上密碼破解實習課，其他同學都還沒來。「上尉是個完美的紳士。」

「唔，或許並不完美。有那件不光彩的事情，讓他坐牢三年。」

伊芙差點摔下椅子。卡麥隆，紳士的聲音帶著微微的蘇格蘭腔，讀過大學預校的完美文法，眼神溫和，瘦長又優雅。坐牢？

少校的手指摸著上蠟的八字鬍，顯然等著她追問刺激的細節。伊芙拉直裙子，保持沉默。

「詐欺，」少校最後終於說，顯然很樂於講一個屬下的八卦。「如果你好奇的話。他太太聲稱她的珍珠項鍊被偷，犯了保險詐欺罪，很嚴重的罪。據說他是幫她頂罪，不過誰曉得到底是怎麼回事？」伊芙的表情似乎讓少校很樂。「我想他沒跟你提過他坐牢的事情，嗯？」他擠了一下眼睛。「或者提到他太太。」

「這些，」伊芙冷冷地說。「都不關我—我的事。而且既然他在軍隊裡復職，還被託付重任，那麼我也沒有資格質疑他的權威。」

「我可不會說是託付重任，親愛的。戰爭會撮合奇怪的夥伴；我們需要所有能找到的人手。沒錯，卡麥隆得到赦免又恢復原職了，但是這不表示我希望任何女學員單獨跟他去海灘散步。男人一旦坐過牢，唔……」

伊芙回想著卡麥隆長長的雙手拿著魯格手槍，替她裝彈。她無法想像那隻手會竊佔任何東西。「你－你－你要說的就是這些嗎，長官？」她好想知道更多詳情，那是當然，但是她受不了眼前這個存心不良的海象，留著那可笑的八字鬍，她寧可死也不想再問他一個字。少校慢吞吞走開了，顯然很失望。次日伊芙暗自打量卡麥隆，但是什麼都沒問，因為福克斯通的每一個人都有祕密。到了訓練課程結束那一天，他將那把魯格手槍塞進她整理好的毛氈旅行包裡，當成送她的禮物，然後說：「你明天早上就會出發，前往法國。」

第二部

5

夏麗

一九四七年五月

我不曉得橫越英吉利海峽要花多久時間。當你都在嘔吐時，時間漫長得彷彿永遠沒有盡頭。

「不要閉上眼睛。」我淒慘地緊抓著欄杆時，芬恩．奇爾戈的蘇格蘭口音在我身後響起。「如果你看不到海浪從哪裡來，胃裡會更難受。」

我的雙眼閉得更緊。「拜託不要講那個字眼。」

「什麼字眼？」

「海浪。」

「只要看著海平面，然後——」

「太遲了，」我呻吟道，身子探出欄杆。我已經沒有東西可以吐了，但是胃裡還是翻騰不已。我眼角可以看到兩個穿著考究西裝的法國男子皺起鼻子，離我更遠些。一陣猛烈的海風吹過甲板，我那頂有著醜陋捲邊的墨綠色帽子被吹跑了。芬恩手探出欄杆去撈。「算了吧，」我在乾嘔之間吸氣。「我討厭那頂帽子！」

他微笑，手攏起我亂飛的長髮，幫我握在腦後，看著我又吐了最後一次。我頭一次在他面前吐的時候，覺得難堪得要命，但是現在我難受得不管丟不丟臉了。「以美國人來說，你的胃可真嬌弱，」他說。「從你們的熱狗和咖啡來看，我還以為美國人碰到什麼都不會吐的。」

我直起身子，大概臉色發青。「拜託不要說熱狗。」

他放開我的頭髮。「沒問題。」

伊芙在船的另一頭，因為她覺得我的淒慘模樣非常好笑，我如果不離她遠一點，一定會殺了她。後來芬恩也加入我。他一定是受夠了她的滿嘴粗話和煙霧，不過很難想像那會比我吐個不停要更糟。

他手肘往後靠在欄杆上，抬頭看著船上矮而寬的上層甲板。「小姐，我們到了勒阿弗爾之後，要去哪裡？」

「伊芙說我們要找的那個女人在魯貝，所以我們不妨先去那裡，再去利摩日。但是我在想……」我停下來。

「想什麼？」

「第一站去盧昂？」我講出來完全像個問句，心底好懊惱。我們的下一步要去哪裡，根本不必徵求他們同意的；這是我的遠征，不過這個字眼聽起來太浮誇了。我的任務？我的執迷？唔，無論怎麼稱呼，錢都是我出的，所以一切由我作主。這一點芬恩和伊芙似乎覺得理所當然，而我也不禁很享受這種感覺，因為之前有太多個星期，我都感覺自己像是漂在漩渦上的一片葉子。

「我們要去盧昂，」我堅定地說。「大戰結束後，我姨媽已經離開巴黎，搬到盧昂的夏日別墅定居了。羅絲的母親，她寫來的信不是很熱心，但是如果我出現在她家門口，她一定會願意跟我談的。」

我想著我的法國姨媽，還有她響個不停的皮包裡裝滿了各式各樣藥盒，以治療她相信會害死自己的種種疾病，我很想抓住她瘦巴巴的雙臂，搖到她告訴我答案。羅絲為什麼在一九四三年離家？你的女兒發生了什麼事？

我望向甲板另一頭，看到了八歲的羅絲，瘦而結實，滿臉雀斑，沿著欄杆蹦蹦跳跳。她朝我微笑，然後我看到那不是羅絲，甚至沒有羅絲的金髮。我看著那小女孩奔向她船首的母親，腦中的想像力仍在試圖告訴我：在那窄窄的背部彈起的是羅絲的淺金色辮子，而不是一個陌生人的褐色辮子。

「盧昂，」我又說了一次。「我們今晚在勒阿弗爾過夜，明天早上開車去。要是我們能搭火車的話，今天晚上就能趕到盧昂了……」伊芙只肯搭汽車，斷然拒絕考慮其他交通工具，於是我還得花一大筆錢，雇吊車把芬恩的拉貢達弄上船。彷彿我們是英國的貴族，要開車去歐陸玩，在戶外來一場香檳野餐會。光是運那輛車的錢——而且因為那輛車，我們只好搭慢船到勒阿弗爾，而不是到濱海布洛涅——就足以買六個人的法國來回船票了。「那隻母牛就不能振作一點，忍耐著搭火車嗎？」我埋怨道。

「我不認為她辦得到。」芬恩說。

我朝甲板另一端的伊芙看了一眼。之前開車到福克斯通的路上，她不是罵人就是沉默，到了碼頭又不肯下車，芬恩只好下車陪我去買船票。等到我們回到車旁，她不見了，我們前後張望，才發現她站在商店街標示著八號的那棟破舊排屋前——只是站在那裡，臉很臭。「不曉得那個英國瘦小子後來怎麼樣了，」她說，不曉得在指什麼。「訓練時淘汰掉的那個。他跟著其他人從軍了？死在戰場上了？幸運的混蛋。」

「什麼訓練？」我火大地問，但她發出刺耳的笑聲說：「我們不是要趕著上船嗎？」

而現在伊芙坐在這艘破舊輪船甲板的另一頭，沒戴帽子，一根接一根抽著菸，看起來意想不到地脆弱。「我哥哥總是那樣坐著，」我說。「背靠著角落。總之，他從塔拉瓦回來之後，就變成那樣。他有天夜裡喝醉了，跟我說除非他能看到所有可能開火的方向，否則他就無法安心。」我喉嚨像是浮起一個硬塊，想到詹姆斯那張英俊的大臉，在酒後的恍惚和硬撐出來的假笑之下其實不太英俊了，因為他的雙眼好空洞……

「很多軍人都那樣。」芬恩平靜地說。

「我知道。」我吞下喉嚨的那個硬塊。「不光是我哥哥而已——在我以前打工的那家咖啡店裡，來店裡的軍人也常常那樣。」我看到芬恩驚訝的表情。「怎麼，你以為有錢美國小孩不可能去打工？」

他顯然就是這麼想。

「我父親認為，他的子女應該要懂得賺錢有多辛苦。所以我十四歲開始就在他的事務所打工。」那家事務所專門處理國際法相關事務，電話線上講法語和德語的就跟講英語的一樣多。我一開始是負責幫植物澆水、沖咖啡，但很快地，我就轉去歸檔、整理我爸的筆記，甚至後來幫他記帳，因為我顯然比他的秘書做得更快、更俐落。「然後我就去本寧頓學院讀書了，」我繼續說。「沒有我媽管我，我就在一家咖啡店找到打工的機會。我在那裡看到過一些軍人。」

芬恩一臉困惑。「為什麼要打工呢？你又不缺錢。」

「我喜歡當個有用的人。只要能讓我脫離白手套和社交舞會的事情，我都有興趣。在咖啡店可以觀察人，心裡幫他們編故事。那邊那個人是納粹間諜，那邊那個是女演員，正要去參加百老匯一齣戲的選角甄試。此外，我對數字很厲害，所以我在店裡很有用——心算帳單、負責出納。我在學校是主修數學的。」

當初我母親聽說我在本寧頓學院修了微積分和代數時，眉頭皺得好緊。「我知道你喜歡那些東西，親愛的——你要去佛蒙特州念書，我真不曉得以後該找誰幫我算我的支票帳戶餘額！——但是約會時不要太強調這事情。不要像你平常那樣，老是在腦袋裡把帳單總數心算出來，看你能不能比侍者更快。男生不喜歡這類事情的。」

或許這就是我為什麼一到本寧頓學院，就去找了那份咖啡店的工作。我從小到大就聽我媽嘮叨什麼是恰當的，什麼是合宜的，什麼是男生喜歡的，找這份工作就是我對這些嘮叨的小小反叛。我母親送我去上大學是為了讓我找個丈夫，但我卻是去找別的。不是他們替我挑好的、而是另一條不同的路——旅行、工作，誰曉得什麼。我還沒搞清楚是什麼樣的路，但接著「小問題」冒了出來，把我母親的計畫和我整個人生都打得粉碎。

「在咖啡店算帳找零，」芬恩露出微笑。「真是度過一場戰爭的好方法。」

「我年紀太小不能當護士，又不是我的錯。」我猶豫著，但還是問了。我的胃還在翻騰，跟他講話有助於讓我轉移注意力。「那你的戰爭呢？」因為每個人的戰爭都不一樣。我的是代數作業、參加奇奇怪怪的約會，每天都等著羅絲和詹姆斯的信。我父母的戰爭是響應政府呼籲而自己種菜、收集廢棄金屬，另外我母親為了沒有絲襪、只好在兩腿塗化妝品而煩惱。而我可憐的哥哥，他的戰爭……唔，他不肯說是什麼樣，但是那個情形讓他吞槍自殺。「你的戰爭是什麼樣？」我又問了一次，眨眨眼睛不去想詹姆斯的臉，免得我喉嚨又哽咽了。「你說你以前是在反坦克軍團。」

「我沒受傷。過得很愉快，純粹又完美的絕妙時光。」芬恩是在嘲弄什麼，但我不認為是在嘲弄我。我想問，可是他的臉已經拉下來，我無法鼓起勇氣再多問。畢竟，我對他幾乎一無所知——只知道他是伊芙的萬用工，是做早餐的蘇格蘭人。我不知道他是不是喜歡我，或純粹只是出於禮貌。

我希望他喜歡我。不光是他，我也希望伊芙喜歡我，儘管她搞得我很困惑又火大。在他們的陪伴下，我的人生展開了新的一頁。對他們來說，我是夏麗．聖克萊爾，全世界最奇特搜索隊的帶頭者。而不是一個丟臉至極又徹頭徹尾的淫婦。

最後芬恩走開了，我的胃又開始翻攪起來。接下來的這段航程，我一直盯著海平面，努力吞嚥。終於，我聽到有人喊著——勒阿弗爾！——我吃力地提著行李箱，頭一個下了碼頭。我實在太高興又能回到堅實的地面上，簡直要趴下來親吻土地了。於是花了好一會兒，我才開始注意到周圍的景物。

勒阿弗爾的戰爭痕跡比倫敦要多。港口被夷平了，那是一九四四年盟軍為收復此處所造成的，我記得那場轟炸被稱之為「鐵與血的風暴」。四處還有好多瓦礫，許多建築物消失了。此外，這裡籠罩著一種普遍的灰敗沮喪，周圍的人群有一種疲憊之色。之前我碰到的倫敦人似乎都有某種冷酷的幽默感，彷彿是在說，現在餅乾裡面還是沒有鮮奶油，但是至少我們從來沒被入侵，對吧？

儘管我在報紙上看過有關法國種種欣喜若狂的消息——戴高樂將軍的軍隊勝利進入巴黎的林蔭大道，興奮尖叫的群眾——但眼前，這個國家看起來只是筋疲力盡。

等到伊芙和芬恩也下船來，我已經把悲傷拋在腦後，數著之前在福克斯通換來的一疊法郎。（「親愛的，你父親知道你要換這麼多錢嗎？」）芬恩把伊芙和她破舊的行李包放在我旁邊，就急忙回到碼頭邊去盯著卸貨起重機，以確保他的寶貝車子不會被撞凹。「我們得找家旅館，」我茫然地說，把我的法郎從頭數一次，按捺住突然湧上的一股倦意。「你知道有什麼便宜的地方嗎？」

「在這麼一個港邊城市，最不缺的就是便宜。」伊芙好笑地看著我。「要不要跟芬恩睡同一間？兩個房間比三個房間便宜。」

「不，謝了。」我冷冷地說。

「你們美國人真是老古板。」她低聲笑道。我們沉默站在那裡，直到那輛深藍色的拉貢達終於繞過轉角駛來。

「他怎麼會弄到這麼一輛車子？」我納悶著說，想著芬恩破舊的襯衫。

「大概是用了什麼不合法的手段吧。」伊芙漫不經心地說。

我眨著眼睛。「你在開玩笑嗎？」

「不是。你以為他替我這樣的壞脾氣賤貨工作，是因為好玩嗎？其他人都不會雇用他的。我大概也不該，但是我無法抗拒有蘇格蘭口音和坐牢紀錄的帥男人。」

我差點從我的高跟鞋上摔下來。「什麼？」

「你還沒猜到嗎？」她揚起一邊眉毛。「芬恩是前科犯。」

6 伊芙

一九一五年六月

瑪格麗特．勒法蘭索瓦從雨中走來，進入這家位於勒阿弗爾的餐館，在一張孤立於角落的桌邊坐下：一個得體的年輕姑娘，戴著帽子和手套，以她帶著北部口音的法語，羞怯地跟侍者點了一杯檸檬水。要是你察看瑪格麗特的手提包，就會發現她所有排列整齊的身分證明卡片：她生於魯貝，十七歲，有工作證明。但是瑪格麗特還有其他什麼經歷，伊芙還不太確定——這個身分還很薄弱，往後還得加入種種細節，才能使之真實。卡麥隆上尉——愛德華舅舅——在福克斯通送伊芙上船時，只給她一批完美無瑕的假文件，一套雖然很舊、但是體面的旅行裝，還有一個破爛的旅行箱裡裝滿了比較體面的舊衣，以及一個目的地。「到了勒阿弗爾，」他在碼頭上說，「你會見到你的連絡人。她會告訴你往後該知道些什麼事情。」

「她就是你的那個明星？」伊芙忍不住問。「你最厲害的情報員？」

「是的。」卡麥隆微笑，眼角皺起。他沒穿之前整潔無瑕的卡其制服，又回復到之前那套沒有特色的粗花呢西裝。「我想不出更好的人選，可以幫你做好準備了。」

「我也會跟她一樣優秀的，」伊芙熱切看著他的雙眼。「我會讓你引以為榮的。」

「你們全都讓我引以為榮，」卡麥隆說。「一個新手從接受指派任務的那一刻起，我就很引以為榮。因為這不光是一個危險的工作，而且很卑鄙又令人反感。去偷聽門內的談話、偷看別人的信件，其實並不高尚——即使對方是敵人。沒有人認為紳士該做這類事情，即使是在戰爭期間。更別說淑女了。」

「一派胡言。」伊芙刻薄地說，卡麥隆笑了。

「完全是一派胡言沒錯。不過，我們做的這種工作並不是很受人尊重，就連那些仰賴我們情報的人也是如此。不會有人為你歡呼，沒有名聲，沒有讚美。只有危險。」他拉了一下她的米色小帽，調整到更好的角度，遮住她整齊的捲髮。「所以，千萬不要擔心你不能讓我引以為榮，嘉德納小姐。」

「勒法蘭索瓦小姐才對。」伊芙提醒他。

「的確。」他說，然後微笑退去。「要小心。」

「沒問題。她叫什麼名字，這個勒阿弗爾的女人？會被我比下去的那位明星？」

「愛莉絲，」上尉說，一副覺得好笑的表情。「愛莉絲·杜布瓦。當然不是她的真名。另外如果你能比她更厲害，戰爭就會在六個月內結束了。」

他站在碼頭上好久，看著伊芙的船在起伏的海浪中遠去。她也一直望著他，直到那個粗花呢的身影消失。再也看不見他，讓她覺得一陣心痛——這輩子頭一個對她有信心的人，相信她可以做更多事情，更別說他是她跟過去的最後一絲聯繫。但是興奮很快就壓倒了孤單之感。伊芙．嘉德納離開英國；瑪格麗特．勒法蘭索瓦抵達勒阿弗爾。此時她坐在餐館裡，喝著檸檬水，掩飾著自己強烈的好奇心，等待著神祕的愛莉絲。

餐館裡人很多。臭臉的侍者端著髒盤子和葡萄酒瓶擠過桌子間，顧客從外頭街道進來，甩掉傘上的雨水。伊芙打量著她視野中的每個女人。一個舉止幹練的矮胖中年婦人，有那種間諜組織者毫不起眼而能幹的氣質……也或許是那個瘦削的年輕女人，把她的腳踏車停在外面，進門前還得停下來擦拭眼鏡。她的那副眼鏡可能遮掩了一對看過諸多德軍計畫的銳利鷹眼……

「親愛的瑪格麗特！」一個女人的尖嗓子說著法語，伊芙猛地轉過頭來，之前她已經訓練好自己，一聽到這個名字就像小狗似的有反應。她只看到對方頭上的一頂帽子——可不是隨便什麼帽子，而是大得像馬車的車輪、上頭擠滿粉紅色透明硬紗和絲綢做成的玫瑰花——然後帽子主人用一團濃濃的鈴蘭香氣淹沒了她，響亮地吻了她兩邊臉頰。

「親愛的，看看你！愛德華舅舅還好嗎？」

她之前被告知自己一開始會聽到這些話，但是此時伊芙唯一能做的，就是瞪著眼睛。這位就是里爾情報網的組織者？

那個嬌小的法國女人或許三十五歲，小鳥似的嬌小骨架，身高只到伊芙的下巴。她穿著一身鮮豔而時髦的淺紫色套裝，頭上戴著巨大的粉紅色帽子。她聒噪著在桌邊坐下來，幾個購物袋堆放在兩旁，迅速的法語切換到同樣迅速的英語。在法國這一帶，因為有很多來自前線的休假軍人和護士，所以講英語的人也很常見。「老天，這個雨！會把我的帽子毀掉。或許也應該毀掉。我無法決定這頂帽子是醜死了還是美呆了，所以當然只能買下來。」她拔出幾根固定帽子的珍珠帽針，把那頂帽子放在空椅子上，露出一頭金髮，往上梳成頭頂蓬起的龐巴度髮型。「我每次經過這一帶，就會買一頂道德上有疑問的帽子。當然了，帽子不能帶回北邊去。要是我戴一頂好帽子去那兒，只會被德國衛兵沒收，送給他新結交的妓女。所以在里爾，我只會穿去年的嗶嘰布料衣服，戴著淒慘的硬頂草帽，只要一回去，任何時髦的東西都要丟掉。我一定把道德上有疑問的帽子丟遍全法國了。白蘭地，」她對著出現在她肘邊的侍者說，然後朝後退的他露出迷人的微笑。「今天真是太倒楣了，」她坦白地說。「所以給我雙份白蘭地吧，先生，另外別給我那張臭臉。那麼——」她轉回頭來，面對睜大眼睛、默默聽完她獨自講完這一大串話的伊芙，上下打量著她，忽然變得很正經。「狗屎。愛德華舅舅現在把搖籃裡的嬰兒送來給我了？」

「我二十二歲了，」伊芙說，口氣有點冷淡。一身粉紅配紫色的輕浮巴黎女人，可沒資格把她當小娃娃。「杜布瓦小姐——」

「別說了。」

伊芙僵住了，四下張望著喧鬧的餐館內部。「有人會聽到嗎？」

「不，不，我們很安全。我不太相信有人聽得懂英語，但即使有人聽得懂，我們坐在角落，整個餐館又吵得根本聽不到什麼。不，我的意思是別再喊我那個可怕的名字了。」她誇張地打了個冷顫。「愛莉絲．杜布瓦。我真該去找個神父問問，我是犯了什麼罪，才會得到這樣的名字？愛莉絲．杜布瓦聽起來像個瘦巴巴、一臉古板的女教師。喊我莉莉吧。這也不是我的真名，不過至少有點活力。我一直跟愛德華舅舅抱怨，後來他只好也喊我莉莉。我想他喜歡莉莉這個名字，因為他後來其他的『外甥女』也取花的名字，比方薇歐蕾[3]——你很快就會認識她；她會恨你，不過她恨每個人——現在是你：瑪格麗特，小雛菊。我們是他的花園，他就像個拿著澆水壺的老女僕在照顧我們。」愛莉絲／莉莉腦袋湊近伊芙說著，免得旁人聽見她們的談話，不過一等到侍者端著她的白蘭地接近，她就身子往後。「謝謝！」她滿面笑容，沒理會侍者那個不以為然的表情。

伊芙這輩子從沒見過有教養的女人喝烈酒，只除了或許為了醫療，但她還是保持沉默，轉著手上那杯檸檬水。卡麥隆上尉警告過她，不要把這份工作視為玩遊戲，但是他最厲害的情報員似乎把一切都當成笑話。或者其實沒有？在那活潑的聒噪之下，莉莉顯示出一種本能的謹慎：任何人只要稍微接近她們這桌，她就立刻暫停不講，雖然她的聲音已經低到伊芙得湊得很近，才能聽清每個字。她們看起來像是兩個互訴祕密的女人——這點當然也沒錯。

莉莉似乎不介意伊芙打量的眼神，也用打量回敬她，眼窩很深的雙目靈動得簡直像是液體。「二十二歲？」她問。「我真不敢相信。」

「這就是為什麼我的證件上說我是十七歲。」伊芙極力睜大眼睛，純真又困惑地眨著她的睫毛，莉莉開心大笑，拍著雙手。

「或許我們的舅舅畢竟是個天才。親愛的，你看起來可口極了——我發誓，你看起來就像剛走出教室的女學生，蠢得像一朵雛菊！」

伊芙故作矜持地垂下眼皮。「你真－真－真是好心。」

「對了，愛德華舅舅說過你有口吃，」莉莉坦然道。「我想這點在正常生活裡很難受，不過現在成了你的優勢。一般人談話不會提防旁邊的女人，尤其年輕姑娘，如果碰到愚蠢的年輕姑娘，他們會聒噪得像一群鵝。我建議你好好利用自己的口吃。我們來點棍子麵包！在里爾可吃不到好麵包。好的白麵粉全都被德國人拿走了，所以我每回南下，就會大吃好麵包、買時髦帽子。我愛這個城市！」

莉莉喝掉她剩下的白蘭地，點了棍子麵包和果醬，此時伊芙開始露出微笑。「愛德華舅舅說你會告訴我細節。」她對資訊比較飢渴，而不是麵包。

「你是那種講話開門見山的人，對吧？」莉莉咬著棍子麵包，迅速地一口接一口，像一隻很有條理的小鳥。「你會去里爾的一家餐廳，非常高級。在那種地方，一個女人戴著道德上有疑問的帽子進去點雙份白蘭地，他們絕對不會提供。」莉莉輕敲她的空酒杯，「再來一杯，可以嗎？當然可以。只要你有幸可以在夜裡平安入睡，那你絕對可以再多喝點白蘭地。」她朝三張桌子外的侍者舉起一根手指，指著她的白蘭地杯，那侍者露出不悅的表情。「那家餐廳叫忘川，」她又

❸ 莉莉（Lili）與英語的百合（lily）發音相同，薇歐蕾（Violette）法語意為堇菜。

回到正事，聲音壓得更低。「德軍司令每星期至少去那裡兩次，那個地區有一半的軍官也都跟著他去，里爾大概有半數的黑市食物都被忘川的廚師買走了。有個以前在裡頭工作的侍者，聰明的小夥子，常常會提供情報給我。老天，你不曉得那些軍官喝多了藥草烈酒後，他能偷聽到多少事情！他被逮到之後，我希望有個人能填補他的位置，結果你瞧瞧：愛德華舅舅跟我說他摘了一朵完美的小雛菊要給我。」

「被逮到？」伊芙問。

「偷竊物資。」莉莉搖頭。「他耳朵很厲害，但是腦子不太行。從你暗中監視的人那裡偷雞肉和糖和麵粉，要命，真是個白痴。當然了，他立刻被押到附近的小巷裡槍斃了。」

伊芙胃裡翻騰，放下她手裡的麵包。槍斃。這一切都變得好真實——在這個暖烘烘的小餐館裡，比在福克斯通陽光普照的沙灘上要真實太多了。

莉莉歪著嘴露出微笑，「你覺得反胃，我知道。很正常。所以你的麵包給我吃吧。反正你真的應該想辦法再瘦一點，我們才能讓你去那個餐廳應徵。你看起來有點太健康了，不太像魯貝來的。北邊那裡每個人看起來都像根草耙柄。看看我，瘦得像一袋骨頭，皮膚暗沉得像菸灰缸。」

伊芙之前就已經注意到莉莉雙眼下頭疲倦的黑眼袋，現在她又看出那張瘦臉的蒼白，儘管是在微笑。再過兩個月，我看起來就會像那樣嗎？伊芙納悶著，然後把棍子麵包放在莉莉的盤子上。「應徵？」她催促地問。

「應徵忘川的工作。那個餐廳老闆已經擺明要雇用女侍。正常狀況下，他是寧死都不會讓女人在他的餐廳裡面侍餐的，但是男侍者可沒法去黑市裡買。戰爭使得男人比白麵粉還搶手，連荷內．波得龍這樣發國難財的奸商都弄不到。我應該要警告你，這個男人是禽獸。要是他母親還在世的話，他為了賺錢，連自己的老媽都會交給德國人。他大概是魔鬼跟猶大喝了一夜酒之後拉出來的。」莉莉吃掉最後一塊伊芙的麵包。「你得說服波得龍先生雇用你。他很聰明，所以不要以為這個應徵很容易。」

伊芙點點頭，同時瑪格麗特．勒法蘭索瓦這個身分變得更具體了。一個鄉下姑娘，大眼睛，不是太聰明，沒受過太多教育，但是夠靈巧、夠安靜、夠優雅，有資格端著燉牛肉和牡蠣串燒上菜，不會吸引他人的注意。

「一旦你被錄用，你就把你聽到的任何事情告訴我。」莉莉掏著她的手提袋，拿出一個銀色菸盒。「我會想辦法轉給愛德華舅舅。」

「怎麼轉？」伊芙問，此時莉莉劃亮一根火柴，她努力不要盯著看。只有妓女才會抽菸，伊芙的母親老是這麼判定，但是儘管莉莉戴著鮮豔的粉紅色帽子，喝白蘭地，你不可能說她是妓女。

「那是信差的事情，」莉莉模糊地說。「是我的任務。我可以假扮各式各樣的身分，去各式各樣的地方；要是換了你，你的口吃會害你很容易被認出來。所以我們要好好讓你發揮長處。」

伊芙懶得去計較自己是不是被冒犯了。畢竟莉莉說的是事實。她想像莉莉大搖大擺走過武裝檢查哨，一面嘰呱講個不停，於是露出微笑。「我想你的任務比－比－我的更危險。」

「啊，拜託。我盡量啦。只要把隨便一張紙湊到他們鼻子底下，再加上非常鎮定，你就能過關的。尤其是女人。有時我抱了滿手的包裹和袋子，為了找我的身分證明卡，每個包裹和袋子都掉到地上，一面還從頭到尾都在一直講個不停，於是他們就揮手讓我過去，純粹是因為不耐煩。」莉莉吐出一股長長的煙霧。「老實說，我們所做的這種特殊工作，大部分時候都很無聊。我想這就是為什麼女人很擅長，因為我們的人生本來就很無聊。我們很樂意接受愛德華舅舅的招募，是因為一想到要繼續在檔案室裡工作、或去教一堆流鼻涕的小鬼認字，我們就受不了。然後我們發現這個工作也同樣無聊得要命，但是想到可能會有個人拿手槍抵著我們的後頸，那至少刺激多了。而且總比朝自己開槍要好——要是逼我們再去打字，或設法教一堆笨小鬼記住拉丁文動詞，我們真的會自殺。」

伊芙好奇著莉莉戰前是不是在學校教書。她很想知道卡麥隆上尉是怎麼招募到莉莉的，但是她知道不會有人告訴她。除非必要，他們不會說出自己的真名，或是背景。「愛德華舅舅說你是他吸收的人裡頭最厲害的。」伊芙說。

莉莉又發出大笑聲。「他可真浪漫啊！穿著粗花呢的英格蘭聖人；我很喜歡他。他實在太高尚了，不適合這一行。」

伊芙贊同，不管他是不是坐過牢。沒事的時候，她就一直想著這個謎——卡麥隆，因為詐欺而入獄？——但其實沒有差別。無論他的出身背景是什麼，她信任他，而顯然莉莉也是如此。

「我們走吧。」莉莉擰熄香菸。「你應該跟薇歐蕾．拉莫宏碰個面。她自稱是我的副手，不過如果真的是這樣，那我就可以罵她，而不是老讓她罵我罵個不停。我想這是因為她當慣了護士——順便說一聲，這個你要知道，以防萬一你受傷需要處理。後來她可能是決定寧可被槍射中，而不是去紅十字會裡頭包紮傷口，不過如果碰到有人骨折或是血流個不停，她還是知道該怎麼治療，要是你受了傷，她會幫你處理好的。不過那個過程可不會好過。上帝幫幫我，那個女人真會嘮叨。」她講得充滿關愛。「我跟你保證，只要當過護士，嘮叨的習慣就一輩子改不掉，不管她後來改行做什麼。」

莉莉把那頂粉紅色大帽子戴回自己的金髮上，拿了她的手提包，然後領著伊芙走上勒阿弗爾的街道。雖然下著雨，不過戶外很溫暖，幾個粉紅臉頰的媽媽帶著小孩要回家，此時一輛出租馬車駛過水窪，濺起水花。伊芙注意到，這裡沒有一個人像莉莉那麼瘦，也沒人有那種疲倦和蒼老。或許莉莉也在想同一件事，因為她狠狠打開雨傘，說著：「我恨這個城市。」

「你剛剛才說－說過你愛這裡。」

「我愛它也恨它。勒阿弗爾，巴黎。我愛它們的棍子麵包和帽子，但是狗屎，這些城市的人不曉得北邊的情形。完全不曉得。」那張表情多變的臉定住片刻。「里爾正在被野獸蹂躪，而在這裡，如果你想喝杯白蘭地、抽根菸好度過難受的一天，他們就不以為然。」

「莉莉，」伊芙一時衝動地問，「你害怕過嗎？」

莉莉轉身，雨水沿著傘緣落下，在兩人之間形成一道銀色簾幕。「是的，就像其他人一樣。但是只有在危險過後——在危險發生之前，害怕是一種奢侈。」她手滑入伊芙的手肘。「歡迎加入愛莉絲情報網。」

7

夏麗

一九四七年五月

幾乎整整十年前的夏天。當時我九歲，羅絲十一歲，我們兩家人開車去普羅旺斯旅行……結果把我們兩個丟在一家路邊小餐館將近六小時。

當然，那是意外。兩輛車，一輛載著大人，另一輛載著小孩跟保姆。我們在一家餐館停下來，那裡俯瞰著一片新綠的葡萄園。我們的父母去找洗手間、買明信片，羅絲和我循著剛出爐麵包的香氣跑去廚房，我們的兄弟們則忙著打打鬧鬧……總之他們所有人上車之後，保姆以為我們上了大人那輛車，而我們的父母則以為我們在保姆那一車，於是他們就開著車走掉了。

那是我僅有一次看到羅絲害怕，但是我不懂為什麼。我們沒有任何危險，那個豐滿而慈祥的普羅旺斯女廚師一發現我們被拋下，就對我們關愛備至。「別擔心，兩位小姐！不會超過二十分鐘，你們的媽媽馬上就會回來的。」緊接著，她就安排我們坐在條紋頂篷下頭一張俯瞰著葡萄園的戶外餐桌旁，給了我們兩杯冷檸檬水，以及夾著厚厚山羊乳酪和義大利火腿的三明治。

「他們很快就會回來的，」我邊吃邊說。對我來說，眼前要舒服多了，不必坐在那輛雷諾汽車又熱又擠的後座，被保姆警告，被我們的兄弟們偷擰。

但是羅絲只是凝視著馬路，沒有笑容。「或許他們不會回來了，」她說。「我媽不喜歡我。」

「才不呢，她當然喜歡你啊。」

「現在我年紀大些了，你知道，她就不喜歡我了。」羅絲低頭看著自己，才十一歲，她的胸部就開始發育了。「媽媽不喜歡這樣。她覺得自己老了。」

「因為你長大後會比她更漂亮。我長大後就不會像我媽那麼漂亮。」我嘆氣，但是那種鬱悶的心情沒有持續多久。天氣太好了，而且那個笑咪咪的廚師剛端上來一盤剛出爐還熱騰騰的瑪德蓮小蛋糕。

「為什麼對我們來說，最重要的總是漂亮？」羅絲大聲說，還是凝視著那片美得出奇的葡萄園和天空。

「你不喜歡自己漂亮嗎？我真希望自己漂亮。」

「唔，我當然喜歡。但是大家碰到我們的兄弟時，不會只評論他們的長相，他們會問，『你在學校表現怎麼樣？』或者『你踢足球嗎？』從來沒有人這樣對我們。」

「女生不踢足球的。」

「你懂我的意思。」羅絲看起來很激動。「我們的父母絕對不會把男生丟下的。男生總是最優先。」

「那又怎樣？」事情本來就是這樣，我不會因此而怨恨，甚至也不會想太多。每回詹姆斯拉我的頭髮、或把我按到小溪裡害我大哭時，我爸媽就只是縱容地大笑。男生可以做他們想做的任何事情，女生就只能閒坐一旁、看起來漂漂亮亮的。我並不是很漂亮，但是我父母似乎還是幫我規劃了種種崇高的計畫：白手套、適當的學校，有朝一日成為一名可愛的新娘。媽媽已經告訴過我，如果我運氣好，在二十歲前就會有人跟我求婚，跟她當年一樣。

羅絲坐在那裡轉著她的金髮辮子末梢。「等我長大了，我才不要只是打扮得漂漂亮亮。我想做一些不一樣的事情。寫一本書。去英吉利海峽游泳。去非洲狩獵旅行、射殺獅子——」

「或者永遠待在這裡就好。」夏日微風中野生薰衣草和迷迭香的氣味，頭上暖融融的太陽，其他用餐客人開心交談的模糊法語聲，我舌頭上美味的山羊乳酪和脆皮麵包——對我來說，這家小餐館宛如天堂。

「我們不會永遠待在這裡！」羅絲又一臉憂心了。「不要這樣說。」

「我只是開玩笑啦。你不會真以為他們會把我們丟在這裡吧？」

「對。」我看得出她想要保持理性，這個十一歲的女孩比我懂事多了。但是接著她低聲說，好像忍不住似的，「要是他們不回來找我們呢？」

然後我明白，為什麼羅絲對我是這麼重要的朋友。她比我大兩歲，她大可以把我當個小害蟲似的打發掉，但是她卻總是歡迎我跟著。坐在那個天堂似的小餐館，我明白了：她的兄弟們有自己的遊戲，她的母親有點恨她，她的父親總是在工作。除了這些我去拜訪、成為她忠實跟班的夏天，她很孤單。

當時我才九歲，這一切我都無法清楚表達，甚至當時都不是很明白。但是看到她擔心父母不會回來找她，又努力壓抑這種恐懼，我有一些模糊的念頭，於是我握緊她的手。「就算他們不回來，還有我在，」我說。「我不會離開你的。」

❖

「小姐？」

我眨眨眼，從一九三七年的夏天回到一九四七年的五月。

之前我完全陷入回憶中，因而很震驚地發現眼前是芬恩的深色眼睛和蓬亂頭髮，而不是十一歲羅絲的金髮辮子和嬰兒藍眼珠。

「我們到了，」他說，「這裡就是你告訴我的地址。」

我打了個寒噤。汽車已經停下了。我往外看著碎石車道盡頭那棟龐大而格局凌亂的大房子，想著在德軍入侵法國之前，我的每年夏天都在這裡度過：這就是我姨媽和姨丈在盧昂市外的房子。然而不知怎地，我卻仍然能看到普羅旺斯的那家小餐館，當時我們兩個小女孩在那邊度過了將近六小時，因為我們的父母上路三個小時後又停車休息，這才發現我們不見了，趕緊掉頭加速趕回來。那六個小時好神奇：羅絲和我塞了滿肚子的山羊乳酪和瑪德蓮蛋糕，在葡萄樹之間玩鬼抓人，穿上圍裙幫那位友善的廚師洗馬克杯，後來她給了我們各一小杯加水沖淡的玫瑰紅酒時，我們覺得自己好像大人。我們瞌睡地看著太陽降到葡萄樹後方，頭枕著彼此的肩膀。等到我們慌張又擔心的父母趕到，緊緊擁住我們又直道歉，我們都有點失望。那是我和羅絲所共度最美好的一天。其實是我畢生最美好的一天，因為那是全世界最簡單的等式：羅絲加我，等於快樂。

我不會離開你的，我承諾過。但是我畢竟是離開了她，而現在她不見了。

「你沒事吧？」芬恩問。他深色的眼珠沒有漏掉太多。

「還好，」我說，下了車。「你留在這裡陪伊芙吧。」伊芙已經在後座睡著了，鼾聲傳來，四周是夏日的嗡嗡蟬聲。在勒阿弗爾的便宜旅館待了一夜後，這段午後車程很漫長。首先是出發得很晚，當然是因為伊芙的宿醉，然後是幾個小時沿著滿佈車轍的泥土路顛簸前行，大約每個小時都要停下來讓我下車嘔吐。我跟他們說是因為暈車，但其實是因為「小問題」。也或許是因為想到接下來的狀況讓我反胃。我又看著那棟大房子，覺得那些遮光簾緊閉的窗子像死去的眼睛。

「那就去吧。」芬恩從座位底下抽出一本破爛的《汽車》雜誌，一隻手肘靠在車窗上閱讀著。「等你回來之後，我們就去盧昂市區裡找家旅館。」

「謝謝。」我轉身背對著那輛發出光澤的深藍色拉貢達汽車，踏上車道。

我敲了門，沒人應門。我又敲。等了好久，都已經準備要去設法窺看窗縫裡了。但終於，我聽到門內傳來拖拉的腳步聲，然後門打開了。

「珍恩姨媽，」我開口，然後她的模樣讓我整個人僵住。我的法國姨媽向來苗條、滿身香味，跟羅絲一樣的金髮。她雖然體弱多病，不過是女星葛麗泰·嘉寶那種型的，總是穿著一身漂亮的蕾絲睡衣，嬌弱地咳嗽。但眼前這個女人瘦得可怕，一頭灰髮，穿著髒兮兮的毛衣和米色的裙子。如果我在街上遇到她，可能會認不出來——而從她茫然的表情看來，她也不認得我。

我又吞嚥了一下。「姨媽，我是夏洛特——你的外甥女。我是來找你問羅絲的事情。」

❖

她沒端茶或餅乾給我，只是坐在一張老沙發椅上，一臉木然地看著我。我坐在她對面一張破舊扶手椅的邊緣。她失去了一切，我心想。看著眼前那張提早衰老的臉。守寡……兩個兒子死了……羅絲失蹤了。我不知道珍恩姨媽怎麼有辦法站起來。我知道她愛我表姊，無論羅絲曾有過什麼幼稚的懷疑。

「我很遺憾，姨媽，」我開口。「因為——因為一切。」

她一根手指抹過茶几，在灰塵上留下一道痕跡。這個黑暗的客廳裡到處都是灰塵，像是罩上一層灰布。「戰爭。」

這麼一個小小的、無望的字眼，就涵蓋了這麼多損失。淚水刺痛我雙眼，我戴著手套的十指交握。「姨媽，有關姨丈，或是朱勒和皮耶，都已經沒辦法了……但是還有羅絲。我知道機會很渺茫，但是她可能——」

活著。伊芙曾譏嘲我還抱著希望，但是我非得如此不可。我很多事情也許都很失敗，但是懷抱希望是我擅長的。

「你以為我知道什麼？我上次聽說她的消息時，她在利摩日，」我姨媽說，好像事情的結局就是這樣了。「她已經至少三年沒有寫過信來了，我想最後一次是一九四四年中吧。」

「她為什麼會離開這裡？」我問，想從我姨媽的雙眼裡看到一絲火花、一星亮光，什麼都好。「為什麼？」

我姨媽的聲音低沉而怨恨。「因為她是個麻煩精，沒有道德感，一點都沒有。」

我覺得胃往下沉。「什－什麼？」

珍恩姨媽聳聳肩。

「不。」我搖頭。「不，你不能說這樣的話之後，只是聳聳肩。」

「那個女孩學壞了。巴黎到處都是納粹，她就是不肯低頭安分一點，一開始是偷溜出去聽一些不曉得什麼演講，參加那些談暴力的祕密社團，夜裡才回來。然後老是跟她父親吵架——德國人要他交出公司裡所有社會主義分子和猶太人的名單；他能怎麼辦？拒絕嗎？於是羅絲就朝他吼一堆難聽話……」

我瞪著我姨媽，耳裡的脈搏好大聲。

她繼續用那種沒有高低起伏的聲音說。「首先她是偷偷發傳單，然後是去砸破窗子。要不是為了那個男孩，她大概會去丟炸彈，害自己被槍斃。」

我想到羅絲給我的最後一封信。她迷上一個男孩，偷偷跟他約會……「什麼男孩？」

「艾提安什麼的。才十九歲，是書店的店員。只是個小人物。她帶他回來見過我們一次，他們望著彼此的眼神充滿熱情，你看得出他們——」珍恩姨媽不滿地哼了一聲。「唔，結果又是一次吵架。」

我搖頭，全身痲痹。「為什麼這一切你都沒告訴我們？我父親不是找人來調查過嗎？」

「我告訴他了。我想他覺得這些事不該讓你知道。」

我吞嚥著。「接著發生了什麼事？」

「羅絲的那個男孩跟反抗軍一起被抓了。他們把他送走，天曉得送到哪裡。巴黎人有一半都在一夜之間消失了。羅絲大概本來也會消失——她有回在里沃利路踢一個納粹衝鋒隊員，差點被逮捕了，所以我們就帶她來盧昂這裡。但是……」

「怎麼了？」我幾乎是用吼的。「怎麼了？」

「你認為呢？」我姨媽的嘴唇緊皺得像是咬了一口檸檬。「羅絲懷孕了。」

❖

我不記得自己是怎麼走到屋外的那棵山毛櫸樹下了。我只發現自己靠著那粗糙的樹皮，呼吸急促。我不敢看頭上的樹枝，怕自己會看到兩個小女孩並肩坐著的幻象。這棵是我們的樹，每回被自己的兄弟欺負後（在詹姆斯變得比較大、比較好心之前），我們就會跑來這裡避難。羅絲和我，坐在我頭頂那根大樹枝上，雙腳搖晃，好像我們正坐在那家普羅旺斯的小餐館。只要我們有彼此，就絕對不孤單。

羅絲。啊，羅絲……

「我想做一些不一樣的事情。」她以前就有這樣的想法——她當然會夜裡偷溜出去砸破窗子、踢納粹衝鋒隊員。我早該知道羅絲會跟反抗軍有聯繫。但是她落入了最古老的陷阱，就跟我一樣。羅絲永遠沒辦法寫一本書，或是在英吉利海峽游泳，或是做任何不一樣的事情了——因為你一懷孕，就結束了。

我想救我表姊，但是沒人有辦法救她脫離這樣的困境。我也陷入了同樣的陷阱，同樣無助。

我發出一聲刺耳的啜泣，聲音大得嚇到自己。她跟她父母說自己懷孕的那一夜，她母親勸她泡個熱水澡，再喝一份濃烈的琴酒，然後看會不會讓它流掉；她父親吼了又吼，說她害這個家永遠蒙羞，之後她可曾跑出來，獨自坐在我們的那根樹枝上？剛剛珍恩姨媽告訴了我這一切，而我只是目瞪口呆坐在那裡。

我告訴我父親說我懷孕時，他沒有吼我。吼的只有我母親；我爸只是坐在那裡注視著我。我離開客廳時，他別開頭，只是不敢置信地說：「妓女。」

我本來都忘記這件事情了。

不曉得他們會不會也罵羅絲是妓女。

我雙手握拳捶著那棵山毛櫸，真希望自己哭得出來，真希望我可以用我以往絕緣的麻木把自己裹住。但是淚水在我體內緊緊糾結成好大好醜的一團，憤怒和痛苦的利刃深深刺穿了我的痲痺。於是我只是捶著樹，直到我戴著手套的指節發疼。

當我終於轉身離開時，我的雙眼灼痛。我姨媽站在後門口望著我，衰弱又駝背。「再告訴我後來怎麼樣吧，」我說，她照辦了，聲音還是沒有高低起伏。我姨丈把羅絲送到利摩日市區外頭一個沒人認識她的小鎮去待產。小孩出生時，她沒寫信來跟他們說，他們也沒問。四個月後，羅絲寄來一封短信，說她要去利摩日工作賺錢，待產期間她父母在她身上花的錢，她都會還他們。接著錢陸續寄來了，彼此又通了兩封信：姨媽先是通知羅絲有關姨丈的死訊，接著是她的兩個兄弟，羅絲哀悼的回信沾著淚水。不，珍恩姨媽不記得羅絲的地址；那些信或信封她都沒留著——而且一九四四年中之後，就再也沒收到過羅絲的信了。「我不知道她是不是還在利摩日，」我姨媽說，又暫停一下。「我要求過她回來，你知道。如果羅絲的父親還在世，絕對不肯的，但是在他……唔，我要求過。但是她始終沒回信。」

我沒問她是否也歡迎羅絲的寶寶回來。我顫抖得太厲害了。

「你要留下來住一夜嗎？」珍恩姨媽的聲音很哀傷。「這裡現在變得好孤單。」

那是誰的錯？我想兇她。當初就是你把羅絲像個垃圾似的丟掉。你們早該把我們扔在普羅旺斯的那家小餐館。這些話就在我嘴邊，好想說出來，但是我還是忍住了。我姨媽好瘦，一陣風就可以把她吹跑，她看起來終於像她以往老是宣稱的那樣病弱了。死了丈夫和兩個兒子，她失去太多了。

體貼一點吧。

我不想體貼，但最後我憋著沒把心裡的話說出來。我只是生硬地說：「不，姨媽，我沒法留下來。我得去魯貝。」

珍恩姨媽嘆氣。「好吧。」

我沒辦法逼自己擁抱她，怕自己承受不了。我勉強說了再見，腳步踉蹌地走過雜草叢生的草坪，朝那輛深藍色的拉貢達走去。

芬恩的目光從那本破舊的《汽車》雜誌抬起。我不曉得他在我臉上看到了什麼表情，但他趕緊下車迎上來。「小姐？」

「你為什麼去坐過牢？」我聽到自己脫口而出。

「偷了白金漢宮一名衛兵的熊皮帽，」他面無表情地說。「你還好吧？」

「你說偷帽子是騙人的。」

「對。上車吧。」

我朝車子走，但是在碎石小徑上絆了一下。芬恩在我摔倒之前抓住我的腰，然後讓我站直身子，幫著我上了前座。

伊芙醒了，兩隻低垂的鷹眼打量著我。「怎麼樣？」

我一隻冰冷的手摸著熱燙的臉頰，同時芬恩回到駕駛座。「我查出羅絲離開的原因了。因為——因為當時她懷孕了。」

接下來的沉默簡直太明顯了。

「好吧，」伊芙最後說，刻意看了我肚子一眼。「如果我沒猜錯的話，你也是。」

8

伊芙

一九一五年六月

伊芙突然站住，不是被里爾各種恐怖狀況的其中之一嚇倒——這些當然都很恐怖——而是被一張海報。那是釘在一座教堂外，在風中拍動，上頭以法文和德文寫著：

> 任何平民，包括法國政府的文職人員，若是協助德國的敵方軍隊，或是做出任何傷害德國及其盟國的舉動，將一律處以死刑。

「啊，那些，」莉莉一副淡定的口氣。「是去年年底貼出來的。一開始我想沒有人真的相信。然後到了一月，有個女人因為窩藏兩個法國士兵而被槍斃，從此大家就都相信了。」

伊芙想起她在倫敦曾站在那張徵兵海報前面不肯離去，當時卡麥隆上尉全都看在眼裡。海報上那排健壯的英軍，中央有一處空缺：還有一個空位留給**你！你要加入嗎？**

好吧，她已經加入了。現在她站在一張海報前，上頭保證如果她被抓到，就會殺了她，於是一切都變得非常、非常真實。比卡麥隆上尉在一片風大的福克斯通海灘上說德國人不會槍斃女人的保證還要真實。

莉莉臉上閃過一抹微笑，伊芙望著那對深陷的眼睛。「我們現在來到野獸嘴巴前了，對吧？」

「對。」莉莉又鉤住伊芙的手臂，帶著她離開那張在風中擺動的海報。她在這裡看起來跟在勒阿弗爾很不一樣：沒有張狂的帽子或精心梳起的龐巴度髮型。她一身素色嗶嘰套裝站在那裡，整齊而克制，戴著一再補過的手套，手臂上挽著一個提袋。她的身分證明文件上頭是另一個假名，上頭說她是縫紉工，她的袋子裡有一捲捲縫衣線和一堆縫衣針。裡頭還有一套地圖縫在袋子的襯裡——上頭標示著目標點。幸好伊芙是在過了檢查站、進入里爾之後才知道這件事。後來莉莉低聲笑著說：「德國佬要是發現這些地圖，一定會很高興！我標示出他們所有大砲的最新位置，好讓我們的人去轟炸。」伊芙聽了差點昏倒。

「那些德國衛兵檢－檢查你的證明文件時，你還在跟他們開－開－開玩笑，結果從頭到尾，你袋子裡頭都裝了那些地圖？」

「沒錯，」莉莉平靜地說，伊芙讚賞又驚駭地望著她。她當下就知道，她之前跟卡麥隆上尉誇口說自己會超越他最厲害的情報員，是註定不可能做到的。因為要論勇氣，絕對、絕對沒有人可以擊敗莉莉。伊芙懷疑她這位上司有點瘋了，但又同時欽佩極了。

薇歐蕾．拉莫宏顯然也是如此，她在里爾大廣場附近一個租來的悲慘房間裡迎接她們兩人。

薇歐蕾體格壯實，眼神咄咄逼人，頭髮整齊紮起，戴著樸素的圓框眼鏡；她擁抱莉莉時明顯鬆了一口氣，不過還同時責罵她。「你應該讓我去接這位新來的。你經過檢查站太多次，會引來注意的！」

「閉嘴啦，你太愛擔心了！」莉莉改講英語，之前她已經告訴伊芙，她們私下都講英語。她解釋，要是有人聽到，隨便編個理由解釋她們為什麼講英語就好，免得她們用法語討論祕密情報或英國密碼之類，被人暗地裡聽懂。

莉莉的英語完美無瑕，但是她偶爾會加上一些法語詛咒話。「現在，我們去邊境把情報傳送出去前，得先讓瑪格麗特知道最新情況。」她朝薇歐蕾微笑。「我們的新朋友有一張很笨的臉，一定會有好表現，但是她得開始工作了。」

伊芙在福克斯通所受的訓練很制式化：講師、一排排書桌，制服和旗幟。眼前的訓練則是截然不同。地點是在一個潮溼的小房間，裡頭有一張窄床和一個盥洗台，天花板橫過一道裂縫。外頭針尖般的細雨下個不停，使得房間裡的一切聞起來都有霉味。她們挑上這個房間，不是因為舒適，而是防止竊聽的隔音效果好。房間的一側是教堂厚厚的石牆，另一側是廢棄的公寓樓房，而房間上方是個空閣樓。在這個房間裡，三個女人各自拿著一杯核桃葉煮甘草根的難喝飲料（因為德國人沒收了所有的咖啡），平靜談著不能告訴外人的事情。

在檢查過門窗都關好之後，薇歐蕾開口了，「一個德國軍官在街上走向你，」她一臉嚴肅地說，跟莉莉的輕鬆活潑恰成對比；要是她的上司拒絕嚴肅，她顯然就要承擔兩人份的嚴肅。「你要怎麼做？」

「讓他走過去，不要看他——」

「錯。要敬禮。如果你不敬禮，就可能被罰款，外加逮捕關三天。」薇歐蕾看著莉莉。「他們在福克斯通什麼都不教的嗎？」

伊芙火了。「他們教了很多——」

「我們會幫她準備好的，」莉莉安撫著薇歐蕾。「一個德國人要求看你的證件，然後開始摸你身上。你要怎麼做？」

「什麼都不做？」伊芙猜著說。

「不。要微笑，因為如果你不裝得樂意配合，就很可能挨耳光，接著有可能會被搜身。一個德國人問你為什麼雙手插在口袋裡，你要怎麼做？」

「盡－盡快把雙手抽出來——」

「不對。你永遠不可以把雙手插在口袋裡，因為德國兵會認為你是要拿刀子，於是會用刺刀攻擊你。」

伊芙不安地微笑。「不可能吧——」

薇歐蕾狠狠給了她一巴掌，那聲音就像步槍開火。「你以為我們講得太誇張？這種事上星期就發生在一個十四歲的男孩身上！」

伊芙一手撫著刺痛的臉頰，轉而望向莉莉，發現她雙手捧著馬克杯坐在那裡。「怎麼？」莉莉說。「你以為我們來這裡是要跟你交朋友的？我們是要來訓練你的，小雛菊。」

伊芙滿腔怒火——不光是氣憤，還覺得被出賣。莉莉之前在勒阿弗爾那麼溫暖又歡迎；於是現在的一切都讓她措手不及。「我已經受過訓練了。」

薇歐蕾翻了個白眼。「我看送她回去吧。這一個派不上用場的。」

伊芙張嘴要反駁，但是莉莉伸出一根手指放在她嘴唇上。「瑪格麗特，」她說，一副切合實際的口吻。「你完全不曉得在這裡是什麼樣的狀況。愛德華舅舅也不曉得。他給你的訓練是讓你來到這裡，但是薇歐蕾和我必須訓練你能在這裡派上用場——而且保住你的命。我們只有短短幾天能訓練你。要是你不好好學，就只會成為我們的累贅。」

她的目光平穩且毫無歉意，像是一個工廠的領班匆忙訓斥一個新來的工人，伊芙羞愧得臉頰發燙。她緩緩吐出一口氣，鬆開緊咬的下頷，勉強點了個頭。「看到德國軍官要敬禮。被摸身體時不要反抗。雙手不－不－不要放在口袋裡。還有什麼？」

她們反覆操練她。碰到德國人的演習：碰上這個情況，你該怎麼做？臨機應變演習：要是你藏好一份情報之前，就發生了這樣的狀況，你要怎麼拖時間或轉移對方的注意力？接著她們教導她在里爾生活的一些新規則。

「不要相信任何報紙或佈告欄的內容。只要是印出來的，就都是謊言。」莉莉宣佈。

「隨身帶著身分證件，但是手槍要藏好。」薇歐蕾自己有一把魯格手槍，她拿在手上一副輕鬆又權威的模樣。「平民是不准擁有武器的。」

「盡量避開德國軍官。他們想要的女人就會弄到手，無論你願不願意——」

「——一旦那樣的事情發生，很多里爾的人會唾棄你，認為你是通敵者，說你躺下去只是為了得到好處。」

「你會住在這裡，就是這個房間。之前我們是把這裡當成避難處，偶爾在這裡過夜，但是現在你會居住在這裡，所以外頭的門要貼個標示，寫上你的名字和年齡，以防萬一要點名——」

「——規定群聚不得超過十人——」

「這樣的生活，任何人怎麼過得下去？」伊芙問，此時是第二天，她終於得到夠多不情願的肯定，才敢偶爾冒險問個問題。

「這裡的生活很爛，」莉莉說。「而且可能還會繼續爛下去，直到我們把德國人趕走。」

「要是我－我－我得知任何事情，要什麼時候跟你們報告？」

「薇歐蕾和我會常常過來。」莉莉朝她的副手微笑。「我們必須在城裡過夜的時候，就會過來你這裡窩一夜。不過我們太常跑來跑去了，所以通常只有你自己一個人。」

薇歐蕾一點也不熱情地看著伊芙。「我希望你能勝任。」

「賤貨！」莉莉拉了一下薇歐蕾緊緊盤起的髮髻。「不要這麼討厭嘛！」

伊芙很快就看到，德國人統治的里爾是個可怕的地方。戰前這裡一定是個美好、生氣勃勃、忙碌的城市——教堂尖頂高高伸入天空，鴿子飛翔在大廣場這一帶，黃昏時路燈投下一圈圈溫暖的黃光。而現在整個城市黯淡而悲慘，人人垂頭喪氣，每張臉都因為飢餓而憔悴。距離這個城市的不遠處，就是戰壕和士兵和戰爭的真正行動所在——遠處隆隆的槍響像是低沉的雷聲傳來，偶爾還會有一架雙翼飛機像毒黃蜂般從頭頂嗡嗡飛過。德軍從去年秋天就佔領里爾，完全控制了這個城市：林蔭大道上的路牌釘上了新的德文版，德國軍靴信心十足地踏過卵石街道，每個公共場所都有響亮的德語交談聲迴盪。唯一粉紅而健康的臉頰是德國人的，光是這一點，就讓伊芙對敵人原先還算客觀的不喜歡，迅速變成徹底的、熾熱的痛恨。

「眼神不要太憤怒，」莉莉建議，同時幫著伊芙穿上應徵的服裝。襯衫配上剪裁俐落的米色裙子，但是不光是服裝而已。莉莉還用一些粉筆和煤灰把伊芙的皮膚塗暗，遮掉她臉頰上健康的紅潤。「我們得讓你看起來垂頭喪氣又挫敗，小雛菊。這是德國人想看到的。眼神裡的怒火會讓你引來注意。」

「垂頭喪氣，」伊芙嚴肅地跟著說了一次。「好的。」

薇歐蕾看著她，圓眼鏡反射著光線。「她的頭髮有光澤。」

她們用一些泥土把頭髮弄暗。伊芙起身，戴上她補過的手套。「我是剛從魯貝來的鄉下姑娘，」她背誦道。「拚了命想找工作，沒受過什麼教育。整潔、手腳靈活，有－有－有－點笨。」

「你看起來的確很笨。」薇歐蕾平靜地說，伊芙怒目瞪著她。她不太喜歡薇歐蕾，但是她的確很擅長自己的工作。伊芙琳・嘉德納不見了；這個房間裡唯一那面凹凸不平的鏡子裡照出了皮膚黯淡、面有飢色的瑪格麗特・勒法蘭索瓦。

伊芙看著瑪格麗特，忽然覺得焦慮起來，就像任何演員準備要上台前那樣。「要－要－要是我失敗了呢？要是忘川的老闆不雇用我呢？」

「那我們就會送你回英國。」莉莉不是殘忍，只是坦率。「因為你在別的地方派不上用場，小雛菊。所以你拚了命好好演吧，設法讓自己被雇用，設法不要被槍斃。」

❖

如果荷內．波得龍是野獸，那麼他有一個非常精緻的巢穴。這是伊芙在忘川餐廳等待時的第一個想法。

包括伊芙在內，有六個女孩聚集在鋪著亞麻桌布的桌子和深色鑲板牆壁之間，等著面試。本來還有兩個，但是被侍者領班問到是否會說德語時，她們承認會，於是立刻就被刷掉了。「在這裡工作的人，沒有一個熟悉我們顧客的語言，因為我們的顧客需要一個最隱私的環境，以便自在暢談。」伊芙很好奇，要是敵人佔領期間持續很久，里爾有多少人可以避免學會德語，但是她沒問，只是堅守自己的謊言說不，她除了是和不之外，半句德語都不懂，然後就被指示到一個座位等待。

在晦暗、被蹂躪的里爾，忘川是個高雅的綠洲：水晶吊燈發出柔和的光芒，深酒紅色的地毯吞沒了所有腳步聲，桌上鋪的桌布——各桌之間都隔著一些距離，以保持隱私——潔白如雪。餐廳正面的玻璃窗呈弧形往外凸，上頭有金色渦卷形裝飾，俯瞰著下頭流過的德勒河。伊芙看得出為什麼德國人喜歡來這裡用餐。成天去懲治那些被征服的平民，經過漫長的一天後，這是個文明、可以放鬆的地方。

不過眼前餐廳裡的氣氛並不文明，而是緊張而野蠻。六個女孩打量彼此，不知道哪兩個會被挑上、哪四個會被淘汰。在這裡工作，就意味著從餓肚子變成有得吃——伊芙才到里爾短短幾天，但是她已經知道要在這裡活下去有多麼辛苦。在這裡住一個月，她的皮膚就會像薇歐蕾的那樣灰暗。在這裡住兩個月，她的顴骨就會像莉莉的那樣突出。

很好，她心想。飢餓會讓我保持敏銳。

一個接一個女孩被帶上樓。伊芙緊抓著她的手提包等待著，讓自己的緊張自然流露，但是不去擔心是否被雇用。她會被雇用的，就是這樣。她不打算連一個證明自己的機會都還沒得到，就失敗被送回家。

「勒法蘭索瓦小姐，波得龍先生要見你。」

她被帶著登上鋪了地毯的安靜樓梯，來到一扇結實而磨亮的橡木門。顯然地，荷內．波得龍住在他餐廳樓上的寬敞住家裡。門打開，裡面是一間書房，非常可恨。

伊芙看著房間裡，能想到的就是這個字眼。可恨但精緻，烏黑的壁爐台上放著鍍金的時鐘，一塊歐比松地毯，還有深紅褐色皮面的扶手椅。緞木書櫃裡放滿了皮面的精裝書，蒂芬妮彩繪玻璃燈罩，還有個小小的、大理石的低頭男子半身像。這個房間的牆上掛著翠綠的絲綢，低聲訴說著金錢與品味、奢華與任性。隔著一塵不染的細白布窗簾，依稀看得見外頭被征服得很淒慘的里爾，這樣的奢華太可恨了。

還沒有聽到半個字，伊芙就鄙視這個書房和書房的主人了。

「勒法蘭索瓦小姐，」荷內．波得龍說，「請坐。」

他坐在一張扶手椅上，指著另外一張。他柔軟而優雅地朝後靠，長褲摺痕鮮明如刀，雪白的襯衫和整潔的背心都像巴黎人一般精緻。他年約四十，高而四肢修長，後梳的頭髮在太陽穴處已經花白，露出一張神祕莫測的瘦臉。要是卡麥隆上尉讓伊芙聯想到完美的英格蘭男子，那麼荷內．波得龍就一定是完美的法蘭西男子了。

然而在樓下的每一夜，他顯然是在德國人面前扮演殷勤的主人。

「你年紀似乎很輕，」波得龍先生打量著她坐下。「你是魯貝來的？」

「是的，先生。」之前在魯貝長大的薇歐蕾曾告訴伊芙有關魯貝的種種細節，以備需要時可以派上用場。

「那你為什麼不待在那裡？對於一個——」他看了一眼手上的紙，「——十七歲的孤兒來說，里爾可是個大城。」

「那裡找不到工作。我想在里－里－里爾或許可以找到。」伊芙兩腿緊緊併攏，抓著手提包，讓自己在這個奢華環境中顯得慌張而迷失。瑪格麗特．勒法蘭索瓦應該沒看過鍍金時鐘，或是十冊皮面精裝的盧梭和狄德羅套書，所以她睜大眼睛，一副目瞪口呆狀。

「你可能以為在餐廳工作很簡單。擺放餐具，收走盤子。但其實不簡單。」他的聲音不像一般人有高低起伏，而是像金屬般，有點令人膽寒。「我要求的是完美，小姐。無論是出自我廚房的食物、送上桌的侍餐人員，或是用餐的氣氛。我在這裡創造出文明——戰爭期間的和平。讓人暫時忘記戰爭的存在。所以餐廳才會取名為『忘川』。」

伊芙把眼睛睜到最大最圓。「先生，我不懂那是什－什－什麼意思。」

她等著對方會露出微笑，或是高高在上看她一眼，甚至是惱怒，但他只是審視著她。

「我在小餐館工作過，先生，」伊芙趕緊說，一副緊張的模樣。「我很熟－熟練、動作很迅－迅－迅速。我學得很－很－很快。我工作很勤奮。我只是希望有－有－有－有－有——」

她結巴得厲害。過去幾個星期，她都沒太注意自己的口吃——或許是因為她大部分談話都是跟卡麥隆上尉，以及同樣不太會注意口吃的莉莉——但是現在隨便一個音節，就卡在她嘴裡出不來，荷內．波得龍只是坐在那裡看著她掙扎。就像卡麥隆上尉，他不會急著幫她說出來。但是伊芙不認為他像卡麥隆上尉是出於禮貌。

如果是伊芙．嘉德納，就會握起拳頭，頑固而憤怒地捶自己的大腿，直到把卡住的字說出來。但瑪格麗特．勒法蘭索瓦只是結巴到最後，陷入臉紅的沉默，看起來尷尬得想要在那奢華的地毯上找個洞鑽進去。

「你有口吃，」波得龍先生說。「但是我不認為你愚蠢，小姐。講話卡住的人，不見得表示腦袋也卡住。」

要是所有人都這麼想，伊芙的人生就會好過太多了，但老天在上，不要是現在。要是他認為我是個白痴，那就會好得多，她心想，然後她首度緊張得皮膚刺麻。他應該要認為她愚蠢的。不光是結巴，打從進了房門之後，她就用盡各種辦法讓瑪格麗特顯得愚蠢。要是他不相信天生口吃造成的偽裝，她就需要另一個盾牌了。她垂下長長的睫毛，扮出一副困惑的模樣。「先生？」

「看著我。」

她吞嚥著，往上迎接他的目光。他的眼睛沒有特定的顏色，而且似乎不必眨。

「你認為我是個通敵者，是個奸商嗎？」

是的。「現在是戰爭時期，先生，」伊芙回答。「我們都要做自己必須做的。」

「沒錯。那你會做你必須做的，服侍德國人嗎？他們是入侵者，是我們的征服者？」

他是在引誘她上鉤，伊芙僵住了。她毫不懷疑，如果讓他看到她眼中的怒火——就像莉莉形容的——她的機會就會消失了。如果他認為她可能會在德國人的紅酒燉牛肉裡吐口水，就絕對不會錄取她的。但是正確的答案是什麼？

「不要跟我撒謊，」他說。「我很擅長看穿別人的謊言，小姐。你認為帶著微笑服侍我的德國客人，是一件困難的事情嗎？」

說不是太荒謬的謊言，根本不能說出口。說是則是她承擔不起的實話。

「我覺得沒－沒－沒有東西吃很困難，」最後她說，只稍微結巴一點。「我沒有時－時－時間去管其他的困難，先生。只能先設法不要挨餓。因為如果你不雇用我，我在別的地方也找不到工－工作。沒有人會雇用一個口－口－口吃的女孩。」這是實話。伊芙回想起她剛到倫敦的時光，還有找到那份檔案室的蠢工作有多困難，因為不需要講話流暢的工作很稀少。她想起當時找工作的挫折，然後讓波得龍先生看到她的忿忿不平。「因為有－有－有口吃，我沒辦法接電話，或在商店裡面向顧客說明。但是我可以安－安－安靜地端盤子、擺餐具，先生，而且我可以做得很完美。」

她又用大大的眼睛望著他，完全就是個絕望、飢餓、難堪的年輕姑娘。他指尖相觸成尖塔狀——出奇修長的手指，沒有結婚戒指——看著她。「我真是太粗心了，」他最後終於說。「要是你餓了，我就該給你東西吃才對。」

他小心翼翼地說著，好像指的是要給流浪貓一點牛奶似的。他不會給所有應徵的女孩都吃點心吧？如果他特別把你挑出來，那可不是好事，伊芙心想，但是他已經搖了喚人鈴，這會兒正在吩咐一個從下頭餐廳上來的侍者。他們咕噥幾個字後，那個侍者離開，然後端著一個盤子回來。熱騰騰的吐司麵包；伊芙看得出那是非常好的白麵包，如今在里爾幾乎找不到的那種，還有奶油——真正的奶油——塗得厚厚的，好奢侈。伊芙沒餓到一看見那吐司麵包就目瞪口呆，但是瑪格麗特會，於是伊芙雙手顫抖，拿起一小塊三角形的麵包到嘴邊。他坐在那邊等著看她是不是會狼吞虎嚥，她很淑女地咬了一小角。瑪格麗特不能像伊芙原先計畫的那麼鄉巴佬；荷內．波得龍顯然想要個比較文雅的女侍。伊芙嚼著她的吐司，嚥下，又咬了一口。麵包上的草莓果醬顯然加了真正的糖，她想到莉莉用甜菜根當成甜味劑。

「幫我工作有一些好處，」波得龍先生最後說。「廚房的剩菜每天由員工平分。我的所有員工都有宵禁的通行證，我的餐廳裡以前不用女人侍餐的，但是既然不能避免，我向你保證，我們不會要求你去……娛樂顧客。那類事情會降低一家餐廳的格調。」他的口氣顯然很反感。「我是個文明人，勒法蘭索瓦小姐，我希望來這個餐廳吃飯的軍官也表現得像個文明人。」

「是的。」伊芙低聲說。

「總之，」他又冷冷的補充，「要是你偷我的東西——食材、銀器，或甚至只是喝一口葡萄酒——然後我就會把你交給德國人。讓你看看他們可不是隨時都很文明的。」

「我明白，先生。」

「很好。你明天開始上班。我的助手會訓練你，早上八點開始。」

他沒提到薪水。他知道他開多少她都會接受；每個來應徵的都會。伊芙嚥下了最後一口吐司麵包，一副淑女狀但是趕緊吃完，因為這個城市不會有人把奶油吐司不吃完、留在盤子上，然後她趕緊行個屈膝禮，就匆忙走出書房。

「怎麼樣？」薇歐蕾本來正在一張小小的蓪草紙上寫密碼，看到伊芙匆忙回到那個充滿霉味的房間，她就抬頭問。

伊芙差點發出勝利的大喊，但她不希望自己看起來像個樂昏頭的小女生，於是她只是冷靜地點點頭。「我被錄取了。莉莉人呢？」

「去找她的一個鐵路連絡人拿報告了。然後她會去邊境。」薇歐蕾搖頭。「我真不懂，她怎麼有辦法沒被槍斃。那些邊境的探照燈，連縮在地獄裡的一隻跳蚤都照得出來，但是她總能溜過去。」

直到她溜不過去的那一天，伊芙忍不住心想，一邊脫掉靴子。但是老想著她們都可能被逮捕的各種方式也沒好處。照莉莉說的做：要害怕，但只在危險過了之後。至於之前，那是一種奢侈。

現在已經脫離了荷內．波得龍的視線，脫離他修剪過指甲的優雅雙手，還有他眨都不眨的眼睛，伊芙這才覺得害怕，像一股毒風吹得她皮膚發麻。她顫抖著吐出一口長氣。

「這樣就要發抖？」薇歐蕾揚起眉毛，圓眼鏡上發出反光。這樣的眼鏡一定很有用，伊芙心想——她只要朝燈光歪一下頭，別人就看不見她的雙眼了。「等到你經過一個嚴密的檢查站，或是得講話唬得一個衛兵放你過關，再來發抖吧。」

「荷內．波得龍。」伊芙往後躺在那張硬硬的小床上，雙手往後交疊在腦袋底下。「你對他有什麼了解？」

「他是個下流的通敵者。」薇歐蕾又低頭回去工作。「還有其他什麼要了解的？」

別跟我撒謊，他那種金屬般的聲音低語著。我很擅長看穿別人的謊言，小姐。

「我想，」伊芙緩緩說，那種皮膚發麻的恐懼又加深了一分，「要在他的鼻子底下獲取情報，會非常困難。」

9

夏麗

一九四七年五月

「不，」伊芙說，「我恨里爾，我們不要在那個城市裡過夜。」

「沒辦法了，」芬恩和顏悅色地說，從拉貢達汽車打開的引擎蓋旁直起身子。「等到我能讓她再發動，天就黑了。」

「不要在操他媽的里爾。我們可以在黑暗中繼續趕路到魯貝。」

我過去二十四小時已經受夠了伊芙。「我們就在里爾過夜。」

她兇巴巴瞪著我。「怎麼，因為你肚子裡的小傢伙又不安分了？」

我也瞪回去。「不，因為付旅館錢的人是我。」

伊芙罵了我一個比平常更不堪入耳的字眼，接著開始在路邊來回踱步。*真是淒慘的一天*，我心想，看著芬恩又彎腰繼續耐心地擺弄著那輛汽車的內部零件。昨天在盧昂的一家便宜旅館裡，我度過幾乎無眠的痛苦一夜，夢到羅絲沿著無盡的長廊消失，伴隨著她母親嘶聲說「妓女……」

今天上午是漫長而艱難的車程，每回我要下車嘔吐，伊芙就要刻薄評論幾句，芬恩則完全不開口，不知怎地讓我覺得更糟。

妓女，我姨媽在我的惡夢中耳語，我忍不住瑟縮。我本來很享受自己在這趟旅程的新開始，體會著這輛車上沒有人知道我的過往，沒有人知道我籠罩在什麼樣的陰影之下。唔，這個人生新一頁只是個假象；夏麗・聖克萊爾是個妓女，現在因為那個口無遮攔的瘋婆子伊芙，還有她講個不停的大嘴巴，車裡的每個人都知道了。

開到里爾市郊時，拉貢達車發亮的引擎蓋底下開始冒煙，芬恩把車停在路邊，從車後頭拿了一個工具箱，過了一會兒，他宣佈閥門有油脂或引擎有水，反正對我來說，就跟排檔桿裡頭有小長頸鹿一樣。「你可以讓她勉強上路嗎？」我問。「至少可以讓我們到里爾市區？」

他雙手在一塊沾黑的破布上抹了抹，同時伊芙繼續踱步又詛咒。「慢慢開是可以。」

我點點頭，不敢看他的眼睛。自從我的「小問題」被揭露之後，我就不太有辦法直視他的雙眼。我對伊芙比較可以硬著頭皮撐過去——要是她很沒禮貌，我可以把我尖酸的外殼重新拉起來罩住自己，只要更沒禮貌就好。但是芬恩一個字都沒說，在這場省話比賽裡我贏不了他。我唯一能做的，就是假裝不在乎。

我們又上了拉貢達車，以蝸牛的速度往前開。里爾似乎是個夠漂亮的城市，一排排屋子的法國石牆上方是法蘭德斯風格紅磚，透露出這個城市很接近比利時，市區中心還有個優美而廣闊的大廣場。這個城市在戰爭期間曾遭到圍攻，但是顯然沒有被炸成瓦礫。這裡比我在勒阿弗爾所看到的更有歡樂氣息，匆忙經過的人們腳步更輕快，他們或是提著採買來的物品，或是牽著㹴犬。但是隨著我們愈深入市區，伊芙的臉就愈灰敗。

「任何平民，」她說，顯然是引用不曉得哪裡的句子，「包括法國政府的文職人員，若是協助德國的敵方軍隊，或是做出任何傷害德國及其盟國的舉動，將被一律處以死刑。」

我搖頭。「納粹……」

「不是納粹。」伊芙又望著窗外，那張臉像是石製面具。我們的拉貢達車經過一家餐館，門外有條紋遮篷，街邊的戶外餐桌俯瞰著德勒河，我傷感地看著，想起羅絲和我曾度過一個神奇下午的那家普羅旺斯小餐館，想著世上可會有更能讓我感到到幸福的地方。眼前的餐廳裡有個跟我年齡相仿的女侍，拿著棍子麵包和一個裝著葡萄酒的喇叭口玻璃瓶，我羨慕她。她沒有「小問題」，只有鼻子上的雀斑和一件紅色格子圍裙，以及麵包的美好香氣。

伊芙兇狠又冷漠的聲音打斷我的思緒。「他離開之後，他們應該把整棟建築物燒光，在土地上撒鹽詛咒。他們應該引來真正忘川的水淹過這裡，讓每個人忘記。」她盯著同一家漂亮的小餐館，正面的弧形凸窗有金色的渦卷形裝飾。

「嘉德納？」芬恩回頭看。伊芙的聲音或許兇狠，但她的模樣枯槁又虛弱，扭曲的十根手指交握，似乎想防止它們顫抖，我和芬恩不解地彼此看了一眼，我困惑得都忘了自己在迴避他的雙眼。

「我們得找家旅館，」他平靜地說。「馬上。」

他把車停在我們發現的第一家旅館前面，要了三個房間。櫃檯職員算錯了總價，我跟他指出錯誤之後，他突然就聽不懂我的美國腔法語了。最後伊芙靠在櫃檯上，用流利的北方口音講了一連串法語，讓我大感意外，也讓那個職員趕緊更正金額。「沒想到你法語說得這麼好。」我說，她只是聳聳肩，給我們每個人一把房間鑰匙。

「比你好，美國佬。晚安。」

我望著外頭的天空。現在只不過是薄暮時分，而且我們都還沒吃東西。「你不想吃晚餐嗎？」

「我會吃液體晚餐。」伊芙拍了一下她的包包。我聽到裡頭她的小酒瓶叮噹響。「我會去大喝一場，但是如果你們以為我明天早上會睡過頭，那還是打消念頭吧。我們最好天亮就上車，因為我想趕緊離開這個鬼地方，必要的時候用走的也行。」

她進了自己的房間關上門，我也很快進入自己的房間，因為不想被留在走廊上，跟芬恩獨處。

晚餐是一袋便宜的三明治，我坐在房間裡那張窄床上吃掉。然後我在小水槽裡洗了內衣和襯衫，想著很快就需要更多衣服，最後終於鼓起勇氣到樓下用旅館的電話。我不打算告訴母親我要去哪裡，以防萬一她帶著員警追上來——我還不滿二十歲，還是未成年人——但是我不想讓她擔心我的安危。沒想到海豚飯店的職員跟我說她退房了。我還是留了話，然後不安地掛上電話，回到樓上，忍著忽然湧上來的筋疲力盡。我今天一整天就只是坐在車上，卻覺得這輩子從來沒這麼累過。這些一陣陣陌生的疲憊之感已經困擾我幾個星期了，一定又是「小問題」所造成的。

我回到自己的房間時，決心丟開任何有關「小問題」的思緒。明天去魯貝。一部分的我根本不想去——伊芙還是堅持她得去那裡找某個女人談，說她可能知道些什麼，但是拜我姨媽之賜，我已經知道一些事情了。我知道羅絲被送到更南邊的一個小鎮去生小孩，而且我知道她生產後就離開了，去附近的利摩日找工作。我想去的是利摩日，而不是去魯貝找什麼伊芙認識的人。

我坐在床緣，讓希望在我胸中升起。儘管和珍恩姨媽相處的那段時間很可怕，但是她給了我這個希望。因為雖然我一直努力說服自己說羅絲還有可能活著，但有一部分的我其實還是認為我父母是對的，認為羅絲一定是死了。因為我情同姊妹、害怕寂寞的那個女孩，到現在應該會找到我們才對。

但是如果他們全家人都排斥她，把她送走去待產，然後就撒手不管……唔，我了解羅絲。她自尊心很強，當時一定滿腔怒火。在她父母這樣把她攆走之後，她絕對不會再踏入盧昂的那棟房子了。

我甚至可以諒解她沒有寫信告訴我這個困境。何必呢？我們最後一次碰面時，我只是個小女孩，是要保護的對象，而不是用來傾吐難堪祕密的。而且羞愧有可能逐漸變成一種習慣。要是換了我，就算有她的地址，我也不確定自己有辦法寫信跟她說我的「小問題」。面對面，我可以靠在她的肩膀上哭；但是要把這些事情寫在紙上，就表示你得把你的恥辱揭露，化為醜陋的白紙黑字。

如果她還活著，現在她可能住在利摩日，或許帶著自己的小孩。*男孩還是女孩？*我心想，然後聽到自己顫抖地笑出聲。羅絲帶著一個嬰兒。我低頭看著自己的肚子，平坦而無害，一下讓我疲倦，一下讓我想吐，一下又讓我雙眼模糊。「啊，羅絲，」我輕聲說，「我們怎麼會搞得這麼糟糕？」

好吧，我搞得很糟糕。羅絲找到了真愛，是一個加入反抗軍的法國書店店員。聽起來像是羅絲會喜歡的那種小夥子。不曉得她的艾提安頭髮是深色還淺色，有沒有遺傳給寶寶。不曉得他被捕後被關在哪裡，是不是還活著。大概沒有。那麼多人失蹤或死了，我們才剛開始了解戰爭的損失有多麼巨大。羅絲的男友大概死了；如果她還活著，那麼她就孤單無依。被拋下了，就像小時候在那家普羅旺斯小餐館一樣。

不會太久的，羅絲。我會去找你，我發誓。我沒辦法救我哥哥，但是我還有辦法救她。

「然後或許我會曉得該拿你怎麼辦。」我對著我的肚子說。我不想要這個孩子，不曉得該拿它怎麼辦。但是過去幾天的噁心嘔吐讓我痛苦地明白，我再也不能對它置之不理了。

深濃的法國夜色在我窗外展開，輕柔又溫暖。我爬上床，垂下眼皮。我甚至沒意識到自己睡著了，直到一聲尖叫劃破黑夜。

那尖叫嚇得我立刻起身跳下床。我站在那裡，心臟狂跳且嘴巴發乾，那恐怖的嚎叫一直持續。是一個女人在尖叫，充滿驚駭與痛苦，我衝出房間。

芬恩也在同一刻衝進走廊，光腳且打赤膊。「那是什麼？」我喘著氣說，此時走廊往前的其他房門也開始咿呀打開。芬恩沒回答，只是直奔我們兩人之間的那扇門，門下方透出一線黃光，尖叫聲就是來自門內。「嘉德納！」他抓著房門把手搖晃。尖叫忽然停止，彷彿一把刀剛劃過緊繃的喉嚨。我聽到一個明確無誤的喀噠聲，是魯格手槍扳起擊錘。

「嘉德納，我要進來了。」芬恩肩膀頂著門，用力往前推。隨著釘子刮擦的刺耳聲，那個廉價的鉸鏈從牆上脫離，燈光照入走廊。伊芙高高聳立，灰髮披散，她的雙眼像兩個盲目而憂慮的深坑——她一看到芬恩站在門口，後頭跟著我，就舉起魯格手槍開火。

我尖叫，立刻摔在地上蜷縮成一團——但是擊錘敲中的是空蕩的槍膛。芬恩硬搶走伊芙手裡的槍，她罵了句髒話，要去抓他眼睛。他把手槍朝床上一扔，兩手握住她枯瘦的雙腕。他回頭看我時，我驚訝地發現他相當冷靜。

「去找夜班職員，跟他說一切都沒問題，免得有人要找警察來。」他說，緊抓著伊芙。她正在用法語和德語又罵又詛咒。「我們可不想半夜裡又得重新找一家旅館。」

「可是——」我雙眼只是盯著床上的那把手槍。她朝我們開槍。此時我才發現，我的雙手緊抱著「小問題」。

「跟他說她做了惡夢。」芬恩低頭看著伊芙。她已經停止詛咒了，粗聲猛喘著氣。她的雙眼盲目地凝視著牆壁。無論她身在何方，總之不在這裡。

我聽到身後傳來一陣暴躁的法語，回頭看到旅館的老闆，睏倦地扯著嗓門講話。「對不起，」我說著出了房間，趕緊把門帶上，免得他看到房間裡頭的奇怪景象。「我祖母，她做了惡夢⋯⋯」我用法語說。

我用破爛的美式法語努力甜言蜜語，外加一把鈔票，哄得那旅館老闆消了氣。最後他慢吞吞走回自己的房間，我這才敢打開伊芙的房門往裡看。

芬恩已經安頓好伊芙了，不是在她床上，而是在最遠的角落——可以清楚看到門和窗子。他已經把原來放在角落的一張椅子拖開，好讓她背靠牆壁坐在那裡，又在她肩膀上披了一條毯子。他蹲在她旁邊，柔聲跟她說著話，動作輕緩地把一個威士忌小酒瓶放在她膝上。

她咕噥著什麼，一個名字，聽起來像荷內，我聽得起雞皮疙瘩。

「荷內不在這裡。」芬恩安慰她。

「那野獸就是我。」她用氣音說。

「我知道。」芬恩拿起那把魯格手槍，握柄朝前交給她。

「你瘋了嗎？」我低聲說，但是他在背後朝我比出反對的手勢。伊芙始終沒往上看，她現在很安靜，但還是眼神空茫，目光來回看著窗子和門口。她變形的手指再度緊握住手槍，芬恩放手了。

他起身，赤腳走向我。我退入走廊，他跟出來，輕輕帶上門，吐出一大口氣。

「你為什麼要把那槍還給她？」我低聲問。「如果裡頭有子彈，你或我就可能沒命了！」

「你以為之前把子彈拿出來的是誰？」他往下看著我。「我每天晚上都會這麼做，挨了她不少罵。但是因為我幫她工作的第一天晚上，她就差點轟掉我的耳朵，所以她沒有什麼立場跟我爭。」

「差點轟掉你的耳朵？」

芬恩看著房門。「現在她會安靜到天亮了。」

「她有多常這樣？」

「偶爾。有的事情會觸發她——困在人很多的地方她就會恐慌，或者聽到哪裡有鷹架垮下就以為是炸彈爆炸。沒辦法預測的。」

我這才發現自己的雙臂還是抱著肚子。對我來說，「小問題」就只是個問題而已，沒有別的，但是我一看到伊芙的槍，卻立刻雙臂護住肚皮。這會兒我垂下雙手，全身顫動。我好久沒感覺到這麼活力十足了，全身每一條顫抖的肌肉、每一吋刺麻的皮膚都充滿精力。「我得喝一杯。」

「我也是。」

我跟著芬恩回到他房間，這樣一點也不得體，因為我穿著那件權充睡袍的尼龍襯裙，幾乎是半裸。但是我關掉腦袋裡那個惡毒的、會意的聲音，關上房門，同時芬恩扭亮一盞燈，掏著他的包包。他給了我一個扁酒瓶，比伊芙的那個小得多。「沒有多的玻璃杯了，抱歉。」

他沒再叫我小姐了，那是當然。我聳聳肩，本來就沒有指望別的。我很清楚眼前正在發展的方程式。「誰需要玻璃杯？」我喝了一大口威士忌，品嚐著那種熱辣。「好吧，告訴我。伊芙的確聽過荷內這個名字。如果就是報告裡頭的同一個人，羅絲替他工作的——」

「我不會曉得。只曉得她在這類情緒爆發的時候，常常會說這個名字。」

「你怎麼都沒告訴過我？」

「因為我是幫她工作的。」他從扁酒瓶裡喝了一口。「不是幫你。」

「你們兩個真夠像的，」我哼了一聲。「渾身都是帶刺的祕密。」

「而且都有好理由。」

我回想起伊芙憂慮的氣音，背出那段德國對通敵者處以死刑的公告。她身上的種種，讓我覺得她曾經是參戰人員。我看過戰場上歸來的哥哥，擔心而關愛地注意到他的種種變化，而且詹姆斯不是我唯一觀察過的退役軍人。我在交誼會上跟他們共舞過，在派對上跟他們交談過，我養成了觀察他們的習慣，因為我希望自己能看出些什麼，用來協助詹姆斯。結果我失敗了；我做的一切都幫不了詹姆斯，直到今天，我還是因此好恨自己——不過我知道參戰人員是什麼樣子，伊芙顯示出所有的跡象。「她明天會沒事嗎？」以前詹姆斯像這樣發作過後，次日早晨連走出自己的房間都不肯。

「大概吧。」芬恩站在打開的窗子前，靠著窗台，往下望著那排街燈，又思索著喝了一口威士忌。「通常她第二天就恢復正常，像是什麼事都沒有發生過。」

我很想繼續刺探，但是伊芙和她的祕密太棘手了，搞得我頭痛。我暫時算了，想著要過去跟芬恩一起站在窗邊。畢竟，那是方程式裡的下一步：女孩加男孩，乘以威士忌。現在再加上鄰近性。「所以明天我們會到魯貝，如果車子不會又故障的話。」我的一邊肩膀擦過他的。

他把扁酒瓶遞給我。「我可以讓她運轉的。」

「你那個工具箱用起來很熟練。你是在哪裡學會修車的？」監獄？我好奇得不得了。

「我很小的時候就常常去修車廠，從搖籃裡就把扳手當玩具了。」

我又喝了一口。「我明天可以跟你輪流開車嗎？或者你不准別人開那輛車？」

「你會開車？」他看了我一眼，那個驚訝的表情就像之前我說我打過工一樣。「我還以為你們家會有司機。」

「我們不是范德比爾特那種鉅富家族，芬恩。我當然會開車。我哥教我的。」那是一段甜蜜又苦澀的回憶：詹姆斯從家裡一場盛大的家族烤肉會溜掉，拖著我坐上他的帕卡德（Packard）豪華汽車，給我上了一堂駕駛課。「我想他真正的目的是想逃離那些煩人的親戚。不過他是個好老師。」後來他揉揉我的頭髮說，你負責開車回家吧，現在你是專家了——到了家門外，我得意地踩了煞車停下，在回到嘈雜的烤肉會之前，我們又在車上逗留了一會兒。我問詹姆斯能不能當我的舞伴，去參加下次的正式舞會。我不會有正式的舞伴，詹姆斯，而且我們可以坐在場邊，取笑那些大學女生。他扯起一邊嘴角微笑說，我很願意，老妹。我進屋裡時心想，難得一次，我在他心情低落時幫上忙了。

不到三個星期後，他就開槍自殺。

我痛苦地眨眨眼，不去想那段往事了。

「或許有一天我會讓你坐在駕駛座。」芬恩往下看著站在旁邊的我，他深色的頭髮閃著微光。「你對她要有耐心。畢竟，她是那種難以取悅的淑女。脾氣有點壞，需要特別呵護。不過她總是可以度過難關的。」

「少來你那一套蘇格蘭式的隱喻了。」我又喝了一口，把扁酒瓶遞給他，手指輕觸一下他的。「現在凌晨兩點多了。」

他微笑，又轉頭看著外頭的街燈。我等著他更靠近我，但他只是喝光他的威士忌，然後坐在靠牆的長椅上。

我心裡那個尖銳的聲音還在說著惡毒的事情。在那聲音變得更大之前，我就採取行動，完成這個方程式：男孩加女孩，乘以威士忌和鄰近性，等於……我拿起芬恩手裡的扁酒瓶，坐到他膝上吻他。我嚐到他柔軟唇上的威士忌，感覺到他沒刮鬍子的下巴刺刺的。然後他掙脫我。「你在做什麼？」

「你以為我在做什麼？」我雙臂攬住他的脖子。「我在主動提出建議，要跟你上床。」

他深色的眼珠不慌不忙地打量我。我冷靜地傾斜一邊肩膀，讓襯裙的一邊肩帶滑下。正當我身體前傾要再吻他時，他雙手拂過我位於他身體兩側的膝蓋，然後滑過尼龍襯裙的褶邊上方、而不是下方，往上來到我的腰部，牢牢把我固定住。

「唔，」他說。「這真是充滿意外的一夜啊。」

「是嗎？」我隔著薄薄的尼龍料，感覺到他溫暖的大手，扶著我的腰部兩側。「我一整個白天都在想這事情。」打從我看到他脫掉外衣、穿著短袖襯衫修車開始。他的手臂很健美，比大部分大學男生好多了——他們的手臂通常不是很細瘦，就是麵團似的軟趴趴。

芬恩的聲音聽起來有點嘶啞，但是很平穩。「像你這樣的好女孩，怎麼會要跟一個前科犯上床呢？」

「你明知道我不是乖女孩。伊芙已經解釋了這一點。何況，我們又不是要正式交往，」我又坦白地補充。「你也不是要去見我父母。只是打個砲而已。」

他豎起雙眉。

「不過我的確很好奇你是做了什麼，」我又坦白地說，一根手指輕撫過他的後頸。「才會去坐牢。」

「我從皇家植物園邱園偷了一隻天鵝。」他雙手還是牢牢抓著我的腰，讓我無法湊近他。「騙人。」

「我從倫敦塔的王冠珠寶裡偷走了一個鑽石冠冕。」

「還是騙人。」

在黯淡的光線下，他的雙眼看起來是黑色的，深不見底。「那你為什麼要問？」

「我喜歡聽你撒謊。」我雙臂又繞住他的脖子，手指滑入他柔軟的頭髮。「我們為什麼還在講話？」大部分男孩這種時候根本不思考，只會動手的，為什麼芬恩不這樣？伊芙一點破我其實是什麼樣的女孩之後，我就以為他再也不會尊重我、只想把我弄上床了。那是我以往熟悉的狀況。我可以把他推開，或者繼續下去，而且我已經決定要繼續下去了。然而我不習慣主動。我雖然不漂亮，但是送上門來——通常這一點就足以讓男人動手脫掉我的衣服，不必我幫忙。

可是芬恩沒動，只是盯著我。他的目光轉到我的腰部，然後說：「你沒有男朋友嗎？未婚夫？」

「你看到我戴戒指了嗎？」

「那不然是誰？」

「杜魯門總統啦。」我說。

「現在換你騙人了。」

空氣溫暖而滯悶。我挪動臀部，可以感覺到他的反應。我知道他想要，為什麼不乾脆接受？「你幹嘛在乎誰把我肚子搞大的？」我低聲說，又挪動了一下。「你現在沒辦法把我肚子搞大了，重要的是這點。跟我上床很安全。」

「那太卑鄙了。」

「不過是實話。」

於是他把我往前拉，臉湊近我，我的皮膚刺麻起來。「你為什麼要對我這麼主動？」妓女。這個字眼在我腦袋裡迴盪著，是我母親的聲音，或許還有我姨媽的。我往後瑟縮，聳了一下肩膀。「我是蕩婦，」我輕浮地說。「人人都知道蕩婦就是到處跟人亂睡覺的。而且你很性感。所以有何不可？」

他微笑，那是真正的微笑，不光是我以前習慣的、一邊嘴角微微扯起的那種。「夏麗小妞，」他說，於是我有時間想著自己有多麼喜歡他柔軟的蘇格蘭腔說出我的名字，「你需要一個更好的理由。」

他把我像個玩偶似地從他膝上舉起，讓我站回地面。他起身走到房門，打得開開的，然後我感覺到一股緩慢的紅色熱流掃到我的脖子。「晚安，小姐。睡個好覺吧。」

10

伊芙

一九一五年六月

兩天之後的晚上，伊芙以間諜和忘川員工的雙重身分初次登場。在這兩者中，後者的工作比較累人：荷內．波得龍要求一切都要完美，兩天的訓練實在太短暫了，很難達到完美。不過伊芙達到了。畢竟，她絕對不能失敗。餐廳裡兩位新雇用的女侍初次開始值班前，荷內．波得龍又講了一次他的規則，伊芙牢牢記住。

深色連身裙，整齊的頭髮。「你們不能被注意到；你們是影子。」腳步要輕，小碎步。「你們的所有行動都要像滑行。不能打擾我這些顧客的談話。」永遠保持安靜；不能互相咬耳朵或跟顧客說話。「你們不需要記住店裡的葡萄酒單或接受點菜。只要端盤子上桌，等吃完了就撤走。」倒葡萄酒要用一隻手，倒出優雅的弧線。「忘川的一切都要優雅，即使是沒有人注意的事物。」

最後一條規則，也是最重要的：「違反規則，你就會被解雇。里爾有很多餓肚子的姑娘搶著要取代你們的位置。」

忘川在傍晚變得熱鬧起來，整個城市在日落之後變得黑暗，只有這一小塊地方有人工的亮光和溫暖和音樂。伊芙穿著她深色的連身裙，站在指定的角落，想到了吸血鬼的故事。在里爾，法國人在日落後就去睡覺，因為即使沒有宵禁，他們也很難弄到煤油或煤炭保持房間裡的照明。只有德國人在夜裡會出門，像吸血鬼，慶祝他們不容置疑的統治。他們來到里爾，制服閃耀，徽章擦得亮晶晶，嗓門響亮，而荷內．波得龍會穿著精心剪裁的晚禮服迎接他們，笑得毫不費力。就像布拉姆．斯托克小說中，吸血鬼德古拉所控制的僕人雷菲爾：一個效命吸血鬼的人類，變得卑劣而怯懦。

你在胡思亂想，她告訴自己，打開耳朵，關掉腦子吧。

她像個優雅的機器人般度過了晚餐時間，無聲地撤走盤子、刷掉麵包屑、為空酒杯補上葡萄酒。你絕對不會知道有一場戰爭正在進行：餐廳裡有好多蠟燭，每張餐桌都有白麵包捲和真正的奶油，每個杯子裡都斟滿葡萄酒。里爾的黑市食物一定有半數都送到這裡來了，因為德國人顯然喜歡吃得好。「那些食物，」另一個女侍說，是一個臀部很大的年輕寡婦，家裡有兩個年幼的孩子。「光看都難受！」她把一個盤子端回廚房時，喉嚨移動著——盤子裡還有那麼多剩菜，而這個城市的法國人都是把盤子裡的每一塊麵包屑都刮得乾乾淨淨。一大缽白醬，十二片小牛肉……伊芙的肚子也咕嚕叫，但她警告地瞪了另一個女侍一眼。

「連偷吃一小口都不行。」她回頭看了身後的波得龍先生，像一條穿了考究西裝的鯊魚在房間裡打轉。「要等值班結束才能吃，你知道的。」到了這個夜晚的尾聲，會把廚房裡的所有剩菜聚集在一起，均分給員工。任何人要是看到別人在均分食物之前就偷吃，都一定會很樂於說出來，因為每個人都很餓。伊芙忿恨又欣賞這個制度：波得龍先生成功地發明了一種獎勵方式，既能讓員工保持誠實，又鼓勵他們監視其他人。

但如果員工都很緊張且不友善，顧客們則是更差勁。當你近距離看到他們怎麼個浪費法，要不恨他們都很難。霍夫曼司令和馮海因里希將軍在伊芙值班的第一個星期來吃過三次飯，點了香檳和烤鵪鶉，以慶祝德軍最近的幾次勝利，在一群助手間放聲大笑。晚餐後喝白蘭地時，波得龍先生總是受邀加入，他蹺著二郎腿懶洋洋坐在那裡，從一個有字母組合圖案的銀盒子裡拿出雪茄分給其他人。伊芙在幫他們添水時努力傾聽，但是不能逗留得太明顯，總之他們也沒在談作戰計畫或戰壕裡機關槍架設的地方，而是在談各自收為情婦的年輕女人，比較著她們細微的身體特徵，爭辯將軍的情婦那頭金髮是不是天生的。

然後在第四天晚上，霍夫曼司令點了白蘭地，伊芙拿著雕花玻璃酒瓶悄悄出現。「——轟炸，」他跟自己的助手們說著德文，「但是新的砲兵陣地四天內就會就位。至於位置……」

在一道燦如鑽石的興奮中，伊芙的心跳減緩。她拿起司令的白蘭地酒杯，在自己膽敢的範圍之內倒得很慢，讓那酒在杯內緩緩增加，同時傾聽德國司令仔細說出那個砲兵陣地的位置。她注意到自己的雙手完全沒顫抖。她放回杯子，默默祈禱能有個藉口逗留。一個司令的助手回應了她的祈禱，他一邊還在回答有關新槍枝的殺傷力時，就朝她彈手指示意要白蘭地。伊芙轉身接過他的杯子，看到在鄰桌熱情招呼一個德軍上尉和兩個副官的波得龍先生，此時雙眼正看著她。她的手把玻璃杯抓得更緊，忽然恐慌起來，擔心自己臉上是否露出了聽懂司令那些德語的神色。要是他懷疑瑪格麗特．勒法蘭索瓦懂德語……

不會的，伊芙告訴自己，努力讓自己保持面無表情，回想著倒酒時手臂要彎成優雅的弧形。她的雇主讚許地點頭。司令則點頭打發她，於是伊芙悄悄退回牆壁邊的凹處，一臉平靜，同時滿耳朵的黃金：她知道里爾附近德軍新大砲的確切位置了。

剩下來的值班時間，她腦中拚命背誦那些情報，數字、名字、武器的殺傷力。祈禱自己不會忘記任何一點。下班後她匆忙趕回家，用她在福克斯通學到的小字，把一切全都抄錄在一張薄薄的蒲草紙上，然後用那張紙捲住一根髮夾，再把髮夾插入自己的髮髻中，這才放鬆下來。次日夜裡，莉莉如常來到里爾收取情報，伊芙交出情報的方式帶著某種儀式性——就像頒發一個勝利桂冠似的——她垂下頭，從頭髮裡拔出那個髮夾，然後交給愛莉絲情報網的領導人。

莉莉閱讀了那個訊息，大叫起來，一隻手臂攬住伊芙的脖子，響亮地親了她兩邊臉頰。「老天，我就知道你會有好表現。」

要是嚴肅的薇歐蕾在這裡，戴著她的圓框眼鏡、不滿地臭著臉，伊芙就會設法不要露出樂得暈頭的模樣，但是看著莉莉這麼開心，她也把自己從昨夜就開始壓抑的笑聲釋放出來。

莉莉瞇眼看著那捲小紙。「要把這些抄錄在我的總報告裡，會害我眼睛瞎掉！下回就先幫我大略編碼一下吧。」

「我花了四小時抄－抄錄那個呢。」伊芙氣餒地說。

「新人的第一份訊息，通常都要花六倍的時間。」莉莉大笑，拍拍她的臉頰。「別這麼喪氣，你做得很好！我會交給愛德華舅舅，那個新的砲兵陣地在下個星期四之前就會遭到轟炸。」

「星期四？你可以讓一個位置這－這－這——讓一個位置這麼快就被轟炸？」

「那當然。我有全法國最快的情報網。」莉莉把那張紙捲回髮夾上，塞進自己梳成龐巴度髮型的金髮裡。「你會成為我們的一大主力，小雛菊。我感覺得到。」

她表情豐富的臉散放著毫不掩飾的歡喜，像邊境地區的探照燈一般，照亮了那個黯淡的小房間，伊芙也咧嘴笑著。她辦到了；自己的訓練派上用場；她完成了自己的職責。她是個間諜了。

莉莉似乎感覺到伊芙心中那股喜悅，因為她重重坐在房間裡唯一的椅子上，又笑了起來。「這件事太值得高興了，不是嗎？」她說，像是在坦承一個頑皮的祕密。「或許不太應該。因為這是非常嚴肅的事情，協助美好的法國對抗敵人，但同時又太好玩了。當間諜的這種滿足感，是其他職業沒有的。當母親的會告訴子女，說照顧小孩是最令人滿足的職業，那是狗屎，」莉莉坦白地說。「她們是被沒完沒了的例行瑣事搞得腦袋遲鈍了，才會這麼說。我絕對寧可冒著挨子彈的風險，也不要去面對髒尿布的確定性。」

「你知道我喜歡什麼嗎？」伊芙坦白。「從那張坐滿穿制服野獸的桌邊退開，他們在那邊喝白蘭地、抽雪茄，沒有一個知道……」她開心得一點都不結巴了，事後當她停下來回想這一段，自己都覺得驚奇。

「德國人去吃屎吧，」莉莉說，動手把一小塊取自舊襯裙的破布打開來，攤在桌上。「來，我來教你我這套轉錄地圖位置的方法。這是個簡單的網格圖案，用來溝通地點要有效率得多……」

這個毫無生氣的小房間變得比點著上百枝蠟燭的忘川還要燦亮。轉錄完地圖之後，她們熬夜到好晚，莉莉跟她分著喝一點偷來的白蘭地，說了些故事——「有回我帶著一批偷來的急件要通過一個多事的衛兵，就把急件放在一個蛋糕盒底部。後來我把沾了糖霜的信封袋交給愛德華舅舅時，你真該看看他當時臉上的表情！」

「你下回把報告交給他時，幫我吹噓一下，」伊芙拜託他。「我希望他覺得驕傲。」

莉莉歪著頭，一臉淘氣。「小雛菊，你愛上她了嗎？」

「有一點，」伊芙承認。「他的聲音很迷人……」而且他看出了她有潛力來到這裡、做這些事。是的，她覺得不有點愛上卡麥隆上尉是很難的。

「要命，」莉莉大笑。「我自己也很容易對他心軟呢。別擔心，我會厚臉皮跟他吹噓你有多厲害。過陣子你可能也會碰到他，你知道——他偶爾會來德國佔領區，做一些極機密的工作。要是他來了，答應我你會盡全力把他身上的粗毛呢西裝全給脫掉。」

「莉莉！」伊芙一驚，忍不住大笑。她不記得自己上回笑這麼多是什麼時候了。「他結婚了！」

「為什麼要讓這一點阻止你？他太太是個賤貨，從來沒去監獄探望他。」

所以莉莉知道他坐過牢了。「我還以為這些背景都應該保密，除非必要——」

「每個人都知道愛德華舅舅的背景了；當初所有報紙都登過，所以也很難保密。他替他太太頂罪去坐牢，而據我所知，她從來沒去探監過。」伊芙不禁有點憤慨，莉莉微笑。「依我看，你就放膽去追求他。要是你為了婚外情這點小事而良心不安，那就花十分鐘去告解，多唸幾遍主禱文吧。」

「你－你知道，我們新教徒認為要真正覺得內疚，而不是唸些慣常的禱詞就算了。」

「這就是為什麼英國人太內疚了，當不成好情人，」莉莉宣佈，「除了戰爭時期，因為戰爭給了大家找樂子的藉口，連英國人也不例外。當人生隨時可以在德國人的刺刀下結束，絕對不要讓中產階級的道德觀阻礙你跟一個穿粗花呢的已婚前科犯上床。」

「我不要聽這些，」伊芙咯咯笑，雙手摀住耳朵，剩下來的這一夜在歡笑和得意中匆匆流逝。次日伊芙醒來時還滿臉微笑，看到莉莉已經帶著那張寫了訊息的小蓮草紙走了，留下那塊襯裙的破布，上頭寫著：回去工作，另外記住——不要得意忘形！我五天後再來。

五天，伊芙心想，穿上她的深色連身裙，出門走向忘川。我會有更多情報給她的。她對這一點很有自信。她成功一次了，再做一次也沒問題。

或許她的確是有點得意忘形了，她一面想著莉莉的讚許、想著一名粗花呢西裝英國男子眼中的笑意，一面從側門進入忘川。迎接她的是荷內．波得龍懶洋洋的身影，他毫無高低起伏的聲音說：「告訴我，勒法蘭索瓦小姐，你其實是哪裡人？」

伊芙僵住了。沒有外露——從外表看，她只是趕緊脫下帽子，戴著手套的雙手交握，一臉困惑的表情。她很快就扮出純真少女的自然反應。但是在內心裡，她瞬間從歡騰的輕盈往下沉，掉進了冰塊中。

「先生？」她說。

荷內．波得龍轉向通往二樓的樓梯。「跟我來。」

再度來到那個可恨的書房，拉上的窗簾遮住了戰時淒慘的里爾，大白天還非常浪費地點了好幾盞煤油燈，簡直就像是打在她臉上的一耳光。伊芙來到房間裡，眼前就是她不到一星期前獲得雇用時坐過的那張柔軟皮革椅，她站著不動，像一隻躲在樹叢裡的小動物，靜待獵人走過去。他知道了什麼？他怎麼可能知道？

他什麼都不知道，她告訴自己。因為瑪格麗特．勒法蘭索瓦自己什麼都不知道。

他坐下，修長的手指指尖相觸成尖塔狀，打量著她，眼睛眨也不眨。伊芙仍堅守她困惑的純真表情。最後看到他顯然在等著她打破沉默，她才開口問：「我的工作有－有－有什麼沒做好的地方嗎，先生？」

「剛好相反，」他回答。「你表現得很傑出。一學就會，不必教你第二次，而且你有一種天生的優雅。另一個女孩笨手笨腳的，我已經決定要把她換掉了。」

那麼，為什麼被仔細追查的是我？伊芙納悶，同時很替那個大臀部的阿美莉和她家裡的兩個小孩覺得難過。

「我對你非常滿意，只除了一件事。」他還是沒眨眼。「我相信你對自己是哪裡人，可能撒了謊。」

不，伊芙心想。他不可能猜到她是半個英國人。她的法語講得很完美。

「你之前說你是哪裡人？」

他知道了。

他什麼都不知道。

「魯貝，」伊芙說。「我的證件在這裡。」她交出自己的身分卡，很慶幸這樣自己的雙手和眼睛就有點事情做，不必望著那對動也不動的眼珠。

「我知道你的證件上怎麼寫。」他沒看她的卡片。「上頭說瑪格麗特·杜華·勒法蘭索瓦來自魯貝。但你其實不是。」

她撐住臉上的表情。「我是來自魯貝啊。」

「撒謊。」

她很震驚。伊芙已經很久沒被逮到撒謊了。或許他看出她的驚訝——儘管她掩飾著——因為他露出了冷冷的微笑。

「我跟你說過我很擅長看穿別人的謊言，小姐。你想知道我是怎麼發現你撒謊的嗎？你講的法語不是這一帶的口音。要是我沒猜錯，你講的是洛林那一帶的口音。我常常去那邊為餐廳採購葡萄酒，對那一帶的口音和葡萄酒都很熟悉。所以——為什麼你的證件上說你是魯貝人，但你的腔調卻是，唔，或許通布蘭人？」

他的聽力太厲害了。通布蘭跟伊芙從小長大的南錫只隔著一條河流。她猶豫著，卡麥隆上尉的聲音浮現在她腦海，低沉而冷靜，帶著一點蘇格蘭腔。碰到不得不撒謊時，最好盡量說實話。那是他帶她去那個荒涼海灘射擊酒瓶時，曾經說過的。

「南錫，」伊芙低聲說。「我是在那－那裡出－出－出－出──」

「出生的？」

「是的，先－先－先－先──」

他揮手打斷他。「那你為什麼要撒謊？」

她說出了真實的答案，但是需要一個假造的理由，伊芙希望這個理由有說服力，因為她想不出其他理由了。「南錫離德－德－德－德國很近，」她說得很快，好像很難為情。「法國每個人都認為我們是叛－叛－叛－叛徒，以為我們支持德國。來到里－里－里爾，我知道大家會痛恨我……我知道我會找不到工－工－工作。我會沒飯吃。所以我就撒－撒－撒──所以我就撒謊。」

「你是怎麼弄到這些假證件的？」

「我沒－沒有。我只是給了那個職員一－一－一－一點錢，請他寫另外一個地名。他很同－同情我。」

她的雇主往後靠坐，指尖輕敲。「告訴我關於南錫的事情吧。」

伊芙很高興自己沒告訴他別的城市，所以現在不必再撒謊了。她對南錫瞭若指掌，比那些硬記的魯貝資料要詳細太多。她列舉出一些街道、地標、教堂，全都是出自她的童年回憶。她口吃得厲害，雙頰都急得漲紅，但是她繼續結巴說下去，逼自己睜大眼睛，聲音保持輕柔。

但是那些話聽起來一定很真實，因為她講到一半就被他打斷了。「你顯然對南錫很熟。」

伊芙還沒來得及鬆口氣，他就歪著頭繼續說下去。

「離德國邊境那麼近，那個區域的人民相當混雜。告訴我，小姐，你會講德語嗎？再跟我撒謊的話，我一定會開除你。」

伊芙又全身冰冷，冷到骨髓裡。他之前根本不考慮雇用任何德語流利的女孩。確保忘川成為德國顧客享有隱私的一塊樂土，大概是這家餐廳的最大賣點。他雙眼銳利得有如手術刀，貪婪地注視著她的一切：每一個動作，每一根肌肉的抽動，每一個表情的閃現。

撒謊，伊芙，她嚴厲地想著。說出你這輩子最棒的謊言。

她直視著雇主的眼睛，一副坦白而誠實的模樣，然後毫無結巴地說：「不，先生。我父親痛恨德國人。他不准我們家裡有人說他們的語言。」

又是好一段沉默，鍍金時鐘滴答響，伊芙難受得要命。但是她依然目光平穩地望著他的雙眼。

「你恨他們嗎？」他問，「德國人？」

才剛撒過一個謊，她不敢冒險再試。她只是避免直接回答，低頭看著自己的膝上，嘴唇開始顫抖。「看到他們酥－酥－酥皮牛排只吃了一半就不要，」她疲倦地說，「是的，我發－發現很難不恨他們。但－但是我沒那麼多力氣去恨，先生。我得適應這個世界，不然我就沒辦法活－活－活著看到這場戰爭結束了。」

他輕聲笑了。「這種想法不太受歡迎，對吧？我的想法也差不多，小姐。不過我不光是想要適應而已。」他在那個完美的書房裡張開修長的雙手。「我還要發財。」

伊芙毫不懷疑他做得到。牟利至上，高於其他一切——國家、家庭、上帝——剩下能阻礙你的就不多了。

「告訴我，瑪格麗特．勒法蘭索瓦小姐。」荷內．波得龍的口氣簡直像是在開玩笑。伊芙一秒也不敢放鬆。「難道你不想發財嗎？不光只是保命而已？」

「我只是個女－女孩，先生。我的目標非常卑微。」她抬起絕望的大眼睛望著。「拜託——你不會告訴別人我是南－南－南錫人吧？要是被人發現我是從那個地區來的——」

「我可以想像。里爾的人——」他瞇起眼睛，像在串通似的——「非常愛國。他們可能不會手下留情。放心，我會幫你保密的。」

他喜歡祕密，伊芙感覺。只要是他守著的祕密。

「謝－謝－謝你，先生。」伊芙抓住他的雙手，笨拙而短暫地握了一下，頭垂得低低的，咬住自己頰內的肉，直到淚水湧入眼眶。這個人喜歡卑屈的感謝，就跟喜歡祕密的程度一樣。「謝謝你。」

他還沒來得及因為員工碰他而發脾氣，她就鬆開手，接著後退撫平自己的襯衫。他忽然開口講德語。

「你真是優雅啊，即使是害怕的時候。」

她站直身子，迎視他的目光，他仔細打量她的臉，尋找任何一絲理解的表情。她一臉茫然地緩緩眨著眼。「先生？」

「沒什麼。」她終於微笑，但伊芙覺得彷彿一根搭著扳機的手指鬆開了。「你可以走了。」

等她來到一樓的餐廳，手掌已經被指甲摳出深深的月牙印，但是她在摳出血之前刻意鬆開了緊握的拳頭。因為荷內・波得龍會注意到。啊，沒錯，他會注意到的。

你逃過一劫了，她心想，開始準備值班。現在危險過去了，她本以為自己會想吐，但結果腦子還是冷靜得不得了。因為危險還沒過去——只要她得在這個觀察力敏銳的雇主手底下工作，而且當間諜，她就不可能擺脫危險。伊芙向來很擅長撒謊；但這輩子頭一次，她懷疑自己是不是沒那麼擅長。

你沒有害怕的時間，她告訴自己。*那太奢侈了。張大你的耳朵，關掉你的腦子吧。*

然後她開始工作。

11

夏麗

一九四七年五月

「喲，喲。」伊芙抬起雙眉，看著我爬上拉貢達車的後座，而不是像平常那樣跟芬恩坐在前座。「你忽然就不想跟前科犯坐在一起啦？」

「我是不想坐在你前面，」我回嘴。「你昨天晚上還想朝我開槍。」

伊芙瞇起眼睛，晨光中的雙眼充血。「顯然我沒射中。我們趕緊離開這個城市，前往該死的魯貝吧。」

芬恩的預測沒有錯：伊芙憔悴而臉色慘白，上車時動作僵硬得像個老太婆，但是她對昨天晚上拿著魯格手槍大鬧的事情隻字不提。芬恩打開引擎蓋修了一陣子，一邊咕噥著，隨著拉貢達內部的零件愈難對付，他的蘇格蘭腔就愈重（「你這狡猾的老骨頭，別再拖拉了」），最後他爬上車，調整了各式各樣轉鈕，準備發動。「我們會慢慢來。」他說，在一陣隆隆的機械聲中駛離旅館。我轉頭望著車窗外。慢慢來，這鐵定不是夏麗．聖克萊爾的作風。忘了慢慢來吧，只要猛灌威士忌，然後爬到一個三十歲蘇格蘭男人的大腿上，要求打砲。

我不在乎他怎麼想我，我告訴自己。*我不在乎*。但是那種難堪還是讓我喉頭發緊。

妓女，我心底那個惡毒的聲音低語著，我瑟縮了一下。或許接下來的旅程我不需要芬恩和伊芙了。伊芙認識一個在魯貝的人，可能有辦法告訴我們羅絲在利摩日工作那家餐廳的事情——見過那個人之後，伊芙還會想繼續跟我同行嗎？她似乎不喜歡我。我可以把該給她的錢付清，讓她帶著她的魯格手槍和她的前科犯司機慢吞吞回家，然後我可以自己搭上火車，像個文明人到利摩日去找羅絲。從這個等式中扣掉一個蘇格蘭跟一個帶槍又危險的英國女人，我一個人照樣可以進行這趟瘋狂的探索，不必受這兩個顯然更瘋狂的同伴牽絆。

「今天，」我開口說，芬恩回頭看了我一眼。「我們今天要到魯貝。」愈快愈好。

當然，就在我再也無法忍受這輛車和同伴的這一天，結果成了適合開車的美好一天：充滿了明亮的五月陽光和飛馳的雲。到魯貝的距離很短，芬恩把車子的頂篷降下時，沒有人反對——就連我的「小問題」都決定它不那麼介意車子的顛簸，所以難得一次，這趟車程我居然沒吐。我下巴歇在雙臂上，望著車窗外掠過的田野，想著奇怪這片景色似乎很眼熟，然後想到了。又是另一次汽車旅行，羅絲一家和我們家，就在我們被丟在普羅旺斯餐館的兩年後。我們開車經里爾到鄉下，度過了參觀教堂和古蹟的一個嚴肅白天後，羅絲把我們飯店房間的地毯捲到旁邊，教我跳林迪舞。「來吧，夏麗，放鬆你的雙腳——」她的動作快得一頭捲髮都彈跳著；當時她十三歲，又高又豐滿，後來她承認自己經歷了初吻。「是喬治，園丁的兒子。好可怕。舌頭、舌頭，更多舌頭！」

我一定是想得露出微笑，因為伊芙說：「很高興有人會喜歡這個地區。」

「你不喜歡？」我仰頭對著太陽。「誰都會寧可在這裡，而不要看倫敦或勒阿弗爾的瓦礫吧？」

「『活著，我寧可邀請烏鴉來，吸乾我這不潔身軀裡的血。』」伊芙說，看到我不解地眨眼，於是她補充，「這是引用別人的句子，你這無知的美國佬。波特萊爾。那首詩叫做*Le Mort Joyeux*。」

「叫〈快活的死者〉？」我譯出來，皺起鼻子。「哎唷。」

「有點讓人毛骨悚然。」前面開車的芬恩也贊同道。

「非常毛骨悚然，」伊芙說。「所以這當然是他的最愛之一。」

「誰的？」我問，但是她當然沒有回答我。她講話如果不是滿嘴髒字，就非得這麼神祕難解嗎？我們簡直就像是跟一個喝威士忌的斯芬克斯❹一起旅行。芬恩看到我翻白眼就露出微笑，然後我又繼續看著車外的田野了。

很快地，魯貝出現在遠處的地平線上。這個地方比里爾小，也更灰暗、更安靜。我們的汽車緩慢駛過一棟漂亮的市政廳，以及一座哥德式外觀的尖塔。伊芙遞給芬恩一張手寫的地址，最後我們停在一條狹窄的卵石人行道邊，路旁看起來是一家古董店。

「你要找的那個女人在這裡？」我困惑地問。「她是誰啊？」

伊芙下了車，熟練地用她殘廢的手指把菸蒂彈進水溝裡。「只是一個討厭我的人。」

「每個人都討厭你。」我忍不住說。

「這個人比一般人更討厭我。來不來隨你。」

她朝店門走，沒再回頭看一眼。我趕緊跟在她後頭下了車，芬恩則是手肘靠在搖下的車窗上，又開始翻看起《汽車》雜誌。我心跳加快，跟著伊芙進入那家昏暗而涼爽的店。

那是一家擁擠而舒適的小店。高高的桃花心木櫃子靠牆排列，一個長櫃檯橫過店後方，裡頭到處閃著瓷器的亮光。德國邁森的大瓷壺、英國斯波德的茶具組、法國塞弗爾的牧羊女瓷偶，還有天曉得是產自哪裡的瓷器。櫃檯後面一名黑衣女人正用一枝短鉛筆在記帳，聽到我們進門便抬起頭來。

她跟伊芙年齡相仿，體格健壯，正圓眼鏡框，深色頭髮往後盤成一個俐落的髮髻。跟伊芙一樣，她有那種歷盡滄桑的深深皺紋。「兩位，需要我幫忙嗎？」

「看狀況，」伊芙說，「你氣色不錯，薇歐蕾．拉莫宏。」

這個名字我從來沒聽過。我看著櫃檯後那個女人，她的表情始終不變，只是微微歪著頭，直到圓鏡框裡的鏡片映出亮光。

❹ sphinx，希臘神話中獅身人面的有翼怪獸，在通往底比斯的路上等待，想進城的旅人一旦被牠抓住，就必須猜牠說的謎語，猜中的才能進城，猜錯的就會被吃掉。

伊芙大笑一聲。「你的那個老把戲，隱藏自己的眼睛！基督啊，我本來都忘了呢。」

薇歐蕾（或不管她是誰）只是平靜地說：「我很久沒聽到這個名字了。你是誰？」

「我現在是個頭髮花白的廢人，而且時間對待我並不仁慈，不過你回想一下吧。」伊芙對著自己的臉畫了個圈。「大眼睛的小個子？你從來沒喜歡過我，不過話說回來，除了她之外，你從來沒喜歡過任何人。」

「誰？」我低聲問，愈來愈困惑了——但是這一回，我看到對面那個女人臉上的波動。她忍不住身體前傾靠著櫃檯，不是注視著伊芙的臉，而是看穿她的臉，彷彿那些時光的皺紋只不過是一張面具。我看到那女人的臉完全失去血色，襯著高高的黑衣領，顯得格外蒼白。

「滾出去，」她說。「滾出我的店。」

耶穌啊，我心想。這回我們又惹上什麼麻煩了？

「你現在收集起茶杯了，薇歐蕾？」伊芙看著周圍的一架架瓷器。「對你來說好像有點乏味。收集你敵人的腦袋，或許還可以……不過如果是這樣，你就會來找我了。」

「你都跑來這裡了，一定是希望我殺了你。」薇歐蕾的嘴唇幾乎沒動。「你這個膽小懦弱的賤人。」

我瑟縮了一下，像是被打了一巴掌。不過這兩個潑辣的女人只是隔著櫃檯站在那裡，冷靜得好像是在討論瓷湯匙。兩個人截然不同，一個高瘦、憔悴、萎靡，另一個健壯、整潔、體面。但是她們面對彼此，有如兩根石柱般挺直而堅硬，而且恨意從她們身上滾滾冒出，像是一波波黑煙。我站在那邊，被那恨意燻得嘴裡發乾。

你們是誰？我心想。你們兩個是誰？

「一個問題，」伊芙那種嘲諷的逗趣不見了；我從來沒看到她那麼嚴肅過。「我只問一個問題，然後就離開。我本來可以在電話裡問的，但是你掛斷了我的電話。」

「你休想從我這邊問出什麼來。」那女人的聲音尖銳得像是一片片碎玻璃。「因為我不像你，我可不是大嘴巴的懦弱賤人。」

我等著伊芙會撲向她。之前只因為我罵她發瘋的老母牛，她的手槍就對著我的腦袋。但這會兒她只是站在那裡，像是站在一塊射擊靶子前等著挨子彈，做好準備，咬緊牙關。「一個問題就好。」

薇歐蕾朝她臉上啐了一口。

我猛吸一口氣，往前走了半步，但是這兩個女人完全沒注意到我，就好像我根本不在場似的。伊芙呆立一會兒，臉頰上的口水流淌下來，然後她脫下一隻手套，從容不迫地擦擦臉。薇歐蕾注視著，眼睛發亮，我又往前走了一步。這不是我以往所見過的女人爭吵——兇狠地用指甲抓，惡毒至極的八卦傳遍大學女生宿舍。眼前的這種敵意，是要拔出手槍來的。

為什麼就沒有一件事情是簡單的呢？我恐慌地想著。

伊芙把那隻手套扔在地上，沒戴手套的手朝櫃檯一拍，發出步槍似的轟響，然後薇歐蕾看到伊芙毀掉的手指，厭惡的雙眼瞇緊了。

「荷內．波得龍是一九一七年死的嗎？」伊芙低聲問。「不管是不是，你回答了，我就離開。」

我怒火中燒。荷內，我們一再回到這個名字。在有關羅絲的調查報告裡。在伊芙的惡夢中。現在是這裡。他是誰，他到底——

薇歐蕾依然看著伊芙的手。「我都忘了你那些手指了。」

「當時你跟我說，我這樣是活該。」

冷冷的輕蔑掠過薇歐蕾的臉。「你的口吃肯定好多了。是威士忌造成的嗎？你聞起來就像個酒鬼。」

「威士忌或怒火，都是治療口吃的良藥，這兩種我都裝了滿肚子。」伊芙說。「荷內．波得龍，你這壞脾氣的賤屄。他到底怎麼了？」

「我怎麼曉得？」薇歐蕾聳聳肩。「你和我是同時離開法國的，當時他還是很發達，還在經營忘川。」

忘川——就是羅絲工作過的那家餐廳。但那是在利摩日，不是里爾，我困惑地心想。而且我是要尋找有關一九四四年的資訊，不是第一次世界大戰啊。我張嘴正要這麼說，然後又閉上嘴巴。我不想介入這兩個女人和她們對決的眼神中。

伊芙鷹眼般的目光始終沒轉開。「在戰爭後，你回到里爾一陣子。卡麥隆是這麼告訴我的——」

現在又多了個卡麥隆？在這齣戲裡，有多少新角色才剛被推上舞台？我好想尖叫，但是仍保持沉默，只是緊盯著伊芙，彷彿可以用個鉤子從她身上勾出答案來。別再問問題了，開始吐出答案吧，該死。

「——卡麥隆還告訴我，荷內・波得龍死於一九一七年，被里爾市民射殺的，因為他是卑劣的通敵者。」

「他的確是卑劣的通敵者，」薇歐蕾說。「但是沒有人射殺他。如果有的話，我就會聽說了。要是他以那種活該的方式死掉，大家會在街上跳舞慶祝的。不，我聽說的是，德軍一撤退，那個混蛋就收拾行李跑掉了，因為他知道自己所能得到的最好下場，就是背上挨一顆子彈。再也沒有人在里爾看到他，這點很確定。不過他至少活到了一九一八年。那個傢伙很能求生的。」薇歐蕾露出不客氣的笑容。「所以要是卡麥隆有別的說法，那他就是騙你的。你還向來對自己看穿謊言的本事很得意呢。」

這一切都對我毫無意義，但是我看到伊芙驕傲的脊椎垂垮下來。她變形的雙手抓著櫃檯的邊緣。我不自覺地就開始動起來，上前一手摟住她的腰，很怕她會倒下。我半期待著她會講什麼刻薄話趕開我，但她只是緊閉起雙眼。「那個騙子，」她輕聲搖著頭說，幾縷花白的頭髮飄動。

「那個該死的、狠心的騙子。」

「現在，」薇歐蕾摘下眼鏡擦了擦，「你可以滾出我的店了。」

「給她幾分鐘吧，」我兇巴巴說。伊芙可能有時把我氣到快發瘋，但是在她看起來這麼震驚又脆弱的時候，我可不會讓一個近視眼店主這樣一再欺負她。

「我連三十秒都不會給她，更別說幾分鐘了。」那個女人說，這才第一次正眼看我。她手伸到櫃檯底下，拿出一把魯格手槍，就跟伊芙那把一樣。「我會用槍的，小姑娘。把那個賤人帶出去，就算你得拖著她的雙腳都行。」

「你們這些老母牛和你們的槍是怎麼回事？」我大吼，但是伊芙直起身子，那張死白的臉像一張凝結的面具。

「這裡的事情辦完了。」她平靜地說，然後走向店門。我撿起她掉地的手套跟上，心臟猛跳。薇歐蕾的聲音從我身後傳來。「你會做夢嗎，伊芙？」

伊芙站住，沒轉身。她的肩膀挺直且僵硬。「每天晚上都做。」

「我希望她掐你脖子，」薇歐蕾說。「每一夜，我希望她把你給掐死。」

但是當我們離開時，感覺上動手掐人的是薇歐蕾。我還沒來得及問這個「她」會是誰，隨著一個哽住的啜泣聲，門就在我們身後關上了。

❖

「對不起。」伊芙忽然沒頭沒腦地說。

我驚訝得差點弄翻了我的咖啡。她坐著，雙手像鳥爪似的交疊握住自己的杯子，臉色依然死白。之前我們離開那家古董店，伊芙爬上車後就只是呆望著空中，我低聲告訴芬恩，「找家旅館吧。」他在魯貝那個精緻的市政廳對面找到一家旅館，然後先去停車，我和伊芙則坐在旅館露天庭院裡的一張小餐桌旁。她用純正的法語點了咖啡，又不顧侍者不滿的目光，就把她銀色扁酒瓶裡的威士忌全部倒進杯子裡。

現在她抬起頭，那種空茫的眼神讓我差點瑟縮。「我不該帶你來這裡的。浪費你－你的錢。我不是要找你的表姊，而是要找另外一個人。」

「那個女人？」

「不。」伊芙喝了一大口加了酒的咖啡。「一個我以為死了三十年的男人……我想卡麥隆跟我說他死了，只是想讓我得到平靜吧。」她搖搖頭。「卡麥隆他娘的太高尚了，根本不了解我這種惡毒的賤人。能帶給我平靜的，就是看到荷內的人頭落地。」

她咬牙說，望著飯店職員和行李員在蕨類盆栽之間奔忙。

「荷內……波得龍，你在店裡說過。」現在我知道那位神祕的荷內先生姓什麼了。

「他是忘川的老闆。總之，是里爾的忘川。」

「你是怎麼認識他的？」

「一次大戰的時候，我是他的員工。」

我猶豫了。剛結束的這次大戰完全讓一次大戰相形失色，我對一次大戰時德軍入侵的狀況所知不多。「當時狀況有多可怕，伊芙？」

「啊，你知道的。德軍的靴子踩在飢民的脖子上，人們在巷子裡被射殺。很慘。」

原來這就是她惡夢的源頭。我看著她畸形的手，打了個寒顫。「那麼，有兩家忘川餐廳了？」

「看起來是這樣。因為你表姊是在利摩日的那家工作的。」

這番話的聯想讓我血液發冷。「而且有第二個叫荷內的男人？或者利摩日的那家餐廳也是荷內・波得龍的？」

她又拍桌子了。「不，」她說。「不。」

「伊芙，我不相信有這麼多巧合，你也不相信。剛剛那個店主說荷內逃出里爾，在第一次大戰後倖存下來。他可能輕易活到一九四四年，而當時羅絲在利摩日。現在他可能還活著。」這會兒我覺得興奮，同時又很擔心。我查到了羅絲的老闆，這個人認識羅絲——即使他是個禽獸，但是有了他的名字，我就可以追蹤下去了。

伊芙頑固地搖著頭。「如果他還活著，現在就超過七十歲了。他——」她還是機械式地繼續搖晃著腦袋。「或許他熬過了第一次大戰。但是他不可能活到現在，像那樣的人，不可能又多活了三十年。一定早就有人開槍射穿他那個黑色的爛腦袋了。」

我低頭看著自己冷掉的咖啡，不願意放棄希望。「無論他是不是還活著，他利摩日的餐廳大概還在。我接下來就要去那裡。」

「祝你玩得開心，美國佬。」她的聲音冷酷。「那我們就在這裡分手了。」

我驚訝地眨眨眼。「剛剛你才說，你希望看到他的人頭落地。現在你怎麼不急著要找這個老仇人了？」

「關－關－關你什麼事？你不是急著想擺脫我嗎？」

原先是這樣沒錯。但現在我知道，這趟追查對她同樣有重大意義。她要找某個人，就跟我一樣。既然對她這麼重要，我就不能把她排除在外。我已經不打算獨自去利摩日了，也假設她會迫不及待跟我繼續一起追查下去──結果她現在居然說要放棄？

「你愛做什麼就去做。我才不要繼續在那邊浪費力氣。」她的聲音簡短無禮，空洞的目光依然頑固。「荷內一定是死了。你表妳也是。」

這回換我拍桌子了。「不准，」我吼道。「你不准這麼說。你想把頭埋在沙子裡，不去追查折磨你的事情，那也隨便你，可是我要去追查我的。」

「把頭埋在沙子裡？戰爭都結束兩年了，你卻還相信你表妹可能還活著。」

「我知道機率很低，」我兇巴巴頂回去。「就算只有一丁點希望，我也寧可不要絕望。」

「你連一丁點希望都沒有。」伊芙傾身靠在桌面上，灰色的眼珠發亮。「好人從來就無法倖存的。他們會死在水溝裡，死在槍斃行刑隊前方，或者為了他們沒犯的罪而死在骯髒的監獄裡。他們總是會死掉。只有壞人才會愉快地活下去。」

我昂起下巴。「那麼，你為什麼這麼相信你的荷內．波得龍死了？如果壞人總是活得好好的，那他為什麼會死？」

「因為如果他還活著，我會感覺到的，」她平靜地說。「就像如果你的表妹死了，你也會感覺得到。這或許表示我們兩個都瘋了，但是無論如何，也都表示我們結束任務了。」

我看著她，刻意咬字清晰地說：「懦夫。」

我以為她會大發脾氣。但她只是坐在那裡，好像在提防著會有一拳打過去，我從她眼底看到了一種盲目的恐慌。她不希望他的老仇人還活著，於是認定他死了。就這麼簡單。

「那麼，好吧。我才不在乎。」我伸手去拿我的皮包，算了我還該給她多少錢，扣掉我剛剛幫她付的旅館費用。「我錢付清了。可別一口氣喝光了。」

她起身，收起鈔票，然後沒說任何道別的話，就拿了她的房間鑰匙，大步走向樓梯。

我不知道自己原先期待什麼。或許是期待她會告訴我更多有關里爾和一次世界大戰的事情，還有她的手怎麼會……不曉得。我像個無助的傻瓜覺得被拋棄，坐在那張小餐桌旁，真恨不得自己剛剛在那家瓷器店沒有伸手攬住她的腰、讓她靠著我。因為即使她推斷出「小問題」的存在、又很直率地說出來，某一部分的我還是希望得到她的尊重。我從來沒碰到過像她這樣的女人；她跟我講話時把我當作成年人、而不是小孩——然而剛剛，她卻把我像個菸蒂似地彈掉。我才不在乎，剛剛我這麼說。但其實我在乎。

你不需要她，我心中責罵自己。你不需要任何人。

芬恩出現了，一邊肩膀上扛著我的行李箱。「嘉德納人呢？」

我站起來。「她說我們結束任務了。」

他的微笑消失了。「所以你要離開了？」

「我已經付了房間的錢，所以你和伊芙不如今晚就住下來。但是如果她明天想趕回倫敦，我也不會驚訝。」

「那你要去哪裡？」

「利摩日。我表姊可能在那裡。或者我可以找到某個認識她的人。」我朝芬恩露出空泛的微笑，躲開他的目光。

「現在嗎？」

「明天。」我覺得今天下午氣力放盡，沒辦法再去任何地方了，而且我反正也已經付了我那個房間的費用。

「好吧，那就這樣了。」他撥開了落到眼前的頭髮，把我的行李箱遞過來，我想著他看到我要離開，不曉得會是遺憾還是鬆了口氣。大概是鬆了口氣吧。*我很遺憾*，我想說。*很遺憾我讓你以為我是個蕩婦。很遺憾我沒跟你睡覺。所以我的確是個蕩婦。很遺憾。*但結果，除了有關我爬到他膝上吻他之外，我脫口而出的是我所能想到的另一件事。

「你怎麼會去坐牢的？」

「從大英博物館的牆上偷走《蒙娜麗莎》。」他一臉正經地說。

「《蒙娜麗莎》根本就不在大英博物館。」我反駁道。

「現在當然不在那裡了。」

我忍不住大笑。甚至還有辦法跟他的目光對上那麼片刻。「祝你好運了，芬恩．奇爾戈先生。」

「也祝你好運，小姐。」聽到他又喊我小姐，我因此稍微開心一點了。

但是芬恩離開後，我暫時沒力氣去我的房間。另一波筋疲力盡襲來，此外，獨自坐在旅館房間裡，似乎比坐在飯店忙碌的大廳裡更慘。我又點了一杯咖啡，坐在那裡瞪著看。

你一個人會更容易，我告訴自己。再也不會有瘋婆子拿手槍指著你。再也不必被辱罵，再也不必被伊芙的宿醉和她只能搭一輛破車旅行的事實而拖慢速度。再也不會有蘇格蘭前科犯同行，害我表現得就像是難怪會懷孕的女孩。再也不會被喊「美國佬」。你可以完全靠自己去找羅絲。自由自在。

只靠自己。感覺上不應該那麼陌生——我已經習慣孤單了。其實打從戰前和羅絲分別以來，我就始終是孤單一人。在鬧哄哄的家裡，其他人幾乎不曉得我的存在；在大家說笑的大學女生宿舍裡，其他人也不曉得我的存在。

振作起來，我看著一名行李員匆匆經過時，狠狠告訴自己。振作起來就是了。別在那邊自艾自憐了，夏麗．聖克萊爾，因為那樣真是天殺的無趣。

我被伊芙傳染了，現在隨時都在說粗話，就跟她一樣。即使只是在腦子裡說。

你對我有壞影響，「小問題」說道。

安靜點，我告訴我的肚子。你不是真實的。我沒聽到你說話。

誰說的？

好極了。「小問題」現在會講話了。我先是有幻覺，現在又有幻聽。

然後我聽到身後傳來一個壓抑的迷人尖叫。「夏洛特！啊親愛的，你怎麼可以——」我轉身，額頭冒出冷汗，因為看起來我母親找到我了。

12 伊芙

一九一五年七月

這是一次非常有組織、非常俐落的劫掠。他們正午到達：一個德國軍官手臂下方夾著文件夾，兩旁各有一個士兵。他們大聲敲門，兩人都粗暴又威風，那個軍官的聲音也是，他兇巴巴地說：「搜查銅製品！」那只是個藉口。整個房間顯然沒有任何銅片或銅水管可以讓德國人徵收。

伊芙知道該怎麼做，之前莉莉和薇歐蕾已經跟她充分介紹過了。她遞上自己的身分證件，靠牆站立，看著他們到處亂翻，其實屋裡沒什麼東西可以發現或拿走的。當然，只除了伊芙的魯格手槍，藏在那個破舊毛氈袋底部的夾層裡；以及她要給莉莉的最新報告，記載著下一批派來守衛里爾領空的飛機數量，外加負責駕駛的那些飛行員抵達的日期。這些細節是伊芙端著焦糖布丁和黑森林蛋糕給兩名談公事的德國軍官時，暗白偷聽來的。一如往常，她把這些細節寫在小張蓪草紙上，然後捲住髮夾，塞進自己的頭髮裡。

眼前這名軍官和他的手下要是發現這些東西，一定會很高興。

於是伊芙的衣物被亂翻，床墊被亂戳的時候，她就低頭看著自己的腳趾頭，一副極其難為情的模樣。她的毛氈袋被提起來搖晃時，她曾短暫心底一涼，但是手槍的襯墊包得很好，於是袋子通過檢查。

一個士兵扯下窗簾桿看了。「什麼都沒有。」他說，丟到一旁，不過他已經先扯掉伊芙的窗簾，塞進一個袋子裡，同時斜眼往旁看了一眼，好像要看她是否會抗議。她沒抗議，只是憤怒地吸了口氣，又吐出來。日常看到的這類瑣碎小事，往往比大事更容易把她逼到極限。伊芙不太在乎德國人有權朝她開槍，倒是很在乎他們走進來搶走她的窗簾。

「你偷藏著什麼嗎，小姐？」那個士兵問，一手摸著伊芙的頸背。「或許有新鮮食物，肉？」他手指撫摸的地方離伊芙頭髮裡的編碼訊息只有幾吋。她睜大無辜的眼睛望著他，不在乎他觸摸自己，只要他沒發現那一小捲紙。「沒有，先生。」

他們帶著那一袋搶走的東西大搖大擺離開，臨走前那個軍官在他的記事夾裡寫了一下，交給她一張窗簾的德文收據，接著伊芙還記得要朝他們行屈膝禮，並低聲道謝。收據根本沒用，但是形式必須遵守。這是入侵者教導法國人的一課。

來到里爾快一個月了，伊芙都一直忙著兩份工作。她每天早上起床後，就成為瑪格麗特．勒法蘭索瓦，輕易扮演著這個新身分，因而有時候她都忘了自己其實不是瑪格麗特。瑪格麗特除了出門買食物之外，都待在自己的房間裡，盡可能不要引來別人的注意。瑪格麗特會跟住在對街的那家人（一個憔悴的母親和幾個瘦巴巴的小孩）低聲打招呼；每回麵包店老闆為硬得像石頭的麵包道歉時，她會露出羞澀的微笑。她的沉默並不顯得特別。里爾大部分人都有類似的沉默寡言，早已被飢餓和無聊、單調和恐懼給磨得冷漠了。

白天都是如此，但是伊芙的夜晚使得那些灰暗全都值得了。她每星期在忘川工作六個晚上——而且每星期至少有一晚，她會聽到值得告訴莉莉的情報。

「我真希望我知道這－這些情報有什麼用，」一個漫長的七月夜晚，她這麼向愛莉絲情報網的負責人坦白。莉莉的短暫來訪就像是一杯淡而無味的茶裡面突然加了一點香檳——此時她把瑪格麗特像一件黯淡的舊衣脫掉，回到伊芙的角色。「我們怎麼知道這些情報有多少價值？」

「我們不知道。」莉莉把伊芙的最新報告塞進提包裡的一道裂縫中。「我們會把我們認為有幫助的情報往上報，然後跟上帝祈禱真的能幫上忙。」

「你報告過的事情，據你所知，有沒有造成決定性影響的？」伊芙繼續追問。

「少數幾次。那種感覺太美了！」她吻了一下指尖。「但是別擔心，愛德華舅舅要我轉告你，說你有最頂級的表現。英國人怎麼回事，什麼都要分級？好像永遠都在讀中學似的。」莉莉朝伊芙亮出頑皮的微笑。「看吧，我害你臉紅了！」

最頂級的表現。伊芙夜裡在床上擁抱這個詞。床墊又硬又薄；這一夜好熱，遠處還不時傳來砲擊聲——但是在里爾，儘管周圍環繞著危險，伊芙仍然熟睡得像個嬰兒。雖然餐廳夜裡會分配剩菜，但是她從來沒吃飽過；她每天忙得筋疲力盡，在恐懼中度日；她瘦了，臉頰也失去紅潤，有時還覺得自己會為了一杯好咖啡而殺人——但是她含笑入睡，而且每天早上在變成瑪格麗特之前，她只允許自己一個想法。

這就是我的歸屬。

伊芙不是唯一有這種感覺的人。「真是要命。」莉莉有天傍晚拿著五、六張身分卡嘆氣，無法決定明天離開時要用縫紉工瑪麗還是洗衣工羅莎琳的身分。「等到戰爭結束後，我就只能回去當原來的自己，到時候我要怎麼辦？那會多無趣啊。」

「你不無趣，」伊芙躺在薄床墊上，望著天花板微笑。「我才無趣。我之前是檔案室職員，住在一個膳宿旅舍，會把晚餐偷分給一隻貓吃。」她不敢相信自己以前竟然能忍受那樣的生活。

「那不表示你這個人很無趣，小姑娘，只是你覺得無聊而已。大部分女人都說覺得生活很無聊，因為當女人本來就很無趣。我們結婚只是為了找事做，然後我們生了小孩，發現唯一比其他女人更無趣的，就是小孩。」

「等到這場戰－戰爭結束、我們的工作也結束了，我們會無聊到死嗎？」伊芙說，一邊漫不經心地想著。這場戰爭緊緊籠罩著他們，她無法想像會有結束的一天。去年八月時，伊芙身邊的每個人都發誓聖誕節前戰爭就會結束了；但是如今身在里爾，離前線的戰壕只有幾哩，不時會聽到遠處傳來的槍聲，時鐘永遠是調到德國時區，整個故事就截然不同了。

「等到戰爭結束後，我們全都得改行了。」莉莉把手上那疊身分卡展開，像一把摺扇似的。「我應該會想要找個特別的工作，你不這麼想嗎？比較與眾不同的。」

莉莉本來就與眾不同，伊芙心想。不像我。這個想法沒有羡慕的成分——所以她們才能把各自的工作執行得這麼出色。莉莉的工作是扮演各式各樣的人，換個姿勢或講話的文法，就從這個角色變成另外一個，無論是縫紉工或洗衣工或乳酪商。而要是莉莉的工作是扮演任何人，那麼伊芙的工作就是當個無名人，永遠不會被觀察或注意到。

隨著幾個星期過去，這一點開始令她擔心起來。因為有個人注意到她了。

那天晚上送走最後一個客人之後，荷內．波得龍還逗留在餐廳裡。有時候他會這樣，員工默默在他周圍清理時，他會點根雪茄，獨自享受。他在德國人面前扮演好客的老闆，但是私底下他似乎像條鯊魚般喜歡獨來獨往。他一個人住，有時候他會把餐廳交給侍者領班負責，自己出門去看戲或參加音樂會。這天傍晚，他就穿著完美無瑕的喀什米爾羊毛大衣、拿著銀頭手杖離開餐廳。這會兒餐廳打烊了，他坐在那裡微笑望著黑暗的窗子，伊芙很好奇他心裡在想什麼。或許他只是想到自己賺了多少錢而微笑。伊芙避開他，打從他猜中她的口音、逼她說出自己的出生地後，她就對他敬而遠之。

但是他不見得每次都允許她避開。

「去把那張唱片收起來，」他說，此時伊芙正在清理餐桌。角落的唱機偶爾會為某個想念家鄉音樂的德國顧客提供一些背景音樂，此時唱片已經放完了，發出嘶嘶聲。「舒伯特聽久了會膩。」

伊芙走到他視野邊緣的唱機。此時已經過了半夜十二點；她的雇主坐在一張角落餐桌的燭光裡，手裡拿著一杯干邑白蘭地。其他餐桌都是空的，乾淨的白桌布上灑了葡萄酒污漬和水果塔的碎屑，外加零星幾個杯子還沒收。廚房裡廚師們打掃的聲響傳到這裡變得很微弱，幾乎沒有干擾到這片寂靜。「你要換一張唱片嗎，先生？」伊芙低聲問。她一心只想趕緊把事情做完，回家，寫下前線運來傷兵的列車時間，那是她今天晚上才聽到的寶貴情報……

他放下干邑白蘭地。「讓我來提供音樂吧。」

「先生？」

角落裡有一架鋼琴，是小型平台鋼琴，罩布上有精緻的刺繡，還擺著幾個燭台，讓人會一時誤以為忘川並不是餐廳，而是一處雇了絕佳主廚的私宅。伊芙的雇主不慌不忙走過去，在琴凳上坐下，出奇修長的手指撫過琴鍵。他開始彈奏，纖細柔美的旋律有如雨聲起落。「薩提，」他說。「裸體歌舞的其中一首。你知道嗎？」

伊芙知道，但是瑪格麗特不會知道。「不，先生，」她說，迅速拿起用過的餐巾和刀叉放在她的托盤上。「我對音─音─音樂完全不懂。」

「我可以教你嗎？」他繼續彈奏，旋律輕柔而催人欲眠。「薩提是印象派，但是不像德布西那麼耽溺。我總覺得，他有一種法國人獨具的清晰和優雅。他激起人們的愁思，沒有不必要的裝飾性樂段。就像一個美女只穿著很簡單的禮服，知道自己不必加上花枝招展的披巾。」他匆匆看了伊芙一眼。「我想你從來沒穿過講究的禮服吧。」

「是的，先生。」伊芙把兩個用過的葡萄酒杯放在托盤上，一個是空的，一個裡頭還剩幾口美麗的金黃液體。她雙眼盯著那些酒，因為看哪裡都比看著她的雇主要好。在任何一般的餐廳裡，只要伊芙把托盤收到廚房，廚師就會大口把杯子喝乾，但是這裡不行。他們會把那三口酒倒回瓶子裡，因為即使這家餐廳裡充斥著黑市買來的水果，酒卻是絕對不能浪費的。不同於剩菜，剩下的酒不會在打烊後均分給員工。從脾氣最壞的主廚到最傲慢的侍者都知道，荷內．波得龍絕對有可能因為你偷喝三口白葡萄酒，就把你給開除。

伊芙的雇主一邊彈著鋼琴，此時又開口吸引了她的注意力。「如果用一件沒有花邊的高雅禮服來當比喻，你無法理解，那麼或許可以把薩提的音樂比喻成一杯完美、不甜的梧雷白酒。精緻，但是節制。」他朝伊芙托盤上的杯子點了個頭。「喝吧，看你贊不贊成。」

他臉上帶著隱約的微笑，或許只是一時心血來潮，想放縱一下？伊芙希望只是這樣，她滿心熱切地希望他不會有別的用意。但無論他的動機是什麼，她都不能拒絕，於是她舉起杯子，像個猶豫的小女孩似的喝了。她本來考慮要咂咂嘴，但是猜想這樣可能演得太過火，於是只是露出緊張的微笑，把空杯子放回托盤。「謝謝，先生。」

他沒再說話，只是點頭示意她離開，讓伊芙鬆了口氣。*不要注意我*，她好想懇求，回頭看了鋼琴前的那個人影一眼。*我不重要*。但是她不確定雇主是否相信這點。打從他認為她的口音不符合身分卡上資料的那天，他就毀掉了她小心營造出來的平凡無奇形象，而且他似乎還在持續注意她。或許是在好奇瑪格麗特．勒法蘭索瓦是否還有更多祕密可以挖掘。

兩天後，忘川餐廳的老闆在打烊後回到樓上了。但是資深侍者派伊芙把當天的營業紀錄送上樓，當她進入那個奢華的書房時，他臉上又帶著那個隱約的微笑。

「小姐，」他說，放下他手上正在看的書，做了個記號。「今天的帳目？」

伊芙只是默默點頭，把帳本遞過去。他翻了一下，注意到這裡有個污漬、那裡有一筆不尋常的紀錄，寫了些字，然後突然沒頭沒腦地說：「波特萊爾。」

「對不起，先生？」

「你在看的那個大理石半身像。那是夏爾．波特萊爾半身像的複製品。」

伊芙會看那個半身像，純粹是因為不想看她的雇主。這會兒她望著書架上那個小小的大理石雕像，眨著眼睛。「是的，先生。」

「你知道波特萊爾嗎？」

伊芙心想，如果瑪格麗特是個完全沒有知識的人，那就太不可信了——因為很不幸，波得龍先生已經認定她並不愚蠢。「我聽說過。」

「《惡之華》收錄了一些他最偉大的詩作。」他在帳本上打了個鉤。「詩就像激情——不應該只是漂亮；而是應該征服、留下瘀青。波特萊爾了解這一點。他的詩結合了甜美和淫穢，但是又結合得很高雅。」一個微笑。「這一點很法國，淫穢也可以高雅。德國人試過，但結果只是粗俗。」

伊芙很好奇，他對一切高雅事物的執迷，會不會就像他對一切法國事物的偏好那麼強烈。

「是的，先生。」

他的表情似乎被逗樂了。「你很困惑，小姐。」

「是嗎？」

「你不明白我服侍德國人，但又覺得他們粗俗。」他聳聳肩。「他們確實粗俗。對於這類粗俗的人，也沒有什麼可以做的，只能從他們身上賺錢了。」大部分里爾人選擇怨恨與挨餓，而不是務實與金錢。他們信奉的格言，用波特萊爾的句子來說，就是：『活著，我寧可邀請烏鴉來，吸乾我這不潔身軀裡的血』，也不願意服侍德國人。但是像這樣的驕傲，不會留下勝利。」他長長的手指撫摸著帳本的書脊。「只會留下讓烏鴉大吃的屍首。」

伊芙點點頭。不然她還能怎麼樣？她的血液緩慢而冰冷地敲著她的耳膜。

「別誤會我的意思，法國人可以很務實，」他繼續說。「歷史上，如果有辦法的話，我們務實的表現要比驕傲更好。務實讓我們砍掉國王的腦袋。驕傲讓我們得到了拿破崙。長期來說，哪個策略比較好？」他看著她，思索著。「我想，你是個務實的姑娘。為了有可能獲得更大的利益，冒險在身分卡上撒謊——這就是清楚明白的務實。」

她不希望他老想著她多會撒謊。「你帳本看完了嗎，先生？」她轉移話題。

他沒理會。「我記得，你的中間名好像是杜華？波特萊爾自己也有個情婦姓杜華，不過她名叫珊恩，不是瑪格麗特。她是克里奧爾姑娘，他把她從陋巷裡救出來，調教成一個美女。他說她是他的黑色維納斯，她啟發他寫出了這裡頭很多淫穢又激情的作品。」他拍拍她進門時他放在一邊的書。「自己打造出美麗的事物，也許比獲得一個已經磨練完美的成品要更有趣。『許多寶石隱藏在黑暗中，被人遺忘，遠離鐵鎬和鑽頭……』」

他又是直接、不眨眼地凝視她。「不曉得鐵鎬和鑽頭，會從你身上挖出什麼來？」

他知道了，一時之間，伊芙在純粹的、驚呆的恐慌中想著。

他什麼都不知道。

她呼出氣，垂下眼睛。「波特萊爾先生聽起來非－非常有趣，」她說。「我應該試著閱－閱讀一些他的作品。就這樣嗎，先－先－先－先──」

「是的。」他把帳本遞還。伊芙出去關上門，一等到沒人看見，她身子便鬆垮下來。她從頭到腳趾都在冒汗，而且打從來到里爾之後，她頭一次想要恐慌。恐慌，畏縮，然後逃跑。什麼都好，只要離開就行。

伊芙終於回到家時，薇歐蕾正坐在那個租來的小房間裡，她的魯格手槍跟伊芙的一起藏在毛氈袋底部的夾層裡。她看了伊芙發白的臉一眼，就用有點無奈的口氣說：「很緊張？」

「沒－沒有。」伊芙說，兩人先例行性檢查過門窗，確定沒有人在偷聽，儘管這個房間兩邊不是廢棄的建築物、就是厚厚的石牆。然後她才低聲說：「我的雇主懷疑我。」

薇歐蕾眼神銳利地朝上看。「他一直在問你問題嗎？」

「沒有。但是他老是找話跟我聊，而我的地位完全在他之下。他知道有事情不對勁。」

「你冷靜一點吧。他又不會讀心術。」

我覺得他會。伊芙知道這個想法很荒謬，卻無法抛開。

「莉莉從你那邊獲得很好的情報，所以別又忽然變得膽小起來。」薇歐蕾爬進臨時鋪的睡摯，摘下她的圓眼鏡。伊芙咬著嘴唇，阻止自己開口要求調動，她想請調去里爾的任何地方，只要不必看到荷內．波得龍那眨也不眨的眼睛就行……但是她無法面對薇歐蕾的鄙視，而且她不能讓莉莉失望。莉莉需要她待在忘川，卡麥隆上尉也需要。

最頂級的表現。

冷靜一點吧，她心裡狠狠斥責自己。你不是誇口說過「我是伊芙．嘉德納，這就是我的歸屬」？你跟荷內．波得龍撒過一次謊，繼續撒謊也做得到的。

「也許他觀察你不是出於疑心，」薇歐蕾的聲音在黑暗中飄過來，已經充滿睡意。「或許是出於慾望。」

「不是，」伊芙匆匆一笑，彎腰解開自己的鞋釦。「我不夠高雅。瑪格麗特．勒法蘭索瓦是個鄉巴佬。太笨拙了，配不上他。」

儘管薇歐蕾懷疑地冷哼一聲，但是伊芙非常、非常確定這一點。

13

夏麗

一九四七年五月

她就在眼前，我的母親，一身薰衣草香，美麗一如既往……只不過，在她那頂時髦藍帽子的面紗後頭，雙眼盈滿淚水。光是這點就讓我震驚得說不出話來，任由她把我擁入懷中。

「親愛的，你怎麼可以！就這樣匆忙跑到一個陌生的國家！」雖然嘴裡責罵，但她還是擁著我，戴著手套的手撫著我的後背，好像我是個嬰兒。接著她後退，抓著我肩膀搖一下。「害我這麼擔心，而且完全沒理由！」

「有理由的。」我設法開口，但是她又再度擁住我。短短沒幾分鐘就擁抱我兩次——就我所記得，她最近都沒擁抱過我，至少在「小問題」出現後就沒有了。甚至更久。不自覺地，我雙手就悄悄攬住她束緊的腰。

「啊，親愛的——」她往後抽身，按按自己的眼睛，我也終於有辦法開口說話。

「你是怎麼找到我的？」

「你從倫敦打給我的那通電話，說你要去找羅絲。這還能有什麼意思？一定就是要去盧昂找你的珍恩姨媽。我搭船到加萊，然後打電話給她。她說你去過又離開了，說你去魯貝了。」

「她怎麼知道——」但是我自己告訴她了，不是嗎？不，姨媽，我沒法留下來。我得去魯貝。當時我極力忍著不要因為她把羅絲趕走而朝她尖叫，無意間透露了自己的行蹤。

「魯貝並不大，」我母親示意著旅館的大廳。「這家旅館只是我查的第四家。」

運氣太差了，我心想，但是一部分的我在心裡小聲說，她擁抱了我。

「茶，」我母親決定，就像她不到一星期前在海豚飯店所決定的那樣。五天的時間似乎太短了，不足以容納伊芙和芬恩，以及我所得知有關羅絲的一切。

我母親點了茶，然後緊張地打量我，搖著頭。「你看起來一塌糊塗！你過得很糟糕嗎？老天——」

「不，我有錢。我——我當掉了外婆的珍珠。」我忽然覺得好羞愧；那是我僅有的外婆遺物，而我卻拿它換來一場徒勞的追逐。「我可以贖回來的，我保證。我還留著當票。我會用我自己的存款去換回來。」

「我只是很高興你沒睡在水溝裡，」我母親說，揮揮手不談珍珠了。這讓我又是大吃一驚。我母親以前總是刻意說那條珍珠應該要留給她的，現在竟然不在乎了？「自己一個人旅行穿越英吉利海峽！親愛的，多麼危險！」

並不是自己一個人，我差點脫口而出，但我真的不認為媽媽聽到我跟一個前科犯、一個帶著手槍的醉鬼同行，就會比較放心。片刻之間，我忽然很慶幸伊芙和芬恩已經上樓了。「很抱歉害你擔心了。我絕對不是故意——」

「你的頭髮，」她嘖了一聲，把一縷飄散的亂髮塞到我耳後。過去幾天我已經硬闖進伊芙家、被一把魯格手槍指著臉，又越過了英吉利海峽，但此刻我怎麼會突然覺得這麼渺小又無助。

我在椅子上挺直身子，想一下自己要講的種種原因。除非我講話像個有計畫的大人，而不是個鬧脾氣的孩子，否則媽媽是不會認真聽的。「我不是對那個約診不領情。而是——」

「我知道。」媽媽端起她的茶杯。「你父親和我，我們把你逼得太急了——」

「不，不是那麼回事。而是有關羅絲。」

「有關瑞士的這件事。那個約診。」又是那個別有含意的詞。「我們在南安普頓下了船，你就恐慌起來了。」

我聳聳肩。這倒是沒錯，可是——

「你父親和我只是為你好。」她伸手過來拍拍我的手。「所有父母都是這樣。所以你還搞不清楚怎麼回事，我們就逼著你搭上船。」

「我是不是毀掉一切了？」我勉強開口，看著她的雙眼。「現在可能太遲了……」我不知道太遲是多遲，不知道什麼時限之內動手術才安全。我什麼都不懂。

「我們可以再安排一次約診，親愛的。現在還不會太遲。」

我胸口一緊，半是失望、半是放鬆。我感覺到自己體內的「小問題」彷彿在搏動，但是我的胃完全平靜。

我母親一手伸過來蓋住我的手，溫暖又柔軟。「這手術很讓人害怕，我知道。不過像這類狀況，早一點比較安全。一動完手術，我們就回家，給你時間休息、思考——」

「我不想休息。」我抬頭看，一股熟悉的怒氣從我的滿腹困惑中升起。「我不想回家。我想去找找看羅絲，看她是不是還活著。聽我說。」

我母親嘆氣。「你難道還對羅絲抱著期望？」

「是的，」我說。「除非我確定她死了。因為詹姆斯之後，我不能就這樣放棄她。我一定要盡一切努力去試試看。」

她捲著餐巾的邊緣，臉上表情緊繃，她每一聽到我哥哥的名字，就會有這樣的表情。

「還有希望的，媽媽，」我說，想打動她。「對詹姆斯來說太遲了，但或許我們還可以救羅絲。她離家了，珍恩姨媽已經告訴我原因了。」

我母親眼裡一閃。是了，她早就知道了。想到她認為不該告訴我，我心中冒出一股怒氣，但是我按捺下去。

「在被家人那樣對待之後，羅絲不會想回家的。她可能還在利摩日。要是她在那裡，那我們就得找到她。」

「那你呢？」我母親看著我。「你不能為了她，就先暫停自己的一切。夏洛特‧聖克萊爾跟羅絲‧傅尼葉同樣重要。羅絲自己頭一個就會這麼說的。」

我望著旅館大廳的對面，想著自己會不會看到羅絲的金髮腦袋，或是她的輪廓。但是什麼都沒有。

「那個約診。」媽媽柔聲說，「讓我帶你去那家診所吧，親愛的。」

「如果我不想要這個約診呢？」我突然毫無頭緒地說，話出口之後，我跟我母親同樣驚訝。

她看著我一會兒，嘆了口氣。「如果你手指上有個戒指，那就是另外一回事了。我們就趕緊辦婚禮，你會是美麗的新娘，六個月後就成為美麗的母親。這種事常有的。」

的確是。這種數學所有女人都懂的：一個戒指加上一個早來的寶寶，還是可以等於體面，好神奇。

「但是你的情況不同，夏洛特。沒有一個未婚夫……」

她這句話只講到了一半，我皺了一下臉。我知道懷孕的未婚姑娘會發生什麼事。沒有人談論她們，但是你就是知道。沒有人想娶壞姑娘，也沒有人願意給她們工作，家人會以她們為恥，朋友也不跟她們來往。她們的人生就此毀掉。

「沒有其他辦法了，」媽媽又說。「一個小手術，你就可以回到原來的生活了。」

我不是不渴望恢復正常。我伸出一根手指，沿著我的茶杯邊緣畫圈。

「拜託，親愛的。」媽媽放下她逐漸變冷的茶，雙手橫過小桌子來抓住我的。「你想要的話，我們會再請人去追查羅絲的下落。但是你不是應該先辦好對你未來有利的事情嗎？」

「那我就先去那家診所吧，」我說，喉頭有些哽咽。「之後，我們就去找羅絲。跟我保證，媽媽，拜託。」

她的雙手緊握我的。「我保證。」

❖

我睡不著。

「小問題」又用另一波疲倦擺平我，所以我應該睡死過去才對。我母親已經幫我把訂好的房間升等到更好的，就在她隔壁，而且我吃了一頓裝在銀托盤上端來的食物，而不是平常那一袋乾巴巴的三明治。我可以把我的尼龍襯裙洗乾淨晾著，換上一件跟我母親借的睡衣。我不必再擔心夜裡會有發瘋英國女人發出的尖叫，或者我的錢要是花光了怎麼辦，因為有媽媽在這裡幫我打理一切。

但是即使在她吻了我的額頭、回到自己的房間之後，我還是在旅館的涼爽床單裡翻來覆去。最後我起身，穿上借來的浴袍拖鞋，抓了我的香菸，出去外頭透氣。

我本來只想去陽台，但是旅館走廊盡頭的落地玻璃門鎖上了。最後我只好來到黑暗的一樓大廳，煩得根本不在乎那個夜間職員看著我的驚訝眼神，就走到外頭的街道上。

四分之一的弦月和零星幾盞街燈，無法照亮外頭的黑暗。根據我剛剛經過旅館大廳所看到的時鐘，現在是凌晨過兩點了——寧靜的魯貝小城一片死寂。我拿出一根香菸，拍著睡袍找火柴，看到人行道十來呎外有個什麼。結果是深藍色金屬的反光。

「哈囉，」我朝那輛拉貢達車說，走過去拍拍那光滑的擋泥板。「我得承認，我會想念你的。」

「她覺得很榮幸。」一個低沉的蘇格蘭腔從車內的後座傳來，害我嚇了一大跳。

「你在這裡做什麼？」我希望芬恩在黑暗中沒看到我衣冠不整的狼狽相。為什麼，為什麼我之前沒要求我媽帶我到另一家旅館？真是太糗了，還繼續跟伊芙和芬恩待在同一家旅館，好像我還希望從他們那裡得到什麼。我們就像錯過了上台時間的演員，該演的那場戲已經結束了。人生如果更像戲劇就好了，這樣入口和出口會更清楚得多。

芬恩一頭蓬亂的腦袋探出來，我看到他香菸上的那一抹火光。「睡不著。」

我雙手插進口袋，還沒點的香菸也一併放進去，免得自己開始拍頭髮。這世上還有比穿睡衣和拖鞋更不光鮮、更不迷人的小配角嗎？「你睡不著的時候，總是爬進你的車裡嗎？」我諷刺地問。

芬恩光裸的手肘放在搖下的車窗上。「她能讓人冷靜下來。對治療惡夢很管用。」

「我還以為做惡夢的是伊芙。」

「我也有我的惡夢。」

不知道他做的是什麼樣的惡夢。我沒問，只是又拍拍擋泥板。想到我明天早上不會搭這輛車離開，感覺好奇怪。明天我會搭火車到瑞士的沃韋，然後——瑞士是用什麼載女生去約診的？有咕咕鐘的計程車?穿木鞋的司機?我在夏夜裡打了個寒噤。

芬恩打開車門,挪到座位的另一側。「如果你冷的話,就上車吧。」

我不冷,但我還是爬上車。「可以借個火嗎?」

他劃了火柴。那短暫的火焰讓我看到他的輪廓一眼,然後眼前又是一片黑暗與陰影。我吸了口菸,緩緩吐出。「你是怎麼會弄到這輛車的?」我問,沒話找話講。坐在汽車後座如果不是為了要親熱,那麼似乎應該彼此禮貌的交談。

「從一個叔叔那邊繼承了一點錢,」他說,讓我嚇了一跳。他很少直接回答問題,總之不會說實話的。「他希望我去上學,做點大事。不過一個指甲底下有機油的男生如果手上有點小錢,就有其他想法了。」

「你的意思是,他就會把所有錢拿去買一輛夢寐以求的車?」我說,幾乎可以聽到芬恩的微笑。

「是啊。買不起賓利,不過我發現這位姑娘,被一個圓胖臉的白痴開去報廢。我買下她,修理好,她立刻就喜歡上我了。」芬恩深情地捶捶座位。「在二次大戰期間,我認識的大部分軍人都帶著女朋友的照片。如果是剛離開學校的,或許會帶著母親的照片。我沒有女朋友,所以我身上帶著的是這輛車的照片。」

我想像芬恩穿著軍服、頭戴鋼盔,在運輸艦的甲板上看著一張拉貢達車的照片。然後我露出微笑。

他把菸蒂扔掉，又點了一根，火柴在黑暗中亮起。「所以你明天要離開？」

「對。」我點頭。「我媽在這裡找到我了。我們明天早上要出發去沃韋。」

「不是利摩日？我以為你準備要去把利摩日燒毀，好找出你表姊。」

「利摩日要等稍後了。這個——」我朝「小問題」揮了一下手，雖然他大概看不到那個手勢。「媽媽說，不能再拖下去了。我懂什麼？我只是個闖禍的姑娘。」

「沃韋就是你們去解決——麻煩的地方？」

「你沒聽說過瑞士假期？」我又微笑了。「像我這樣的女生，就是會去瑞士度假。」

「我還以為她們會穿著白紗走紅毯的。」

「那也得先釣上了一個男生才行。」

他聲音裡有那種蘇格蘭腔的笑意。「除非你是童貞聖母馬利亞，否則你已經讓一個小夥子上鉤了。」

我發出一個刺耳的輕笑聲。「芬恩，我讓半個兄弟會的人都上鉤了。但是我可不能嫁給他們所有人。」

我等著他會講什麼責備的話，或是離開。但他只是坐在那柔軟座位的另一端，在黑暗中望著我。「怎麼回事？」

如果是大白天，我就說不出口了。整件事太丟臉、太平凡，又太愚蠢。但是籠罩著我們的陰影很仁慈，而且我別開頭，所以他只看得到我的側影和燃燒的菸頭。我開口了，聲音沒有高低起伏，不帶感情。

「如果你是女生，你就會被均分成清楚的三部分。」我都想成這是一種約會的分數，就連我們宿舍裡最笨的女生，都知道該怎麼把這三個分數加總起來。「有些部分是男生可以碰的，」我繼續說，「有些部分是要等到訂了婚，或至少男生給了你兄弟會徽章、表示訂下來，之後才能碰。人人都知道這三部分的地圖。但是男生還是會試，因為男生就是這樣，因為我們說不行。男生會試，女生會拒絕。這是慣常的舞步。」

我停下來，把菸灰點出車窗外。空氣聞起來比較涼了——夏夜的雨即將來臨，我心想。芬恩沉默坐在那裡。

「我哥哥是那種戰場回來後適應得不太好的軍人。我的意思是，他用霰彈槍射殺自己。」腦漿和血噴濺得到處都是，一個鄰居鹵莽地說，不曉得我就在附近，聽到了父母瞞著我的這些血腥細節。我跑進屋裡嘔吐，無法擺脫眼前那個恐怖的影像。「當時我父母……我那個學期提早從本寧頓學院回家，以便照顧他們。」我送花給我媽，幫我爸打領帶，在其他人都沒辦法準備星期天的午餐時，我就做出了燒焦的肉糕。我試盡一切可能的辦法，希望有助於修復他們嚴重破碎的心。

「寒假過後，我終於必須回到學校，這時我再也沒有任何人要照顧，於是就——整個人停頓了，像是一個壞掉的時鐘。我什麼都感覺不到。我內心死了。我甚至早上沒法下床，只是躺在那裡，想著詹姆斯和羅絲和我父母，然後又回去想詹姆斯。哭了又哭。」

就在那一陣子，我開始到處都會看到羅絲。晃蕩著辮子的小女孩成了幼年的羅絲，校園裡漫步去上課的高個子學生成了年紀大些的羅絲——我到處都看到她，疊印在一張張陌生人的臉上。我太常看到她，都開始以為自己快發瘋了……也或許，只是或許，她其實沒有死。

「我已經失去了我哥，」我聲音沙啞地說。「我辜負了他。之前他崩潰的時候，如果我能幫他的話，或許他就不會自殺。我不打算再失去我表姊了，只要她還有一絲活著的可能。我已經放棄所有的課了——沒辦法逼自己起床去上代數課，但是我可以為了羅絲而振作起來。我寫信、打電話給很多人，跟收容難民的政府機構談。我曾在我父親的律師事務所暑假打工過好多年，知道該打什麼越洋電話、申請什麼樣的文件。只要能查到的地方，我都查了。」那個厭煩的倫敦職員跟我說，最後一份有關羅絲．傅尼葉的報告是由一位伊芙琳．嘉德納處理的，她現在住在漢普森街十號。我挖出了有關忘川餐廳的原始線索。

芬恩依然沉默。我手上的香菸快抽完了，於是吸了最後一口，把發亮的菸蒂扔出車窗外。

「你會以為，我缺了那麼多課，校方會有人跟我父母連絡，但是沒有人在乎。人人都知道像我這樣的女生去上大學，不是為了要拿成績優良獎，而是為了要去認識常春藤聯盟大學的男生，找個未來的丈夫。我不常約會——大部分都是剛好有某個女生的男友有個甩不掉的室友，就邀我陪著去參加四人約會——但是有一回，我被安排去參加了一次約會。我想那個男生的名字是卡爾，我們一起吃晚餐，去露天汽車電影院。電影開映後，他的手就伸進我毛衣底下。我知道這一套怎麼進行：我們會接吻一陣子，然後等到他太過分了，我就要推開他。只不過這一回，我就是不懂推開他有什麼意義。我麻木得根本沒辦法照著既定的那套規則玩，想著自己如果不拒絕的話，會是怎麼樣。我其實沒那麼喜歡卡爾，但是我心想他或許會讓我……有點感覺。」總之，不是內疚或痛苦的感覺吧。但結果不是如此；同樣只是麻木、空無。「卡爾事後一直驚愕地看著我。他不敢相信我居然沒阻止他。好女孩不會這樣的，而我本來是個好女孩。」

芬恩還是一聲不吭，不曉得是不是對我很反感。

「下個星期他約我出去，我說好。第一次沒有什麼特別的地方，但人人都知道第一次很糟糕。我希望之後能好轉。」但結果還是沒有感覺。「他大概告訴了兄弟會裡的其他男生，因為忽然間，開始有很多人來找我約會。我就去赴約，跟他們搞。我其實並不喜歡，但照樣做了，因為——」我停下，嚥下了一波深刻入骨的羞愧，逼自己說下去。「因為我很孤單。」吸氣，吸氣。「當時我——我厭倦了痲痺和孤單，而跟湯姆或迪克或哈利在汽車後座搞，總比待在我的房間裡哭、告訴自己我本來可以阻止我哥哥自殺要好。」我又顫抖著吸了一口氣。「過了一陣子，就有不少湯姆、迪克、哈利了。話傳出去，說夏麗．聖克萊爾是個便宜的約會對象。你不必買奶昔或電影票給她，只要開車出現就行了。」

我忍住沒啜泣，喉嚨哽咽。我一手伸出車窗外，讓夜風吹過我的手指，還是迴避著芬恩的雙眼。

「所以當時我就是這樣，所有時間不是蜷縮在床上，或打電話去難民機構，就是跟我其實不喜歡的男生搞。到了春天，我不得不回家，告訴父母說我被搞大肚子了，沒有戒指，而且大概會被本寧頓學院退學了。在我媽的尖叫聲中，我爸問我那個男孩是誰——整個過程裡他幾乎沒講話，只開口問了這件事。我必須告訴他，『有六個或七個可能。』之後他就再也不跟我說話了。」

他畢竟還是得跟我說話的，一旦我減去了「小問題」回到家，他就會吧？

芬恩稍微清了清嗓子。我脆弱又悲慘地等著他譴責我，或許他還會不自覺地說「感謝老天我沒碰你」。

「是你自己想去沃韋，還是你父母要你去？」

我實在太驚訝了，驚訝得頭一次轉身過來面對他。「我看起來像是適合當母親的人嗎？」

「我不是要批判。我只是要問，這些安排都是你想要的，還是他們想要的？」

*我不知道我想要什麼。*沒有人認真問過我。我未成年，我父母向來幫我做種種決定，理所當然地認為我會乖乖照做。同時我腦袋裡那個惡毒的小聲音跟我說，我做什麼都失敗，說我沒能幫上詹姆斯和羅絲，現在也幫不了自己，我甚至沒去搞清楚自己是不是想要別的。既然做什麼都失敗，那我想要什麼也不重要了。我想要找回羅絲，我想要找回我的未來。我想要救回一個我深愛的人，而不是看著他們消失在悲慟或戰爭或死亡中，但是我不曉得要怎麼做到。

突然間我不知所措，芬恩輕柔的話點燃了我心中一抹憤怒的火焰，因為那些話鑽進了我脆弱的保護殼內。我可以整天用保護殼擋掉各種辱罵——*蕩婦*、*妓女*、*淫婦*，這些我全都聽過，而且我會用這些話來罵自己，讓其他人省事。我可以整天假裝我不在乎，因為在乎只會讓我慌張而脆弱。「你為什麼要對我這麼好，芬恩？你不認為我想墮胎，就是要謀殺肚裡的小孩嗎？」

「我是前科犯，」他平靜地回答。「我沒有資格罵任何人。」

「你好奇怪，」我說，快哭出來了，然後芬恩伸手拉著我靠在他肩膀上，我灼熱的雙眼湊著他的襯衫，呼吸急促。在「小問題」出現之前，我成天只會哭——但是自從告訴我父母那天之後，我就沒再掉過半滴淚。我不能現在又開始哭，不然我會停不下來。芬恩身上有香菸和機油和塵土氣味；我臉頰靠著他胸膛，肩膀起伏，他靜靜抽著他的菸。

我聽到遠處傳來整點敲鐘的聲音。凌晨三點了。芬恩把菸蒂彈出窗外，我坐直身子，掌跟按按雙眼。我的淚水沒有流出來，但是也幾乎了。

他收回手臂，我在後座裡朝車門滑。「夏麗小妞，」他說，聽到那低沉柔和的嗓音說出我的名字，讓我回頭看。他專注地凝視著我，而或許現在我的眼睛已經習慣黑暗了，因為我看得到他黑色直眉下的眼睛，清楚得一如白天。「做你想做的，」他說。「這是你的人生、你的孩子。你雖然未成年，但這依然是你的人生。不是你父母的人生。」

「他們是為我好。即使我最氣他們的時候，我也知道他們是為我好。」我為什麼要這麼坦白？我從來沒跟任何人談過「小問題」，更沒有這樣談過。「芬恩……」我開口要說再見，但我們在飯店大廳裡已經說過再見了。這個深夜的插曲就像完全沒發生過似的。

他還在等。

「謝謝。」最後我終於啞著嗓子說。然後我下了車，走向旅館。芬恩沒再說任何我聽得見的話。但我還是聽見了他的聲音。

做你想做的。

14

伊芙

一九一五年七月

里爾最大的祕密有如一顆鑽石般落入伊芙的耳中。霍夫曼司令和馮海因里希將軍坐在慣常的老位置，伊芙才剛悄悄走過去要收走吃剩的巧克力慕斯時，就聽到了：「——私下視察前線，」將軍說，聽起來很焦慮。「皇帝會在兩週後經過里爾。」

伊芙表情完全不變，繼續收走甜點盤子。

「即使這回是祕密視察，我們還是應該準備一個適當的歡迎儀式。不能讓他覺得我們不夠關注。一個小小的代表團去迎接他的火車——他會走哪條路線？」

拜託，伊芙默默乞求著。列車和時間！

將軍兩者都說了，緊張兮兮地看著筆記本，確認自己沒說錯。真是德國人作風，對小細節這麼在意，伊芙向上帝感激這一點。她沒敢再多耽擱，趕緊離開，雙腳輕快得好像沒沾地似的。現在她知道德國皇帝——皇帝！——要去前線。莉莉會大叫得像個報喪女妖。「老天，小雛菊，幹得好！我們會把那個屎腦袋混蛋炸成碎片，這場戰爭就會結束了。」

「你在笑什麼？」另一個女侍低聲問。這個姑娘老早取代了腳步沉重的阿美莉，她一頭淡金色頭髮，不太聰明，名叫克麗絲汀。「有什麼事情好笑的？」

「沒什麼。」伊芙站在她靠牆的位置，收起臉上的情緒，但是她心臟狂跳得像個一見鍾情的小女生。這場戰爭有可能結束。戰壕裡充滿了垂死的男人和黏膠似的爛泥；飢餓和羞辱摧殘著可憐的里爾；飛機的嗡嗡聲和遠處傳來大砲的爆炸聲——這一切都將告終。伊芙想像著自己所住的那條街，當勝利的鐘聲響起時，她要把釘在法文路牌上的德文路牌扯下來，扔在地上，踩成碎片。

她從來沒覺得時間過得那麼慢。「你可以把帳本送上去給荷內先生嗎？」她們完成最後的打掃之後，伊芙懇求克麗絲汀。「我得趕緊回家。」

克麗絲汀打了個寒顫。「我好怕他。」

「你只要盯著地—地板，說是或不是，等到他叫你離開就好。」

「沒辦法。我好怕他！」

伊芙真想翻白眼。如果有件事你就是非得去做，那麼怕不怕又有什麼差別？為什麼有這麼多膽小又愚蠢的女人？她想到莉莉勇氣十足、人搖大擺的步態，想到薇歐蕾冷靜而驚人的忍耐力。這樣才是女人。

她把帳本交給侍者領班，走出餐廳的門時，已經過了半夜十二點，接近全滿的月亮高掛天空——一個很不適合偷溜過邊界的夜晚。莉莉很快就要回到里爾了……

「小姐！」有人用德語厲聲喊道，德國軍靴聲從她背後傳來。「現在是宵禁時間。」

「我有豁免證明。」伊芙翻著她的手提包要找身分卡和其他各式各樣的文件。「我在忘川餐廳工作；剛剛才－才－才下班。」

那個年輕的德國士兵滿臉青春痘，一副發號施令的姿態。「請把豁免證明拿出來，小姐。」

伊芙心裡默默詛咒，翻著她的手提袋。不在裡頭——她今天上午曾將袋子內的所有東西拿出來放在床上，好把用來偷渡她編碼情報的襯裡拆開來，重新縫得更好。她的宵禁豁免證明一定還放在床單上。「對不起，我沒帶在身上。我工作的餐廳就在那邊，他們可以確－確認我——」

「你知道違反宵禁要受什麼處罰嗎？」那個德國士兵厲聲道，看起來很高興有個人可以教訓，但是一個平滑如金屬的聲音從伊芙後方的黑暗中響起。

「我跟你保證，這位小姐在我的餐廳裡工作。她的文件是有效的。」

荷內．波得龍走過來站在伊芙旁邊，銀頭手杖在月光下發亮。他滿不在乎地扶了一下帽緣致意。他一定是為了在夏夜的月下散步，今晚放棄察看帳本了。

「波得龍先生——」那個士兵說。

荷內露出禮貌但輕蔑的微笑，扶著伊芙的手臂。「如果你想要的話，可以去找霍夫曼司令詢問。晚安。」

他帶著伊芙往前走，卡在她喉嚨的那口氣吐出來。「謝－謝謝你，先生。」

「不客氣。我不反對服侍德國人，只要他們舉止文明；不過碰到沒禮貌的人，我也很樂於殺殺他們的銳氣。」

伊芙手臂掙脫他的手。「我不敢再－再耽誤你的時間了，先－先生。」

「一點也沒耽誤。」他又握住她的手肘。「你沒帶豁免證明；我送你到家吧。」

他表現得很紳士。但是他其實並不是紳士，所以他有什麼企圖？那場讓伊芙緊張的談話是發生在兩天前；這會兒伊芙脈搏加速，但是儘管她很想避開雇主，也知道自己不能拒絕。於是她跟他並肩往前走，準備要讓自己講話更結巴。要是他想進一步刺探她，那麼接下來他們就會有一場史上最緩慢的談話了。

「你整個晚上眼睛裡都有星星，」他觀察道。「你會是談戀愛了嗎，勒法蘭索瓦小姐？」

「不，先－先－先－先生。我沒有時－時－時間做這樣的事。」我有個皇帝要殺。

「不過，有事情讓你的雙眼發亮。」

弒君的初期準備工作。不，別想那個了。「我很感－感－感激我所擁有的，先生。」他們轉彎離開河邊。再幾個街區就到了——

「你好沉默，」她說。「我沒見過幾個安靜的女人，所以很想知道你在想什麼。這對我來說很反常。一般來說，我不太關心女人腦袋裡的事情。因為那些事通常很乏味。你很乏味嗎，小姐？」

「我很平凡，先－先－先－先生。」

「我想知道。」

不要好奇。她應該像不用大腦的、不聰明克麗絲汀那樣閒扯一堆，用一堆空洞的話讓他覺得無聊。「為－為什麼你的餐廳叫忘川，先生？」伊芙問了她第一個想得到的問題。

「又是波特萊爾，」他回答。「『什麼都比不上你床上的深淵，強大的遺忘棲息在你的唇上，忘川在你的吻中流動。』」

談話中引用了這麼肉慾的詩句，讓伊芙覺得很不自在。「非－非－非常美，」她喃喃道，加快腳步。就剩一個街區了——

「美？不。但是強而有力。」他握著她的手肘把她往回拉，他的手指長得完全圈住了她的手臂。「忘川是流過冥間的遺忘之河，古希臘和古羅馬文化是這麼告訴我們的，而沒有什麼比遺忘更強而有力了。像我的這家餐廳，在戰爭時期提供的就是遺忘——一個文明的綠洲，讓人那幾個小時可以忘記外面的種種恐怖。只要給感官適當的藥物，小姐，沒有什麼恐怖是不能遺忘的。食物是一種。酒是另一種。女人雙腿間的引力則是第三種。」

他完全沒有高低起伏的聲音說著粗俗的內容，講得那麼輕鬆，讓伊芙滿臉通紅。很好，她勉強想著。瑪格麗特會臉紅的。上帝啊，讓我快點到家吧！

「你臉紅了嗎？」他歪著頭往下看著她，太陽穴的銀絲在月光下發亮。「我本來還不曉得你會不會臉紅。你的眼睛沒有透露太多。靈魂之窗？對你來說可不見得。『我的女孩有一雙深色眼睛，深邃而廣大無邊，』」他又背起詩來，惹得伊芙愈加不安。「『其中的火焰是愛的思緒，混合著信仰，在眼眸深處閃亮——淫蕩或貞潔。』」他自己的眼睛眨也不眨地盯著伊芙的。「我一直對最後一句很好奇，勒法蘭索瓦小姐。淫蕩或貞潔？」他一根手指碰觸她發燙的臉頰。「從你的臉紅來看，我想是後者。」

「淑女是不討論這種事情的。」伊芙勉強開口。

「不要這麼布爾喬亞，不適合你。」

感謝老天，他們來到伊芙的門前了。她走進樓上外伸的陰影下，摸索著鑰匙，感覺到連身裙裡一滴汗沿著她的脊椎流淌下來。「晚－晚安，先生。」她輕快地說，但是他跟著她走入陰影，從容不迫地把她擠得往後貼著門。她看不到他臉上的表情，但是他低下頭來時，她聞到了昂貴的古龍水和髮油氣味。他窄窄的嘴唇輕輕擦過她，不是在她唇上，而是她喉底的凹陷處。他涼涼的舌頭淺嚐她的皮膚。

那羽毛似的輕觸像是把她釘在門上，她震驚得無法動彈。

「我一直想知道你嚐起來是什麼滋味，」他過了一會兒終於說，往後退。「廉價香皂，外加一絲甜味。鈴蘭香皂會比較適合你。比較清淡、甜美、芬芳、年輕。」

伊芙以前在福克斯通受過的訓練，或是莉莉給的大量忠告，或是之前在倫敦或南錫的生活，都無法讓她想出眼前該如何回應。於是她什麼都沒說，只是呆呆站在那裡，像一隻被強光照射的動物。他會離開的。他會離開的，然後你就可以坐在床上編譯要交給莉莉的情報。德意志皇帝要來里爾了。但是那則黃金情報的光輝暫時離開她。荷內．波得龍剃刀般銳利的眼神離她那麼近，她根本都不敢去仔細想這個情報。

他的銀頭手杖鉤在手臂上，朝她舉起帽子，完全像個紳士般道別。「我想要擁有你，」他聊天似的說。「這個選擇對我來說很奇怪；我通常不喜歡沒經驗的處女或廉價的香皂，但是你有一種未經修飾的高雅。考慮一下吧。」

啊，老天在上，伊芙心想。然後她一直沒動，直到他戴回帽子，開始優雅而悠閒地回頭沿著街道走。

她的某個鄰居一定是被吵醒了，因為往下的兩棟房子之外，一扇窗子咿呀打開。那一刻伊芙很高興自己門前的陰影很深——沒有人看得見她的喉嚨被一個男人舔過，而且大家知道這個男人會跟德軍的司令共飲白蘭地的。伊芙喉頭冒出苦水，她舉起手抹掉她鎖骨處那塊凹陷的潮溼。

伊芙安全躲在黑暗裡，聽到鄰居朝荷內．波得龍走遠的身影用氣音喊道：「賣國賊！」然後一口唾沫落在街上。

他回頭，朝看不見的攻擊者舉起帽子。「晚安。」他說著微微欠身，輕笑的聲音在黑夜中傳來。

❖

「老天，小雛菊，幹得好！」莉莉咧嘴笑了，看著伊芙的報告。「再等兩個星期，一次幸運的空襲，這場戰爭可能就結束了！」

伊芙微笑，但是她今夜的勝利喜悅是沉默的。「德國的議員、實業家，任何從這場戰爭獲利的人，都會施壓要戰爭持續下去。」莉莉說。一場戰爭就像個龐大的機器，一旦啟動之後，就無法輕易停止；伊芙知道這一點。

「要是那個混蛋死了，戰爭就會開始走向結束。明天早上宵禁一結束，我就會離開。」莉莉把那張訊息收進她縫紉袋的襯裡中——她今晚的身分是縫紉工瑪麗，帶著瑪麗的證件、道具，以及言談舉止——然後開始解開她皮靴的釦子。「這個情報我不交給信差了。我要自己送去福克斯通。或許趁我待在那裡，可以戴道德上有疑問的帽子，就順便買一頂來戴。不過我不得不好奇，你們英國人做得出任何道德上有疑問的東西嗎？即使是帽子……」

「你有辦法去－去英國？」伊芙很驚訝。莉莉總是有辦法那麼迅速又不費力地從德國佔領的法國地區到比利時，然後又回來，已經讓伊芙難以置信了。兩者的距離雖短，但是中間的地帶充滿危險，然而莉莉似乎可以悄悄穿過危險。現在她甚至有辦法悄悄穿過英吉利海峽？

「那當然。」莉莉正在迅速換衣服，這會兒聲音被那件寬鬆舊睡袍蒙住了。「我今年就去過三、四次了。」

伊芙努力按捺著胸中忽然湧起那股對福克斯通的鄉愁，那片英國沙灘，她搭船的碼頭，還有卡麥隆上尉的英格蘭粗毛呢西裝和溫暖的雙眼。那對眼睛不時會眨，不會像銳利的法國眼睛惹得她毛骨悚然……伊芙搖搖頭，拋開那種強烈的嫉妒——嫉妒莉莉最近才看過卡麥隆，自己卻沒有。「如果你明天要去英國，那床給你睡。」現在莉莉偶爾得在里爾過夜時，她們已經有了一套既定的說詞：她是伊芙的朋友，一個縫紉女工來拜訪，待在這裡過夜，免得違反宵禁。她們這套劇本通過了兩次德國人的突襲檢查，每次看著莉莉融入瑪麗（比淡金髮的克麗絲汀更愚蠢）這個角色——總是讓伊芙覺得大開眼界。

「我不會推辭的。」莉莉把她那疊摺好的襯衫和裙子放在床上，自己坐下來，說起她今天上午如何穿過邊境進入里爾。「我有一份關於朗斯的情報，夾在一本雜誌裡——你能相信我下火車時，雜誌居然掉了嗎？」她搖著頭把梳高的頭髮放下來，同時調皮地大笑。「一個德國士兵還幫我撿回來，上帝保佑他。」

伊芙正用幾條毯子在窄床邊打地鋪，她聽了露出微笑，不過笑得很勉強。打從昨夜以來，她就沒怎麼笑，而此時又開始說起另一個故事的莉莉，似乎注意到了。

「好吧，你是怎麼回事？」

伊芙望著這位愛莉絲情報網的領導人。莉莉穿著舊睡袍，看起來比她實際的三十五歲年輕許多，一頭濃密的金髮，蓬亂得像是一個小女孩在外頭瘋玩了一整天。但是她的雙眼老邁而精明，薄紙般的皮膚緊繃著輪廓鮮明的顴骨。不要增加她的負擔，伊芙想著，心底一緊。她忽然明白薇歐蕾那種堅定不移的捍衛姿態，因為現在她也感覺到了。莉莉身上的負擔太沉重了，只不過她讓這些負擔看起來很輕——但是那些負擔像一把刀刃，把她磨得消瘦。

「狗屎，」莉莉不高興地說。「說出來吧！」

「其實不重要——」

「重不重要讓我來判斷。要是你垮了，對我也不會有好處。」

伊芙坐在床緣下方的臨時地鋪上，低頭看著自己交疊的雙手。「荷內．波－波得龍想勾引我。」這些話像是重物般落下。

莉莉歪著頭。「你確定？請原諒我這麼說，但是我不覺得你是那種勾引遊戲的高手。」

「他舔了我的脖－脖子。然後他說他想要擁有我。是的，我很確定。」

「真是個禽獸，」莉莉輕聲說。她拿出裝著香菸的小銀盒，點了兩根。「通常討論壞男人應該喝烈酒，但是現在也只能用抽菸代替了。抽吧！讓腦袋清醒，也讓肚子別那麼餓。」

伊芙模仿莉莉用兩根手指夾住菸，然後猶豫著，引用她母親的話。「香菸是紳－紳士的惡習，不是淑女的。」

「閉嘴啦。我們是穿裙子的軍人，不是淑女，而且我們很需要抽根菸。」

伊芙把香菸湊到嘴唇吸一口。她咳嗽，但是立刻喜歡上那個滋味。苦苦的，而打從昨夜荷內走近她那一刻起，她的嘴裡就發苦。

「所以，」莉莉繼續不動感情地說，「波得龍想要你。問題是當他又逼你的時候，接下來會發生什麼事。如果你拒絕的話，他會給你製造多少麻煩？他會跟德國人檢舉你嗎？」

顯然地，她在尋求伊芙的專業推測。伊芙暫停一下，又吸了一口菸，這回咳得沒那麼厲害了。她有點反胃，但是主要是因為想到荷內，而不是因為香菸造成的。「這種私人恩怨，他不會去麻煩德國人的；他累積的人情要等到他需要的時候才動用。但是他會很樂意開除我。他並不習慣被拒絕。」

「我們可以幫你找個新工作。」莉莉說，但是伊芙搖頭。

「有另一個像忘川的地方嗎？讓我可以一星期得到兩次好情報？讓我可以知道德國皇－皇－皇——」她握拳捶著自己的膝蓋，直到話終於說出來，「——皇帝要來，而且會搭哪一班列車？不。」伊芙又吸了一口菸，這回一路吸進肺裡，然後咳得眼睛都冒出淚水。「你需－需－需－需－要有個人在忘川。」

「沒錯，」莉莉承認。「他會因為你拒絕他，就把你開除嗎？」

「我必須假設他會。」

「那麼就只剩一個選擇了。」莉莉往上看著天花板，吐出一個煙圈。「你願意跟荷內．波得龍上床嗎？」

伊芙盯著她那根香菸發亮的尾端。「如果非得這樣的話。」說出這句話，幾乎是讓她感到解脫。打從昨天夜裡開始，這句話就一直在她腦袋裡打轉，她從各種角度考慮過。這個想法讓她想吐又害怕，但是又怎樣？如果有件事你就是非得去做，那麼怕不怕又有什麼差別呢？

「像他這個年紀的人，看上了一個他認為是十七歲的姑娘，他會假設她是處女。」莉莉的口氣還是很冷靜。「你是嗎？」

伊芙很想裝得若無其事，但是無論如何都辦不太到，於是她只是點點頭，雙眼還是看著地上。

「真他娘的狗屎，」莉莉詛咒，擰熄香菸。「如果你真的要做這件事，就一定要在床上取悅他，這樣你就可以繼續從他身上得到更多。否則你花了非常高的代價，換來的只是暫時不被開除而已。」

伊芙不曉得在床上取悅男人是什麼意思——坦白說，一想到荷內．波得龍解開他剪裁完美的襯衫，她的想像力就停住了。她覺得自己臉色發白，莉莉也注意到了。

「你真的要這麼做？」

伊芙又點頭。「我會更－更－更——」下一個字就是卡著出不來，即使她握著拳頭敲地板。她只好算了，然後又說：「狗屎。」很大聲。這是伊芙這輩子第一次詛咒，於是讓她喉頭那個緊繃的結鬆開了。

這回換莉莉點頭。「再抽根菸吧，然後我們來談點實際情況。一個找處女當情婦的男人，要不是想把她訓練到合乎自己的標準，就是希望她保持被動和純真，讓他主動做一切。你必須密切注意，跟著他的引導。但是有一些事情，是可以取悅任何男人的……」她仔細描述其中幾個，聲音輕柔但精確，伊芙盡可能記住，臉頰發燙。我必須做那個嗎？還有那個？

為了保住她在忘川的工作，沒錯。她全都會去做。

看著伊芙作嘔的模樣，莉莉拍拍她的手。「只要注意什麼能取悅他，然後持續去做就好。真正重要的就是這點。接下來，你知道怎麼防止自己懷孕嗎？」

「知道。」伊芙有個鮮明的記憶，十二歲的時候，她有回深夜進入浴室，意外發現她母親正在沖洗兩腿之間。她用了一根管子，一個橡膠袋。我再也不想幫那個混蛋生孩子了，她母親咬牙說，下巴朝臥室點了一下，伊芙父親正在裡頭打鼾。他們家裡始終只有伊芙一個孩子，所以她母親的沖洗一定是有用的。

「沒有什麼是萬無一失的，」莉莉說，好像猜透了伊芙的心思。「所以要小心。沒有人想要一個懷孕的間諜。他們會把你送回英國，而且很快，因為里爾的人要是看到你被一個賣國賊搞得懷孕，沒有人會給你好臉色的。」

這麼多令人沮喪的想法。伊芙把這些暫時放在一邊，問一個她自己想問的問題。「你有沒有碰到過必須——做這個？」

「曾經有一兩個德國衛兵想看我跪下來，才要讓我通過檢查站。」

如果是十分鐘前，伊芙就會不確定這句話是什麼意思。現在，多虧莉莉直率的教導，她比較清楚了。她望著莉莉，無法想像她跪下來，伸手去摸一名男子的鈕釦，然後……「那是——怎麼樣？」

「鹹鹹的。」莉莉說，然後微笑看著伊芙茫然的表情。「別管了，親愛的。」她的笑容隱去，然後兩人憂慮地看著彼此。

伊芙仰起頭看著天花板，又深深吸了口菸。她判定自己喜歡抽菸。要是她哪天回到了一家膳宿旅舍，碰到又一個緊癟著嘴的房東太太有禁菸規定，唔，那她就去死吧。「莉莉，他們為什麼都沒告訴我們，事情可－可能會像這樣？在福克斯通的那些訓練課程；從來沒－沒－沒－沒有人暗示過我們會碰到這類事情。」

「因為他們不曉得。而且要是你夠聰明，你就不會告訴他們。」莉莉一臉嚴肅。「做你必須做的，但是不要告訴卡麥隆上尉或艾倫登少校或我們的其他上司。」

想到要告訴卡麥隆上尉她為了獲取情報，只好跟一個通敵者上床，讓伊芙覺得很難堪。「我不會告訴他們任何人的！」

「很好。因為要是他們發現，就不會信任你了。」

今夜討論的所有事情裡頭，這個是最令伊芙吃驚的。「為－為什麼？」

「男人很奇怪。」莉莉撇著嘴的笑容並不愉快。「要是一個女人對敵人犧牲貞潔，他們就認定她的愛國精神也很快會跟著犧牲。他們不太相信任何女人有辦法不愛上一個跟她上床的男人。此外，間諜的名聲已經夠差了，妓女就更別說了。我們不能藉著玷污自己的名譽，害我們的國家蒙羞——如果我們要從事間諜活動，就得做得像淑女。」

「一派胡言。」伊芙冷冷地說，莉莉笑了。

「啊，的確是，小雛菊。的確是。但是你希望他們下令你回國，只因為他們相信你小小的腦袋被一個英俊的通敵者給搞糊塗了嗎？」

伊芙彈掉菸灰，胃裡又開始翻騰起來。「卡麥隆上尉真的會這樣想我？」

「或許不會。照你們英國人的說法，他是個正派的傢伙。但是我聽說過其他英國軍官這樣議論過我們女間諜。」

「狗屎，」伊芙又詛咒了。她發現詛咒就像抽菸，會愈來愈容易。她抬頭看著莉莉，而莉莉也低頭看著伊芙，臉上的笑容難以解讀。是務實、憂傷，還是驕傲？

「事情就是這樣，」莉莉難過地說。「這個行業真可惡，不是嗎？」

沒錯，伊芙承認。但是她也愛這個行業；當間諜讓她覺得充滿活力，無可比擬，於是她反抗地聳聳肩，遮掩她的恐懼。「這種事總得有人做。我們很擅長。所以為什麼不應該是由我們來做呢？」

莉莉彎腰吻了一下伊芙的前額。伊芙頭靠著莉莉的膝蓋，於是愛莉絲情報網的領導人一手撫著她的頭髮。「先別急著爬上那個奸商的床，」她輕聲說。「我了解你——你是打算咬牙趕快解決掉，但是如果可以的話，先稍微拖延一下。因為我們如果可以在兩星期內把德國皇帝炸成碎片，那麼往後就是一個全新的世界了。到那時，說不定你不必看到波得龍的光身子，就可以回家了。」

伊芙祈禱這兩件事都能成真，同時莉莉繼續撫摸著她的頭髮，連伊芙的母親都從來不曾對她這麼溫柔。她這輩子沒有這麼努力祈禱過——因為現在她可以很勇敢，但如果她閉上眼睛，想到荷內的嘴巴品嚐著她的皮膚，她唯一的感覺就是想吐。

15

夏麗

一九四七年五月

我母親很小心，彷彿我是一隻背毛全都豎起的貓，一受到驚嚇就會逃走。她老是伸手摸我的手或我的肩膀，彷彿要確認我還在她伸手可及的範圍內。早上她一直持續聊著，先是跟我吃了她點了送來房間的乾吐司麵包和咖啡，接著她幫我打包衣物。「約診之後，我們再去巴黎幫你買些新衣服。這件粉紅外套再也回不到原來的樣子了……」

我嚼著吐司麵包，很煩躁。我剛起床時不太想講話，尤其是幾乎一夜沒睡，而且我已經擺脫了必須在早餐時聊天的習慣。伊芙總是宿醉嚴重，在中午十二點之前能睜開眼睛就不錯了，而芬恩在白天任何時間都緊閉嘴巴。顯然，只有凌晨三點除外，夏麗小妞……

「別低頭垂肩，親愛的。」我母親說。

我坐直身子。她心不在焉地微笑，又回去補她的口紅。昨天她含淚的雙眼和衝動的擁抱，似乎比我熟悉的那個母親更溫柔。今天早上她放心多了，隨著她在慣常光鮮外表上每塗一層口紅，似乎就又重新武裝起自己。她把粉盒收起來時，我伸手摸摸她的手。「我們可以待久一點嗎？再多點一些早餐？」我的「小問題」難得沒讓我想吐，而是胃口大開。忘了乾吐司吧，我想吃芬恩的煎鍋早餐：培根和麵包和半生蛋。培根……

「我們不是該注意自己的身材嗎？」媽媽拍了她的腰，露出苦笑。「畢竟，想要保持美麗就得吃苦啊。」

「無論你怎麼看，反正我是不可能變成美女的，」我說。「所以我想來個該死的可頌麵包。」她一臉真的被嚇到的表情。「你是從哪裡學來那種粗話的？」

從一個想朝我開槍的發瘋英國老女人。奇怪的是，我竟然想念起伊芙了。

「我們上了火車再吃可頌麵包吧，」媽媽說，關上她的行李箱。「免得遲到了。」她找來的行李員已經在門口等了。我吃掉最後一口吐司，站起來，我母親從我嘴角拂掉一粒麵包屑，拉直我的領子。為什麼在她面前，我就覺得像個孩子？

你的確是個孩子，我腦袋裡那個惡毒的聲音低聲說。所以你才不適合有自己的孩子。你什麼都不懂。

誰說的？我的「小問題」回應道。

別再跟我說話了，我告訴我的肚子。別再害我內疚了。我沒辦法為你做任何事。我不適合有你。大家都這麼說的。

那你自己怎麼想？「小問題」又問。我沒有答案，只有喉嚨哽著好大一個腫塊。

「夏洛特？」

「來了。」我跟著母親進入走廊，走向電梯。「我們搭火車前，應該先打電話給爸爸嗎？」

我勉強開口。

我母親聳聳肩。

「他不擔心嗎？」我想著等我回家時，他會不會願意跟我講話。要是我去約診之後，他還是討厭我，還是認為我是妓女，那怎麼辦？我喉嚨的腫塊變成兩倍大了。

「如果你非知道不可，我沒告訴他你像個野人似的溜到倫敦。」她看到我的表情。「為什麼要告訴他？我不想害他擔心。」

「唔，但是你後來告訴他了，對吧？」我們走進電梯。「我們已經晚了好幾天。原先講好的回家時間也要延期了。」

我母親等著行李員提著我們的袋子進入電梯，然後按了鈕。「我們之後去巴黎，只要比原先計畫的少待一個星期就行了。我們會如期回家，你父親什麼都不必擔心。」

「提早回家？你保證過到沃韋之後，我們就要討論羅絲的事情。討論去利摩日——」

「我們回家再討論。」她露出微笑，同時電梯開始往下降。「等到時機適當的時候。」

我瞪著她。「時機適當的時候？現在就很適當。我們人都來到這裡了。」

「親愛的——」她看了一眼行李員，那行李員正一臉不解的好奇，聽著我們用英語交談。

我沒理他。「我已經查出了這麼多事情，我們不能就這麼回家。」

「這事情不該由我們去做，夏洛特。應該由你父親去做。」

「為什麼？我自己就已經做得很好了，比——」

「這樣不得體，」我母親厲聲說。「你得回家，不准又到處亂跑。你父親會處理這事情。等我們回到家以後，我會拜託他的。」

以後。總是以後。我肚子裡的憤怒愈來愈漲大。「你保證過的。」

「我知道，但是——」

「媽媽，這件事對我很重要。」我碰觸她的手臂，想讓她明白。「不要放棄——」

「我沒放棄，親愛的。」

「但是你看起來就是放棄了。等到我們又回到美國，隔著一個大西洋，這件事對你會有多緊急？」我的嗓門大了起來。「原來你隨便跟我保證一下，只是為了要哄我離開？」

電梯發出叮一聲，門滑開。媽媽瞪著那個好奇的行李員，他只是拿起我們的行李，匆匆走向旅館櫃檯。

「怎麼樣？」我挑戰地說。

「這裡不是討論那種事情的地方。來吧，別再小題大作了，拜託。」她翩然走進忙碌的飯店大廳。

「小題大作？原來你是這樣認為？」我在她身後跺腳。

她轉身，緊張地朝我微笑。「拜託，夏洛特？你父親已經對你這麼不高興了。要是這事情再有任何耽誤，他也會對我不高興的，所以拜託別再鬧了，快點來吧。」

我瞪著她，沒動也沒說話。我美麗而自信的母親，咬著她塗得完美的嘴唇，擔心會惹我父親不高興。她不敢告訴他我溜到法國來，不敢告訴他我們已經晚了一星期。為了把我弄上那輛開往沃韋的火車，她什麼話都願意說，就像一個小女孩為了避免被打屁股而撒謊。如果她不如期帶著扁平肚皮的我回家，她就麻煩大了。

媽媽總是讓我覺得自己像個孩子。這會兒我看著她，覺得自己才像大人。

「你不打算去找羅絲了，對吧。」這不是個問句。

「因為羅絲死了！」她終於大聲說。「你明知道的，夏洛特！」

「有可能，甚至很可能。」雖然很生氣，不過我還是試著講道理。「但是這樣對我來說還不夠好，而且你保證過會讓我追查到底的。就算不為別的，也至少為了安心。」我暫停一下。「要是爸爸不肯再找人去查，你能不能誠實地告訴我，你會為了我而努力勸他嗎？」

她猛地吐出一口氣。「我要去櫃檯結帳了。你冷靜一點吧。」

然後她氣沖沖地邁著小碎步離開了，鞋跟喀噠響。我站在行李旁邊，覺得陌生又脆弱易碎得像玻璃。然後我望向大廳對面，看到了羅絲。當然，不是真的羅絲——只是個滿臉青春痘、悶悶不樂的女孩倚著大窗，等著她父母辦理退房——但是法國的陽光照得她金髮外頭環繞著一圈光，她的臉在陰影中，一時之間，我讓自己相信那就是羅絲。羅絲注視著我，微微搖頭。

你不是孩子了，夏麗，我想像她說著。也不是懦夫。

她向來都很勇敢。即使在她很怕孤單、很怕被拋棄的時候，比方在普羅旺斯小餐館的那一天，她也還是很勇敢。幾年前當她發現自己陷入像我現在這樣的困境時，一定嚇壞了，然而當她父母想幫她「安排」時，她沒有屈服。她生下了寶寶，然後獨力撫養，這樣的狀況一定讓她很害怕。

芬恩昨夜的聲音在我腦海裡迴盪。你想要什麼？

想要勇敢，我心想。

你知道那是什麼嗎？「小問題」問道。把它像方程式那樣予以分解。解出X。X等於勇敢。

我看著我母親關上她的皮包，回頭走向我。我覺得不舒服。我對嬰兒一無所知。他們好小又好無助，貪婪又易碎，而且把我嚇壞了。我肚裡這個就把我嚇壞了。我沒有準備，一點都沒有。

我母親來到我面前時，我深吸一口氣。「我不去沃韋了。」

「什麼？」她修過的眉毛抬高了。隔著她的肩頭，我曾短暫當成羅絲的那個青春痘女孩跟在她父母身後，打碎了我的幻覺。

「我不會去赴那個約診了。」我說。

「夏洛特，這事情我們已經商量過。都講好了。你答應要去——」

「不。」我聽到自己的聲音，彷彿是從另一個人口中發出來的。「我不會把它拿掉。我要留著它。」

你會以為做出這麼重大的一個決定後，隨之而來的是紓解或滌淨之感。但其實一丁點都沒

有。我覺得好想吐又好害怕。但我也好餓。事實上是餓壞了。然後我試探性地告訴「小問題」，

我會餵飽你的。

它似乎喜歡這個主意。培根，它說。

除了「小問題」之外，我大概應該幫它取個名字。

「夏洛特，我們都知道這是唯一的辦法，所以——」

「這不是唯一的辦法。」我從來沒有打斷過我母親說話，但現在我打斷她了。「這個辦法只是讓你們的麻煩減到最低而已。你們安排我去處理掉，這表示爸爸不必跟他的合夥人說任何尷尬的事情，你也不必跟你的橋牌聚會朋友交代。我知道你們是好意，但這不是唯一的辦法。我不必接受。」

她憤怒得臉色繃緊，聲音降低為一種惡毒的耳語。「那你要怎麼活下去，你這個忘恩負義的小淫婦？任何體面的男人都不會娶一個懷了私生子的姑娘。你打算怎麼應付？」

「我有錢，媽媽。是我以前賺的，不光是信託基金而已。我可以工作，我可以照顧自己。我不是沒有自立能力的。」我頑固地說，因為這是實話，該死，無論我腦袋裡有多少聲音在喃喃說著失敗、失敗、失敗。我算支票簿餘額的本事比我媽厲害，我搜尋羅絲的能力比我爸還強，而且或許我辜負了詹姆斯，但那不表示我做什麼都會失敗。「我不是沒有自立能力的。」

「是，你就是！你認為你要怎麼照顧一個寶寶？」

「我想我也只能學著了。」我有太多太多事情要學的，但只因為事情很可怕，並不表示我做

不到。「我對寶寶所知不多，但是我還有六個月可以搞清楚。而且我還知道另外一件事。我知道就在這裡，就是現在，我要繼續去找羅絲。」

我拿起我的行李箱。媽媽猛地伸出一手，抓住我的手腕。「要是你現在離開，就不要想再回家了。」

這句話像是狠狠踢了我一腳。但是我朝她昂起下巴說：「我以前在家的時候，你也從來沒注意到我。所以要是我以後再也不能回去，我也不認為有什麼差別。」

我想掙脫她的手，但是她抓得更緊。「夏洛特．聖克萊爾，除了火車站，你哪裡都別想去。你還未成年，我可以逼你——」現在她在大吼。我向來舉止合宜的母親，總是很在乎別人怎麼想，現在居然像個賣魚婦似地大吼。整個旅館大廳的人都瞪著我們瞧。我也吼回去。

「你剛剛才把我逐出家門了，媽媽。我哪裡都不會跟你去。」我又使勁拽，但是她緊握住我的手不放。

「不准你用那種口氣跟我說話！」

一個柔和、憤怒的聲音在我身後響起。是一個蘇格蘭男子的柔和、憤怒聲音。「有什麼麻煩嗎，小姐？」

「完全沒有，芬恩。」我又拽了一下手臂，這回掙脫了。我抬頭看著他，他肩膀揹著伊芙的包包，手裡拿著他的車鑰匙——他和伊芙一定是剛退房。「那輛拉貢達車上，還有我的位置嗎？」

他咧嘴笑了，拿起我的旅行箱。

我母輕瞪著他，把他的皺襯衫、捲起的袖子、下巴的深色鬍碴都看在眼裡。「你是——」她開口，但此時伊芙邁著沉重的腳步走過來。

「基督啊，芬恩，」她用慣有中午前刺耳的不耐聲音說。「看來你找到美國佬了。」

「她會上車，你不來就拉倒。」芬恩說。

「你是幫我工作的！」

「車子是我的。」

有個暖暖的東西在我肚子裡搏動著。我考慮過要搭火車去利摩日，但是想到可以回到那輛令人讚嘆的車——！我愛那輛車。它比我剛剛被趕出來的家更能撫慰我。我抬頭看著芬恩，喉頭哽咽說：「謝謝。」

「我就知道無論如何都甩不掉你。」伊芙說，令人驚訝的是，她的口氣是讚許多過煩躁。「美國人比藤壺還難刮掉。」

「這人是誰？」我母親勉強問出口。

伊芙看著她。這兩位真是天差地別：我時髦的、纖腰的母親，戴著她精緻的帽子和乾淨無瑕的手套；一身破爛的伊芙穿著她的舊洋裝，變形的雙手像龍蝦。伊芙昂頭用她那種蠻橫的猛禽目光注視著，看得我媽的目光動搖了。「你一定是她母親了，」伊芙終於說。「你們看起來一點也不像。」

「你竟敢——」

「伊芙，」我趕緊插話。「我要去找我表姊，而這一團亂裡頭，有一個你害怕的男人。我認為你應該查出他是死是活。我想你應該跟我一起走。」

我不知道自己為什麼這麼說。伊芙和她的心情以及她的手槍會把一切都搞得很複雜；沒了她，我的行動會更快。但是我今天逼自己要勇敢，無論我有多害怕，而我希望伊芙也勇敢起來——成為那個不退縮、滿口髒話的女人，願意對著當鋪老闆撒謊，好讓我順利典當掉珍珠項鍊；願意闖進一家瓷器店，要求那個恨她入骨的店主給她答案。我不希望伊芙又跑回英國，躲在漢普森街十號。不知怎地，她的格局似乎不止如此。

我一方面也是為了自己。我想知道在里爾被德軍佔領期間，伊芙發生了什麼事，不光是她的雙手，還有她的靈魂。

我想用一種有說服力的方式表達這一切，但是我想不出來。我只能說：「我希望聽你故事的其他部分。」

「那不是個美好的故事，」她說。「而且沒有結局。」

「那你現在就來寫下結局。」我雙手扶著後腰，挑戰地說。「你沒有準備好，但你不是懦夫。所以你怎麼說？要不要加入？」

「這兩個人是誰？夏洛特！」

我沒理會我母親。她已經不能再擺佈我的人生，完全出局了。不過伊芙還是看了她一眼。

「如果你老媽要去，那我就不加入了。她在我旁邊才三十秒，就已經比你煩人兩倍。要是跟她相處一天，我大概會朝她開槍。」

「她不會來。」我看著我媽，最後一抹憤怒與愛在我胸中糾結，我殘存的最後一絲衝動想要乖乖照她的話做。然後那種糾結和衝動消失了。「再見。」我大概應該再說些什麼，但是有什麼好說的？

我媽的目光從芬恩猛地轉到伊芙身上，然後又轉回去。「你不能就這樣坐上這位——這位——」

「芬恩．奇爾戈，」芬恩出乎意料地開了口。他伸出一手，然後我母親出自直覺就握了。「才剛從皇家本頓維爾監獄出來。」

她鬆開他的手，好像上頭長了刺，同時嘴唇微張。

「在你問之前，」芬恩用客氣的口吻補充。「攻擊罪。因為我把幾個很煩的美國人丟進泰晤士河。祝你一天愉快，夫人。」

他扛起我的行李，走向大門。伊芙點了一根香菸，轉身跟上，然後回頭。「你到底要不要聽我的故事，美國佬？」

我又看了我母親最後一眼。她只是瞪著我，好像不認識。「我愛你。」我說，然後走出飯店，來到繁忙的魯貝街道上。我覺得暈眩，想吐。又覺得鼓舞，陶醉。我的手掌汗溼，滿腦子都是旋轉的轟響。但是有一件事非常清楚。

「早餐，」當芬恩把頂篷掀開的拉貢達汽車開過來時，我開口了。我上車時，輕拍了一下車子的儀表板。「我們要去利摩日，但首先，我們先去吃一頓全魯貝所能找到最大份的早餐。這個寶寶要求我餵飽她。」

「是女孩？」伊芙問。

「她是這麼告訴我的。」

今天我學到了好多事情。往後還有更多要學的。

16

伊芙

一九一五年七月

再過十天，德國皇帝就會死掉。伊芙這麼告訴自己。

「快點！」莉莉催她，加快腳步朝山丘頂端爬。伊芙的頭髮黏著脖子，但是莉莉似乎不受暑熱的影響，只是拉高她的裙子大步往前走，帽子往後垂。「你走太慢了！」

伊芙把捆成一包的毯子抱在腋下，同時跨得更大步。莉莉對里爾周圍的鄉下瞭如指掌。「老天，不過難得一次可以白天來到這些山丘真是不錯，而不是在沒有月亮的黑夜，後頭還跟著一個全身破爛的飛行員！那裡，再過一座山丘——」

她忽然全力奔跑，直往上坡衝去。伊芙瞪大眼睛看著，渾身是汗，而且這才明白過去六個星期的食物欠缺對她的體力影響有多大，但是當她來到山丘頂，就又生出力氣了。天空清朗無雲，長滿草的山坡在陽光下閃著綠金兩色。她們才離開里爾幾哩，但彷彿是從一片烏雲下方走出來，擺脫了德文路牌和德國士兵。鄉下並非凡事美好。伊芙和莉莉經過的每個小農場也都會挨餓和無望，豬和奶油和蛋常常被各個單位徵收。但是來到這個矮丘上，她們可以暫時假裝那些盤旋的入侵者離開了。

而且要是英國皇家飛行隊盡責的話，說不定敵人很快就真的會離開了。她們站在丘頂，兩個人都雙臂交抱在胸前，朝下望著鐵軌一路朝德國延伸而去。再過十天，德國皇帝就會沿著那些鐵軌來到。再過十天，整個世界可能就會不一樣了。

「那裡，」莉莉往下朝鐵軌點個頭。「我一直在觀察那個地區，薇歐蕾和安唐也是。」安唐是個一臉貌似溫順的當地書店老闆，私下會幫莉莉偽造身分卡片和通行證。也是除了薇歐蕾之外，伊芙唯一認識的另一個愛莉絲情報網成員——介紹他們認識是有必要的，以防萬一她碰到緊急狀況，需要新的證件。「我們一致認為，這段鐵路是攻擊的最佳地點。」莉莉提起外裙，開始解下裡面的襯裙。「天曉得那些高官會不會採用我們的建議。」

「先鋪開毯－毯子吧，」伊芙提醒他。「別忘了，我們是來野餐的。」這是表面說法，要是任何德國偵查人員發現她們在這裡：瑪格麗特．勒法蘭索瓦和她的縫紉工朋友，帶著寒酸的三明治來到野外，享受這個美好天氣。但是當伊芙打開那張破舊毯子時，莉莉根本沒去碰三明治，而是拿出一根炭條，對著攤開的襯裙，以她自己的速記符號繪製這一帶的地圖。「要帶著寫了文字的紙張過關，是愈來愈難了，」她說，在極度的專注中帶著一絲慣有的欣喜。「不過那些衛兵不會曉得有多少情報可以寫在女人的襯裙上。」

「為什麼帶我來這裡？薇歐蕾比較熟悉這一帶，不是應該帶她來幫你編寫情報嗎？」

「她已經在幫了。但是你是第一個聽到德國皇帝要來訪的人，小雛菊。你有資格了解情況。」莉莉的手像蜂鳥般迅速起落，標注著地形、各種異常狀況、鐵軌、樹木。「之前我把情報交給愛德華舅舅的時候，他要求我帶你去。」

「我－我？」

「他想當面跟你談，看是不是還能從你的回憶中搾出更多細節。像這麼大的事情，他可不想冒任何險。我們兩天後動身。」

兩天後就會看到卡麥隆上尉了。這個想法本來應該令伊芙感到安慰，但她卻只有一種奇怪的感覺。他似乎在好遠的地方，就像在另一個世界。而比起記憶中他溫暖的雙眼，這樣一趟拜訪的種種協調安排要遠遠更令她心慌得多。「我不－不可能去福克斯通。我不敢請假。」

「我們不必跑去福克斯通。」莉莉冷靜地畫完地圖。「愛德華舅舅同意跟我們在邊界另一頭的布魯塞爾碰面。我們一天之內就可以回來了。」

「我講－講話這樣——在檢查站會被注意的。我會害－害你被抓的。」要是莉莉因為伊芙的大舌頭而被逮捕，她會用一把生鏽的剃刀把自己的舌頭割掉。

「我不在乎！」莉莉揉揉她的頭髮。「講話由我負責！我習慣花言巧語進出那些火車站。你只要睜大眼睛，擺出純真的表情就行了；一切包在我身上，絕對沒問題的。」

伊芙知道，莉莉是想讓氣氛輕鬆一點。她把繪製了地圖的襯裙重新穿上時，聊的那些開心話全都是刻意的。「你應該更小心一點，」伊芙說，收拾著野餐的東西。「別把這一切都當成玩笑，你會害自己被槍斃的。」

「呸。」莉莉揮了一下手，那手好瘦，在陽光下幾乎是透明的。「我知道有一天我會被逮住的，但是誰在乎啊？至少我應該為國效命。所以快一點，趁我們還有時間，去做點了不起的事情吧。」

「沒有多－多少時間了，」伊芙哀嘆道，跟著莉莉下了山丘。「再過兩天，我們就要去布魯塞爾了。我要怎麼請一天假呢？」

「看你能不能跟餐廳編個理由。」莉莉斜瞥她一眼，兩人沿著斜坡走向城裡的方向。「你那位野獸追求者怎麼樣了？」

伊芙不願意去想荷內．波得龍。自從他陪她走回家那一夜後，她就一直設法迴避他；在忘川裡，她會俐落地收走盤子、倒德國藥草烈酒、尖著耳朵傾聽。她甚至還針對德軍王牌飛行員瑪克斯．英麥曼編寫了一份情報——同時設法避免她雇主的目光。但是他讓她知道自己還在觀察她，等著回答。有時是無言地凝視著她的脖子，她還能感覺被他舌頭嚐過皮膚的那個位置。有時是在打烊後給她一杯喝剩的葡萄酒。這個世界真荒謬，陌生人杯子裡喝剩的幾口葡萄酒，對於一個吃不飽又絕望的年輕姑娘來說，就是一種求愛的方式了。「他還是不放棄。」伊芙說。

莉莉把一綹頭髮塞到耳後。「你有辦法拖延他嗎？」

「眼－眼前還可以。」

真的，以她現在過的這種生活，不就只有眼前嗎？再過兩天會見到卡麥隆上尉，再過十天德國皇帝會抵達，但這些都是模糊的未來。她只有過去和眼前，其他都不確定，其他都不真實。

那天晚上在忘川，談話似乎比平常更興奮，德國軍官們的喧鬧比平常更大聲，他們攬著的那些女人笑得比平常更開心。「妓女，」克麗絲汀低聲說，跟伊芙靠牆站著，等著隨時會有人豎起一根指頭召喚她們。「那邊那個是法蘭莎．彭索，穿著絲綢的新禮服，緊靠著那個隊長。你知道麵包師都會幫那些蕩婦特製麵包的。他在擀麵之前，會先在麵團裡面撒尿──」

「活該，」伊芙贊同道，但是她的胃裡翻騰。那位姑娘雖然微笑，但眼神焦慮，而且每回她的隊長轉身，就朝自己的手提包裡偷塞麵包捲。她要帶回去給家人吃，很可能不止一個，因此她得到被撒過尿的麵包和罵名。但是贊同克麗絲汀的意見比較安全，因為坦白說，大部分里爾人的想法都是如此。

然後荷內抬頭望著他的女侍們，雙眼映著燭光。去找克麗絲汀吧，伊芙心中乞求道。漂亮又金髮又笨得像根柱子；你為什麼不找克麗絲汀呢？但是他朝伊芙彎起手指，於是她上前倒餐後酒，荷內看著她從容的沉默、她手臂恰到好處的弧度，唇角讚許地揚起。

那天晚上的末尾，伊芙問其他侍者，「有誰可－可以送帳本上樓嗎？」但其他人只是笑了起來。

「這事情現在是你的職責了，瑪格麗特！要是你送上去，他心情就會比較好，而我們希望荷內先生心情好。」

他們偷笑著，於是伊芙明白大家都發現荷內的雙眼老是在看她。「你們都－都是豬。」她恨恨地說，然後踩著重重的步伐上樓。進入書房後，她行了個屈膝禮，把帳本遞過去時，他的手指輕拂過她的。

「你急著要走嗎，勒法蘭索瓦小姐？」荷內看著那些寫得整齊的帳目。

「不急，先生。」

他不慌不忙地翻看著帳本。這是炎熱的夏夜，他脫掉了外套，穿著雪白的襯衫坐在那裡，擦了髮油的頭髮和他的皮鞋一樣亮晶晶。袖釦上有她沒料到的色彩，寶石紅和金色。

「是新藝術的玻璃，」他說，觀察到她目光的方向。沒有什麼能逃過他的目光嗎？「仿照克林姆的風格。你聽說過克林姆嗎？我有幸在維也納看過他的一些畫作，在戰前。非常了不起的作品。有一幅叫《達妮葉》，希臘神話中，宙斯化作一片黃金雨，拜訪這個女人……克林姆描繪她被撒落在自己雙腿間的黃金喚起情慾。」

伊芙不想在這個房間裡討論任何喚起情慾的話題，無論是藝術或別的。「不，我沒－沒聽說過。」

「這是耽溺，」荷內解開袖釦，放在她的手上讓她細看。接著他把袖子往上捲，露出細瘦的前臂，皮膚蒼白而光滑，伊芙不想看，於是把那個小小的玻璃袖釦對著燭光，觀察裡面的色彩變化。「金邊的耽溺。人們認為這件作品淫穢，但是又怎樣？他們也認為波特萊爾很淫穢。」他說。

伊芙把那袖釦小心翼翼放在波特萊爾半身像旁邊，審視著那冷酷的大理石輪廓，很想知道波特萊爾的情婦是否鄙視他，就像伊芙鄙視荷內一樣。「我可以拜託你幫個忙嗎，先生？」

「幫忙？你勾起我的興趣了。」

「我後天晚上可以請假嗎？我之前答應一個朋友要陪她去看她舅舅，他住得有點遠。」完全是實話。對荷內，伊芙會盡量不要說出謊言。

「所以你想要一天不工作。」他斟酌著。「有很多人願意取代你的位置，你知道，而且她們會保證絕對不請假。」

「我知道，先生。」伊芙睜大眼睛懇求地望著他。「我希望你對我的表現夠－夠滿意，足以……」

他好一會兒沒說話，只是把帳本放在一旁。「很好，」他最後終於說，伊芙總算鬆了一口氣。「你可以請一天假。」

「謝謝——」

他打斷她。「現在很晚了，你帶了你的宵禁豁免證明嗎，或者又要我陪你走回家了？」他解開領帶。「或許我無論如何該送你回家。我很願意跟你進一步熟悉彼此，瑪格麗特。」

他直接喊她的名，或者是他以為的名，輕鬆地不再加上小姐。看著他把領帶完全解下，伊芙不認為他今天晚上還打算出門。所以任何進一步的熟悉，都會發生在這個房間裡。

因為我拜託他幫忙。

她想嚥下喉嚨的那個腫塊，於是緩緩嚥了，好讓他看到她的喉嚨在動。她的緊張會讓他高興。他把領帶扔在皮椅的扶手上。「你考慮過我前幾天晚上的提議嗎？」

伊芙沒裝傻。「你的提議讓我很驚訝，先生。」

「是嗎？」

「對一個有品味的男人來說，我不是適合的同－同伴。我只是個女侍，不漂亮，也沒有高－高－高尚的舉止，沒有什麼知識。所以沒錯，你的提議讓我非常驚訝。」

他從椅子上起身，不慌不忙地走到那張放著幾個水晶酒瓶的緞木小書桌前。他打開其中一只，在一個平底杯裡倒了兩吋蒼白、冒氣泡的液體。那液體閃爍如鑽石，然後他遞給伊芙。「喝喝看。」

她喝了，知道自己不能拒絕。那液體讓她喉嚨灼痛：熱辣的甜味，帶著微微的花香，非常烈。

「接骨木花的香甜酒。」他一邊手肘靠著烏黑的壁爐台。「我私下從一個格拉斯酒商那邊弄來的。很漂亮的鄉下，格拉斯——那裡的空氣聞起來就像這種香甜酒，帶著醉人的花香。這種酒很獨特，所以我的餐廳裡不提供。我給德國人喝的，就是白蘭地、德國藥草烈酒、香檳。獨特的酒要留給自己。你喜歡嗎？」

「喜歡。」除非必要，否則跟荷內撒任何謊都毫無意義。「如果你不－不－不想跟別人分享獨特的東西，那為什麼讓我喝呢？」

「因為你也很獨特。你有很好的品味，瑪格麗特——非常好的品味，我猜想，但是完全沒有

經過調教。就像伊甸園裡面的夏娃（Eve）。」❺

聽到他說出自己的真名，伊芙不懂自己怎麼有辦法忍著沒驚跳起來。但是她控制住了，又喝了點接骨木花烈酒。

「我向來欣賞有好品味又高雅的同伴，」他繼續說，「以前我比較偏好打磨好的產品，而不是粗糙的原料，但是里爾現在找不到什麼優雅的女人。我所認識的女人全都是飢餓又愛國的潑婦。要是我想要找個適合的同伴，我想我就得扮演希臘神話裡的皮格馬利翁，自己雕刻一個。」他伸出一根修長的手指，把一綹垂到額頭的頭髮撥上去。「我其實也沒想到自己會享受這個過程。所以你知道，你也讓我很驚訝。」

伊芙想不出任何回應。而他似乎並不期待她回答，只是指著她的杯子。「還要嗎？」

「好。」

他又倒了一大杯給她。他想把我灌醉，伊芙心想。十七歲的瑪格麗特酒量不會太好。喝個兩三杯，就會讓她乖乖聽話了。

伊芙看著她的杯子裡，看到了將會載著德國皇帝來到里爾的鐵軌。她看到了無精打采的德軍司令和他的軍官，喝著他們的藥草烈酒，圍在一起說著祕密。她看到自己第一次成功地把情報交出去那天，莉莉笑容滿面的臉，她甚至聽到了莉莉的聲音：這個行業真可惡。

或許吧，這會兒伊芙心想，就像她當時的回答。但是這種事總得有人做。我很擅長。所以為什麼不是由我來做？

她喝光杯裡的酒。等她放下酒杯，荷內站得離她很近。他身上有巴黎古龍水的氣味，淡雅又文明。她納悶現在他是不是會吻她，腦中瞬間閃過卡麥隆上尉，站在沙灘上望著她，教她如何把子彈裝入手槍裡。當荷內低下頭來，她把腦子裡的那一幕拋開。

不要躲。

他湊近她，沿著她的脖子吸氣，然後直起身，微微皺起臉。「或許洗個澡吧，你可以用我的浴室。」

她嘴唇刺麻，一時間不明白。然後她低頭看著自己的雙手，儘管她值班時很小心，但袖口還是濺了幾星白奶油醬汁和紅酒污漬，接著又發現自己身上有一股淡淡的汗臭味，那是她今天上午跟莉莉匆忙去鄉下一趟所留下的。*我身上有臭味*，伊芙心想，覺得羞辱得想哭。*我聞起來有汗臭味和廉價香皂味，在我破處之前，要先把自己洗乾淨。*

「裡頭有香皂。」荷內轉身，冷靜地鬆開自己的衣領。「我特別挑給你的。」

他在等著她感激。「謝謝。」她設法說出口，此時他指著身後的門。浴室就跟他的書房一樣，有那種可恨的豪華：黑白瓷磚，龐大的大理石浴缸，還有一面金邊鏡子。浴室裡擺著一塊沒用過的香皂，鈴蘭氣味，無疑是德軍突襲某個女人的浴室沒收來的，伊芙想起荷內說過這個氣味適合她。清淡、甜美、芬芳、年輕。

❺即為伊芙（Eve）。

莉莉曾建議她如何取悅男人，現在那些話全都湧入伊芙的腦海，一時之間她覺得自己就要吐出來了，但是她壓下去。注意什麼能取悅他，莉莉曾說。伊芙瞪著那塊香皂，明白了。清淡、甜美、芬芳、年輕。他就是希望她這樣，不光是氣味而已。他的細心周到，提供了現成的腳本。她在浴缸裡放了水，帶著報復性的浪費心態放得特別多，然後一陣顫抖地沉入熱水中。兩個多月來，她都只能用一條小小的舊毛巾在盥洗台前洗澡。熱氣和剛剛喝的兩杯接骨木花香甜酒讓她的腦袋暈眩。她可以永遠待在這片芳香的溫水裡，但是她還有工作要做。

最好趕緊做完。

伊芙把內衣和穿過的連身裙留在地板，而不是穿回她洗乾淨的身上。她用一條雪白的大毛巾裹住身體，望著鏡子中的自己，覺得不認得鏡中的那個女孩。她的顴骨突出，是她現在生活中食物配給不足的證明，但是不光是如此。臉部柔和的伊芙琳·嘉德納看起來從來沒有這麼冷酷無情。瑪格麗特·勒法蘭索瓦則一點都不冷酷，所以伊芙看著鏡子練習——嘴唇微張，顫抖的睫毛——直到表情完美。

「啊。」荷內看她出來便露出微笑，打量著她，從她光裸的腳到披散的栗褐色頭髮。「好多了。」

「謝謝，」她說。「我好幾個月沒有洗過這麼舒服的澡了。」感激。她知道自己一定要表達出來。

他一手伸入她潮溼的頭髮，抓了一把湊到鼻子。「好多了。」

他並不是不英俊，瘦削而高雅，身上的西裝換成了有圖案裝飾的灰藍絲質晨袍。他涼涼的手撫過伊芙的長髮，往下來到頸部，他手指長得幾乎可以圈住她的脖子。然後他吻她，輕鬆地張著嘴，非常熟練。從頭到尾他都睜著眼睛。

「你會留下來過夜，」他喃喃說，隔著毛巾撫過她臀部的線條。「我明天上午要跟霍夫曼司令見面，相當早——他打算在我們餐廳為他們的王牌飛行員瑪克斯・英麥曼開個慶祝會，想要跟我討論一下，現在這位飛行員要負責防守里爾的領空了。不過如果我有點休息不夠就去見司令，我也無所謂。」

就是這個了——伊芙待在這裡的原因。荷內夠放下戒心，給了她這個情報，英國皇家飛行隊當然會對這個情報有興趣。伊芙暗自記住，在恐懼和決心中，她的心跳減緩到一種平靜的速度。

荷內微笑往下看著她。「那麼，」他說，握住她胸前的毛巾。「讓我看看。」

解決掉這件事，伊芙恨恨地心想。因為你可以加以利用。啊，沒錯，你可以的。

她讓毛巾滑落，抬起臉接受他的下一個吻。如果有件事你就是非得去做，那麼怕不怕又有什麼差別呢？

第三部

17

夏麗

一九四七年五月

我們前往巴黎的路開了一半，我很驚訝我們居然沒開進水溝裡。這是五月，沿途的法國鄉間繁花盛開，但是芬恩或我都根本沒注意車外的景色，因為伊芙坐在後座，告訴我們關於當間諜的一切。

間諜。伊芙。間諜？我整個身子往後轉，張嘴呆看著她，就連芬恩都老是伸長脖子回頭看。

「你會撞爛這輛該死的車，」她刻薄地告訴他。「還有你，美國佬，早晚會有蒼蠅飛進你嘴裡。」

「繼續講吧，」我催她。我所知道關於間諜的一切，都是從電影看來的，從來沒把那些劇情當真，但是伊芙就在我眼前，或許她不符合好萊塢塑造的間諜形象，但是當她談到福克斯通和編製密碼和愛德華舅舅之時，那沙啞、不帶感情的嗓音裡有個什麼，讓我相信她講的每一個字。拉貢達汽車在法國的蜿蜒道路上奔馳前進，她持續說下去。一家叫「忘川」的餐廳。高雅的餐廳老闆。一行又一行波特萊爾的詩句。一個戴著圓框眼鏡、化名薇歐蕾的間諜同事——「瓷器店的那個女人！」我喊道，她輕蔑地看了我一眼。

「還真的瞞不過你啊，是吧？」

我咧嘴笑了，不在乎她的諷刺。我依然暈眩，不敢相信自己在那家旅館離開我母親，也拋開了約診和父母幫我安排好的整個人生。但是我吃了一頓超豐盛的早餐，有了填飽的肚子，我的惶恐不安就轉為一種冒險感。我跟一個前科犯和退休間諜在一輛車上，駛向無法預知的未來，如果這一連串數學變數加起來不等於冒險，我就不曉得什麼才是了。

伊芙斷續說著。戰時的里爾，物資短缺和各種徵用的狀況。荷內．波得龍這個名字不時出現。他是她的雇主，但從她聲音裡的恨意，我知道不止如此。

「荷內，」芬恩說，一隻手臂搭在椅背上，回頭看著伊芙。「你認為他還活著嗎？」

她不肯回答，只是咕噥著開始從她的扁酒瓶裡喝幾口。芬恩又問起她間諜工作的上司是誰，問她的情報網裡除了薇歐蕾之外，還有其他人嗎？她沉默了一會兒才說：「一兩個吧。」

我想再追問，想問得要命，但是我看到芬恩的眼色，於是跟他都閉嘴了。我們三個才剛嘗試著建立起一種新關係——伊芙在車上並不是因為我付錢給她；她是自己決定要來的，於是我再也沒有刺探的權利。此外，現在我知道她的真正過往，就對她多了幾分敬意，於是我憋住滿肚子問題。她又喝了一口酒，那兩隻龍蝦手笨拙地拿著扁酒瓶，我的冒險之感消退了。不管是什麼害得她兩手變成那樣，都是在她戰時擔任間諜期間發生的，完全就像我哥哥從塔瓦拉返鄉時缺了一腿，都是一種戰傷。他得到了一枚裝在盒子裡的紫心勳章，後來他轟掉自己的腦袋時，那個盒子就放在身旁。那伊芙呢？她內心裡留下了什麼樣的傷痕？

她在午後的太陽下變得迷糊起來，講話斷斷續續。句子講到一半就開始打鼾。「讓她睡吧，」芬恩說。「反正我得停下來加油。」

「我們離巴黎還有多遠？」之前我們一致贊成，在前往利摩日的途中，要在巴黎過一夜。

「幾個小時。」

「我們已經開了好幾個小時，巴黎沒那麼遠吧。」

芬恩咧嘴笑了。「我為了聽她描述怎麼解碼，轉錯了一個彎，現在我們正在開往蘭斯的半途中。」

❖

在一片珠光粉紅的暮色中，我們停在巴黎市郊一家死氣沉沉的旅館——憑我逐漸縮水的荷包，住不起林蔭大道的豪華飯店。但是不管荷包縮水與否，等到伊芙和芬恩住進那家聞起來像放了一天的馬賽魚湯的旅館後，我都得去買些東西。我沿著附近的一排商店逛了一小段路，看到了一家當鋪。只花了幾分鐘，我就找到了自己需要的東西。在返回旅館途中，我又經過了一家店。裡頭是賣二手衣的，我已經厭倦老是換穿同樣那三套衣服，而且睡覺時得穿著襯裙。

櫃檯後的那個女店員抬起頭：就是那種皺著嘴唇的嬌小法國女人，衣服的褶邊縫製完美，像隻時髦的小猴子。「小姐——」

「是夫人。」我放下皮包，好讓她看看我左手的結婚戒指。「我需要幾件衣服。」我告訴她我的預算，她抬起眼皮評估了一下我的尺寸，我試著不要去轉我剛剛從當鋪裡買來的那枚金戒指。戒指有點太大，「夫人」這個頭銜也太誇張。但是大戰才結束兩年，年輕寡婦很常見。雖然我決定留下「小問題」，但是我可不想因為自己是未婚媽媽而被唾棄。我知道該怎麼做：弄來一個結婚戒指，編出一個故事，有關一個小夥子死於戰爭（以我所碰到的，則是死於戰後），再加上幾個可信的細節予以潤飾。或許人們會露出懷疑的表情，但是他們不會說什麼，因為你有適當的道具：一枚二手結婚戒指，以及一個死去的丈夫。

唐諾，我進入試衣間時決定了。我不存在的亡夫就叫唐諾……麥高文。有一半蘇格蘭血統的美國人，深色頭髮。曾在巴頓將軍麾下的坦克部隊服役。唐諾是我一生的摯愛，不久前死於車禍。他老是開車開太快；我以前一再警告過他。如果我生的是男孩，將會繼承他的名字……

我想像羅絲對我皺起鼻子。「夏麗，你不會想要一個叫唐諾的兒子。真的！」

「你說得沒錯，」我告訴她。「但是反正我想我會生女兒。所以唐諾這個名字也無妨。」

「這名字聽起來好無趣！」

「不准侮辱我的唐諾！」

「夫人？」那個店員試探地說，於是我憋住笑，試了一套又一套二手衣。在這種種不切實際的想像之下，我擬出了一些模糊的計畫。我想著如果我找到羅絲，或許能找個地方住在一起。或許就在法國這裡，誰曉得？我有錢，有存款——憑什麼不能給自己買一個新開始，讓兩個戴著冒牌婚戒的冒牌夫人過著踏實的生活？我想到了那家普羅旺斯小餐館，那天我有羅絲相伴，度過了童年最快樂的一天。現在我們長大了，還能有像那樣的避風港嗎？

一家小餐館，我心想，不光是想著自己有多麼享受那個普羅旺斯的下午，也回憶起我在本寧頓短暫的咖啡店工作。服務顧客，店內陣陣可口的香氣，處理一大堆點菜單、在腦中算出找零數字的輕鬆愉快。開一家小餐館，就在法國這裡？我想著店內將會出售明信片，以及夾著柔軟山羊乳酪和雪花肉火腿的三明治，晚上會播放艾迪特·皮雅芙的唱片，把餐桌推到一旁讓大家跳舞。兩個經營的寡婦店主會和法國男人調情，但不時會哀悼地朝我們丈夫的遺照看上一眼。我得弄一些像樣的假照片來……

「很好，」那個店員說，看著我走出試衣間，朝我讚許地點著頭。我穿著黑色窄管長褲，上身的條紋線衫領口很高、但是下襬處短得幾乎要露出腹部。「『新面貌』不適合你，」她直率地指示我，翻著我試過的那疊衣服，只留下最窄的裙子、最緊的毛衣、腰部最小的長褲。「你之前穿得像迪奧，但是你的身材其實適合香奈兒。我認識她——她也是嬌小、膚色深、相貌平凡。」

「唔，謝謝。」我看著黯淡的店內，被惹火了。「我不太相信你認識香奈兒。」

「我戰前在她的工坊裡工作過！只要她回到巴黎，我還會回去工作，但是在她回來之前，我總得過日子。我們都要過日子，但是不能穿著醜衣服。」那個女店員瞪著眼睛，塗了亮光指甲油的一根指頭指著我。「別再穿有縐褶的衣服了！你買衣服時，一定要記住合身、條紋、樸素。別再把頭髮燙成波浪了，剪短到下巴——」

我看著鏡中的自己。長褲和線衫雖然是二手的，但是我整個人看起來相當光鮮，帶點男孩的帥氣。而且很舒服，沒有束腰或硬襯裙。那位店員把一頂小草帽歪戴在我頭上，形成一個俏皮的角度，我咧嘴笑了。我以前從來不曾自己挑衣服；媽媽總是指使我該穿什麼。但現在我是「夫人」了，是成年女人，不是無助的女孩，也該讓自己看起來有成熟的樣子。「多少錢？」

我們討價還價。我手上的錢有限，但是之前剛進店門時，我看到那店員雖然對我的「新面貌」嗤之以鼻，但是仍對我身上的旅行套裝充滿垂涎。「這是複製迪奧原版的，我旅館裡還有另外一套。如果你給我這條長褲、兩條裙子、那些線衫，還有那件黑洋裝的話，我最晚明天就把旅行套裝送來。」

「那件黑洋裝可以給你，但是你得保證要戴上珍珠、塗上非常紅的唇膏。」

「我現在沒有珍珠，不過唇膏沒問題。」

「成交。」

我帶著那一小包衣服，腳步輕盈地回到旅館，芬恩和伊芙正在旅館附設的小餐廳喝酒，我過去時，很開心看到芬恩的雙眉揚起。「很高興認識你，」我說，然後伸出手，展示我新買的婚戒。「我是唐諾．麥高文太太。」

「見鬼了。」伊芙說，喝了一大口像是純琴酒的馬丁尼調酒。

我拍拍肚皮。「弄個掩護的身分，這樣似乎比較務實。」

「唐諾．麥高文？」芬恩問。「他是誰？」

「深色頭髮，戽斗下巴，耶魯法學院，曾在坦克部隊服役。」我用一條想像的黑邊手帕按按眼角。「我畢生的摯愛。」

「不錯的開始，」伊芙評論道。「他喜歡把襪子摺下來還是捲上去？」

「呃。摺下來。」

「不能呃。他喜歡黑咖啡還是加鮮奶油？他有兄弟或姊妹嗎？他讀大學時踢足球嗎？細節，美國佬。」伊芙堅定地伸出一根手指。「就是各種小細節，才能讓一個掩護故事聽起來可信。幫你的唐諾編出傳記來，仔細記牢，直到你能倒背如流、完全不出錯。另外那個戒指隨時都要戴著，直到你手指上有個結婚很久的女人才有的小戒痕。人們看到年輕姑娘推著嬰兒車、自稱太太時，就會去觀察她們手上的戒痕。」

我咧嘴笑了。「是，夫人。我們可以吃晚餐了嗎？」

「可以，這一頓我請客。以前都是你出錢。」

這個小小的舉動，表明她人在這裡再也不是因為錢了——我覺得感動，不過知道最好不要說出來。「只要你讓我檢查帳單數字。」我說。「然後由你簽名。」

「都照你說的。」她拿起侍者剛送來的飲料帳單，推向我。「你是我們的銀行員。」

「一點也沒錯。」不知怎地，才短短一星期，錢的事情已經確實成了我的負責領域，即使我是在場最年輕的。每次碰到要跟旅館職員為了房間費用而討價還價時，芬恩和伊芙都會不假思索地朝我看；收據也會趕緊交到我手上，好讓我驗算一遍；多的硬幣和現金都交給我整理，因為他們兩個會亂塞進口袋，跟其他零錢、短鉛筆混在一起亂糟糟。「老實說，你們兩個，」我一邊在帳單上寫下數字，一邊責備他們。「伊芙的間諜技巧高超，而芬恩，你有辦法靠口水和鐵絲就讓那輛車發動，但是要讓你們兩個算小費，就非得耗上至少十分鐘，還得有本計算紙。」

「讓你算比較簡單，」芬恩說。「你是個小加法機。」

我又咧嘴笑了，想起那個倫敦銀行主管以為我太年輕又太蠢，不懂得如何處理自己的錢。而眼前，我在幫三個人管錢，這讓我好奇自己還能處理些什麼。

我轉動手指上那枚冒牌婚戒，想像自己坐在一個井井有條的收款櫃檯後頭，茶巾塞在我的窄管長褲裡，頭髮俐落地剪到下巴的長度。我想像一頭金色捲髮的羅絲穿著優雅的黑色洋裝，跟我一起經營那家店，爵士樂聲和兩個嬰兒的歡樂叫聲傳來——不再是「小問題」，而是「成長中的問題」，有著小小的肥腿、牙牙學講著法語和英語……

我想像著唐諾．麥高文太太和艾提安．傅尼葉太太，兩個人都過得不錯。非常不錯。

18

伊芙

一九一五年七月

伊芙從來沒見過莉莉這麼生氣。「專心，小雛菊！你的思緒跑到一千哩之外了。」

「我會專－專心的。」伊芙保證，但她唯一能想到的就是，疼痛。不是非常痛。荷內．波得龍已經小心些不要弄痛她。不是超級小心——在不會妨礙他自己樂趣的範圍內——但是沒錯，他的確是小心些。她流了點血，還好不是什麼了不起的疼痛。頂多就這樣了，伊芙被允許穿上衣服回家時心裡這麼想。再工作一晚，然後跟莉莉搭早上的火車到布魯塞爾見卡麥隆上尉，報告德國皇帝來訪里爾的情報。荷內的事情等那之後再來想。

但是次日晚上伊芙值完班，他又留下她，讓她很震驚。「我知道我應該多給你一些時間復元的，」他說，臉上帶著隱約的微笑。「但是你太誘人了。你介意嗎？」

「不介意。」伊芙說，因為她還能說什麼？於是有了第二次，事後她從床上起身穿衣服時，荷內看著她。

「我很期待你回來。」他說。在床上坐起身，超長的手指間夾著一邊膝蓋上的床單。「我－也－也──很期待，」伊芙回答，一邊注意著時鐘，快凌晨四點了。不到四個小時後，她就得去里爾車站跟莉莉會合。「但是我恐怕得－得走了。謝謝，」──絕對不要忘了感激──「謝謝你讓我休假一天，先生。」

他沒要求她改喊他荷內，即使他已經都喊她的名了。他只是微笑看著她穿上大衣。「你的話真少，瑪格麗特。大部分女人都像咯咯叫的母雞。『沉默的女郎，因為你逃離，我就更加愛你……』」

伊芙不必問這是誰的詩句。波特萊爾，她心想。總是該死的波特萊爾。然後不到四個小時後，跟莉莉會合時，她並不沉著、謹慎，也沒專注在眼前的任務，而是缺乏睡眠、一身荷內．波得龍的氣味。

而且疼痛。

她們匆匆趕往火車站，伊芙走路時留意不要顯露出痛苦。莉莉早晚都得知道，但不是現在，因為眼前她得專注在讓她們兩個人通過邊境檢查。而卡麥隆上尉則永遠不會知道。伊芙．嘉德納犧牲了自己的貞潔，可不想換來被送回英國的下場。她還會再回到荷內的床上，因為雖然只跟他過夜兩次，但她已經知道他在床上喜歡講話。他透露了德國飛行員瑪克斯．英麥曼的情報；還說了有關德國皇帝即將來訪的更多細節。啊沒錯，荷內在床上會講話，而伊芙打算傾聽。至於其他的……好吧，她會習慣的，就這樣。

「不妙。」莉莉咕噥著，伊芙這才發現自己又發呆了。專注，她責備自己，然後看到讓莉莉擔心的是什麼了。車站月台上擠滿了德國軍官、德國士兵、德國官員。伊芙手套裡的手掌開始冒汗。

「有人被抓了嗎？」她低聲問。愛莉絲情報網最怕的事情，就是莉莉的某個消息來源被逮捕，被迫說出自己知道的事情。他們全都很小心，盡量知道得愈少愈好，但是——

「不是，」莉莉低聲回答，伸著脖子仔細看著那些穿制服的人湧動。「是一些軍人和官員想拍某個將軍的馬屁，擺出盛大的歡迎陣仗。偏偏就是今天……」

她們努力朝檢查車票和身分卡的衛兵前進，但是太擠了，火車已經到站，正在嘶嘶冒著蒸汽，像一匹不耐煩的馬急著要往前衝，而因為月台上有那麼多高官，檢查口的衛兵更是一絲不苟。「等一下讓我負責說話，」莉莉說。她今天是乳酪小販薇薇安，戴著一頂平頂硬草帽，上身是舊蕾絲質料的高領口襯衫，同時她也準備好了故事：她會跟衛兵說話，同時伊芙滿手的包裹準備要手忙腳亂又掉地，這樣衛兵們就更有可能不耐地揮手讓她們過關。但是衛兵們仔細檢查任何沒穿德國制服的人，排隊的行列前進得很緩慢。我們不能錯過這班火車，伊芙心想，咬著嘴唇，直到莉莉終於走到行列的第一個。她正要伸手拿自己的身分卡時，一個德國口音用法語喊著：

「德貝提尼小姐！會是你嗎？」

隔著莉莉的肩膀，伊芙先看到那個德國人——唇上蓄著鬍髭，或許四十五歲，前梳的頭髮在額頭形成一個尖形。他身上閃爍著金色的軍階：沉重的肩章，兩排獎章，而且伊芙認得他：魯普雷希特：巴伐利亞王儲，德國第六軍團的總司令，也是德軍最優秀的將領之一。伊芙清楚記得，他三星期前來訪里爾，還曾在忘川用餐，當時他恭維荷內．波得龍餐廳裡的阿爾薩斯水果塔，以及德國空軍新的福克E單翼戰鬥機。而正在幫他倒白蘭地的伊芙，便記住他對這種戰鬥機的評論。

現在他在這裡，在德國隨從的包圍下大步走向她們兩個，他一手落在莉莉肩膀，同時大喊：「路易絲．德貝提尼，真的是你！」

那一瞬間，莉莉還是背對著他，一手已經從袋子裡半拿出乳酪小販薇薇安的身分卡——伊芙看到她的雙眼變得困惑。就那麼幾分之一秒，然後莉莉像個賭徒偷換掉一手必輸的牌，趕緊把薇薇安的卡片迅速塞回袋中。她轉身時肩膀挺直，原先薇薇安那種急於討好的傻笑轉為充滿智慧的微笑，然後她行了屈膝禮，伊芙也趕緊跟著照做。「王子殿下！你真會討好淑女，光從一頂難看帽子底下的後頸，就能認出我來！」

那位將軍吻了莉莉的手，他的將軍星徽和獎章閃閃發亮。「你不需要成堆的絲緞玫瑰，就非常搶眼了，小姐。」

莉莉（路易絲？）朝他露出酒渦，即使仍處於暈眩的震驚中，伊芙還是很驚嘆眼前這位愛莉絲情報網的領導人竟然能完全轉換自己。她現在的笑容充滿自信，下巴尊貴地昂起，然後指尖壓了一下，她頭上那平凡的平頂硬草帽就遮住一眼，那個帥氣的角度，就像她留在全法國各地那些大如馬車車輪、堆滿薄紗裝飾的華麗帽子一樣。她講話帶著純正法國貴族的口音——或許是沒落的貴族，但是那種宮廷的緩慢腔調清楚無疑，「我的運氣總是這麼好，竟然穿著去年的蕾絲襯衫晉見王儲！」她看了一眼自己的舊上衣。「愛爾薇拉公主要是知道了，準會拿來一再取笑我。」

「我堂親向來很喜歡你。還記得我們在她霍萊紹夫城堡的起居室裡下的那盤棋，那一夜——」

「沒錯！你贏了。從後頭包圍了我的騎士，硬把我的國王從城堡裡逼出來。我毫不驚訝你現在是第六軍團的總司令，王子殿下……」

接著兩人繼續聊，無論是將軍和他的隨從，或是莉莉，都沒人看伊芙一眼。伊芙抓著她滿手的包裹悄悄移到莉莉後方，像個女僕似的。她戴著一頂顏色黯淡的帽子，毫無莉莉的光彩，看起來無疑就像個僕人。然後她驚恐地看到，火車就要開動了。

「你在里爾做什麼，德貝提尼小姐？」將軍問道，對於火車和環繞的隨從毫不在意。他眼角露出皺紋，笑容慈祥。要不是他是德國皇帝手下最優秀的將領之一，伊芙大概會喜歡他。「這麼個令人沮喪的地方！」

是你們造成的，伊芙心想，任何喜歡他的可能性都瞬間消失了。

「我正要去比利時探望我哥哥。要是能趕緊通過這個關卡，天哪，我的火車離開了……」莉莉露出誇張的絕望表情，像個悲慘的女丑角，將軍立刻朝一名隨從厲聲開口。

「派一輛車給德貝提尼小姐和她的女僕。我的司機護送你們過去。」

「只要小姐帶了她的身分卡。」那位隨從說，伊芙僵住了。莉莉唯一帶的證件，就是一個想像出來的、名叫薇薇安的乳酪小販的，要是她被逮到身上有這些證件——

但是莉莉站在那裡笑，很輕鬆地翻著她的手提袋，「我帶了，就在這裡頭——」她拿出一條手帕、幾把鑰匙、一堆髮夾。「瑪格麗特，我的證件在你那邊嗎？」

然後伊芙知道怎麼做了：開始徒勞地打開她手上的每個包裹，像個愚笨的鄉下姑娘般搖著頭，同時將軍好笑地看著，他的隨從們則不安地挪動著兩腿重心。「王子殿下，」其中一個隨從低聲道，「司令正在等……」

「不需要證件了，我認識德貝提尼小姐，非常熟。」將軍面帶哀傷地吻了她的手。「是在比較和平的那些日子。」

「比較歡樂的日子。」莉莉贊同道，等到汽車開到火車站前，將軍協助她上車。伊芙的腦子幾乎一片空白，趕緊跟在後頭爬上去，還是滿手大包小包。那輛汽車的座位有厚厚的坐墊；昂貴皮革的氣味蓋過了機油。莉莉的手帕伸出車窗外朝將軍揮動，然後車門關上，載著她們平順地往前行駛。比狹窄的火車廂隔間要奢華太多了。

莉莉沒說話，她看了司機一眼，然後抱怨了一兩句天氣太熱，就像任何貴族淑女在夏天旅行時那樣。伊芙有一肚子話想問，但是她乖乖扮演淑女的女僕，只是低頭盯著自己的膝上。車子一路沉默駛入比利時。因為搭的是德國將軍的汽車——而且還是一位王儲——檢查站的士兵沒檢查，就揮手讓他們通過。雖然司機主動提出要送她們到目的地，但是莉莉露出迷人的微笑拒絕了，要求送她們到最接近的火車站即可。這裡比里爾火車站要小得多，只有一個月台，上頭有幾張長椅。

「狗屎，」莉莉說，兩人看著發亮的汽車沿著馬路消失了。「我不介意讓他直接送我們到布魯塞爾——老天，我真受不了搭火車——但是如果我把一名德國將軍的手下帶到愛德華舅舅的門前，大概有人會不高興，對吧？」

伊芙沒吭聲。她根本不曉得該從何問起。月台很熱又滿佈塵埃；四下幾乎是空的，只除了鐵軌對面有個老女人正在打瞌睡，而且遠得根本聽不到她們的交談。

莉莉走到最靠近的一張長凳坐下，把她的手提旅行袋放在旁邊。「好吧，小雛菊，」她鎮定地說，「你打算指控我當德國間諜，只因為第六軍團的將軍正好一眼就認出我嗎？」

「不。」伊芙羞愧地向自己承認，之前看到將軍初次露出微笑時，這個念頭曾短暫閃過她腦海，但是這會兒她搖搖頭。別的她或許不知道，但她知道莉莉絕對不是雙面諜。

「唔，那現在你知道我的真名了。」莉莉微笑，脫下手套。「我們這個情報網裡，知道的人很少。原先只有薇歐蕾和愛德華舅舅。」

薇歐蕾是忠誠的副手，要是伊芙敢透露莉莉的真實身分、害她可能遭到危險，薇歐蕾會殺了伊芙，而且死前會把她折磨得很慘。伊芙知道了這個祕密，思索了一下。「路易絲．德貝提尼。那麼，她是誰？」

「法國小貴族人家的女兒，她真的應該去當演員，因為她很喜歡扮演不同的身分。」莉莉拿出一條手帕，在上午的暑熱中擦掉額頭的汗。「但是親愛的，小貴族人家的女兒，是不能去當演員的。」

「那她們要當什麼？」

「如果家裡窮得要命，那就去當家庭教師，教那些好色的義大利勳爵或波蘭伯爵或奧地利公主生的小孩。」路易絲打了個寒噤。「告訴你，面對那一堆衰敗城堡或被廢皇族的後裔，與其把法文動詞硬灌輸到那些勢利眼小混蛋的腦子裡，我還寧可被槍斃。」

伊芙又試探著開口，謹慎但好奇極了。「那麼，路易絲・德貝提尼是怎麼會認識巴伐利亞王儲的？教他的子女？」

「是他的堂親，愛爾薇拉公主的子女。賤貨一個。臉長得像馬鈴薯，脾氣壞得像監獄警衛。她那些不愛開口的小孩笨得要命，還自以為擁有全世界。我當時的訓練後來很管用；家庭女教師有很多躲起來偷聽的練習機會。不過——」她嘆了口氣。「那種生活太乏味了。我會告訴自己，至少我沒在礦坑裡面拉煤，或在洗衣坊裡面每天工作十八個小時、還不小心手指被軋布機壓爛。但是當時我實在太厭倦那一切，最後只能做個選擇：要像安娜・卡列妮娜那樣跳下鐵軌被火車輾死，還是去當修女。我很認真考慮過要當修女，不過說真的，我實在太輕浮了。」

夏日蚊蟲的嗡嗡聲在周圍響起；烈日烘烤著她們，隔著軌道的那個老女人在長椅上發出鼾聲。

「總之，」莉莉最後說，「這就是路易絲・德貝提尼。但那其實不是真正的我，再也不是了。我已經變成了莉莉，而且我遠遠更喜歡她。」

「我能理解為什麼。」路易絲・德貝提尼聽起來相當尊貴而有點蠢，是個穿著蕾絲寬領、除了寫字漂亮而毫無技能的女人。一點都不像柔弱的小莉莉，眼神靈動、袋子底部的襯裡下頭裝著德軍的半數祕密。「我絕對不會說出去的，莉莉。對任何人都不會說。」

莉莉微笑。「我信任你，小雛菊。」

伊芙也微笑，這份信任讓她滿心溫暖。

「狗屎，」莉莉又嘆氣。「這列該死的火車，到底會不會來啊？」然後她們就再也不提這個話題了。

❖

這趟火車旅程很淒慘，但幸好很短暫，之前碰到將軍的激動心情緩緩退去後，伊芙又陷入了荷內和昨夜的愁思中。在前往會合地點的一路上，她沒費事去記那些街道，也不打算以後能夠辨認。她們來到一棟有褪色藍門的房子，很快就有人迎她們進門。

莉莉先進入愛德華舅舅的書房。伊芙在外頭的客廳裡等，一個瘦削的年輕助理看守她。莉莉出來後，朝她擠擠眼睛。「換你進去了，我要去找點白蘭地。」她湊在伊芙耳邊，免得被那助理聽到。「我們親愛的舅舅似乎很急著要見你。或許不光是為了公事而已——」

「莉莉！」伊芙用氣音說，看著那助理。

「要是你逮到我們的好上尉脫掉衣服或卸下戒心，問他為什麼要替他那個可惡的太太頂罪坐牢，」莉莉最後又低聲跟她交代。「我太想知道了！」於是伊芙耳朵發熱地進入書房。

「嘉德納小姐，」卡麥隆上尉站起來，伊芙突然停住腳步。她不曉得是因為聽到有人喊她的真姓——感覺上已經好久沒聽到，像是上輩子的事了——還是因為看到他。我都忘了他長什麼樣子了。她一直以為自己清楚記得他：英格蘭人的瘦臉，沙褐色的頭髮，尖端細瘦的雙手。但她其實忘了一些小事，比方他坐下來時、穿著長褲的雙腿在膝蓋處輕鬆交疊的習慣；比方他細瘦的雙手交扣、微笑一路傳到眼角的模樣。「請坐。」他說，伊芙這才意識到自己還站在門前。她坐在他書桌對面的直背椅上，慢條斯理地整理好自己的裙子。

「很高興能見到你，嘉德納小姐。」他又微笑，伊芙腦中閃過他們在膳宿旅舍會客室第一次交談的情景。那真的不過是兩個月前嗎？這兩個月發生太多事了。比方昨夜一雙涼涼的法國手探索著她肋骨的兩側、她手肘和手腕的柔軟凹陷、她的大腿內側，不，她不要想這些。不能在這裡。

卡麥隆上尉雙手的指尖交叉成帳篷狀放在桌上，這會兒看著她，雙眉之間出現一條皺痕。「你身體還好嗎？你看起來……」

「瘦了？我們在里爾吃－吃得不多。」

「不光是這樣，」他聲音裡面微微的蘇格蘭口音；她之前也忘了。「你應付得還好吧，嘉德納小姐？」

蜘蛛般的長手指緩緩滑過她的耳朵。「非常好。」

窄窄的嘴唇擦過她的肚臍周圍，吻著她手指之間的空隙。「我做了必－必－必——我做了必要的事情。」

「你確定嗎？」

「我的職責也包括評估我的人員，不光是接收他們的情報而已。」卡麥隆上尉雙眼之間的皺痕沒有消失。「你的工作很出色。愛莉絲．杜布瓦——怎麼了？」

「沒什麼，上尉。我喊她莉莉。我認－認識她那一天，她說『愛莉絲．杜布瓦』聽起來像個瘦巴巴、一臉古－古－古板的女教師。」

他笑了。「是的，她是會這麼說的。她剛剛還一直誇獎你。你有最頂級的表現，但是——」他的雙眼銳利。「——付出的代價可能很高。」

「對我來說不高。」接吻時睜著的雙眼還盯著、盯著、盯著。伊芙迎向卡麥隆的目光，設法讓膝上的雙手不要緊握。「我天生適合做這一行。」

卡麥隆上尉還是注視著她，把伊芙臉上的每個細節都看在眼裡。他今天沒穿制服，而是一套舊西裝，外套搭在椅背上，襯衫袖子捲起，露出細瘦的手腕——但是儘管他看起來像個大學教授，可千萬不能忘了他是個偵訊高手。他可以套出你的話，讓你不知不覺就說溜嘴。

於是伊芙露出開心的微笑，像個可以沉著面對任何事的開朗姑娘。「我以為我們是要談有關德國皇－皇－皇——」她一手握拳敲著膝蓋，想說出那個字，「皇帝的來訪，上尉？」

「你是第一個聽到這個消息的人。從最一開始告訴我吧。」

伊芙又重新說了一次細節，清楚而簡潔。他認真聽著，一邊寫筆記，不時眨一下眼睛。看到一個會眨眼睛的男人真好。

他往後靠坐，察看自己的筆記。「還有別的嗎？」

「德國皇帝的抵達時間才剛改過——會比原先計畫的晚一小時。」

「這是新消息。你從哪裡聽來的？」

「在侍－侍餐的時候。」從荷內，在他完事、但還在我裡面的時候。他喜歡待在裡頭一會兒，直到他的汗水冷卻，所以他就會開始……聊天。

卡麥隆上尉從她眼裡看出了什麼。「怎麼了，嘉德納小姐？」

伊芙很高興能又聽到有人喊她真名，尤其是從他嘴裡。她太喜歡了，但心知這不是個好主意。「你最好還是叫我瑪－瑪格麗特．勒法蘭索瓦，」她說。「比較安全。」

「很好。」接著繼續問有關德國皇帝來訪的問題——卡麥隆上尉從各種角度盤問，要求伊芙提供每個可能的細節。他找出了一兩件她沒想過的小事，然後似乎很滿意。「應該就這樣了，」他說著站起來。「你真的幫了很大的忙。」

「謝謝。」伊芙起身。「請告訴皇家飛行隊要擊中目標。叫他們把那列火車轟－轟炸成碎片。」

她口氣好強烈，點燃了他雙眼裡的火焰。「我贊成。」

她轉身要朝房門走去時，又聽到他微帶蘇格蘭的聲音響起。「要小心。」

「我很小心。」他手放在門把上。

「是嗎？莉莉很擔心。她擔心所有的連絡人，因為她有點像是母雞。但是她說你走的那條鋼索特別細。」

荷內瘦削的身體在黑暗中壓下來。「就像你說的，她是母雞。」

他的聲音更接近了。「伊芙——」

「別喊我那個名字。」她猛地轉身走向他，直到兩個人的臉離得很近。「那已經不再是我的名字了。我是瑪格麗特．勒法蘭索瓦。是你讓我成為瑪格麗特．勒法蘭索瓦。我再也不會是伊芙了，直到這場戰爭結束，或者直到我死掉。你明白了嗎？」

「任何人都沒有必要死。要小心——」

「別說了。」她想往前靠，想用自己的嘴封住他的。這樣他就不會再說話，而且她知道他的嘴唇會是溫暖的。你不能吻他。你會太喜歡。就像聽到他溫柔的聲音喊她的名字；那樣對瑪格麗特不利，也對她的工作不利。

她開始要後退，但卡麥隆上尉的手伸過來扶著她的腰。「這個工作非常辛苦，」他輕聲說。「我們所做的事情，你覺得很辛苦是正常的。如果你想跟我談——」

「我不想談。」她厲聲說。

「談一下可能對你有好處，伊芙。」

聽他又喊她的名字，她覺得受不了。她就是受不了。當然了，這就是為什麼他要這樣喊他——她向他展示了一個弱點，於是他加以利用，主管要看他的手下是否瀕臨崩潰。他的任務之一，就是評估她。伊芙昂起下巴，未經思考就決定不再跟他談下去，而是讓他大吃一驚。「如果你不讓我離開這個房間，卡麥隆，那就帶－帶我去一個不必談話的地方。」

她不曉得這些話是打哪裡來的。白痴，白痴！卡麥隆上尉瞪著她，顯然很驚訝，但他溫暖的手依然扶著她的腰。伊芙曉得自己該退開，但是她心中飢渴的那部分卻只想更湊近他，不去管任何後果。她想要跟這個男人躺下來，不必去篩檢、衡量、斟酌他的每個字句和每個反應。

但是卡麥隆後退了，無言地調整著他左手上的金戒指。

「你太太害－害你去坐牢，」伊芙直率地問。「我是這樣聽說的。」沒說出的話是，你到底欠了你太太什麼？

他大吃一驚。「誰告訴你——」

「艾倫登少校，在福克斯通的時候。犯下詐－詐－欺罪的明明是你太太，為什麼你要幫－幫－幫她頂罪？」伊芙難得讓卡麥隆處於守勢，於是她一直進逼。

「我想這應該不是祕密了，」他轉身，雙手放在一張椅背上。「我以為我可以讓她不必去坐牢。我太太——她一直很不快樂。她想要生小孩，想得不得了，但是卻沒辦法。每隔幾個星期，她就會覺得這回應該可以成功——然後每個月的失望會讓她做出奇奇怪怪的事情。偷東西，藉機大發脾氣。開除女僕，說她們在門外偷聽，但其實她們明明在屋裡的另一頭。然後她變得對錢很執迷，說是為了孩子的未來，但我們根本都還沒有孩子，她宣稱她的珍珠項鍊失竊，以便申請理賠……」他揉了揉額頭。「後來被抓到，她求我替她去服刑。總得有人去坐牢，而她說她太害怕了。我當時想救她。她那麼脆弱。」

她是個騙子，情願讓你為她的罪行接受懲罰，伊芙心想。即使這樣會毀掉你的事業和你的人生。但是這些話太狠心、太不厚道了，於是她沒說出來。

「她現在懷孕了，明年春天就會生產。」卡麥隆轉身。「終於盼到了孩子，她的情緒也穩定多了。她現在……比較快樂了。」

「那你呢？」

他搖頭，不太熱切地否認了，但是伊芙可以看穿他的心思。他疲倦又苦惱，她也是，而在這個充滿戰爭和鮮血的可怕地方，他們可能很快就都會死去。她走近他，心知這是個很糟糕的主意，但是無法停下，她太想了，好讓自己不去想荷內蜘蛛似的雙手和沒有高低起伏的聲音。我在這裡，她心想。佔有我吧。

卡麥隆握住她的手，舉到唇邊。騎士風範的哀傷姿勢，絕對不會佔一個淑女的便宜。伊芙差點要說自己已經不再純潔了，說荷內．波得龍已經先奪走了她的童貞。但是她不能告訴他。他可能會把她從里爾調走。他可能無論如何都會把她調走——要是她如願跟他上床的話。傻瓜，瑪格麗特的聲音在伊芙腦海裡響起。傻孩子，莉莉是怎麼告訴你的？他們都認為妓女不可信賴，而你現在卻要像個妓女似的投入他的懷抱？

他不會那樣看我的，伊芙心想，他的目光沒有那麼狹隘。

但是瑪格麗特比較小心。不要冒任何險。

伊芙往後退。她其實沒說什麼太露骨的話——她可以否認自己有任何親密的意圖，即使他們彼此都心裡明白。「對不起，愛德華舅舅，我們談完了嗎？」

「談完了，小姐。在里爾要照顧好自己。」

「我有莉莉照顧我，還有薇歐蕾。」

「瑪格麗特、莉莉，還有薇歐蕾。」他微笑，他眼中的憂慮幾乎是痛苦了。「我的花兒們。」

「惡之花。」伊芙不自覺脫口而出，然後打了個寒噤。

「什麼？」

「波特萊爾。我們不是那種要讓人採摘、保護的花，上尉。我們是在邪惡中盛開的花。」

19

夏麗

一九四七年五月

四杯馬丁尼調酒讓伊芙吃完晚飯立刻去睡覺，然而我依然焦躁不安。我累得沒辦法去散步——「小問題」喝光了我的精力，像在喝熱巧克力似的，真希望懷孕的這個部分能趕緊過去——但是不管累不累，我都還不打算回自己的房間。然後芬恩的椅子往後退離桌邊，把之前伊芙從魯格手槍裡退出來、交給他的幾顆子彈裝進口袋。「我還要去修一下車子。你過來幫我拿手電筒好嗎？」

我們吃晚餐時下過一陣雨，所以外頭的夏夜溫暖而帶著雨的氣息。柏油路在街燈下發出微光，路過汽車的溼輪胎發出嗖嗖聲。芬恩去翻找汽車的後行李廂，拿出一把手電筒和一個工具箱。「要拿穩。」他說，把手電筒遞給我，打開引擎蓋。

「老妞兒這回有什麼毛病了？」我問。

芬恩伸手到拉貢達車的機件內部。「某個地方有個舊的滲漏。我每隔幾天就會把各個地方擰緊一點，確保不會惡化。」

我踮著腳，把手電筒的光線對準，此時一群咯咯笑的法國女孩開車飛馳而過。「找出那個滲漏的地方修好，不是比較快嗎？」

「你希望我花時間把那個可惡的引擎拆了，然後再裝回去嗎？」

「不太希望。」儘管今天的車程很愉快，溫暖的陽光和新的同志情誼在我們三個之間交織，但我真的很急著要趕到利摩日。羅絲。愈接近她待過的最後一個地方，我就愈加希望她真的還活著，而且在等待我。一旦我跟羅絲重逢，我們就可以攜手對抗全世界，沒有什麼是我做不到的。

「拜託，」芬恩對著一個頑固的突耳螺帽或螺絲或隨便什麼咕噥著。他的蘇格蘭腔更重了，每次他試圖說服車子合作時，就會變成這樣。「生鏽的老婊子……」他拿著一把扳手轉著。「手電筒舉高一點，小姐——」

「芬恩，如果你還繼續喊我小姐，就會揭穿我的真正身分了。像伊芙那樣的間諜就會這麼說。」我輕敲手上的冒牌婚戒。「我是唐諾．麥高文太太，記得嗎？」

他把那個螺絲鬆開或旋緊或隨便什麼。「很棒的點子，那個戒指。」

「我需要一張唐諾的照片，」我沉吟道。「讓我可以雙眼含淚看著，說我的心已經跟著他一起埋葬了。」

「唐諾會希望你繼續自己的人生，」芬恩說。「你還年輕。他會叫你再婚的。」

「我不想結婚。我想找到羅絲，然後或許經營一家餐館。」

「餐館？」芬恩抬起頭看著我，一綹頭髮垂到他的眼睛前。「為什麼？」

「我這輩子最快樂的一天，是跟羅絲在一家法國餐館裡度過的。我想過，或許，如果我找到她……總之那是個想法。我得為自己的未來做些事情。」現在我有了「小問題」要顧慮，除了我媽那個在本寧頓把課業應付過去，直到你可以釣上一個不錯的年輕律師的舊計畫之外，我需要一個新計畫。奇怪的是，我不覺得自己未成形的計畫有那麼可怕。現在我可以做些我喜歡的事情，找份工作。在現實世界裡，主修數學的人能做什麼？我不想當老師，也沒資格當會計師，但是……「我可以經營一家小店，比方餐館。」我頗為試探性地說，想像著一排整齊有序的帳本，裡頭每一欄都是我寫得工整的數字。

「唐諾不會喜歡這樣的。」芬恩說，臉上一抹隱隱的笑意，放下他手上的小扳手。「他的遺孀，去端盤子、負責收錢找錢？」

「唐諾可能有點自命清高。」我承認。

「願上帝讓他的靈魂安息。」芬恩板著臉說。

短短幾天內的改變真大。他以前省話得要命，好像每講一個字就得交一元，但現在他還會開玩笑了。「你想要做什麼？」

「什麼意思，麥高文太太？」

「唔，你當然不會幫伊芙工作一輩子，做煎鍋早餐好治癒她的宿醉，每天晚上她睡覺前拿掉她手槍裡的子彈。」我嗅了嗅潮溼的夜間涼風——聞起來可能還會再下雨。對街兩個戴著皺帽子的老人經過，正要匆忙趕回家，他們焦慮地望著天空。「如果可以選擇做任何職業，你會做什麼？」

「大戰之前，我在一家修車廠工作。當時我總在想，或許有一天我會自己開家修車廠。修理顧客的車，自己也找舊車來修復……」芬恩弄完拉貢達車的內部，輕輕放下引擎蓋。「現在我不認為可以實現了。」

「為什麼？」

「我對經營的那部分不太在行。何況，現在有很多退伍軍人在找工作，想找銀行貸款的人更多。一個有本頓維爾監獄坐牢紀錄的退伍軍人，誰願意給你一份正派修車廠的工作，或是給你一筆創業貸款？」他就事論事地說。

「這就是為什麼你要跟伊芙和我逃去利摩日嗎？」我關掉手電筒，遞還給他。我們上方的路燈照下微弱而朦朧的光線，但是沒了手電筒明亮的光束，四下感覺似乎非常暗。「我我知道我為什麼要去，我也知道伊芙為什麼要去。但是你呢？」

「我反正也沒別的事情做。」他柔和的聲音帶著笑意。「此外，我喜歡你們兩個。」

我猶豫了。「你之前為什麼會進監獄？別說是因為你從邱園偷了一隻天鵝，或是偷走了王冠珠寶，」我繼續說，轉著我的冒牌婚戒。「真的——發生了什麼事？」

他被機油弄髒的雙手緩緩在一塊抹布上擦著。

「伊芙告訴我們她在一次大戰期間是間諜。我跟你說了我跟一個男生宿舍裡的半數人都上過床。你知道我們的祕密了。」

他把工具箱放回後行李廂。將抹布翻到乾淨的那一面，又開始擦拭汽車深藍擋泥板上的雨漬。隔著旅館正面大窗的玻璃，夜間門衛漫不經心地看著我們。

「我看到過一些糟糕的事情，」芬恩說。「在二次大戰的最後一年。」

然後他停下好久，久到我以為他不會再說下去了。

「我很容易發脾氣。」最後他終於說。

我微笑。「才不呢。你是我所認識最冷靜的人——」

他忽然一掌拍向擋泥板。我驚跳，停住口。

「我很容易發脾氣，」他又平穩地說了一次。「我剛退伍的那幾個月，過得並不好。我會出門，喝得爛醉，找人打架。最後我因此被逮捕。因為攻擊罪而在本頓維爾服刑。」

攻擊罪。好凶險的字眼。我看著芬恩，實在看不出來。「你是跟誰打架？」我輕聲問。

「不認識。那一夜之前從來沒見過。」

「你為什麼跟他打架？」

「我不記得了。當時我醉得厲害，憤怒地走在路上。」芬恩背靠著車，雙臂緊緊交抱在胸前。「他說了些話，誰曉得說什麼。我打他，一直打。最後我開始抓他的頭去撞一根門柱，旁邊六個人趕緊把我拉開。感謝老天，他們在我砸破他的腦殼之前拉開我。」

我沒吭聲。天上開始飄起細雨，非常輕柔。

「後來他總算好起來，」他說。「而我進了監獄。」

「之後你打過任何人嗎？」我問，只是沒話找話講。

他雙眼直瞪著前方，但眼神空洞。「沒有。」

「或許問題不是出在你的脾氣。」

他短促地笑了一聲。「我把一個人打得稀巴爛——打斷了他的鼻梁和下巴，外加眼窩和四根指頭——結果問題不是出在我的脾氣？」

「你戰前有這樣打過人嗎？」

「沒有。」

「那麼或許發脾氣不是你的本性，而是因為戰爭。」或者該說，是因為他在戰場上所看到的。我很好奇他看過了什麼，但是沒問。

「這個藉口好爛，夏麗。戰場上歸來的軍人很多，並不是每個人都進了監獄。」

「有些人去坐牢，有些人回去工作，有些人是自殺。」我痛苦地想到我哥哥。「每個人都不一樣。」

「你應該進去了，」芬恩突然說。「免得你淋得滿身澹糊糊。」

「我是美國人。我不懂你講那什麼意思。」

「免得你全身淋得溼透。對寶寶不好，麥高文太太。」

我沒理他，依然在他旁邊倚著拉貢達車。「伊芙知道嗎？」

「知道。」

「那她怎麼說。」

「『我對有蘇格蘭口音和坐牢紀錄的英俊男人特別心軟，所以我就讓你試試看吧。』然後她就再也沒提過。」他搖搖頭，頭髮又落到眼睛前方。「她不是那種喜歡批判別人的人。」

「我也是。」

「你還是不該跟我這樣的爛人混在一起。」

「芬恩，我以前是乖女生，現在是未婚準媽媽。伊芙以前是間諜，現在是酒鬼。你是前科犯，現在是汽車技工兼司機兼英式早餐廚師。你知道我們為什麼都不喜歡批判別人嗎？」我往旁邊撞撞他的肩膀，直到他終於看著我。「因為我們任何一個人，都他媽的沒有資格去瞧不起別人的過錯。」

他往下看著我，眼角帶著那種看不見的微笑。

我雙手伸到後頭，往上坐在拉貢達車長長的引擎蓋上。於是當他轉身來面對我時，我幾乎跟他一樣高，我身子往前，小心地、輕柔地吻上他的嘴。他的雙唇柔軟，下巴粗糙，就像我第一次試著吻他時那樣。而且就像第一次那樣，他雙手往上扶著我的腰——但這回，在他有機會抽身之前，我自己就結束了這個吻。要是他又推開我，我不認為自己受得了。

但是他沒有把我推開。他低下頭，又吻住我的唇，流連不去。他站在車緣，又大又暖的雙手扶在我兩邊腰側，把我拉得更近。我雙手渴望地滑入他的亂髮中，他的雙手則溜進我剛買的短線衫下緣。接著他的手沒有急忙往上，只是繼續吻我，同時指背非常緩慢地上下撫著我腰側的皮膚。等到他往後抽身時，我已經全身顫抖。

「我把機油沾到你身上了，」他說，看著他沾了油污的雙手。「對不起，小妞。」

「可以洗掉的。」我勉強開口。我不想把他從我身上洗掉，無論是他的氣息或他的滋味或他的機油。我想要繼續吻他，但這是一條公共街道，而且細雨很快就會轉成大雨了，於是我滑下車子，我們轉身慢吞吞走進旅館。來我房間吧，我想說，來跟我一起——但是那名夜間門衛非常法國式地看了我們一眼，面無表情但雙眼會意。「晚安，奇爾戈先生，」他向芬恩打招呼，然後雙眼迅速看了一下旅館登記本上我們的簽名。「麥高文太太。」

「好極了，」我咕噥著，腳步沉重地回到我孤單的房間。「我不光是毀掉夏麗．聖克萊爾的名聲，還正式毀掉唐諾．麥高文太太的名聲了。」我的唐諾會很震驚的。

20

伊芙

一九一五年七月

伊芙剛回來上班後不久，荷內就頗為炫耀地送了她一個禮物，是一件絲袍。瑰紅色，薄得可以穿過一枚戒指——但不是新的。絲袍聞起來有淡淡的女人香水味，想必曾有某個女人看著它在德軍的徵用突襲行動中被沒收，結果現在穿在伊芙身上。

她想像德國皇帝搭的火車被炸成碎片，讓那畫面帶來愉悅，讓那愉悅顯露在臉上，同時自己的臉頰貼著絲袍摩擦。「謝謝，先生。」

「很適合你。」他往後靠坐，顯然很高興她穿著適合環境的服裝。對於他這種審美上的堅持，伊芙暗自覺得好笑。此時他們在他闊氣的書房裡；他如常穿著他那些華麗的晨袍之一，等著伊芙在漫長晚班後去浴室洗去身上沾染的任何食物氣味。現在她穿著絲袍走進書房，而不是裹著毛巾或穿著上班的黑色連身裙，再也不礙眼了。

「我在想，要帶你去別的地方度假。」他拔掉那瓶接骨木花香甜酒的瓶塞，跟往常一樣，倒了稀少的分量給自己，然後大方的分量給瑪格麗特，好讓她腦袋暈眩。「我不喜歡匆忙的夜間約會。我本來就計畫不久之後要去利摩日待兩天，可能會帶你一起去。」

伊芙啜著酒。「為什麼去利摩日？」

「里爾太乏味了。」他皺了一下臉。「沿著一條沒有德文路名的街道漫步，應該很舒服。而且我考慮要再開一家餐廳，有可能就在利摩日。我會花一個週末的時間，去看看幾個適當的地點。」

跟荷內．波得龍共度過一個週末。讓伊芙不寒而慄的並不是那些夜晚，而是白天。漫長的晚餐，一起喝茶，午後和他並肩漫步，必須篩選他講的每個字，留心他的每個反應。在她躺上床、跟他單獨在一起之前，一定早就筋疲力盡了。

下了半盤西洋棋、喝了兩杯芳香的接骨木花香甜酒之後，他們去臥室。在那裡辦完事之後，又經過了一段適當的休息時間，伊芙穿回工作服，準備要回家。荷內看著她穿衣服，輕輕嘖了一聲。「床單還沒變冷就急著要離開，」他說。「太不文明了。」

「我不希－希望被人講話，先生。」更別說伊芙不敢在他面前打瞌睡。要是她睡著時不小心說了德語或英語，或是其他無法辯解的事情呢？她連想都不敢想。如果你跟他在利摩日過夜，就非想不可了。「要是我夜裡不回家，城裡會有人議論的。」她說，穿上長襪。「麵－麵包師會在麵團裡撒尿，賣給那些……跟德國人來往的女人。」

荷內一臉好笑的表情。「親愛的，我不是德國人。」

你是妓女。一個為了個人利益而背叛自己同胞的法國叛徒——里爾的居民痛恨德國，但是對荷內．波得龍這樣的人則更是強烈厭惡。等到德國人輸了這場戰爭，你會是第一個被吊死在燈柱上的人。「我還是會被瞧－瞧－不起。」伊芙避免正面回答，「被威脅。」

荷內聳聳肩。「如果有任何人威脅你，告訴我名字。他們會被德國人抓起來，然後被罰鉅款，或是去坐牢，說不定更糟糕。德國司令很想消除居民間的紛爭，一定會幫我的。」只要說句悄悄話，就能讓某個人被抓去坐牢、或罰款到餓死，這個想法似乎完全不會困擾荷內。伊芙幾度聽到他在晚餐後喝白蘭地時，跟德國軍官說了名字：得罪他的人，囤積徵用物資的人，公開反對入侵者的人。但是聽到他這麼不當回事說出來……她好奇地審視他的表情，發現他真的沒有絲毫的良心不安。

「你真的還是那麼害羞嗎，寶貝？」他歪著頭。「害羞得不願意讓人知道你現在是我的？」

「我只是不想吃到撒－撒了尿的麵包。」伊芙低聲說，好像難堪極了。真的，那樣太恐怖了。

聽了她的實話，荷內的表情似乎不確定要笑還是皺眉。讓伊芙鬆了口氣的是，他決定笑了。「總有一天，瑪格麗特，我會教會你不要在乎別人想什麼。那種感覺很自由，不要管別人的意見，只在乎自己的想法。」他裸體時看起來還是很高雅，襯著床單的皮膚蒼白而光滑。「利摩日，不久之後我會帶你一起去。如果你想要的話，可以跟同事編個故事，說你姨媽病了什麼的。我對外可以假裝很不高興。」

「謝謝，先生。」但是伊芙根本不想跟他去利摩日。如果一切順利的話，再過兩天，德國皇帝就會死掉，世界就會翻新了。

沒那麼容易的，她告訴自己。戰爭是個龐大的機器；不會因為一個人死掉就忽然停止，即使這個人是國王。但是即使戰爭沒結束，整個世界也會大不相同。在新的世界裡，荷內・波得龍一定會忙著評估他的盟友和敵人，不會悠閒地跑去利摩日度週末。

在德國皇帝抵達之前，白天的時間慢得像冰河似的，而夜裡在荷內乾淨無瑕的床上，時間就過得更慢了，即使她在這張床上得知了一些有關當地機場的有趣事實和數字，愛德華舅舅應該會有興趣。最後終於等到那一天黎明，一大清早就已經又熱又溼黏，三名「惡之花」沉默地碰面。伊芙看到莉莉靈動的雙眼和薇歐蕾警戒的目光中都有同樣的表情：一種難以壓抑的、強烈的希望。她們一言不發，匆忙離開市區，走向那片長滿青草的丘陵。「我們不該去看那列火車的，」薇歐蕾說。

「閉嘴啦，」莉莉說。「要是叫我乖乖待在屋裡聽著天上的飛機，我一定會瘋掉。何況，我得等到有結果，才能寫報告給愛德華舅舅，所以我也沒有別的事情可以做。」

「這不是好主意，」薇歐蕾咕噥著，但是沒有人回頭。她們經過當地被蹂躪過的幾個小農場，然後三個人在一片長長的矮丘停下休息，俯瞰著遠處的鐵軌。上回莉莉和伊芙為了這次攻擊而偵察地形時，已經來過這片山丘。薇歐蕾無言地咬著一根草；伊芙伸展自己的手指。莉莉像在參加派對似的聊了起來：「我上回經過圖爾奈時，買了一頂超級可怕的帽子。上頭有藍緞玫瑰和黑點面紗；我把帽子留在火車上了，大概到現在還在那裡。任何有點自尊心的拉客妓女都不會偷走那一堆藍緞——」

「莉莉，」伊芙說，「閉嘴。」

「謝謝你。」薇歐蕾說，說了兩個小時以來的第一句話。她們往下看著鐵軌，彷彿只要專注看著，就能讓那些鐵軌爆炸。太陽升得愈來愈高。

結果證明莉莉的眼睛最尖。「那是不是……」

一小抹煙霧。一列火車。

火車不慌不忙地進入視野，遠得聽不到輪子輾過鐵軌或蒸汽冒出的聲音。遠得看不到細節……但是根據伊芙的情報，就是這列火車了。上頭載著微服出巡的德國威廉皇帝，正往前線接近。

伊芙往上看。藍色的天空一片空蕩。

莉莉伸出一隻小手抓住伊芙放在草地上的手，抓得好緊。「操你媽的，」她說，雙眼看著天空。「皇家飛行隊的畜生……」

火車逐漸駛近。莉莉緊握的手像把鉗子。伊芙另一邊的手去抓薇歐蕾的，握得同樣用力。薇歐蕾也緊緊回握。

當伊芙聽到飛機的低沉嗡響時，她以為自己心跳要停止了。一時之間只是個嗡嗡聲，像一群蜜蜂，然後她看到了，兩架飛機排成像鷹隼的陣列。她不曉得那是單翼飛機還是雙翼飛機；她對航空一無所知，每回在餐桌旁聽到那些德國軍官邊吃甜點邊說些無意義的技術性辭彙時，她都只會死背起來。但是眼前這兩架飛機好美，她猛吸一口氣。莉莉咕噥著一些詛咒，但是聽起來像是禱詞，薇歐蕾則整個人呆若木雞。

「你知道，」伊芙不覺間緊張地開口，「我根本不知道飛機要怎麼擊中目標。他們就只是把炸彈扔出飛機外嗎？」

這回輪到莉莉說：「閉嘴。」

列車繼續行駛。兩架飛機在藍色天空畫出白線。拜託。她們全都想著。拜託，轟炸吧。現在就結束一切，在這個有青草和鳥叫聲的溫暖夏日。

她們離得太遠，無法看到落下任何炸彈，或是子彈，或是隨便什麼。她們將只會看到爆炸、火、煙。那兩架飛機像懶懶的鳥在火車上方飛著，快點，伊芙心想。

但是沒有爆炸。

沒有煙。沒有火。沒有破壞的火車搖搖晃晃地脫離軌道。

載著德國皇帝的火車平穩地駛向里爾。

「他們失敗了，」伊芙木然地說。「他們失－失敗了。」

薇歐蕾憤怒而茫然地說：「或者炸彈有問題。」

再飛回來吧，伊芙心中狂吼。再試一次！但是那兩架飛機消失了，不是驕傲的雄鷹，而是失敗、拖著尾巴逃走的麻雀。為什麼？

誰在乎為什麼？德國皇帝還活著。他會巡視前線；看看他戰壕裡的士兵；或許他會走過里爾市區，看著改用柏林時間的時鐘、重新命名且釘上德文路牌的林蔭大道而點頭稱許。除非他去忘川吃晚餐，讓伊芙有機會將牛排刀插入他後頸，或是在他的巧克力慕斯裡面放老鼠藥，否則他將會好好活著回到德國，讓戰爭機器繼續運作，輕鬆得就像他搭著毫髮無損的火車穿過鄉間一般。

「這樣也好，」薇歐蕾站起來，聲音沙啞得彷彿喉嚨裝滿碎石。「要是德國皇帝死在里爾，會讓所有德國人的注意力都集中在這裡。我們可能就全都會被抓起來了。」

「而且戰－戰爭也不太可能就立刻結束。」伊芙跟著氣弱地說。「他死了，也不會改變太－太－太－太——」她說不下去了，也不想努力。她只是起身像機器似地拍拍裙子。

莉莉沒動。她瞪著遠處的火車，一臉蒼老。

薇歐蕾低頭看，眼鏡反射著光。「起來吧，莉莉。」

「那些該死的——」莉莉搖頭。「啊，你們這些混蛋。」

「親愛的，拜託。起來吧。」

莉莉起身，低頭看了一會兒，踢著草，等到她抬起下巴時，又是滿臉微笑。冷冷地，淡淡地，但的確是在笑。「兩位天使，我不曉得你們怎麼想，但是我今天晚上想要大醉一場。」

但是伊芙無法跟她們分享莉莉所能弄到手的劣質白蘭地或威士忌了。我今天夜裡要陪荷內，她心想。還有明天夜裡。而且不久之後，要是他帶我去利摩日，我就得陪他兩天兩夜了。

每個夜晚都是同一套規律。放洗澡水，清靜大約十分鐘後，絲袍沙沙在她潮溼的皮膚上滑動，接著喝一大杯接骨木花香甜酒。伊芙喝著時，荷內就放一張唱片，同時或許告訴她有關正在聽的這首德布西作品，有關印象派如何用音樂表現，以及其他印象派藝術家、文學作者、音樂家有哪些。這是簡單的部分。伊芙只要讚賞地傾聽就好。

然後那個時刻到來，荷內拿走她手上的杯子，把她拉進隔壁的臥室。接下來的一切就變得很困難了。

他的吻漫長而緩慢，而且眼睛都睜著。他的雙眼從頭到尾都睜著，眨也不眨，打量、觀察著她呼吸中最小的喘息或暫停。他從容解開伊芙身上的瑰紅色絲袍，不慌不忙地讓她躺在他純白的床單上，接著脫下自己的晨袍，緩緩地伏在她身上。

伊芙非常、非常希望他迅速得到他的愉悅，然後翻身離開她上方。那樣就容易多了。

「我以前從來沒訓練過處女，」第一次之後他說道。「通常我重視專業勝於純潔。我們得看看你學得有多快。我不期待前幾次我能取悅你——對女人來說就是這樣，我覺得很不公平。」

荷內喜歡探索伊芙的每個部分，遍及她身體的每個縫隙和角落，他的舌頭逗留在她耳後、她膝蓋凹陷處的時間，跟其他比較可以預料的地方一樣久。他把整個過程拖得漫長無盡，樂於玩上好幾個小時，還會抓著她的手去探索他自己蒼白無瑕的皮膚。他會把她翻過來，擺成某些姿勢和位置，然後探索她，且從頭到尾都在觀察並了解。

「每回我讓你驚訝的時候，你的眼睛會稍微睜大一點，」他有一晚觀察道。「像一隻母鹿——」然後他轉向她的乳房，用他的牙齒探索，突然帶了點熟練的粗暴。「就像這樣。」他說，大拇指拂過她的睫毛。這是伊芙從來沒想到過的；原來除了剝除衣服之外，光裸皮膚相貼的親密會再多揭開一層東西；原來這是人們了解彼此的另一種方式。我不希望他了解我，她拚命祈禱。她的工作仰賴的就是他不了解她，然而每一夜，他都對她認識得更多。

「跟那些最了解我們的人撒謊，是最困難的。」卡麥隆上尉在福克斯通時曾這麼說。伊芙趕緊把那個想法拋開，她在荷內床上度過的夜晚，絕對不讓有關卡麥隆的任何思緒靠近自己，但是那種恐懼持續著。要是荷內了解她夠深，那她還有辦法繼續愚弄他嗎？

有的，她堅定地想。那就表示撒謊要更多、更好，但是你辦得到。而且記住：你也在了解他。

一夜接一夜，伊芙明白了荷內每一根肌肉的抽動，雙眼裡的每一種亮光。現在這個穿著一身完美西裝的男人比較容易解讀了，因為伊芙現在知道底下那些光裸的肌肉是如何移動的。

一等到他玩她玩夠了，兩人的結合就很快。他比較喜歡從後面或上面來，一隻手纏在她頭髮裡，將她的臉固定在微微後傾的位置，以便看到她的每一個反應。他喜歡她也看著他——「眼睛睜開，寶貝。」他常常這樣命令她，同時自己的動作毫不中斷。等到他終於結束自己的歡愉，他就緩緩放低身子，墊著她的身體，在兩人汗水冷卻之時，他又重拾之前在書房的話題，有關德布希或克林姆或普羅旺斯葡萄酒。

今晚，話題是有關德國皇帝。

「我聽說他對這次巡視很滿意。那個機場得到了他的認可，不過這讓人不禁好奇他對那些戰壕有什麼想法。聽說那些戰壕非常可怕。」

「你見－見－見到他了嗎？」伊芙躺著不動，放在枕頭上的手和荷內十指交扣，她的雙腿環繞著他細瘦的大腿。在這些時刻，他處於最沒有戒心的狀態。「我希－希望他能到忘川來……」儘管她仍擺出一臉純真，但是荷內察覺到她的一絲情緒。「好讓你可以在他的馬鈴薯濃湯裡吐口水？」

伊芙不當回事，沒有撒謊。他們皮膚緊貼著躺著時，就算有辦法，她也從不撒謊。皮膚緊貼時，思緒就會傳遞得更快。「我不會在他的湯裡吐口水，」她坦白地說。「不過我考－考－考慮過。」

荷內大笑著翻身。他的皮膚滑離她上方，伊芙忍住了慣有的顫抖。「聽說他雖然是皇帝，但其實很粗俗。不過，我還是希望他能到餐廳來。能接待一個皇帝，會是餐廳的一大成就。」

伊芙把床單拉起來蓋住自己。「巡視過里爾後，他有下－下－下令要做任何改變嗎？」

「有的，說來有趣……」

然後荷內告訴了她。

「你這個情報太棒了，」莉莉下次來訪時這麼說，那是在德國皇帝離開幾天後。她到的時候，伊芙正坐在那裡梳頭髮，準備著晚上的值班，同時莉莉抄寫著最新的報告。她舉起那張蓪草紙，一半不屑、一半好笑地搖著頭。「那個德國司令真的就在吃甜點、喝白蘭地的時候，當著大家的面說新的大砲有什麼改善?」

「不。」伊芙的雙眼看盥洗台上那面搖晃不穩的鏡子。「是荷內．波得龍私下跟我說的，在床上。」

她可以感覺到莉莉盯著她的背部。

伊芙說的時候盡可能不帶感情，但是第一個難關就沒能跨過去。「就在我們去見愛德華舅舅之前，我成了荷內的……」什麼?情婦?荷內只是雇用她，但是沒有包養她。妓女?除了女侍的薪資外，他沒付錢給她，唯一額外給的只有接骨木花香甜酒，以及一件只能在他書房穿的絲袍。情人?他們之間根本沒有愛情。

但是莉莉不需要她把句子講完。「可憐的孩子，」她說，然後走過來接過伊芙手中的梳子。「我很遺憾，他弄痛你了嗎?」

「沒有。」她緊閉起眼睛。「更糟。」

「怎麼說?」

「我——」伊芙喉嚨哽咽。「莉莉，我——我好羞—羞愧。」

莉莉開始梳伊芙的頭髮。「我知道你不是意志不堅的人，所以當初我認為你可以走這一步，不會有什麼損害。但是這種事有可能變得比預料中更複雜。你是對他變得心軟了嗎?」

「不。」伊芙恨恨地搖頭。「絕對不可能。」

「很好。要是我認為你立場開始變得搖擺，我就得往上報告。而且我會的，」莉莉平靜地說，繼續梳著伊芙的頭髮。「我非常喜歡你，但是這份工作太重要了，絕對不能有所損害。所以如果你不是對他心軟，那是什麼讓你這麼羞愧？」

伊芙逼自己睜開灼痛的眼睛，望著鏡中的莉莉。「我前－前幾次跟他上床，不－不需要覺得愉悅。」甚至也不期待。「但是現在……」

現在，總之，伊芙有時會逐漸習慣那張乾淨、一塵不染的床上所發生的事情。而荷內．波得龍就像對任何事情一樣，對床伴的要求也很高。他會期待愉悅。不單是得到，也要給予。

於是導致了一件完全無法想像的事情。

「告訴我吧。」莉莉的聲音很鎮定。「沒有太多事情會嚇到我，這點你大概可以確定。」

「我開始享受了。」伊芙說，然後又緊閉起眼睛。

莉莉手中的梳子始終沒有停下。

「我鄙視他。」伊芙努力保持聲音平穩。「所以我怎麼可能從他對－對－對——從他對我做的事情裡頭，得到愉－愉——」下一個字她就是講不出來，於是她放棄了。

「他的技巧一定很高超。」莉莉說。

「他是敵人啊。」伊芙發現自己全身顫抖。是憤怒或羞愧或厭惡？她不曉得。「這個城市有些通敵者是情－情有可原——為了餵飽家人而跟德國軍官睡覺的女人；為德國人工作、好讓小孩能得到溫飽的男人。但是荷內．波得龍都不是，純粹就是個奸商。他幾乎就跟德國人一樣壞。」

「或許吧，」莉莉說。「但是你知道，做愛是一種技巧，就跟其他任何技巧一樣。一個壞男人有可能是個好木匠，或是好製帽師，或是好情人。技巧跟靈魂沒有關係。」

「啊，莉莉——」伊芙揉著自己的太陽穴。「你講話聽起來好－好法國人。」

「是啊，而一個法國女人最有資格談這種事。」莉莉扶正伊芙的頭，面對著鏡子。「所以，奸商先生在床上很厲害，而你因為自己很享受而覺得有罪惡感？」

伊芙想著荷內把一瓶很好的葡萄酒倒進醒酒瓶時，吸著那酒香，荷內動作徐緩地把生蠔傾斜、往下滑進喉嚨。「他是個有鑑賞力的人。無論是享受一杯波爾多葡萄酒或是一根好雪茄或——或是我，他會不慌不忙，把事情做－做得正確。」

「對技巧所產生的身體反應，」莉莉頗小心地說，「並不表示腦袋裡或心裡的想法，你知道。」

「身體反應跟腦袋或心理無關，那就表－表示是個妓女。」伊芙殘酷地說。

「哎呀，呸。這些話聽起來像個古板的老姑媽說的。絕對不要聽信這種人的話，小雛菊。她們不光是不快樂又乏味，通常還會穿印花棉布、認為做家事是一種美德。」

「我還是覺得自己像個妓女。」伊芙低聲說。

莉莉停下梳子，下巴歇在伊芙的頭頂。「我猜想是你媽媽跟你說過，如果女人享受一個男人，而這男人不是她的丈夫，那這女人就是蕩婦？」

「類－類似的吧。」伊芙覺得很難不同意這樣的說法。她看著荷內，滿心只有討厭——他耐心的、創新的、皮膚冰冷的雙手怎麼有可能引起一丁點愉悅？「正常女人不會有這種感覺的，」

她開口，但莉莉手一揮。

「如果我們很正常，我們就會在家裡重複使用泡過的茶葉、捲繃帶以支援前線，而不是帶著魯格手槍，把密碼情報捲在髮夾上偷渡出去。像你和我們這種鋼刀型的，是不能用正常女人的標準來衡量的。」莉莉的下巴抬離伊芙的頭頂。「認真聽我說。我年紀比你大，而且比你有智慧得多。當我跟你說，討厭一個男人、但是在床上享受他是完全有可能的事情，你要相信。狗屎，有時候這樣反而還更好。厭惡會增加某種張力，『愛的痛苦，恨的痛苦，都是一樣的。』普契尼在他的歌劇《托斯卡》裡頭，這一點就表達得很準確。」

瑪格麗特．勒法蘭索瓦不會曉得《托斯卡》，但伊芙曉得。「托斯卡在那個男人逼她就範之前，就殺了他。」

「或許你哪一天也會殺了波得龍。當他在你上面時，想著這一點吧；那會給你愉悅的痛苦，沒錯。」

伊芙忍不住大笑，還帶著淚。莉莉的口氣輕鬆，但她溫暖、持續地站在她背後，像是一面堅實的護盾。

「那麼。」莉莉後退，去端了兩杯煮胡桃葉加甘草根的難喝飲料（根本完全不能代替茶）過來，然後坐在面對伊芙的座位上。「你跟奸商先生上床，希望能取悅他，這樣你就可以繼續從他那裡蒐集情報。」

「對。」

「你從他那邊得到的情報很棒，比你在桌邊侍餐所聽到的消息要好很多。」莉莉說。「而且你現在知道，要取悅你的奸商，其中一部分的關鍵就是讓他取悅你。如果你還要繼續跟他上床，繼續蒐集那些寶貴的情報，那你就要讓他取悅你。」

「我寧可假—假裝被取悅，」伊芙說。這段對話好奇怪，她們在一個空蕩蕩的小房間裡、喝著兩杯臨時取代茶的難喝飲料，平凡得就像是英國淑女在喝茶討論教堂事務。「但是我沒—沒那麼擅長撒謊，莉莉。我很會撒謊沒錯，但是我沒辦法在壓—壓抑愉悅的同時，又要裝得很享受。他現在很—很—很能看出我在想什麼了。」

「而且他很得意自己從你身上看出來的？」

「對，我想，他有點喜歡我。他不久之後要帶我去利摩日度週末。」

「那就去吧，然後盡量利用他。」莉莉一臉兇狠。「上床之前的每一杯葡萄酒，床上的每一次高潮，他上床之後洩漏的每一滴訊息。這一行愉快的事情少得可憐。食物很糟糕，酒幾乎不存在，香菸也愈來愈缺乏，服裝更是恐怖。我們會做惡夢，皮膚的顏色像菸灰缸，而且隨時都準備好要被逮捕。所以不要因為你能得到的一點點愉快而覺得有罪惡感，無論來源是哪裡。接受就是了。」

伊芙又喝了一口那發酸的飲料。「你不打算說這是有罪的？」儘管莉莉外表輕浮，但其實莉莉非常虔誠；每回穿過邊境時，她身上都帶著玫瑰念珠，而且總是充滿感情地談起她的告解者和安德萊赫特的修女們。

「我們是凡人，凡人都會犯罪。」莉莉聳聳肩。「這是我們人生的任務。上帝會原諒我們——原諒是祂的任務。」

「那你的任務是什麼？當我們在泥沼裡掙扎，就把我們全都救起來？」伊芙問。即使堅忍如薇歐蕾也有她的黑暗時刻——有天傍晚伊芙看到她沮喪發抖，因為她才剛在穿越邊境途中，看著同行的一名飛行員被德國衛兵逮捕。當時是莉莉把薇歐蕾從黑暗中拉出來的，就像她今晚對伊芙做的一樣。「你害怕或沮喪過嗎？」

莉莉一邊肩膀聳了一下，幾乎是輕浮。「危險不會讓我害怕，但是我不喜歡看到危險。好吧，你不是該去上班了嗎？我自己也還有一堆工作要忙呢。」

莉莉十分鐘後離開了，蒲草紙報告捲起來塞在雨傘的傘柄裡。伊芙則走反向去忘川。她進入餐廳時，餐桌上的桌布和餐具已經擺好了，她經過克麗絲汀旁邊，克麗絲汀扯著自己的裙子避開她。

「妓女。」她低聲說，聲音小得幾乎聽不到。伊芙站住，回頭看。她學莉莉那樣，兇巴巴地直豎起眉毛。

「我不曉得你這話什麼意思。」

「我看到你了。」克麗絲汀的氣音充滿惡意，但是她雙眼還是盯著自己正在點燃的蠟燭。「你下班之後，上樓去波得龍先生的房間。他是奸商，而你只是個——」

伊芙迅速上前一步，抓住克麗絲汀的手腕。「你敢再說一個字，我就會讓你被開除。你敢傳一句八卦，你就會失去這裡的工作，打烊後分不到馬鈴薯和龍蝦濃湯了。聽到沒？」她指甲狠狠摳進克麗絲汀的手腕，挪動到某個特定角度，這樣匆忙端著裝滿玻璃杯托盤的侍者們就不會注意到。「我可以讓你被開除，」伊芙又說了一次，一次結巴都沒有。「讓你列入黑名單。你在里爾會永遠找不到工作，然後你就會餓死。」

克麗絲汀掙脫了她。「妓女。」她又低聲罵。

伊芙聳聳肩，腳步輕悄地離開。她已經用這個字眼在心裡罵了自己好多天。但是那一刻她發現，她可不想被其他人說她是妓女，尤其不是那種比一碗龍蝦濃湯還要蠢的女人。

21

夏麗

一九四七年五月

「我記得這個。」伊芙說，指著橫跨河面的那條石砌拱橋，橋下緩慢的藍色河水蜿蜒流過利摩日。羅馬式橋梁，我心想，看起來破舊而浪漫，小小的法國汽車按著喇叭疾馳過橋，看起來現代化得很不協調。「當時是黃昏，不是下午，」伊芙繼續說。「荷內．波得龍曾停在那裡，就在河邊，說他向來覺得在戶外設座位很不像話，任何像樣的高級餐廳都不會這麼做，但是如果有這樣的視野，他可能會考慮。」

她轉身，雙手插進身上那件舊毛衣的口袋，望著草坡、綠樹，以及沿著河岸延伸的建築物。「那個狗娘養的後來如願了。他在河岸開了第二家餐廳，有這樣的視野。」

她大步沿著卵石街道行走。我看著芬恩，兩人不約而同地聳聳肩，跟在她後面閒逛。今天早上伊芙很早就醒了，而且前一天我們從巴黎到利摩日的一路都很愉快。伊芙又變得很健談，所以隨著每前進一哩，我們就又多聽了一些戰爭故事，不過有的故事我實在難以相信。（想要攻擊德國皇帝而失敗？）她指引我們來到利摩日那個中世紀主教堂附近的一家旅館，趁著芬恩去停車時，她就進入旅館，以流利的法語逼問櫃檯職員，揮著我之前給她的那張手寫字條——羅絲工作過的第二家「忘川」餐廳的地址。一等到芬恩回來，伊芙就開始帶著我們在市區裡行走，經過彎彎曲曲的鵝卵石街道。利摩日是個漂亮的地方：垂柳在河面上搖曳，哥德式尖塔聳立在天空下，天竺葵盆栽從陽台垂掛下來。而且這裡不像法國北部被納粹完全佔領，所以比較沒有那種半殘破的景象。

「這裡比巴黎更和平，」芬恩說，跟我的想法一樣。他沒穿西裝外套、只有襯衫，惹得一些身穿筆挺夏日西裝的法國男人對他投以不滿的眼光，但是從女人們頻頻朝他張望的模樣看來，她們似乎不在意他凌亂的外表。芬恩也看著那些經過的臉——頭戴草帽、匆忙經過的年輕媽媽，在餐廳外座位上皺眉看報紙的男人。「粉紅的臉頰，」他注意到，「不像我們在北邊看到的那麼憔悴又陰鬱。」

「二戰期間這裡是自由區，」我說，終於有辦法追上芬恩的步伐，因為我現在沒穿那些搖晃不穩的高跟鞋，而是平底涼鞋和九分長褲。「維琪政府沒什麼優點，但是住在這裡的人民畢竟是過得比北邊好。」

「哼，」伊芙在我們前面冷冷說，「別那麼有把握。他們還要對付法蘭西民兵，而且法蘭西民兵都是卑劣的混蛋。」

「法蘭西民兵？」芬恩問。

「德國人招募來的法國軍隊，專門用來獵殺自己同胞的。我向來恨透了那些混－混蛋。」伊芙說。

「但是一次大戰時沒有法蘭西民兵，伊芙。」我好奇地歪著頭。「你沒有參與二次大戰啊。」

「那是你說的，美國佬。」

「慢著，你二次大戰也有參與嗎？你是做——」

「不相干。」伊芙突然站住，昂起頭聽著鐘聲飄蕩在慵懶的夏日空氣中。「那些鐘聲。我還記得那些鐘聲。」她又開始抬頭挺胸沿著河岸走，我跟在後面，搖搖頭。

「你上回來利摩日是什麼時候，嘉德納？」芬恩問。

「一九一五年八月，」伊芙說，沒回頭。「荷內．波得龍帶我來度週末。」

才短短幾個字，但是我心中一直醞釀的猜疑終於落實——有關高雅的忘川餐廳老闆的猜疑。從伊芙聲音中那種極度的厭惡，我知道他對她有特別的意義；如果不是有非常個人的牽扯，你不會那麼恨一個人的。現在我明白了：他曾是她的情人。伊芙為了蒐集情報，而跟敵人上床。

我看著她，那驕傲而憔悴的臉，還有走在卵石街道上的軍人步伐。她當時年紀不會比我現在大多少。*你有辦法跟一個德國人上床，只為了蒐集情報嗎，夏麗？*假裝我喜歡他，為他講的笑話而笑，讓他解開我襯衫的釦子，這一切只為了我可以偷翻他的書桌、聽他講話，好取得有用的情報？而且心知我一旦被逮到，就可能被槍斃？

我看著伊芙，太佩服她了。我不光是希望她對我有好評價，還希望自己能更像她。我想把羅絲介紹給她：「來認識一下這個瘋狂的母牛，當其他人都放棄的時候，是她幫我找到你的。」我可以想像伊芙那種輕蔑的眼神，羅絲也會回敬。我可以想像我們三個痛快喝著酒，彼此交談，最奇怪的三女組合，變成了好朋友。

我想著伊芙是否有過摯友，對她的意義就像羅絲之於我。在她說的那些戰爭故事裡，她唯一提過的女人就是薇歐蕾，前兩天在魯貝朝她臉上吐口水的那位。

「你的臉突然變得好嚴肅。」芬恩說，低頭看著我。

「只是在想事情。」我實在悲傷不起來。太陽暖融融地照在我身上，我的手臂每走幾步就擦到芬恩的，害我心中充滿一種莫名其妙的震顫之感。「每走一步，我都更接近羅絲了。」

他揚起一邊眉毛。「你認為她正在等著要被找到？是什麼讓你這麼確定？」

「不曉得。」我試著用語言表達。「我們愈接近這裡，我的希望就愈強烈。」

「即使她已經三、四年都沒有寫過信給你？」

「或許她寫過。戰爭期間，常常有信寄丟了。何況我們最後一次見面時，我才十一歲。她可能還是覺得我年紀太小，不該聽到這麼丟臉的事情——」我拍拍自己的肚子。「她就在這裡，我的感覺愈來愈強烈。每次我說我可以感覺到她，伊芙都會取笑我，但是——」

伊芙停下腳步，突然得我差點撞上她。「忘川。」她靜靜地說。

幾年前，那一定是很迷人的一家餐廳。我看得出整棟建築物的輪廓優美，木骨架房屋裡有一根根老木樑，鍛鐵欄杆圍繞著露台上的戶外用餐區，河畔美景盡收眼底。低垂的招牌上以雕花鍍金字母拼出「忘川」，但是上頭被潑了刺眼的紅漆，正面窗子釘上了木板。侍者端上法式馬鈴薯濃湯和法式千層酥，已經是很久以前的事情了。

「發生了什麼事？」我問道，但是伊芙已經走向那中世紀風格的雙扇門，門起且加上大掛鎖。她指著木門上亂刻的字，被油漆遮掉部分：**賣國**——

「賣國賊，」她低聲說。「又在耍你以前的老花招了，荷內？你從第一次就該學會的——德國人他媽的總是會輸。」

「事後這樣講當然容易，」芬恩柔聲說。「但是在戰火中的人，其實看不清楚的。」

但是伊芙已經走到下一棟房子的門前，開始用力敲門。沒有回應，我們就到下一棟。我們試了四棟，其中一棟的家庭主婦對旁邊那家餐廳一無所知。不過到最後，我們總算找到一位法國老女人，兩根指頭夾著香菸，眼神忿恨。

「忘川？」她回答伊芙的問題。「一九四四年底關門了，關了最好。」

「為什麼關了最好？」

那女人撇嘴。「那地方是德國人的巢穴。一堆納粹親衛隊軍官只要晚上不值班，就會帶著法國妓女進去。」

「餐廳老闆讓他們這樣？」伊芙的姿勢改變了，變得柔和且肩膀垂垮，口氣好親切。她完全變成了另外一個人，就像我在倫敦當鋪裡親眼見識過的那樣。我和芬恩待在後頭，讓她施展自己的魔法。「他叫什麼名字，那個老闆？」伊芙問。

「荷內．杜馬拉西，」那老女人說，然後啐了一口。「奸商。有些人說他被法蘭西民兵控制了，我並不意外。」

杜馬拉西。我記住這個姓，同時伊芙又問：「杜馬拉西先生發生了什麼事？」

「趁夜裡溜掉了，一九四四年的聖誕節。他知道風向正在轉變。誰曉得他去了哪裡，但是從此之後，他就沒再出現過。」那老女人緩緩露出陰森的笑容。「要是他敢回來，就會被吊在燈柱上，而且會用短繩套，讓他死得很慢、很痛苦。」

「因為通敵？」

「城裡有一些通敵者，夫人，另外還有些像他這樣的。在一九四三年，你知道杜馬拉西做了什麼？他在夜班結束後，把一位年輕的副主廚拖出門外，宣佈這個小夥子偷東西。就在馬路上給他搜身，當著所有人的面——餐廳裡所有工作人員、路上經過的人，像我這樣聽到吵鬧而跑出來的鄰居。」

我可以想像那個畫面：夜晚的濛霧從河面上升起，看熱鬧的人睜大了眼睛，一個穿著副主廚圍裙的青年顫抖著。伊芙什麼都沒說，專注如石像般傾聽著。那老女人繼續說下去。

「杜馬拉西從那小夥子的口袋掏出幾件銀餐具，然後說他要打電話報警。還保證說會讓那小夥子被逮捕，把他往東運到德國去。誰曉得他是不是有這個本事，但是人人都知道那些納粹軍官欠杜馬拉西不少人情。那小夥子想逃。杜馬拉西就從身上那件高雅的西裝外套裡掏出一把手槍，小夥子才跑不到十步，背後就中槍了。」

「他真做得出來。」伊芙輕聲說。我打了個寒噤。

「沒錯，」那老女人簡單地說。「接著杜馬拉西只是站在那裡用手帕擦手，被手槍的火藥味熏得皺起臉。他叫餐廳裡的侍者領班打電話給當局，請他們過來收拾善後。然後轉身走進餐廳裡，冷靜得不得了。他就是那種人。不光是通敵者，還是個優雅的兇手。」

芬恩開口了。「納粹黨的人沒有任何不滿？」

「我沒聽說過。他一定是動用了不少人情，免得被逮捕或被指責，因為他還繼續生意興隆。啊，利摩日有很多人會很樂意把繩子套在那傢伙的脖子上，而且他也知道。所以後來一看到德國顯然會輸掉戰爭之後，他就趕快溜了。」那老女人吸了口菸，目光凌厲地看著我們。「你們為什麼這麼好奇？杜馬拉西是你們的什麼親戚嗎？」

「魔鬼的親戚，或許吧，」伊芙有點惡毒地說，兩個女人朝對方露出尖酸的笑容。「謝謝你花時間跟我們談。」伊芙說，然後轉身要走。但是我上前，用我的破法語朝那女人開口。

「對不起，夫人。我要找一位親戚——可能曾在忘川工作過，不是通敵者。」我匆忙地說，那女人的雙眉緊蹙起來。「你可能會注意到她。大家總是會注意到羅絲。年輕，金髮，笑聲像銀鈴。」我拿出羅絲在一九四三年寄給我一封信裡所附的照片。照片中的她回眸燦笑，像女星蓓蒂．葛萊寶海報中那樣。那老女人看著照片，還沒開口，我就知道她認出羅絲了。

「是的，」她說。「很漂亮的姑娘。你會看到她送酒到那些德國人的餐桌時，他們就偷掐她的臀部，不過她可不像某些杜馬拉西雇的婊子那樣眨著眼睛。她會找機會故意把酒潑在他們身上，然後滿嘴道歉個不停，嘴巴甜得要命。從露台另一頭可以看得一清二楚。」

我聽了大吃一驚。這一段有關羅絲的新回憶，並不是出自我。羅絲，把啤酒灑在德國軍人身上。我雙眼刺痛，這段回憶聽起來很像她。

「你最後一次看到她是什麼時候？」我的聲音發啞，這才發現芬恩已經緊握住我的手。

「在餐廳關門之前就沒看到她了。她一定是沒在那裡工作了。」那女人又朝地上啐了一口。「那個地方不適合正派的姑娘。」

我的心往下一沉。我一直好希望羅絲還活著，還在這裡，住在利摩日。但我看著那老女人，硬擠出微笑。「謝謝你的協助，夫人。」

我還沒到無計可施的地步。

❖

那天夜裡，伊芙又發作了一次。這回她沒尖叫，只是一直敲著我們相隔的那面牆，害我被一連串低沉的轟響聲給吵醒。我開了房門探頭到旅館走廊，沒看到芬恩，只有我。

我在襯裙外頭加上一件毛衣，赤腳走到伊芙的房門前，耳朵貼在門上。還是只有低沉的砰砰聲，她好像用什麼在敲牆。*希望不是她的腦袋*，我心想，然後輕輕敲門。「伊芙？」

砰砰聲繼續著。

「你的手槍可別對著我。我要進去了。」

伊芙坐在房間另一端的角落裡，但是這回眼神清亮，沒有醒來後仍未脫離惡夢的喃喃自語。她注視著天花板，手裡拿著魯格手槍，手槍握柄尾端很有節奏地敲著牆。砰。砰。砰。

我雙手扠腰，瞪著她。「你非敲不可嗎？」

「有助於我思考。」砰。砰。

「現在是半夜十二點了。你就不能睡覺、別再思考嗎？」

「我不想。我睡了就會做惡夢。我要等到天亮。」砰。砰。

「好吧，那就盡量敲小聲一點。」我轉身要離開，打了個哈欠。伊芙的聲音又在後頭喊我。

「別走。我需要你的手。」

我回頭看。「用來做什麼？」

「你會徒手拆解魯格手槍嗎？」

「不會。本寧頓學院沒教這個。」

「我還以為所有美國人都很迷槍呢。我來教你吧。」

於是我盤腿坐在伊芙面前。伊芙指著手槍的各個部分，然後我笨手笨腳地拆解開來。「槍管……握把側板……撞針……」

「我為什麼要學這個？」我問，此時她忽然狠狠打了我的指節一下，因為我把機匣軸推錯方向了，我痛叫一聲。

「徒手拆解魯格手槍，以前非常能幫助我思考。現在我雙手被毀成這樣，沒辦法再拆槍了，所以我就借用你的雙手。去拿我包包裡的擦槍油。」

我開始把拆解後的每個零件攤開來。「你在思考什麼？」她雙眼裡有一種深思的光彩，不是威士忌造成的，不過我看到她膝蓋旁一如往常，有一個裝著半滿琥珀色液體的平底杯。

「荷內．杜馬拉西。」她說，「或者，應該說是荷內．波得龍。還有他去了哪裡。」

「那麼，你是假設他還活著了。」之前在魯貝時，她一直頑固地否認這一點。

「他如果還活著，現在是七十二歲了，」伊芙輕聲說。「但是沒錯，我敢打賭他還活著。」

她臉上不禁掠過一陣陣波動，那是厭惡和自我厭惡一起湧上所造成的。能看到她無法隱藏的情緒，真的很難得。此時她的表情幾乎是脆弱，我胸中升起一股異樣的保護欲望。「你憑什麼這麼確定杜馬拉西（du Malassis）就是你的波得龍？」我柔聲問。

她淡淡一笑。「波特萊爾《惡之華》的出版商，就是姓馬拉西（Malassis）。」

「我真的開始恨波特萊爾了。我還從來沒看過他的作品呢。」而且我也不必看了。

「你很幸運。」她的聲音冷冰冰。「我以前還得聽荷內從－從頭唸到尾，引用他的全部作品。」

我暫停，一手握著魯格的槍管，另一手拿著沾了槍油的擦槍布。「那麼，你跟他是……」

她抬起一邊眉毛。「你很驚訝嗎？」

「不。我自己也不是聖人。」我拍拍「小問題」，它最近似乎過得比較滿意。雖然它還是會讓我疲倦，但是噁心嘔吐的狀況好一些，我也不再從肚子的方向聽到任何奇怪的講話。

「荷內曾帶我來這家旅館。」伊芙環視著房間，但是呆滯的目光好像沒看進去。「不是這個房間。他絕對受不了這麼小的地方。是全旅館最好的房間：四樓，大窗子，藍色天鵝絨窗簾。一張大床……」

我沒問那張大床上頭發生過什麼事。她決定寧可整夜不睡、也不要冒著會做夢的危險，當然是有原因的。「這要怎麼弄？」我喃喃問，拿起各式各樣的手槍零件，然後她教我怎麼用沾了槍油的布擦拭。「所以當荷內．波得龍必須逃出里爾時，他就變成荷內．杜馬拉西了。」最後我說。「而當他必須逃出利摩日時，他就又消失了。當時有那麼多通敵者被抓到，他怎麼有辦法那麼輕易逃掉？」我想著自己在報上看到的通敵者照片，男女都有，被羞辱或更糟。白天我們碰到的那個法國老女人說要把人吊死在燈柱上，不是隨便說說而已。

「荷內不是笨蛋，」伊芙用笨拙的手收好槍油。「他迎合那些掌權的人，但他總是知道他們可能會輸。等到他知道他們真的會輸了，他早就有準備好的計畫，帶著他的錢、換個新名字溜掉，重新開始——先是離開里爾，接著又離開利摩日。」她暫停一下，思索著。「我想他一九一五年帶我來的時候，就已經計畫好要逃到這裡。我當時不明白；他只說想為第二家餐廳選址。我當時以為他的意思是開分店，但或許他從來沒考慮要擴張。或許他是要挑個地點，以防萬一有需要的時候，可以展開新人生。」

「嗯。」我放下最後一個零件，全都用槍油擦過了。我雙手一片油膩，但是整個過程讓我愈來愈有興趣。要是以前學校的家政課教的是徒手拆槍而不是烤餅乾，我可能會更專心學。「你知道，荷內．波得龍和荷內．杜馬拉西除了姓之外，還有一些不同。」

「什麼不同，美國佬？」

「願意開槍。」我低頭看著魯格手槍的扳機，無害地放在其他已拆解的零件中。「你之前描述第一次大戰期間的他，聽起來很有潔癖，不會弄髒自己的手。當他在自家餐廳裡逮到小偷——你的前任侍者——他是找德國人來，由他們開槍。但是第二次碰到，根據那個老婦人的說法，他毫不猶豫就自己扣下扳機。」

「這的確是不—不小的突破。」伊芙贊同道。從她的口氣，這個方向她已經想過很多了。「所以是什麼改變他的？」我問。「到了第一次大戰結束時，是什麼把他從一個牟取暴利的審美者，變成了——」我回想著那個老女人的話——「一個優雅的殺人兇手？」

伊芙不自然地笑了一下。「我想是我。」

在這個等式中，還有一個我不曉得的部分，但是我還沒來得及問，伊芙就緊抿著嘴比了個手勢，示意我把那把魯格手槍重組起來。於是我改變話題。

「現在我們要怎麼找到他。他不可能還姓杜馬拉西，應該會換一個姓。」我把槍栓接上槍管。「他離開利摩日之後，會逃去哪裡？」知道我們在追獵的不光是個老奸商、一個老仇敵……也是一個殺人兇手，讓我覺得不寒而慄。

「我可以連絡一個英國軍官。」伊芙說，配合我的新話題。「是以前認識的。他負責管理我這類間諜的網絡，而且在二次大戰期間也持續在做這方面的事情。他目前的派駐地是波爾多——我從倫敦打過電話給他，但是他出門去獵鴨了。到現在應該已經回去，要是有人可以挖出一個舊日通敵者的情報，那就是他了。」

我想著這個人會不會就是她提到過的卡麥隆上尉。在她敘述的那些故事中，他聽起來是個很不錯的人。我很希望有機會能見到他，看他是不是符合我心裡想像的那個模樣，但是我還有自己的目標要追蹤。

「那你就聯繫你在波爾多的朋友吧，」我說。「我要跟芬恩開車去找我表姊。」

伊芙揚起一邊眉毛，教我怎麼按下魯格手槍的槍管，以減輕彈簧的壓力。「去哪裡找你表姊？如果她還活著，有可能在任何地方。」

「之前我姨媽說過，她一開始是被送到利摩日外的一個小村子去待產。就是那種非常落後、人們會把丟臉的女兒送去的地方。」現在我開始了解這把手槍的要領了；零件在我油膩的手指間輕易滑動、接合。「羅絲待在那邊生下小孩，四個月後來到利摩日工作。但是或許她把寶寶留在村子裡，託給別人家照顧。那麼她離開忘川的工作後，有可能就回到那個村子。誰曉得？不過那是一個小鎮，小鎮裡頭大家都認識。有人會認出羅絲的照片的。」我聳聳肩。「總之，這是個起點。」

「這個計－計畫不錯，」伊芙贊同，她的肯定讓我得意得臉都紅了。「再把手槍拆開一次。」

我又開始拆槍，而伊芙則開始講另一個故事：她和荷內・波得龍一九一五年夏天在這裡度過的那個週末。「我們搭火車來，他帶我去買了一件新連身裙。我穿著女侍的衣服去他房間是一回事，但是他跟我一起去散步道或戲院裡時，可不希望被人看到我穿著舊工作服。那件新連身裙是名設計師保羅·普瓦烈設計的，豆綠色的絲質羅緞，黑色天鵝絨鑲邊，背面有四十三個天鵝絨面的布鈕釦。當時他一邊幫我解開鈕釦，一邊數……」

我把手槍的撞針裝好，很好奇伊芙找到她的老仇敵後打算做什麼。報警逮捕他嗎？人人都知道法國人對通敵者不會寬貸。或者她會用魯格槍幫她結束這段恩怨？我絕對不會排除這個可能性。

他到底對你做了什麼，伊芙？你又對他做了什麼？

她告訴我，上次她來利摩日的時候，那條河流是灰的，而不是現在的湖藍色。當時荷內還幫她買了一雙漆皮高跟鞋，好搭配她的豆綠色連身裙，走在路上時，落葉飄過她的腳邊。「你記得好清楚。」我說，把乾淨而上過油的手槍遞給她。

「那是應該的。」伊芙喝光了剩下的威士忌。「那個週末我的月事沒來，就開始擔心荷內·波得龍害我懷孕了。」

22

伊芙

一九一五年九月

秋天才剛開始，寒冷已經像一把鉗子似地往下緊緊夾住。在里爾這個城市裡，兩個世界並肩活著，下降的氣溫是再明顯不過的分界。一邊是德國人，他們有所需的足夠煤炭、蠟燭，以及咖啡。另一邊是法國人，上述那些東西他們幾乎全都沒有。兩個世界以往被描述為法國人和德國人，或者被征服者和征服者，但現在就只是冷和不冷。

伊芙沒注意到這些。她懷孕了，而這個思緒趕走了腦中的一切。

時間還沒太久，但是跡象並不難解讀。她兩個月都沒有月事——里爾某些女人會偷偷抱怨因為挨餓，現在月事都變得不規律，但伊芙不認為自己有那麼幸運。她現在瘦得像薄脆餅，但她還是有來自忘川的黑市剩菜，足以讓她不挨餓。此外，其他跡象也很快隨之而來：她的胸部開始覺得一摸就痛，她忽然隨時都覺得疲倦，而且當廚房送上來多汁的烤肉，或是她必須端著一片氣味強烈的莫爾比耶乳酪上菜時，她就會有出乎預料地反胃，還得設法硬壓下去。

伊芙很確定。荷內．波得龍害她懷孕了。

這個領悟應該要把她逼得徹底絕望，但是她沒有時間去絕望。愛莉絲情報網很忙碌。香檳區的法軍陣線一直持續進攻；德軍司令和他的將軍們在喝咖啡時針對這個狀況說了好些簡短的話。伊芙聽了趕緊上報。她花好幾個小時在餐廳侍餐，然後又花幾個小時在荷內的床上，這兩份工作每天就至少佔去她十九個小時。接著他還要把大砲部署、傷亡數字、火車時刻和補給倉庫的情報傳遞出去。她太習慣處於這樣的危機狀況下，因而似乎習以為常；她往往長時間保持固定的表情和聲音，有時都懷疑自己是不是還有任何自然、不勉強的表情。她不能只因為身體決定背叛她，就恐慌而陷入絕望。絕對不能。

那個星期六伊芙打開門，看到是例行性要來里爾待兩天的薇歐蕾，一時大感解脫，差點哭出來。一整個星期她都做著薇歐蕾被捕的惡夢，偏偏是現在。伊芙從來不是太喜歡薇歐蕾，但是，她現在需要她。

薇歐蕾一定是從她的解脫表情裡看出什麼，因為那副圓眼鏡後方閃著驚奇。「你好像很高興看到我，」她說，刮掉靴子上的泥。她皺眉著又加了一句：「有什麼新聞嗎？」

「沒有新聞，」伊芙說。「但是我需要幫忙，而你是我唯一能求助的。」

薇歐蕾脫下手套，搓著冰冷的雙手，同時好奇地看著伊芙。「為什麼是我？」

伊芙深吸一口氣。「莉莉說—說—說——她說你當過護士。」

「沒錯，在紅十字會。不過沒當多久。當時戰爭才剛開始。」

伊芙按捺下一陣突然湧起的懷疑，繼續說下去，因為她還能有什麼辦法？「我懷孕了，」她直截了當地說，逼自己看著薇歐蕾的眼睛。「你能幫我解決嗎？」

薇歐蕾盯著她看了一會兒，然後氣呼呼地猛吐出一口大氣。「狗屎，你蠢到把談戀愛跟工作攪和在一起嗎？別跟我說你愛上了安唐或——」

「我不是白痴女學生，」伊芙不耐煩地說。「我必須跟我的雇主睡覺，好獲得情報。莉莉都沒告－告訴你嗎？」

「當然沒有。」薇歐蕾把鼻子上的眼鏡往上推。「你沒想過要採取預防措施嗎？」

「我努力過了，結果沒－沒用。」夜裡躡手躡腳下床，去他奢華的浴室沖洗自己，感覺上比在床上發生的事情更骯髒，但是伊芙從來沒有漏掉過。要是管用就好了。「而且你不用問了，我試過別的方法也都沒－沒用。跳下好幾層台階、熱水泡澡、多喝白蘭地。全都沒用。」

薇歐蕾又嘆了口氣，沒那麼氣呼呼了，然後坐在床緣。「多久了？」

「我想是兩－兩個月。」照伊芙的判斷，一定是發生得非常早。或許是第二次或第三次時。

「那就不是太久了，很好。」

「你有沒有辦法幫我？」伊芙的心臟卡在喉嚨，嗓子發啞了。

「我看過的戰場傷口比懷孕女人多。」薇歐蕾的雙臂緊緊交抱在胸前。「你為什麼不告訴波得龍？像他那麼有錢，可能會花錢幫你找個正牌醫生。」

這個辦法伊芙已經考慮過了。「那如果他想留下孩子呢？」她不確定他會不會——荷內不像是那種顧家的男人——但是伊芙猜想他骨子裡有種建立傳承的癮。要是他判定伊芙可能會生個兒子，又覺得這這個想法……很有趣呢？

「如果是這樣，你還是可以偷偷處理掉。然後跟他說你流產就好了。」

伊芙搖頭。她了解荷內；他討厭混亂和花費。對他來說，情婦就該是漂亮的小東西，永遠不會惹出麻煩。不管是她流掉了他想要的孩子，或是他必須花錢幫她處理掉，她都惹出了麻煩，因而很可能會失去忘川的工作。不，她要繼續幫莉莉工作，最好的辦法就是讓一切保持原狀。

「嗯。」薇歐蕾沒建議告訴卡麥隆上尉或其他愛莉絲情報網的主管。「你知道這個手術有可能很危險。你確定這是你想要的？」

伊芙只是用力點一下頭。「是的。」

「做這個手術，你可能會出血過多致死。現在還很早，如果你等一陣子，說不定還是會自然流產，或者——」

「幫我做吧。」

伊芙說出口的聲音是一種絕望的低吼。那不光是源自她想繼續工作的決心，也是因為冷靜的表面之下，她正在奮力抵抗一種逼近瘋狂的恐慌。來到里爾之後，她已經放棄太多東西了——家、安全、貞潔，甚至是她的名字——而她之所以心甘情願，是為了一個看不到的未來，為了一個沒有戰爭、沒有入侵者的清明世間。而現在，入侵者就在她體內，就像德軍佔領法國一樣佔領她，再也沒有未來了。她從一個跟敵人作戰、挽救生命的間諜與戰士，一下子就變成了一個平凡的懷孕女人，要被草草送回家，當成妓女對待。伊芙很清楚，要是自己什麼都不做，七個月後自己會有什麼樣的未來：未婚，不受歡迎、沒有工作、身無分文、飽受唾棄。這個入侵者是她在寒冷且飽受飢餓折磨的可怕戰區、被一個敵人播下種子的，而她將一輩子都無法擺脫。她的身體徹底背叛了她：先是在一個奸商的懷抱裡屈服於歡愉；然後儘管每個夜裡她那麼努力要沖洗掉所有痕跡，她的身體卻偏偏還是保留一部分。她再也不要讓她的身體繼續背叛下去了。

伊芙已經花了幾個星期，縮在她冰冷的床上，努力和一波波盲目的恐慌和冰冷的憂心奮戰，所以她知道，為了從入侵者手裡搶回自己的未來，她樂於冒著流血致死的險。

薇歐蕾只是點點頭。「情報網裡有個外科醫師，會幫我們治療，」她說，此時伊芙站在那裡，努力壓抑著自己的種種情緒。「但是他不會碰這種事情——他每天都去望彌撒的——不過我明天可以找個藉口，去跟他借一些手術器具。」

「明天，」伊芙說，嘴巴發乾。「好的。」

❖

星期天。神聖的日子，受祝福的日子，也是諷刺的日子，因為就在這一天，伊芙決定要做一件事情，這事情她即使只是考慮，大部分男人都會罵她是謀殺的婊子，更別說去做了。這表示她有一天的空檔可以流血致死，或流血後復元。

「要是我死了會怎麼樣？」伊芙問，此時薇歐蕾帶著一袋借來的手術器具回來。「我是說，在手術中，或者——或者之後？」

「我會把你留在這裡，再也不回來。」薇歐蕾平靜地說。「不得不這樣。要是我還想埋葬你，我就會被逮捕。你的鄰居大概會在一兩天後發現你，然後大概會幫你安排個貧民葬禮，同時莉莉會通知愛德華舅舅。」

這種計畫的醜惡現實像一把刀刺入伊芙體內。「好吧。那我們就趕－趕緊開始吧。」而且設法不要死掉。

「乖乖躺著。」那天下午薇歐蕾一次又 次說。伊芙不曉得為什麼；她始終靜靜躺著不動，像一座大理石雕像。也許薇歐蕾這麼說是要讓她安心。床上鋪了一層乾淨的床單；薇歐蕾穿著一件圍裙，胸前有個紅色十字，顯然是她在紅十字會時代留下的，而且她的聲音有一種護士的俐落。包在白布裡的手術工具發出光澤，但是伊芙沒太仔細去看。她脫掉襯裙和內褲和長襪，下身的一切全部脫掉，然後躺下來。好冷。她覺得好冷。

「鴉片酊，」薇歐蕾說，打開一個小玻璃瓶，伊芙順從地張開嘴巴，吞下那些液體。「你會痛，我先警告一下。」她的聲音不太客氣，帶著指使的口吻，伊芙想到莉莉所說的，我跟你保證，只要當過護士，嘮叨的習慣就一輩子改不掉，不管她後來改行做什麼。

薇歐蕾用某種帶著澀味的東西把她的器具擦拭乾淨，又用同樣那種澀味的東西清潔自己的手指，然後將那金屬用雙手握暖一會兒。「醫生們，」她說，「從來不會把他們的工具弄暖。他們不明白這金屬放在女人身上會有多冰冷。」

鴉片酊已經讓伊芙覺得腦袋昏昏沉沉。她的視線變得模糊，覺得身體遲鈍又笨重。「你以前做過嗎？」她問，覺得自己的聲音彷彿從遠處傳來。

「一次，」薇歐蕾簡短不客氣地說。「今年稍早——安唐的妹妹奧瑞麗。她是幫我們工作的，會陪著傳遞情報的信差行動，免得當地人起疑。她有天夜裡被幾個找樂子的德國士兵逮住。才十九歲，可憐的孩子。她家人發現那些混蛋害她懷孕了，於是就來找我幫忙。」

「那她經過這個——活下來了嗎？」伊芙看著薇歐蕾手裡的工具。

「是的，而且之後她又立刻回去繼續幫情報網工作，真是勇敢的好姑娘。」

如果她辦得到，我也可以，伊芙心想。但是當她感覺到薇歐蕾的手拉開她光裸的膝蓋時，還是忍不住瑟縮。然後她聽到薇歐蕾說：「振作起來。」

儘管薇歐蕾曾試圖將那把工具弄暖，但是刺入伊芙身上時，感覺還是像根冰柱。那種痛好尖銳。「乖乖躺著。」薇歐蕾又下令，雖然伊芙根本沒動。薇歐蕾做了些事情，伊芙不曉得是什麼，一切都感覺非常遙遠。疼痛湧起又退去，湧起又退去。冰冷。伊芙閉上眼睛，希望一切都走開，走得遠遠的。*乖乖躺著*。

工具拿開了。伊芙以為都結束了，但其實沒結束。薇歐蕾正在說話。「——接著會有些出血。你看到血不會恐慌吧？」

「我對什麼都不會恐慌。」伊芙隔著痲痹的嘴唇說，薇歐蕾勉強露出微笑。

「是啊，我相信是這樣。我第一次看到你，還以為你一個星期內就會尖叫著跑回家找媽媽。」

「好痛，」伊芙聽到自己說。「好痛。」

「我知道，」薇歐蕾說，又給她喝了幾滴鴉片酊。苦苦的。為什麼里爾的一切嚐起來都苦苦的，除了荷內的東西？他是美食和好酒和熱巧克力的供應來源，然而她和莉莉和薇歐蕾共享的一切都是苦澀而噁心。在里爾，一切都顛倒過來了；邪惡是美味的，而良善嚐起來像膽汁。

薇歐蕾把沾了血的布拿開，幫伊芙臀部下方和兩腿間換上乾淨的布。「你做得很好，」她說。「躺著別動。」

外頭傳來教堂鐘聲，晚間彌撒開始了。有人會去參加嗎？誰認為在這個地方祈禱有任何好處呢？「里爾，」伊芙說，聽到自己引用波特萊爾的詩。「它的黑色魔力，它地獄般痛苦的行列，它的毒杯和它的眼淚，它那鎖鏈和死人骨骸的聲音……」

「你在胡言亂語，」薇歐蕾說。「盡量乖乖躺著吧。」

「我知道我在胡言亂語，」伊芙回答。「而且我現在就乖乖躺著啊，你這個霸道的賤貨。」

「你真是懂得感激啊。」薇歐蕾說著，幫伊芙蓋了更多毯子。

「我好冷。」

「我知道。」

然後伊芙大哭。不是因為痛，不是因為哀傷，而是因為解脫。荷內・波得龍再也不能掌握她的未來了，那解脫帶來了一陣有如暴風雨的淚水。

❖

到了早上，事情就結束了。

薇歐蕾留下了一份指示清單。「你可能還會再流血。手上要準備很多布，乾淨的布。然後喝這個止痛。」那一小瓶鴉片酊塞在伊芙手裡。「我很想留下來觀察你，但是我已經安排好今天要回魯貝。有一些緊急的情報得帶出境。」

「好。」畢竟她們還有正事要辦。「要小心，薇歐蕾。你說過你上次經過邊界時，德國佬盯你盯得很緊。」

「如果沒辦法的話，我會走另外一條路線。」要是薇歐蕾害怕——現在情報網裡的每個人都忍不住害怕；德國人知道這個區域有間諜，檢查的關卡變得非常嚴——她也絕對不會顯露出來。這點她和伊芙是一樣的。「你可以想辦法這幾天不要跟那個奸商上床嗎？你需要時間癒合。」

「我可以跟他說我這次月事的狀況很糟糕。他對這種事情很反感。」這樣至少能爭取一星期。

薇歐蕾皺起嘴唇。「你要怎麼防止這種事情再發生？」

伊芙不寒而慄。「我——我不知道。我之前的方法顯然沒有用。」她不能再經歷一次了，絕對不行。

「有一些裝置，但是要醫師幫你裝，而且大部分醫師都不肯幫未婚的姑娘裝。你弄個海綿來，吸滿醋，然後往上推到裡頭。」薇歐蕾無言地比劃了一下動作。「不是絕對可靠，但是總比什麼都不做要好。」

伊芙點頭。「謝謝，薇歐蕾。」

薇歐蕾迅速揮一下手，表示不必感謝。「我們以後再也不談這事情，永遠不談。你知道男人會怎麼對付做這種事的女人。不光是你，還有我這個從犯。」

「我一個字都不會說。」

她們看著對方一會兒，伊芙想著要是兩人是好友，現在就會擁抱了。但她們只是彼此點個頭，然後薇歐蕾圍上圍巾，開門要出去了——不過或許她們無論如何是朋友，就像男人間常常會成為朋友；儘管她們彼此冷淡，從來不會輕鬆聊天，只有一種無言的共識。「祝你在魯貝好運。」伊芙對著那個步履艱難的背影說，薇歐蕾沒回頭，只是舉起一隻手。

稍後伊芙很後悔沒有擁抱薇歐蕾。她其實很想。

即使只是起身朝門揮一下手，都讓伊芙筋疲力盡且暈眩。她又倒回床上不動，把薄薄的毯子拉高，她的肚子裡還是絞痛。那是一種輕微的痛，一陣又一陣。她也不能怎麼辦，只能忍受，有時哭一下。淚水也是一陣又一陣，來了又去，像疼痛一樣。

夜幕降臨時，她沒再看到流血了，但是還是覺得自己虛弱得像隻剛出生的小貓。她找人幫她去忘川傳話，說她流行性感冒很嚴重。荷內不會高興的，但是也沒辦法；伊芙不可能一整夜站著，還要端著盤子進出廚房。所以她乖乖躺著，同時一邊擔心，藉著徒手拆槍打發時間。這個過程讓她放鬆，槍油的氣味和手上槍管的冰涼，然後她把組合好的手槍對著空氣瞄準，想像射出一顆子彈擊中荷內雙眼之間。到了第三天，那把魯格手槍成了全法國最乾淨的手槍，伊芙也勉強相信自己不會死了。她回到忘川工作，避開生氣瞪著她的克麗絲汀，這位同事顯然認為伊芙應該因為缺席三天而被開除，但是心知不可能。伊芙私底下向荷內輕聲道歉，知道自己看起來還是一臉憔悴的病容，所以她聲稱感冒和月事狀況糟糕的說法相當可信，於是這一夜餐廳打烊時，他沒有邀她上樓。不幸中的大幸，伊芙心想，搖晃不穩地走回家，好期待回到自己的房間、躺在那張空蕩的床上，儘管上頭沒有堆著荷內的羽絨枕。

但是伊芙開門進去時，發現房裡已經有人了。

「不要管我。」莉莉無精打采地揮了一下手。「讓我自己坐在這裡發抖吧。」

「我以為你要穿過邊境去比利時。」伊芙鎖好門。「陪著那個迫降的飛行員。」

「我去了。」莉莉坐在最遠那個角落的地板上，雙膝弓起抱在胸前，她那串老舊的象牙玫瑰念珠緊握在手中。「那個飛行員被地雷炸死了。我去布魯塞爾蒐集了情報，就直接回來了。」

房間裡很冷，莉莉穿著她的白襯衫和灰裙子在發抖。伊芙從床上拿了一條毯子，圍住她的肩膀。「你裙子的褶邊上有血。」

「應該是那個飛行員的。」莉莉雙眼呆滯，彷彿她才是喝了鴉片酊的人。「也或者是走在我前面那個女人，或是她丈夫……地雷炸死了他們三個。」

伊芙坐下來，把莉莉的頭拉到自己肩上。她本來以為自己這幾夜充滿冰冷手術工具或腹部劇痛或帶著鴉片酊的半醒惡夢已經夠糟糕了，但現在才知道，其實還有更糟糕的。

「邊界的探照燈把一切照亮得像白天似的。」莉莉的大拇指揉著一顆又一顆玫瑰念珠。「一旦你通過了邊界和槍手，就是樹林地帶。德國人在那邊裝了地雷，你知道。我的飛行員不肯走在我後頭——他跑向一對走在前面的夫婦。我想他是覺得那個女人很漂亮……這三個人一定是踩到了地雷，因為他們就在我前面不到四公尺的地方被轟成碎片。」

伊芙閉上眼睛。她可以想像那個爆炸，那種強光。

「然後我去跟安唐拿了新的通行文件。」莉莉的聲音很鎮定，但是單薄的肩膀在伊芙的手臂底下一聳一聳。「他跟我報告說——」

「噓——」伊芙一邊臉頰貼著那頭聞起來有血味的金髮。「你不必講話。閉上眼睛吧。」

「我沒辦法。」莉莉雙眼直瞪著前方，淚水緩緩滑下臉頰。「我一直看到她。」

「那個踩到地雷的女人？」

「不。薇歐蕾。」然後莉莉臉埋在她交疊的雙臂間，開始啜泣。「安唐告訴我最新消息，小雛菊。薇歐蕾被逮捕了。德國人抓到她了。」

23

夏麗

一九四七年五月

「晚餐沒邀你們，」伊芙告訴芬恩和我。「兩個都沒邀。」她打給那位英國軍官的電話有了結果：他今晚會從波爾多過來，跟她在旅館的餐廳共進晚餐。自從約好之後，伊芙就戴上了一副兇惡的面具，但是現在我已經稍微看得出她面具之後的真貌。自從她告訴我她多年前懷孕的事情後，我就一直好奇地觀察她。懷孕。她當時快二十歲了，陷入跟我現在一樣的困境中——只不過她還在一個充滿敵人的城市中吃不飽，要是敵人發現她是間諜，就會把她送去槍斃。忽然間，我的「小問題」相較之下要渺小太多了。我從小所接受的教育告訴我，她做的那些事是不對的，但是我實在無法譴責伊芙。她被一場戰爭淹沒了；她做了她必須做的事情。老實說，我很佩服她碰到這樣的事情之後，還能堅持下去。

不過我知道她才不要我的佩服，於是我只是微笑。「告訴我一件事就好。你今晚要碰面的是卡麥隆上尉嗎？」

伊芙聳聳肩，一如往常神祕兮兮。「你們不是要去你表姊以前住過的那個村子嗎？」

「是啊。」我們來到利摩日已經三天了。我本來想早點去羅絲的村子，但是鄉下的道路狀況差，芬恩得再耐心幫拉貢達車的機件內部做一些小修理，才能放心上路。今天他宣佈我們可以出發了，留下伊芙等待她神祕的晚餐同伴。

「你認為呢？」我問芬恩，上了車子前座。「她要碰面的是卡麥隆上尉嗎？」

「如果是的話，我也不意外。」

「你覺得我們來得及趕回來看到他嗎？」

「要看狀況，不是嗎？」他設定了車子的空氣燃料比，好讓車子的行進速度更快。「要看我們是不是能查出任何有關你表姊的事情。」

我們沿著馬路往前行駛，我打了個寒噤，一部分出於期待，一部分出於害怕。「可能就是今天了。」

芬恩沒說話，只是露出微笑。他一手放在方向盤上，以從容的速度載著我們離開利摩日。他今天還是穿著平常那件舊襯衫，袖子捲了起來，但是鬍子刮乾淨了，難得光滑的下巴上沒有鬍碴，我很想伸手去沿著他的臉頰往下撫摸，想得必須逼自己把雙手交疊在膝上。明明伊芙沒來，為什麼車子裡卻讓人感覺更加擁擠呢？

「應該很快就會到了。」我說，只是找話說。根據芬恩那張皺皺的地圖，我們的目的地就在利摩日西邊，大約只有二十五公里處。

「我想也是。」芬恩開著車經過一片有圍籬的草地，裡頭的乳牛正在啃青草，遠處有一棟石砌的農舍。我們很快駛出利摩日近郊，進入安靜的鄉間道路和印著車轍的泥土路。眼前的風景宛如圖畫，而我坐在那裡卻僵硬得像塊木頭。我不知道自己為什麼會緊張，只知道自己很緊張。幾天前的夜裡我吻了芬恩，他也回吻我，但他之後就沒再提起過。我想繼續跟他發展，卻不曉得該怎麼做。我雖然對數字很拿手，但是調情的本事卻很差勁。

「再說一次，那個村子叫什麼來著？」芬恩問，打破了我尷尬的思緒。

「格朗河畔奧拉杜爾。」在那張舊舊的公路地圖上，看起來是個很小的地方。很難想像羅絲會待在一個小得簡直不配稱為鎮的法國小村。她總是夢想著巴黎的林蔭大道，好萊塢的燈光。必要時紐約也可以，我記得她曾這麼說過。紐約對我來說夠時髦。但結果她卻來到格朗河畔奧拉杜爾，一個偏遠的小村子。

拉貢達車轉彎，循著一道長了野花的粗石圍牆往前，我看到一個法國小女孩光腳走在圍牆頂，張開雙手保持平衡。她是深色頭髮，但在我眼中，她立刻變成羅絲，舞動的金色捲髮下頭是一件藍色的夏日洋裝，那是我記憶中羅絲多年前穿過的。一種不祥的預感擊中我，強烈得幾乎是確定無疑。你就在格朗河畔奧拉杜爾，羅絲，我心想。我知道你就在這裡。帶路吧，我會找到你的。

「你用力踩，我們也不會更快趕到那裡的，」芬恩說著往下看，我這才發現自己穿著軟木塞底涼鞋的腳正狠狠踩著車內的地板，好像在踩油門似的。「你為什麼像坐在教堂裡似的？」

「什麼意思？」

拉貢達來到一座石橋前，反方向有一輛腳踏車正在過橋。芬恩煞車好讓那輛腳踏車過去，然後彎腰抓住我一邊腳踝，放在座位上。「你平常坐在車上，都是雙腳往上蜷縮起來的。」

接著他又往前開，我臉紅了。他的手指幾乎可以環繞我整個腳踝。我真希望自己的腳沒那麼瘦。我穿著在巴黎買的一件紅色窄裙，還有一件男式的白色鈕釦襯衫，把袖子捲到手肘上方，襯衫下襬沒塞進去，而是攔腰打個結。我知道自己這樣看起來不錯——但我還是希望自己的雙腿沒那麼瘦。當年羅絲雖然才十三歲，但已經擁有一雙美腿。要是我找到她，我要做的第一件事情就是緊緊擁抱她，緊得她喘不過氣來，然後問她的腿能不能給我。

「我們之前不曉得哪裡轉錯彎了，」芬恩幾分鐘後說。「這裡是南邊，不是西邊。這些沒有路牌的馬路……這裡，等一下。」

他停在一家路邊商店外，店門口陳列著一些明信片，台階上有一隻貓在打盹。芬恩跨過打哈欠的貓，用他蘇格蘭腔的法語跟店主問路。羅絲和我可以養一隻貓，我心想，看著那虎斑貓舔尾巴。我親愛的亡夫唐諾（願上帝讓他的靈魂安息）絕對不會讓我養貓的，因為貓會害他打噴嚏。「我決定我討厭唐諾，」羅絲在我的想像中說。「你就不能至少發明一個好一點的亡夫嗎？」

「你在笑。」芬恩說，回到引擎仍在運轉的車上。

「只是很好奇，不曉得你見到我表姊時，會有什麼想法。唔，其實不是好奇。人人都喜歡羅絲。」

「她很像你嗎？」

「一點也不像。更有趣，更勇敢。而且很漂亮。」

芬恩本來正要把車子掉頭，此時暫停下來，深色眼珠盯著我好一會兒。最後他關掉引擎，伸手把我拉過去坐在他膝上，雙手伸進我的頭髮，嘴唇湊在我耳邊。「夏麗小妞。」他溫暖的氣息送出一股電流，讓我全身皮膚刺麻，同時他吻著我耳後的脈搏處。「你，」吻我的下巴尖。「非常。」吻我的嘴角。「勇敢。」吻我的嘴唇，很輕很輕。「更別說漂亮了。像春天一樣美好。」

「你知道大家是怎麼說蘇格蘭男人的，」我勉強開口。「全都是騙子。」

「那是愛爾蘭男人。蘇格蘭人才不會花言巧語。」

他的嘴又找到我的，吻了好一會兒。我隱約聽到一輛經過的腳踏車朝我們按鈴，但我的雙臂仍緊繞著芬恩的脖子，心臟跳得好厲害，貼著他強壯的胸膛。

最後他往後抽身，但還是把我緊摟在旁邊。「我可以在這裡待一整個下午，」他說。「不過我們還是去找你表姊吧？」

「好。」我簡單地說，覺得自己好久沒有這麼快樂了。

「你想開車嗎？」

我看著他，然後咧嘴笑了。「你願意把這輛寶貝車交到我手上？」

「坐過來。」

我們交換位置。我朝踏板伸長腳，依然微笑著。芬恩仔細教我發動過程——「如果她一開始有點遲緩，那就是空氣燃料比調得稍微太濃了，所以你可以往中間調一點。」——最後我開著這輛拉貢達掉頭往西，車子在我手中運作順暢。

「有趣，」芬恩說。「剛剛店裡幫我指路的那個老頭——他聽到我說想找格朗河畔奧拉杜爾時，看我的眼神怪怪的。」

「什麼樣的眼神？」

「就是怪怪的。」

「嗯。」我一隻手扶著拉貢達的方向盤，感覺芬恩袖子的柔軟布料貼著我的胳臂。太陽暖暖照在我頭上，我駕駛著這輛敞篷車沿著充滿車轍的泥土路往前，開始哼起〈玫瑰人生〉。我再也不想離開這輛車了。

❖

「瞧，」芬恩指著，但是我已經看到了。遠遠有一座教堂塔樓的形狀。「應該就是那裡了。」

我的血液彷彿變成了香檳酒，正在嘶嘶冒泡。之前接近格朗河畔奧拉杜爾時，我心情緊張得無法專心開車，於是又交換座位讓芬恩開。前方的蜿蜒道路通向村子的南端，過了格朗河之後，我可以看到一座教堂尖塔、周圍低矮的石砌建築物形狀，以及幾根電線桿。我不懂為什麼那些屋頂都以奇怪的角度傾斜。

「好安靜，」芬恩說。我們駛入村子外緣時，沒聽到吠叫的狗，或是路面電車的隆隆聲，也沒有腳踏車鈴聲。芬恩減速，但是街道上沒有玩耍的兒童。我疑惑不已，但是接著我注意到最接近的一棟石屋，牆上有一道道黑煙的痕跡。屋頂已經塌了。「一定是發生過一場火災。」我說，但是那些痕跡看起來很舊，被雨水沖刷過了。

芬恩又減低車速，慢得幾乎要停下來。拉貢達車的引擎嗚響著，彷彿也覺得不安。我左右看著馬路兩旁，還是沒有人。更多黑煙和火災的痕跡。我看到一個時鐘躺在人行道上，像是掉下來被棄置在那邊。鐘面燒得半融化，但是我看到指針停在四點。

「這些房子全都沒了屋頂。」芬恩指著，我看到更多燒黑的木頭，更多焚毀的木瓦。難怪這些房子的輪廓從遠處看起來那麼奇怪。一定是發生過一場火災，但這些是石造建築物，很結實，而且各棟房屋之間都保持一段距離。火勢怎麼有辦法延燒得這麼嚴重呢？

我原本嘶嘶冒泡的血液，在血管裡變得非常、非常沉重。

教堂聳立在我們左邊，很巨大，也是以當地的厚重石頭建造的，同樣沒有屋頂。「為什麼都沒有人重建？」我低聲問。「就算發生過火災，為什麼沒有人回來？」

然後那個想法像一列尖嘯的火車撞上我：*或許沒有人生還*。

「不，」我說出聲來，好像在跟自己爭執。「不可能全鎮的人都死於一場大火。」會有人逃走。而且無論大火是何時發生的，之後顯然有人來這裡收拾過——四下沒看到瓦礫，沒看到垃圾。有人回來清理過這些建築物和街道。

那他們為什麼不留下？為什麼不重建？

拉貢達車緩緩駛過鎮中心，經過一間廢棄的郵局、一個路面電車站。那些軌道看起來完好如新，彷彿隨時都可能有一輛電車會轟隆隆從轉角出現。但四下好安靜，完全聽不到任何腳步或貓叫。為什麼沒有鳥叫聲？「停車，」我顫抖著說。「我得下車，我得——」

芬恩在卵石街道中央停下車，反正也不會有人嫌他擋路、朝他按喇叭。沒有其他車輛。我匆忙爬下車，差點摔倒，芬恩一隻手抓住我的手臂。「難怪之前店裡的那個老頭看我的表情那麼奇怪。」

「這裡發生過什麼事？」這個小鎮像是海上一艘被棄置的鬼船，餐桌上還擺著餐食。就像一個沒有娃娃的玩具村。羅絲，你在哪裡？

我們朝著剛剛進村的方向緩緩往回走。我隔著一棟燒毀旅館的窗子望進去，看到了裡頭的家具——幾張小桌子積了厚厚的灰塵，供等待客人休息的躺椅，棄置的櫃檯後頭沒有職員。要是我走進去，大概會在櫃檯上發現半融化的喚人鈴，等著召喚早已不見的行李員。

「你想進去嗎？」芬恩問。我用力搖一下頭。

我們左邊有一個空蕩的市集廣場。裡頭有一輛棄置的汽車，車門周圍都生鏽了。芬恩伸手撫過那烤漆剝落的擋泥板。「是標緻車，」他說。「二〇二車款。某個人的驕傲和喜悅。」

「那他為什麼要留在這裡？」

我們兩個都沒有任何答案。但是隨著我們每邁出一個回音響亮的腳步，我心中的恐懼就升得愈高。

我們回到之前看到的那座教堂，隔著路邊的一道石牆和一片青草斜坡聳立。建築高處有三面並列的拱窗，像是缺了眼珠的眼眶朝我們俯瞰。芬恩一手摸過那道矮石牆，僵住了。「夏麗，」他說，「有子彈孔。」

「子彈孔？」

他一手摸著那些凹痕。「而且不是鄉下獵槍造成的。看看這些子彈孔間隔的距離很平均。這是軍人們開槍造成的。」

「但是這個村子這麼偏僻，誰會——」

「我們離開這裡吧。」他迅速轉過頭來，滿臉蒼白。「我們去下一個村子打聽，找個人問問是怎麼回事。」

「不，」我後退。「羅絲來過這裡。」

「現在不在了。夏麗小妞。」他雙眼迅速地朝空蕩的街道前後張望。「現在這裡一個人都沒有。我們離開吧。」

「不……」但是我全身豎起寒毛，這片寧靜逼得我快發瘋了，而且我已經朝拉貢達車的方向走了一步，其實也不會比他想留下。

此時我眼角看到一個移動的影子閃過。

「羅絲！」我忍不住大喊。我看不到她的臉，但那明顯是女性的身影。儘管天氣很暖，她仍弓身裹在一件舊大衣裡頭，蜷縮在教堂牆外的草坡上。我拋下芬恩，奔跑著繞過那道較矮的牆，爬上草坡，又繞過另外一道牆，雙眼緊盯著那個人影。「羅絲！」我又喊，聽到芬恩在後頭匆忙跟上來，但教堂牆下的那個人影始終沒轉身。「羅絲！」我喊了第三次，彷彿那是咒語，或是祈禱，我絕望而懇求的手落在她肩膀上。

她回頭。

不是羅絲。

伊芙？我差點脫口問，不過那女人看起來一點也不像伊芙。她身材微胖，像個老祖母，灰髮往後梳成一個髻——怎麼會讓我想到高個子、瘦削的伊芙？然後她深色的眼珠茫然望著我，我看到了相似處。同樣歷盡滄桑的目光，那是一個靈魂曾備受折磨、凌虐的女人才會有的。也跟伊芙一樣，她年齡從五十歲到七十歲都有可能。對她來說都一樣：就像那個半融化的時鐘，她永遠停留在某個下午四點了。當時她的小鎮死去……無論是怎麼死的。

「你是誰？」我輕聲問道。「這裡發生了什麼事？」

「我是魯芳什太太。」她的聲音清晰，完全沒有一般老太太的含糊。「除了我之外，他們全都死了。」

❖

溫暖的陽光照在我身上。青草沙沙作響。這些日常小事，形成了魯芳什太太聲音中那種無聲恐怖的背景。

她一點都不好奇芬恩和我是誰，看到我們似乎也不驚訝。她就像一齣莎士比亞戲劇中開場的歌詠隊，布幕升起，舞台上的場景太奇怪又太令人驚恐了，觀眾根本無法理解，至少要等到她走出來，以一種冷靜、死氣沉沉的聲音解釋這場戲。說出發生了什麼、何時發生，以及如何發生的。

不會說為什麼。

她不知道為什麼。我想沒有人知道。

「當時是一九四四年，」她站在半焚毀、空眼眶似的窗子下方說。「六月十日。他們是在那一天來的。」

「誰？」我低聲問。

「德軍。從二月開始，納粹親衛隊裝甲師一直駐紮在土魯斯北邊。同盟國的軍隊在六月登陸之後，這個裝甲師就北上。到了六月十日，他們來到這裡。」她暫停一下。「稍後我們才得知，有人報告說格朗河畔奧拉杜爾（Oradour-sur-Glane）窩藏反抗軍戰士……或者其實是瓦韋爾河畔奧拉杜爾（Oradour-sur-Vayres）。不曉得，這一點始終不清楚。」

芬恩握住我的手，手指冰涼。「然後呢？」我僵硬的嘴唇勉強吐出幾個字。

魯芳什太太不需要催促。故事已經開了頭；她會講到最後，才走下舞台。她的目光彷彿穿過我，回到了一九四四年六月。

「當時是下午大約兩點。德軍衝進我家，命令我們——我丈夫、我兒子、兩個女兒，還有我孫女——到市集廣場。」她指著我們剛剛看到的那輛棄置標緻車那裡。「已經有一大群村民在那邊集合。男男女女從各個方向走過去。接著女人和小孩都被趕進教堂裡。」她撫摸著被打了凹孔、有燻黑痕跡的教堂石牆，彷彿那是一具屍體的額頭。「母親懷裡抱著嬰兒，或者推著嬰兒車。我們總共有好幾百人。」

沒有羅絲，我難受地想著。羅絲不可能在其中。她不是村裡的人，她在利摩日居住且工作。我本來很確定我在這裡能找到她，但不是像這樣。她六月十日不可能在這裡。

「我們等了好幾個小時，」魯芳什太太冷靜地繼續說。「推測、咬耳朵，愈來愈害怕。大約四點的時候——」

四點。我想到那個半融化的時鐘。

「——幾個士兵進來了，其實只是男孩。他們一起抬著一個箱子，裡頭有幾條細繩從箱裡垂下來，拖在地上。他們把那箱子放在中殿，靠近唱詩班席位，接著點燃了那些細繩。他們退出教堂，然後那個箱子爆炸——整個教堂充滿黑煙。女人和小孩到處亂跑，推擠，尖叫，被嗆得咳嗽。」

她的聲音沒有絲毫高低起伏。我想用雙手摀住耳朵，不要聽那些字句，但是我只是驚駭地僵立在那裡。芬恩站在我旁邊，連喘氣都忘了。

「我們撞破了通往祭衣間的門，大家湧進去。我在台階上坐下來——我想放低身子，吸到好一點的空氣。我女兒朝我跑，此時德國人從門外和窗外開火。昂德蕾就站在那裡被射殺。」她暫停，眨眼。「她當時十八歲。」又是暫停，眨眼。「她倒在我身上，於是我閉上眼睛，假裝死掉了。」

「耶穌啊！」芬恩低聲說。

「德軍繼續開槍，接著又搬來乾草和柴火和壞掉的椅子，堆在石地板上那些倒下的死屍上頭。當時煙還是很濃——我從我女兒下頭爬出來，躲在祭壇後頭的牆邊。牆上高處有三扇窗子，我來到中間那扇，最大的那扇，把神父用來點蠟燭的凳子拖過來。站在上頭盡力往上爬。」

這位駝背的祖母型女人當天硬是爬上了一道垂直的石牆，旁邊是滿地堆積的屍體和濃煙和子彈。我不曉得魯芳什太太在我臉上看到了什麼表情，但是她聳聳肩。

「我不曉得自己是怎麼爬上去的，那天我的力量多了好幾倍。」

「有可能的。」芬恩的聲音小得幾乎聽不見。

「那扇窗子已經碎了。我把自己拉上去，往外跳。我摔在大約三公尺下頭。」她往上看，直盯著我們正上方，就是教堂牆壁中央那扇黑暗、空洞的窗子。「就在這裡。」

我喉嚨裡卡著一個沒喊出聲的尖叫。*這裡*，那個字眼迴盪著，*這裡*。這個女人，三年前，從這扇窗子跳下來，落到我們眼前這片陽光普照的草地。*這裡*。

「有個女人想跟著我。德軍一看到我們，立刻開火。」魯芳什太太開始走路，步伐緩慢而艱難。「我被射中了，五槍。我往這裡爬。」我們默默跟著她，繞著教堂外牆走。「我爬到了祭衣間外頭的花園。那些植物當時還沒枯死；長得很茂密。」我們站在壓平的野草上，看著那荒蕪的花園。「我躲在幾排豌豆裡，聽到更多槍聲、更多尖叫、更多大喊……此時男人和男孩死掉了，大部分。被槍殺了。然後是大火亂竄，所有的屋頂都著火了。夜幕降臨，然後是香檳軟木塞爆開的聲音……德軍留下來過夜，喝香檳。」

我張開嘴巴，但是沒說話。我想不出能說什麼。芬恩突然背過身子去，但是沒放開我的手。他握得好緊，我覺得自己的手指都快斷了，於是也用力握住他。魯芳什太太平靜的目光掠過我們，手指動著，好像在撥動一串不存在的玫瑰念珠。

「德軍在這裡待了幾天……他們本來想挖幾個坑，把那些屍體埋了。我始終不知道為什麼。他們做的這種事情，絕對隱藏不了的。焚燒屍體的惡臭。恐慌的狗到處亂跑，尋找主人……德軍殺了我們大部分人，但是他們對狗心軟，沒射殺任何一隻狗。後來他們在神父住宅花園這裡挖了個坑埋葬死者，但是坑太淺了，他們把坑填平後，有個男人的手還從土裡冒出來。」

我看著芬恩。他依然背過身子，肩膀一聳一聳。我不知道為什麼自己動不了，為什麼發不出聲音。我整個人凍結了。

「等到德軍放棄清理，離開之後，我就獲救了。兩個男人偷偷溜回村子裡，來察看他們的兒子是不是還活著……我求他們把我帶去河裡淹死。但是他們帶我去找醫師。我在醫院住了一年，出院時戰爭結束了，德軍早就離開了。但是這個村子還是——」

暫停。眨眼。

「——像這樣。」

暫停。眨眼。

「我活下來了，」她繼續平靜地說。「還有其他人。有幾個男人中槍後從焚燒的穀倉爬出來；還有人那天去田裡工作，或是剛好去鄰鎮；有幾個小孩躲在廢墟裡，或沒被子彈射中。」她雙眼中有個什麼掙扎著要浮出——她看起來好像從一九四四年六月十日的那個時間孤島裡緩緩上升，回到眼前。她這才第一次望著我，好像真正看到我。看到夏麗・聖克萊爾穿著紅裙子和軟木塞底涼鞋，站在那個充滿鬼魂的廢墟中。

芬恩轉過身來。「你為什麼來這裡？」他比劃著周圍染了煙痕的空建築。「你為什麼留下？」

「這裡是我的家，」魯芳什太太說。「現在還是我家，我是活著的見證。你們不是第一批來到這裡的人，要尋找……找到我比較容易，比什麼都沒有要好。所以告訴我，你要找誰。如果他們還活著，我會告訴你。」她的雙眼充滿憐憫，彷彿深不見底。「如果他們死了，我也會告訴你。」

❖

有好一會兒都沒人說話。我們就像三位一體似的站在那個可怕的地方，一陣微風吹亂了芬恩的頭髮，拂過魯芳什太太大衣的褶邊。然後我伸手到提包裡拿出那張羅絲的舊照片，放在魯芳什太太皺紋滿佈的雙手裡。

然後我祈禱，我好努力祈禱。

她仔細看著照片，拿著湊近眼睛。「啊……」她低聲說，雙眼露出認得的神色。「愛蓮。」

「愛蓮？」芬恩突然說，搶在我之前。

「愛蓮．朱貝爾，她來這裡生小孩的時候說她叫這個名字。是個寡婦，非常年輕。我想當時我們都在猜，但是……」聳聳肩。「很可愛的姑娘。沒人在乎。她去利摩日工作的時候，就把寶寶交給伊維諾家照顧。她每個週末搭電車回來，伊維諾太太是這麼說的。」她露出微笑。「愛蓮，很美的名字。但是我們從來沒這麼喊她。她說她小時候的小名是羅絲，因為她的臉頰，所以我們就喊她美人兒羅絲。」❻

我心中有個什麼開始尖叫。

「拜託，」我哀求，嗓子啞了，「告訴我她當時不在這裡。告訴我她在利摩日。告訴我她當時不在這裡。」

魯芳什太太沉默了好久。她看著那照片上羅絲的笑臉，然後我看到她又往下沉——回到那六月十日六月十日六月十日的無盡循環。「在教堂裡，」她說，「牆上高處有三扇窗子——我爬上第二扇，最大的那扇，把神父用來點蠟燭的凳子拖過來。我把自己拉上去，往外跳，摔在大約三公尺下頭。」

幾乎跟她第一次說出來的逐字相同，我恐懼又茫然地明白了。她曾一再碰到像我這樣的人，來尋找自己所愛的人，於是她反覆說出這個故事。她是說了多少次，因而到最後她的故事變得很固定，把同樣的字句以同樣的順序說出來？當她每天為了我們而重提往事時，就是用這個方法讓自己保持清醒嗎？「魯芳什太太，拜託——」

她又開始走，回頭走向反方向，步伐不穩而心不在焉。我跑著跟上。「有個女人想跟著我爬出窗子。」暫停。眨眼。然後故事改變了，同時我們走回那扇黑暗的破窗，就是魯芳什三年前爬出來跳下的地方。「我抬頭時——」現在她往上看，我的雙眼也跟隨她的目光。我看到她所描述的。我看到她所看到的。「我後頭跟著一個女人，她從窗子遞出她的寶寶。」

我看到一個金髮腦袋，蒼白的手臂從那扇窗子往外伸。這裡。

「我接住那個正害怕得尖叫的孩子。」

我看到那個包在襁褓裡大哭的孩子，兩個揮舞的小拳頭。

「那個女人往外跳，落在我旁邊。她從我手裡搶走她的寶寶，轉身就跑。」

我看到那個纖瘦的人影往下跳，在驚恐中依然不失優雅。我看到綠色草地上她白色的洋裝，匆忙起身，身上沾了草漬和血跡，把那哭號的嬰兒抓過來抱在懷裡，衝向安全處——

「但是德軍朝我們開槍，好幾十槍。我們倒下。」

❻ 羅絲（Rose），意為粉紅色，或玫瑰。

我看到子彈齊射，看到開槍後的煙霧飄散。教堂牆壁被擊中，石頭碎片飛濺。金髮上有點點血滴。

「我中了五槍，但是還勉強能爬開。」魯芳什太太把照片輕輕放回我顫抖的手中。「但是你的朋友——美人兒羅絲，還有夏洛特寶寶——她們被殺害了。」

接著我聽到一個窸窣聲，於是閉上眼睛。那是一件夏日洋裝被溫暖的風吹過的聲音。羅絲就站在我身後——要是我轉身，就會看到她。我會看到她的白色洋裝上有紅色污漬，我會看到子彈穿過她柔軟的喉嚨和她發亮的雙眼。我會看到她倒在那邊蜷縮成一團，雙腿抽搐，那顆勇敢的心依然竭盡全力想逃走。我會看到她懷裡的寶寶，我從來無緣得見的寶寶，永遠不會長大而成為我孩子的姊姊。她取名為夏洛特的寶寶。

羅絲站在我身後，呼吸著。只不過她並沒有在呼吸。她已經死去三年，早已不在了，而我所有的希望都是謊言。

24

伊芙

一九一五年十月

她死在一陣彈雨之下。走私的報紙上刊登了細節，每個人都閱讀了，覺得難受卻又著迷。她在比利時被槍斃行刑隊處決：一個紅十字會護士，也是英國間諜，她立刻就出名了，對所有人來說，她是女英雄與烈士。她的名字四處可見。

伊迪絲・卡維爾。

不是薇歐蕾・拉莫宏。伊迪絲・卡維爾死了；但是薇歐蕾，根據愛莉絲情報網所能蒐集到的資料，她還活著。

「卡維爾看起來很像薇歐蕾，」伊芙說，私下猛讀著違禁的報紙。卡維爾於八月被逮捕，但現在才處決，劃下了殘酷的句點。「是眼睛。」大部分卡維爾的影像都被浪漫化了：她被畫成在一排步槍前昏倒；她的照片則被修過，讓她顯得脆弱且女性化。但伊芙認為那雙眼睛一點也不脆弱。伊迪絲・卡維爾曾協助幾百名軍人從比利時偷渡——這種成績可不是脆弱的人做得到的。她的雙眼堅強而不帶感情，像薇歐蕾，像莉莉，像伊芙自己。又是一朵惡之花，伊芙心想。

「這是好事。我沒有殘酷的意思，但是卡維爾的死，對薇歐蕾絕對是好事。」這會兒莉莉在房間裡踱步——自從薇歐蕾將近三個月前被捕之後，莉莉就一直盡量不露面，躲在伊芙這裡。躲起來很不符合她的性格，於是她總像隻關在籠子裡的老虎踱步，小小的臉緊繃。「德國人因為處決卡維爾而飽受責難，他們不敢再把一個女人帶到槍斃行刑隊面前的。」

那他們會對她做什麼？伊芙納悶著，提心吊膽。德國人很少對囚犯刑求，就連對間諜也不例外。沒錯，他們會審問、毆打、監禁——而且當然還有即將被處決的恐懼。雖然你可能被槍決，但是你的指甲不會先被拔掉；情報網的每個人都知道這點。

但是如果他們對薇歐蕾破例呢？

伊芙沒有說出這個想法，因為她知道莉莉已經心急如焚了。伊芙也很煎熬，每回她想起薇歐蕾的雙手那麼溫柔地照顧她，想要把那些鋼製手術器具弄暖，就難過極了。要不是薇歐蕾，伊芙現在應該還無法擺脫荷內的骨肉。或者她會死掉，因為要不是有薇歐蕾的專家技術，她可能會急得不顧一切，去試任何偏方、任何毒藥，好讓自己流產。伊芙虧欠薇歐蕾太多了。

「他們會偵訊她，」莉莉垮著肩膀踱步。「安唐說他們沒有任何確切的證據。她被捕時身上沒有文件。情報網裡一個布魯塞爾的小夥子被捕後，供出了薇歐蕾的名字；但這小夥子唯一知道的就是她的名字。所以德國人會偵訊她，但是如果他們在薇歐蕾身上想挖出什麼弱點，那他們只會發現一片岩床。」

伊芙想像薇歐蕾隔著一張不牢靠的桌子，面對著一名德國偵訊者，想像她轉動著腦袋，好讓光線無法穿透，而是在鏡片上反光。不，薇歐蕾不會是一個好對付的偵訊對象。只要他們不刑求。

「真希望我能做點事情，」莉莉氣呼呼地說。「真希望我能出去蒐集一些新資訊——一定有情報要蒐集的。」她的聲音冷冰冰。「我絕對不會再讓德國人抓走我們的任何成員。我寧可自己被槍斃，也不要再失去任何一個人。」

「別傻了。」伊芙發現自從薇歐蕾不在了，她便承襲了薇歐蕾那種霸道的堅定，管教起這位難以控制的領導人。「我來想辦法，看能在忘川查出什麼來吧。」

你在忘川可能也待不了多久了，這個想法悄聲說。隨著他們的情報網出現了漏洞，伊芙和莉莉很可能會從里爾被召回倫敦。這是很合理的步驟，於是伊芙現在不禁一直幻想著離開里爾、再也不必見到荷內．波得龍。但是眼前你還待在這裡，所以繼續豎起耳朵傾聽吧。

然而在忘川餐廳裡的大量閒話中，根本沒有關於薇歐蕾的事情可以聽。每個人只會談卡維爾的處決。那些德國軍官餐後喝著草藥烈酒聊天時，要不是一臉嚴肅，就是怒氣沖天。「該死，那個女人是間諜啊！」伊芙聽到一名上尉氣急敗壞地說，「難道我們應該為一個卑鄙的間諜哭溼手帕，只因為她是女的？」

「現在的戰爭跟以往不一樣了，」一個上校反駁道。「間諜穿裙子——」

「要一個女人面對槍斃行刑隊，讓我們的祖國蒙羞。這不是我們進行戰爭的方式……」

「間諜是個懦弱的勾當。里爾一定有問諜，整個地區都被詛咒了。卡維爾被處決前幾個星期，布魯塞爾那邊抓到了一個間諜，也是女人──」

伊芙豎起耳朵，但他們沒再多說有關薇歐蕾的什麼了。拜託，不要讓她最後像卡維爾那樣。

這一切讓荷內在稍後的夜裡輕聲發笑，此時他赤裸站在酒櫃前一瓶碧綠如橄欖石的液體前，那是他最近開始介紹伊芙喝的苦艾酒。「德國人還真浪漫，說得好像戰爭有任何體面的進行方式！戰爭就是發生了。到了一場戰爭的最後，唯一重要的就是誰活著、誰死掉。」

「不光是這樣吧，」伊芙說。她雙腿交疊坐在柔軟的床上，一條床單從肩膀處裹住自己。「誰變─變成窮人、誰變得有錢也─也很重要。」這句話讓荷內露出讚許的微笑，一如伊芙的預料。瑪格麗特必須從他一開始喜歡的那個大眼睛鄉下姑娘逐漸進步。她會多出幾分世故；她喝香檳時不再發出聲音；對於情人樂於向她展示的種種生活中的精緻事物，她也逐漸能夠領略。她在床上順從且渴求，還沾染了一些荷內的尖酸，於是讓他露出微笑，因為她這麼認真地在模仿他。沒錯，伊芙精心算計著瑪格麗特成長的各個階段，而荷內似乎認為是他的創作，因此很得意。「我不明白，為什麼在戰爭時期想發財，是那麼糟─糟糕的事情，」伊芙有點不滿地說，好像在試著模仿荷內牟取暴利的神態，也試著合理化。「誰想─想─想──誰想要挨餓？誰想要穿得破破爛爛的？」

荷內把有著網洞的專用銀匙架在苦艾酒的杯子上，然後在兩杯的銀匙裡各放一顆方糖。「你是個聰明的姑娘，瑪格麗特。要是德國人認為女人不夠聰明或不夠狡猾，沒資格當間諜，那他們就是受騙上當的傻瓜。」

伊芙把談話從她的聰明上頭引開。「據說英國人對卡維爾被處決很氣－氣憤。」

「氣憤，或許吧。」荷內把冰水滴在糖上，於是方糖緩緩溶解，流進下方的苦艾酒裡。「但是我想，他們更多的感覺是慶幸吧。」

「為什麼？」伊芙拿了她那一杯。她以前本來擔心苦艾酒會讓她產生幻覺或愛講話，但結果沒有——荷內說那些都是法國葡萄酒商怕失去生意而嫉妒造謠——但她還是很小心，喝得很小口。

「你沒看到英國人現在的傷亡數字，寶貝。每個月在戰壕裡死了那麼多人……現在他們輝煌的小小戰爭進入第二年了，人民已經厭倦了流血。但是當德國人槍斃一個好出身、聲譽清白無瑕的英國女人——還有比護士更完美的嗎？——這種震驚對大後方的人民是很好的刺激。」荷內喝著他的苦艾酒，接著回到床上。

「那麼德國人會處決另一個間－間諜嗎？」伊芙大著膽子問。「在布魯塞爾抓－抓到的那個女人？」

「如果他們聰明的話，就不會。他們不會想增加負面的媒體報導。不曉得這個間諜是不是年輕又漂亮？」荷內若有所思地說，望著燈光透過他杯中那綠色寶石般的液體。「如果是的話，英國人應該希望德國人槍斃她。比一個像卡維爾那樣的中年烈士更好的，就是一個漂亮的烈士。再沒有開槍射殺一個年輕、可愛的姑娘更能引起公憤的事情了。把酒喝掉，瑪格麗特，然後過來這裡……你沒吸過鴉片，對吧？我們應該找時間試試看，在鴉片夢裡上床，有可能讓我們大開眼界……」

但是伊迪絲．卡維爾的幽靈還沒放過他們。那一夜伊芙回到自己家裡時，莉莉沒睡，坐在那張搖晃不穩的小桌前，雙眼底下有大大的紫黑色陰影。「愛德華舅舅捎來了有趣的消息，小雛菊。」

「我們被召回了嗎？」伊芙的腦子還有點輕飄飄的，因為之前喝了苦艾酒，不過她設法迴避了吸鴉片的可能性。凡是有可能導致她在荷內面前管不住嘴巴的迷幻物質，她都不會去碰。「他們要把我們調離里爾嗎？」她的腦袋因為期望而更加輕飄飄，這一刻終於來了。

「不。」莉莉猶豫著，然後伊芙心往下沉。「但是同時……或許吧。」

伊芙氣惱地解開大衣的釦子。「講清楚吧。」

「這個消息是安唐直接從愛德華舅舅那邊得到的。到處都有傳言說上面決定召回我們，但是他的八字鬍上司」——應該就是伊芙在福克斯通時認識的那位直率、愛講八卦的艾倫登少校——「支持讓我們繼續。」

「即使德國人現在逮到了我們的其中一員，努力想破壞我們整個情報網？」

「沒錯。」莉莉打開包在手帕裡的一根香菸，四處找火柴。「八字鬍的意見是，我們在這裡的位置很隱密，值得冒這個險。所以他下令我們避免引起注意，繼續工作，至少再撐幾星期。」

「的確很冒險，」伊芙承認，甚至是太莽撞了。但是冒險才能贏得戰爭，而軍人的職責本來就是承擔危險。當初伊芙同意接下這個工作，就已經把自己的性命交給國家——儘管她渴望把里爾和荷內·波得龍拋得遠遠的，但現在抱怨又有什麼用呢？她跌坐在床緣，揉掉她眼睛裡的沙子。「所以我們要繼續了。」她有點怨恨地說。

莉莉點燃了她的香菸。「或許不是。」

「講清楚，莉莉。」

「愛德華舅舅絕對不會公然反駁上司，但是他……他有一些辦法可以表明他不贊成。顯然他反對讓我們留在這裡，極力反對。雖然沒具體說出來，但是他表明自己認為：讓我們持續在這裡工作太危險了。他害怕薇歐蕾會像卡維爾那樣被處決，也害怕我們會被捕，遭受到同樣的下場。」

「的確有可能。」伊芙活在這種恐懼中太久了，因而感覺上似乎很正常。「德國人正在努力查緝。他們不會沒注意到這裡的前線長達幾十公里，設置的大砲總是不到兩星期就被破壞掉。」

莉莉吐出長長一口煙霧。「愛德華舅舅認為八字鬍是個白痴，但是也不能撤銷他的直接命令。不過他非常委婉地暗示，要是我們要求調離里爾，以疲倦或緊張為理由，他可以幫我們實現。」

伊芙瞪大眼睛。「軍人怎麼可以推辭掉上級的命令——」

「一般軍人的確是不行，但是我們這種工作的人不一樣。一個瀕臨情緒崩潰的間諜是不能仰仗的，那樣只會造成損失，調回去比較安全。所以……」

「所以。」一時之間，伊芙讓那種陶醉的願景淹沒她。再也不必挨餓，再也不必過著德國時間，再也不必有涼涼的雙手摸著她的身體，再也不必夢到背後挨子彈。再也沒有危險，但同時也會帶來負面的後果——「要是我們要－要求離開，他們會把我們調到其他地方工作嗎？比利時，或者——」

「大概不會。」莉莉彈了一下菸灰。「我們這樣要求，就會成為受不了壓力而崩潰的人。沒有人會把有裂縫的杯子又放回桌子上，指望它不會破。」

現在回家，她的參戰經歷就到此為止。無論這場戰爭會持續多久，伊芙都再也沒有貢獻的機會了。

「我們大概還是應該這麼做。」莉莉的口氣很客觀。「要求退出。無論如何，我都比較相信愛德華舅舅的直覺，而不是那位八字鬍的。要是愛德華舅舅認為太危險，那麼他大概就是對的。」

「是啊，」伊芙承認。「但是儘管如此，我們接到的直接命令是留下。那是命令。而且只要再待幾星期就好。只要我們避免引起注意，一旦把我們召回，我們就可以調去新地方工作了。」

「而且我們到目前為止都很幸運。」莉莉聳了一下單薄的肩膀。「幸運得不得了，我們一直都沒事。」

伊芙吐出一口長氣，也把回家的興奮願景打消。「那麼我認為，我們該留下。至少再待一陣子。」

「我已經決定我自己要這樣了，但是我不希望影響你。你確定嗎？」

「確定。」

「那就這麼說定了。」莉莉打量著她抽剩的菸頭。「該死。我這根攢著兩星期，但結果只好好抽兩口就沒了。我還真是熱愛這種原始的生活呢……」

伊芙伸手握住莉莉空著的那隻手。「答應我你會更小心。我很擔心你。」

「擔心有什麼用？」莉莉皺起鼻子。「之前九月時，你知道，我就讓擔心影響了我。我算是有某種不祥的預感吧，強烈到我還去探望家人。因為我相信要趁著還有辦法的時候，趕緊去看他們最後一次……跟他們告別時，我一直在想，『現在一切都結束了；我就要被抓起來槍斃了。』接著什麼都沒發生，完全沒事。擔心只是浪費時間而已，小雛菊。」

伊芙暫停一下，斟酌著用詞。「要是薇歐蕾被迫說出你的名字呢？」

「就算他們逼她說出我，他們也找不到我的。我就像是一把水，會流來流去。」莉莉微笑。「我會改變我的慣有行程、改變我的路線。我保證。」然後微笑消失。「八字鬍有件事情說得沒錯：這個狀況不會持續太久了，這點我很確定。香檳區那邊的攻勢很強；他們很確定年底就能突破。我們只要再撐一陣子就行了。」她輕聲說。「然後薇歐蕾就會被釋放——要是他們只是判她坐牢幾年的話，她可以撐過去的。」

「那如果不止幾個月呢？」伊芙只來到里爾幾個月，但感覺上就像永遠。「要是這場戰爭會持續好幾年呢？」

「那就好幾年吧，」莉莉說。「那又怎樣？」

的確，那又怎樣？於是她們兩個人都不再去想要求調回英國的事了。

❖

才幾天後，伊芙聽到了那個消息，是霍夫曼司令和兩個上校說出來的，當時他們餐後白蘭地已經喝了一陣子。不像德國皇帝來訪的消息那麼珍貴，但也重要到足以讓伊芙豎起耳朵。

「你確定？」莉莉已經又回到她的慣常工作，弄了新的一套身分卡，以防萬一以前用的名字被揭露。

伊芙點點頭，靠坐在那張不穩的小桌子邊緣。「德國人打算明年一月或二月要發動一次大規模攻擊。確定了。」

「目標呢？」

「凡爾登，」伊芙微微顫抖。這個地名有個什麼是她從沒見過的。一個斷然的結局。這個地名聽起來像個殺戮戰場。但如果軍官們事先得到警告，就不會是如此了。或許凡爾登將會象徵著殺戮的結束。

「把這個情報往上報，可能對你會造成危險。」莉莉判斷道。伊芙的情報不見得都能往上報。因為上面要是根據某些情報而採取因應行動，德國方面就可能發現忘川是消息洩漏的來源。

「這個消息很重要，」伊芙回答。「我們之前沒要求回家，就是為了像這樣的情報啊。」

莉莉考慮了一會兒，最後同意了。「我已經安排過兩天要去圖爾奈跟愛德華舅舅碰面。你得跟我一起去。像這麼重要的資訊，他們會仔細盤問我們兩個，就像當初對德國皇帝的那個情報一樣。」

伊芙點頭。那天是星期天；這樣她就不必請假。「你來得及多弄一張安全通行證嗎？」

「我的連絡人從來沒讓我失望過，上帝保佑他。」

伊芙咬著指甲，已經都咬到指甲底下的肉了。或許是因為薇歐蕾的被捕，也或許是因為十月的嚴寒，但是她一整個星期都在奮力對抗一波迷信的恐懼。克麗絲汀工作時用疑心的眼神看她，會不光是輕蔑而已嗎？那個德國副官看到伊芙端咖啡過來就突然停止說話，會是意識到她在聽嗎？荷內最近對她特別關懷備至，會是察覺到她的某個謊言，而決定哄得她沒有戒心，再突然發動攻擊嗎？

控制好自己吧。

那天夜裡她跟荷內共度到很晚。他在臥室裡生火抵禦寒冷，拿著于斯曼的小說《逆天》唸給伊芙聽，偶爾還放下書、重現書中一些比較頹廢的段落。伊芙其實對這些頹廢感到無聊，而非因此撩起情慾，但是瑪格麗特很稱職地露出睜大眼睛的猶豫狀，荷內看了似乎很高興。「你進步很多，寶貝。」他喃喃說，一根指尖撫過她的耳垂。「或許我們應該到鄉下住一陣子，就像于斯曼筆下的男主角，嗯？找個比利摩日更溫暖的地方，我們可以擺脫這些乏味的德國人，兩個人好好享受。格拉斯這個季節非常宜人，風從每個方向吹來花香。我總覺得等我開餐廳開夠了，退休後要搬去格拉斯。我在那裡已經有一棟破舊的房子，等著有一天要改建成一座小小的漂亮莊園……你想去格拉斯嗎，瑪格麗特？」

「任何溫暖的地方都好。」伊芙顫抖著說。

「你最近老是很冷，」荷內撫摸她皮膚的手放慢速度。「你該不會是懷孕了吧？」

伊芙好久沒這麼驚訝了，差點掩飾不了自己的直覺反應。她勉強按捺下嫌惡的瑟縮。「沒有。」她說，然後咯咯笑了起來。

「嗯。要是你懷孕了，那也不會是悲劇，寶貝。」他手掌平貼著她的腹部，長長的手指從一邊撫到另外一邊。「我從來不認為自己特別有父愛，不過男人到了某個年齡，就會開始考慮自己的傳承。也或者只不過是這種陰沉的天氣搞得我心情沉重。可以麻煩你翻身嗎？」

我不告訴他是對的，伊芙邊翻身邊想。他可能會把她像一隻嬌寵的母馬送去別處待產，那現在她會在哪裡？

快天亮時，伊芙才溜出荷內的住處。她已經沒時間睡覺了，只來得及匆忙收拾一個包裹，好讓自己在檢查站可以假裝手忙腳亂，然後就出發到車站。莉莉遲到了，伊芙正開始滿心恐慌時，看到一個熟悉的人影從一輛馬車下來。這是一個有霧的寒冷早晨，溼霧凝成的水滴似乎黏著莉莉的草帽和她灰藍色的大衣。她大步穿過一縷縷晨霧，看起來特別嬌小。「我們有個問題了，」她說，聲音壓得很低，免得旁邊經過的人聽見。「只有一張安全通行證，是到圖爾奈的旅行許可，但是只能一個人使用。」

「給你用吧。我沒必要去。」

「有必要，像這樣的情報，你必須到場。他們會堅持要詢問消息來源的。」

「那就我單獨去——」

「你從來沒有單獨經過檢查站。那些衛兵最近很緊張，他們不習慣看到你進出，不像對我。你的口吃有可能讓他們更仔細檢查。要是出了什麼狀況，我希望我在場，能講些話幫你脫身。」

莉莉猶豫著，咬住嘴唇。「像這麼重要的事情，我們不能等到下個星期才去報告。要是可以用一張安全通行證，設法在這裡靠鬼扯混過去，到了圖爾奈就可以輕易再弄到另一張通行證回來。」

伊芙看著對街車站裡的那些德國衛兵，看起來一身溼且悶悶不樂。或許心情很不爽，但也夠寒冷淒慘，足以粗心大意。「我認為我們該去。」

「我也這麼認為。通行證給你，小雛菊，然後去排隊——排在離我三個人前面，不要回頭看我。」

莉莉簡單交代幾句話，然後伊芙過街，經過廣場上的一群不顧冷霧寒氣、正在玩鬼抓人遊戲的小男生。伊芙手忙腳亂拿著包裹，偷偷朝後看了一眼，一個小男孩衝過莉莉身邊，她抓住他的綠色圍巾末端，湊在他耳邊說了些話——接著塞了個硬幣到他手裡，不過莉莉遮掩得很巧妙——然後那小男孩又衝出去。莉莉走上前加入排隊的行列，伊芙忽然緊張得幾乎站不住。她努力壓下恐懼。

那衛兵用一條大手帕在擤鼻子，顯然著涼了。伊芙努力擺出恭敬的低姿態，默默遞上自己的安全通行證。那衛兵掃了一眼，揮手讓她通過——她心跳好快，轉身背對著衛兵，假裝把通行證塞回自己的提包裡，但其實折疊得小小的，抓在戴了手套的手指間。過了一會兒，一個圍著綠圍巾的小男孩跌跌撞撞地經過那些德國人——他們幾乎沒注意到那些小孩，只是揮手要趕開他們——然後撞上伊芙，他自己摔倒了，伊芙手裡的包裹落地。

「起來吧！」伊芙把他扶起身，拍掉他袖子上的泥巴，暗中把那張折疊的通行證塞進他袖口裡。「小－小心點。」她告誡著撿起包裹，發現自己的聲音聽起來好假，那孩子又莽撞地跑掉了。在廣場上迅速跑了一圈——莉莉一定是交代過他不要直接跑向目標——然後他撞到莉莉，莉莉抓住他的手腕，把他罵了一頓。伊芙垂下眼睛偷偷觀察著，即使她看得很仔細，還是沒看到莉莉從那男孩的袖子裡拿出通行證。不過五分鐘之後，莉莉來到隊伍的第一個，通行證已經拿在手上了。

當那個德國衛兵看著莉莉的通行證時，伊芙的心跳又響得像在敲鑼。通行證上沒有照片，只是一張紙允許你通過——所有的通行證看起來都很像；那衛兵一定不會注意到是同一張吧……當他又擤鼻子揮手要莉莉通過時，伊芙鬆了口大氣。

「看到沒？」莉莉在火車刺耳的汽笛聲裡低聲說，跟伊芙會合。「他們太笨了。只要隨便一張紙湊到他們鼻子底下，你總是能過關的！」

伊芙輕笑一下，因為解脫而有點太高興了。「你什麼都能拿來開玩笑嗎？」

「到目前為止是這樣，」莉莉漫不經心地說。「你覺得我們到了圖爾奈之後，還有時間去買頂蠢帽子嗎？我好渴望粉紅色絲緞……」

事情發生時，伊芙還在笑。稍後她想著是不是自己的笑聲吸引他們的注意，是不是她太輕鬆自在了。稍後她想著，我原先可以怎麼做？稍後她想著，但願——

一個德語的聲音在她們後頭響起，像一把刀切斷伊芙的笑聲。「你們的通行證，兩位小姐。」

莉莉轉身，金色的眉毛揚起。這不是剛剛那個擤鼻子的衛兵，而是一名穿著筆挺制服的年輕上尉。他的帽緣凝結著一連串細小水滴，表情嚴厲而猜疑。伊芙看到他下巴上有刮鬍子留下的小傷口，看到他蒼白的睫毛，於是舌頭打結。如果她想說話，在任何一個字說出來之前，一定會先結巴半天，像是殺死戰壕裡無數士兵的紹沙輕機槍……

但是莉莉開口了，口氣輕鬆而不耐煩。「通行證？」她不高興地指著剛剛那個衛兵。「我們在那裡已經拿出來過了。」

那上尉伸出一隻手。「不過我還是要再看一次。」

莉莉被激怒了，像個被冒犯的小個子法國主婦。「你是誰——」

他怒目瞪著。「要是你們有通行證，就拿出來給我看。」

完了，伊芙心想，那種驚駭太全面性了，感覺上簡直像是冷靜。她們不可能靠鬼扯把她沒有通行證的事實混過去。他們會把我抓走，他們會把我抓走——

她抬起眼睛，看到莉莉把她自己的通行證遞給那個上尉。他低頭檢查時，莉莉和伊芙目光交會。他們抓走我時，你就走開，伊芙盡力用眼神傳達。走開。

然後莉莉露出微笑——那種一閃即逝的頑皮笑容。

「那是她的通行證，」她字字清晰地說道。「我違法借來用的，你這蠢德國佬。」

25

夏麗

一九四七年五月

她早已死了。

我在這世上最要好的朋友。死了。

這場殘酷的戰爭伸出貪婪的手指，不光是攫走了我哥哥，還吞噬了羅絲，奪走我情同姊妹的那個姑娘，用子彈打得她一身窟窿。

我想我可能會麻木而驚駭地永遠站在那裡，在那片被玷污的草地上，固定於被子彈打出一堆凹孔的教堂牆面和魯芳什太太之間。我寧可她像聖經裡的羅得之妻，因為看了絕對不該看到的東西而化為鹽柱，再也不能動。我可以感覺到尖叫聲往上刮著我的喉嚨，像一把生鏽的刀子，但是我還沒能釋放那叫聲，芬恩就抓著我用力搖。我往上看著他，好茫然。夏麗，我可以看到他在說，夏麗小妞——但是我聽不到。我的雙耳好像是歷經了砲擊。我唯一聽到的，就是一種可怕的嗡嗡聲。

魯芳什太太還是冷靜注視著我。她的這番見證應該得到我的致謝。她的痛苦應該得到撫慰，她的勇氣應該得到獎章。但是我沒辦法看她。她最後陪著羅絲，看到羅絲倒下。為什麼是她，而不是我？為什麼當時我不在這裡，陪羅絲面對納粹軍隊？為什麼我也沒陪在詹姆斯身邊，聆聽他的憤怒，告訴他我愛他，壓過他記憶中那些可怕而不調諧的雜音？我那麼愛他們兩個，而我卻徹底辜負了他們。我讓我哥哥獨自在寒夜出門，不是他跟我交代的要去買啤酒，而是要飲槍自盡。我本以為可以彌補那個錯誤，那就是：當其他人都放棄希望時，我仍堅持找到了羅絲——但是我什麼都彌補不了。在普羅旺斯的那家小餐館，我曾告訴羅絲我不會拋下她，但是我拋下了。我讓一片大洋和一場戰爭阻隔了我們，現在她也死了。我失去了他們兩個。

辜負，我腦袋裡那刺耳的聲音一次又一次地說。這就是我人生的寫照。辜負。

我雙手放在魯芳什太太的手臂上，無言地握緊一下——我只有辦法如此表達謝意。然後我轉身，朝著街道踉蹌跑去。我被一個丟棄的花盆絆倒了，那是個破掉的陶花盆，原先大概種著鮮紅的天竺葵，放在一戶人家的台階上，而那個人家的主婦已經在六月十日被射殺。我雙手擦傷了，但還是站起來繼續跌跌撞撞地奔跑。淚眼矇矓中，我看到一輛車的形影，於是轉向朝車子跑去，結果發現那不是拉貢達，而是被棄置的標緻車，打從它的主人被趕到一片空地上射殺後，就停在那裡生鏽。我踉蹌退離那輛無辜而可怕的車，盲目地四下尋找那輛拉貢達，此時芬恩追上我，把我擁入懷中。我臉埋在他粗糙的襯衫裡，緊閉眼睛。

「帶我離開這裡。」我說，或試著想說。從我嘴巴冒出來的是一串含混又嘶啞的啜泣聲，幾乎聽不出任何字句，但是芬恩似乎明白。他把我抱起來，帶回拉貢達車，沒開車門，直接把我放進敞篷車內的座位上，然後自己進入駕駛座。我仍緊閉著眼睛，吸入皮革和機油那種撫慰的氣味，蜷縮在座位上，同時芬恩粗手粗腳地發動車子。他開得好快，彷彿有一群鬼魂在後頭追我們，或許真的有，老天，真的有。在我的心頭，在我腦中的眼睛裡，我看到一個寶寶才剛開始學步。她朝我舉起雙臂，要她的夏洛特阿姨抱抱，但是她腦袋上半被轟掉了。羅絲以我的名字為她取名，而她死了。

死了將近三年。車子顛簸又嘈雜地著駛過河上的橋時，我又發出了一串口齒不清的聲音。驅使我來到這裡的一切都是謊言。

一離開格朗河畔奧拉杜爾，芬恩就在第一家看到的路邊旅館旁慌忙停下車，要了一個房間過夜。或許老闆看到了我手上的婚戒（唐諾．麥高文太太，羅絲永遠沒辦法嘲笑我的唐諾了），也或許他不在乎。我跌跌絆絆地走進一個破舊的小房間，停下來看著那張床，搖晃不穩且淚眼模糊。「我會做夢，」我輕聲說，此時芬恩從後方走上來。「一等到我睡著，我就會做夢。夢到她是怎麼——」我停下來，緊閉起眼睛，想抓住以往安撫我的那種痲痹感，但那痲痹感已經完全粉碎。一波波淚水的大浪壓得我彎腰。我無法呼吸。我看不見了。「別讓我做夢。」我哀求，芬恩的大手捧著我的臉。

「你今夜不會做夢的，」他說，我看到他眼裡也有淚。「我保證。」

他離開房間，去找了一瓶威士忌回來。我們也沒費事去吃晚餐了；就只是踢掉鞋子，爬上床，背靠著牆，開始慢條斯理地喝起酒。有時我會哭，有時我只是瞪著窗子，看著外頭從天光轉為暮光藍到夜黑到充滿星星。有時我說話，像是數玫瑰念珠似地追憶羅絲的種種，接著是追憶詹姆斯，沒多久就為他們兩個而哭。芬恩由著我講話、哭，把我軟綿綿的身體放低，頭枕在他膝上。大約午夜十二點時，我往上看，看到他平靜的臉上無聲流下淚。「那個地方，」他輕聲說，「耶穌基督啊，那個地方——」

我伸手往上，觸摸他溼溼的臉頰。「你見過更糟的嗎？」

他沉默了好久，我都以為他不回答了。然後他一大口喝光自己杯裡的威士忌說：「見過。」能有比格朗河畔奥拉杜爾更糟糕的地方嗎？我不確定我想知道，但是他已經開始說了起來。

「英國皇家砲兵團，第六十三反坦克軍團。」他大大的手撫過我的頭髮。「一九四五年四月。我們在德國北部，靠近策勒。你聽過滅絕營嗎？」

「聽過。」

「我們解放了一個。貝爾森。」

我坐起身來，曲起雙腿，把膝蓋抱在胸前。他暫停。眨眼。

「C連，我們是跟在醫護人員後頭第一批進入的部隊。我們看到了一個鬼城，就像你我今天看到的那樣。不過貝爾森有更多活鬼魂。」他的口氣沒有高低起伏，跟魯芳什太太下午時一樣，那是一種驚駭深印心底、重複乏味的節奏。「幾千個穿著條紋灰制服的活骷髏，就在成堆的屍體間遊蕩。到處都堆著屍體，像是一堆堆破布和骨骸。就連還在走動的，看起來都不像活人。他們只是——飄蕩著。裡頭好安靜。」暫停。眨眼。「那天太陽照耀，就像今天……」

淚水又滑出我的眼眶。無用的淚水。眼淚對這些死者有什麼好處？在格朗河畔奧拉杜爾和在貝爾森的那些死者，還有詹姆斯、羅絲。該死的戰爭。

「當時有一個吉普賽女孩躺在地上，」芬恩繼續說。「我後來才知道她是吉普賽人，因為有個人跟我說她那個囚犯臂章是什麼意思。吉普賽女人是黑色三角形，裡頭一個Z、表示德文的吉普賽人（Zigeuner）……不過她其實不是女人，只是個少女。或許十五歲。但她看起來像是一百歲了，只不過是一小袋骨頭，禿掉的頭骨上有兩個大眼睛。她往上看著我們，那對眼睛像是一口井底的兩個石頭，她一手放在我的靴子上，像一隻白色的蜘蛛。然後她死了，就在我面前。就在我們凝視彼此的時候，她的生命逐漸消失。我是來解救她的，我的軍團和我——而她就死在這個時候。她已經熬過了那麼多折磨，現在死了。」

我猜，每當他回憶起那個吉普賽少女，總是會想到現在。只要他想到那空洞的雙眼、他靴子上那隻有如白蜘蛛的手，那女孩就又在當下逐漸死去，在他腦海裡，一遍又一遍。

「我已經抹去了很多記憶。」他的聲音粗啞起來，蘇格蘭腔變得好重、語句變得好模糊。「我一直想辦法，那實在——那些細節，變得模糊了。挖墓坑，從棚屋裡搬出屍體。幫裡頭的人除蝨子，設法餵飽他們。但是那個吉普賽少女——我始終記得她，印象特別深刻。」

我想不出安慰他的話。或許沒有任何話能安慰他。或許唯一的撫慰就是碰觸他，讓我身上的暖意表明我在這裡陪你。我抓住他的一隻手，在我的雙手裡握緊了。

「那個氣味——」一股戰慄傳遍他瘦削的身體。「斑疹傷寒和死亡和腐爛，到處都是一灘灘稀屎。」他看著我，深色眼珠空茫。「你該慶幸你三年後才來到格朗河畔奧拉杜爾這裡，夏麗小妞。你看到了陽光和平靜和鬼魂——但是你沒聞到那個氣味。」

他好像把想講的話都講完了。我又幫兩人倒了些威士忌。我們大口喝掉，想盡快醉倒而進入遺忘狀態。舉杯！羅絲說，但不，她什麼都沒說，她死了，芬恩的吉普賽少女也死了。我覺得房間開始旋轉，於是往後倒，頭枕在他膝上，他又開始摸我的頭髮。

月亮出現在窗外，愈來愈亮，直到我發現那是太陽，已經升到一半，強烈的光線照入窗內，刺得我眼睛發痛。

我眨眨眼，想搞清楚自己身在何處。我和芬恩糾纏著躺在床單上，兩個人都和衣而臥，他一隻手臂伸出來攬著我的腰，我的臉貼著他睡覺時仍不斷起伏的肋骨。我頭痛欲裂，想脫身時覺得反胃，我趕緊下了床，衝到對面角落的水槽。

我吐了又吐，滿嘴半消化威士忌的酸味。沒多久，芬恩坐起身。「你看起來有點不舒服。」他說。

我設法在嘔吐之間瞪他一眼。

他下床走向我，光著腳，襯衫釦子只扣了一半，我再度彎向水槽時，他把我披散的頭髮收攏起來。「做了夢嗎？」他低聲問。

「沒有。」我直起身子，擦擦嘴巴去拿水杯，不太敢看他的眼睛。「你呢？」

他搖搖頭。我們各自忙著梳洗，都不敢看對方。我們設法不要撞上彼此，就像兩根剛被砍剩的樹樁，未癒合的新傷口還很痛，而且我腦袋每一轉動都引發一陣疼痛。羅絲，我心想，然後又是一陣痛苦，那是隱約的、深切的震撼。那不是一場惡夢。我睡過了，醒來了，這是真的。我沒做任何惡夢，只有真正的恐懼。我的雙眼灼熱，但是再也沒有淚水了。

只有一個巨大的、赫然聳現的問題。

我們梳洗整理過，芬恩去跟旅館老闆弄來了兩杯黑咖啡。我翻騰的胃勉強接受了那咖啡，不久之後，我們就回到車上，芬恩默默地駛向利摩日。我穿著一身皺衣服坐在那裡，揉著我劇痛的太陽穴，思索著那個正逼視著我的問題。

現在怎麼辦，夏麗．聖克萊爾？

現在怎麼辦？

❖

開車回利摩日的一路上很安靜。我發現自己注視著這個城市迷人的夏日風光，彷彿那是舞台上的佈景：河上的垂柳，木骨架房屋，還有羅絲在忘川餐廳端盤子時會看到的那條美麗的古羅馬式石砌橋。我沒有理由在這個城市多逗留了——然而，我也沒有其他地方可去。

「不曉得嘉德納回來了沒有。」芬恩說。這是他問我昨夜有沒有做夢之後，頭一次開口講話。

我茫然看著他。「從哪裡回來？」

「她跟波爾多趕來的那位英國軍官要碰面，」芬恩說。「還記得嗎？」

我都忘了。「那不是昨天嗎？」

「或許吧。」我們原先沒計畫要在鄉下待一夜。現在怎麼辦？這個問題依然在我腦海迴盪著。現在怎麼辦？

芬恩把拉貢達車停好，我們進入旅館。入口大廳剛擦得亮晶晶，我聞到蜂蠟和櫃檯上的鮮花芬芳。玫瑰，粉紅色的玫瑰，是羅絲臉頰的顏色，我腦袋抽痛得想吐。一個暴躁的職員坐在櫃檯後，眼前站著一個英國男子，就是那種以為只要他英語講得更大聲、外國人就自動會聽得懂的人。

「伊芙琳——嘉德納？她在這裡嗎？這裡，明白嗎？嘉德納——」

「是的，先生，」那個職員說著法語，一副講過好幾次的不耐模樣。「她在這裡，但是她不想見你。」

「可以說英語嗎？有誰會說嗎？」那男子回頭張望一圈：是個高個子，唇上留著花白的八字鬍。或許五十來歲中段，自豪地挺著大大的肚腩。他身穿西裝，但是掩不住他那種好鬥的軍人舉止。

芬恩和我面面相覷，然後芬恩上前。「我是嘉德納小姐的司機。」

「很好，很好。」那男人不以為然地打量了一下芬恩凌亂的模樣，不過口氣還算友善。「請告訴嘉德納小姐我在這裡，麻煩你。她會見我的。」

「不會的。」芬恩說。

那男人瞪大眼睛，很不高興。「她當然會見我！我昨天晚上才跟她一起吃晚餐，我們相處得很融洽——」

芬恩聳聳肩。「但是現在，她顯然不想見你。」

「我告訴你——」

「我的薪水不是你付的。是她付的。」

旅館的法國職員在英國男子身後翻了個白眼。我走上去，好奇心鑽出我悲慟的迷霧。「先生——你不會碰巧是卡麥隆上尉吧？」他不符合我心目中想像的卡麥隆，但是還有哪個英國軍官會接到伊芙的電話，就從波爾多趕來這裡呢？

「卡麥隆？那個可悲的老騙子？」眼前的訪客鄙夷地冷哼一聲。「我是喬治．艾倫登少校，我正在這裡浪費寶貴的時間，所以小姑娘，你趕緊跑上那些樓梯，告訴嘉德納小姐我在這裡。」

「不要。」我說，聽起來似乎很傲慢，但其實我只是累壞了。而且老實說，這麼沒禮貌的人，我不懂自己為什麼要幫他任何忙。我很高興他不是卡麥隆上尉，我喜歡伊芙故事裡的他。

那位少校看著我，面紅耳赤，張開嘴似乎想爭執，但忽然間洩了氣。「好吧，」他說，摸索著口袋。「你去告訴那個壞脾氣的瘦婆娘，英國陸軍部再也不欠她了，無論她以前幫我們做了什麼。」他把一個黑色扁盒放在我手上。「她可以把這些丟進茅坑裡，隨她高興，但是我不想再替她保管了。」

「你是什麼時候認識她的？」芬恩問，此時那少校把帽子戴回頭上。

「兩次大戰的時候，她都是我的下屬。我真希望第一次大戰時就沒招募她，那個結巴的騙子賤人。」

那少校氣沖沖走了，芬恩和我看著彼此。最後我打開那個盒子，以為會看到——什麼？珠寶、文件，還是一顆定時炸彈？如果是給伊芙的東西，你永遠說不準。但結果是獎章：總共四枚，整齊釘在一張硬卡紙上。

「法國戰爭獎章、棕櫚絲帶的法國戰爭十字勳章、法國榮譽軍團十字勳章……」然後芬恩輕輕吹了聲口哨。「還有那個，是大英帝國勳章。」

我緩緩吐出一口氣。伊芙不光是當過間諜，她還是一個受動的女英雄，一個昔日的傳奇，資深軍官即使不喜歡她，看到她也還是要跳起來立正站好。我一根手指碰觸那個大英帝國勳章。「如果這些勳章多年前就頒給她了，她為什麼不肯收下呢？」

「不曉得。」

26

伊芙

一九一五年十月

她們兩人被反擰著雙臂押入車站時，莉莉設法低聲跟伊芙交代了一句。那些德國人大喊著，警報聲響起，而在那片喧鬧中，莉莉嘴唇不動地喃喃說，假裝你不認識我。我會讓你脫身的。

伊芙的頭微微一搖，不敢看莉莉。她們被兩個魁梧的士兵押著往前走，莉莉被半抬離地，伊芙被緊抓在後的雙臂已經快痲痹了。驚駭還沒完全成形；伊芙的種種思緒像一隻老鼠突然被光照到而到處亂竄。但是她出自本能地拒絕：她不能把莉莉留在德國人手裡，自己沒事走開。絕對不行。

但是另一波喊叫聲傳來，莉莉的嘴唇形成一個詞。

凡爾登。

她僵住了。德軍計畫明年要對凡爾登展開的那場大型攻擊。卡麥隆上尉在圖爾奈，等著這個情報。寫著所有攻擊細節的那張紙捲藏在莉莉右手戒指的內側。老天，要是德國人發現了——

但是她們只能交換一個絕望的眼神，沒有時間思考、沒有時間商量了。她們被猛推進車站，經過一具電話和一群德國士兵，然後那名德國上尉厲聲下令：「把她們兩個分開，我要發出一份警告——」伊芙發現自己被扔進一個俯瞰著街道的小房間。裡面已經有六個德國士兵，正在更衣、打著哈欠進行晨間例行事務。一個穿著內衣年輕的金髮士官張嘴看著伊芙，另一個正湊著一桶水在刮鬍子。伊芙也瞪回去，沒去找脫逃的機會。反正也沒有。要是她朝窗子移動一吋，他們就會像一群餓狼似的撲上來。她左邊是另一扇鑲了玻璃板的門，通向另一個更小的房間。伊芙看到莉莉被推進去，覺得喉嚨發緊。莉莉的帽子不見了，一頭金髮亂糟糟地垂下來；她看起來像是偷穿了母親的裙子和襯衫在玩的小女孩。但是她靠著房間裡的長桌穩住自己，雙眼晶亮，嘴唇彎出微笑，同時慢吞吞脫掉自己的手套，像是準備要坐下來喝茶。

「不要碰我！」伊芙突然喊道，雙眼看著周圍的那些德國士兵。根本沒有人靠近她，所有人都驚訝得沒動，但她還是尖叫。她希望他們看著自己，不要看著玻璃板另一頭的莉莉，此時莉莉正迅速拔掉左手的戒指，要把繞在內圈的那張小紙拿出來。「不要碰我！」伊芙又尖叫，房間裡最年輕的那名士兵往前走，似乎是要讓她放心。伊芙目光掠過他，看著還露出半個微笑的莉莉。然後伊芙看到莉莉把那張紙扔進嘴裡吞下。

伊芙還沒來得及鬆口氣，那個德國上尉就大喊著衝進莉莉那間的房門。他看到了，他看到了……那上尉抓著莉莉的脖子，手指想伸進莉莉的嘴裡。她咬緊牙關，像一隻母狼似地朝他們露出牙齒，於是他厭惡地把她往旁邊一摔。沉重的靴子聲匆忙奔過外頭的走廊，伊芙往後跌坐在地板上，開始啜泣。不光是因為莉莉被逮到消滅證據，也是因為瑪格麗特會哭。瑪格麗特很純真，她會很害怕，不曉得隔壁那個女人是誰。伊芙真想撲向那些德國豬，撕開他們的喉嚨，但她還有任務要做。

凡爾登。

於是她低頭對著地板哭，同時德國靴子不安地在她周圍移動。那些士兵瞪著眼睛喃喃自語，伊芙沒理會，因為瑪格麗特當然不懂德語，除了是和不之外。她的每一根尖叫神經都專注在隔壁房間，裡頭沒有愛莉絲情報網領導人所發出的聲音，完全沒有。

他們不會知道她就是這個情報網的領導人，伊芙難受地想著。他們不曉得自己抓到了多大的一條魚。但是她腦中還是浮現出夢魘般的畫面，裡頭莉莉被推著靠牆而立，像伊迪絲·卡維爾一樣。被蒙著眼睛，綁著雙手，胸部畫了一個叉叉，好讓步槍瞄準。接著莉莉倒在地上，大概還在微笑。

不，伊芙心裡尖叫，但她知道如何利用自己的驚駭，如何讓那畫面帶出另一波淚水。淚水和絕望的無助，會比任何勇敢的表現更能幫上她。沒有人會怕一個無助、啜泣的年輕姑娘。

沒多久一個警察進來了，帶著一個穿著綠色嗶嘰制服、表情嚴肅的女人，伊芙認得她。她常常在德國的檢查站幫忙，是個無情的賤貨，莉莉背地裡給她取了「青蛙」的綽號，因為她的綠色制服，還有她搜查他人財物時那些像肉爪的指頭。這會兒她低頭看著伊芙，板著臉，用法語兇巴巴開口。「衣服脫掉。」

「在－在－在這裡？」伊芙起身，眼睛哭得紅腫，雙手抱著自己，在那些好奇的男人面前想把自己縮小。「我沒－沒－沒－沒——」

「衣服脫掉！」青蛙又厲聲說了一次，但那個警察表情有點不好意思，下令其他士兵出去。房間裡只剩兩個女人，青蛙開始去抓伊芙的鈕釦。

「要是你像另一個賤貨那樣帶著情報，」她警告道，「我就會找出來，然後你會被拖去槍斃。」她脫掉伊芙的襯衫，裡頭是破舊的襯裙，伊芙手指笨拙地自己脫掉裙子。這不可能是真的。才幾個小時前，在荷內臥室裡即將熄滅的壁爐火堆前，她穿上了這件裙子，當時他還皺著鼻子看著她的內衣說：「你看起來像個慈善學校的可憐學生，寶貝。我會幫你弄一件像樣的襯裙，有瓦倫西亞蕾絲的……」伊芙又被一股暈眩感淹沒，立刻加以利用，像是暈倒似的朝地上撲去。她蜷縮在那裡，微微呻吟著，同時青蛙脫掉她其他衣服，做了個很羞辱性的徹底搜查。凡爾登，伊芙心想，眼睛緊閉著，同時那女人粗暴的手指摸索著她乳房下側和手指之間，還伸進她的頭髮裡。凡爾登，她想著，髮夾被一個接一個拉出來。感謝老天，她這回沒有用紙條捲住髮夾。

整個過程沒花多久時間，或許十分鐘。青蛙先檢查伊芙的身體，然後是她的衣服——看裙子褶邊是否有隆起的硬塊，看鞋跟內是否藏著紙條。最後她狠狠摑了伊芙的臉頰，於是她睜開眼睛，還在流淚。「把衣服穿上。」青蛙說，一臉失望。

伊芙坐起來，雙手抱著自己赤裸的身子。「可－可－可不可以給我一杯－杯－杯－杯——」青蛙模仿她的結巴。「一杯什麼，小－小－小姐？」

「水。」伊芙又哭，鼻涕流出來，真想為這賤貨的模仿而親她一記。讓他們以為我是白痴吧。只不過是一個笨姑娘，居然讓一個陌生人借用她的通行證。

「想喝水？」青蛙指著一杯有浮渣的髒水，剛剛梳洗的士兵們顯然用那個清洗過牙刷。「自己動手吧。」她自以為聰明地大笑著離開。

伊芙手腳僵硬地穿回衣服。外表看來，瑪格麗特．勒法蘭索瓦顫抖著打哆嗦，身體幾乎無法正常運作，但是在內心裡，伊芙琳．嘉德納的腦子像高速列車般迅速奔馳。她看著隔壁房間，發現青蛙正大步走向莉莉，非常害怕自己知道莉莉打算怎麼做。

青蛙大聲要莉莉脫掉衣服。

你會抵抗，伊芙心想。

莉莉像一根墩柱般直挺挺站著，不肯移動。青蛙抓住這名個子比她小很多的女人，扯著她的襯衫。

你會持續抵抗，伊芙心想。

莉莉掙扎著，但是青蛙體格結實，又有一雙大手，她一件接一件硬脫掉莉莉的衣服。莉莉不再掙扎，但她被脫光後不像伊芙那樣蜷縮起來；當青蛙拍搜她時，她堅忍地站得筆直。每一根肋骨都看得見，胸骨像一把梯子似的突出，好嬌小。接著青蛙要走向扔在包包上的那堆衣服，把擋住路的莉莉用力一推，推得她踉蹌，但是就連她看著自己的包包被翻搜時，臉上仍始終保持微笑。

別讓她發現什麼，伊芙祈禱著，但是隨著隔壁陸續翻出莉莉的身分卡，伊芙又哭了起來。總共有五或六張身分卡，準備要穿越邊界時可以使用。青蛙拿著那些卡片在莉莉面前揮動，但是莉莉只是瞪著她，無動於衷。

最後他們讓莉莉穿上衣服，她終於扣完最後一顆釦子時，一個男人拿著一個杯子走進去，伊芙像是低頭在哭，但是角度可以隔著垂下的頭髮間偷看隔壁的動靜，她認得那個剛走進去的人：羅瑟拉先生，靠近圖爾奈那邊的一名警察局長。伊芙只在里爾遠遠看過他，但是她曾經從其他軍官那邊聽說他的事，也據此寫過一篇情報。他是個黝黑的小個子，穿著剪裁講究的外套。他的雙眼銳利，緊盯著莉莉。「小姐，」他用法語說，「你渴了嗎？」

他把手裡的杯子遞過去。即使隔著玻璃，伊芙仍看見杯子裡是帶著黃色的凝乳狀液體。那是某種催吐劑，要讓莉莉把剛剛吞下去的字條吐出來。

「謝謝，先生，」莉莉禮貌地說。「我不渴，至少不想喝牛奶。你們有白蘭地嗎？今天真是太倒楣了。」就像她在勒阿弗爾第一次見到伊芙時說的那樣。伊芙仍清楚記得她們坐在那個擁擠的小餐館裡，外頭下著大雨，莉莉戴著她大如馬車輪的誇張帽子。那記憶像一把刀刺入心中。歡迎加入愛莉絲情報網。

「喝吧，沒關係的！」羅瑟拉先生刻意講得好像在開玩笑，把杯子塞過去，「喝下去，省得囉唆！」

青蛙推著莉莉的手肘，但莉莉只是微笑搖頭。

羅瑟拉先生突然湊向她，想把杯內的東西硬灌進她嘴裡，同時青蛙抓著莉莉的腦袋往後仰，但是莉莉把那杯子撞得飛起來。發黃的乳狀物潑了一地。青蛙給了莉莉一耳光，但是羅瑟拉舉起一手。「我們會帶她去偵訊。」他說，接著伊芙的心臟猛地一跳。「她和另一個。」

「她？」莉莉冷哼一聲。「她只不過是個愚蠢的店員，才不是間諜呢。我剛剛找她搭訕，因為她是排隊的人裡頭唯一看起來夠蠢、肯讓我借用通行證的！」

羅瑟拉先生隔著玻璃看了正在低頭哭的伊芙一眼。「帶她過來。」青蛙猛地打開兩個房間之間的那扇門，抓住伊芙的手肘，把她拖進莉莉的房間。伊芙跪在那警察局長面前，原先的抽泣變成毫不保留的大哭。她發現要裝出歇斯底里的模樣出奇地容易。內心裡她很冷靜，觀察著外表正在大哭的自己。隔著腫脹的眼睛，她看到相隔六呎外莉莉嬌小的光腳。

「小姐——」羅瑟拉先生設法要看伊芙的眼睛，但她只是嚇得畏縮。「勒法蘭索瓦小姐，如果這是你的真名——」

「我認得她，長官，」另一個德國男子的聲音響起。剛剛那個年輕的上尉已經走進來，就是一開始抓住她們的那個。這就是為什麼之前他又跑來要求看她們的通行證，只因為她認得伊芙？我的錯，都是我的錯——「她住在聖克魯街；我記得去她家突襲檢查過。是很正派的姑娘。」

「瑪格麗特・勒法蘭索瓦。」羅瑟拉先生手裡拿著伊芙的身分卡，下巴朝莉莉抬了一下。「你認識這個女人嗎？」

「不－不——」感覺上像是背叛，伊芙就是無法完整說出來。「不——」那感覺像是在莉莉的臉頰印上背叛之吻，就像有幾塊銀幣壓著她的舌頭，酸澀又帶著金屬味。「不認識。」伊芙低聲說。

「她當然不認識我。」伊芙的口氣很不耐，很不客氣。「我今天之前從沒見過她。你以為我會帶一個結巴的白痴通過檢查站嗎？」

羅瑟拉先生看著伊芙：頭髮黏在哭溼的臉頰上，雙手顫抖得像是不斷遭到電擊。「你要去哪裡，小姐？」

「圖——圖——圖——」

「老天在上，你就不能直接講出來嗎？你要去哪裡？」

「圖——圖——圖——」這不是演戲，伊芙的舌頭這輩子從來沒有打結得這麼厲害過。

「圖爾奈？」

「我——我——我姪女的聖——聖——聖——我姪女的聖——餐禮。圖爾——圖爾——」

「是的，羅——羅——羅——是的，羅瑟拉先——先——」

「你家人住在那裡？」

伊芙花了一分鐘才回答出來。羅瑟拉先生雙腳轉換著重心。莉莉看起來無動於衷，但伊芙感覺得到她整個人很緊繃。她站在一隻手臂的距離外，但她的想法卻清晰得像是玻璃。

繼續結巴，小雛菊。繼續結巴就是了。

羅瑟拉先生想問更多問題，但是伊芙陷入歇斯底里的啜泣中，身子垮在地上。木地板有刺鼻的防腐劑氣味。她哭得像是剛出生的小狗，但她的脈搏平緩而冷靜。

「啊，老天在上——」羅瑟拉先生厭惡地朝那位年輕上尉比了個手勢。「幫這位小姐重新寫一張到圖爾奈的通行證，然後放了她。」他又轉身對著莉莉，雙眼發亮。「你，間諜小姐，你得再回答我一些問題。我們有你的其他朋友——」

薇歐蕾，伊芙心想，此時那個德國上尉扶著她起身。

「——要是你不肯開口，她們就慘了。」

莉莉打量著那個警察局長。「騙人，」她最後說。「因為你很害怕。很好，羅瑟拉先生。我什麼都不會再說了。」

她的目光短暫地和伊芙的交會，無言地致意。接著她望著牆壁，緊閉起嘴巴。

羅瑟拉先生抓住她的雙臂，開始搖晃她，用力得她的腦袋前後猛晃。「你是間諜，下流的間諜，我一定會逼你說話——」

但是莉莉什麼都沒說。然後伊芙走出房間，哭得說不出話來。這回她是真哭了。

那上尉嚴厲地教訓了她一頓，跟她說把官方文件借給別人有多危險，然後好像看她哭個不停而大發慈悲。一半是惱怒，一半是憐憫。「這個地方不適合年輕姑娘，」他說，朝核發新通行證的職員彈了一下手指。「你太傻了，小姐，但是我很遺憾這些不愉快。」

伊芙無法停止啜泣。莉莉，她痛心地想，啊，莉莉！她聽得到羅瑟拉仍在罵個不停，真想轉身朝那個房間跑去，她想用牙齒咬斷他的喉嚨。但是她只是站在原地掩面哭著，同時那個德國上尉煩惱又不知所措。

「回家吧，」他又說，把新核發的通行證放在她手裡，顯然希望能趕緊擺脫她。「去圖爾奈吧，回去找你父母。回家吧。」

於是伊芙抓著她的新通行證，感覺自己像是背叛耶穌的猶大，轉身背對著她的好友，走出德國人的囚禁處。

❖

圖爾奈的會面處是個昏暗、不起眼的小房子，位於一整排看起來差不多的房子之間。伊芙疲倦地爬上門前台階，按照事先安排的暗號敲了門。才剛敲完，門就拉開了。卡麥隆上尉看著她，那一瞬間很震驚，然後把她拉進去擁住她。「感謝老天你夠聰明跑來了，」他喃喃道。「即使在薇歐蕾被逮捕之後，我還以為你太頑固而不肯離開了。」

伊芙吸入那粗花呢、菸斗、茶葉的氣味——他聞起來好英國。她已經太習慣男人的擁抱充滿了巴黎古龍水、高盧牌香菸，以及苦艾酒的氣味了。

卡麥隆上尉放開她，恢復自制。他沒打領帶，領口的釦子沒扣，雙眼下方有疲倦的大塊陰影。「你一路順利，經過邊界時沒有問題？」

伊芙顫抖著吸了一大口氣。「卡麥隆，是莉莉——」

「她在哪裡？為了打聽薇歐蕾的消息而拖延了嗎？她太冒險了——」

伊芙幾乎是尖叫起來。「莉莉被逮捕了。」她又開始覺得心痛極了。「她不會來了。德國人抓走她了。」

「啊，耶穌啊。」卡麥隆上尉很小聲地說，像在禱告。才幾秒鐘，他的臉就老了好幾歲。伊芙開始要解釋，但是他阻止了她。「別在這裡。你得正式報告。」

當然了，一切都得是正式的，即使是一場大災禍。伊芙麻木地跟著卡麥隆走進一個狹窄的客廳，裡頭的小桌子都推到一旁靠牆，好騰出空間放幾張實用的、已經塞得爆滿的檔案櫃。兩名男子坐在那裡整理檔案，一個是沒穿外套的瘦弱職員，另一個是好鬥的軍人型，上了蠟的八字鬍，看到伊芙進來就上下打量著她。喬治．艾倫登少校，也就是八字鬍先生。當初就是他執意告訴她有關卡麥隆上尉坐過牢的事情。

「這位不可能是鼎鼎大名的路易絲．德貝提尼吧，」他非常殷勤地說，顯然不記得在福克斯通相處過的伊芙了。「太年輕又太漂亮——」

「現在時機不對，少校，」卡麥隆上尉厲聲說，拉了一張椅子給伊芙，又請那位職員離開。卡麥隆送走職員且關上門，「愛莉絲情報網被突破了。」他回來隔桌坐在伊芙對面，動作像個老人。「告訴我吧。」

伊芙於是說了，句子簡短而平鋪直敘。等到她講完，卡麥隆面如死灰。但他的雙眼充滿焦慮的憤怒，望向艾倫登。「我爭取過，」他低聲說。「讓這些女人留在里爾的風險太大了。」

艾倫登聳聳肩。「戰爭時期就是得承擔風險。」

伊芙差點就要橫過桌面甩他一耳光，但是忍住了，她看到卡麥隆也顯然吞回了一肚子憤怒的話。艾倫登渾然不覺地挑著指甲，卡麥隆兩手撫過皺紋遍佈的臉。「莉莉，」他說著搖頭。「我不知道我為什麼會覺得震驚。她總是太過心存僥倖。但是她脫身太多次了……我應該是以為她永遠不會被抓到吧。」

「她這回被抓到了。」伊芙好疲倦，覺得自己永遠無法從這張椅子站起來了。「她現在落在他們手上，還有薇歐蕾。我希望德國人把她們關在一起。她們可以攜手撐過任何難關的。」

艾倫登少校搖搖頭。「那些德國人，居然放了你！」

「她們以為我很笨。」憑著一再大哭。伊芙心裡現在只剩一聲漫長的悲傷尖叫，但是她不認為自己擠得出半滴淚了。她想要蜷縮成一團，像一隻垂死的動物，於是她背出全套有關凡爾登的情報，看著卡麥隆的雙眼從筋疲力盡轉為警戒。他開始寫筆記，顯然暫時撇開悲傷。艾倫登少校老是用問題打斷伊芙，搞得她很火大。卡麥隆向來給她很長一段時間說完，然後再回頭針對細節逐一詢問，但是艾倫登每隔兩句就要插嘴。

「凡爾登，你說？」

「凡爾登。」伊芙想像著自己扯掉他上蠟的鬍子。「確認過了。」

艾倫登頗為傲慢地看了卡麥隆一眼。「這個就是我下令讓她們繼續待在那裡的原因。」

「當然了，」卡麥隆吐出一口氣。「不過我想，你會同意馬上把嘉德納小姐送回福克斯通。

現在沒有別的辦法，只能解散愛莉絲情報網了。」

「為什麼？」艾倫登看著伊芙。「我認為應該讓她回里爾。」

伊芙心往下沉，但只是疲倦地點頭答應。卡麥隆看起來驚呆了，沙褐色頭髮底下的雙眉豎起。「你不可能是認真的。」

沒人問伊芙，但是她還是開口了。「命令要我去哪裡，我就去哪裡。我有工作要做。」

「你的工作已經做完了。」卡麥隆轉向她。「你有最頂級的表現，但是里爾現在太危險了，不能再讓線民繼續待在那裡。沒了莉莉，整個情報網就會崩潰的。」

「可以另外找人運作這個情報網。」艾倫登聳聳肩。「這位姑娘就很靈通。」

卡麥隆上尉的聲音沒有高低起伏。「請容我表達我最強烈的反對，少校。」

「啊，不會太久的。再幾個星期就好。」

「需要多久都行。」伊芙拋開恐懼。眼前牽涉到很多人的性命，她不打算臨陣退縮，無論她有多想放棄。「我晚上就搭火車回去。」

卡麥隆站起來，下巴氣憤地繃緊，他毫不溫柔地伸手拉著伊芙起身。「少校，我想私下跟嘉德納小姐說些話。我們會去樓上談，如果你不介意的話。」

在艾倫登的低笑聲中，伊芙讓他帶著走出客廳。他們上了一道樓梯，來到一個克難的臥室，裡頭只放了一張狹窄的鐵架床，上頭堆了幾條毯子。卡麥隆帶著她進去，砰地一聲把門關上。

「沒有邀請就進－進入一個淑女的臥室？」伊芙說。「你一定很心煩。」

「心煩？」他的聲音幾乎只剩氣音，緊繃得顫抖。「沒錯，我很心煩。你不肯找理由拒絕一個顯然很白痴的命令。我只能判斷你是想害自己被槍斃。」

「我是間諜。」伊芙放下她的袋子。「有些人可能會說，我的工作就是要被槍－槍斃的。服從命令也當然是我的工作。」

「我告訴你，那個命令很荒謬。你認為情報工作這一行沒有白痴，以為你的上司都很聰明、很內行？」他一手憤怒地揮向艾倫登少校的方向。「這一行充滿了白痴。他們拿別人的性命在玩，還玩得很糟糕，結果像你這樣的人死了，他們就只是聳聳肩說：『戰爭時期就是得承擔風險。』你真的要為了那種白痴而走向槍斃行刑隊嗎？」

「我很想請求退出，相信我。」伊芙摸著他的袖子，平撫他爆發的怒火。「但是我不會撒謊說自己崩潰的。要是我因為崩潰或疲倦而調離里爾，就再也不能去別處參與戰時工作了。」她暫停，卡麥隆一手撫過她的頭髮，但是沒有反駁她。「只要再幾個星期而已，」伊芙繼續說。「我可以再熬幾個星期，然後——」

「你知道伊迪絲．卡維爾被處決時，他說了什麼嗎？」卡麥隆壓低聲音，又憤怒地朝艾倫登的方向比了一下。「說這樣再好不過了，因為正好挑對了時間，激起家鄉每個人的憤怒。我不喜歡講同事的壞話，但是你一定要明白我的意思：他才不在乎你是不是會像薇歐蕾和莉莉那樣被逮捕，因為死掉幾個年輕姑娘，就表示報紙能賣得更多，大家也會更支持戰壕裡的軍人。但是我不習慣拿手下的性命去做不必要的冒險。」

「我做這個不是不必要的——」

「你想要為薇歐蕾和莉莉報仇，因為你愛她們。你想要把這筆帳討回來，不惜冒死試試看。相信我，我懂那種感覺，非常懂。」

「要是我是男人，我想要繼續站在崗位上為國效命，你會說我是愛國者。」伊芙雙臂交抱在胸前。「但是女人想做同樣的事情，那就是找死。」

「一個情緒上出狀況的人員，對她的國家並不是資產。而你的情緒已經遠遠超過你所能控制的。任何人處於這樣的狀況，都會情緒失控的。你臉上還是保持冷靜，但是我了解你。」

「那你就知道我面對責任時，會把情緒放在一旁，就像任何接到命令要奮戰的士兵一樣。就像任何宣誓過要效忠國家的男人一樣。」

「伊芙，不行。我不准。」

喊她伊芙——他說溜嘴了。她心底冷笑。他不該洩漏自己的真實感覺。

「你要去說服艾倫登，說你不適合回到里爾，」卡麥隆下令，拉直自己的袖口。「然後我會送你到福克斯通。我不喜歡越級干涉，但是我想不出別的辦法。事情就這樣決定了。」

他正要轉身朝門走去，要下樓去跟艾倫登說她情緒崩潰要退出，他不能容許這樣的事情發生。伊芙抓住他的手阻止他。「留下來陪我。」她低聲說。

他抽回手，憤怒轉為一種封閉、戒備的姿態。「嘉德納小姐——」

她雙手往上繞住他沒扣的領口，嘴唇印在他脖子底部的凹陷處。他身上的氣味對她來說就像個救生圈。「喊我伊芙。」

「我不該待在這裡的，嘉德納小姐。」他雙手覆蓋著她的。伊芙踮起腳趾，在他耳邊悄聲開口，語帶哽咽。

「別丟下我一個人。」

這招很低級，她知道。卡麥隆僵住了，溫暖的雙手放在她手上。她又進逼，很清楚該說什麼。

「我今天早上看到莉莉被德國人拖走。我……拜託現在別丟下我一個人。我受－受不了。」

啊，但是這個把戲太下流了。能奏效只是因為卡麥隆是紳士，不忍心看到女人痛苦。若是用在荷內身上，一千年都不會有用的。

卡麥隆的聲音變得粗啞。「我也失去過朋友，伊芙。我懂你的感覺——」

「我想要溫暖，」她又喃喃說，雙手滑進他的頭髮裡。她想要這樣有多久了？「我想躺下來，想要溫暖，還有遺忘。」

「伊芙——」他又開始後退，一手放在她裸露的喉嚨。無名指上的金戒指溫暖地貼著她的皮膚。「我沒辦法——」

「拜託。」悲慟像個活物般刺得她心痛。她想要遺忘，即使只有幾分鐘都好。她往上靠過去吻他，床就在她膝蓋後方。

「我不會佔你便宜的。」他說，但是她又吻著他喃喃低語的嘴唇。

「讓我遺忘吧，」伊芙低聲說。「讓我遺忘，卡麥隆——」然後他堅持不下去了，像是一面牆倒塌，他緊擁住伊芙，發出一個壓抑的嘆息聲，然後他們啜飲彼此，張開嘴唇狂暴地吻著。趁他還沒冷靜下來，伊芙就把他拉向床，脫掉他的襯衫。這樣很陰險，而且是不對的；她知道。她這麼做不是出於熱情，而是因為她不想讓他妨礙她回里爾。但是這不表示她的算計中沒有熱情的成分，因為能讓最棒的謊言顯得真實的，就是真相。

「基督啊，伊芙，」他雙眼痛苦地說，脫掉她的襯衫和襯裙，看到她露出手臂上的那些瘀青，那是早上德國衛兵抓著她而留下的。「那些可惡的畜生——」他吻了每一個瘀青，雙手撫過她的肋骨。「你太瘦了，」他在親吻之間喘息道。「可憐又勇敢的姑娘——」

伊芙往上迎接他，雙腿和他的交纏，拉著他更深入。她大概可以愚弄他，讓他誤以為自己是她的第一個男人——她大概應該愚弄他，假裝羞怯又笨拙。這樣會比較聰明，但是她受不了又要多撒一個謊，在這裡不行。當荷內皮膚冰涼如大理石的身子覆蓋著她時，她沒有演戲；而現在，當她懷裡的這個修長男人肩膀有雀斑、聲音有一絲蘇格蘭腔、吻她時眼睛會閉上的，她也不會演戲。她緊緊抱著他，忘我地閉上眼，完事後她發現自己在他懷裡默默流淚了。

「我懂，」他低聲說，手指撫著她放下的頭髮。「相信我，伊芙——我懂。我也看到過我很喜歡的人被抓。」

她往上看著他，淚水滑落。「誰？」

「一個叫雷昂．特魯朗的小夥子，我招募來的。還不滿十九歲……幾星期前被逮捕了。還有其他幾個人。」卡麥隆上尉一手緩緩撫過自己花白的頭髮。「我從來沒有習慣過。這是個骯髒的行業。」

的確，而伊芙馬上就要回到那個行業了，但是她希望可以讓他分心兩三個小時，先不要去想那個。她在他懷裡轉身，近得她濡溼的睫毛刷過他的臉頰。「有茶嗎？」她認真地問。「幾個月以來，我都只能喝核桃葉煮出來的飲料。」

他笑了，顯得年輕好幾歲。很快地，他就會感到內疚且良心不安，伊芙知道，他會自責利用他太太不在的機會，佔了一個純真下屬的便宜，但眼前他很滿足。「有，」他說，又露出微笑。「茶，還有真正的糖可以加進去。」

她哀嘆，差點要把他推下床。「那就快去泡一點來吧。」

他穿上長褲走出房間，光腳啪啪走過木地板。這跟她上床後的慣常狀況截然不同，之前都是：荷內抽菸，穿上他的織錦緞晨袍，說著他的枕邊細語，而伊芙則忙著將那些話予以剖析並歸檔……她不想在這裡想起荷內，於是她接過卡麥隆回來遞給她的那杯茶喝著，發出呻吟。「就算讓我死—死—死在這裡也甘心。」

一部分的她真希望是如此。現在就死掉，坐在床上，背靠著卡麥隆的胸膛，以後就不必再去想里爾，或是她的工作——那份工作依然蹲伏著等待她完成，有如堅持守在橋下的岩洞巨怪——她把那想法拋在一旁，但卡麥隆似乎注意到了。

「你在想什麼？」他把她的一綹頭髮往後撥到耳後。

「沒什麼。」伊芙又喝了一口茶。

卡麥隆猶豫著，一手還是貼著她的脖子。「伊芙……他是誰？」

伊芙不必假裝聽不懂。他送她去里爾時，她還是一個非常純真的姑娘，跟剛剛在這些床單間與他熱情交纏的那個截然不同。「他不重要，」她平靜地說。「只是個偶爾會在床－床上不小心說出有用情報的人。」

卡麥隆的聲音小得幾乎聽不見。「波得龍？」

伊芙點了個頭，不太敢抬頭看他，但是心臟跳到喉嚨口了。他應該看過關於荷內的報告，知道他是誰、做什麼的。要是卡麥隆因此嫌棄她……

唔，那也無所謂了。她還是有工作要做。

「你不必再回去他那裡了。」卡麥隆把他裝茶的馬克杯放下，雙臂緊擁住她。「我明天早上就送你回福克斯通。你永遠不必再看到他了。」

顯然因為她都沒爭辯，所以他就認為她願意請求不執行回到里爾的命令。一時之間，伊芙屈服於那個誘惑。回家吧，回到安全的地方，英國。回到有茶喝的地方。

然後她嘆口氣，放棄那個誘惑，把她自己的馬克杯放在一旁，轉過去把臉頰靠在卡麥隆的肩膀上。他咕噥著說要起床，但是她把他往下推進床單裡。他們又做了一次愛，這次溫柔而緩慢。伊芙埋在他肩頭摀住了自己的叫喊聲，事後卡麥隆倦極睡去。伊芙等到他的呼吸陷入一種深沉的節奏，便無聲無息地溜下床，穿好衣服。她看了他一會兒，難過地想著他可會願意原諒她這麼做。或許他不該原諒我，她心想。他沒有辦法愛我。不過她當然很愛他。她把他額頭上的沙褐色頭髮撥開，看到他睡著的額頭上還是有皺紋，彷彿睡夢中都還在憂慮，然後她離開房間下樓。

她走進那個臨時湊合的檔案室時，艾倫登少校露出賊笑。他當然是疑心樓上發生了什麼事。伊芙不在乎。他已經下令要她回里爾，不管她是不是妓女。「我需要通行證，」她開門見山地說。「我準備好要搭火車回里爾了。」

他聽了很驚訝。「我以為卡麥隆可能要說服你不遵從這個命令。他有可能耍陰的。這種事難免，你知道，軍人在一個像諜報這麼骯髒的行業裡打滾太久，都會變得很狡猾。」

她臉上掠過一抹真心的厭惡。這幾個月來，伊芙都必須分析荷內種種細微的表情，於是現在觀察艾倫登少校臉上的思緒變化，就像看著街上被狗繩牽著的狗一般。伊芙只需要把那狗繩輕輕一扯，大眼睛上方的睫毛順從地垂下。

「你的軍階比卡麥隆上尉高，長官。我當然要遵從你的命令。你希望我回去，我就－就－就會回去。」

「你真的很靈光，對吧。」少校得意地伸手去拿筆。那個瘦弱的職員已經下班回家；現在天快黑了。廉價的燈把牆上壁紙褪色的地方照得更明顯。「我明白卡麥隆為什麼……特別喜歡你了。」他的雙眼再度打量著她。「他一直很擔心情報網裡的姑娘們，焦慮得快發瘋，但是他真正牽掛的是你。」

這話給了伊芙一陣短暫的喜悅，混合著愧疚，因為她就要害他又得擔心了。「我的通－通行證，長官？」她催促，意識到時間點滴流逝。卡麥隆有可能很容易醒——要是他現在小睡醒來下樓，就會有一番爭執。但如果他醒來時發現她走了，事情會簡單得多。

少校開始製作通行證。「我打賭卡麥隆大概沒告訴過你他的代號是什麼。」看到他那種輕鬆自信的表情，伊芙忍著沒有翻白眼。感謝上帝艾倫登沒做外勤，因為如果想從他身上哄出情報，根本簡單得就像搶走嬰兒手裡的糖果。你真的是個白痴，伊芙想說，但是她給了他想要的答案。

「沒有，卡麥隆的代號是什麼？」

艾倫登賊笑，把通行證遞給她。「伊芙琳。」

27

夏麗

一九四七年五月

又一個夜晚來臨，也是我發現羅絲已死之後的第二個晚上。我還是害怕自己會做夢，但是不想又喝到醉死過去。我的頭痛才剛剛停止。

我早該下樓去跟伊芙和芬恩一起吃晚餐了，但是我還在翻找著乾淨衣服。從格朗河畔奧拉杜爾回來後，我就沒洗過衣服，現在只剩下一件黑洋裝，是前幾天在巴黎郊外跟那個嬌小女店員討價還價換來的。這件直筒洋裝是合身剪裁，樸素，幾何圖形，領口前面收得很高，背後開得很低，貼合我身上所有的直線條，而不是試圖隱藏。「真別緻！」我可以聽到羅絲笑著說，於是緊閉起眼睛，因為她七歲時說過同樣的話，當時我們跑進她母親的衣帽間，偷偷試穿她的晚禮服。羅絲的水手服外頭套上一件斯基亞帕雷利設計的亮片禮服，下襬拖著好幾呎長的黑色塔夫綢，她咯咯笑著說：「真別緻！」同時我穿著一雙太大的緞面高跟鞋，顫巍巍地走路。

我眨眨眼回到眼前，望著我旅館房間裡那面搖晃的鏡子。羅絲會喜歡這件黑洋裝的，我心想，然後下樓。

伊芙、芬恩和我向來在隔壁的餐館吃飯：小，溫馨，紅色遮陽篷和條紋桌布都充滿法國風味。餐館裡有人打開收音機，正在播放艾迪特．皮雅芙的歌。當然了。是〈三次鐘聲〉，我心想，當格朗河畔奧拉杜爾的婦女們被趕進教堂裡時，教堂的鐘聲是否響起……

我看到伊芙一隻扭曲的手在最遠的那桌朝我揮，於是趕緊在那些端著盤子的侍者間穿行。

「哈囉，美國佬，」她朝我打招呼。「芬恩跟我說你見過艾倫登少校了。他很妙吧？」

「愚蠢的八字鬍。」

「我有回差點就要把那些鬍子連根拔起。」伊芙搖頭，手指間轉著一小塊棍子麵包的皮。「真可惜我沒動手。」

芬恩坐在伊芙對面，手肘往後勾著椅背。他一個字都沒說，但是我看見他注意到我身上的黑洋裝。我還記得我們今天早上醒來時身體交纏，渾身威士忌的臭味，於是試著看他的眼睛，但是他迴避我的視線。

「芬恩跟我說了格朗河畔奧拉杜爾的事情了。」伊芙坦然看著我。「還有關於你表姊。」

艾迪特．皮雅芙的顫音從我後方傳來。谷地裡的小村，彷彿被世人遺忘……我等著伊芙說她早告訴過我了，等著她說她從頭就曉得我會白忙一場。

「無論如何，我很遺憾。」她說。「雖然遺憾也沒有用。當一個好友過世，遺憾是毫無作用的，不過我還是很遺憾。」

我開了口。「羅絲死了。我——我不——」我停下，從頭開始。「那接下來呢？」

「唔，」伊芙說，「我還在尋找荷內．波得龍。」

「那就祝你幸運了。」我從桌上的那根棍子麵包剝了一截下來。芬恩長長的手指轉著他的水杯，沒說話。

伊芙揚起雙眉。「我還以為你也想找他。」

「只是因為我以為可以因此找到羅絲。」

伊芙吐出一口氣。她肘邊的那杯酒只喝了一半，她眼中有一抹沉思的亮光。「你可能會發現你還是想找到他。艾倫登雖然是個混蛋，不過他告訴我一些很有趣的事。」

「你為什麼想找到荷內？」我兇巴巴地反問道。「你跟我們說過他是個奸商，說你從他那邊打探情報。」還說她為了情報而跟他上床，說他害她懷孕，她不得不拿掉小孩——但是我不打算在周圍擠滿了侍者的餐館裡說出這些。「他還做了什麼壞事，讓你非得去追獵一個七十三歲的老人，像在追捕一條狗？」

她雙眼發亮。「一定還要有別的壞事嗎？」

「沒錯。是跟你的獎章有關嗎？那些戰爭十字勳章和大英帝國勳章？」我雙眼牢牢盯著她。「你該跟我們坦白一切了，伊芙。別再暗示，直說就是了。」

芬恩突然站起來，朝吧檯走去。「他心情不太好，」伊芙評論道，看著芬恩側身擠過人群。「看到格朗河畔奧拉杜爾，一定讓他想起了一些事情。」然後她又轉頭打量著我。「你膽子夠大嗎，美國佬？」

「什麼？」

「我得知道。你表－表姊死了——接著你就要回家編織嬰兒襪了嗎？或者你準備好迎接更大的挑戰？」

這正好就是我一直在思索的問題。現在怎麼辦，夏麗．聖克萊爾？「如果你不告訴我是什麼事，我怎麼知道自己有沒有準備？」

「是有關一個朋友，」她只說。「一個金髮女人，有陽光般的笑容，還有點燃世界的勇氣。」

羅絲？我心想。

「莉莉。」伊芙微笑。「路易絲．德貝提尼，愛莉絲．杜布瓦，誰曉得她還有多少其他名字。對我來說，她永遠就是莉莉。任何人所能擁有最棒的朋友。」

莉莉。所以伊芙有莉莉，而我有羅絲。「這些美麗的花啊。」

「談到女人，有兩種花。」伊芙說。「一種是安全待在漂亮花瓶裡的，一種是在任何狀況下都能倖存的……即使是在邪惡之中。莉莉是後者。你是哪一種？」

我願意想著我也是第二種。但是邪惡（聽起來實在太像通俗劇了）從來沒有給我考驗，不像對伊芙或羅絲，或這個不認識的莉莉那樣。我從來沒碰上過邪惡，只碰到過哀傷和失敗和糟糕的選擇。我邊想邊喃喃自語，然後先忙著提出自己的問題。「你從沒提過你參戰那幾年有個朋友。一次都沒有。所以如果莉莉真的是你有生以來最好的朋友，她是個什麼樣的人？為什麼她這麼重要？」

我坐在那邊聽伊芙說，告訴我她在勒阿弗爾初次跟莉莉見面。那個挖苦的、溫暖的聲音說「歡迎加入愛莉絲情報網」。還有她們緊握著手，充滿希望地看著轟炸德國皇帝的行動拙劣地失敗。流下的眼淚、冷靜的忠告，還有逮捕。她彷彿就在我眼前，伊芙把她描繪得栩栩如生。對我來說，她長得就像羅絲——如果羅絲能活到三十五歲的話。

「你的好友很特別，」伊芙說完一段落後，芬恩開口。他在伊芙剛開始敘述的時候重新加入我們，坐在那裡，眼前的啤酒沒動——從他臉上的驚訝表情，我看得出這些故事他也是第一次聽到。「她聽起來是個了不起的軍人。」

伊芙一口氣喝完她的酒。「啊，是的。後來，人們說她是間諜女王。一次大戰期間還有其他情報網——我後來才知道其他的女間諜——但是沒有一個像莉莉的情報那麼快、那麼精確。她負責將近一百個情報來源，涵蓋了前線幾十公里的範圍，只憑她一個女人……她被逮捕時，所有的高層軍官都很惋惜。他們知道一旦她落入德國人的手裡，他們就再也得不到那麼高品質的情報了。」她苦笑。「結果的確沒錯。」

羅絲和我，芬恩和他的吉普賽少女，伊芙和莉莉。我們都在追獵過往的鬼魂，想找回在戰爭漩渦中失去的女性嗎？我在格朗河畔奧拉杜爾失去了羅絲，芬恩在貝爾森失去了他那位少女，但或許莉莉還好好活著。如果能與莉莉重逢，可以治癒伊芙的內疚和悲慟嗎？我張嘴想問莉莉的下落，但伊芙已經又開始說了，雙眼看著我。

「在莉莉出事之後，我花了超過三——三——三十年，才把事情理清楚。這就是為什麼你不該哀悼你表姊太久，美國佬。因為不知不覺中，幾星期就會變成幾年。悲慟沒關係——砸爛你的房間，喝一大堆酒，找個水手上床，需要做什麼就去做，但是要讓這段時期過去。不管你喜不喜歡，她已經死了，而你還活著。」伊芙站起來。「如果你決定自己畢竟是『惡之花』，就跟我說一聲。然後我會告訴你為什麼你應該跟我去找荷內．波得龍。」

「你就老是非得這麼神祕兮兮的嗎？」我氣呼呼地低聲說，但是伊芙已經起身，昂頭大步離開了，留下她的空酒杯。我望著她的背影，困惑和悲傷在我胸中翻騰，像兩條迎面相撞的河流。

現在怎麼辦，夏麗．聖克萊爾？

「路易絲．德貝提尼，」芬恩皺著眉說，「『間諜女王』——我聽說過她，現在我想起來了。大概是以前報紙上一篇有關戰爭女英雄的標題。」

他又沉默下來，手指轉著他的啤酒杯。我看得出，之前伊芙的故事讓他暫時分心，但現在他又回到了緊張不安的狀態，他平常很放鬆的四肢變得僵硬。「你怎麼了，芬恩？」

「沒事。」他不看我，只是看著餐館裡，有幾張桌子被拉開來，騰出一塊空地當臨時舞池，一對對男女開始隨著音樂起舞。「對我來說，現在的樣子很正常。」

「不，才不是。」

「我退伍之後，一直就是這樣。」

我哥哥以前也會很緊繃，而且每回有人問起他在塔拉瓦是什麼樣子，他就會暴怒。他也同樣有那種封閉自己的表情，而且如果被逼得太緊，他就會爆發大罵一堆髒話，然後氣沖沖跑出去。我總是太害怕而不敢追出去，害怕他也會朝我發脾氣，但現在我真希望自己有那麼一次追出去，握住他的手。只要——握住他的手，這樣他就知道我陪著他，知道我愛他，知道我了解他很痛苦。但我以前都不懂這些，直到他走了，而我明白時已經太遲了。

我看著芬恩封閉自己的臉，很想說，對你來說還不會太遲。但我知道以他現在的心情，我說什麼他都聽不進去的，就像之前詹姆斯那樣，於是我只是伸手碰觸他的手。

他把我的手甩開。「我會克服的。」

有任何人能克服嗎？我看著伊芙坐過的那張空椅子。我們三個人都在兩次大戰的殘骸中追逐痛苦的回憶；看起來沒有人能克服什麼。我想到伊芙說過的話。或許你不見得一定要去試著克服。否則幾星期就會變成幾個月，然後你一抬頭，就像伊芙一樣，才發現自己已經浪費了三十年。

收音機裡又傳送出艾迪特．皮雅芙的歌聲。我站起來。「你想跳舞嗎，芬恩？」

「不想。」

我也不想。我覺得雙腳沉重得像鉛一樣。但是羅絲很愛跳舞。我哥哥也很愛——我還記得他離家去加入海軍陸戰隊的前一夜，我笨拙地跟他跳布基烏基快舞。如果他們在場，現在一定早就進入舞池了。為了他們，我可以拖著自己沉重的腳步過去。

我走進跳舞的人群中，一個大笑的法國男人把我拉過去。我和他一起跳完那首歌，然後跟他的朋友跳下一首。我沒認真聽他們在我耳邊用法語獻慇懃，只是閉上眼睛移動雙腳，試著……不是要忘記籠罩在我頭上的悲慟之雲，但至少在那朵雲底下跳舞。我的雙腳現在或許沉重，但或許有一天，我可以從那朵雲之下舞出來。

於是我繼續隨著音樂舞動，一首接一首，芬恩則慢吞吞喝著他的啤酒，觀察我，如果不是因為那個吉普賽女人，這樣大概也還好。

我跳到一半退出舞池，重新繫好我的涼鞋。芬恩起身要去把他喝了半瓶的啤酒丟掉，我們兩個人都看到那個推著手推車的老婦，穿著褪色的披肩。或許她不是吉普賽人——她的臉是淺褐色，穿著顏色鮮豔的裙子，不過我怎麼知道吉普賽女人就是這種模樣呢？——她咕噥著往前，此時餐館老闆忽然衝出來。她正伸出手掌懇求著，他兩手猛揮，像是有一隻老鼠正跑過他的廚房。「不准在這邊乞討！」他推了那個老婦一把。「快走！」

她步履沉重地離開，顯然很習慣了。那個餐館老闆轉身要走，雙手在圍裙上猛擦。「吉普賽賤人。」他咕噥道。「可惜之前沒把他們全都送去關起來。」

我看到一股致命的狂怒籠罩著芬恩的臉。

我開始朝他走，但他手上的啤酒瓶已經落地，摔成碎片。他三大步就走到那驚訝的餐館老闆面前，一手抓住對方衣領，拉近了，狠狠一個上鉤拳把他擺平。

「芬恩！」

那老闆倒地時也帶翻了一張餐桌，我的大叫淹沒在瓷器破碎聲中。芬恩雙眼仍燃燒著狂怒，一腳推得那老闆仰天躺著，然後他一邊膝蓋壓住那老闆的胸部。「你、這、個、爛、人——」他講得非常清楚，隨著每個字而揮出一拳。那些結實的短拳聽起來像是一把肉鎚落下。

「芬恩！」

我心臟猛跳，努力往前擠，經過領口塞著餐巾、紛紛起身的男男女女，每個人都很慌張，驚訝得張開嘴，但是一個侍者先趕到，抓住芬恩的手臂。芬恩也打他，擊中他的鼻子，我看到血花飛濺，清清楚楚，噴在一條落地的桌布上。那侍者踉蹌後退，芬恩又回去揍老闆，那老闆一直大叫，想護住自己的臉。

我開始抓他的頭去撞一根門柱，旁邊六個人趕緊把我拉開。芬恩曾經這麼描述那場害他坐牢的打架。感謝老天，他們在我砸破他的腦殼之前拉開我。

我雖然不是六個人，但今天沒有人會砸破腦袋。我抓住芬恩緊繃得像石頭的肩膀，用盡全力往後拖。「芬恩，住手！」

他轉身，一拳揮向試圖阻止他的人。認出我的那一刻，他的雙眼睜大，想收回那一拳的力量，但是要停下來已經太遲。他的指節狠狠擊中我嘴角，力道大得足以讓我感覺到刺痛。我後退一步，一手摀住臉。

他臉色變得死白，垂下拳頭。「啊，耶穌啊——」他起身，不理會躺在地上呻吟和被打斷鼻子的兩個男子。「耶穌啊，夏麗——」

我震驚地摸摸嘴唇。「我沒事。」老實說，我更強烈的感覺是鬆了口氣，他放開了那個老闆，也沒有那種盛怒的表情了。我的心臟跳得好厲害，好像剛賽跑完。我前進一步，朝他伸手。

「沒事了——」

他往後縮，雙眼驚駭。「耶穌啊！」他又說了一次，然後搖搖晃晃地跑掉，離開餐館，拋下裡頭喃喃議論的顧客。

那老闆已經在幾個侍者的協助下起身，暈眩又憤怒，但我沒看他一眼，而是盡快朝芬恩的去向奔跑。他已經跑過旅館，彎入兩棟建築物間，我看到他消失在旅館後方的停車場。我跟上去，穿過一排排標緻車和雪鐵龍車，來到那輛長長的拉貢達車旁。芬恩坐在後座，就像在魯貝那一夜，當時我們在凌晨三點聊天。這會兒他低著頭，肩膀一聳一聳，他沒看到我，直到我拉開車門，進去坐在他旁邊。

他的聲音悶住了。「走開。」

我握住他的手。「你受傷了——」他的手指瘀青，指節上的皮膚裂開。我沒有手帕，於是輕輕摸著那擦傷的皮膚。

他猛抽走手，指頭撫過頭髮。「我真恨不得把那個混蛋的腦殼打爛。」

「那你就又會被抓起來，送進監獄了。」

「我屬於監獄。」他還是駝背坐著，拳頭抓著自己頭髮。「我打了你，夏麗。」

我摸摸自己的嘴唇，感覺到沒破皮。「你不知道那是我，芬恩。你一看到是我，就想停下——」

「我還是打了你。」然後他終於看我，雙眼愧疚又憤怒。「你只是想阻止我打死他，我卻打你。你為什麼在這裡，夏麗？跟我這種壞人坐在黑暗裡？」

「你不是壞人，芬恩。你只是心理受傷很嚴重，可是你不是壞人。」

「你怎麼知道——」

「我哥哥捶牆壁、大罵髒話、在人群中會恐慌時，我知道他不是壞人！他不是壞人。他只是心理受傷了。你也是。伊芙也是。我以前在學校裡浪費時間，不是窩在床上哭、就是跟我不喜歡的男生睡覺，當時我也是受了傷。」我凝視著芬恩，努力要逼他明白。「但是受傷的狀況不見得要一直持續下去。」

我好想幫他。我想雙手捧著他，修補他的裂痕，就像我本來該幫詹姆斯做的，甚至是我父母為詹姆斯悲慟茫然時，我應該要幫他們做的。

「你不該留在這裡。」芬恩的聲音粗魯而冷淡。我看得出他的肩膀又憤怒得緊繃了。「你應該回家，生你的小孩，好好過你的人生。跟嘉德納和我這樣受傷的靈魂攪和在一起，不會有任何好處的。」

「我哪裡都不去。」我又去抓他的手。

他立刻掙脫。「不要。」

「為什麼？」昨天我們還並肩坐著喝威士忌；我頭枕在他膝上，他撫摸著我的頭髮，完全沒有任何不自在。但現在芬恩彷彿全身長滿了刺，我們之間的氣氛緊張極了。

「你下車吧，夏麗。」

「為什麼?」我再度挑戰。現在我絕對不會讓步的。

「因為以我現在的心情,要不是喝酒、打架,就是打砲。」他往前凝視著陰影,口氣憤怒但鎮靜。「昨天晚上我做了第一個,二十分鐘前做了第二個。現在我滿腦子想做的,就是扯下你身上的那件黑洋裝。」他看著我,眼神灼熱。「你真的應該下車。」

要是我現在離開他,他就會坐在這裡一整夜,懷著愧疚和怒氣,同時想著那個死去的吉普賽少女。「不管你喜不喜歡,」我說,重複著伊芙之前說過的話。「她已經死了,而你還活著。我們兩個都還活著。」然後我雙手伸進他頭髮裡,把他的頭朝我拉。

我們的嘴巴狠狠相撞,甚至連他舉起我,讓我跨坐在他膝上時,我們的嘴唇都沒分開。他的臉頰溼溼的,我的也是。他把黑洋裝從我肩上拉下,我扯開他的襯衫鈕釦,兩人把所有衣服推開,好讓我們溫熱的皮膚緊貼,兩人都不在乎是否會有人經過車窗外看到。在前往格朗河畔奧拉杜爾的路上,他曾極其溫柔地吻我,但現在他的嘴唇粗暴地碾過我雙乳間的柔軟皮膚,睫毛刷過我的鎖骨。我臉頰緊貼著他的頭髮,雙手滑下他結實的胸部,來到皮帶,那一刻他停下來,猛喘著氣,雙手撫摸著我裸露的背部。「基督啊,夏麗,」他有點口齒不清。「這樣不是我希望的方式。」

或許這不是玫瑰和燭光和浪漫。但是這個,這裡,現在,正是我們兩個都需要的。昨夜是痲痹和痛苦和渴望不省人事——我沒辦法什麼都不做,否則我會被淹沒。今天我也不會讓芬恩淹沒,我絕對不會讓他像我之前辜負而失去的那些人。「跟我在一起,」我喃喃吻著他,跟他一樣喘著氣。「跟我在一起——」然後我們在皮革座位上緊緊交纏，我黑色洋裝的重要部分完全被拉開，芬恩的襯衫和皮帶落在車內的地板上。

往常到了這一刻，我的心思會脫離眼前正在發生的事。此時我會停止想要感覺到什麼，而是愈來愈心不在焉、而且失望我什麼都感覺不到——很失望全世界最簡單的等式，男人加女人，總是等於零。但這回不是。座位上的手忙腳亂和皮革的吱嘎聲和沉重的呼吸，都跟其他每一回相同，但現在我的思緒不再飄走了。我彷彿融化且燃燒，整個人渴望得顫抖。芬恩也在顫抖，他撐在我上方，陰影重疊，他雙手緊緊纏著我的頭髮，害我覺得頭皮痛得要冒出火花了，他的嘴渴望地啜飲著我的喉嚨和耳朵和胸部，彷彿要把我吞下。我雙臂和大腿牢牢抱住他不放，彷彿想爬進他體內，指甲深深戳進他背部。我們搏鬥著，汗溼的皮膚緊貼，但是這樣還是不夠近。我抓著他，把他擁得更緊，在我們以不顧一切、狂怒的節奏碰撞時，我隱隱聽到自己發出的聲音。整個過程迅速又粗暴又美好，混亂且汗溼且活生生。在最後貫穿我們兩人的戰慄中，他的臉緊貼著我的。我感覺到一滴淚從我們緊貼的臉頰滑下。

我不知道那滴淚是出自誰。但是我不在乎。反正那不是出自悲慟，這樣便已足夠。

28

伊芙

一九一五年十月

如果一個星期裡有一天要被逮捕，那就該是星期天。七天裡，伊芙只有星期天晚上不必上班，因為就連墮落的忘川，在主日也是不營業的。這個星期天深夜伊芙回到里爾，不必擔心無法上班。「小小的優點。」她說出聲。房間裡面冷得刺骨，而且儘管沒有任何改變——那張窄床沒變，角落裡那個夾層裡藏著魯格手槍的毛氈旅行包也沒變——卻有一種被遺棄的氣氛。薇歐蕾再也不會穿著她沉重的靴子在房間裡跺腳、抱怨英國飛行員太急躁而不肯躲好。莉莉再也不會大搖大擺地走進來，說起她如何用走私的香腸賄賂衛兵而通過檢查站的故事。伊芙環顧著這個失去歡樂的房間，想起過去在這裡抽菸和大笑的傍晚，一股絕望的浪潮狠狠擊中她，讓她幾乎喘不過氣來。她有工作要做，而且她會去做的——然而其中再也沒有歡樂時刻了。往後將只有白天在里爾、晚上在荷內的床上，就這樣。除了伊芙，沒有人會來使用這個房間了。

安唐會的，她心想。我們可以安排一個新的時間表。安靜、岩石般沉穩的安唐認識莉莉大部分的連絡人，因為他在他的書店櫃檯後頭幫過太多人製造假文件——或許他可以重建莉莉的網絡，讓另外一個人接手。總之非得這樣不可。她忽然覺得好疲倦，於是連大衣都沒脫就躺下。她應該覺得餓，但不知怎地，她忽然想像自己聞到荷內的昂貴古龍水香味——當然了，是害怕自己明天得回到他身邊的那一刻——就連那想像的氣味都讓她反胃。她鼻子埋進薄薄的枕頭裡，轉而想像茶和英國粗毛呢的氣味。「卡麥隆……」她低語道，然後一段柔軟的觸覺記憶閃過，她一手撫過他的頭髮，他嘴唇流連在她耳後的空間。她想知道他會不會後悔今天下午共度的時光。她想知道他會不會恨她，因為她誘惑了他，又悄悄溜掉。她想知道……

但是她累得筋疲力盡，因為恐懼和逮捕，因為傷心和愛情，於是睡眠像一波大浪將她淹沒。

次日晴朗而寒冷，伊芙全身穿得厚厚的，連鼻子都用圍巾裹住，步履沉重地走向忘川。通常這家餐廳在傍晚時分很忙碌：侍者忙著擺刀叉、鋪桌巾，準備迎接第一批顧客；廚師們咒罵著為自己的工作區做準備。但是今天的忘川一片黑暗，廚房門緊閉。伊芙暫時停下腳步，很困惑，然後她解開大衣釦子。門上或吧檯都沒佈告說餐廳今天不營業，而且荷內太喜歡他的利潤了，絕對不會無緣無故就關上大門的。

一個聲音從荷內居住的二樓傳來。「瑪格麗特，是你嗎？」

伊芙猶豫了，很想假裝什麼都沒聽到，悄悄溜出去。她的神經戒備地緊繃著，但是如果現在她跑掉，就會引來更多疑心。「對，是我。」她喊道。

「上來吧。」

荷內的書房裡燈光明亮，不過窗簾都緊閉著。壁爐散發的溫暖穿過歐比松地毯圖案的上方，繽紛的蒂芬妮燈罩把一片片寶石藍和水晶紫的色彩投射在綠色絲綢牆壁上。荷內坐在他平常的那把椅子上閱讀，手上拿著一杯波爾多葡萄酒。

「啊，」他跟伊芙打招呼。「你來了，寶貝。」

伊芙允許自己露出困惑的表情。「餐廳沒開嗎？」

「今天休息。」他用一條刺繡的絲製書籤夾在書裡，放在一旁。儘管他露出愉快的笑容，伊芙卻感覺到一股寒意。「這是給你的驚喜。」

快跑，一個小小的聲音在伊芙的腦袋裡響起。「驚喜？」她雙手在背後交扣，摸到了門把，無聲轉動。「又要週－週末出遊？你說過想去格－格拉斯……」

「不，是另一種驚喜。」荷內喝了口他的波爾多葡萄酒，從容不迫。「是你要給我的。」

伊芙放在門把上的手指握得更緊了。只要一拉，她就可以離開了。「是嗎？」

「是的。」荷內伸手到椅子扶手上方的軟墊下，拿出一把手槍，舉起來對準了伊芙：那是九毫米的魯格P〇八手槍，就跟她那把一樣。隔著這麼近的距離，伊芙知道自己還沒能拉開門，子彈就會射進自己的雙眼間了。

「坐下，寶貝。」荷內指了一下他對面的椅子，伊芙坐下時，她看到了槍管上的那個小刮痕。她認得那個刮痕：她每回拆槍時都會擦拭的。荷內手上握著的不是隨便一把魯格手槍，而是她的魯格手槍。忽然間，伊芙想起她昨夜在自己房間裡似乎依稀聞到荷內的古龍水氣味，恐懼像一列尖嘯的列車撞上她。

荷內．波得龍去搜查過她的房間，拿走了她的手槍。誰曉得他還知道些什麼？

「瑪格麗特．勒法蘭索瓦，」荷內說，好像要開始針對藝術而得意地長篇大論一番。「告訴我你的真實身分。」

❖

「為什麼會這麼難以相－相信？」伊芙讓自己的口吃更嚴重，雙手顫抖著亂搖，擺出各種她想得到的純真與困惑姿態。「那是我爸的手槍。我收著是因為我很害怕，那些德國軍官老是神氣地走在路上，他們看著當地姑娘——」

荷內銳利的雙眼疑心地盯著她。「你昨天跟一個女人一起被逮捕，那個女人有六份不同的身分證明。她毫無疑問是間諜，你跟她在一起做什麼？」

「我不－不認識她！我們在車站開始聊天，她忘了帶她的通－通－通——她的通行證。我就把我－我的借給她用。」伊芙思緒奔馳得好快，努力想拼湊出一套說法——任何說法都行——好讓他相信。她從沒想到他會聽說她被逮捕。這純粹就是倒楣：某個荷內的德國朋友熱心描述莉莉的被捕，中間提到跟她一起被抓起來的那個口吃女孩，叫瑪格麗特什麼的，後來被釋放了，因為誰都看得出她是無辜的。

要是他們沒提到名字就好了。荷內就絕對不會知道了。但是他們提了，而荷內一定想到了後頭的種種可能含意，像是一波大浪迎面打來，因為他立刻就去了她的房間。結果只找到那把魯格手槍；伊芙房間裡沒留著任何編碼的訊息。但是對他來說，那把魯格手槍就已經夠可疑了，於是造成現在這個局面：他們面對面坐在這裡。

「你不會笨到讓一個陌生人用你的通行證的，寶貝。」他說。

「我看－看不出能有什麼壞處！」伊芙想要讓自己雙眼充滿淚水，但她的淚水已經流乾了。她昨天早上在羅瑟拉先生面前哭得歇斯底里；之後又為了莉莉而哭。現在她需要自己雙眼帶淚、一副可憐相時，眼睛卻乾得像岩石。於是她垂下眼皮。你可以脫身的，她告訴自己，你可以的。

但是荷內完全沒讓魯格槍或他的注意力鬆垮下來。「你昨天在哪裡？你為什麼要搭火車？」

「我姪女在圖－圖－圖爾奈的聖－聖－聖－聖餐禮。」

「你從沒提到過在圖爾奈有親人。」

「你從－從來沒問過！」

「你的口吃是真的嗎？或者你是裝的，好讓大家以為你頭腦簡單？那真的很聰明！」

「當－當然是真的！你以為我喜歡這樣講話嗎？」伊芙大喊。「我不－不是間諜！你在我－我房間裡找到任何可疑的東西了嗎？」

「這個。」他的魯格槍管輕輕敲著椅子的雕花扶手。「德國人禁止平民擁有武器，你為什麼沒把這槍交出去？」

「我沒－沒辦法，那是我父－父－父——」

「不要再結巴了！」他的大吼來得太突然，她的瑟縮完全是真實反應。「你以為我是笨蛋嗎？」

那是他真正害怕的，伊芙心想。害怕自己成了笨蛋。他還記得那些枕邊細語，那些他在她耳邊說的八卦嗎？或者擔心要是德國人發現他的情婦一直把祕密交給英國，他的特權地位會受到什麼影響？

伊芙心想，前者比後者還嚴重。他最怕失去的，不是德國人的信賴和德國人的恩惠，而是他的驕傲。荷內．波得龍必須是房間裡最聰明的人，向來如此。一個什麼都不懂、年紀只有他一半的姑娘，居然比他聰明得多，這個想法會讓他受不了的。

可惜伊芙這一刻並不覺得自己比較聰明。她唯一的感覺就是嚇壞了。

你可以脫身的，她心想，因為她不敢去想另一個可能。但是接下來呢？即使她說服荷內說她是無辜的，她在忘川的時間也結束了。不管艾倫登下什麼命令，她都不能待在里爾，而那種失敗讓她心如刀割——但是如果她能脫身，或許可以再被派駐到其他地方。

然後她腦中浮現出一個更甜美的想法：那我就再也不必跟荷內．波得龍上床了。

或許她的眼睛因而發亮，因為荷內身體突然前傾。「你在想什麼？你為什麼——」

他離得剛好夠近，伊芙原先沒計畫，但是她一腳像鞭子般揮出，踢中了魯格手槍的槍管。只踢到側面，但那手槍脫離荷內的手，朝壁爐飛去。沒時間去抓槍了；伊芙衝向另一個方向，朝門而去。要是她能趁他去抓回手槍時衝出門，下樓梯，那麼她就有機會逃進里爾的街道中。她不會冒險搭火車；她會走路穿越邊境到比利時。她衝過那條昂貴的地毯時，種種計畫像一片碎冰般掠過她的腦海。她一手放在光亮如鑽石的銀色門把上，心想，我辦得到的。

但荷內沒去抓回手槍。他直接追上來，當伊芙的手指握住書房門把時，他的手臂往下，劃出一個殘忍的短弧。那個縮小版的波特萊爾半身像砸中了伊芙的手。

一股熾熱的疼痛竄上她的右臂。她聽到一個清楚的嘎吱聲，握著門把的右手前兩指有三個指節被門把敲碎。她不覺間跪在門前，隨著一波又一波可怕的疼痛而猛吸著氣。她看到荷內．波得龍發亮的鞋子走近，看到那個小小的大理石半身像在他手裡輕鬆揮動，然後他走到她和門之間站住，呼吸沉重。

「好吧，」伊芙痛得緊咬著牙說，抓住那隻顫抖的手。「該死。」

她想都沒想就用英語說出來，不是法語，然後她聽到荷內猛吸一口氣。他在她旁邊蹲下來，兩人的目光在同一個高度相會，他的雙眼閃著——那是什麼？恐懼，懷疑。最重要的，是狂怒。「你是間諜。」他喘著氣說，聲音裡再也沒有一絲懷疑。

就這樣，伊芙暴露了自己的身分。好久以來她一直害怕這一刻，但現在感覺卻是出奇地平淡。或許因為她知道再怎麼說，都無法讓他相信她是無辜的。那何不乾脆承認？

他空著的那隻手抓住她的脖子，超長的手指幾乎圍到她的後頸。他另一隻手始終握著那個大理石半身像，她知道他可以輕易拿起來砸中她的太陽穴。「你到底是誰？」

伊芙的手痛得要命，簡直無法呼吸。她咬牙憋住冒出喉嚨的尖叫，硬是忍了下去。她設法歪起嘴唇微笑，沒有抵抗他緊抓的手，只是雙眼狠狠瞪著他。難得一次，她注視他時，是以本我的目光，而不是他嫻靜的小寵物。

她很可能會死在這個溫暖、奢華的房間裡。但就這麼一次，她想當面讓他知道他被愚弄得有多慘。這種鹵莽、傲慢的衝動真是欠罵，但她實在忍不下去了。

「我的名字是伊芙，」她吸氣，每個字都平順如絲。「伊芙，不是他媽的瑪格麗特。而且沒錯：我是間諜。」

他瞪著眼睛，驚呆了。伊芙改用德語。

「我德語講得很好，你這個奸商懦夫，而且我一直在偷聽你那些顧客講話，偷聽好幾個月了。」

她看著那種驚駭，那種不相信，那種憤怒湧上他雙眼。她又設法擠出微笑，再用法語加了一件事，只是為了給他額外的打擊。

「關於我的工作，我的朋友，或是跟我一起被逮捕的那個女人，我半點都不會告訴你。但是我會告訴你這個，荷內．波得龍：你是個容易上當的傻瓜。你是個糟糕透頂的情人。而且我恨透了波特萊爾。」

29

夏麗

一九四七年五月

「回旅館去吧，夏麗。回去睡一下。」芬恩坐起身扣著襯衫，半埋在汽車內的陰影裡，迴避我的眼睛。我全身依然因為剛剛發生的事情而顫抖不已，只是坐在那裡一會兒，想找出字句說出這回跟我以前的經驗有多麼不同。但芬恩終於望著我時，我看得出他又封閉起自己，無法企及。

「去睡覺吧，小妞。」

「我才不要把你留在這裡胡思亂想，」我平靜地回答。我絕對不會再犯這種錯──丟下一個我關心的人，讓他們獨自和心中的魔鬼搏鬥。

「我沒胡思亂想，」他說。「我要去隔壁，回那家餐館。我得去跟那些人道歉。」

這聽起來是個好開始，讓他感覺比較恢復正常，於是我點點頭。我們從車子兩邊各自下車，站在那裡片刻，隔著拉貢達的車頂望著彼此。一時之間我以為芬恩要說什麼，然後他目光往下看著我瘀青的嘴，瑟縮一下。「晚安。」

「晚安。」

現在我獨自在空蕩的旅館房間內，躺在床上睡不著。路燈的黃光和微弱的夜間車聲從遮光板的間隙透進來。一次又一次，我手指前後來回撫摸著肚子。自從我決定不去沃韋，「小問題」就一直很平靜。大概是猜到她可以安心長大、長大、長大，直到出生的時間到來，到時候她會明白這個世界很冷酷，而她母親其實不太知道該如何給她美好的生活。去格朗河畔奧拉杜爾之前，我至少有個幻想的念頭，有個魔術等式：夏麗加羅絲，就能神奇地必然等於幸福的未來。現在我連這個等式都沒有了。

「對不起，」我輕聲對著手指底下依然平坦的肚皮說。「你媽媽跟你一樣無能為力，寶貝女兒。」我不曉得為什麼覺得自己懷的是女孩，但我就是這麼想。羅絲寶寶，我心想。就這樣，她有了個名字。當然了。另一朵玫瑰，我自己的玫瑰。

教堂的午夜鐘聲響起。我的肚子咕嚕叫。剛命名的「小問題」在抱怨她沒吃晚餐了。好奇怪，身體在悲慟或內疚或震驚之中，仍然會持續頑固地運作。「你這一點我也注意到了，小玫瑰，」我告訴我的肚子。「你雖然還沒露面，但是我上洗手間的次數已經加倍了。」

我下了床，披上一件毛衣，去上了洗手間，然後無意識之間已經來到走廊。芬恩的房門下頭沒有燈光。我希望他已經去隔壁餐館道歉過，回來正睡得安穩。不曉得他是否後悔我們在後座做過的事情。我不後悔。我在他們外猶豫，然後躡手躡腳走到伊芙的房間。她房門下頭有一道黃光，表示她還醒著。我沒敲門就推開，走進去。

伊芙坐在她的窗台上，望著下頭黑暗的街道。她憔悴的臉在昏暗的光線中看不清——她有可能是任何年紀，高而瘦的清楚輪廓，長長的赤腳蜷縮在身子底下。她也可能是一九一五年去里爾的那個姑娘……只除了那些嚴重傷殘的可怕手指，此時放在膝上。一切都回到那雙手。一切都始於那雙手。我還記得到倫敦的那夜，第一次看到那雙手時，喉頭湧上一陣作嘔之感。

「你們美國人都不曉得怎麼敲門嗎？」伊芙舉起指尖的香菸吸了一大口，菸頭發亮。

我雙臂交抱。「重點是，」我開口，好像要繼續一個我們討論到一半的話題，「我不知道接下來該怎麼辦。」

伊芙終於看著我，揚起雙眉。

「我原先有個計畫，全都歸類好了，像一個簡單的幾何習題。如果羅絲還活著，就找到她，生下我的小孩，學習怎麼照顧。我現在沒有計畫了，但是也還沒準備要回家。我還沒準備好回去找我母親，又從頭開始跟她爭執我要怎麼生活。我還沒準備好要坐在沙發上織嬰兒襪。」

最重要的是，我還沒有準備要失去這個小小三人組，那是伊芙和芬恩和我在一輛深藍色汽車裡逐漸形成的。一部分的我已經承受了太多痛苦，只想趕緊跑回家，不要冒著芬恩明天早上會排斥我的風險。但是另一部分的我——微小，但愈來愈難以滿足，就像小玫瑰——想要在這條路堅持下去，無論這條路是通往哪裡。我不太確定到底是什麼把我們三個人拉到一起，也不確定為什麼我們最後都在追逐同一個東西的不同變體：過去兩場大戰中，死去女人所遺留下來的問題。我再也沒有目的地了，也不曉得這條路盡頭的目標，但是我們正在朝向某個地方，而且我還沒準備好要放棄這趟旅程。

「我知道自己想要什麼，伊芙。我想要給自己一點時間，搞清楚接下來怎麼辦。」此刻我像是在一片叢林裡摸索著自己的路，而伊芙只是坐在那裡，完全看不出是否聽進了我的話。我看著她的雙手，深吸一口氣。「而且我想聽你故事中的其他部分。」

伊芙吐出煙霧。我聽到外頭傳來的汽車喇叭聲，深夜有幾輛車經過。

「你今天晚上在餐館裡問過我膽子夠大嗎。」我聽到自己的心臟怦怦跳。「我不曉得夠不夠大。你在差不多我這個年紀時，就進入戰區工作，立下了日後讓你得到勳章的功勞。我沒做過任何接近你那個等級的事情，差得遠了。但是我有膽量聽你的經歷，無論有多麼糟糕。」我坐下來，面對著她平穩、但帶著痛苦記憶和充滿自我憎恨的雙眼。「講完故事。給我一個理由留下吧。」

「你想要一個理由？」她把香菸遞給我。「報仇。」

菸盒在我手裡滑溜溜的。「為誰報仇？」

「為了莉莉的被捕。」伊芙的聲音在黑暗中低沉、沙啞、兇狠。「也為了我被抓到的那一夜，發生在我身上的事。」

於是伊芙告訴我剩下的故事，從夜黑講到黎明。

30

伊芙

一九一五年十月

她說了什麼或沒說什麼都不重要。無論伊芙是侮辱了荷內，還是禮貌地回答他，或是完全拒答，他都把那個波特萊爾半身像狠狠地、精準地往下捶，砸斷又一個指節。即使是在劇痛的煎熬中，伊芙也還是有辦法往下看著自己的雙手數著。

她總共有二十八個指節。

到目前為止，荷內已經砸斷了九個。

「我會把你交給德國人。」他那種金屬般的尖銳刺耳聲音很平穩，然而她聽得出表面之下種種緊繃的情緒。「不過首先，你要先跟我談。把我想知道的一切都告訴我。」

他坐在對面，一根手指輕扣著波特萊爾雕像的頭頂。那尊一度乾淨無瑕的大理石像現在已經血跡斑斑。他砸斷她前幾個指節時沒有技巧，很笨拙，聽到骨頭碎裂的聲音就瑟縮。但是現在他逐漸改進，雖然鮮血還是讓他反感地鼻孔張開。你對這種刑求的事情跟我一樣是新手，伊芙心想。她不曉得時間過去了多久。因為時間已經變得彈性十足，圍繞著她極度痛楚的抽痛而調整形狀。火焰閃爍，他們兩個坐在皮革扶手椅上，一張桌子拉過來放在兩人中間，就像他們平常上床前坐著下西洋棋那樣。只不過現在伊芙的雙手被平放在桌面上，用荷內晨袍的絲質繫帶綁住。綁得很緊，緊到發痛，緊到她毫無掙脫的希望。

她沒嘗試掙脫。逃跑現在已經不可能了。唯一可能的就是保持沉默，而且完全不露懼色。於是儘管她恨不得能尖叫著彎向自己的手，但她仍保持背脊挺直，還朝荷內露出微笑。他不會曉得那個微笑花了她多大的力氣。

「你不想下棋？」她建議。「我讓你教我怎麼下，因為瑪格麗特太－太無知了，不會下棋，但其實我下得很不錯。我很想跟你真正下一盤，而不是老故－故意輸給你，好滿足你的優越感。」

憤怒讓他的臉緊繃。伊芙幾乎沒有時間準備，那個雕像就捶下來，發出那個他們現在已經很熟悉的骨頭碎裂聲。

她隔著咬緊的牙尖叫，讓荷內下巴猛地昂起。她一開始跟他說她不會叫，但是到第五個指節時她忍不住了。現在是第十個。她沒辦法假裝不痛，她再也不敢直視自己的手。從眼角，她看到一堆血肉模糊和發黑的瘀傷和怪誕扭曲的關節。到目前為止，所有的損傷都發生在她的右手——她的左手還是放在旁邊，沒有損傷，緊握成拳頭。

「你們被逮捕的時候，跟你在一起的那個女人是誰？」荷內的聲音緊繃。「她不可能是地區情報網的首領，但是她可能認識他。」

伊芙心底暗笑。即使到現在，荷內和德國人還是低估莉莉。他們低估所有的女性。「她的名字是愛莉絲・杜布瓦，她不重要。」

「我不相信。」

他根本不相信出自她口中的任何話。第六個指節爆出一片血之後，伊芙就試著給他假訊息，用她的想像力亂編。希望能讓他停手。但是即使她假裝順從且開始講話，他也還是沒有停手。他雖然是刑求新手，但是他很熱中。

「那個女人的真實姓名是什麼？告訴我！」

「為什麼？」伊芙咬牙怒斥。「我說什麼你都不會相信的。把我交給德國人，讓他們審問我吧。」此時她渴望進入德國人的牢房，德國人可能會偵訊她，可能會踢得她在地上爬，但是他們跟她沒有私人恩怨，不像荷內恨她背叛、恨她智取自己。把我交出去就是了，伊芙祈禱，咬著自己嘴唇內側好忍住一聲呻吟，她嚐到自己的血。

「我要先把你的情報榨乾，才會把你交出去。」荷內說，好像看透了她的心思。「德國人要是知道我收了個間諜當情婦，就會對我產生不信任。我想彌補的話，就得給他們一些寶貴的東西。要是我做不到，那還不如直接開槍殺了你，省得自己招惹來這些疑心。」他暫停一下。「反正一個女侍失蹤，也不會有人來追問的。」

「你不能殺我，否則永遠逃不掉殺人罪名的。」他當然逃得掉，但總之伊芙還是講一堆話，想激起他的疑慮。打從他拿出手槍指著她，她就已經料到這個了。「你以為你可以押著我走出去，讓我自己乖乖走到某個偏遠的地點，把我射殺後，讓我在那些樹叢裡爛掉嗎？我走每一步都會尖叫掙扎。會有人看到我的。」

「我可以在這個房間殺了你。」

「然後你就得靠自己一個人的力量，把我帶出去棄屍。你的德國朋友或許欠你人情，但是他們不會幫你丟棄一具屍體的。你以為你可以拖著一具屍體離開餐廳丟掉，一路都不會有人注意嗎？這個城市充滿了間諜，荷內，德國間諜和法國間諜和英國間諜都有。每個人都會留意一切的。你永遠逃不掉——」

啊，他逃得掉的。金錢、運氣，再加上一個不錯的計畫，總是可以讓謀殺成功。但伊芙還是持續說出反對的理由，而且她看得出懷疑的種子在荷內的雙眼裡開始發芽。儘管他牢牢控制住一切，但是他沒有確切的計畫，而且不知所措。你很會計畫，伊芙心想，但是你不像我，你根本無法隨機應變。荷內很少被其他人出其不意地攻擊；當他被撞得往後倒下時，他就不曉得接下來該怎麼辦了。伊芙以前就暗自記住了這一點。當時心想只有上帝知道她是否有機會用來對付他，但她還是記住了。

「我可以殺了你，」他最後終於說，「但是我寧可先搾乾你的情報。要是我可以把嚴重危害這個地區的情報網人員名單交給德國人，他們會感激得不得了。因為就目前的情況來看，他們沒有證據，可以判處這兩個女間諜死刑。」

伊芙也記住了這個資訊。

荷內微笑，手指輕敲著波特萊爾大理石像的頭部，她忍不住全身發抖，全身，只除了她被毀掉的右手。「那麼——那個女人是誰，伊芙？」

「她不重要。」

「騙人。」

「沒錯，」伊芙不客氣地說。「你知－知道我是騙子，你不相信我說的任何話。你不曉得要怎麼偵－偵訊我。重點不在於從我身上問到情報，而是要比我更聰明。你現在要毀掉我，因為我比你更聰明。」

他瞪著她，嘴巴緊閉，臉頰氣得發紅。「你只是個撒謊的婊子。」

「有件事你可以相信，」伊芙身體前傾到她毀損的右手上方。「我在你床上發出的每個呻吟都是假的。」

他把雕像往下砸。伊芙大拇指的第一個指節碎裂，這回她沒能咬牙忍住尖叫。而即使她尖叫時，心裡都還在想著，隔著窗子，隔著蒙住聲音的織錦緞窗簾，隔著厚厚的牆壁，不知鄰居是否會聽到。就算他們聽到了，也沒人能幫你的。外頭這個黑暗的城市就像在世界的另一端。讓我昏迷過去吧，伊芙祈禱，讓我昏迷——但是荷內拿起他手肘邊的那杯水，朝她臉上潑，世界又突然變得清晰了。

「你從一開始就打算要勾引我嗎？」他的聲音緊繃。

「是你自己踏入陷阱的，你這個沒－沒種的法國娘娘腔。」伊芙勉強笑了一聲，水流到她的下巴。「不過我很高興你踏入陷阱了。你在床上傾吐的那些，讓我之前四分鐘的喘息和呻吟全都值得了。」

她右手只剩三個指節還是完整的，荷內以他此時已經很精準的敲擊，一口氣全部砸斷。伊芙尖叫，這個華麗的書房裡突然出現了一股強烈的惡臭。朦朧中，在極度的痛苦之下，她才明白自己失禁了。尿和更糟的東西沿著荷內那張昂貴扶手椅上奶油般柔軟的皮革，流到下面的歐比松地毯，即使在淹沒她右手的折磨中，她還是深深感覺到一波羞愧的大浪襲來。

「真是個骯髒的蕩婦，」他說。「難怪我每回上你之前，都堅持要你先洗澡。」

又是一波羞愧襲來，但更多的是恐懼。她都不曉得自己竟可能害怕到這種地步。受困——這個字眼一直在她腦中奔騰，像是一隻被貓追著跑的老鼠。受困——受困。沒有人會來救她。等到他厭倦了朝她施加痛苦，決定射殺她比交給德軍要省事，她很可能就要死在這裡了。她的嘴巴因為恐懼而發乾，覺得像是有滿嘴的砂礫。

「完成一隻手了，」荷內輕鬆地說，放下那個雕像。他的雙眼發亮，或許帶著激動，或許帶著他特有的羞愧——羞愧自己上當了。無論如何，現在他看著那一團混亂，那些血、那些聲音、那些氣味，他不再瑟縮或張開鼻孔了。「你還有左手，夠你繼續活下去了。要是你開始講話，我就饒了你其他手指。告訴我在車站被逮捕的那個女人是誰。告訴我負責運作整個情報網的是誰。告訴我你明明已經逃到圖爾奈了，為什麼又回到里爾來。」

凡爾登，伊芙心想。至少這個情報傳遞出去了。她只能希望值得，希望自己和莉莉為了傳遞這個情報而被捕，可以挽救許多人的性命。

「告訴我這些事，我就會幫你的手包紮，給你鴉片酊止痛，然後帶你去交給德國人。我甚至會要求他們幫你的手指動手術。」荷內伸出一手，撫過她的臉側，他的指尖又帶來新的痛苦，一陣強烈的厭惡讓伊芙的骨頭都發抖。「告訴我就是了。」

「就算我說了，你也不會相信——」

「我會的，寶貝，我會的。因為我想我已經擊垮你了。我想你終於願意說實話了。」

伊芙的雙眼矇矓，她想告訴他，這部分是最可怕的。那些話就在她舌尖：*我是幫路易絲．德貝提尼工作，她的化名是愛莉絲．杜布瓦，她負責整個情報網的運作。*要不是那天她們在火車站月台巧遇那位德國將軍，伊芙根本不會知道莉莉的真實姓名。要是那樁巧遇從未發生過就好了。

我是幫路易絲．德貝提尼工作，她負責整個情報網的運作——一個身高不到一六〇公分的女人，勇敢得像頭獅子。今天在這裡的如果換成她，無論失去多少根指頭，她都不會說一個字的。

或者其實會？當一個人有十四個指關節被很有條理地一個接一個砸爛，誰曉得這個人會怎麼做？

但是坐在這張椅子上、雙手綁在面前的不是莉莉，而是伊芙。誰曉得莉莉會怎麼做；伊芙唯一能確定的，就是伊芙．嘉德納會怎麼做。

「那個女人是誰？」荷內低聲問。「是誰？」

伊芙真希望自己能露出嘲弄的微笑。但是她再也笑不出來了。她真希望自己能說出傷人的狠話，但是她完全想不出來了。於是她只是朝他的臉啐一口血水，濺在他刮得乾淨無瑕的臉頰上。「去死吧，你這個廉價的通敵賤屄。」

他的雙眼冒出怒火。「啊，寶貝，」他吸氣道，「謝謝你。」

他伸手去抓伊芙的左手。她手指攥成拳頭，抗拒他，但是他硬把她的手指扳開，在桌上壓平，像一把鉗子似地抓著固定住，同時去拿那個大理石小雕像。操他媽的波特萊爾，伊芙心想，朝荷內露出她染了血的牙齒，整個人被驚駭淹沒。

「那個女人是誰？」荷內問，現在非常享受，雕像對準了她左手的小指。

「就算你相信我，」伊芙說，「我也不會告訴你。」

「你有十四個改變主意的機會。」荷內說，然後把雕像砸下。

❖

之後，時間裂成碎片。有鮮紅鑲邊的疼痛，然後是天鵝絨黑的昏迷。荷內金屬般的尖細聲音像一根鋼製縫衣針般滑入兩者，把醒著的惡夢和昏迷的解脫縫在一起。當潑水在她臉上也不能讓她恢復意識之時，他就用大拇指去按她被毀掉的指節之一，直到伊芙尖叫著醒來。然後他用乾淨的手帕慢條斯理地把指尖擦乾淨，又開始問問題，砸碎指節的聲音也又開始響起。

疼痛來了又去，但是驚駭始終持續不斷。有時她懦弱地流下眼淚，有時她能夠在她弄髒的椅子上坐直身子，直視荷內的雙眼。無論是什麼狀態，她都不再回答他的問題。極度的痛苦奪走了她講話的能力，連笑都笑不出來了。

她最後一個指節被敲碎時，帶來某種解脫感。伊芙低頭看著自己被摧殘的雙手，感覺像是衝過了一條終點線。接下來他大概會對付我的腳趾吧，她在自己顫抖、哭泣的軀殼裡冷冷想著。或者我的膝蓋……但那疼痛已經太巨大了，再多的疼痛也無法令她恐懼了。她都已經走這麼遠了；她有辦法繼續保持沉默的。

因為荷內不能永遠把她關在這裡，讓她流血染遍他的歐比松地毯，同時餐廳持續停業而無法賺進利潤，而且鄰居會開始對他住處傳來的聲音好奇。到某個時候，他就非得放棄這個遊戲。要嘛把她交給德國人，不然就殺了她。伊芙已經不在乎是哪個了，兩者都意味著她的痛苦會停止。

撐過去，一個低語聲傳來。是莉莉的聲音，莉莉絕對不會離開她。撐過他這一關，小雛菊。撐過德國人那一關，一旦他們抓走她，那就是不同的遊戲了——不像荷內，他們會有辦法查核她的謊言，確認她講的是否屬實。但是她沒有力氣去擔心往後會有什麼痛苦了，只能擔心眼前的痛苦。

撐過去。其實很簡單。再也不需要演戲，不需要偽裝身分，走在剃刀邊緣。伊芙已經擺脫了剃刀，現在置身於險境了，但至少再也沒有撒謊的必要，只要撐過去就好。

於是她撐過去了。

❖

她從一次暗黑的昏迷中醒來——後來變得更頻繁了——不是痛得尖叫，而是感覺有一道火燒進她的喉嚨。荷內站在她旁邊，扳開她的下巴，握著一杯白蘭地湊到她嘴唇。白蘭地流入喉嚨時，伊芙咳嗽，然後想閉上嘴巴，但荷內用玻璃杯頂開她的牙齒。「喝掉這個，不然我就用苦艾酒匙把你的眼珠挖出來。」

伊芙本以為自己的驚駭已經到達頂峰，但後頭老是有更高的、新階段的恐懼，於是她又往上飛。她張開嘴巴，吞下一大口白蘭地，覺得一路燒進她胃裡。荷內又往後坐回對面的椅子，眼睛貪婪地望著她。

「伊芙，」他說，品味著她的真名。「很適合的名字。你真是個令人心動的誘惑。你甚至不必把蘋果遞給我，我就接受兩手空空的你，認定你是繆思。看看你現在這個樣子。我看到你臉上映現出恐懼與瘋狂，冰冷與沉默……」

「又是該死的波特萊爾？」

「出自〈生病的繆思〉，同樣很適合。」

他們沉默對坐。伊芙等著他又要提出問題，但荷內似乎滿足於只是看著她。她滑入一潭黑水，這回她醒得很慢，朝清醒緩緩游去，好奇怪，她的疼痛變得模糊了。荷內的椅子是空的。當伊芙尋找他時，牆上那些翠綠絲綢起伏的、滑順的布料游動著。她眨眨眼，牆壁就像萬花筒一般擴張又收縮。她搖頭想讓視線清晰，把目光集中在那盞蒂芬妮燈。燈罩上有一隻孔雀，扇形尾羽展開成為一千個藍綠玻璃的色澤，孔雀轉動頭部時，伊芙驚叫起來。牠閃爍的雙眼找到她的，尾羽上的每隻眼睛也都轉過來看著她。邪惡之眼，一般不就是這麼稱呼孔雀羽毛上的眼狀花紋嗎？那些尾羽朝伊芙豎起，搖晃著離開燈罩，發出玻璃敲擊的叮噹聲。

那是你想像出來的，伊芙模糊地想。但是當她又眨眼，那玻璃孔雀還在，站在燈上方，尾羽排列成一個惡毒的扇形，那些控訴的眼睛全都瞪著她。她忽然全身冒出冷汗。

那孔雀開口了，聲音一如製造牠的玻璃般尖利。「跟你一起被逮捕的那個女人是誰？」她又驚叫。她的腦子失去控制了；她完全發瘋了。不然就是荷內給我喝了什麼，她心想，摻在白蘭地裡——但是這個想法一閃而逝，她還沒能抓住或使之成真，就又消失了。

那孔雀又說話了。「那個女人是誰，伊芙？」

「我——我不知道。」她再也不知道任何事情了；她側倒，跌進一個夢魘的世界，一切都不確定。波特萊爾的半身像放在桌上，大理石的雙眼張開，充滿了血。紅色的血滴流下他大理石的臉頰。「那個女人是誰？」他問，大理石喉嚨發出沙啞的聲音。「你明明知道。」

壁爐台上一個有凹槽紋的花瓶裡插著幾朵百合，長長的花莖很優雅。惡眼百合，惡之花，永遠保存在玻璃花瓶中。伊芙嘴裡灼痛，看著那綠色花莖周圍涼涼的水。「好渴。」她喃喃道。她的舌頭彷彿變成了蒙著細沙的石頭。

「等到你告訴我那個女人是誰，就可以喝水了。」

伊芙還是盯著那些百合，那些百合也用血紅的眼瞪著她。「為了平息那折磨我的焦渴，我必須吞下多得足以填滿她墓穴的酒。」百合的墳墓，莉莉的墳墓。伊芙大叫。她腳邊有個墓穴張開，就在歐比松地毯的中間，搖晃的黑色泥土——

「〈謀殺者的酒〉，」那個大理石雕像說出詩的標題。「非常好，伊芙。那個女人是誰？」

那低笑聲聽起來像荷內，但伊芙看不到他。他不見了。她只看得到游動的綠色牆面，隨著她沉重脈搏的韻律在呼吸，孔雀打開自己的玻璃尾羽，大理石雕像臉頰滿是血。她腳邊搖晃的墓坑。墓坑底部有個什麼，某種龐大且飢餓的野獸。她扯著綁住她手腕的繩子，雙手又開始劇痛起來。那野獸已經離開墓坑，正在吃她的手，一路朝她的手腕大嚼。要是她睜開眼睛，她就會看到那野獸發亮的牙齒緩緩吞下她骨折的手指。她又尖叫，瘋狂地扯著繩子，痛楚更是放大多倍。她就要死於這個疼痛中，意識清楚地被活活吃掉。她哭了，腦袋機械地前後搖晃，同時某種垂著頭的粗暴野獸懶洋洋地朝她的手腕啃咬。

「那個女人是誰，伊芙？」

莉莉，她心想。這野獸已經殺死莉莉了嗎？她不曉得。她想不起來了。汗水從她潮溼的頭髮裡流出來，滑下脖子。

「那個女人誰？」

伊芙逼自己睜開眼睛。在那野獸殺死她時，她要正視牠的臉。她往下看自己的雙手，以為會看到被一張有尖牙的大嘴咬住，然後她會尖叫。但結果她的雙手沒被吃掉——但是不知怎地變了，被敲碎指節的手指想要重新長出來。她現在有二十根手指了，每一根都沾著血，尖端不是指甲，而是一隻眼睛。所有的眼睛一起朝她眨眼，控訴又盲目。

那野獸就是我，她痛苦不已地心想。那野獸就是我。我殺了莉莉嗎？我殺了她嗎？

「那個女人是誰，伊芙？」

我殺了她嗎？

伊芙的嘴唇茫然地張開，那瘋狂、搏動的世界轉黑。一波又一波黑暗與疼痛、驚駭與忿懥。

❖

「該起床了，寶貝。」

伊芙緩緩睜開眼睛，光線刺入她的雙眼，但是比不上像荷內那種銀針般的聲音更令人刺痛。她坐直身子，一陣劇痛傳遍她的雙手。她還是被綁在椅子上，嘴巴乾得像棉花，頭痛欲裂。荷內微笑，斜倚著那扇俯瞰著外頭街道的窗子。他穿著一套灰色的晨禮服，頭髮用髮油梳得整整齊齊，手裡拿著一個茶杯。透入窗子的光線強烈且明亮。現在是早上了，然而伊芙無法分辨是哪天早上，她不確定在那場風暴中是度過了一夜或兩夜或一整個月，充滿疼痛和——忿恨。搏動的牆壁，邪惡之眼，忿恨。伊芙的目光狂亂地四下張望，但書房裡看起來跟以往沒有兩樣。綠色絲綢的牆面沒在呼吸，蒂芬妮檯燈上的孔雀是玻璃做的，插在凹槽紋花瓶中的百合只是花而已。

百合。莉莉。伊芙的心臟猛跳，她目光轉回荷內身上。他微笑，喝了一口熱氣騰騰的茶。

「想必你比較舒服些了。」

伊芙這才頭一次往下看著自己的雙手。已經用乾淨的布包紮起來了，厚重平凡的白布掩蓋了下頭的恐怖。她還是穿著原來那套因失禁而染髒的衣服，但是她的臉和頭髮都擦洗過了。荷內花了些工夫，好讓她可以見人。

「羅瑟拉先生正帶著手下要來逮捕你，」荷內解釋，朝窗外下頭的街道看了一眼。「他們應該會在──啊，或許半個小時後到達吧，我覺得把你交給他們時，應該要讓你至少整潔一點。有的年輕軍官碰到傷害女人的事情，還是有點太脆弱了。即使這個女人是英國間諜。」

解脫感有如山崩似的朝伊芙當頭罩下。德國人要來抓我了。她不會死在這個房間裡了。她會被送到德國人的監牢裡。或許等到她再離開囚室時，只是要去面對槍斃行刑隊，但眼前，只要那個囚室裡沒有荷內，就已經足夠了。他已經放棄折磨她了。放棄了。

我撐住了，她有點麻木而驚奇地想。我撐過去了。

在她心中，莉莉露出微笑。或許她會在獄中見到莉莉，還有薇歐蕾。要是她們可以站在一起，就有辦法面對任何事情，即使是一排槍斃行刑隊的槍。

「你的朋友，」荷內說，彷彿看透了她的心思。「要是你看到她在隔壁牢房，幫我跟她打聲招呼。她聽起來是個非常了不起的女人，你的路易絲．德貝提尼。我很遺憾始終不認識她。」

他喝著他的茶，站在窗邊的陽光中。伊芙瞪著他，那梳得整整齊齊的頭髮，還有剛刮過鬍子的下巴。

「是你告訴我的，」他說。「如果你想知道的話。」

「我什麼都沒－沒－－」她痲痺的嘴唇想說出來。「沒－沒－－我什麼都沒－－」沒告訴你。這麼少的幾個字，偏偏說不出來。她的舌頭一下就打結了。

「路易絲．德貝提尼，化名愛莉絲．杜布瓦，還有一打其他的名字。你都講出來了。德軍司令官會很高興知道羅瑟拉先生扣押的是何方人物。事實上，她就是本地情報網的首領。想想居然是個女人，真是令人震驚。」

伊芙只是重複道：「我什麼都沒－沒－－」她口吃的舌頭無法說出她這輩子最重要的幾個字，她心中的恐慌遠遠超出了平常的驚駭，因而幾乎沒有感覺。那種反應不是她的身體所能容納的；就像一座漂浮的山在她上方盤旋，準備要把她徹底壓扁。我什麼都沒告訴你。

但是她想到那些莫名其妙的發燒夢境，那個波特萊爾的雕像活過來－－

荷內點頭，無疑是看到掠過她臉上的種種表情。這麼久以來，她面對他始終緊緊鎖住自己的臉，就像鎖著一個金庫。現在金庫被攻破了，而他正在翻閱她的每個想法和每個思緒，像是在翻一本書似的。「你昨天告訴我的一件事沒錯：你所告訴我的事情，我無法分辨是實話還是謊話。但是鴉片－－」他轉動手裡的杯子，「－－只要適量使用，就會讓人產生奇怪的幻覺，也會減低人的抗拒。你昨天夜裡一定是看到一些奇奇怪怪的景象了……最後變得非常順從。」

伊芙只能像一張壞掉的唱片般重複。「我什麼都沒－沒－－」

「不－不－不－不，我的寶貝，你像一條小溪似地嘩啦嘩啦說個不停。你把你的朋友路易絲的真實身分告訴我，我因此很感謝你。」他朝她舉起茶杯。「德國人也很感謝你。」

背叛。那個字在伊芙的腦中怒吼。背叛。不。她絕對不會背叛莉莉的。

他知道她的名字。除了你，他還能從哪裡知道？

不。

叛徒。

不……

「真的，」荷內沒理會伊芙的沉默，繼續漫不經心地說，「我要是早知道鴉片能讓你這麼乖，你那些手指大概都還好好的，我的書房可能就不會有尿騷味。要怎麼把那些污漬從我的歐比松地毯去掉，我真不曉得。」他的微笑更深了，然而其中有種尖銳和煩躁的東西。「但是或許毀掉一條地毯也值得。我很享受把你擊碎，瑪格麗特。伊芙。你知道，我覺得這兩個名字都不適合你。」

莉莉站在一面牆之前，眼睛蒙住，幾把步槍舉起——

叛徒。叛徒。伊芙琳．嘉德納，你這個軟弱又下流的懦夫。

「我有個更好的名字給你。」荷內放下茶杯，朝她走近。他彎腰，臉頰湊著伊芙的，她聞到了他的古龍水氣味。「我親愛的小猶大。」

伊芙的腦袋像蛇一般前衝。她被綁在椅子上，雙手包裹得厚厚的，但她牙齒逮住荷內的下唇，狠狠往下咬。她嚐到他血中那種帶著銅的滋味，嚐到自己失敗的苦味。儘管他大叫著去猛扯她的頭髮，她牙齒仍咬得愈來愈深。那是野蠻的最後一吻，在消息來源和間諜之間，在捕捉者和被捕者之間，在通敵者和背叛者之間，他們的嘴被牙齒和鮮血牢牢扣住。荷內最後硬扯著脫身。伊芙的椅子翻倒，腦袋重重撞在地板上，那力道大得她眼前模糊，全身抽痛。「你這個殘忍的婊子。」荷內嘶聲道，他的領子濺上鮮血，黑色的眼珠充滿狂怒，金屬般尖細的嗓子終於揚起，不再是那種得意的、毫無起伏的冷靜聲調。「你這個英國間諜臭屄。你這個雜種賤貨，你這個潑婦小偷婊子——」他繼續說，優雅的辭彙淪落為法語中最淫穢的粗鄙俚語，他的嘴被自己的血染得一片鮮紅，彷彿他一直在咬噬靈魂，也的確是。過去這幾個月，他一直在咬噬他人的靈魂和心和性命，生冷不忌，只為了牟利，而荷內．波得龍現在看起來就像是他本色中吃腐屍的野獸，但是伊芙逼得他崩潰，卻完全沒有一絲勝利感。她自己也崩潰了，那崩潰的聲音比她指節毀掉時那種帶血的潮溼壓碎聲要來得響亮太多、嚴重太多。她倒在那裡，綁在翻倒的椅子上，哭了又哭，但全世界的淚水也不足以表達她的羞愧和驚駭。她是背叛的猶大；她背叛了自己最好的朋友，把她出賣給全世界最糟糕的敵人。

我想死，伊芙心想，此時荷內冷靜下來，氣呼呼回到窗邊，拿一塊布塞進嘴裡。*我想死*。德國人到達後，他們解開繩子、把她拖走。從頭到尾，她還一直在想，一直在哭。

31

夏麗

一九四七年五月

「耶穌啊！」芬恩輕聲說。我聽伊芙的敘述聽得太專注，都沒發現他也進來了。

「不，」伊芙低沉、沙啞的嗓音說，「在那個綠色牆面的書房裡，耶穌從來沒有靠近過。裡頭只有背叛的猶大。」她伸手拿她的菸盒，但是裡頭老早空了。「我每次夢到的，是那個書－書房。不是荷內的臉，不是我手指被敲斷的聲音。而是那個書房。那些會呼吸的牆面，那個蒂芬妮孔雀，還有波－波特萊爾的半身像……」

她聲音愈來愈小，轉開的側臉線條嚴厲。遠處的教堂鐘聲傳來，我們都傾聽著那哀傷的聲音：芬恩一邊肩膀緊貼著牆壁，雙臂交抱在胸前；我坐在窗台上，雙腳蜷縮上去；伊芙坐在我對面，靜止不動得像一座雕像，雙手交疊在膝上。

那雙手。從一開始我就想知道她的手發生過什麼事，現在我知道了。那是她為國家效命所付出的代價，這些戰傷每天都讓她想到自己是怎麼被擊垮的。其實不能怪她屈服，但她頑固的心就是不肯接受。她只看到自己的懦弱，而且慚愧到拒絕收下自己應得的獎章。我看著自己完好無損的雙手，想像一個大理石半身像往下砸了又砸，直到我的手指看起來像伊芙的，然後一股徹骨的寒顫傳遍我全身。「伊芙，」我不自覺地低聲開了口。「你是我所認識最勇敢的人。」

她不理會。「我沒撐住。白蘭地杯子裡的一點鴉片，就讓我全都說出來了。」

這裡頭有個什麼不對勁，湊起來不完全合理，我張嘴想說出為什麼，但是芬恩已經先開口了，他的聲音柔和但憤怒。

「少白痴了，嘉德納。每個人都會崩潰的，只要找對弱點，查出他們在乎的事情，折磨他們夠久——我們全都會崩潰，沒有什麼好羞愧的。」

「有的，就是有。你這個心腸軟的蘇格蘭佬。因為我崩潰，莉莉就被證明有罪，薇歐蕾和我也是。」

「那就怪荷內・波得龍把你折磨得說出實話。怪那些判刑的德國人——」

「啊，在我這顆衰老的心中有很多責備，夠我怪所有人。」她譴責的聲音很無情，而且還是沒看我們一眼。「荷內和德國人都扮演了他們的角色，但是我也扮演了我的。薇歐蕾始終都不原諒我，我不怪她。」

「那莉莉發生了什麼事？」我問。「最後——最後還是要面對槍斃行刑隊嗎？」我可以想像她背對一面牆站著，雙眼綁著眼罩，嬌小但勇敢，然後我的喉頭哽咽了。伊芙所描述的莉莉，讓我覺得就像羅絲那樣真實而寶貴。

「不，」伊芙說，「當時卡維爾才剛被處決，引起太多抗議了，讓德國人不敢那麼快又槍斃另一個女人。我們三個人的下場不太一樣。」伊芙打了個寒噤，彷彿有一隻老鼠從她的神經線跑過。

「但是你活下來了，」我說，嘴巴發乾。「薇歐蕾活下來了。莉莉——」

「有關審判和其他的都談夠了。這不是個適合黑夜的故事，而且無論如何，眼前這個也不重要了。」伊芙擺明了把這個未完的故事推到一旁，然後盯著我的雙眼。「現在重要的是荷內·波得龍。現在你知道他對我做了什麼，知道他是個什麼樣的人。戰爭結束後我回到倫敦，全心全意想回到里爾，把他的臭腦袋轟掉。我夢想了好幾年。卡麥隆上尉阻止了我——就在我回到英國那天，他當著我的面撒謊，說荷內死了。」她描述自己被折磨時，嗓音變得沙啞而激動，但隨著講完愈久，她又逐漸恢復到平常那種簡短乾脆的口氣。「卡麥隆上尉大概以為這樣可以讓我得到寧靜。那個男人太高貴了，根本不懂報仇的心理。他不曉得，是報仇的渴望讓你每天夜裡都睡不著，恨得全身發抖，夢想著如果能嚐到血的滋味，你就可以不再做－做－做惡夢，可以一夜好眠。」

芬恩狠狠點了個頭。他懂。我也懂。我想到射殺羅絲和她女兒的那些德國軍人，心中立刻湧起強烈的恨意。

「唔，我雖然遲了將－將－將——」伊芙扭曲的拳頭用力捶著自己的膝蓋，卡住的詞終於吐出來，「——將近三十年，但是我打算結清這筆帳。荷內欠我。」伊芙始終緊盯著我的雙眼。

「他也欠你。」

我眨眨眼。「我？」

「你說你想要一個理由，讓你繼續這場尋人之旅，美國佬，那我就給你一個。但是你得問自己：你真的想聽這個理由嗎？」

我只是又眨眼。我們聽伊芙的過往故事正聽得完全入迷，這會兒我感覺自己好像一個演員被拉上錯誤的舞台，去演一場錯誤的戲。「是的，我想聽。但是我不懂，我從來不認識荷內．波得龍啊。」

「他還是欠你。他做的事情，比雇用你表姊多了很多。」此時伊芙講話像戰地軍官般簡明扼要。「之前我得先查－查出他以荷內．杜馬拉西的身分來到利摩日之後做了些什麼，所以我就問了艾倫登少校。他是個白痴，所以當－當然他多年來可以一路升官。他二次大戰期間做了不少工作——我可能也參與了其中一些，於是就從這些事開始聊，最後終於扯到荷內．杜馬拉西。有大量葡萄酒和奉承話的幫忙，艾倫登在晚餐中透露了不少資訊，其中一些是已經公開的，但有些是保密情報。感謝上帝有這些嘴巴不緊的白痴。

「二次大戰期間，艾倫登跟一些法國反抗軍的情報網合作，安排運送補給品、蒐集情報。眾所皆知，杜馬拉西先生是利摩日的奸商。為了得到政治上的好處，他會去跟納粹軍官或維琪政府旗下的法蘭西民兵告密。」伊芙去拿她的包包，掏出一個東西，用兩根變形手指的指尖捏著遞過來。「這是一九四四年的荷內。他是一名嫌疑人，所以艾倫登有他的照片。」

我接過來，那是在某個講究的晚宴上拍的照，當地要人和納粹軍官都排好了面對鏡頭。最左邊有個男人被圈起來，我湊近照片仔細瞧。伊芙的仇人終於有張臉了——但不是我從她故事裡所想像那種長得像狼的優雅男子。一名穿著深色西裝的男子注視著鏡頭，瘦臉，額頭高高的，銀色頭髮往後梳。歲月沒讓他發胖，而是更加骨瘦，但是並不柔弱；鉤在他一邊手臂的銀頭手杖像個服飾配件。我檢視著那張臉上的隱約笑容，還有他兩根手指握著葡萄酒杯杯腳的姿態，覺得他照片裡的目光看起來好冷、好冷、好冷，心想會不會只是我的心理作用。

芬恩湊到我後頭看一眼照片，然後輕輕詛咒一句。我知道他在想什麼。這個老人在他的綠牆書房裡毀了伊芙。她變成一個怨天尤人的老女人，成天沉浸在惡夢的殘骸和威士忌裡，而他則繼續賺更多錢，結交更多入侵的德國軍人，毀掉更多人的一生。因為一個副主廚偷東西而從背後開槍射殺他。坐在水晶杯和納粹黨徽閃耀的宴會桌上，微笑讓人拍下照片……

我看著他的臉，好恨他。

「二次大戰期間，他是眾所皆知發國難財的奸商，」伊芙繼續冷靜地說。「但是一般人不知道，他也要為一場大－大－大－屠殺負一部分的責任。透過法蘭西民兵裡的消息來源，艾倫登少校得知，利摩日的一個平民線民去跟法蘭西民兵告密，說出法國反抗軍在附近一個小鎮的相關行動。他還說出一個反抗軍女孩的名字，說她和其他反抗軍綁架並殺害了一名德國軍官。那個軍官是一位納粹親衛隊大隊長狄克曼的好友。法蘭西民兵把這個線報告訴狄克曼，後來確認那位被綁架的軍官遭到殺害後，每個人大概都以為狄克曼會去逮捕那個女孩，把她吊死。但是他決定不光是要拿她殺一儆百，還要屠殺她全村的人。」伊芙的雙眼還是牢牢盯著我。「那個女孩當時用的名字是愛蓮．朱貝爾。那個小鎮是格朗河畔奧拉杜爾。荷內就是去告密的那個線民。」

我忽然滿心恐懼，想到魯芳什太太的聲音說著，愛蓮．朱貝爾，她說她叫這個名字……我們喊她羅絲。

「艾倫登不確定你表姊是不是反抗軍，」伊芙繼續說。「如果她孩子的父親參加了反抗軍，那她一定也認識一些裡頭的人。她的名字沒有出現在任何艾倫登所知的情報網裡頭，不過這也證明不了什麼。或許她懷孕之後，就再也沒跟那些人往來，也或許她從利摩日的工作地點，幫反抗軍蒐集情報。誰曉得？無論她是否暗中監視那些去忘川餐廳的納粹軍官，我想荷內判定你的羅絲很可疑。他來到利摩日之後，一定很擔心會有女侍偷聽。」她勉強擠出苦笑。「就算你表姊是反抗軍，也不可能參與綁架、殺害德國軍官的行動，那種任務會交給比較有經驗的戰士。但是荷內希望擺脫她，所以──」

「所以他去告密，把她的名字報上去？」我低聲說。「如果他希望她離開餐廳，開除她不就得了？」

「他大概覺得，把她永遠除掉會比較安全。他可以親手射殺她──到那個時候，開槍殺人顯然不會讓他良心不安。但是之前公開處決過那位副主廚之後，他可能覺得不能再來一次，怕這樣會欠納粹太多人情。於是他就只是報上你表姊的名字，還有他知道她週末會回去的那個小鎮的鎮名，就這樣解決掉她。」伊芙歪著頭。「平心而論，他事先不會曉得全鎮的人都會遭到屠殺。不過，就算德國人饒過格朗河畔奧拉杜爾的其他人，你表姊也一定會被納粹親衛隊逮捕並處決。因為荷內・波得龍。」

我覺得毛骨悚然。手裡那張照片像是在燒灼我。我又看著那張沾沾自喜的老臉。

「你沒辦法找那些真正下手殺害你表姊的德國人報仇。」伊芙說。「下令大屠殺的狄克曼大隊長，沒幾個星期後在同盟國軍隊的進攻中死亡——艾倫登證實，這是軍方紀錄。執行他命令的士兵要不是跟他一起戰死，就是戰後回到德國各地，也有的還在戰俘營裡。無論是紐倫堡大審或是之後，都沒有任何人的姓名因為格朗河畔奧拉杜爾被提起或交付審判，而且除非有另一次大審，否則你不太可能查出哪個人開槍殺死你表姊。那些人你大概找不到，但荷內不是如此。他雖然沒有扣下扳機，但是他絕對是盡了全力安排，好讓你表姊死掉。」

我沒辦法動，沒辦法說話，連呼吸都沒辦法。我坐在那裡，往下注視著那張得意的臉。啊，羅絲……

「夏麗・聖克萊爾，我要去查出荷內・波得龍的下落，而且要讓他為自己的所作所為付出代價。」伊芙活動了一下她被毀掉的雙手。「你要跟我走嗎？」

第四部

32
伊芙

一九一六年三月，布魯塞爾

審判一天就結束了。

對伊芙而言，在那個莊嚴大房間裡所度過的幾小時是一片模糊。她們所有人被警衛押著走進去時，薇歐蕾直瞪著前方，莉莉靈動的雙眼則是四下看著高高的玻璃天花板和貴人凳和驕傲的比利時雄獅——但是伊芙只低頭看著自己薄薄的皮膚，半癒合的手在身前緊握。儘管已經過了好幾個月，那些手指還是痛得厲害；疼痛似乎比上方那些嗡嗡的德語更重要太多。

隨著其他官員魚貫進入，就有更多例行程序。伊芙的雙眼看過一張張臉。德國軍人、德國官員、德國職員……但是沒有法國人，沒有任何平民允許進來旁聽。荷內．波得龍沒在旁邊伸長脖子看他造成的毀滅，這一點伊芙很慶幸。她雖怕聽到自己的判決，但更怕看到他的臉。要是看到他，她知道自己會全身發抖暈倒在厚厚的地毯上。

我以前不會這麼渺小又害怕的，她心想，同時一個法官對著她們滔滔不絕。到現在好幾個月了，她就一直像個廢人似的，任何刺激都會讓她躺在自己的牢房裡哭著發抖，至今她始終沒能習慣這樣。伊芙整個人唯一僅存的熱切之處，就是她的自我厭惡。

*叛徒。*這個低語聲現在已經成了她血液的一部分；隨著每次心跳而搏動，惡毒而平靜。*叛徒。*

莉莉知道她背叛的事情了。來到聖吉勒監獄的這幾個月，她們被關在不同的牢房裡，幾乎沒有機會跟彼此講話。但是伊芙賄賂了一名警衛，轉告莉莉她做了什麼。瞞著這樣的背叛實在太過沉重，她承擔不了這種謊言。這會兒伊芙心臟怦怦直跳，望著房間另一頭，目光刻意掠過薇歐蕾淡漠的側影，注視著莉莉坐的地方。*朝我吐口水吧*，伊芙無聲哀求。*是我活該。*

但莉莉只是微笑。她小小的臉亮出慣有的頑皮表情，彷彿她周圍不是敵意的警衛，彷彿她還是個自由的人——然後她兩根手指按在嘴唇上，朝伊芙拋了個飛吻。

伊芙往後一縮，好像那飛吻是一記猛擊。

她們逐一被帶進去單獨接受審問，不被允許聽到別人的證詞。薇歐蕾第一個，伊芙頭一回聽到她的真名是雷歐妮·范烏特，不過伊芙還是認定她是薇歐蕾，無法把她想成任何別的名字。至少她把伊芙視為叛徒；看到伊芙被警衛押著走出去時，薇歐蕾的眼光充滿恨意。伊芙是下一個被帶去審問的，她根本懶得辯護。*這裡的每個人都知道審判的結果會是什麼。*她默默站在那些滔滔不絕講著德語的人面前，感覺著雙手的抽痛，聞著髮油和鞋油的氣味，然後沒多久，她就又被帶出去了。莉莉是他們最想對付的；她可以感覺到整個房間此時期待地、近乎野蠻地揚起一陣漣漪，不禁納悶在古代羅馬城的大競技場裡，當獅子被放出來時，是否觀眾裡也會有這樣的漣漪波動。這個房間裡的獅子是金色的雕像，但是依然可以造成死亡。

法官們離開了，一座時鐘顯示過了半小時——然後就結束了。伊芙、莉莉、薇歐蕾，還有其他幾個次要被告全都排列在法庭前，一片巨大的寂靜籠罩下來。伊芙的嘴巴乾得像紙，而且她可以感覺到自己在顫抖。從眼角，她看到薇歐蕾的指頭抽動，似乎想去碰莉莉的手。莉莉站在那裡，有如一座雕像。

帶著鼻音的德語說出了宣判。

「路易絲．德貝提尼，判處死刑。」

「雷歐妮．范烏特，判處死刑。」

「伊芙琳．嘉德納，判處死刑。」

漣漪傳遍整個房間，伊芙覺得自己好像胸口被踢了一腳，但不是恐懼。而是解脫。

她低頭淚眼矇矓地看著自己被嚴重毀損的雙手時，心裡的想法就跟她在荷內的綠牆書房內哭泣時一樣，我想死。

再也不必在牢房裡過幾個月的單調生活，再也沒有疼痛和嗎啡和內疚。只有一排槍口，排列在她面前。那個想像的畫面好美。一陣開火的漣漪，然後——沒了。

但是她的心還沒鬆懈下來，莉莉就走上前。她用輕柔、完美的德語開了口，這是她整個審判期間僅有一次使用敵人的語言。

「各位，請你們不要槍斃我的朋友。她們還年輕，我懇求你們寬恕她們。」她的金髮腦袋昂起。「至於我，我想死得痛快。」

「我接受我的判決。」薇歐蕾以清晰、輕蔑的聲音說，打斷她的上司。「你們可以槍斃我。但是我死前有個要求，而且你們不能拒絕我：不要把我和莉莉——跟路易絲・德貝提尼分開。」

伊芙聽到自己的聲音說：「還有我。」

一排德國人的臉往下看著她們，伊芙看到那些臉上有茫然與困惑。她看到聖吉勒監獄的警衛也有同樣的表情：不知所措，看著嬌小的莉莉和口吃的伊芙和戴著眼鏡像個小學老師的薇歐蕾，不明白她們其中任何一個怎麼可能是間諜。

*德國人把我們抓起來關了幾個月，*伊芙心想，*到現在他們還是不曉得該如何看待我們這些惡之花。*一時之間，這個想法給了她一絲野蠻的驕傲，讓她能暫時直起肩膀，直到再度被內疚壓垮。

愛莉絲情報網的三個女人被允許站在那裡，同時德國法官們彼此小聲地進一步商議。又一個小時緩慢過去。伊芙雙手抽痛。然後是另一個宣佈。她胸口又被狠狠踢了一腳，只不過這回不是解脫，而是絕望。

審判結束。

❖

「所以，」莉莉說，「他們不會槍斃我們了。」

她們被警衛押著在庭院裡等待時，薇歐蕾聽到宣判後的顫抖還持續著。伊芙麻木而挺直地站在那裡，但這個消息看起來幾乎擊垮了薇歐蕾，她之前在法庭裡看起來已經準備好要當場挨一顆子彈了。「他們會送我們去德國……」她喃喃道。

判決修改了：她們全都被判處在錫格堡監獄服苦役刑十五年。

「十五年？」莉莉皺起鼻子。「不。我們只要等到法國勝利就行了。」

「我真希－希－望被槍斃算了。」伊芙聽到自己說。

薇歐蕾紅著眼眶狠狠瞪她。「你被槍斃是活該，」她說，然後朝她臉上啐了一大口。「猶大。」

警衛們介入了，把薇歐蕾往旁邊拖了幾步。伊芙站著沒動，讓那溫暖的唾沫流下她的臉頰，其他警衛讓莉莉走過來，他們自己則後退一點。只是一點小小的隱私空間，但已經是一個囚犯所能期望的最大限度了。

「抱歉，小雛菊。」莉莉用破舊的袖口貼著伊芙的臉頰，幫她擦乾淨。那種觸感讓伊芙瑟縮了。她好久沒有被人這麼好心地碰觸。「薇歐蕾很難接受。」

「她恨我。」伊芙毫不懷恨地說。

「呸，誰曉得德國人是怎麼知道我的名字，還發現整個情報網是由我運作的？不管有沒有鴉片，反正你不記得說出來過。」莉莉聳聳肩，完全無動於衷。「我的身分被發現了。至於怎麼發現的，就不重要了。」

「重要。」伊芙說。

莉莉微笑。「對我來說不重要。」

伊芙差點哭出來。不要原諒我，她想喊道。拜託，不要原諒我！寬恕比憎恨更傷人多倍。

薇歐蕾被允許加入她們，她瞪著眼睛但保持安靜，伊芙很歡迎她無聲的厭惡。她們全都默默站在那兒，等著汽車來載她們回到自己的牢房。從那裡，大概再過幾天，她們就會被轉移到錫格堡監獄。

錫格堡。伊芙聽過有關那裡的恐怖故事。她朝東邊看向德國的方向，發現其他人也在看，彷彿那監獄的潮溼外牆已經可以看見。

「不要去想，我的天使們。」莉莉走過來站在伊芙和薇歐蕾之間，張開雙臂，一邊攬著一個，攬得好緊。「享受當下吧。你們都在這裡，而我離你們很近。」

伊芙頭靠在莉莉肩上，她們一起站在蒼白的三月陽光裡，等著被帶走。

33

夏麗

一九四七年六月

那一夜剩下的時間，我都盯著一個惡魔的照片，想搞懂他的所作所為。你害羅絲被殺死，我一遍又一遍想著，你害羅絲被殺死。一個納粹親衛隊軍官下令開槍，一個德國士兵扣下扳機——但是如果不是這個穿著精緻西裝、帶著銀頭手杖的男人，我表姊就絕對不會是他們開槍的目標。

我一直無法回答伊芙的問題。我太震驚了，於是拿著那張照片，不發一語地踉蹌走回我房間。我覺得自己好像被一塊大石頭擊中，無力地倒在床上，被那石頭的重量壓垮了。

荷內．波得龍。這個名字迴盪著。你害羅絲被殺死。

他一直就是伊芙和我之間的連結。羅絲曾替他工作，伊芙也曾替他工作——幾十年來，幫他工作過的員工大概有幾千人，她們只是其中兩個——而且因為這個平淡無奇的事實，他的名字出現在一張紙上，引導我去找到伊芙，然後來到這裡。但是我從來沒想到，這個連結不光是紙上的。

天亮時，我換了衣服，收拾好行李，然後走出旅館。我毫不驚訝地看到伊芙已經站在旅館外的台階上，包包放在腳邊，挺直身子而充滿鬥志，正在抽她這一天的第一根香菸。她轉身，我看到她的雙眼佈滿血絲，跟我一樣。

「我要參加，」我說。「我會幫你追查他的下落。」

「很好，」伊芙淡淡地說，好像我只是答應要幫她去端一杯咖啡似的。「芬恩去開車了。」我們站在粉紅的晨光中等待。「你為什麼希望我幫忙？」我忍不住問。這是我昨夜不斷琢磨的另一個問題。「三十多年來，你都想找這個人討回公道。如果沒有一個懷孕的大學女生跟在後頭，不是會比較容易嗎？你根本不需要我啊。」雖然我很希望她需要我。我想照顧她，即使她渾身都帶刺。

「的確，我不需要你。」她俐落地說。「但是那個混蛋害慘了我們兩個，不光是我而已，這表示如果你想要的話，你有報仇的權利。我相信人應該報仇。」伊芙看著我，眼神莫測高深。「這些年來，我對很多事情都再也不相信了，但是不包括報仇。」

她站在那裡，高瘦又堅硬得像一座方尖碑似的，讓我好奇她會用什麼方式復仇。我突然很不安，此時拉貢達車繞過轉角駛來。

「何況，」伊芙低聲說，看著芬恩拿了行李袋放進後行李廂。「我可能不需要你，但我絕對需要他。而且我判斷，無論你要去哪裡，他有一半的機率都會跟你走。」

我眨眨眼。「你怎麼會這麼想？」

她摸了一下我喉嚨上的一個紅印子，我今天早上在鏡子裡看到了這個印子，想用放下來的頭髮遮住——那是芬恩昨夜用嘴唇留下的。「我知道蚊子叮痕和吻痕的差別，美國佬。」

「兩位，你們聊完了嗎？」芬恩繞到駕駛座旁。「這是個適合開車的美好早晨。」

「是的。」我喃喃說，耳朵發燙。伊芙咧嘴笑著上了後座。芬恩沒看到她的笑，但是看到我臉紅了，於是他進入駕駛座後，暫停了一下。

「你還好嗎，小妞？」他低聲問。

經過了之前一天一夜之後，我實在沒有辦法形容自己的心情。悲慟和希望，深深的震驚和深深的憤怒——我們即將要去追查的那個老人，他的照片我每看一次就愈加憤怒。而要是我看芬恩，就會想起不到十二小時前我們之間發生的事，於是像通了電似的全身刺麻。「我沒事。」最後我終於說。他點點頭，我看不出我們之間狀況怎麼樣，看不出他是否為發生過的事情遺憾。於是我讓他專心準備開車，轉身對著後座的伊芙。

「有件事你還沒告訴我們：我們要怎麼找到荷內．波得龍？他沒再用這個名字了，也應該不會用荷內．杜馬拉西。而他逃離利摩日之後，我們也不曉得他去了哪裡。所以接下來我們該去哪裡找他？」

伊芙吸了最後一口菸，把菸蒂丟到車外。「有關那個，我有－有——有個想法。他跟我說過好幾次，說他打算退休後住在格拉斯，他甚至在那裡買了一座荒廢的鄉間老莊園，覺得哪天可能會整修好。他現在七十三歲了，不太可能又去開另一家餐廳。我覺得他應該是退休了。我打賭他會去重建那座莊園，讀他的書，聽他的音樂，享受南方的陽光。所以我說，我們就去格－格－格拉斯吧。」

「然後要做什麼？」我抬起眉毛。「開車到處看風景嗎？」

「給我一點肯定嘛，美國佬。荷內從沒跟我說他的莊園在格拉斯的哪裡，不過要怎麼查出來，我有些不錯的點子。」

「但是如果他根本不在那裡呢？」芬恩的口氣很懷疑。「我們唯一的憑據，只是三十幾年前幾句無意間的感想而已。」

「該從哪裡開始，你們誰有比－比－比較好的主意？」

無可否認，我沒有。我聳聳肩。芬恩則伸手去搆我腳邊那套皺巴巴的地圖。「以輕鬆的速度開，我們兩天就可以到格拉斯了，今天晚上在格勒諾布爾停留……」

「那就去格勒諾布爾了。」伊芙頭往後仰，對著天空閉上眼睛。「快點上路吧，蘇格蘭佬。」

拉貢達車開動，朝東南方駛去，我們三個人迷失在各自的思緒中。我不覺間又去看荷內的照片，想到那個下令屠殺全村的納粹親衛隊軍官，不曉得他長什麼樣子。還有那些德國士兵，他們看著一個姑娘從一座焚燒的教堂逃出來，手裡抱著一個嬰兒，居然有辦法扣下扳機，不曉得他們又是長得什麼樣子。強烈的憤怒緩緩流遍我全身，我想著伊芙所說過有關那些軍人，說我可能永遠查不出是哪個士兵殺了羅絲。

或許有朝一日我可以查到。一定有一些名字、一些紀錄存在。或許我可以讓那些還活著的德國軍人接受司法審判，不光是為了羅絲，也是為了魯芳什太太和被謀殺的全村人。就像紐倫堡大審所調查過的所有暴行一樣，格朗河畔奧拉杜爾的死者也有資格得到正義伸張。

但是那個問題改天再解決吧。這裡，眼前，我的目標是格拉斯，現在我查不出那些害死羅絲的納粹軍人。但是荷內．波得龍是我有可能找到的。

汽車駛過愈來愈高的丘陵以及美麗廣闊的湖泊和牧草地，此時我又思索著一個新問題：羅絲加莉莉，除以伊芙加我，等於荷內．波得龍。等式裡有四個女人和一個男人。我瞪著舊照片上頭他的那張臉，尋找悔恨、內疚、殘酷。但你從一張照片看不到這些，他只是一個去參加晚宴的老人。

我想把那張照片塞回伊芙的包包裡，但是她扭曲的手像鞭子似的揮出來，把我的手撞開。「你留著。」

於是我把照片放進我的皮包裡，可以感覺到那男人空洞的雙眼透過皮革盯著我，於是我回頭又望著伊芙。她今天看起來比較沉穩、比較輕鬆了，不再是昨夜窗台上那個被內疚啃噬的身影，敘述著自己被折磨和自我厭惡的故事。我伸手輕輕碰觸她的手。

「你昨天夜裡不肯說有關你的審判，」我說，「也不肯說你和莉莉和薇歐蕾後來怎麼樣了。」

「那不是個適合黑夜的故事。」

我昂頭迎向熱辣的太陽。「現在沒有一堆黑影了。」我說。

她吐出一口長氣。「我想也是。」

於是芬恩和我傾聽著她告訴我們那場審判：在比利時舉行，一連串德語問題，縮短的刑期。薇歐蕾朝她臉上吐口水。我想起魯貝那個比較老的薇歐蕾也做了同樣的事，不禁打了個寒噤。薇歐蕾……此時一個念頭刺痛我，那個頑固的小小思緒我昨夜就曾想到過——等號的左右兩邊不相等——但是我暫時把這個思緒撇到一旁，聽著伊芙說：「然後我們來到錫格堡。」

34

伊芙

一九一六年三月

戰爭結束後，伊芙很驚訝錫格堡那段漫長無盡的日子給她留下的記憶那麼少。她在里爾當間諜的時間只有不到六個月，然而那六個月的一切卻清晰如鑽石。反倒是錫格堡兩年半的日子，只像是一場骯髒的灰色夢境，每一天都跟前一天一樣。

「帶她去她的牢房。」

在一九一六年春天，錫格堡監獄就是這樣歡迎她的——一個不客氣的命令，然後一隻沉重的手放在她背部，推著她跟在莉莉和薇歐蕾後面，走進一條黑暗的長廊。她們沒有人看到監獄的外觀；那輛廂型車隆隆駛入監獄圍牆內時，天早就黑了。「無所謂，」莉莉低聲說，「等到我們出獄那一天，就可以回頭好好看清楚了。」

但是當你被推著走在一條有尿騷味和臭汗味的走廊時，實在很難想到出獄這件事。伊芙發現自己在發抖，於是緊咬著牙齒免得格格作響。一把鑰匙轉動的吱嘎聲，鉸鏈咿呀，然後一扇巨大的門打開。「嘉德納。」那警衛厲聲喊道，然後同樣那隻不客氣的手把伊芙往前推。

「等一下——」她轉身，慌張地想再看一眼莉莉和薇歐蕾，但門已經甩上了。那種黑是完全徹底的，一池令人窒息的、冰寒的黑暗。

每個人第一夜都會崩潰，伊芙日後會聽到其他獄友這麼說。但是伊芙來到錫格堡時已經崩潰了。她自己的內心比起眼前的這片黑要可怕得多，於是她只是鬆開打顫的牙齒，用變形的手指摸索著牢房裡。石牆，比她在聖吉勒的牢房要小。一張臭乎乎的床，硬得像木頭，充滿了陳年汗水、陳年嘔吐物、陳年恐懼的惡臭。伊芙很好奇有多少個女人曾睡在這張床上哭泣，忍住自己的尖叫。隔著門，她聽到外頭傳來的叫聲，中間還曾有一陣刺耳的大笑，但是沒有警衛回應。後來伊芙很快就得知，一旦晚上牢房上鎖，就要到次日早上才會打開。一個女人有可能進入垂死狀態，因為發燒或敗血症，因為骨折而痛得尖叫，或是因為生產而痛得扭動——門還是不會打開，直到天亮。不少人就這樣死掉。伊芙木然地猜想，這就是獄方的目的吧。

入獄的第一夜，她沒辦法躺在那張臭乎乎的床上，於是蜷縮在石牆的角落，冷得發抖，等著早晨的到來。黎明時，一名表情冷酷的警衛拿著一疊衣服出現——粗糙的藍色長襪，骯髒的白色連身裙，胸部有個巨大的囚犯十字架——於是漫長無盡的監禁歲月開始了。

❖

飢餓，寒冷，蝨子。警衛搧耳光。白天的苦役：刺痛的手指做粗糙的縫紉，用研磨作用的清潔劑磨亮門閂，把小金屬帽套在一起。跟其他女人交頭接耳講悄悄話：索雷爾山發生了一場戰役是真的嗎？那索姆河呢？英軍攻下拉布瓦塞勒是真的嗎？還有孔塔爾梅松？囚犯們渴望新聞，比食物還渴望。但她們從警衛那邊唯一聽說的，就是德軍一直在打勝仗。

「騙人，」莉莉嗤之以鼻。「這些騙子！他們正在吃敗仗，而且他們心裡有數。我們唯一要做的，就是撐過去。」

撐過去，伊芙心想。一年匆匆過去了——更多骯髒的灰色日子，更多耳光，更多蝨子，更多夜裡的尖叫。莉莉的身體日漸消瘦得只剩骨頭，她寧靜的信心卻燃燒得更明亮。黑色的無夢夜晚，躺在那張臭乎乎的小床上。看著女人們因為黃熱病而流汗至死，在寒冷和飢餓的雙重折磨下變得瘦弱。看著她們搖搖晃晃走向醫護室，那個醜陋綠色調的大房間，散發出糞便和血的臭味——有些人把那裡稱之為檢疫站，有些人就直接稱為地獄。你去醫護室不是要被治療的，而是去等死的。德國人不必浪費子彈殺掉這些女性囚犯，因為忽視和疾病會幫他們達到目的。很合理的策略，伊芙冷冷地想。女人死在醫院病床上，引發的國際性強烈抗議很少，遠遠不如死在槍斃行刑隊面前。

這些女人太了不起了。同樣的骷髏穿著同樣的囚犯十字連身裙，每個都是頭髮骯髒、眼神空茫的惡之花：熱心的路易絲．圖里葉茲曾幫伊迪絲．卡維爾偷偷帶著士兵穿過邊境；比利時出生的哈梅夫人，兒子被射殺，兩個女兒陪著她來坐牢；堅忍的克瓦公主曾在比利時組織一個情報網……來到錫格堡之前，伊芙從來不曉得有多少女人為了這場戰爭而冒著生命危險。即使現在，她們仍以自己的方式繼續作戰。

「布隆卡特夫人說，獄方要我們組合的那些小鋼帽是手榴彈頭。」莉莉低聲說。「我們應該做點事情嗎？」

「莉莉，」薇歐蕾不耐煩地說，「不要煽動她們。」

「閉嘴啦。安排我們製作軍火，好用來對付自己的同胞，實在太過分了。」次日囚犯們就喊出這樣的字句：以英國、法國、比利時，以及所有協約國之名，我懇求我的同伴們堅定拒絕製造軍火，德國無權要求我們協助製造這種致死產品去對付我們的祖國，無權強迫我們去製造這種在戰鬥中會打擊我們父親、兄弟、丈夫、兒子的工具。我們會在這裡持續戰鬥並勇敢受苦，為國王、為我們的旗幟，為我們的祖國——

於是整個錫格堡監獄，那些灰臉的女性骷髏忽然間都發亮起來，像是北歐神話中的女武神們尖叫不斷，甚至警衛們跑來跑去推擠、打耳光、大吼都沒用。伊芙一直尖叫到喉嚨刺痛，連中間一個緊握的拳頭揮過她的顴骨、讓她腦袋像個鞭子似的往後一揮，她都沒有停止。一時之間，整個世界變成明亮、尖叫的顏色，而不是失去靈魂的灰色。伊芙尖叫到她被匆匆趕回她的囚室，莉莉被警衛拖走時還在大笑，而布隆卡特夫人則因為煽動罷工而被送去單獨監禁。一個月後終於被放出來時，「很值得。」她說。

伊芙不確定——莉莉瘦得只剩一把骨頭，虛弱得像個影子。伊芙把自己的毯子圍在莉莉肩上。撐過去。我們唯一要做的就是撐過去。

又是漫長無盡的灰色一年。一九一八年的冰冷春天姍姍來遲，一種謹慎的希望隨之而來，展翅飛過囚犯間。「德國人在吃敗仗，」隨著這一年的開展，耳語四處流傳。「他們被擊敗了，前線各地都在撤退──」進入監獄內的耳語傳言不光是這些而已，還有英軍勝利和法軍攻入德國領土的消息。每個人都可以從警衛們垂垮的雙肩看得出來，從他們吹噓德國勝利的聲音愈來愈尖銳聽得出來。那種感覺盤旋在空中：血腥的戰爭可能終於要走到盡頭了。

要是能早點結束就好了，後來伊芙在一個又一個漫長的深夜裡，低頭看著魯格手槍的槍管時，心裡就會這麼想。要是能早兩三個月結束就好了。

一九一八年九月

「謝謝你來看我，小雛菊。」

莉莉躺在冰冷的醫務室內，單薄的身體在骯髒的毯子底下只稍微突起一點點。伊芙坐在那小床的邊緣，穿著她的監獄連身裙發抖。她本來應該跟其他女人在做工，但是不久前監獄裡爆發了一波斑疹傷寒疫情，伊芙向警衛說她覺得發燒且頭痛，於是獄方趕緊把她送來醫務室。接著要從她自己的小床溜到莉莉的床邊就很容易了。「你覺得怎麼樣？」伊芙勉強開口。

「沒那麼糟糕。」莉莉拍拍她的身側：她兩根肋骨間有胸膜膿瘍，到現在有一陣子了，但她一直輕描淡寫。「他們開刀會切開那玩意兒，然後就會處理好。」手術已經安排在下午四點，離現在沒多久了。

「他們從波昂找了外科醫師來？」伊芙想平息自己的憂慮。切開膿瘍當然是小手術。但是在這個人手不足的可怕監獄裡，病患又是一個快餓死的女人……

莉莉不怕，伊芙提醒自己。你也別怕。

但是或許莉莉是害怕的，因為她凝視伊芙的眼神異常清醒。她靈動的眼睛如今深陷在小得只剩皮包骨的臉上。「幫我照顧薇歐蕾，要是——」她意味深長地聳肩。

「你會好起來的。」伊芙打斷她，不讓她繼續說下去。「一定會的。」

這就是她兩年多來緊抓著不放的念頭。伊芙琳・嘉德納背叛了自己的朋友們，她被攻破，於是害朋友們來到這個惡劣的地方。要是她能帶著她們平安離開這裡，那麼她的背叛即使無法被原諒，也或許有某部分可以被遺忘。當她每天把配給的一半麵包塞進莉莉的手裡，當她想把自己的毯子讓給薇歐蕾（儘管薇歐蕾還是用冰冷的眼神看她），她心裡就是抱定這個想法。帶她們平安離開這裡，你就算是贖罪了。

她就快要辦到了——這場戰爭不會再繼續太久了。我們就快撐過去，就要回家了。

或許莉莉在伊芙的眼睛裡看到了幾分絕望，因為她伸出手，憔悴的手指放在伊芙變形的手指上。「照顧好自己，小雛菊。要是我沒能在這裡，幫你們擺脫麻煩——」

「別說這些。」伊芙抓住莉莉的手，恐慌得哽咽。她不能失去莉莉，不能因為一個小小的膿瘍。不能是現在。不能在坐牢兩年多、離終點這麼近的時候。「手術就只是切開來、排掉膿。你當然會活下去的！」

莉莉的聲音很平穩。「但是德國人沒興趣讓我活下去，親愛的。」

伊芙的雙眼湧上淚水，因為她無法否認：錫格堡的獄方人員痛恨莉莉這個闖禍精身上的每一根骨頭，而且毫不掩飾。「你不該發動那場罷工的，或是——」

或是什麼？從她踏入錫格堡監獄的那一天就開始惹麻煩？精心策劃要逃走、用玩笑和故事保持情緒高昂？如果莉莉是那種會保持低姿態的人，她就不可能領導全法國最有效率的情報網了。

「你會好起來的。」伊芙頑固地又說了一次，還想再說別的，但是兩個雜役出現了。

「起來，德貝提尼。外科醫師到了。」

莉莉差點站不起來。伊芙一隻手臂攬住她的肩膀，幫著她站好。她穿著一件顏色像抹布、不成形的罩衫，皺著臉扮了個鬼臉。「好可怕。我真恨不得能穿件粉紅雲紋綢的漂亮衣裳！」

「外加一頂道德上有疑問的帽子？」伊芙勉強說。

「我願意讓步，只要一塊道德上有疑問的肥皂就行了。我頭髮髒死了。」

伊芙的喉嚨哽咽了。「莉莉——」

「我進去那裡頭的時候，幫我祈禱好嗎？」她小小的尖下巴指向手術室的方向。「我需要人們幫我祈禱。我已經寫了一封信給我以前在安德萊赫特修女院的院長，但是你的祈禱我隨時都接受，伊芙琳．嘉德納。」

這是莉莉第一次喊伊芙的真名。即使在審判之後，她們彼此稱呼還是繼續用以前的化名。化名感覺上反倒比較真實。「我沒辦法為你祈禱，」伊芙低聲說。「我再也不相信上帝了。」

「但是我相信。」莉莉吻了她纏繞在手指上的玫瑰念珠，此時兩個雜役抓住她的手肘要帶她走。

於是伊芙趕忙點了個頭。「那麼我會祈禱的，」她說。「我們幾個小時後見了，一定。」

他們拖著莉莉離開醫務室，伊芙跟在後頭。一個護士從走廊盡頭的手術室走出來，伊芙瞥見裡頭一眼，那位波昂來的外科醫師正在抽菸。手術室內一點也不忙碌——沒有人在幫手術器具消毒，沒有人在準備麻醉的乙醚或氯仿——

莉莉，她忽然擔心極了。莉莉，不要進去——

在前方，她聽到莉莉清晰的聲音朗誦著玫瑰經，「現在和我們臨終時，為我們罪人祈求天主……」

走廊外頭圍著一群女人。路易絲．圖里葉茲、克瓦公主、薇歐蕾——好多惡之花都設法從苦工中開小差，全都焦急地看著間諜女王，喃喃為她祈禱。兩個雜役加緊腳步，同時催促莉莉跟上，她冷靜朗誦的聲音開始顫抖。一時之間，伊芙以為莉莉終於崩潰了——以為她會倒在地上哭，最後只好被人抱起來送上手術台。

不，她在兩個雜役之間挺直身子，用往常慣見的頑皮姿態昂起下巴，雙眼看著那排朋友們。

黯淡的燈光照著她的頭髮，那些金髮編成辮子盤繞在頭上，看起來像個王冠。「我的朋友們，」她以法語輕聲說，而當她經過薇歐蕾面前時，她伸出手把玫瑰念珠塞進那顫抖的雙手裡。「我愛你——」

然後她走過眾人面前，在兩個雜役之間嬌小得像個孩子，腳步輕悄、輕鬆愉快得簡直像是在漂浮，沿著長廊走向手術室。伊芙覺得自己的心臟病態地跳動，陰沉得有如敲鼓。莉莉……就在進入手術室之前，莉莉最後一次回頭，頑皮地看了她們一眼。她朝這些惡之花拋了個飛吻，伊芙覺得像是被人打了一拳。然後莉莉走進手術室消失了，但她的聲音仍飄出來，愉快而寧靜。

「你一定是外科醫師了。可以給我一些氯仿嗎？因為我今天實在過得太糟糕了。」

此時伊芙膝蓋發軟。此時她明白了。

「她不會有事的，」路易絲．圖里葉茲說。「光憑一個胸膜膿瘍，不可能撂倒我們的莉莉——」

「根本沒事的……」

更多贊同的低語聲，雙眼充滿憂慮卻說著保證的話。薇歐蕾把那串玫瑰念珠抓得好緊，珠子深深嵌入她的指頭。「她一個星期之內就能下床了，不到一個星期……」

但是接下來四個小時薇歐蕾不在醫務室裡，不像伊芙。警衛把囚犯們趕走，但是伊芙因為斑疹傷寒還在觀察中。她只隔著一條走廊和一扇鎖上的門，聽到呻吟傳來，還有低語，以及那種哽咽的尖叫。總之，就是在沒有乙醚、沒有氯仿、沒有嗎啡之下開刀，所發出的種種聲音。伊芙縮著身子坐在她的小床上，所有頑固的希望逐漸流失，她哭得好厲害，哭聲幾乎蓋過了莉莉痛苦的聲音——但是並不完全。伊芙都聽到了，從頭到尾。到了早上，她只能沉默地啜泣，她嗓子已經哭得沒聲音了。

莉莉也沒聲音了。

❖

摘錄自《女人的戰爭》（*La Guerre des Femmes*），這本路易絲·德貝提尼戰時工作的回憶錄由安唐·赫迪耶（Antoine Redier）執筆，他的妻子雷歐妮·范烏特（化名薇歐蕾·拉莫宏）口述：

她死時一如生前，是一名英勇的軍人。

35

夏麗

一九四七年六月

我的心好痛。

我一直好希望間諜女王還活著，希望在這趟旅程或可見到她，就像我們見到了薇歐蕾那樣。間諜女王現在應該是個白髮老婦了，但還是嬌小勇敢而歡喜。我好想認識她——但是她再也沒有機會變老了。

伊芙，我想對後座那個垂頭喪氣的身影說，我很遺憾——但是在聽過這樣的故事之後，安慰的字句只是空話，毫無作用。芬恩已經在二十分鐘前把車停在路邊，好專心聽伊芙的故事，於是我們現在坐在夏日的沉默中，完全不動。

伊芙那雙充滿疙瘩的手從臉上放下，我伸手要去握她，但是她又開始說話了，在無情的太陽下臉色蒼白且憔悴。「就這樣，你們全都知道了。莉莉死得很慘，是一個勇敢女人所能遭受最淒慘的死法，而且全都是我造成的。我害她被抓起來關，我沒能讓她出獄。」

我滿心急著想否認。不。不，不能怪你。你不能這樣想。但她的確是這樣想，無論我怎麼說，都無法改變她的自我厭惡。這一點我很了解伊芙琳．嘉德納。儘管我總是渴望能修復破損的人事物，但我無法修復伊芙。

或者其實有辦法？

她一隻扭曲的手摀著嘴，手和嘴都在顫抖。「開車吧，蘇格蘭小子。」她嗓音沙啞地說。「光是停在路邊，是到不了格勒諾布爾的。」

芬恩發動拉貢達車，重新上路，我們一路沉默地度過這段漫長的車程。聽完伊芙坦白說出這個故事殘酷、淒慘的結局，我們都心情低落。伊芙閉著眼睛坐在後座。芬恩像個私人司機似的雙眼直盯著前方，偶爾開口也只是要地圖。至於我，我坐在那裡反覆琢磨著一個想法。

格勒諾布爾是個美麗的城市：緊密排列的房屋和漂亮的小教堂，德拉克河和伊澤爾河的藍色河水蜿蜒著緩緩流過，遠處有雲霧繚繞的阿爾卑斯山脈包圍著。我們找到一家旅館，芬恩幫伊芙提著行李爬上樓梯時，回頭看了我一眼。

「我得去打個電話，」我說，他大概以為我是要打給家人。但其實我來到旅館櫃檯打的那通電話（在跟法國接線生爭吵半天後），並不是打去美國的。而是打到魯貝的一家瓷器店，幸好我還記得店名。

「喂？」對方說。我只見過她一次，但立刻認出她的聲音。我想像她轉動著腦袋，眼鏡反射著光。

「薇歐蕾．拉莫宏，」我跟她打招呼。

對方沉默好一會兒。「你哪位？」

「你好，我是夏洛特．聖克萊爾。你不久前見過我；當時我去你店裡，和伊芙．嘉德納──瑪格麗特．勒法蘭索瓦，你認識她的名字是這個。拜託不要掛斷電話。」因為她似乎就要掛斷了；我從電話另一頭那種克制的呼吸聲聽得出來。

「你有什麼事？」她的聲音變得格外冷酷。「那個背叛的婊子就算困在著火的房子裡面，我也不會去救她的，所以如果是要幫她的忙──」

我按捺住滿肚子火大。我很想回嘴說伊芙根本沒有錯，想問她如果十根手指被敲斷、又被灌了一杯鴉片白蘭地，她又多能堅持下去？但薇歐蕾就跟伊芙自己一樣，長期認為都是伊芙的錯，已經相信太久了，我說什麼都無法改變她們任何一人。只有事實能說服她們，而若要查出事實，我就需要薇歐蕾幫忙。

「你和伊芙和莉莉被判刑時的審判紀錄，一定要有個人去查。」我壓低聲音，轉身背對著那個好奇的旅館職員。「我相信裡面藏著一個謊言。」

之前我一聽到莉莉是因為有人提供資訊而被證明有罪，就一直在想這件事。加起來總數不對，解出X。

薇歐蕾的口氣頗為輕蔑。「你不過是個美國小姑娘。有關三十年前一場歐洲審判的紀錄，你懂什麼？」

我能推測的，比她以為的多太多了。那些暑假在我父親專精於國際法的事務所打工：我曾替法文和德文法律書籍編目、製作索引，我曾負責將審判文書歸檔，我曾聽我爸在晚餐桌上長篇大論，比較歐洲與美國法的異同……「這場針對三個女間諜、在戰時重要地區的審判，應該會留下詳盡的紀錄，」我告訴薇歐蕾。「你們三個是女英雄，很有名。德國軍官、法國報紙、比利時職員、英國外交官，那一天都會密切注意——有關你們審判的一切紀錄，都會歸檔，以便日後可以拿出證據，證明審判沒有任何違法之處。要是裡頭有謊言，就可以找出來——只是要去查一下那些紀錄而已。你可以幫忙嗎？」

「什麼謊言？」薇歐蕾問，不禁好奇得聲音尖銳起來。

釣到你了，我心想。然後告訴她。

接著是一段更長的沉默。「為什麼找我去做？你根本不認識我，小姐。」

「我知道你有什麼本事，因為伊芙把有關你的一切都告訴我了。你會追查真相到底，絕不放棄。我不知道那些審判紀錄多年來是公開資訊或是封存保密的。但如果是保密的，我想你能查閱到的機會比我大很多。因為那天你是受審的人，你可以據理力爭，說你有得知事實全貌的權利。但是當時你和伊芙都沒有聽到所有的審議內容，所以始終不知道完整的真相。」我又說了些好話，覺得反正沒有壞處。「你是戰爭英雄，薇歐蕾。一定認識不少有權勢的人，他們很尊敬你，覺得欠你的情，會願意為了你動用關係。你一定會想出辦法查閱那些資訊的。」

「那如果真的查到了呢？」

「只要跟我說一聲。跟我說我的判斷沒錯就好，拜託。」

她沉默了好久，久到我都擔心電話斷線了。我嘴巴發乾站在櫃檯前。拜託，我無聲懇求著。

薇歐蕾再開口時聽起來很困惑，但也相當果斷，彷彿這個體面店主的內心裡隱藏著一個間諜，多年來頭一次睜開眼睛。其實像伊芙和微歐蕾這樣的女人，我從不認為她們內心裡間諜的那個部分會死去。「如果我查出了什麼，聖克萊爾小姐，要怎麼連絡你？」

我保證明天會從格拉斯打電話給她，告訴她我住哪家旅館，然後沒有把握地掛斷電話。我朝水裡拋出了一條釣魚線；現在我唯一能做的，就是等著看能不能釣到什麼。我上樓，一邊想著自己是否該告訴伊芙我做了什麼，但接著響亮地回答自己不要！她在車上看起來好脆弱，彷彿輕輕一擊就會讓她粉碎。我不能隨便讓她抱著太高的希望，除非我手上有確實的東西可以佐證。

我進入自己那個漂亮而安靜的小房間，推開遮光板，往外看著迅速降臨的暮色。下頭有成雙成對的男女手挽著手在散步，我想起羅絲和我曾說笑，等到我們夠大，要帶著各自的男友一起來個四人約會。我看到一個高個子金髮女孩牽著一個大笑男孩的手，但我的記憶沒有頑固地給她羅絲的臉。她只是一個女孩，我不認識。自從去過格朗河畔奧拉杜爾之後，我以往到處都能看到羅絲的那種幻覺，似乎就停止了。回來吧，我心想，看著人群。回來吧，羅絲——但是她當然不會回來了。就像我哥哥一樣，她已經死了。

我聽到敲門聲，以為可能是伊芙，要來告訴我抵達格拉斯之後的計畫，但結果是芬恩。他看起來不一樣了，我還花了好一會兒才搞清是哪裡不一樣。他刮過鬍子，穿上西裝外套（手肘處磨損了，不過是很悅目的深藍色），而且他的鞋子擦得亮晶晶。

「跟我去吃晚餐吧。」他開門見山就說。

「我不認為伊芙今天晚上會下樓去吃飯。她看起來會想喝威士忌打發掉。」她會盡快喝到失去知覺。現在知道莉莉是怎麼死的，也知道是什麼一直讓伊芙感到愧疚，我就更能理解了。

「嘉德納今天晚上不會再出現了。」芬恩拍拍他的口袋，伊芙每晚被取出的子彈在裡面叮噹響。「晚餐只有我們兩個。跟我去吃晚餐吧，夏麗。」

他的口氣讓我站直身子。從他這一身打扮，我不認為吃晚餐會是像平常那樣，在最接近的餐館裡匆忙填飽肚子。「這是——這是約會嗎？」我問，雙手忍著不要去摸頭上亂糟糟的頭髮。

「沒錯。」他目光沉穩說。「男人喜歡一個小妞，就會這麼做的。穿上西裝外套，擦亮鞋子，邀她一起共進晚餐。」

「我認識的男人都不會這樣做。尤其是我們已經……」我腦中閃過昨夜我們在汽車裡的畫面，車窗上起了白霧，我們的呼吸變得急促。

「你的問題是，你以前的經驗都是跟男孩，不是男人。」

我抬起眉毛。「這些白鬍子的至理名言，是出自一個還不滿三十歲的男人嗎？」

「我的意思不是指年齡。有五十歲的男孩，也有十五歲的男人。一切都要看他們的行為，而不是他們幾歲。」他暫停一下。「一個男孩會跟小妞亂來，然後就溜掉，什麼都不修正。一個男人犯了錯，會修正。他會道歉。」

「所以，你對發生過的事情很遺憾了。」我還記得他昨夜雙手撫著我的背，有點口齒不清地說，這樣不是我希望的方式。我的心頭一緊，我完全不遺憾。

「我一丁點也不後悔。」他的聲音平穩。「我只是很遺憾沒有——慢一點。我希望是在約會、吃過晚餐後，而不是拳打腳踢，嘴唇還有瘀青。對一個你喜歡的小妞，你不能這樣開始。而我喜歡你，夏麗。你比我認識的任何女人都聰明，你是個穿著黑色洋裝的小加法器，我喜歡你。你嘴巴很利，這點我也喜歡。你想救你認識的每一個人，從你表姊到你哥哥，還有像嘉德納和我這種完蛋得無可救藥的，這是我最喜歡的一點。所以我來是要跟你道歉，要帶你去吃晚餐。我還穿了西裝外套。」暫停一下。「其實我討厭西裝外套。」

我努力不要讓微笑擴散到整張臉，但是失敗了。他也微笑，眼角擠出笑紋，讓我覺得膝蓋發軟。我清了清嗓子，拉拉我的條紋線衫說：「給我十分鐘換衣服。」

「沒問題。」他拉了門關上。過了一會兒，他的聲音飄進門內。

「那件黑色洋裝，你可以再穿一次嗎？」

❖

「我可沒說是什麼豪華大餐，」他說。我們來到一條橫跨伊澤爾河的舊橋，靠著石欄杆，一袋三明治放在我們之間，是芬恩從聖安得烈街附近的一家餐館買來的，我們就從紙袋裡面拿出來吃。「我有點沒錢了。」

「就算在精緻的餐廳裡，也不見得有那麼好的視野。」暗夜中滿天星星，河水上一片片破碎的月光，周圍傳來城市的隱隱喧囂聲。

「你最喜歡吃的，」芬恩忽然說，「是什麼？」

我大笑。「為什麼問這個？」

「這是我不曉得的事情。有好多關於你的事情我都不曉得，聖克萊爾小姐。」他伸手碰我嘴唇上的一粒麵包屑，輕輕擦掉。「這是第一次約會要做的事情。所以：最喜歡吃什麼？」

「以前是漢堡。洋蔥、萵苣、一點芥末醬，不要乳酪。但是自從有了小玫瑰——」我拍拍肚子。「——現在是培根。煎得脆脆的，有點焦。照我這個吃法，等到小孩出生時，全法國一條豬都不剩了。那你最喜歡吃什麼，奇爾戈先生？」

「像樣專賣店裡的炸魚和薯條，加很多麥芽醋。你最喜歡的顏色？」

我看著他的西裝外套，讓他的頭髮看起來顏色更深，也讓他的肩膀顯得更寬。「藍色。」

「我也是。你最近讀過的一本書？」

我們彼此問來問去，都有點傻氣又樂在其中。芬恩問起有關我讀大學的事情，我跟他說了本寧頓學院和代數課。我問他為什麼對汽車這麼內行，他告訴我他十一歲開始在他叔叔的修車店打工。一堆小事情，逐漸了解一個人的事情。通常這些談話都應該在交往初期發生，在敞篷汽車後座裡半裸之前，但我們整個都顛倒過來了。

「如果你有一萬英鎊，第一個會買什麼？」

「把我祖母的珍珠項鍊贖回來。我很喜歡那些珍珠。你呢？」

「一輛一九四六年的賓利Mark VI，」芬恩立刻回答。「賓利併入勞斯萊斯旗下後製造的第一輛車款，大美人。不過如果我有一萬英鎊，或許我可以直接去買法拉利125 S了。這輛車才剛發表，在皮亞琴察賽道十三次比賽贏了六次……」

他開始跟我介紹V12引擎，實在太可愛了。為什麼可愛我也說不上來——讀大學時，有回崔佛·普瑞斯登－葛林在英語文學課結束後買了一杯奶昔給我，跟我絮絮叨叨講了一小時他的雪佛蘭Stylemaster雙門轎車，當時我只想把我手上的那杯巧克力麥芽奶昔倒在他頭上。但是現在芬恩告訴我有關De Dion後輪傳動裝置的一切時，我站在那裡，完全被他迷倒了。「你看我一直在鬼扯個沒完。」他最後終於停下，看著微笑的我。

「是啊，」我說，「無聊到我都要哭了。好，再跟我多說一點五段變速箱吧。」

「讓車子更快加速。」他板著臉說。「換你鬼扯一些無聊的事情吧。」

「畢氏定理，」我說，挑一個簡單的。「A平方加B平方等於C平方。這表示，所有直角三角形，斜邊的平方等於其他兩邊平方的總和……」芬恩假裝猛抓自己頭髮。「好吧，真的。只是簡單的歐幾里德幾何學而已，根本不必擔心！」

我們兩個都大笑，把三明治麵包皮丟給下頭那些很吵的鵝。然後我們就只是倚著石欄杆，在一片自在的沉默中望著河水。我以前約會不習慣沉默。女生不應該陷入沉默；你必須讓談話繼續下去，這樣對方才不會覺得你很可悲。要有趣！要談笑風生！不然他再也不會來約你了！但現在的沉默卻跟講個不停同樣自在。

最後打破沉默的是他，口氣若有所思。「嘉德納說波得龍退休了跑去格拉斯，認為我們去那裡可以找到他，你覺得她的判斷是正確的嗎？或者她是半瘋了？」

我猶豫著，不想用現實破壞原先柔和的平靜。「看起來好像希望非常小，但是一路以來，她講對的時候比錯的時候多。」我突然問了一個我自己的問題。「要是我們真的找到他，那會怎麼樣？伊芙打算做什麼？」

「如果她能證明他是利摩日的那個荷內．杜馬拉西，曾經跟納粹合作、向法蘭西民兵告密，還只因為一樁小偷竊就朝一個員工背後開槍射殺，那麼她就可以把他交給警方。」芬恩拍掉手上殘存的三明治碎屑。「戴高樂對牟取暴利的殺人兇手不會仁慈，即使是老人都不例外。波得龍會去坐牢，尤其是如果能證明他和納粹的合作造成了——造成了格朗河畔奧拉杜爾的屠殺。他會失去他的名譽、他的自由……」

「對伊芙來說，這樣夠嗎？」

芬恩看著我，我也看著他。

「不。」我們異口同聲地說，然後他的手覆蓋著我放在石欄杆上的手。

「我們得阻止她，不能讓她做出任何不可挽回的事情，芬恩。」真實人生不是電影——在真實世界裡，報仇是有後果的。比方坐牢，而伊芙雖然年輕時熬過了錫格堡，但現在要是她因為攻擊或類似罪名而入獄，我不認為她能活下來。「我絕對不會讓她毀掉餘生，只為了除掉那個老混蛋。」

「可是那是她的人生，不是嗎？」芬恩的手指滑進我的，於是我們緩緩地手指交纏。「到現在我已經跟嘉德納相處好一陣子了。我可以理解她會不惜一切代價，也要把事情修正過來。」

「殺一個老頭，就算是修正？我沒辦法參與，即使他是個朝別人背後開槍的謀殺兇手。」我打了個寒噤，一半是因為那些可怕的思緒，一部分是因為芬恩的大拇指沿著我的手背撫摸，留下一陣刺麻。「我們得確保她不會失控。」這可不會是容易的事情。

「留到明天再說吧。」芬恩把我拖離欄杆。「可以答應我一件事嗎，夏麗？」

「什麼？」

「明天不要看那張照片了。享受一路風光就好。」

我們手牽手漫步回到旅館，大部分時間都沉默無言。到了旅館門口，芬恩幫我打開大門讓我先進去，手指放在我黑色洋裝背部開低衩的裸露處，我感覺起了一陣雞皮疙瘩。他陪我走過長長的走廊，到我房門前，很慎重，好像約會完畢要把我送回家門口，而且我家裡有個老爸很在乎規定的返家時間，正瞪著時鐘看。

「我今天晚上過得很愉快，」他說，非常鄭重。「我明天會打電話給你的。」

「男孩從來不會打電話。」

「男人會。」

我們逗留在那個脆弱的幸福泡泡裡，那種憂鬱頂端的幸福就像蛋糕上的糖霜一般可口。我不想離開這個泡泡。「這個狀況我不太擅長，芬恩。」最後我說。一個穿著黑色洋裝的美國女郎加上一個穿西裝外套的蘇格蘭男子。乘以一個夏夜和一袋三明治，除以一段尷尬的沉默和美國女郎已經懷孕的事實——我不曉得這個方程式最後等於什麼、會有什麼結果。「接下來呢？」

他的聲音沙啞。「接下來完全要看你。」

「啊。」我站在那裡一會兒，看著他，然後我踮起腳。我們的嘴唇相觸，輕得像飄動的羽毛，他雙臂圈住了我的腰，我投入他的懷中。我們接吻，緩慢而纏綿無盡，芬恩把我輕輕按在堅硬的門和他堅硬的胸膛之間，我盲目地摸索著身後找門把。那門猛地打開，我們進去，繼續吻著，跌跌絆絆，我的鞋子落在他扔下的西裝外套上。芬恩一隻手從我的頭髮間抽出，關上房門。然後他把我抱起來，又吻我，接著把我扔在床上，感覺上好像從很高的地方落下，害我尖叫一聲。他站在那裡低頭看了我一會兒，我不敢相信自己這麼緊張。這個我們已經做過了，但不是在床上，沒有開燈……

然後他輕嘆一聲來到床上，伸展他又長又壯碩的身體，覆蓋著我。「床，」他說。緩緩沿著我的脖子吻著，蘇格蘭腔更重了，「比起汽車後座真是改進了很多啊。」

「兩個我都很適應——」我拉著他的襯衫。

「因為你是個小不點。」他配合著讓我把他的襯衫從頭上拉掉，然後又輕推我躺下來，咧嘴笑著。「別這麼急！這種事不應該是短跑比賽——」

「我還以為你喜歡快，」我說，在燈光下他一身精瘦的褐色皮膚，健美極了。「你和你的五段變速箱……」

「汽車應該快，床上應該慢。」

我雙手纏著他的頭髮，他一點接一點把我洋裝的拉鍊往下拉，我覺得自己的背拱起來。「多慢？」

「非常……非常……慢……」他吻著我的嘴唇喃喃道。「我們要去的地方，得花上一整夜。」

「一整夜？」我兩腿鉤住他，看著那離我好近的深色眼珠，近得我們的睫毛相觸。我愛上你了，我困惑地想著，我完全愛上你了。「你明天要一路開到格拉斯，」我輕聲說。「那睡覺怎麼辦？」

「睡覺？」他的雙手緊抓著我的頭髮，緊得發痛了，同時他在我耳邊低吼。「別再嘮叨個沒完了。」

36

伊芙

一九一九年三月

自從伊芙展開間諜生涯後，這是她頭一次回到英國。福克斯通，當年伊芙航向勒阿弗爾時，卡麥隆曾站在岸邊向她揮手道別。現在他也站在岸邊，長大衣在膝蓋處飄動，等著她走上碼頭。

「嘉德納小姐，」他說，看著她下了渡輪。她被釋放已經幾個月了——這段期間她暫時住在比利時的魯汶，彷彿活在浴缸裡，執迷地洗刷自己；同時英國那邊一直忙著安排，要把她接回國。

「卡麥隆上尉，」她回答。「不，現在是卡麥隆少校了，對吧？」她看著他身上新的徽章。除了少校軍階之外，他制服大衣左邊口袋上還掛著一個藍紅緞帶的傑出服務勳章。「我離開這陣子，錯過了一——一——一些事。」

「我本來希望能更早把你接回英國的。」

伊芙聳聳肩。休戰協定還沒簽訂前，錫格堡監獄的女囚犯就被釋放了，一臉挫敗的監獄工作人員把她們從牢房裡放出來，大家喜極而泣地湧向火車站，準備搭車回家。要是莉莉能跟她攜手去搭火車，伊芙也會喜極而泣的。莉莉死去後，她能多快離開錫格堡就一點都不重要了。

這會兒卡麥隆的雙眼仔細打量著她，看到了種種改變。伊芙知道自己還是瘦得只剩骨頭，頭髮因為除蝨而乾燥得像麥稈，而且剪得很短。她雙手插在口袋裡，所以別人看不到她變形的指節，但她無法隱藏自己的雙眼，現在再也無法靜止了。現在伊芙看著世界的目光老是瞥來瞥去，提防四面八方的危險。即使在這個露天的碼頭，她也還是背靠著最接近的一根木樁，尋找掩護。伊芙看到了卡麥隆平穩眼神中的震驚——他明白過去幾年在她身上留下了多深的痕跡。

這幾年歲月待他也並不仁慈；在他嘴巴周圍刻下了深深的皺紋，弄破了他額頭上的一些微血管，染灰了他太陽穴的頭髮。我曾經愛過你，伊芙心想，但那只是一種空茫的想法，幾乎毫無意義。莉莉死前，她曾經對很多事情有感覺。現在她主要的感覺就只有悲慟和憤怒和內疚，像食尾蛇一般互相吞噬。而她血液中那個永無休止的低語一直在說，叛徒。

「我還以為會很熱－熱－熱鬧的，」伊芙最後終於說，朝著空蕩的碼頭點了個頭。她幾乎是唯一下船的人——現在戰爭結束了，福克斯通又回到原來那個冷清小城的原貌——也沒看到任何助理或軍事隨員。「艾倫登少校跟我們連絡過，一直說要辦－辦個盛大的歡迎儀式。」

顯然地，伊芙琳．嘉德納現在是個女英雄。很多其他女性囚犯也是——伊芙聽說，薇歐蕾回到家鄉魯貝時，受到全城的熱情款待。伊芙本來也會受到熱情款待的，如果她允許的話。但是她不肯。

「我勸艾倫登放棄公開歡迎儀式，」卡麥隆說。「他想找幾個將軍來歡迎你，再找一些記者來。還有軍樂隊。」

「幸好你勸他打消念頭了。不過我倒是很樂意拿個該死的低音喇叭朝他的耳朵砸過去。」伊芙把包包揹上肩，沿著碼頭往前走。

「我以為會在法國見到你。」卡麥隆跟上去，走在她旁邊。「在路易絲・德貝提尼的葬禮上。」

「我想去的。」伊芙都已經趕到莉莉原先埋葬的科隆，當時莉莉的遺體已經挖出來，好運回她的家鄉。但結果伊芙始終無法踏出旅館房間一步。最後她把自己灌醉，差點朝著送晚餐來房間的女僕開槍——那位年輕女僕身材健壯，四方臉，有那麼驚駭的一刻，伊芙以為她是青蛙，就是里爾車站裡那個曾幫伊芙和莉莉搜身的可怕女人。那段回憶此刻又讓伊芙一時暈眩，於是她深吸了一口海邊的空氣。

卡麥隆的聲音低沉。「你為什麼沒去？」

「沒－沒－沒辦法面對。」她已經在一條因為斑疹傷寒與鮮血而發臭的走廊上跟莉莉道別過了。她不需要跟一堆法國將軍站在墓旁聽著一堆單調的讚譽致詞。但是她沒這麼跟卡麥隆說，只是加快腳步，忽然覺得必須離他遠一點。

卡麥隆的長腿跟上來。「有人會來接你嗎？有地方可以待嗎？」

「我會想辦法的。」

他一手抓住她手肘。「伊芙，停下。老天在上，讓我幫你吧。」

她掙脫了。他沒有惡意，但是她受不了被碰觸。現在出獄後，她發現有很多事情她受不了。打開的窗子。人群。沒有角落可以讓她可以往後靠的開闊空間。睡眠……

「還是喊我嘉德納小姐吧，卡麥隆。這樣會好得多。」她不肯迎視他的目光，而是望著海洋。他溫柔的雙眼可能會把她吞沒，而伊芙不能溫柔。現在不行。「告訴我，」她說，「在監獄裡，我們很－很－很少聽說有關戰爭的消息，現在也沒人想回頭提以前的戰役。莉莉最後的一個情報，就是有關凡爾登攻擊的。」一次又一次，伊芙很想知道那個攻擊結果如何。想知道她們傳出去的那個情報造成了什麼改變。「結果狀況怎麼樣？」

「你們的情報，法國指揮官收到了。」卡麥隆的表情好像不打算說下去，但伊芙銳利的目光盯著他，於是他不太情願地繼續說。「有關德國即將對凡爾登展開攻擊的消息，我們通報了法軍，但是他們並不相信。損失非常——唔，非常慘重。」

伊芙緊閉上雙眼，覺得喉頭有個什麼湧上來。不是大笑就是尖叫。「所以我們是白白犧牲了。」莉莉放棄了自由，好讓這個情報能傳遞出去。伊芙離開卡麥隆熟睡的懷抱，回到致命的危險狀況中，只為了這樣的情報值得她冒著生命的危險去取得。結果這一切都沒有用。伊芙或莉莉或薇歐蕾所做的任何事，都無法避免那場大屠殺。「我在法國所做的一切，根本都沒有任何價值。」

他的聲音很氣憤。「不。不要這樣想。」他想兩手抓住她的肩膀，但是感覺到她會退縮。

「愛莉絲情報網救了幾百條人命，伊芙。或許幾千條。你們是戰爭時期最優秀的情報網。法國或比利時的其他情報網，沒有一個能比得上你們。」

伊芙露出哀傷的微笑。在失敗比勝利大上那麼多的情況下，誰還會在乎讚美呢？一九一五年那個殺掉德國皇帝的奇蹟機會——失敗了。阻止凡爾登的攻擊——失敗了。在莉莉被捕後仍保持情報網運作——失敗了。

卡麥隆還在繼續講。「不曉得你是不是看過艾倫登少校的信。他說你從來沒回過。但是你獲頒了這些獎章。他本來想在路易絲的葬禮上頒發給你，她也得到了同樣的獎章，是死後追贈的。」

伊芙不肯接下那個盒子，於是經過了一小段尷尬的暫停後，卡麥隆幫她打開。在伊芙淚眼模糊的視線中，看到四個獎章發亮。

「法國戰爭獎章。法國戰爭十字勳章，有棕櫚絲帶的。法國榮譽軍團十字勳章。以及大英帝國勳章。以表彰你對戰爭的貢獻。」

一堆錫製的玩具。伊芙一隻手終於從口袋裡抽出來，把那些獎章打到地上，顫抖著。「我不想要任何獎章。」

「那麼艾倫登少校會幫你保管——」

「拿去塞進他的屁眼裡吧！」

卡麥隆撿起伊芙的獎章，放回盒子裡。「相信我，我也不想要我的那些。」

「但是你必須收下，因為你還在軍隊裡。」伊芙笑了一聲。「軍隊再也不想要我了。我盡了自己的職責，戰爭結束了，所以現在他們就給了我幾塊錫片，叫我他媽的滾回檔案室去。唔，這些該死的破錫片，他們就自己留著吧。」

聽到她講的粗話，輪到卡麥隆瑟縮了。他垂下雙眼，伊芙這才想到自己沒把手放回口袋裡。他的目光從她的手指轉到她的臉，又回到那隻手，彷彿看著當年他送往法國那個嫻靜、輕聲細語的姑娘，看到她提著她的毛氈袋，看到她柔軟的雙手和她的純真。然後歷經了戰爭和折磨和監獄和荷內．波得龍，現在她再也不像那個姑娘了。她是個毀掉的女人殘骸，有一張臭嘴巴和毀掉的雙手，毫無純真。*不是你的錯*，伊芙看到他眼中的愧疚和憂傷，很想這麼說。但是他不會相信的。她嘆氣，伸展了一下毀掉的手指。

「你一定知－知－知──一定知道這些，」她說。「我們交過一份報告。」

「知道跟看到是兩回事。」他伸手要去碰她傷殘的手，但是中途忍住了。她很高興，她不想老是把他推開；他不該得到這樣的待遇。他自己也嘆了口氣。「我們去喝一杯吧。」

那是碼頭邊一家糟糕的酒館，裡頭會有嗓音沙啞的女人把琴酒倒進髒杯子裡、交給早上十點就喝醉的男人。但這種地方正是伊芙需要的：沒有特色、便宜，而且沒有窗子，她也就不必擔心有人從背後偷襲她。兩杯琴酒再加上一大杯苦啤酒後，她猛跳的脈搏穩定下來。以前她曾以自己能安然度過危險的緩慢脈搏而自豪，但是那種壓力之下的沉著已經是很久以前的事情了。或許最後一次，就是在荷內．波得龍的綠色書房裡。

荷內。她又喝了一口苦啤酒，嚐到了嘴裡的恨意。在錫格堡時，她的恨嚐起來是苦的；現在卻是甜的。因為現在她有辦法做點事情了。她腳邊的包包裡有一把魯格手槍。不是那把槍管上有刮痕的舊魯格，那把被荷內拿走了——不過照樣管用。

平常作風紳士的卡麥隆，喝起琴酒跟伊芙一樣快，他舉杯喃喃地說：「敬嘉布麗葉。」看到伊芙揚起眉毛，他解釋：「另一個我招募的人。在一九一六年四月被槍斃。我輪流敬他們，失去的那些。」他舉起苦啤酒，說，「敬雷昂」，然後喝下一大口。

「你也會敬我嗎？」

「不，只有那些確定死去的。」卡麥隆的雙眼又有那種可怕的、會淹死人的溫柔了。「你審判後，每個星期，我都等著會接到你死在錫格堡的消息。」

「莉莉死掉後，我也差點死了。」

他們凝視彼此良久，然後又點了一輪琴酒。「敬莉莉。」

兩人都沉默了，直到卡麥隆忽然說起有關一筆給伊芙的退休金。「你會發現比獎章更實用。我知道你沒有任何親人，所以我跟陸軍部爭取了一筆退休金給你。不多，但是可以讓你過日子。或許能幫你在倫敦買棟房子。」

「謝謝。」伊芙不想要獎章，但是她接受退休金。反正現在兩手變成這樣，她也不可能回去檔案室打字了；她需要收入才能活下去。

卡麥隆審視著她。「你的口吃好多了。」

「待過監獄，你就會發現有比舌頭打結更糟糕的事情。」她又喝了一大口啤酒。「而且這玩意兒也有幫助。」

他放下自己的杯子。「伊芙，如果我可以——」

「所以，你接下來打算做什麼工作？」她趕緊打斷他，免得他說出什麼後悔的話。

「之前我被派去俄羅斯待一陣子，就在他們局勢動盪那段時間。西伯利亞。據我所看到的……」他面無表情了一會兒，伊芙很好奇他透過記憶中的俄羅斯大雪看到了什麼。她沒問。

「我接下來要去愛爾蘭，」然後他又開口。「去主持一個訓練學校。」

「訓練什麼？」

「像你這樣的人。」

「現在誰還需—需要像我這樣的人？戰爭都結束了。」

他苦笑。「總是有另一場戰爭的，伊芙。」

伊芙根本不願意去想下一場戰爭，也不願意去想新一代青春臉孔的間諜，將會被送進戰爭張開的嘴巴裡。至少他們會有個好老師。「你什麼時候動身？」

「快了。」

「你太太也會一起去嗎？」

「是的，還有我們的小孩。」

「我很高興你有——我是說，我知道你太太一直想要小—小孩。」這些客套話真是令人厭倦；伊芙覺得自己像是被壓在一顆巨石底下掙扎。「你打算取什麼名字——」

他輕聲說：「伊芙琳。」

伊芙低頭瞪著發黏的桌面。「為什麼不是莉莉？」她聽到自己問。「為什麼不是嘉布麗葉，或你招募的其他人？為什麼是我，卡麥隆？」

「要是你看得清自己，你就不會問了。」

「我看得清自己。我是個毀掉的廢－廢人。」

「沒有什麼能毀掉你，伊芙。你有鋼鐵般的核心。」

伊芙顫抖著吸了口氣。「我很抱歉我欺騙了你。你明明不希望我回里爾的，我卻趁你睡覺時溜掉，跑回去。」她的聲音嘶啞。「我很抱歉。」

「我知道。」

伊芙低頭看著桌面，他的手放在她毀掉的那手旁邊。她稍微移動，大拇指擦過他最接近的那根指尖。

「我希望——」伊芙開口，又停下。希望什麼？希望他沒結婚？伊芙已經是一團糟，根本無法踏入他身旁的那個位置，即使那個位置是空的。說他們可以找張床，無論如何依偎在一起？伊芙現在受不了跟任何人同住一個房間；她的惡夢太可怕了。說他們可以倒轉幾年，回到之前？什麼之前？錫格堡？莉莉？戰爭？「我希望你快樂。」最後她說。

卡麥隆沒有舉起手按在唇上，做出以前那個老手勢。而是朝桌面低下頭，疲倦的嘴貼著她毀壞的指節。「我是個衰弱的陸軍軍官，我招募的人有一大堆死了，伊芙。我心中沒有快樂了。」

「你可以退伍。」

「沒辦法，真的。因為儘管過去我招募的人有那麼多死了，但是前面還有更多，在愛爾蘭等著要接受訓練……比起艾倫登那類混蛋，我知道我可以把他們訓練得更好。」

他已經不只半醉了，每個字都要很努力才能講得清楚。「我可以去愛爾蘭，訓練下一代砲灰，所以這就是我接下來要做的。我會繼續工作，直到做不動為止。然後我想我會死掉。」

「或者退休。」

「像我們這種人，退休會害死我們的，伊芙。如果我們沒被子彈殺死，那就會被退休殺死。」他苦笑。「子彈、無聊，或白蘭地——那就是我們這種人的結局。因為天曉得，我們並不適合過太平日子。」

「的確不適合。」伊芙也彎下頭，自己的嘴唇印在他的手上。然後他們繼續喝酒，直到卡麥隆要去趕火車。他有英格蘭男人那種醉酒的風度，雖然雙眼呆滯，但是他們走向碼頭的車站時，他的身體還是挺直。

「我一星期後就要去愛爾蘭了。」他的聲音黯然，好像他要去的地方是地獄。「你要去哪裡？」

「回法國。盡快。」

「法國有什麼？」

「一個敵人。」伊芙往上看，拂開眼睛前方一綹乾燥的頭髮，感覺到包包裡那把手槍的重量。「荷內．波得龍。我要殺了他，這是我這輩子最重要的一件事。」

現在戰爭結束了，這就是伊芙的用處。

卡麥隆的眼神徘徊在痛苦和猶豫之間，讓她感到困惑。日後有一天，伊芙將會仔細回憶那個眼神，這才明白他把她蒙蔽得有多高明。「伊芙，」最後他終於說，「你還不知道嗎？荷內．波得龍已經死了。」

37

夏麗

一九四七年六月

次日我準備好要面對伊芙的嘲諷，因為任何人只要看著芬恩和我，都不會不曉得發生了什麼事。我們兩個都因為缺乏睡眠而眼皮沉重，我無法停止微笑，芬恩則往旁邊看了我好多次，我都以為他不必等到駛出格勒諾布爾，就會把車子開進水溝裡。

但是伊芙上車後就沒說過半個字。我回頭看她時，發現她只是望著車外的丘陵，我比較喜歡她這樣，而不是刻薄地批評我和芬恩在前座偷偷牽手。「等我們到了格拉斯後，接著怎麼辦？」我試著問她。

她只是露出神祕的微笑。

我哀嘆。「你真的搞得人很火大，你知道吧？」但是我沒辦法一直氣下去。芬恩粗糙而溫暖的手指和我的交纏，我覺得太快樂了，簡直把自己嚇到。那麼久以來，除了麻木，我什麼都感覺不到，然後麻木被悲慟和內疚和憤怒擊碎——如今那些感覺還在，但是已經被這種豐富而寧靜的喜悅蓋過了。不光是我們共度了一個不眠之夜。而是比方清早我在梳頭髮時，芬恩下樓去取咖啡，然後帶回來的不光是咖啡，還有他哄得飯店廚師特地做的一盤脆脆的培根，只因為他知道我有多想吃。比方我看著鏡中的自己，看到的不是那個把下巴昂向某個特定角度、告訴全世界我不在乎的那個憤怒女孩，而是一個快樂的年輕女人，一身在法國曬出的古銅膚色，還有零星的雀斑。那是一張在乎別人的臉，而且別人也在乎她。

我輕輕搖頭，打斷了自己的思緒。我不想太仔細檢視這份快樂；太害怕這份快樂會破碎。我滿足於順其自然，始終沒放開芬恩的手，但是更接近格拉斯時，我又在座位上轉身，再度試著問伊芙：「告訴我們吧。我們要怎麼找到波得龍？」

「我的計畫裡還有一些弱點，我還在盤算，美國佬。」她回答。「我很清楚，碰到有關荷內的事情，我就很難完全保持平穩。」

「你的意思是，不是完全理智。」芬恩低聲咕噥道。

「我聽到了喔，蘇格蘭小子。」她的口氣並不憤怒。「我的腦袋不夠清醒，這一點我們全都曉得，所以我正在努力思考，好確保計畫中沒有漏洞。因為這個任務很可能輕易就出錯，而我不打算讓這種事情發生。」

「你的這個計畫，我能幫上什麼忙？」我問，但是伊芙正要回答時，芬恩又咕噥了一句。

「怎麼了？」

「車子在漏油。」他放開我的手，指著一個儀表盤。「我得去修理幾個零件⋯⋯」

「我們離格拉斯只剩一個小時了。」我狠狠拍了一下敞篷車的儀表板。「這輛破車！」

「講話小心，小姐。她是一位老淑女，如果她想休息一下，當然有資格。」

「這輛車其實不是活的，芬恩。」

「那是你說的，小妞。」芬恩趁我們吵嘴時，把車轉向一條次要道路。誰曉得吵嘴竟然能這麼愉快？四周是起伏的綠色丘陵，空氣中有一種我不認得的、令人陶醉的芬芳。南方不遠處就是大海，我心想。空氣中迅速升起一股懶洋洋的地中海氣息。

然後我忽然屏息「啊……」同時拉貢達車轉過彎，在路邊停下。一時之間，我們三個人只是瞪大眼睛。下方的山坡上是一片藍紫色錐形花所構成的燦爛花毯，微風吹來一陣陣醉人的甜香。風信子——幾千、幾萬朵風信子。

我身子探出車子好大一截，都差點要摔出去了，然後深深吸氣。「我們一定是開進某個花卉農場了。」格拉斯是香水製造之都，這個我本來就知道，但是我從來沒見過供應香水原料的當地花田。我手忙腳亂下了車，沒關車門，彎腰把鼻子埋入最接近的一排盛放花朵中。那香味讓我眩暈。更往下坡，我看到大片的粉紅色，那是眾多的玫瑰花在風中起伏湧動。更遠處，傳來素馨的濃郁香氣。我回頭，看到伊芙坐著不動，吸入各種香味，又看到芬恩微笑著去取他的工具箱。我忍不住衝入那片藍色花海，手指沿著那些錐形的花朵撫過去，感覺就像是走進一片芬芳的藍寶石湖泊中。

等到我跑回來時，芬恩正要關上引擎蓋。「伊芙！」我喊道，彎腰將一大把風信子放在她膝上。「給你。」

伊芙看著那一大把花，變形的雙手輕輕撫過那些柔軟的花瓣，我覺得雙眼灼熱。你這個暴躁的、頑固的、該死的老女人，我真的很愛你，我心想。

她往上看著我，露出有點久違的笑容，我想著她是不是要說些類似關愛的話。「等我們到了格拉斯，計畫是這樣的。」結果她這麼說。

我大笑。我早該知道，不要期望伊芙會有片刻的柔情。芬恩走上來站在我旁邊，伊芙朝他點頭。「你需要一套體面的西裝，蘇格蘭小子，還有一些名片。你，美國佬，你需要扮演我疼愛的孫女。然後我們全都需要耐心，因為這事情要花時間。」

她又說了幾句話，大略敘述了計畫的其他部分。我和芬恩認真聽著，點頭。「行得通，」芬恩說。「如果波得龍真的在格拉斯的話。」

「那如果我們找到他呢？」我問。

伊芙淡淡一笑。「你為什麼要問？」

「你就遷就我一下嘛。」我想著昨晚我和芬恩在橋上的談話，很害怕伊芙想殺人。我可不打算參與謀殺。「等你找到他的時候，你打算怎麼做？」

伊芙用法語引用了一段詩。「我將回到你的臥室，隨著夜之暗影悄悄走近你……我將給你冰冷如月的吻，以及毒蛇滑過墳墓般的愛撫。」

我哀嘆。「讓我猜猜看，波特萊爾？」

「我最喜歡的詩，Le Revenant，意思是〈鬼魂〉，不過用法語更棒。Revenant這個字是源自動詞revenir。」

意思是「回來」。

「他絕對想不到我會回來。他就要大錯特錯了。」芬恩和我交換眼色，伊芙又恢復幹練的態度。「上車吧，孩子們。我們可不能一整天都瞪著這些花看。」

我們在暮色中駛入格拉斯：這裡有四四方方的塔樓、狹窄迂迴的道路、杏黃色的屋頂和地中海的色彩，而且一切都充滿了花田的香氣。伊芙大步走向旅館職員要開口，但是我搶先了。「兩個房間，」我說，往上看著芬恩。「一間給祖母，一間給我們，你說是不是，親愛的？」

我流暢地說出來，一手輕鬆地放在他胳臂上，好讓那職員看到我的婚戒。就像伊芙說過的，要讓一個故事聽起來可信，就是要順暢無誤地說出種種小細節。

「兩個房間。」芬恩也說，口氣有點勉強。那個職員面不改色。稍後我打了個電話到魯貝給薇歐蕾，讓她知道該怎麼連絡我。我們來到格拉斯，追獵行動開始了。

❖

芬恩的新名片是凸印的，看起來很昂貴。「一副高高在上的姿態遞出去，」伊芙吩咐他。「另外老天在上，你們兩個可以不要一直傻笑嗎？」

但是芬恩和我聽了大笑。那些名片漂亮的字母印著：

唐諾．麥高文，事務律師

「我的唐諾！」我終於勉強說。「唔，我母親一直希望能有個律師（lawyer）當金龜婿的。」

「事務律師（solicitor），」伊芙糾正我。「英國人是這樣說的，而且他們高傲得很。你得好好練習皺眉，芬恩。」

四天後，他把名片放在一家餐廳的侍者領班櫃檯上時，皺眉的表情的確令人印象深刻。此時他已經努力練習過。「我是代表一位淑女調查的，」他低聲說。「這事情有點棘手。」

那位侍者領班打量了他一眼。穿著皺襯衫和一頭亂髮的芬恩．奇爾戈，在格拉斯最好的餐廳之一「三次鐘聲」大概不會有人理睬——但是唐諾．麥高文穿著他炭灰色的西裝，打上窄條紋領帶，得到的待遇就提高了。「我該怎麼協助您呢，先生？」

現在是午餐和晚餐之間的清淡時段，裡頭的客人很少；伊芙向來謹慎安排我們的到達時間，好讓餐廳員工有時間閒聊，或者回答問題。

「我的客戶奈特太太。」芬恩回頭看了一眼，伊芙站在那裡，身穿絲質黑色洋裝，頭戴寬簷帽，雙手藏在兒童手套裡，靠著我的手臂，用一條寡婦的黑邊手帕按著眼角，看起來弱不禁風。

「她多年前移居到紐約，但是大部分家人都還在法國，」芬恩解釋。「而且在戰爭期間好多人過世了……」

那位侍者領班劃了個十字。「太多了。」

「我已經查出她父親、她阿姨、兩個叔叔的死亡紀錄。但是有個表哥還沒找到。」

如果你能走遍全法國尋找你失蹤的表姊，那麼我也可以。伊芙曾這麼告訴我們，解釋她如何想出這個點子。這幾年在歐洲，誰沒有一兩個失散的親人呢？

「我們發現她表哥一九四四年從利摩日逃到格拉斯來，就在蓋世太保……」芬恩壓低聲音，模糊暗示了有關法國反抗軍活動和維琪政府的敵人。描繪出一個伊芙童年夥伴的形象（勇敢的愛國者，險險逃過逮捕），現在伊芙（在家人幾乎都遭到大屠殺後，她是唯一倖存者）渴望能找到他。

「有人會相信嗎？」我曾在風信子花田裡這麼問伊芙。「太好萊塢了吧。」

「他們會相信的，就是因為很好萊塢。像這樣的一場戰爭結束後，人人都想─想要一個快樂的結局，即使不是自己的。」

果然，這位侍者領班就像之前我們遇到過的其他領班一樣，點著頭，顯然很同情。

「荷內．杜馬拉西，」芬恩最後說。「但是他可能用了別的名字。以避免法蘭西民兵的追捕──」兩人都皺起臉；就算戰爭已經結束兩年，每個人一提到法蘭西民兵都還是很生氣。

「──所以奈特太太的調查變得很困難。不過我們有一張照片……」

芬恩謹慎地把荷內的照片（我們把照片邊緣折起來遮住，所以其他穿著納粹制服的晚宴同伴都看不見了）遞過去。那位侍者領班審視著。伊芙肩膀抖動，我一臉憂慮地拍著她的背。「祖母，別太傷心了。」我在這裡的角色，就是要加強同情的元素。我心跳好快，兩手抓住伊芙戴著手套的手輕揉，看那領班猶豫著。

「不，」他說，搖搖頭，我心臟跳得更厲害了。「不，恐怕我不認識這位先生。」

我把「三次鐘聲」餐廳從名單上劃掉，同時芬恩謹慎地將一張鈔票推過去，喃喃說，如果你見到這位先生，請務必連絡我……我們名單上還有兩三百個地方要去。

「不要一副垂頭喪氣的樣子，」我們一走出餐廳，伊芙就說。「我不是說過，我們得跑不少地方，還需要運氣嗎？這個部分就不像好萊塢了。你要去找某個人，他不會忽然出現，像是魔術師帽子裡變出來的兔子。」

「你確定這是找到他的最好辦法？」芬恩問，戴上他的費多拉氈帽。他現在都得戴帽子；英國事務律師唐諾．麥高文的打扮體面多了。

「在這些地方裡頭，」她拍了一下她皮包裡那張皺巴巴的名單，「總有一個認識他的。」

伊芙的論點很簡單：荷內對於生活中的種種精緻面很講究。不管其他事情怎麼改變，這一點是不會變的。他還是會去最好的夜店，在最好的餐館喝酒，去最棒的戲院，而且他是那種員工會記得的顧客，因為他穿得好、給小費大方，而且他可以跟侍酒師談葡萄酒，可以跟博物館導覽員討論畫家克林姆。我們又有一張較為晚近的照片——只要地毯式訪查格拉斯的最佳文化場所，伊芙說，就會有人認得那張臉。然後我們就會知道他現在用的名字。

還記得當時我站在繁花盛開的夏日陽光下，又問：「這樣得花多久的時間？」

「如果是在巴黎，要花一輩子。但是格拉斯並不大。」

芬恩則是擔心會有什麼凶險。「如果他發現有個女人在找他呢？一個雙手嚴重變形的女人，而且大概就是他的小雛菊現在該有的年紀？」

伊芙氣呼呼瞪著他。「我很專業，芬恩。別把我想得那麼外行。你以為我會在格拉斯招搖過市，到處大聲宣佈我來了？」於是他們假扮成奈特太太和麥高文先生，而且伊芙戴上手套隱藏她的雙手。

「我有一個條件，嘉德納，」芬恩當時又說。「那把魯格手槍要留在旅館房間裡。」

「你以為我在格拉斯的街上看到荷內．波得龍，就會走上去朝他腦袋開一槍？」

「我不是笨蛋。我才不要給你任何機會。」

到現在已經進行四天了。我們住進旅館才剛打開行李，伊芙就開始蒐集資訊，編製訪查清單。一等芬恩的名片印好、西裝買到，伊芙也買了一雙好手套，還弄來一頂符合孀居貴婦形象的帽子，可以不露痕跡地巧妙遮住她的臉，我們就開始出發了。

我們帶著準備好的故事，第一次走進一家高級餐廳時，我緊張得簡直說不出話來。但現在，過了四天，去過六家餐廳、三家博物館、一家戲院、五間夜店之後，整個過程幾乎是無聊。除了每有一個新的旅館服務員或侍者低頭看著那張荷內的照片，會有那麼一個懸而未決的期待時刻，我心想，或許，這一次……

「歡迎體會真實的間諜工作，」這會兒伊芙在「三次鐘聲」餐廳外頭說，她在我眼前從老太太的跛行轉換得挺直。「大部分時間都冗長乏味，偶爾才有興奮激動。」

她的雙眼發亮，我心想她比我初見的那一天真是好太多了。當時她看起來像六、七十歲，滿臉皺紋且蒼白憂慮。現在她走出了那段悲慟而懶怠的低潮，不再蒼老又脆弱，改變非常驚人。她的雙眼和嘴角雖然還是刻著深深的皺紋，但臉色恢復健康的紅潤；她走路時迅速而俐落，而不是充滿戒心地駝著背；她花白的頭髮有一種光澤，就像她銳利的眼神一樣。她看起來又像她真實的年齡了，五十四歲，還很活力充沛的年紀。

「自從我們來到這裡之後，她就不再尖叫做噩夢了，」那天晚餐後我對著芬恩說，同時看著伊芙走向樓梯。「而且她威士忌沒喝那麼兇了。」

「這場追查對她有好處。」芬恩喝掉他的餐後咖啡。「她骨子裡就是個獵人。過去三十年，她一直站著不動。因為沒有東西可以追逐而慢慢死去。如果這場追獵持續一陣子，或許也不是壞事。」

「唔，」我說，「我絕對不介意。」

他又露出那種隱隱的笑容，讓我膝蓋發軟。「這幾天跑來跑去，真的把我累垮了。你呢？」

「筋疲力盡。我們應該早點去睡。」

但是在那個有藍色遮光板和柔軟大床的小房間裡，我們其實睡得不多。當伊芙的搜尋延長到一星期、十天，芬恩和我都不反對。我們三個人會一起吃早餐：酥皮的可頌麵包和濃得像墨水的義式濃縮咖啡，餐桌小得我們膝蓋都擠在一起。接著就去追獵，重複我們現在已經完美無瑕的表演：先到芳香廣場附近的一家手工鞋店停下來，然後去一家昂貴的香水工坊。漫步走過舊城的迂迴街道，前往夜店和劇院去看看是否有人認識一個受歡迎的顧客，終於，在晚餐前昏昏欲睡的時段，到充滿燈罩和沉重銀製餐具的餐廳。最後回到旅館吃晚餐，點一瓶普羅旺斯玫瑰紅酒共享，餐盤的配菜總是有成堆的炸薯條。這就是我們的白天，芬恩和我都甘心讓伊芙指揮，因為夜晚是屬於我們兩個人的。

「我有沒有提到過，」有天夜裡我頭枕在芬恩的手臂上問，「你穿著三件頭西裝真是帥到讓人呆掉？」

「有，你說過了。」

「值得再說一次。」我喝了口葡萄酒，我們把晚餐喝剩的玫瑰紅酒帶回樓上了。此刻我全身赤裸，在他面前再也沒有一點害羞，同時他躺在那裡，雙手交叉在腦後，欣賞著我。「那輛拉貢達車什麼時候可以拿回來？」

「或許再一個星期吧。」自從我們知道會在格拉斯待上一陣子，芬恩就安排要把車上那個詭異的漏油給修好。他每隔一天就打電話去問他的寶貝車狀況如何，像個焦慮的母親。

「你需要一輛新車，芬恩。」

「戰時金屬缺貨，你知道現在一輛新車要多少錢嗎？」

「那麼就祝拉貢達健康吧。」我把裝著葡萄酒的馬克杯傳給他。「我不反對開著車子在格拉斯到處跑，而不是走路。我的腳好痛，本來以為還要再過兩三個月，我肚子才會大得讓我雙腳發疼。」到格拉斯之後，我的孕吐就完全消失了，持續的疲倦感也消失了。我不知道是帶著花香的微風或是那些做愛，或只是因為小玫瑰現在已經滿三個月了，但忽然間我感覺好極了，充滿無限能量，準備好面對任何事——即使是要走遍全格拉斯，沒完沒了。不過我還是想念那輛車。

芬恩喝掉最後一點玫瑰紅酒，然後掙扎著坐起身，背靠著床頭板。他開始隔著床單按摩我的腳趾，我舒服地扭動著。這一夜很溫暖，我們把所有遮光板都打開，素馨和玫瑰的花香飄進來。燈光圍繞著我們，把這張床變成一艘漂浮在黑暗大海中的小船。我們說好在這裡不談荷內，不談戰爭，也不談任何因為這兩者所發生的可怕事情。夜間時光只能談比較開心的事。

「等到你懷孕滿七個月之後，」芬恩預測，一邊按摩著我發痛的地方。「你的腳就真的會開始痛了。」

「你怎麼知道懷孕滿七個月會怎樣，奇爾戈先生？」

「我觀察過我所有朋友的老婆。我大概是唯一還沒結婚的——第六十三軍團的大部分同袍一回家的第一件事，就是搞大某個女孩的肚子，然後娶回家。我已經是至少三個小孩的教父了。」

「我完全可以想像你站在洗禮池前面，抱著一個包在蕾絲裡的尖叫寶寶！」

「尖叫？從來沒有。嬰兒喜歡我。我一抱起來，他們就立刻睡著了。」暫停一下。「我喜歡小孩。一直希望能有幾個。」

我們好一會兒都默不作聲，然後才小心翼翼轉換話題。「你還喜歡什麼？」我問，把另一隻腳伸向他，「除了賓利車之外。」昨天夜裡他拿著他的汽車雜誌，唸出賓利Mark VI的機件概要全文，很誇張地模仿我的美國腔，氣得我拿枕頭打他。

「一個男人擁有賓利車，就什麼都不缺了。除了或許一個好修車廠，讓車子維持良好的戰鬥狀態。現在維修拉貢達的那家就相當不錯。」

我腳趾搔著他的胸部。「你也可以開一家修車廠，你知道。」

「經營修車廠，光是很懂車還不夠的。」他一臉沮喪。「你了解我。我的存摺會壓在機油罐底下，支票存根上的字就全被機油糊得看不到，很快地，一切就會被銀行沒收了。」

如果記帳的是我，就不會了……我只想到一半就算了，然後告訴他有關那家我清楚記得的普羅旺斯小餐館，還有多年前的那個夏日，讓條紋遮陽篷和艾迪特．皮雅芙和山羊乳酪三明治成為我心目中的人間天堂。「不過在理想的小餐館裡，招牌菜應該要有英國式早餐。」

「唔，我的煎鍋早餐做得不錯……」

在這些慵懶的夜間談話中，我們兩個都知道自己在做什麼。我們在描繪未來，而且試探性地、幾乎是忐忑不安地，開始把對方放進去，接著又半微笑地退縮，不肯再說。有時我們其中之一會做惡夢，但是當黑暗中有一對溫暖的臂膀可以依偎，惡夢就比較能忍受了。當悲慟要來找我們其中之一時，就得迂迴著穿過黑夜，最後化為甜蜜。

我認識你還不夠久，不該這麼為你著迷，我心想，看著芬恩在柔和燈光中的輪廓。但我就是愛上你了。

來到格拉斯兩個半星期後，有天下午，伊芙隔著午餐後的義大利式濃縮咖啡說：「或許荷內不在這裡。」

芬恩和我交換眼色，兩人無疑地都在想同一件事：想著來到格拉斯後，所有人看到那張照片都搖頭說不認識。曾有三家餐廳的經理和一個昂貴的裁縫覺得那張臉很眼熟，但不記得此人的名字。除此之外，什麼收穫都沒有。

「我許我該放－放棄。讓夏麗回家織嬰兒襪，然後讓你——」伊芙朝芬恩點頭，「——帶我回到炸魚和薯條的家鄉。」

「我還沒準備要回家。」我保持輕快的口氣，但是芬恩握緊了我的手，我也回握。

「我們再試一兩個星期吧，」芬恩說。伊芙點點頭。「不過今天下午我們就休息。我想去修車廠看一下我那輛拉貢達的狀況。」

「他會把那些可憐的技工罵到死。」伊芙看著芬恩離開，低笑著說。

「或者跟那輛車道歉，為了沒有更常去探望。」我附和道。

我們坐了一會兒，喝完濃縮咖啡，然後伊芙看著我。「要我下午休息太難受了。我們再去查探幾家餐廳吧。我想沒有事務律師跟著，我們兩個也還可以應－應付那些侍者。」

我看著她，灰色眼珠在曬黑的臉上發亮，同時她把那頂大帽子戴上，帽簷以一個俏皮的角度遮住眉毛。「或許這回你應該介紹我是你的女兒。你要扮演我的老祖母，現在沒什麼說服力了。」我說。

「呿！」

「我說真的。都是格拉斯這種充滿花香的空氣；就像回春的靈藥。」我們走過這個城市最古老的地帶，看著那些建築物在我們上方拱起，像友善的肩膀般互相依靠，我這才明白我愛格拉斯。我們經過的其他城市——里爾、魯貝、利摩日——都因為我專注於尋找羅絲，而只是一片模糊的印象。但在格拉斯這裡，我們終於停下來喘息，整個城市也向我逐漸展開，如同花田裡的素馨花綻放。我永遠都不想離開這個地方了，我心想，然後收拾思緒，把注意力集中在眼前的搜尋上。

之後我們去問了兩家餐廳都不成功，伊芙掏出她的地圖尋找第三家。我一邊嚼著一份炸櫛瓜花（小玫瑰最近愈來愈喜歡，簡直像對培根一樣上癮），一邊看著旁邊一家商店的櫥窗。裡頭陳列的全都是兒童服飾：水手服、鑲著縐褶邊的裙子，還有一輛嬰兒推車上頭展示著一件小小的、繡著玫瑰藤蔓的蕾絲嬰兒服。我可以想像小玫瑰在洗禮時穿著這件衣服。我現在就可以感覺到她——好像才幾天而已，我覺得自己的肚子就從完全扁平變得有點圓。隔著衣服看不出來，但的確就是稍微隆起了。芬恩什麼都沒說，不過夜裡他的手指老是在我的腹部來回，蝴蝶般的輕觸有如親吻。

「買吧，」伊芙說，注意到我盯著看。「你迷上那一堆蕾絲了——買－買下來就是了。」

「我恐怕買不起。」我傷感地說，吞下最後一朵炸櫛瓜花。「我敢說，這件嬰兒服比我所有的二手衣加起來還貴。」

伊芙把她的地圖塞進皮包，走進店裡，幾分鐘後拿著一個褐色紙袋出來，不當回事地扔給我。「或許接下來你可以走快一點了。」

「你不必——」

「我討厭人家謝我。快走，美國佬！」

我開始走。「你最近花了好多錢，伊芙。」我當掉珍珠的錢早就花光了，現在我們所有的費用都是伊芙付的，不過我跟她發過誓，等我回到倫敦可以從銀行帳戶提錢出來，就會還給她。

「我能有什麼要花錢的？威士忌、報仇，還有嬰兒服。」

我咧嘴笑了，抱著那個紙袋。「你願意當她的教母嗎？」

「你一直說她，最後生出來就會是個男孩，偏不讓你如願。」

「好，那就是他的教母。」我暫停一下，忽然嚴肅起來，雖然之前我講得好像很輕率。「真的，伊芙——你願意嗎？」

「我的言行在教堂裡不得體。」

「這個我知道。」

「好吧。」她朝我露出僵硬的微笑，然後繼續抬頭往前走，像是一隻鷺鷥涉過深水。「如果你堅持的話。」

「我堅持。」我說，口氣中充滿深情。

那家餐廳位於格拉斯白色主教座堂前的小普伊廣場旁。現在早已過了午餐時段；傍晚喝酒的人潮還要過一會兒才會開始湧入。我從眩目的大太陽底下進來，對著昏暗的室內眨著眼睛，同時心裡開始調整，回去扮演盡心陪伴祖母的孫女角色，此時伊芙已經靠在我身上，好像虛弱得需要攙扶，才有辦法走路。

我走向侍者領班，開始說芬恩的台詞，因為我已經熟悉到睡覺都能背出來了。伊芙用手帕按按眼角，接著我就把照片遞過去。我腦袋裡還在想那件嬰兒服；其實沒在想我們要找的人。然後我注意力就回到我們的獵物了，因為那領班點頭表示認得。那個點頭就像鎚子敲中我。

「當然了，小姐。這位紳士我很熟悉，他是我們最喜歡的顧客之一。荷內．高提耶先生。」

剎那間我僵住了。荷內．高提耶。這個名字像一顆彈跳的子彈，在我腦殼裡不斷迴盪。荷內．高提耶──

伊芙上前來到我旁邊。我不知道她怎麼還能保持那種顫抖且脆弱的模樣，但她曾因間諜工作而獲頒四面獎章。這會兒我親眼見識了：她聲音顫抖，沒有結巴，連眼皮都沒眨一下地開口：「啊，先生，你讓我太開心了！我的荷內，好多年沒見到他了！荷內．高提耶，他現在就用這個名字？」

「是的，夫人。」那位侍者領班微笑，顯然很開心能有機會傳達好消息。伊芙說得沒錯──經過了一場戰爭之後，每個人都希望有快樂的結局。「他在格拉斯城外有一座漂亮的小莊園，不過他常常來這裡。為了我們的鴨肉抹醬，容我這麼說，我們有全蔚藍海岸最棒的抹醬──」

我才不在乎該死的抹醬。我湊近了，脈搏跳動得好厲害。「他的莊園，你有地址嗎？」

「沿著蝴蝶路的一條岔路，過了那些銀荊田就到了，小姐。我們有時會送一箱葡萄酒過去，梧雷產區的，在格拉斯其他地方都買不到——」

伊芙已經扶正她的帽子。「謝謝，先生，你讓我們非常開心。」我急促而含糊地說，正要去扶伊芙的手臂，但是那位領班目光看著我們後方，滿臉笑容。

「啊，運氣真好！那位先生剛好來了。」

38 伊芙

她轉身面對她的敵人時，時間自行對摺起來，此刻同時是一九一五年和一九四七年。她又回到二十二歲，渾身是血，身心殘破；同時她也是五十四歲，全身顫抖，依然殘破。荷內．波得龍是個文雅、深色頭髮的享樂玩家；但同時也是眼前這個肩膀挺直、一頭銀髮、穿著精緻訂製西裝的老人。在時間對撞的那一刻，兩個版本同時存在。

然後喀啦一聲，過去和現在合而為一，現在只是一九四七年，格拉斯一個美好的夏日午後，一名老間諜與她的老仇敵之間只隔著幾呎瓷磚地板。當伊芙看著高瘦的他，同樣的銀頭手杖鉤在手臂上，她胃裡的驚駭有如一個活門張開，勉強拼湊出來的勇氣全都破碎，化為一道漫長而無聲的尖叫。

他沒認出她。他手裡轉著自己的黑色洪堡帽，朝那個表情熱切的侍者領班揚起一邊眉毛。

「有人要找我嗎？」

聽到自己惡夢中那種沒有高低起伏的聲音，伊芙全身一陣顫抖。她手套裡的雙手發痛，注視著那個當年擊垮他們情報網的男人，麻木又不敢置信。她從來沒想像過自己會在準備好之前就碰到他。她一直以為可以按照自己的條件去控制兩人的第一次會面，在她充分準備好時嚇得他措手不及。但結果是命運嚇得她措手不及，她一點都沒有準備。

他沒變。轉為銀色的頭髮，額頭的皺紋，都只是裝飾門面而已。那蜘蛛般修長的手指，那平穩的聲音，那一身精緻昂貴的西裝，以及朝外窺看的卑劣施虐者靈魂，這些都還是跟以前一樣。只除了他嘴唇的那個疤痕。伊芙明白過來，那是她留下的，是她在兩人最後的惡毒之吻時咬了他所留下的。

侍者領班正在沒完沒了地解釋，伊芙隱約感覺到夏麗碰觸她一邊手肘，咕噥了一些話，但是伊芙在自己耳朵裡的嗡嗡聲中聽不到。她知道自己應該說些什麼，做些什麼，然而卻只能僵立在那裡。

荷內的深色眼珠回到她臉上，往前走。「奈特太太？我不記得這個名字，請問你是……？」伊芙不知道自己該怎麼處理，但她迎上前，伸出一隻手。他握住，當那熟悉的長長手指抓住她時，舊日的嫌惡淹沒她。她想要甩掉他的手，像個懦夫似地逃走，一邊為她昔日的恐懼與痛苦而慟哭。

太遲了。他已經在這裡了；她也是。而且伊芙琳．嘉德納再也不逃了。

她用力握住他的手，看著他感覺到手套裡的畸形手指，臉色變了。她身體前傾，於是只有他能聽到她的聲音。她冷靜、完全平穩地低聲開口。

「或許你會記得瑪格麗特．勒法蘭索瓦這個名字，荷內．波得龍。或者我應該說，伊芙琳．

嘉德納？」

❖

餐廳裡忽然一陣忙亂。他們屋頂下有個歡樂大團圓——侍者們笑容滿面，侍者領班幫他們安排了全餐廳最好的桌子。而在周圍的一切騷動之中，伊芙和荷內的目光對峙，像是交接的兩把劍僵持著，互不相讓。

終於，那個混蛋放開她的手，朝侍者們開心準備的那張餐桌比劃一下。「我們過去吧？」

伊芙設法點頭。她轉身，不明白自己怎麼有辦法走路不踉蹌。夏麗來到她旁邊，像個騎士的侍從，她臉色發白地扶著伊芙的手肘。那隻堅強的小手出奇地平穩。「伊芙，」她喃喃說，雙眼匆忙看一眼背後的那個男人。「我能做什麼？」

「別礙事。」伊芙勉強咕噥著回應。這個對決場地沒有夏麗・聖克萊爾的位置；荷內會不當回事地把她拍死，就像很多人都被他順便拍死或拍得傷殘。伊芙絕對不會讓他再傷害她在乎的人了，她會先把他撕成碎片。

把他撕成碎片？她內心譏嘲道。你幾乎都不敢直視他的眼睛了。但她把這個想法連同她的恐懼推到一邊，在他對面坐下，兩人之間的餐桌上鋪著雪白的桌布。夏麗坐在伊芙一側的座位上，異常沉默。訓練有素的侍者們都待在聽不到的距離之外，好給這場快樂團圓一點隱私。

荷內往後靠坐，十指在桌上形成尖塔狀。伊芙腦中閃過噁心的畫面，看到那些手指握著一個染血的波特萊爾半身像——看到那些手指在床上滑過她赤裸的乳房。

「好吧，」他輕聲用法語說，「瑪格麗特。」

聽到那個名字從他嘴唇吐出，她的心跳差點停止。但她昔日的冷靜隨著以前的化名回來了，像一陣海浪湧入心頭。她的心跳變得緩慢而冷靜，而且打從她轉身看到他站在餐廳門口以來，這會兒總算有辦法撐出平靜的表情，看著這個惡毒的老人。

「荷內．高提耶，」她回答。「我想是仿照詩人提奧菲爾．高提耶？波特萊爾的《惡之華》就是提獻給他的。在利摩日，你是仿照波特萊爾的出版商姓杜馬拉西，所以看起來，你還沒找到另一個喜歡的詩人。」

荷內聳聳肩，輕鬆得好像這是一場平常的晚餐談話。「既然已經找到最好的，又何必換呢？」

「這是你腦子停滯不前的花俏說法。」

一名侍者熱心地走上來，送上一瓶香檳。「看來這是個值得慶祝的重逢，先生？」

「是啊，」荷內咕噥著說。「有何不可？」

「我需要喝一杯，」伊芙贊同。「一小桶威士忌會更好，不過香檳也行。她雙手握拳放在膝上，看到當香檳瓶塞砰一聲打開時，荷內整個人抽動一下。她這才明白，他不像外表那麼冷靜。很好。

侍者退下後，他們同時去拿自己的酒杯。沒有人建議要敬酒。「那張臉上好多皺紋，」他說。「這些年來，你對自己做了什麼？」

「生活很辛苦。我不必問你這些年做了什麼。大概就是我們上次見面時你在做的：協助德國人，害你的同胞被槍殺。不過現在你不反對自己動手開槍。年紀大了，神經不再那麼脆弱了？」

「我神經不再那麼脆弱，要拜你之賜，寶貝。」

那個字眼像一隻老鼠奔過她的皮膚。「我從來就不是你的寶貝。」

「叫猶大比較適合你嗎？」

這招夠狠，但是伊芙勉強設法不要瑟縮。「就像上當的傻瓜也很適合你。」

他勉強微笑。看著他身穿昂貴的西裝懶洋洋地靠坐著，長長的鼻子品味著那杯冰得恰到好處、嘶嘶冒泡的香檳，伊芙開始憤怒起來。這麼多人死了——莉莉死在她骯髒的監獄裡，夏麗的表姊帶著寶寶一起死在一陣彈雨中，一名年輕的副主廚裝了滿口袋偷來的刀叉——而這個男人這些年來在做什麼？喝香檳，安眠時沒有惡夢。

伊芙是離開錫格堡之後才開始做惡夢。當年在牢房裡，嚴寒中躺在那張臭乎乎的木板上發抖，她都沒做夢。但是出獄後，她開始夢到那個綠色書房的恐怖畫面，生著惡魔之眼的百合，往下捶的大理石雕像。她夢到的是那個房間，而不是裡頭的男人。夢到那個他擊垮她的房間，讓她眼睛周圍刻下深深的皺紋。而這會兒他正輕蔑地打量著那些皺紋，看起來他過去三十年睡得很安穩。

伊芙看了一眼夏麗，以往向來那麼活潑的臉，現在卻蒼白而靜止，伊芙納悶這個美國佬是不是在想同樣的事情。她還記得夏麗說她從來不曾親身面對邪惡，不像伊芙。

你現在面對了。

荷內又喝了一口香檳，發出小小的讚賞聲，然後用餐巾按了按自己的嘴唇。「我承認我看到你很驚訝，瑪格麗特。我可以喊你瑪格麗特吧？我始終沒辦法用其他名字想你。」

「我很驚訝你居然還會想到我。你從來不是那種會回顧過往殘骸的人。」

「唔，你很獨特。一次大戰後，我還以為你可能會跑去利摩日找我。」

要不是因為卡麥隆的謊言……「你離開里爾去利摩日時，把自己的足跡掩蓋得相當好。」

「如果一個人已經有黑市的關係，要弄到新的身分證名文件並不困難。」他手揮了一下。

「他們剛把你從錫格堡放出來的時候，你可能還找得到我。我當時一直在留意你被釋放的消息。為什麼拖這麼久才來找我？」

「有差嗎？」伊芙一口氣喝掉半杯香檳。她回答的速度加快了，回到以前她和荷內對話時她所擅長的那種快節奏。「現在我在這裡了。」

「為了要朝我兩眼之間開槍？我相信如果你身上有武器，剛剛在門口就會動手了。」

願上帝讓該死的芬恩．奇爾戈下地獄，伊芙心想。要不是因為他，她就會帶著她的魯格手槍了。

「我的意思是，要是你稱之為手的那個破爛玩意兒還能開槍的話。」荷內豎起一根手指召來侍者。「一客鴨肉抹醬。我餓了。」

「沒問題，先生。那夫人呢？」

「不用了，謝謝。」

等到侍者離開後，荷內開口。「你的結巴好轉了，」他說。「你害怕的時候，就不會結巴了嗎？」

「是生氣的時候。」伊芙微笑。「你生氣的時候，你眼角就會微微抽動。我現在就看到了。」

「我想你是唯一曾惹得我脾氣失控的女人，瑪格麗特。」

「那真是小小的勝利啊。你那個波特萊爾的半身像還在嗎？」

「我珍惜得很。夜裡我有時會聽到你手指斷掉的聲音，然後我就會含笑入睡。」

伊芙腦中閃過綠色書房的畫面，聞到鮮血與恐懼的氣味，但她把那些推到一旁。「我要睡覺時，就會想著那一刻，你發現自己被一個間諜耍了的表情。」

他始終不眨眼，但他眼睛後頭有個什麼緊繃起來。伊芙覺得頭皮發麻，但她露出微笑，喝掉她剩下的香檳，又給自己添酒。我還是曉得該怎麼攻擊你的弱點，你這個老混蛋。

「想來你是要報仇了，」荷內突然說。「報仇是輸掉那一方的安慰獎。」

「我這一方贏了。」

「但是你輸了。所以你打算怎麼報仇，瑪格麗特？我不相信你有謀殺的膽量。我上回看到那個沾了屎尿的崩潰小東西，在我的歐比松地毯上哭得撕心裂肺，連頭都抬不起來了，更別說要舉起一把手槍。」

伊芙心底畏縮得好厲害。在許多方面，那個沾了屎尿的崩潰小東西在她心裡三十幾年了。直到一個月前在倫敦一個潮溼的夜晚，有人來敲她的門。直到今天在餐廳門口那個清楚的喀啦聲，過去和眼前融合為一。直到現在。

她再也不會當那個沾了屎尿的崩潰小東西了，絕對不會。

荷內還在講話。「或許你認為你可以讓我名譽掃地，去告發我是個發戰爭財的奸商？我在格拉斯很受敬重，有一些很有權勢的朋友。你只是個半瘋的醜老太婆，因為悲慟而發狂。你認為大家會相信誰？」

「你就是那個告發格朗河畔奧拉杜爾的人。」夏麗的聲音冷得像一塊冰，忽然落入談話中。伊芙驚愕地看著她。不要說話，不要引起他的注意——但是夏麗繼續，雙眼灼灼有如燃燒的煤。「你要對那場六百條人命的大屠殺負責。我才不管你有多少有權勢的朋友，你這個老混蛋。法國人不會原諒這種事的。」

荷內的雙眼打量著夏麗，看了好一會兒，但是他還是對著伊芙講話。「這個小女孩是誰，瑪格麗特？我想不會是你女兒或孫女。你那個枯萎的老賤屄絕對生不出這麼漂亮的東西。」

伊芙沒回答，而是看著夏麗，感覺到有一種不熟悉的情感讓她心裡一緊。或許是愛吧。「喊她墨丘利吧，那位生了翅膀的信使之神，當初是她來敲我的門。她就是我坐在這裡的原因。她也是你這回逃不掉的原因。她還是你完蛋的原因。」伊芙舉起她那杯香檳致意。「這位是夏洛特．聖克萊爾。」

荷內的眉毛緊蹙。「我沒聽過這個名字。」

「你聽過我表姊的。」夏麗拿著香檳杯的手指握得更緊了，伊芙很驚訝那杯子居然沒被捏碎。「羅絲·傅尼葉，也叫愛蓮·朱貝爾，她是金髮，很可愛，在利摩日時幫你工作，結果你害死了她，你這個狗娘養的。你把她的名字告訴法蘭西民兵，因為你害怕她可能當間諜監視你，結果她跟格朗河畔奧拉杜爾幾乎全村的人一起死了。」

侍者偏巧挑這個時間端著鴨肉抹醬過來。荷內繼續若有所思地望著夏麗，同時打開他的餐巾，把鴨肉抹醬塗在一塊三角形的烤吐司片上吃掉，發出又一個小小的讚賞聲。等到侍者終於離開，他才又講話。「我記得她，」他說。「那個小婊子喜歡偷聽。我對愛打聽的女侍沒有好感。」他看了伊芙一眼。「可別說我沒從以前的經驗學到教訓。」

「你為什麼不開除她就好？」夏麗的聲音沙啞，彷彿那些字是從她喉嚨裡刮出來的。「你為什麼要告發她？」

「只是為了安全起見。而且坦白說，因為我高興。我現在對女間諜非常厭惡。」他聳聳肩。「但是你該不會把全村人死掉的帳都算在我頭上吧？這種邏輯實在糟糕得嚇人。某個德國將軍選擇要做出這種完全超乎常規的事情，可不能怪我。」

「她的死我要算在你頭上，」夏麗低聲說。「你根本不曉得她是不是反抗軍，但是你還是去告發她。她有可能是無辜的，但是你不在乎。你這個混蛋——」

「小孩子安靜點。大人在講話。」荷內又去拿一角烤吐司片，「還要香檳嗎，瑪格麗特？」

「我相信我們這裡結束了。」伊芙喝乾她的香檳杯，站起來。「走吧，夏麗。」

夏麗坐在那裡不動。伊芙看得出她在顫抖，知道攫住她的那種憤怒，知道她很想撲到桌子另一邊，用奶油刀割開那個老喉嚨。伊芙太了解那種感覺了。

還沒，美國佬。時候還沒到。

「夏麗。」伊芙厲聲說，沙啞的嗓音像鞭子揮擊。

夏麗起身，顫抖得好厲害。她看著荷內，冷靜坐在那裡，唇上的鴨油晶亮，然後她低聲說：「我們還沒談完。」

「不，我們談完了。」他不理夏麗，而是對著伊芙說。「要是我再看到你，你這個老醜的臭婊子，或是讓我聽到你想找到我家或破壞我的名譽，我就要讓你以騷擾罪被逮捕。然後我會從此忘掉你，回去過我自己的日子，永遠不必想起你。」

「你一直想起我，」伊芙說。「有關我的思緒天天折磨著你。因為我是個活生生的證據，證明你根本不像你自以為的那麼聰明。」

他瞪亮雙眼。「你是個叛徒，只要一湯匙鴉片，就背叛了自己。」

「不過我還是愚弄了你，把你騙得很慘。這個事實折磨了你三十年。」

他的面具終於垮掉，伊芙看到了他毫不掩飾的憤怒，雙眼灼亮得好像當場就可能倒地死掉，於是她緩緩露出鄙夷的笑容。他們沒動，只是在惡毒的靜默中以眼神對決，搞得侍者們困惑地彼此使眼色。這顯然不是他們原先以為的歡樂重逢。

「再見。」伊芙伸手到他的盤子，拿起一角烤吐司片，慢吞吞吃著。「『我就得躺在所有階梯的起點，回到心中那個充滿破布與骨頭的污濁工坊之內。』」

「那不是波特萊爾。」他說。

「葉慈。我曾經叫你再找另一個詩人的。」伊芙拿起她的帽子。「在你稱之為『心』的那個充滿破布與骨頭的污濁工坊之內，荷內，花點時間承認你害怕吧。因為你的惡之花回來了。」她一手緊如鋼鐵般抓住夏麗的手臂，轉向門。「睡前想一想吧。」

39

夏麗

我走到餐廳外頭停下，猛吸著氣，彷彿才剛從一片毒雲裡頭勉強走出來。我還聽得到那平淡尖利的聲音跟我說，他去告羅絲的密，好讓德國人殺了她，只是為了安全起見。還說這樣他很高興。

伊芙太常描述他了。那堅定的眼神、長長的手指，以及優雅的外貌。但是她之前描述得還不夠貼切，不像剛剛坐在我桌子對面的那個男人。他根本是個人形毒蛇。

我好想吐。但是伊芙走過我旁邊，迅速沿著街道往前走，快得幾乎是用跑的，我也逼自己邁出步伐。

「伊芙，我們不必跑。」我快步趕上她。「他沒來找你。」

「對，」伊芙一直繼續往前走。「是我要回去找他。」

剎那間我心裡大喊著贊成。我想著那個男人，之前我第一次發現伊芙的復仇可能就是要謀殺他，曾有噁心欲吐之感，但是現在那種感覺沒了。只要跟荷內．波得龍一起喝半杯香檳，就足以說服任何人：有些老人就是死掉最好。

但是我的理智努力掙脫滿腦子盛怒的紅霧，我心臟猛跳一下。「伊芙，慢著。你不能冒險，你——」

「快點！」她繼續大步往前走，目光灼灼地走過蜿蜒的街道。一個高個子法國男子才看了她的表情一眼，就趕緊避到路旁讓她先過。我的腦子快速運轉，在兩個方向中猶豫。阻止她，我的理智這麼說，但是我的憤怒尖叫道，為什麼？

拐過最後一個彎，我看到那輛深藍色拉貢達汽車停在我們的旅館門口，閃閃發亮，讓我鬆了口氣。我需要芬恩：他的鎮定，他安靜的推理方式，而且如果其他辦法都失敗，他那雙固執的手臂可以阻止伊芙衝向大災難。但是他沒站在他心愛汽車的旁邊，也不在裡頭。旅館櫃檯職員交給我一張字條，上頭是他左斜的字跡。「他跟修車廠的技工出去喝酒了，」我說，回答伊芙兇狠的詢問表情。「他們想雇用他，做引擎修復方面的工作——」

「很好。」伊芙趕緊上樓，每步跨兩級階梯。我把字條塞進口袋，跟了上去。

櫃檯職員在後頭喊我。「夫人，你有一封從魯貝發來的電報——」

「我稍後再來拿。」我回頭喊道。等到我衝進伊芙的房間，她已經從床頭桌的抽屜裡拿出魯格手槍。那幅景象讓我猛地站住。「狗屎。」我有生以來第一次說這個詞。

伊芙冷笑著脫掉手套。「你不可能覺得驚訝吧。」

我雙手按著猛跳的太陽穴。怒氣絕對被恐懼壓過去了。「所以，你要去他家殺他？就等到他吃完鴨肉抹醬回到家，進門時朝他腦袋射光七發子彈？」

「沒錯。」她裝了第一發子彈。「『一座漂亮的小莊園，』那個侍者是這麼說的。沿著蝴－蝶路的一條岔路，過了那些銀荊田就到了。應該不難找。」

我雙臂交抱在胸前。「放下手槍，好好聽我說。無論你成功或失敗，都要去坐牢。這一點你不明白嗎？」

「我不在乎。」

「我在乎。」我抓住她的手臂。「我希望我女兒有教母。」

她把最後一發子彈裝進彈匣裡。「我希望看到那個男人死掉。」一部分的我贊成。但是他的命不值得用伊芙的未來去換——她的過去已經有太多被他吞噬掉。而且我自己的未來才剛開始拼湊出樣子，我也不會冒著毀掉的危險，去協助一樁謀殺。「伊芙，停下來想一想。」

「我想過了。」伊芙檢查魯格手槍的槍身。「如果我在荷內家裡殺了他，應該不會有目擊證人。他手上沒有結婚戒指，所以不會有老婆或小孩擋路。我打算把他的屍體留在地板上發臭，然後走出去，像鳥一樣自由。」

「那家餐廳知道你在找他，問過他住在哪裡。而且不光是今天的那家而已。我們幾個星期來在格拉斯到處打聽。」或許她能逐漸恢復理智；我努力整理自己的論點。「要是他現在死了——」

「警方可能會找我們，但是怎麼找？我們三個給的都是假名，包括旅館和其他所有人。何況，我不－不－不打算留在格拉斯那麼久，讓警方可以找到我。」

「可是現在芬恩不在，沒有他開車，你要怎麼離開格拉斯？更別說你首先該怎麼去荷內的房子？」

「計程車，如果必要的話。」她的口氣好冷靜，彷彿只是在計畫喝下午茶。之前在餐廳裡，我看到她的雙手在桌子下頭顫抖，感覺到她冰冷表面之下的恐懼。但是現在她已經展翅高飛，遠遠超越恐懼，像一隻滑翔的鷹那般遙遠又無情。伊芙把手槍放進包包裡，原先扮演可敬的奈特太太時所穿的高跟鞋脫掉，穿上她的舊涼鞋。「如果你想幫忙我殺他，就跟我一起走。你也有資格希望他死。」

「不，我不會幫你謀殺那個人。」

「你不認為他該死？」

「他該死沒錯，但是我希望讓他比死更難受。我希望看到他的過往被揭露，被羞辱，去坐牢。我希望讓全世界知道他的真面目。這樣會慢慢殺死他，伊芙。對一個像他這麼驕傲的人來說，那是全世界最糟糕的懲罰。」我深吸一口氣，希望她能把我的話聽進去。「我們去找警察吧。我們有他跟一堆納粹軍官的合照，我們有你的證詞，我們可以去找利摩日那位看到他冷血謀殺副主廚的女人。荷內．波得龍或許有一些朋友權大勢大，但是你也有。你是戰爭英雄；大家會相信你的。所以你去告發他，讓他生不如死吧。」

對我來說，這樣就已經足夠了。看到那個人去坐牢，知道是伊芙和我把他送進去的，讓他承受公眾的辱罵，而且戴高樂總統領導的法國對通敵者和奸商就像對害蟲老鼠一般輕蔑。再也沒有冰鎮的香檳和鴨肉抹醬了，只有羞辱和伊芙曾受罪過的那種灰色監獄時光。

「他絕對不會去坐牢的，美國佬。」伊芙的聲音毫不寬容。「荷內．波得龍一再逃過了懲罰。要是我們指控一個有權、有權大勢大的朋友，而且備受尊敬的當地人士，那就要花時間去證明這些指控。他會利用這些時間溜掉，因為他總是逃跑。他已經從兩次大戰的錯誤決定裡脫身，所以現在他也會逃，因為他知道我們不會放過他。如果我仰賴逮捕令，那麼在逮捕令送上門前，他早就跑到另外一個地方，我就再也找不到他了。」她拿起那個裝了魯格手槍的包包。「所以我要仰賴子彈。」

我真想掐死她。「你看不出這樣有多少出錯的可能嗎？他可以輕易射殺你，或者報警讓你被抓走——」

「我願意冒這個險。」她看著攔在房門前的我。「別擋我的路，夏麗．聖克萊爾。」

我直視著她。「不。」

她開始朝我走來。我沒試圖把她往後推，而是雙臂抱住她，抱得很牢。「你打算把我拖下樓梯，讓我一路尖叫嗎？」我說，然後發現自己快哭出來了。「我不會放手的，伊芙。我不會。」

我已經失去了我哥哥，也已經失去了羅絲。我決心再也不要失去任何一個我深愛的人。

伊芙在我的手臂裡變得僵硬，似乎就要反抗——然後她鬆弛下來。我聽到她喉頭發出一個帶淚的啜泣聲，然後包包滑落到地上。我們站在那裡許久，伊芙哭著，她後方窗外的天空在暮光中轉為紫色。我只是擁著她，胸中顫抖著鬆了口氣。

她哭完了，還是一個字都不肯說。她讓我哄著她躺下來，喝了我幫她倒的威士忌，然後我幫她蓋上毯子，她偶爾打個冷顫。我沉默地坐在床邊啃指甲，真希望芬恩在場。他比我更懂得怎麼處理她這類狀況。我聽到她的呼吸變深，於是躡手躡腳下樓到旅館櫃檯，但是他們不知道芬恩跟那位技工朋友去了哪裡。「你的電報，夫人，」那位職員提醒我。「魯貝來的。」

我原先都忘了。一定是薇歐蕾寄來的。我抓了那張紙，因為一套完全不同的新理由而心跳加快。裡頭的字句很簡短，即使是以電報的標準。

謊言已確認。告密的是一位特里葉小姐。

我腦中爆出一片嘹亮的合唱，覺得自己有十呎高。我的猜疑是對的，我一直是對的。難得一次，我有能力修復被破壞的事物了。這個，正是伊芙需要的。

我快步往樓上衝，要去她房間，心臟猛跳。「伊芙，你看——」

她的房門敞開，床上是空的。裝著魯格手槍的包包不見了。

我離開還不到五分鐘。她一定是一等我出去，就立刻起來行動，冷靜而鎮定，顯然剛剛她顫抖又哭泣也是裝的。恐懼再度淹沒了我，像冰錐似的捶著我的太陽穴。我奔向打開的那扇窗，搜尋下面的那條街道，但是沒看到任何高而憔悴的身影。你這個陰險的賤貨，我一時氣憤地想，氣她耍我，也氣我自己被耍了。

我知道她去哪裡。我不能打電話給警察，也不能等著芬恩回來。拉貢達汽車就停在下面的路邊。

我把薇歐蕾的電報塞進口袋，去我房間拿了床頭桌上的車鑰匙，然後朝外跑。

40

伊芙

剛剛那一招，伊芙猜想，的確很卑劣。

「快一點，」她告訴那計程車司機，拿了一把法郎鈔票丟進前座。她不在乎會花掉身上的每一分錢。反正她不需要留著搭回程。

計程車急速奔馳，伊芙坐著享受膝上那把魯格手槍的重量，雙眼是乾的。那些假情假意的眼淚，好容易就流出來，也好容易就擦掉。卑鄙又無恥，但是當時她看著夏麗固執地擋在房門前，柔軟的嘴唇堅定地抿成一條線，她實在想不出其他辦法。伊芙微笑。這個姑娘跟當初站在她門前那個愛回嘴、猶豫的小女孩截然不同了。

很遺憾我再也不會見到你了，她心想。*這點我真的很遺憾*。

「你看起來很嚴肅啊，夫人，」計程車司機打趣地說。「你不是說你要去拜訪一個朋友？」

「是啊。」

「會待很久嗎？」

「非常久。」事實上，是永遠。一旦伊芙進入荷內．波得龍的房子裡，她就不打算離開了。

這就是她不怕坐牢的原因。死掉的人是不會被關進牢裡的。

那把魯格手槍裡有七發子彈。六顆要給荷內，有可能全都會用掉——邪惡的人會努力求生。而最後一發子彈，伊芙是要留給自己的。

「就跟你一樣，卡麥隆，」她喃喃說，沒看到窗外掠過的格拉斯黑暗街道，而是看到了一張剪報上印刷粗糙的新聞標題：「軍人之死」，那是什麼時候？一九二二年？不，是一九二四年，那些字在一場嚴重宿醉後狠狠刺中伊芙。有關賽索．艾爾默．卡麥隆少校之死。

世界斷裂了。最後伊芙設法把那張剪報又撿起來——是從一份海外的報紙剪下來的，由一位事務律師寄給她——以發乾、灼熱的雙眼閱讀。她聽到一個哽咽的聲音，還花了好一會兒才明白是自己的喉嚨所發出的。

——有關英國皇家砲兵團賽索．艾爾默．卡麥隆少校之死。他因為轉輪手槍的槍傷，死於雪菲爾軍營。驗屍官判定為自殺。

卡麥隆，死了。有著溫暖眼神和蘇格蘭口音的卡麥隆。卡麥隆吻著她的瘀青，喃喃道，可憐又勇敢的姑娘——

到了一九二四年，他們已經多久沒見面了？五年吧？打從福克斯通那一天，兩人就沒再碰面過。但是他們偶爾會通電話，通常是在剛過午夜十二點後不久，其中一人已經喝醉了。伊芙知道他已經從愛爾蘭回來了；他很少談到他的訓練學校，比較興奮地談到他要去拉脫維亞的首都里加當駐外武官。

但結果，他卻轟爛了自己的腦袋。

證據顯示，死者生前因為未被派去里加擔任駐外武官而悶悶不樂，那張剪報上說，因為他曾被判處服勞役刑，於是任命遭到撤銷。

陸軍因為他以前的罪而懲罰他，伊芙當時恨恨地想著。在戰爭時期，他們不在乎一個軍官過去有污點，但是戰爭結束後，他就只是一個難堪。

我會繼續工作，直到做不動為止。他的聲音又在她的耳邊響起，響亮又清晰，彷彿他就坐在計程車上她旁邊的位置。然後我想我會死掉。子彈、無聊，或白蘭地——那就是我們這種人的結局。因為天曉得，我們並不適合過太平日子。

「的確不適合。」當時伊芙喃喃道。

直到次日那名事務律師來到她家敲門，她才徹底崩潰。就是一開始寄信通知她卡麥隆死訊的那位律師，現在帶著法律文件來，跟她保證說他十分謹慎……他告訴她，過去五年匯入她帳戶的退休金根本不是陸軍部發的，而是來自卡麥隆。他說卡麥隆已確保在他死後會繼續付款，列入他遺囑中的一項私密遺贈，他家人都不知情，也跟留給他遺孀的遺產完全分開。那位認真的律師說，那是一個好投資，伊芙應該可以持續領一輩子。

她尖叫著把那個律師趕出去，然後她完全垮掉，像一隻受傷的動物般爬上自己的床，躲在那邊好幾個月。你是怎麼自殺的，卡麥隆？她凝視自己的魯格手槍納悶著。槍口指著太陽穴？對著下巴底下？或者是咬在牙齒間，世上的最後一個感官知覺就是冷冷的鋼和槍油？接下來的那些年，在黑暗的夜裡，當內疚害伊芙睡不著時，她常常玩這些遊戲。把魯格手槍放在各種自殺的準備位置……但是她從來無法扣下扳機。

都因為我是個太固執的賤貨，伊芙曾經這樣想。她的靈魂裡缺乏致命的浪漫主義或高貴，不像卡麥隆。但現在，當計程車奔馳著出了格拉斯、經過銀荊田時，伊芙想著或許不是因為固執，而是命中註定。或許要等到正義實現，內疚和哀慟才能平息。或許是她腦子裡頭受過冷酷間諜訓練的那部分在低語說，儘管卡麥隆死了二十幾年了，還是有一個敵人要處理。而在處理掉之前，咬在牙齒間的那顆子彈都不能擊發。

唔，今晚那個敵人會死掉。為了莉莉，為了羅絲，為了夏麗，為了伊芙。今晚，伊芙琳·嘉德納的戰鬥將會結束。儘管晚了三十多年，但遲到總比不到好。

她想著那最後一顆子彈，心知夏麗會因為她開火而恨她，芬恩也是——但是他們日後會明白，她這麼做，有一部分也是為了他們。一個謀殺者緊接著被害人而死，這樣夏麗和芬恩就完全沒有嫌疑了。而既然無罪，他們就不會受到處罰。他們會一起悠然離開，走進夕陽中，祝福他們。

「夫人，到了。」

計程車停在一條莊園小徑的盡頭，往裡大約四百公尺，是一棟精緻如珠寶的小宅邸。白色的牆面在月光下發亮，尖尖的屋頂聳立在黑暗的天空下。幾扇窗內有燈光透出窗簾。他在家。伊芙不曉得今天下午她和夏麗離開餐廳後，荷內繼續在裡頭吃他的烤吐司片吃了多久。她猜想並不久。這讓她知道了一件事：他還是很怕她。

你應該怕的，她心想。

「要我載你到門口嗎，夫人？」

「我走進去就行了。」她說，然後下了計程車。

41

夏麗

對不起，芬恩，我每一聽到拉貢達換檔時嘎嘎作響，心裡就這麼想。過去一年我開車的機會不多，現在天又全黑了，而且我個子小，腳要搆到踏板很吃力——我開車穿過狹窄的法國道路，這輛車一直在對我呻吟。我發誓等到這件事辦完了，只要你身上有任何損傷，甚至只是一道刮痕，我都會彌補你的。煞車發出一個憤慨的尖嘯，我皺起眉頭。

我不是開得特別好，卻開得很快。我迅速駛離格拉斯市區，然後事情開始精采起來。「過了那些銀荊田就到了」在一個環繞著大片花田的城市，這些形容並不是什麼精準的指示。半枚月亮在天空逐漸升起，我找著路，意識到伊芙在我前面，我的時間不多了。我想著她在旅館時面對我，叫我不要擋她的路。當時她看起來就像個筋疲力盡的騎士，正要拉下她的面甲，做最後一次衝刺，整個人疲憊、鎮定、平靜。

我這才想到，我最後一次看到我哥哥還活著時，他臉上的表情就是那樣。那個表情是在說：「我已經準備好要赴死了。」

不是伊芙，我心想。拜託不要是伊芙！要是我辜負她，失去她，我永遠也不會原諒自己的。

蝴蝶路上有好幾條岔出去的私人道路，通往有錢人的鄉間莊園。我試了第一條，通向的那棟房子前有個顯眼的出售招牌，第二條路通向的那棟宅邸，則是有六個小孩正要走進去吃晚餐，顯然不是荷內的住處。現在是第三條路了，我身體往前傾，在黑暗的天空裡看到另一棟房子的頂端。我心臟怦怦直跳，急忙開過去，盡量把車子駛近那棟房子，然後爬下車。我找到一個信箱，月光剛好足以讓我看到上頭的花體字：**高提耶**。

就是這棟房子。我沒看到計程車，沒看到伊芙的蹤跡。*不要讓我來得太遲*，我祈禱著，開始朝那棟房子跑去。空氣中有一絲銀荊花的甜美氣味，我想像嬰兒的頭髮聞起來就像這樣。我奔跑時一手按著微微隆起的肚子，一時間非常害怕，不是擔心伊芙的安全，而是擔心自己，因為今晚有可能受傷的不光是我而已。

今晚不會有人受傷的。我會確保這一點，雖然我還不曉得怎麼做。

我繞過屋子轉角，朝向後門奔去。

42 伊芙

在鄉下，通往廚房的後門大部分是不會上鎖的，至少在和平時期是如此。荷內．波得龍的廚房後門上了鎖。伊芙也早料到了；她放下包包，從髮髻裡拔出兩根髮夾。她在福克斯通上開鎖課已經是很久以前的事情了，不過開鎖並不難：你只要用一根髮夾撐住，再用另一根髮夾輕輕挑開鎖的制動栓。

即使如此，用她毀掉的那些手指操作兩根髮夾，還是花了漫長而痛苦的幾分鐘。要不是那個鎖非常舊、非常簡單，伊芙可能就沒法挑開了。當那喀啦聲傳來，她又花了一會兒站在門口穩住自己，讓自己的呼吸緩下來。這事情她只有一次機會，她可不打算在心臟猛跳、雙手不穩的狀況下就跑進去開槍。最後伊芙有把握了，這才拿出她的魯格手槍，把包包留在門口，踏入門內。

一個大大的鄉村廚房，空的。裡頭只有幾張支架桌和掛起來的鍋子在月光下發亮。伊芙悄悄走過陰影，轉動廚房另一頭那扇門的門把。一個小小的嘎吱聲，她又僵立地熬過了痛苦的片刻，傾聽著。

什麼都沒有。

她進入一條走廊，兩旁牆上排列著油畫、突出的蠟燭台。一條華麗的地毯讓她的腳步安靜無聲；在她前往殺他的路上，荷內的奢華品味幫了忙。一縷模糊的音樂飄在空中。伊芙昂起頭，聆聽了一會兒，接著悄悄走進右邊一條岔出的短廊。音樂聲更大了，豐富而繁複。德布西，她心想，露出微笑。

43

夏麗

「不，」我低聲說，「不——」

宅邸背面通往廚房的門大開。伊芙的包包放在門前台階上。我匆忙翻了一下裡頭，沒有魯格手槍。我來得太遲了。

但是我沒聽到槍聲，也沒有人聲。這棟房子安靜得就像個未爆的手榴彈。

我想趕緊大喊她的名字，但現在我人在荷內．波得龍的地盤上，如果他還不曉得有什麼找上門來，那我可不想驚動這條毒蛇。如果。或許他已經來不及保護自己了。伊芙已經殺了他嗎？血液在我的血管裡面尖叫，要我趕快跑，要我保護自己和小玫瑰，不要再往前深入這個危險的巢穴。但是我的朋友在這裡，於是我繼續往前走。

一個黑暗的廚房。一扇半開的門。一道長廊，華麗而安靜。我的心臟怦怦跳，聽到微微的音樂聲。剛剛那個是腳步聲嗎？整片昏暗似乎在搏動。我循著音樂聲往前，過了一個轉角後，我看到了他們，像一幅畫被框在寬闊的拱門裡。

伊芙的剪影，被書房內的明亮光線照出一個黑暗的形狀。房裡就和她曾跟我描述過那個里爾的書房一模一樣：牆面掛著綠色絲綢，一台電唱機旋轉著播放音樂，一盞蒂芬妮檯燈照出孔雀的色彩。一身整潔的荷內沒穿外套，站在一個打開的旅行箱前，背對著門渾然不覺。伊芙舉起魯格手槍。我不敢插手，太遲了。我整個人僵住，脈搏猛跳。

伊芙和我都完全沒發出聲音，但是荷內那種蛇類直覺一定是發出了下意識的警告，因為他猛地回頭。那突然的動作似乎讓伊芙大吃一驚，魯格手槍還沒完全瞄準，她就扣下了扳機。子彈射中大理石壁爐台又彈開，我開始耳鳴。荷內亂翻著他的旅行箱，他臉上沒有驚訝，沒有恐懼——只有惡毒的憎恨，同時朝伊芙舉起一個東西，此時伊芙的手臂也再度伸直。整個過程慢得好像凍結在琥珀裡：兩把魯格手槍瞄準，兩個扳機扣下，兩發子彈射出。

一具身體倒下。

伊芙的。

❖

在那彷彿沒有盡頭的片刻過去後，一切都同時發生。伊芙的魯格手槍嘩啦落地，她憔悴的身軀倒在地毯上。我沿著走廊往前衝，但是不夠快。荷內已經走上前來踢開伊芙的手槍，踢到書房角落。我本來是想在荷內再度開槍前撲向他，但他已經後退得讓我撲不到，同時手上的槍對準我。

「跪下來。」他說。

太快了。一切都發生得太快了。伊芙在我腳邊發出一個微弱的聲音，兩隻毀掉的手緊壓著左肩，我在她旁邊跪下來，伸手去抓她的手指，感覺到溫熱的鮮血流出來。「伊芙，不，不——」她的眼睛張開，沒有顏色，緩緩眨著。

「唔，」她用一種高而平淡的聲音說，「該死。」

電唱機的唱片放完了，現在發出嘶嘶聲。我聽得到我們三個人刺耳的呼吸，我的是急促猛吸，伊芙的是淺淺的喘息，荷內．波得龍則是迅速而深沉，他在那個充滿槍煙味的書房裡瞪著我們。一道深色的血沿著他簇新的領子流下。他耳邊一小截肉連著垂掛的半個耳朵，我心中無聲吶喊著。

差一點。伊芙就差那麼一點。我心裡充滿這個想法，凝視著那把魯格槍的黑色槍口——此時對準了我兩眼之間。

「往那邊移動，姑娘。」那把槍管示意著，「離開那個老婊子。」

「不行。」我雙手按在伊芙的手上，而她的手正壓著傷口。我不是護士，但是我知道她需要包紮、加壓。他才不會讓你替她做這些，他要看到她死掉——但我還是說：「不行。」

他又開了一槍，我尖叫起來，同時我旁邊的門柱被轟出碎片。「放開她，然後沿著牆往那邊移動。」

伊芙的聲音刺耳而清晰。「照做吧，美國佬。」

我的手指緊緊抓著伊芙的手，抓得好緊，我不得不逼自己放開。她的手已經滿是鮮血，同時血還繼續沿著她的軀幹流下，緩慢但無法停止。我慢吞吞退開伊芙身邊，然後背靠著一個高高的書架停下，荷內的手槍一直指著我，然而雙眼始終盯著伊芙，看著她設法靠著門框半坐起身。她堅硬如石的雙眼充滿了痛苦，但是我想那不是源自傷口，而是因為看到他還站著。

失敗了，她的眼神像是在尖叫，充滿了自我厭惡。失敗了。

我才是失敗的那個人。我沒能保護她的安全。

「兩手離開傷口，瑪格麗特。」荷內仍維持著在餐廳時那樣的聲音，冷靜而沒有高低起伏。「我要看著你死，我可不希望被任何事情拖慢速度。」

「可能沒那麼快。」伊芙低頭看著自己的左肩。「一邊肩膀被子彈擊中而已，不－不－不會太致命的。」

「你還是會失－失－失血過多而死的，寶貝。我比較喜歡這樣，死得比較慢。」

伊芙染成鮮紅色的雙手挪開，露出那塊逐漸擴大的深色血漬。我看了喉頭一緊。只不過是個肩傷，但還是會害死她的。我們就要待在這個高雅的書房裡，伊芙一切夢魘的家，看著她流血致死。

荷內沒理會伊芙的傷口，他的眼睛被她沾滿鮮血、遍佈節瘤的雙手吸引住了。「你今天下午戴著手套，」他說。「我本來想看看過了這麼久，那兩隻手是什麼樣。」

「不太漂亮。」

「啊，我覺得可愛得很。我創造了一件傑作。」

「你愛怎麼幸災樂禍都沒關係。」伊芙朝我點了個頭。「但是讓那個姑娘離開。她跟這件事完－完全沒有關係；她根本就不該在這裡的——」

「但是她在這裡了，」荷內打斷她。「我不知道你跟她說了些什麼，也不曉得她可能會惹出什麼麻煩，但是她也會死在這裡。等到你死了，我再來收拾她。在你的血慢慢流光的時候，好好想著這件事，瑪格麗特。我看得出她對你很重要。」

我驚駭得全身冰冷，雙手緊抱著剛隆起的腹部。我連二十歲都還不到，就要死了。而我的小玫瑰則還沒有機會出生。

「你承擔不起射殺她的後果，荷內。」伊芙的聲音很平穩、很輕鬆，我無法想像是花了多大的力氣。「我或許是個沒用的醜老太婆，沒有朋友和家－家－家人會找我，但是她有朋友也有家人，而且他們很有錢。殺了她會引起很大的麻煩，你根本沒辦法脫身的。」

荷內暫停一下，我覺得自己的心跳快停了。「不，」最後他說，一手摸摸他被打爛的耳朵，皺了一下臉。「你們闖入我家，想要搶劫我這個獨居的虛弱老頭。我設法反擊；在黑暗裡，我當然不知道你們是女人，更想不到你們就是今天在餐廳裡跟我搭訕的那兩位。我開槍後心有餘悸地坐下來，等到我設法打電話報警，你們兩個很不幸都死了。像我們這種地方的單純鄉下人，對於入侵屋裡的人是不會寬容的。」

我的希望破滅了。我不太相信他能這麼輕易就逃過制裁；那個餐廳裡的員工當然可以作證說他認識我們……但是如果必要的話，他可以先拖延一陣子，足以讓他溜掉了。他顯然已經準備好要逃；從那個旅行箱就看得出來。伊芙說得沒錯：荷內．波得龍總是一再逃過懲罰。他已經逃過了兩次大戰的後果，而且他有錢又有好運——這兩者他似乎從來不缺——這回他也很有可能逃過。

那你得先跨過我的屍體，我心想，然後差點歇斯底里地爆笑出來，因為這正是眼前將會發生的事情。伊芙會死掉，接著是我，然後他會跨過我們的屍體走出去。如果他想得更清楚一點，大概早就朝我開槍了。我年輕力壯，身體上依然是個威脅。但是他現在腦袋沒那麼清楚。曾經羞辱他、智取他的那個女人躺在眼前。在她斷氣死之前，他的注意力完全放在她身上，我只不過是事後才要考慮的。他貪婪地看著她。

「你以－以－以為一個陌生的女孩兩眼瞪著你，你還有辦法朝她額頭開槍嗎，荷內？」伊芙還在爭辯，還是目光炯炯瞪著他，肩膀湧出的血流得更快了。「你唯一扣下扳機的那次，是從背後射殺一個男人——」

我毫不懷疑他有辦法冷血殺了我。一點疑問都沒有。伊芙剛認識他時，他或許還很潔癖，不肯自己動手做這些骯髒活兒，但是現在他不一樣了。「伊芙，別說了。」我說出口的聲音尖細。「留著你的體力吧——」

「留著做什麼？」荷內的表情輕蔑。「等人來救援？我跟你們保證，沒有人會聽到我們的槍聲。最接近的鄰居至少在五公里之外。」

救援。我的思緒跳到另一個方向，想到分恩，之前我匆忙留了張字條在旅館櫃檯，跟他說我們去了哪裡、為什麼，以防萬一事情出錯。好吧，現在事情真的出了錯。我短暫地幻想著他開車衝過黑夜來救援我們的畫面，但是我不認為上天會這麼幫忙的。

「我跟你保證，要射殺你這個小美國人朋友，我一點都不會顧慮。」荷內一手從胸部口袋掏出手帕，按著他被打爛的耳朵。「我的書房已經毀掉了。為牆上再添上一點血，對我來說也沒有差別——」

羅絲，我忽然想到，心如刀割，*羅絲，我該怎麼辦*？我不曉得我是在問我表姊、還是在問我女兒。我雙眼到處尋找武器，但是伊芙的手槍在半個房間外。我回頭沿著身後的書櫃朝上看——最頂部的架上有一對銀蠟燭台，太遠了，我還沒能站起來，他就會朝我開槍。但是離我更近些，中間的架上——

「放過她，荷內。我求你。」

我幾乎聽不到伊芙的懇求。我頭部上方的中段書架上有一個白色的形狀。是一個小型的半身像，雙眼茫然瞪著房間另一頭。我之前從沒看過這個雕像，但是我很確定那是誰。

波特萊爾。

「我承認我沒想到你們會這麼快找到我家。」荷內開始在房裡踱步，姿勢僵硬，彷彿在剛剛的那麼一點行動後，他一身瘦削的骨頭又回到年邁的狀態。「是誰告訴你我的地址，瑪格麗特？」

「我可以從任何人口中哄出資訊的，荷內。我不是在你身上證明過了嗎？」

他臉上立刻湧起憤怒的漣漪。這個人真是可笑，都過了三十年了，他還在為當年的錯誤而憤怒。但是他的憤怒是有用處的，我可以用來對付他。我又朝腦袋上方的那個半身像打量了最後一眼。撲過去，準確抓一下，我就可以握住它了。

「『隱藏的敵人啃噬著我們的心，吸取我們流出的血，從而獲得力量而壯大。』」荷內背出波特萊爾的詩，「結果隱藏的敵人根本不像她自以為的那麼危險。」

「不，她就是那麼危險。」我說。「你隱藏的敵人不是伊芙，老混蛋。隱藏的敵人是我。」

他目光猛然轉過來看我，表情驚奇，好像之前根本忘了我在場。看著他的目光，還有那把轉向我的槍，一部分的我好想畏縮尖叫，但是我抬起下巴，昂向最輕蔑的*我不在乎*角度。其實我從來沒這麼在乎過。

「閉嘴，美國佬。」伊芙吼道。她在流汗，臉上失去了血色。她還有多少時間？我不曉得。

拐他走近一點，我心想。伊芙說過荷內很會策劃，但是隨機應變的能力很差。我得刺激他做出一些鹵莽的事情，而且我知道自己辦得到。雖然我今天之前從來沒見過這個男人，但是透過伊芙，我很了解他。了解得深入骨髓。

我盡全力給了他一個最輕蔑的眼神。「這裡的敵人是我，」我又說。「是我發現你在利摩日的餐廳。是我找到了伊芙。是我大老遠把她從倫敦一路拖來這裡。*我*。你以為你很聰明，開始過著新生活，但是我這麼一個大學女生，只要打幾通電話，就能找到你了。」

他的聲音冰寒徹骨。「閉嘴。」

啊，我想閉嘴。但是閉嘴救不了我和小玫瑰。現在如果不把握機會挑釁他，我就得被動地等著跟在伊芙後頭死掉。「我才不會接受你這種白痴的命令呢，」我說，覺得冷汗沿著脊椎往下滑。「你對波特萊爾的這種迷戀，不光是非常、非常無聊，還害你很容易找。你一點也不聰明，而是很好猜。要不是你把你的餐廳連續兩次按照他那首該死的詩而命名，你現在就還在吃晚餐、喝香檳，而不是打包準備逃走。你悲慘的老套人生，這樣逃跑是第三次了。」

「我說，閉嘴。」

「為什麼，好讓你講話？你真的很愛講話。你會告訴伊芙那一切情報，只因為她大大的眼睛看著你。你是個大嘴巴，荷內。」我這輩子從來沒直接喊一個老人的名，以前我總會加個先生，但是我想現在我們已經熟悉到可以直接喊名了。子彈加鮮血加逼近死亡的威脅，等於某種親密感。「你根本別妄想要射殺我，」我繼續說，看著他的嘴巴抿緊了，手上的魯格手槍抽動了一下。「我丈夫現在人在格拉斯，如果你殺了我，他會把你活埋掉。我留了張字條給他；他現在已經上路來找我了。你讓伊芙死在這裡，或許還能脫身；不過你要是冷血謀殺我，那就休想了。」

其實他當然可以脫身，我只是想搗亂、害他心慌而已。他的手槍又抽動了一下，我害怕得全身僵硬，直到我發現他在看我手上的婚戒，盯著我的臉，想搞清我說的是不是實話。

「是真的，」伊芙說，儘管還在流血，她照樣可以面不改色地撒謊。「她丈夫是個壞脾氣的蘇格蘭人，在一家大型的國際律師事務所裡當事務律師，歐洲和美國都有很多同事——」

「這事情變得太失控了，」我又施加壓力。「看看你，站在那裡自以為贏了這一局。其實你輸了。你控制不了這一切的。放過我，讓我去幫伊芙包紮——」

他的目光又迅速回到她身上。「我等了三十年要看到她死，你這個小美國母牛。無論什麼代價，我都不會放棄這個開心的機會。等到你死了，我會在你屍體旁邊喝香檳，慢慢回憶她洩漏自己的祕密後，是怎麼坐在我的地毯上哭——」

「她才沒有洩漏任何祕密，你這個齷齪的騙子。」

「你什麼都不知道，」荷內．波得龍冷冷地說。「那個哭哭啼啼的婊子是個洩密的懦夫。」

我眼角看到伊芙的下巴昂起。那個最古老、最深刻的傷：她出賣了莉莉。我感覺薇歐蕾的電報在我的口袋裡發燙。要是能提早一天收到，或許我就能防止這一切發生了。

雖然她在流血，但是現在告訴她真相並不會太遲。

「你騙了她，」我說。「當初伊芙什麼都沒告訴你，就算喝了鴉片也沒有。有關路易絲．德貝提尼的定罪資訊，是另一個消息來源提供的，一位特里葉小姐。」薇歐蕾去查了審判紀錄，找出了當時幾名被告都沒聽到的部分，一定因此查出了這件事。天曉得這位特里葉小姐是誰——如果我們能活過今夜，就可以去查清楚了。「你從你的德國朋友那邊得知，他們已經有自己所需的資料，可以用來定路易絲．德貝提尼的罪，所以你知道再折磨伊芙也沒有意義。但是在把她交出去之前，你要確保她認為自己是告密者。」我深吸一口氣。「承認吧，荷內。伊芙擊敗了你。她贏了。你撒謊，讓她以為自己輸了。」

他銳利的眼神動搖了。在我心底愈來愈縮小的恐懼之下，我感覺到一種光輝的勝利感穿透全身。伊芙設法要靠牆坐得更直。我看不出她把我的話聽進了多少。荷內的魯格手槍又轉過去指向她。不，不。看我，你看著我。

「那是什麼感覺？」我嘲弄他。「你設法想逼她崩潰，結果沒成功。自從她智取你的那一天起，你就什麼都不順利。最後她成了獲得勳章的戰爭女英雄，而你落得要兩度重新開始自己的人生，只因為你該死的太笨了，笨到連續兩次人戰都沒能選擇正確的一方——」

他崩潰了。氣得沒法從安全的距離外朝我開槍，而是朝我走來：這個殺死羅絲的人，邊走邊舉起那把魯格手槍。但是我已經從地上跳起來，一手掃過上方的書架，接下來的幾秒鐘太折磨人了，我摸索著，摸索著，終於握住了那個波特萊爾半身像。然後朝前揮去，在荷內開槍前撞開了他的手臂。他失去平衡，朝書桌踉蹌後退，我的心臟跳到喉嚨口。丟下手槍，丟下——但是儘管他一邊手肘往後撐在檯燈旁，書桌邊緣的那隻老手還是頑固地握著手槍。

「夏麗，」伊芙說，清晰而乾脆。我知道她要說什麼，但是我已經恨極地大吼著往前衝，那個大理石半身像被我揮出一個殘忍的弧線往下落。荷內舉起另一隻手護住腦袋，但我瞄準的不是他的頭。波特萊爾半身像擊中他握住手槍那些細長如蜘蛛腳般的手指，發出一個令人作嘔的嘎嗤聲。我聽到骨頭在大理石之下斷掉，然後他尖叫——就像伊芙的指節被他一個接一個敲斷那般尖叫，就像莉莉在錫格堡的手術台上那般尖叫，就像羅絲母女被德軍的子彈貫穿時那般尖叫。我自己也發出尖叫，舉起半身像再度往下砸，聽到另一個骨頭斷裂的聲音，把那些長長的手指砸得血肉模糊。

他放開那把魯格手槍。

槍掉到地板上，我撲過去搶，但是荷內伸出他沒受傷的那隻手，抓住我的頭髮，同時依然痛苦大吼，想把我往後拉。於是我把那槍踢開，讓槍滑過地板朝伊芙而去。

她抬起滿是鮮血的雙手，從染血的地板上拿起荷內的魯格手槍。她設法舉起，吃力得露出牙齒，我終於掙脫那隻抓住我頭髮的報復之手，朝地上彎下身子——

此時伊芙冷靜地朝荷內的雙眼之間射出一槍。

他的臉在一片紅色血霧中消失了。那把槍又開火，伊芙又陸續朝他胸部射了三發子彈。

他往後倒，滑到地板上，那隻被敲爛的手驚訝地朝外甩。驚訝到最後畢竟是有他逃不掉的疼痛、躲不了的復仇、避不開的後果。驚訝到頭來有他無法擊敗的女人。

空氣中瀰漫著開槍後煙霧的酸澀味和強烈的血腥味。這片靜默感覺像鉛一般沉重。我掙扎著爬起身，手裡還牢牢握著那個波特萊爾半身像。我盯著荷內垮在地上的身軀，無法別開目光。他死了看起來應該又小又老，很可憐。但我只看到一條腦袋被砍掉的老邁毒蛇，到死都還是充滿毒液。我覺得反胃，忽然間好想吐。我轉身，一手抱著肚子，回頭衝向依然握著魯格手槍的伊芙。她看起來殘破且滿身血跡，英勇又可怕，然後她緩緩露出冷酷的微笑，像北歐神話中的女武神騎著馬，對著一群死亡的敵人勝利吼叫。

「剩一顆子彈。」她平靜而清晰地說，依然看著荷內的屍體，然後在我突然驚駭的眼前，她舉起魯格槍，指向自己的太陽穴。

44

伊芙

伊芙放在扳機上的手指握緊時，疼痛把世界撕成兩半。不是她肩膀緩緩流著血那種隱隱的痛，而是一種熱辣的痛楚，尖銳鮮明如銀，刺穿了她的手指。夏麗·聖克萊爾又發出她剛剛撲向荷內時那種激動的叫聲，把波特萊爾半身像揮向伊芙的手。槍聲響起，伊芙已經耳鳴的雙耳更是聾掉，子彈在伊芙手歪掉時射出，擊中旁邊的牆壁。伊芙發出一個哽咽的叫聲，被擊中的手和那把空槍抱在胸前。

「你這個美國佬賤貨，」她咬緊牙關說，雙眼湧上淚水。「我的手他媽的骨折了。又一次。」

「誰叫你剛剛騙我，自己偷偷跑出旅館，你活該。」夏麗跪下來，很快地硬把那魯格手槍從伊芙彎曲的手指中搶過來，丟在一旁。「我不會讓你射殺自己的。」

「我不必射殺自己，也照樣可—可以死。」用魯格手槍比較容易，是一種詩意的正義；當伊芙沿著那根有刮傷的槍管，瞄準荷內忽然睜大的眼睛時，她才明白那是她自己的魯格手槍，多年前被他拿走的。也就是卡麥隆當初送她的那把。但是伊芙不需要用子彈也能死。她根本什麼都不必做，就會在這裡流血過多而身亡。

「放開我，」她兇巴巴地說，此時夏麗正想好好檢視伊芙肩膀的傷口。那痛像是被野獸咬住，緩慢而穩定。「別管了，小妞。別管就是了。」

「我不要，」夏麗吼道。她在房間裡跑來跑去尋找可用的物資，完全不理會地上的那具屍體。她去翻荷內打包到一半的旅行箱，拿了一疊乾淨的亞麻襯衫，還有一瓶白蘭地。「讓我幫你清理傷口，用這個可以勉強殺菌，撐到我們找個醫師——」

伊芙用骨折的那隻手去打她，結果痛得不得了。她再次體驗到那種熱燙沙子碾過指節的感覺。伊芙想蜷縮起來哭，蜷縮起來死掉。她虛弱顫抖又筋疲力竭。她再也沒有敵人可以殺了。以往多年，恨意是支撐她的鋼柱；現在她覺得自己像個失去了殼的蝸牛，柔軟又無助。現在是離開的時候了，這個姑娘難道不明白嗎？

她當然不明白。夏麗動作快極了，拒絕放棄。之前她當著荷內的面譏嘲他該死地太笨了、笨到連續兩次大戰都沒能選擇正確的一方——伊芙聽得真想喝采。那就彷彿夏麗變成了莉莉站在眼前，像隻狼獾似的嬌小又兇悍，在距離大災難只有一髮之差時，她隨機應變，巧妙發揮自己的急智而逃過一死。莉莉到最後被擊敗了，但是夏麗沒有。

「你不必死。」夏麗把一疊亞麻布壓在伊芙的肩膀上止血。「伊芙，你不必死。」

不必？伊芙是想要死。她是個泡在威士忌裡面的殘廢，只有口吃，沒有未來。她大半輩子都因為內疚和悲慟和一個壞男人而毀掉。伊芙對正義夠了解，知道殺了荷內並不足以讓她的人生恢復甜美。

她一定是無意間喃喃把這些話說了出來，因為夏麗反駁。「你沒聽到我剛剛跟他說的話嗎？你沒有背叛莉莉。那些德國人是從另一個人那裡得到關於她的情報。當初你告訴我他怎麼給你下藥讓你說出來，我就一直納悶——」

伊芙搖搖頭，覺得淚水顫抖著要落下。「不。是我。」一定是。之前夏麗對荷內的輕蔑控訴只是一片模糊地掠過她耳邊。這份內疚跟她一起生活太久了，已經成為她靈魂的一部分。不可能只憑短短幾個字就拿掉的。

「——鴉片不會讓你說實話，伊芙！它會讓你產生幻覺，但是不表示會讓你說話！我要薇歐蕾去查那場審判，查法官們私下討論時所說的話，結果我是對的。告密的是一位特里葉小姐，不管她是誰，總之是另一個囚犯——」

伊芙繼續搖著頭。

「這些資料難道不值得再多追查？你自己不想親自去看那些審判紀錄？你當過間諜，你有大英帝國勳章，像艾倫登少校這類人都欠你人情！打電話給薇歐蕾，你就會曉得更多細節——」

「不。」她的頭搖來搖去。

「你這該死的賤貨，你甚至不想擺脫這些壓著你的內疚嗎？或者你就像一隻套上了挽具的笨驢，根本不想擺脫了？」夏麗小小的尖臉湊到伊芙眼前大吼，「你沒有告密！」

淚水滑下伊芙的臉頰。今天下午她流下假情假意的眼淚，好擺脫這位姑娘，但現在的淚水是真的。她哭了又哭，夏麗擁住她，伊芙哭在她小而單薄的肩膀上。

但是接著夏麗推開她又督促，逼伊芙站起來。「我們不能待在這裡。靠在我身上，把那塊止血布壓緊。」

伊芙想讓那塊布掉下，讓血流出來，讓警察明天早上發現兩具蜷曲的屍體：情報來源和間諜，獵人和獵物，通敵者和叛徒，永遠分不開，直到苦澀的盡頭。但是——

你沒有告密！

當夏麗半撐半拖著她、沿著走廊出去時，鮮血流下伊芙的身側，她們回到那個充滿陰影的廚房，從後門進入溫暖的法國夏夜。伊芙還是顫抖地啜泣著，手指痛得不得了。「你待在這裡，我去把車開過來，」夏麗說。「你沒辦法走這四百公尺——」

但是小徑上出現了另一對車頭大燈，就在那輛拉貢達陰暗的影子旁。那大燈亮得連伊芙痛得朦朧、哭得盲目的視野都能看到。是警察嗎？「警——警——警——警——」她的舌頭完全打結；連一個詞都說不出來。她笨拙地把肩膀上的亞麻布墊扯掉。她寧可流血致死，也不想再去坐牢了。

但夏麗大喊，「芬恩！」很快地，一個熟悉的蘇格蘭腔憤怒地說話。一隻強壯的手臂攬住伊芙的腰，把她抱起來。伊芙逐漸滑向無意識，希望是死神來接她，希望一切到此結束。

但是在她檢視、疑問的腦子裡，某個重新甦醒的部分還在想著，你沒有告密。

45

夏麗

二十四個小時之後，我們來到巴黎。

「伊芙需要醫師。」在荷內的莊園外，經過一開始慌亂的解釋後，這是我對芬恩說的第一件事。「但是如果我們帶她去醫院，她就會被捕。等到有人發現——」我往後朝荷內的房子看了一眼，「任何有槍傷的人，都會被嚴密檢查的。」

「我想我可以幫她先包紮一下，足以撐到我們離開格拉斯。」芬恩在臨時湊合的繃帶上倒了更多白蘭地，緊緊包住伊芙的傷口，此時伊芙已經失去意識，躺在拉貢達的後座上。「那顆子彈似乎沒有傷到骨頭。她失血很多，但是只要包紮得夠好……」

被捕。我腦中一直想著這個詞。我們會被捕。芬恩忙著處理伊芙的傷口時，我又跑回那個充滿血腥味的書房，用我的襯衫尾端包住一手，同時避開地上的血跡，免得被人看到女人的嬌小腳印。我推倒那個孔雀尾羽造型的檯燈和唱機，拉開一個個抽屜、像是曾被人亂翻要找現金。或許這樣看起來會像是一場搶劫出了錯。或許……我依然襯衫尾端包著手指，翻找著口袋，拿出那張我們曾在格拉斯到處拿給人看的荷內照片。之前我們把照片邊緣折起來遮住其他人，只露出他的臉。這會兒我把照片展開，露出他旁邊那排制服上有納粹黨徽的軍官，然後把照片扔在他倒地的屍體上。

然後我一股作嘔感湧上來，但是芬恩正在喊我，沒有時間了，於是我將兩把魯格手槍和那個波特萊爾的半身像塞進伊芙的包包，迅速擦了門把和其他我們可能碰過的東西，然後跑出去。我開著拉貢達車回到旅館，伊芙躺在後座，芬恩則開著他跟旅館經理借來的那輛車跟在後頭。

第一夜是最糟糕的。伊芙中間只醒來一會兒，剛好夠讓芬恩用大衣蓋住她血跡斑斑的肩膀，從打哈欠的夜班職員面前經過，但是走到樓梯後段她就昏倒了。芬恩把她搬上床，用旅館床單櫃子裡偷來的床單清洗並包紮她的傷口，接著我們唯一能做的，就是一整夜守著，看她躺在那裡都不動。我淚眼矇矓地望著她，芬恩把我擁在懷裡。

「我真想殺了她，」他低聲說。「把你推進這種險境裡——」

「是我跟著她的，」我低聲回答。「我本來是想阻止她。一切都出了錯。芬恩，她有可能被逮捕——」

他擁緊我。「我們不會讓這種事發生的。」

對，我們不會的。天曉得我試過不要讓伊芙殺了荷內，但是現在既然已成事實，我可不想讓警察抓走她。她已經受過夠多罪了。

我看著她，躺在床上脆弱又昏迷，忽然間我顫抖著哭了起來。「芬恩，之前她還想－還想自殺。」

他吻了我的頭頂。「我們也不會讓這種事發生的。」

天一亮，我們就退了房，我一手攬著伊芙的腰部穩住她。櫃檯職員在打哈欠，毫不好奇，於是我們一個小時內就離開格拉斯，芬恩開著那輛拉貢達的速度比平常快很多。「嘉德納，」他聽到車子在排檔時發出抗議的吱嘎聲，「你欠我一輛新車。座位上的那些血跡我永遠去不掉，而且這個引擎也永遠不會一樣了。」

那漫長的一天車程中，伊芙始終沒講過話，只是像一袋枯骨似的縮在後座。我們進入巴黎後，駛經塞納河的黑暗水面時，我把那個波特萊爾半身像丟進車窗外的河裡，就連此時，她也只是冷眼旁觀，不發一語。不過我看到她抽搐地顫抖。

只有上帝曉得是怎麼辦到的，但是芬恩找到一個醫師願意幫伊芙看一下傷口，而且不會問任何問題。「你總是可以找到這樣的人，」他在那個人幫伊芙消毒、縫合、離開之後說。「不合格的醫師，以前部隊裡的軍醫。有些前科犯不想讓警方知道他們捲入一場鬥毆，你以為他們要找誰幫他們包紮傷口？」

現在伊芙的手指上了夾板，肩膀也包紮好了，還吃了止痛藥和消炎藥，我們就決定留在巴黎，不要引起任何人注意。「她需要時間痊癒，」我說，因為她如果不是發脾氣，就是冷漠得令人擔心。「而且巴黎大得足以讓我們躲著，要是……」

要是荷內的屍體被發現後，有任何人想追查我們的行蹤，我和芬恩都這麼想。但是我們沒跟伊芙提到荷內，跟彼此也不提。我們在蒙馬特區找到了便宜的住處，讓伊芙睡覺、吃藥，外加因為不能喝到威士忌而臭罵我們。整整五天後，芬恩才在報上看到了消息。

前餐廳老闆死於格拉斯鎮外。

我把報紙搶過來，著急地閱讀細節。荷內．波得龍的管家每週一次去打掃，發現了屍體。死者是一位獨居的富人；房間裡被洗劫過。又是死後好幾天才發現屍體，使得蒐集證據很困難……

我頭靠在報紙上，忽然覺得暈眩。報紙上沒提到有個老婦人和她的律師在全格拉斯到處打聽他的下落。或許警方知道這件事，或許不知道，但是報上沒提到警方在調查。沒有人會把一個富裕美國寡婦和她稱頭的律師，跟巴黎一個臥病的英國女人和她名譽欠佳的司機聯想在一起。

「五天後才發現他，」芬恩思索著說。「要是他有家人或朋友，就會早一點發現了。有人會打電話給他，擔心他。但是他沒結交朋友，他不關心別人，也沒跟任何人親近。」

「而且我把那張照片放在他胸口。就是他和他的納粹熟人那張。」我緩緩吐出一口氣，又重新閱讀那篇短短的報導。「我想如果警方發現他以前是賣國賊，就不會太認真去追查是誰殺了他。無論是被搶劫或報應，他們就會……算了。」

芬恩吻了我後頸一下。「奸詐的小妞。」

我推開報紙。上頭有一張荷內的照片，溫文爾雅地微笑著——讓我反胃。「我知道你沒見過他，但是請相信我。他真的非常醜惡。」現在換我常常做夢，夢到那個充滿尖叫的綠色絲綢房間。

「我很高興我沒見過他，」芬恩低聲說。「我已經看過夠多醜惡的事情了。但是我還是希望當時我能在場，保護你們兩個。」

我很慶幸他不在場。他坐過牢；要是我們被逮到，他就很有可能會被關進監獄。有伊芙和我就夠了，最後我們收拾了荷內——但是我沒說出來。畢竟，芬恩也有他的自尊。「我們應該去告訴伊芙，說她大概安全了嗎？」我問。

「或許可以讓她停止臭罵我們。」

伊芙默默聽完後，沒有任何回應。這個消息沒有讓她平靜，而是讓她更加心神不寧，她只是摳著她斷掉指節的夾板，抱怨肩膀的繃帶。我本來以為她會纏著我追問有關她一九一六年的審判，問薇歐蕾在我催促下挖出來的證據，但是她從來不提這件事。

中槍十天後，我帶著早餐的可頌麵包敲她的房門，發現裡頭空蕩蕩的，只有枕頭上放了一張字條。

芬恩罵遍了他能想到的詛咒，但是我只是瞪著字條上簡短的字句。回家了。別擔心。

「『別擔心。』」芬恩一手扯著自己的頭髮。「那個豬頭潑婦會跑去哪裡？你想會去找薇歐蕾嗎？想查出更多有關審判的事情？」

他衝下樓要打電話去魯貝問，但我只是站在那裡盯著伊芙的字條，另一個懷疑愈來愈強烈。我翻找了房間裡，但是兩把魯格手槍都不見了。

芬恩很快就回來。「薇歐蕾發誓，說她完全沒看到伊芙，也沒接到她的電話。」

「我不認為她去了里爾或魯貝，」我低聲說。「我想她是回家去，準備要自殺。到我們無法阻止她扣下扳機的地方。」

我本來愚蠢地相信，要是伊芙知道她沒有出賣莉莉，就能夠治癒她身上那個久遠的舊傷。她會知道自己不是叛徒，而且最後她親手殺了敵人——我本來希望這樣就夠了。我一直希望她現在會把注意力放在未來，而不是被污染的過去。但是或許一旦憎恨和內疚消失，伊芙看著鏡子，還是不覺得活著有什麼目標。除了一把槍的槍管。

就像我哥哥。

我一口氣哽在喉嚨。「我們得趕緊動身，芬恩。我們得立刻回倫敦。」

「她不見得是要回倫敦，小妞。要是她想自殺，她大可以去兩條街外租個房間；我們絕對不會知道的。也或許她會去莉莉的墳墓，或者——」

「她的字條說家。三十多年來，她的家就在倫敦，沒有別的地方。要是她想死在那裡……」

拜託，不要。千萬不要。

再度開車穿越法國跟第一次很不一樣。後座沒了尖酸刻薄的伊芙，車子感覺上好空蕩，而且我們也不必繞去盧昂或里爾。只要走直線，迅速開幾個小時，就從巴黎來到加萊，然後渡輪載著我們回到那片充滿英國霧氣的海岸。等到次日早晨，那輛拉貢達汽車載著我們朝倫敦而行。我喉嚨哽咽，震驚地想到今天是我的二十歲生日。我都完全忘了。

二十歲。

不到兩個月前的十九歲，我在黑暗的雨夜下了火車，帶著羅絲的照片和種種不可能的希望。伊芙琳·嘉德納只是紙上的一個名字。當時我不認識伊芙或芬恩或荷內·波得龍。我甚至還不太認識自己。

才不到兩個月。這麼短的時間內，好多事情改變了。我撫著才剛隆起的肚子，想著小玫瑰什麼時候會開始動。

「漢普森街十號，」芬恩咕噥，開著拉貢達汽車穿過坑洞遍佈的街道。倫敦還是充滿戰爭的傷疤，但現在是溫暖的夏日，比起我初次抵達時，人們在破爛街道上的腳步更輕快，臉上的表情更歡樂。舉目望去，芬恩和我是僅有兩個臭著臉的。「嘉德納，你最好在家。」

在家，而且平安無事，我祈禱著，因為如果我進了伊芙家的門，看到她倒在那裡、屍體僵硬的手裡握著手槍，我永遠也不會原諒自己的。我不會放手，我在格拉斯告訴過她。我不能失去你。要是我失去了——

但是漢普森街十號是空的。不光是空的；門外還貼著一個新牌子：**吉屋出售**。

❖

六週後

「準備好了嗎？」芬恩問道。

「其實沒有。」我轉身讓他看。「我看起來夠像樣，配得上公園徑嗎？」

「你看起來就是個漂亮的小東西。」

「再也不小了。」我看起來明顯懷孕了，圓圓的肚子被我的黑洋裝繃得好緊。這件洋裝我其實應該穿不下了，但是為了好運，我今天硬是把自己塞進去。它讓我看起來優雅且像個成人，而今天下午我需要這些。因為我母親和父親來倫敦了，正住在公園徑的多徹斯特酒店裡等我。

自從我回到倫敦後，就和我母親通了好多次電話。無論上回見面時她跟我說了些什麼，她畢竟是我的母親，我知道她擔心我。「親愛的，你一定要有個計畫，」幾個星期前她大著膽子提議。「我們會見面，我們會一起談——」

「對不起，但是我不想回紐約。」

我母親沒爭辯，可見她有多麼緊張。「那就我們去倫敦。反正你父親也很快就要去那裡出差。我會跟他一起去，我們會坐下來商量出一些計畫。」

我已經有計畫了。過去幾個星期，我住進了芬恩那戶臥室兼起居室的小公寓，心裡一直在改善這些計畫。我們很擔心伊芙，幾乎每天都去她的房子敲門，但是我們一起吃著煎鍋早餐時，談的不光是伊芙而已。我們會談小玫瑰，我已經開始幫她準備新生兒的衣物用品。我們還會談未來，以及我們要怎麼處理，芬恩大略講了一些想法，我在我的銀行報表上寫了一些數字，看看這些想法要如何成為現實（而且那些銀行主管一看到我戴著假的結婚戒指出現，就毫無困難地讓我提領出自己的錢）。但是我不確定我爸媽對這些計畫會有多大的興趣。所以我準備好他們會說出他們決定我該採取什麼行動，也準備好要拒絕他們。無論我是不是未成年，他們都會發現我不像以前那麼容易擺佈了。面對過一個揮著手槍的謀殺兇手，的確會讓父母不那麼令人膽怯了。

不過我還是擔心，要是我執意不從，這次見面會變得很難看，而我不希望搞得很難看。撇開一切不管，我想念我爸媽。我想告訴他們我很抱歉惹出這麼多麻煩，說我現在更明白失去詹姆斯讓他們有多麼傷心。我想說我多麼希望跟他們和好。

「你確定你希望我去？」芬恩穿上了他在格拉斯扮演事務律師唐諾．麥高文時的炭灰色西裝（我的唐諾！）。「你母親對我在魯貝的第一印象不太好。」

「沒那麼容易就讓你脫身的，芬恩．奇爾戈。走吧。」

他咧嘴笑了。「我去叫計程車。」那輛拉貢達汽車已經回到修車廠了，芬恩也在那裡工作，每當有空檔時，他就忙著重建拉貢達的引擎。之前離開巴黎後那一段最後衝刺，實在讓這位老妞兒負荷不了，好可惜。如果能開著這輛拉貢達汽車前往多徹斯特酒店，就會讓我信心大增。她的引擎蓋下頭可能只是一堆破銅爛鐵，但是外型看起來依然充滿風格。

我拿了帽子，這頂令人驚嘆的黑色精品是我花大錢買來的，因為我記得伊芙曾搖頭提起英國的女間諜們有多麼熱愛那些「道德上有疑問」的帽子。這頂有著黑色薄紗、裝飾了羽毛的花俏小帽子在道德上絕對是有疑問的，我把帽子拉斜、遮住一隻眼睛時，露出微笑。「很不錯，美國佬。」我想像伊芙這樣說，如常地感覺到胃裡猛地一跳。幫她賣房子的那家仲介公司什麼都不能告訴我們；他們都是經由電報得到屋主指示。我們唯一能做的，就是留下一張字條，上頭有芬恩的地址，哀求她跟我們連絡，而且隨時有空就去她的房子，看是否能有機會看到她。但我們唯一看到的，就是一星期前，房子的前門上貼了個告示，說房子已售出。

你在哪裡？伊芙似乎很樂意讓我們繼續納悶下去。有時候我不害怕她死了，而是想自己親手殺了她，因為她搞得我這麼恐懼。

「夏麗小妞。」芬恩站在打開的門前喊我，聲音怪怪的。「你來看看這個。」

我拿了手提包，走到門前階梯跟他會合。我朝外看，原先想講的話全都吞回去了。停在外頭人行道邊那輛時髦的汽車完全令人嘆為觀止。它在晨光下發出光澤：一輛閃閃發亮、高貴的銀色敞篷車。

「一九四六年的賓利Mark VI，」芬恩低聲說，像夢遊似的走向車。「四又二分之一公升引擎……螺旋彈簧的獨立前懸吊……分段式傳動軸……」他一隻手不敢置信地摸著擋泥板。

儘管這輛車很棒，但是讓我心臟猛跳的卻不是車子本身，而是夾在擋風玻璃雨刷下的那個白色大信封，上頭熟悉的黑色筆跡寫著我的名字。我的嘴巴發乾，拆開信封。信封底部有一團沉重的東西，但是我先抽出裡頭的那張信紙。一開始沒有道歉，沒有稱呼，沒有問候。當然了。

你和薇歐蕾開始了這個過程，美國佬，但是我必須自己去追查、親眼看到才能相信。莉莉的名字和她組織的愛莉絲情報網，是我們的一個前獄友特里葉小姐供出來的，就在我被荷內．波得龍逼問的期間，她為了爭取更輕的刑期，交給德國人五封信和一份自白書。要確認費了好大的勁，透過審判紀錄、機密文件，和其他不公開資訊來源——但是確認無誤了。另外我也確認一件事：第一次大戰結束後，特里葉服毒自殺了。

荷內撒謊。告密的不是我。

你是對的。

我這才發現自己哭得像個無助的小孩。但是我其實一點也不無助。好久以來，我一直聽信內心那個惡毒的聲音跟我說我很無助，說我辜負了我哥哥、我父母、羅絲、我自己。但是我沒有辜負伊芙。而且我雖然辜負了其他人，但或許並不像我過去以為的那麼嚴重。我已經為羅絲和詹姆斯做了我所能做的——我救不了他們，但他們死掉不是我的錯。而對我父母，我還有機會彌補。

至於夏洛特．聖克萊爾，我可以對付她。她面對周圍無望的混亂狀態，已經去掉沒有意義的變數，Y和Z都不重要，只要解出X就好。她把一切簡化到一個非常單純的等式——她自己加上芬恩加上小玫瑰，而且她很清楚這樣會等於什麼。我繼續閱讀伊芙的信：

薇歐蕾寫了信給我。我正在趕往法國的途中，我們會一起去探訪莉莉的墳墓。之後，我打算旅行一陣子。我會及時趕回來參加嬰兒洗禮的。同時，我還欠你一串珍珠，欠芬恩一輛車。

芬恩拿走信封，把裡頭的東西倒出來。一團東西滑進他的大手裡：賓利車的鑰匙，纏著一串完美的乳白珍珠——我的珍珠。我一回倫敦就去那個當鋪了，但是我的當票已經過期，珍珠已經轉賣掉了，沒想到現在又回到我手裡。我幾乎看不清那些珍珠，因為眼淚流得好快。信上最後一行寫著：

就算是結婚禮物吧。

——伊芙

❖

進出多徹斯特酒店的人都停下來張望。行李員、大廳服務生、戴帽的優雅男人和他們戴著白手套的妻子——當那輛賓利車停在飯店正面時，每個人都轉頭看著。車子的呼嚕聲像一隻貓，運行順暢得像個夢，而且珠灰色的車內座位舒服得像是將我擁在懷裡。芬恩簡直捨不得把鑰匙交給停車服務員。

「帶她去休息吧，」他說，繞過車子前方，來到乘客座這一側幫我開門。「太太和我要進去吃午餐。」

在飯店的遮篷下，我看到我母親穿著一件鑲褶邊的藍色洋裝，我父親張望著街道前後。接著我看到我母親的目光頗為讚許地逗留在穿著體面西裝的芬恩身上，看到我父親雙眼注視著賓利車高雅的線條——然後我戴著時髦帽子和法國珍珠項鍊、扶著芬恩的手下車時，我看到他們驚奇地張開嘴巴。

「媽媽，」我說，挽著芬恩的手臂微笑。「爸爸。我來跟你們介紹芬恩．奇爾戈先生。我們還沒正式辦手續——」我看到我母親的雙眼轉向我的左手，「——但是我們正在計畫，快了。我們對未來有許多很棒的計畫，而且我希望你們能參與。」

芬恩跟他們握手，我母親開始激動起來，我父親也很激動，不過是比較矜持的方式，同時我進一步介紹他們認識。我們四個人轉身走向多徹斯特飯店的門，正要進入裡頭富麗堂皇的大廳時，我回頭，最後一次看到她。羅絲穿著白色的夏日洋裝，站在飯店的遮篷下，金髮被微風吹亂了。她朝我露出頑皮的表情，就是我記憶好深刻的那個表情，然後她揮手。

我也揮手，嚥下喉頭的哽咽。我露出微笑，走進飯店。

尾聲

一九四九年夏天

格拉斯鎮外的花田裡，一波又一波的玫瑰、素馨、風信子花海盛開燦爛。空氣芳香醉人，而這家小餐館是個坐下來休息的完美地點。那些條紋遮陽篷邀請你不要急著趕路去坎城或尼斯，而是蹺起腳來，再點一瓶玫瑰紅酒，望著丘陵下方的花海，再消磨一個小時。那個高瘦女人腦後梳著一條泛銀辮子，她今天下午坐在那裡夠久，桌上已經累積了幾個空瓶子。她的臉曬得很黑，穿著靴子和卡其長褲，一隻手腕上戴著好幾個野豬牙的手環。她坐在那個角落的座位，背靠著牆壁，雙眼看著所有可能的射擊範圍。但這一刻她並沒有想著射擊範圍——而是看著車子在下方的公路來回。

「你會等上好一陣子，」之前她剛走進餐館問起老闆，女侍們就這樣警告過她。「先生和夫人每個星期天都會開車到花田野餐。會去好幾個小時。」

「那我就等吧。」伊芙說。她已經習慣等待了。畢竟，她曾經為了射殺荷內．波得龍而等了三十幾年，之後她又花了不少時間在曬死人的太陽下等待獵物。射殺荷內讓伊芙明白自己有多麼喜歡靠近、追蹤、射殺那些危險的玩意兒。她不喜歡瞄準害羞的羚羊或優雅的長頸鹿，但是波蘭的野豬或東非騷擾一個小村的吃人獅群，則為她的兩把魯格手槍提供了很不錯的目標，這會兒那兩把上了油、清理得完美無瑕的槍就放在她椅子底下的包包裡。而且打獵團內沒有人會在乎她講太多粗話、喝太多酒，偶爾還會從夢魘中顫抖著醒來，因為她的打獵同伴們露出類似傷疤的狀況並不希罕。或許他們的傷疤不是在手上，而是在眼睛——那些眼睛看過太多可怕的事情，於是現在跑去一個比較偏遠且危險的天涯海角去尋求緩解。伊芙上次去非洲的狩獵旅行中認識了一個緊繃、灰髮的英國少校，他從來不提伊芙嚴重毀損的指節，就像她也從來不問他為什麼在二次大戰的非洲阿萊曼戰役後就退役。這位少校曾多次和伊芙共飲蘇格蘭威士忌到深夜，有回問伊芙是否願意這個冬天跟他一起去埃及看金字塔。或許她會去。他那些長長的手指有點像卡麥隆。

一輛汽車隆隆駛經這家餐館兼修車廠——是一輛法國的布加迪（Bugatti）敞篷跑車，上頭坐著幾個興奮喊叫的義大利年輕小夥子，正在前往蔚藍海岸的途中。伊芙從擴大的修車廠判斷，這個地方從那些沿著蔚藍海岸道路奔馳的開快車駕駛人手上看準了會有生意。她送芬恩的那輛銀色賓利車也在修車廠裡頭，旁邊是一輛引擎蓋打開的法國標緻（Peugeot），還有一輛 Aston Martin 四輪撐高在木塊上，正修到一半。她完全可以想像人們來到這家修車廠修車，在相鄰的餐館裡面等待，吃著餅乾配玫瑰果醬，喝太多葡萄酒，一邊跟著收音機哼歌。現在正在播放艾迪特・皮雅芙的歌〈我的士兵〉，很受歡迎的老歌。

一直等到傍晚，伊芙才看到那輛車發出嚓嚓聲駛上斜坡：是拉貢達車，以莊重的速度行駛，深藍色的側面還是擦得亮晶晶。車子駛入修車廠，伊芙微笑等著。過了一會兒，夏麗下了車，穿著修長的黑長褲和白色襯衫，一身曬成金褐色，頭髮剪成俐落的鮑伯頭。她一手提著野餐籃，另一手抱著一個穿著髒兮兮連身裙的小女孩。伊芙想著她的教女現在多大了，完全想不起來。十八個月？伊芙從洗禮之後就沒見過她了，眼前這個氣呼呼瞪著眼睛、尖下巴的金髮小鬼，跟伊芙站在洗禮盤前抱在懷裡那個穿了繡著玫瑰藤蔓且有荷葉邊的衣裳、會咯咯叫的嬰兒截然不同。洗禮那天她特別佩戴了自己的幾個獎章，挺直而驕傲地從肩上垂下，當時小伊芙琳·羅絲·奇爾戈還用她的嬰兒拳頭亂抓，差點扯掉了法國戰爭十字勳章。

「芬恩，」夏麗回頭喊道，「別瞎忙了，今天是星期天。你星期天不該修車的。」

他的聲音傳過來。「快弄完了。那個漏油的老地方……」

「幸好這輛拉貢達我們平常從來不開，只用來開去野餐。她根本就是一堆廢鐵了。」

「對她尊重點，夏麗小妞。」然後芬恩出現了，依然高瘦而頭髮蓬亂，領子鈕釦沒扣，露出了曬成褐色的頸部。餐館裡的年輕女侍們全都垂涎地望著他領口那塊三角形的皮膚，好像想吃掉，但是他一手攬著老婆，另一手去抱起那個小嬰兒，「哎喲，小伊芙·羅絲，」他滿口蘇格蘭英語說。「好重，你這個小不點兒。」

「她壞透了，」夏麗說，同時她女兒尖叫一聲，尖利得簡直可以割開鐵板。「一個壞脾氣寶寶減一個下午的午睡，等於十分的大吵大鬧。我們今天晚上早點讓她上床睡覺吧……」

他們還沒看到伊芙，因為她坐在最遠那一桌的傘篷陰影下。她一隻指節腫大的手舉到頭上揮動。至今她的雙手還是會引人側目，而且除了扣扳機之外，還是不太擅長做任何事情，不過也沒關係。任何能活到變老的惡之花，有點老舊和破損都是理所當然的。

看到傘篷之下揮手的人影，夏麗一手遮在眼睛上方，然後大喊一聲，朝伊芙奔去。「接著你要擁－擁抱我，對吧？」伊芙低聲說，沒有特別對著誰。她嘆氣，站起來，咧嘴笑著被擁住。

「該死的美國佬。」

作者說明

路易絲・德貝提尼（Louise de Bettignies）這個歷史人物如今已少有人知——非常不應該，因為這位被譽為「間諜女王」的女人，她的勇氣、足智多謀、隨機應變事蹟完全無須誇大，就有十足的驚悚效果。招募她的賽索・艾爾默・卡麥隆上尉（Captain Cecil Aylmer Cameron）當時已經在福克斯通策劃情報行動，而且挑選人才很有眼光，曾任家庭女教師的路易絲・德貝提尼以愛莉絲・杜布瓦（Alice Dubois）的化名（其他還有幾個化名，不過暱稱莉莉〔Lili〕則是出自我的虛構），把她的語文能力和組織長才投入情報圈。結果打造出第一次世界大戰中最驚人、最成功的情報網。

愛莉絲情報網由路易絲在里爾地區的眾多諜報人員提供消息，他們傳遞了當地德國前線的各種情報，其速度和準確性獲得英國情報與軍事人員的高度讚揚。「路易絲・德貝提尼所提供情報的貢獻難以估計。」「她是現代的聖女貞德。」「要是她出了什麼事，那絕對會是一個災難。」德國人對這些消息傳遞的驚人準確性也同樣印象深刻（或許是憤怒），當時情報厲害到大砲陣地常常設置幾天後就被炸掉。愛莉絲情報網還挖到過其他更大的情報：德國皇帝到里爾視察前線時，他所搭乘的火車勉強逃過了轟炸；還有德軍預定以凡爾登為攻擊目標，是路易絲最後的幾份報告之一。（很不幸，這個情報未被領導階層採信。）

路易絲・德貝提尼身為愛莉絲情報網的領導人，不斷在德軍佔領的法國、自由法國、比利時、英國、荷蘭之間移動，忙著傳遞報告、蒐集情報，聯繫她的情報員。本書中所描述她偷渡情報的方法（將編為密碼的情報捲在戒指裡或包住髮夾，塞在蛋糕盒內蛋糕下，夾在雜誌裡）全都是真有其事。她行動的勇氣也非同凡響——她例行會溜過敵方邊界，上面有探照燈和武裝哨兵，地面四散著被看到而射殺的難民屍體，即使是有回看到兩個逃離者在前方幾呎處被地雷炸死，她仍照樣前進。或許更了不起的是她思維敏捷的能力：路易絲・德貝提尼有一種不可思議的能力，可以靠各種朦混手法通過檢查站，無論是藉著把一堆包裹掉地又撿起、惹得不耐煩的衛兵揮手讓她過關，或是藉著買通當地兒童假裝玩鬼抓人遊戲，好把通行證偷拿給她（兩者都是真有其事）。另一件實際發生過的奇事，就是有回她前往會合地點的途中，一位德國將軍認出她——因為在她早年擔任家庭女教師時代，兩人曾下過西洋棋——將軍便殷勤地把自己的座車讓給她使用。

伊芙・嘉德納是虛構角色，但兩件關於她的事情非常真實。一個是她的口吃——我丈夫就一生與口吃奮戰，他的掙扎就是伊芙的：一般談話中不時會發生困難，為了把話說得順暢所發生種種生氣或激動的時刻，被打斷、被搶白，或被理所當然視為愚蠢之時的挫折與憤怒。當初就是我丈夫的建議，讓本書中這位一次大戰的年輕間諜主角有口吃，然後看她如何將之扭轉為自己的優勢，把一個弱點當成武器，用來對抗那些低估她的人。另一個史實對伊芙這個角色的影響，就是她的化名。當路易絲・德貝提尼在一九一五年終於用光她的好運氣時，一個名叫瑪格麗特・勒法蘭索瓦（Marguerite Le François）的年輕女人跟她一起被捕。接下來被審訊了幾小時後，德國人很快判定這個嚇壞了的年輕瑪格麗特不是間諜，只是當地的一個傻姑娘，在檢查站讓一個友善的陌生人借用她的通行證。她被責罵之後釋放了，叫她回家，而路易絲則是被逮捕後轉送到監獄。歷史上的瑪格麗特・勒法蘭索瓦很可能只是個上當的無辜者……但如果她不是呢？一份有關那次逮捕的歷史資料提到，當時兩個女人被脫光衣服、搜身、偵訊，瑪格麗特・勒法蘭索瓦啜泣又昏倒，讓德國人很同情，而路易絲則是吃掉編碼的情報紙條，還想要喝白蘭地，把德國人氣得半死。我讀到這裡時，不禁好奇這兩個被捕的女人雙手銬著德國人的手銬時，是不是在演出她們最後一次、也是最棒的唬人遊戲。伊芙・嘉德納於焉誕生，而我把這個大部分為虛構的第三個人物，放進路易絲和她主要副手的歷史雙人傳記中。

戴眼鏡的雷歐妮・范烏特（Léonie van Houtte）是非常真實的歷史人物，她的化名是夏洛特・拉莫宏（Charlotte Lameron，我改為薇歐蕾・拉莫宏〔Violette Lameron〕，因為我這本書裡頭已經有一個夏洛特了）。雷歐妮一開始是以紅十字會護士的身分參戰，之後沒多久就被招募，成為路易絲・德貝提尼可靠的助手與忠誠的朋友。「我準備要追隨她到任何地方，」雷歐妮後來寫道，「因為我直覺她是有能力做大事的人。」雖然雷歐妮比路易絲稍早被逮捕，但兩個人一起受審、一起被判刑，後來還一起在錫格堡服刑。路易絲在錫格堡死於胸膜膿瘍，但雷歐妮活下來，獲頒勳章，戰後嫁給一位新聞記者，在魯貝經營一家瓷器店。她後來口述、由她丈夫執筆寫下路易絲・德貝提尼的戰時工作回憶錄《女人的戰爭》（*La Guerre des Femmes*）一書。雷歐妮精確的第一手敘述是無價之寶，包括詳盡描述這個情報網的運作，路易絲的被捕、審判，以及在錫格堡監獄那幾年的歲月，充滿駭人的凌虐以及少數勝利的時刻——例如路易絲煽動獄友們罷工，拒絕製造軍需品。很多路易絲風趣的妙語，也都是直接引用自《女人的戰爭》。

另一個也屬於這個情報網的歷史人物是安唐，在本書中稍有提及他是莉莉的證件偽造師。真正的安唐．勒福爾（Antoine le Four）是一名有著詩人靈魂的書店老闆，也是仿造古物的專家——而且他的後裔直到最近才從他存檔的信件中得知，他非常可能把他仿造的技巧轉向另一個方向：幫愛莉絲情報網製作假證件。他的幾位家人可能也參與了這個情報網，包括他的妹妹奧瑞麗．勒福爾（Aurélie le Four），她負責護送信差，而且就像本書二十二章中薇歐蕾所敘述的，她曾被德國軍人強暴並懷孕。她的家族檔案中亦證實，她的墮胎手術是由路易絲．德貝提尼的一位護士朋友所執行，不過無法確認那位護士是不是薇歐蕾／雷歐妮。奧瑞麗和安唐顯然在路易絲入獄後仍繼續他們反抗德軍的工作，也幸運地逃過被捕的命運。他們的信件（其中之一獲得他們的家人同意，於〈附記〉中引用），提供了一個深刻的、有力的觀點，讓我們得以一窺當時法國人的受苦之深，以及法國人愛國精神的力量。

英國人的愛國精神也毫不遜色，真實歷史人物賽索．艾爾默．卡麥隆上尉（後來成為少校）就是一個代表。這位被情報員們稱之為「愛德華舅舅」的男子不光是吸收了路易絲．德貝提尼，還有另一位被德國人逮捕並槍斃後成為烈士的法國間諜雷昂．特魯朗（Léon Trulin）。本書中卡麥隆不尋常的過往經歷——戰前以保險詐欺罪名被捕、服刑應該是為了保護他太太、大戰期間復職從事情報工作，以及戰後自殺——全都是真的，不過我對詐欺的動機、他的婚姻狀況，或是他太太性格的種種推測，則是為了故事的純粹虛構。然而，卡麥隆在大戰期間的化名之一是「伊芙琳」，後來也成為他唯一孩子的名字。

跟伊芙一樣，荷內．波得龍也是根據一小片歷史事實而虛構的人物。像他這樣發國難財的奸商當然存在，而他成為我兩次大戰和兩條時間線的橋梁。我也設計讓他成為歷史上的匿名告密者，在二次大戰期間向法蘭西民兵說出了格朗河畔奧拉杜爾（Oradour-sur-Glane）這個地名，而法蘭西民兵又轉告納粹軍隊。

格朗河畔奧拉杜爾居民慘遭大屠殺是個悲劇，而且至今仍是一個謎。有大量困惑和彼此矛盾的報告：顯然有一個線民向法蘭西民兵告密說以這個小村為中心的法國反抗軍活動導致了一名德國軍官被綁架並處決，但是我們不知道反抗軍活動的中心到底是格朗河畔奧拉杜爾，還是附近的瓦韋爾河畔奧拉杜爾（Oradour-sur-Vayres），說不定反抗軍根本沒有在這兩個地方活動。我們大概永遠不會曉得那名負責下令的納粹親衛隊軍官為何決定要屠殺全村以報復（他事後受到德軍上司們的嚴厲斥責），甚至不知道他的本意是不是要屠殺全村的人——有人猜測法國反抗軍的炸藥本來就儲存在格朗河畔奧拉杜爾的教堂裡，導致後來的爆炸起火，害死了那麼多人。在戰爭的迷霧中，唯一確定的就是：格朗河畔奧拉杜爾的男人大部分都被集中在穀倉和村子周圍的建築物中射殺，而女人和小孩則被趕入教堂中殺害。在比較偏遠的處決場有幾名倖存者，但教堂的大火中則只有一個人生還：魯芳什太太（Madame Rouffanche）。本書中有關她逃脫的故事，我幾乎是逐字抄錄自她一九五三年的審判證詞：當時幾名仍在世、曾參與這場大屠殺的納粹親衛隊軍官，因為其罪行而受審、判刑。一個年輕母親帶著嬰兒跟在魯芳什太太後面，企圖爬出教堂窗子時死於槍下，也是真有其事——不過那是一名村內的婦女昂麗耶特．賈優（Henriette Joyeux）和她的兒子，而非我在本書中虛構的羅絲．傅尼葉。格朗河畔奧拉杜爾這個空城至今仍在，成為一個詭異的紀念性鬼城：彈痕猶存的無屋頂建築物，生鏽的標緻汽車永遠停在集市廣場上。長壽的魯芳什太太餘生一直住在附近。

芬恩．奇爾戈是虛構人物，不過他解放貝爾森（Belsen）集中營的經驗則是直接取自曾參與此解放行動的皇家砲兵團第六十三反坦克軍團的軍人證詞。夏麗．聖克萊爾和她的家人也是虛構的，但是當時未婚懷孕女子所面對的嚴峻狀況，則幾乎跟伊芙那個時代同樣悲慘。墮胎是非法的，但是仍有管道，夠有錢的女性（像夏麗）可以花錢進行安全的手術，而夠絕望的（像伊芙）則是寧可冒著送命的危險也不要懷孕。一次大戰期間，在德國佔領區的許多女性就面對著這種嚴酷的選擇——奧瑞麗．勒福爾的信件中哀求上帝和她的家人原諒她選擇不生下強暴者的小孩，讀來令人心碎。而由於歷史上對情報圈女人的雙重標準，伊芙將會面對比一般未婚媽媽更為災難性的後果。在當時，間諜這一行並不像後來〇〇七情報員與好萊塢所描繪的那麼迷人而光鮮；間諜不被視為紳士的職業，更別說是淑女了。如果一個女人不得不弄髒自己而去當間諜，那麼她就必須保持清白無瑕的名聲，而且許多人費盡苦心地強調像路易絲．德貝提尼這類女性情報人員始終保持貞潔。「她們或許會賣弄風情，但絕不是妓女。」一名路易絲的傳記作者曾鄭重地如此描述愛莉絲情報網的女人們。「她們從來不會採取慣常的女性花招來獲取情報。」像伊芙和路易絲這樣的女人生活在更殘酷的現實中，但一定很清楚女性間諜要不是被視為聖母馬利亞，就是被當成妓女：要不是像伊迪絲・卡維爾（Edith Cavell）那樣純潔無瑕的仙女，就是像瑪塔・哈里（Mata Hari）那樣性感而不可信賴的蕩婦。

一如慣常，為了故事的情節需要，我將歷史紀錄做了一些改動，某些事件換了地點，或是將時間予以壓縮。本書中將芬恩的寶貝拉貢達汽車運到法國的渡輪，一九四七年的確存在，但是我無法證實有福克斯通到勒阿弗爾的航線。路易絲・德貝提尼和瑪格麗特・勒法蘭索瓦是被一起載到圖爾奈偵訊後，瑪格麗特被釋放、路易絲被正式逮捕。布魯塞爾的審判後，那些女人原先被判了死刑，要過了幾天後，才又改成有期徒刑。

路易絲的定罪以及德國人到底掌握了什麼不利她的證據，至今仍有爭議。在審判前的那幾個月監禁期間，她都拒絕透露任何資訊；德國人最後透過她的獄友特里葉小姐（Mlle Tellier）拿到了幾封路易絲寫的信，但是很難斷定他們從那些信件中得到任何顯示她有罪的證據。我將現有互相矛盾的報告重新安排，以製造一個比較明確的高潮，但是路易絲・德貝提尼當時的定罪，可能沒有什麼確切證據，只除了被逮到想用一張借來的通行證闖過檢查站，同時被發現身上有好幾張身分卡。

有關路易絲死亡的一連串事件，我在本書中也予以濃縮。她的胸膜膿瘍手術發生在那年更早一些，而且她在手術後並未立即死亡，而是以衰弱病人的狀態又多活了幾個月——她過人強悍的又一例證，根據《女人的戰爭》一書，路易絲的手術進行了痛苦的四小時，在惡名昭彰的錫格堡監獄醫務室裡，開刀房沒有暖氣，也沒有充分消毒，而且監獄內才剛發生過斑疹傷寒疫情。我們無法判定錫格堡獄方是否故意藉由這場手術害死她；即使沒有額外的惡意，那個醫務室不夠衛生且缺乏適當的醫療照護，也已經害死了很多病人。不過對德國人來說，路易絲絕對是個麻煩的囚犯，於是在她臨死前的日子，他們對她也少有同情，拒絕了她想回母親家等死的最後要求，最後還把她從錫格堡送到科隆去孤單地死去，離開她忠誠的朋友和獄友。我真希望我能改變歷史、給路易絲一個比較好的下場；我承認我縮減了她手術後的痛苦。路易絲的盛大葬禮是在一九二〇年舉行，當時她的屍體終於運回法國，而非本書中的一九一九年。

一次世界大戰的女性間諜今日大半已被遺忘。儘管她們在戰爭期間的貢獻備受讚譽，但戰後社會對於如何評價她們卻總帶著某種不安。一般大眾對於加入作戰行列的女人通常有兩種觀點：一種是由於戰爭的危險性，這些女人就是擺脫掉所有的女人特性，變得強硬而男性化；另一種是因為職責在身，她們只好成為英勇的小女人，擔負起危險的責任，但內心深處她們仍是柔弱的花朵。路易絲·德貝提尼備受欣賞、讚譽，而且獲得許多獎章，但是她同一代人的焦點往往不是她的強悍和勇敢，而主要是她的嬌小個子、她的女性化、她的愛國精神。「路易絲是你所能想像中最女性化的女人——一絲男人婆的影子都沒有。」二次世界大戰後，這種狀況也沒有改變，當時夏麗·聖克萊爾會看到美國社會呼籲「鉚釘女工蘿西」（Rosie the Riveter）[7]放下戰時的重擔，回到家裡當家庭主婦，才是她真正的歸屬。顯然地，加入作戰行列的女人讓同代人覺得不安。

但她們還是為後世留下影響。一九三〇與四〇年代的年輕姑娘們紛紛加入英國特別行動執行處（SOE），接受間諜訓練以對抗納粹，因為她們受到了關於路易絲・德貝提尼這類女人的書籍與報導所激勵——而且可不是因為她的女性美德。激勵她們的是她的勇氣、她的強悍，以及她不屈不撓的衝勁，就如同我想像夏麗也被伊芙的種種所激勵。這樣的女人的確是「惡之花」——強硬如鋼、堅忍不屈，而且才華洋溢，她們在邪惡中茁壯盛開，並激勵其他人效法。

❼ 二次大戰時，因為大量男性參戰，許多國家發起宣傳，鼓勵女性投入生產行列，接手男性工作。美國的宣傳海報便以虛構的年輕女性「鉚釘工蘿西」最為知名，一時風靡。

致謝

我要衷心感謝在本書寫作過程中給予協助的許多人。我的母親透過漫長的散步和更漫長的電話交談，幫我理清無數的情節混亂狀況。我的丈夫微調了伊芙在每個場景的口吃，而且常常告訴我，「你繼續寫，晚餐我來做。」我了不起的評論夥伴Stephanie Dray與Sophie Perinot，事實證明她們的紅筆和洞察力絕對是無價之寶。我的經紀人Kevan Lyon，以及我的編輯Amanda Bergeron與Tessa Woodward是出色的啦啦隊。我的MRW分會會友Lisa Christie和她的丈夫Eric回答我各種有關古典車的問題，幫我查核各種機械方面的細節，還安排我參觀介紹Henry Petronis了不起的汽車收藏。最後要謝謝Annalori Ferrell，她的雙語才華在翻譯法文研究文獻，以及教我生動適切的法語詛咒方面，都有極大的幫助，而且她的家族前幾代在一次大戰期間住在法國北部的德國佔領區，因而能提供我當時的局內人觀點。在Anna和她家人的同意下，將她的曾舅公安唐・勒福爾所寫的信翻譯並收錄在本書附記中……安唐本人以及他忠誠的妹妹奧瑞麗，在本書中都是愛莉絲情報網的成員。

過去的聲音：信件與審判紀錄

信件、審判紀錄、記憶……它們給了死者聲音，為歷史注入生命。以下是一些來自過去的聲音，激發了《愛莉絲諜報網》。

一封信件的摘錄，一九一六年

路易絲．德貝提尼在審判之後，寫給她修女院院長的信

院長，你知道我有多麼需要幫助和代禱，以求靠近上帝，獲得祂的憐憫。我的一生不是沒有過錯，也不是和藹與自我犧牲的典範。自從我獨居一室之後，就有時間檢視自己的人生；發現了種種悲慘！我對自己感到羞慚，也很羞愧沒能善用自己的時間和健康、能力和自由……

軍事法庭的決定是無法爭辯的。我勇敢接受了我的判刑。在我開刀時，曾冷靜而無懼地設想死亡；今天我加入了一點歡欣和驕傲之感，因為我拒絕告發任何人，而且我希望我以沉默而拯救的那些人能心存感激，並幫我祈禱以向我致謝。我宣佈自己不會為了免除刑罰的恥辱，去告發那些為國家盡責的人，而寧可接受服刑中的種種艱苦。

院長，我是在胡言亂語了，因為我仍處於法庭判決的激動中；我已經完全崩潰，沒有力氣

了。明天我會好一些的。

這位愛莉絲情報網的領導人在每一份提到她的歷史記載中，都煥發出鮮活的生命力，勇敢的同時又超越常規。一九一四年的法國，一定充滿了像她這樣的女人——貧窮的貴族女性利用自己所受的教育，去當家庭女教師，或是任何她們所能找到的上流社會工作，生活在貴族社群的邊緣——但不同於他人，路易絲·德貝提尼不甘心只是當看護、捲繃帶，或是傳統的女性戰時工作。她想要戰鬥，而她的戰鬥成績太了不起了。她的勇氣不同凡響，但我發現她的幽默和自知之明更驚人——大約三十年後，有一段對戰地記者的評價，或許可以把她總結得最好：「他是個好軍人，而且有辦法把各種健康的事情拿來開玩笑。」路易絲對危險一笑置之的能力也非常寶貴。她評論德國人，「他們太笨了！只要把隨便一張紙湊到他們鼻子底下，再加上非常鎮定，你就能過關的。」當別人勸她要小心，她就大笑，「呸！我知道有一天我會被逮住的，但是我應該要為國效命。快一點吧，趁我們還有時間，去做點了不起的事情。」當她被人問到她是否曾害怕，她聳聳肩，「有過啊，就跟其他每個人一樣，不過只有在危險過後。在危險之前，害怕是一種奢侈。」她私底下一定也有自己的黑暗時刻——當她被判處去錫格堡服刑時，她承認自己有不安的預感。「我有個感覺，我應該永遠不會回來了。」——但是她從來不讓恐懼阻礙她的工作，而且她的確表現傑出。她的死亡雖然很痛苦，但她並不畏縮——要是她最後覺得沒能善用自己的時間和能力，那麼其他人一定不同意。一個英國情報局的人員多年後說：「在戰爭期間，可能……有一兩個情報組織跟她的那個相等。但是能超越的一個都沒有。」

一封信件的摘錄，一九一九年
安唐・勒福爾在里爾解放之後寫給他妹妹的信

現在這裡是個鬧鬼的城市，城裡的居民是活生生的鬼魂。我們活著，我們呼吸，我們繼續忙著自己的日常生活，但是色彩消失了，或許是永遠的。因為對我們這些見識過太多的人來說，這個世界除了哀悼的灰色調和黑色調之外，怎麼可能出現別的顏色？感覺上似乎我們周圍的世界一直是如此，但其實以前一度也曾有音樂與藝術與生活。人們跳舞唱歌。這裡的生活一度很美好，妹妹，那些回憶支撐著我們好多人活下去。我相信，只要我們深愛這個地方的人拒絕放棄，我們就有可能回到以往那樣。我這麼相信，是因為不得不，因為如果我相信那些美好的日子永遠不再，那麼他們就贏了，而我的心絕對不允許。戰爭改變了一切，這點我們知道。改變是無可避免的，但誰說改變必須是永遠的？我們絕對無法恢復以往的純真，但是我們可以重建。不，這是我們欠死者的：我們必須重建，而唯有知道我們這個城市在戰前是什麼樣的人，才有辦法做到。因此，光是為了這個原因，我就必須留下。至於你，我親愛的妹妹，我要請你珍惜每一刻，把周圍的美好牢牢記住，而同時我會祈禱往後永遠不會有另一場類似的戰爭，再也不要經歷這樣的亂世。

本書中曾略微提到安唐．勒福爾，是路易絲．德貝提尼的證件仿造者——歷史上的確有這個人，住在里爾附近的朗貝薩爾（Lambersart）。他在大戰結束後大約九個月時寫信給他的妹妹，這些文字是酸楚的詩，描繪出一次大戰期間被佔領的法國地區狀態有多麼惡劣。那段時期悲慘且壓抑得難以置信，法國人民過了好幾年這樣的日子，天天都被德軍佔領者提醒：時鐘轉到德國時區，法國街道取了德文街名，食物和燃料奇缺，各式各樣的東西被徵用，從武器到肥皂到廚房窗簾。持續籠罩在飢餓、監禁、凌虐、強暴的威脅之下——安唐曾悲傷又憤怒地寫到他妹妹奧瑞麗被德國軍人強暴的事情，傷感地說：「我想她眼睛後頭的那個陰影永遠擺脫不掉了。」從一次大戰到二次大戰，這類殘暴的後遺症留下了很長的陰影。指責法國人在二次大戰時太容易向納粹投降是太輕率了，因為當時很多法國公民身上還有第一次被佔領的可怕傷疤，他們還清楚記得必須眼睜睜看著德國衛兵搶走他們的一切、只除了難以下嚥的配給麵包，只因為如果不這樣，就會被逮捕、毒打，甚至槍斃。在不到四十年的時間裡，法國人從殘酷的佔領中倖存下來，而且不是一次，而是兩次。他們的堅忍不屈應該得到更多的肯定。「從來沒有經歷過敵人入侵自己土地的人，」另一個里爾市民曾如此寫道，「絕對不會明白戰爭的真實狀況。」

審判紀錄摘錄，一九五三年
魯芳什太太在法庭上的發言

我請求上帝協助我們實現正義。我從那個焚屍爐活著逃出來；我是來自教堂的神聖目擊證人。我是失去一切的母親。

格朗河畔奧拉杜爾居民大屠殺在法國是人盡皆知的悲劇，主要也是因為這個詭異的倖存鬼城以及裡面焚毀的時鐘、棄置的標緻汽車，以及有著子彈痕的牆壁。不過在法國之外，這個小村的悲慘下場就沒那麼有名了，而是被歸入眾多的納粹暴行之中。魯芳什太太歷歷細數當時各種可怕狀況的話語，是來自過往的、陰魂不散的聲音。在她長壽的一生中，經常講述自己的故事，最知名的一次是一九五三年在波爾多，幾位仍在世的納粹親衛隊軍人因為參與這場大屠殺而被審判，魯芳什太太以目擊證人的身分被傳喚出庭。她證詞的末尾，就是上面這段懇求，在法庭內擲地有聲。當時的一個旁觀者寫道：「她的聲音毫無一絲輕鬆之感，清楚而堅決地傳到我們耳中。她是復仇女神，冷靜且無法阻擋。」

延伸閱讀

虛構

有關女間諜：

Shining Through, by Susan Isaacs
Mata Hari's Last Dance, by Michelle Moran
The Scent of Secrets, by Jane Thynne
Code Name Verity, by Elizabeth Wein

有關第一次世界大戰：

Fall of Poppies，選集
In Pale Battalions, by Robert Goddard
A Winter's Child, by Brenda Jagger
The Girl You Left Behind, by Jojo Moyes
Once an Eagle, by Anton Myrer
Somewhere in France, by Jennifer Robson
The Summer Before the War, by Helen Simonson

有關第二次世界大戰：

《親愛的茱麗葉》（*The Guernsey Literary and Potato Peel Pie Society*），by Annie Barrows and Mary Ann Shaffer

Shake Down the Stars, by Frances Donnelly

The Cazalet Chronicles, by Elizabeth Jane Howard

The Kommandant's Girl, by Pam Jenoff

The Invisible Bridge, by Julie Orringer

非虛構

Women Heroes of World War I:16 Remarkable Resisters, Soldiers, Spies, and Medics, by Kathryn J. Atwood

The Queen of Spies: *Louise de Bettignies*, by Major Thomas Coulson

The Long Silence: The Tragedy of Occupied France in World War I, by Helen McPhail

Female Intelligence: Women and Espionage in the First World War, by Tammy M. Proctor

La Guerre des Femmes, by Antoine Redier

Edith Cavell, by Diana Souhami

Storytella 215

愛莉絲諜報網

The Alice Network

愛莉絲諜報網 / 凱特.昆恩作 ; 尤傳莉譯. -- 初版. -- 臺北市 :
春天出版國際文化有限公司, 2024.12
面 ; 公分. -- (storytella ; 215)
譯自 : The Alice Network
ISBN 978-957-741-857-9(平裝)

874.57 113005237

ISBN 978-957-741-857-9
Printed in Taiwan

作　者　凱特・昆恩
譯　者　尤傳莉
總編輯　莊宜勳
主　編　鍾靈

出版者　春天出版國際文化有限公司
地　址　台北市大安區忠孝東路四段303號4樓之1
電　話　02-7733-4070
傳　眞　02-7733-4069
E-mail　bookspring@bookspring.com.tw
網　址　http://www.bookspring.com.tw
部落格　http://blog.pixnet.net/bookspring
郵政帳號　19705538
戶　名　春天出版國際文化有限公司
法律顧問　蕭顯忠律師事務所
出版日期　二〇二四年十二月初版

定　價　630元

總經銷　楨德圖書事業有限公司
地　址　新北市新店區中興路二段196號8樓
電　話　02-8919-3186
傳　眞　02-8914-5524
香港總代理　一代匯集
地　址　九龍旺角塘尾道64號 龍駒企業大廈10 B&D室
電　話　852-2783-8102
傳　眞　852-2396-0050